汕头大学文学院出版资助

教化与娱乐

宋元戏文研究

荆钗记
杀狗记
张协状元
白兔记 宦门子弟错立身
琵琶记 拜月亭
小孙屠

孙敏智 著

中国社会科学出版社

图书在版编目（CIP）数据

教化与娱乐：宋元戏文研究/孙敏智著.—北京：中国社会科学出版社，2019.12

ISBN 978-7-5203-5447-9

Ⅰ.①教… Ⅱ.①孙… Ⅲ.①古代戏曲—戏曲文学评论—中国—宋元时期 Ⅳ.①I207.37

中国版本图书馆CIP数据核字（2019）第232618号

出 版 人	赵剑英
责任编辑	郝玉明
责任校对	张爱华
责任印制	王 超
出　　版	中国社会科学出版社
社　　址	北京鼓楼西大街甲158号
邮　　编	100720
网　　址	http://www.csspw.cn
发 行 部	010-84083685
门 市 部	010-84029450
经　　销	新华书店及其他书店
印　　刷	北京明恒达印务有限公司
装　　订	廊坊市广阳区广增装订厂
版　　次	2019年12月第1版
印　　次	2019年12月第1次印刷
开　　本	710×1000 1/16
印　　张	24.75
插　　页	2
字　　数	385千字
定　　价	139.00元

凡购买中国社会科学出版社图书，如有质量问题请与本社营销中心联系调换
电话：010-84083683
版权所有　侵权必究

序

杨松年

  孙敏智的《教化与娱乐——宋元戏文研究》分六个部分论析宋元间的戏文。"绪论"部分，第一、二章重在讨论戏文文本、戏曲文化，特别是"戏曲教化观"的形成、延续及戏文中的教化状态。第三、四章集中就戏文的语言艺术与批评传统立论，"结语"部分总结观点。很明显可以看出：戏文中的教化观是和中国传统的儒家文化分不开的。敏智此书，论文章节清晰，论述条理分明，对古今有关论见，比对论析，据理论辩，让我印象深刻。

  论文多处据《诗大序》畅论诗言志、诗教、讽谏传统等课题。这些也是我较熟悉的方面，这里谨就这些方面提出我的一些看法。论中国文化传统，一定得提及儒家思想，所以讨论中国文化与文学，《论语》《诗大序》等是重要的依据。我一直觉得，掌握《论语》中孔子有关诗之"兴""观""群""怨"四字，对把握中国古人的文学观点有巨大的帮助。

  其一，《论语·为政》有言："《诗三百》，一言以蔽之，曰思无邪。"后代学者对"思无邪"有不同的诠释。普遍的意见以此为性情之真。性情之真，《诗大序》有言："诗者，志之所之也。在心为志，发言为诗。情动于中，而形于言。"性情发自内心，有自然之真。刘勰《文心雕龙·明诗》云："人禀七情，应物斯感，感物吟志，莫非自然。"钟嵘《诗品序》云："气之动物，物之感人，故摇荡性情，形诸舞咏。"又说："若乃春风春鸟,秋月秋蝉,夏云暑雨,冬月祁寒,斯四候之感诸诗者也。"也说:"至于楚臣去境,汉妾辞宫;或骨横朔野,或魂逐飞蓬;或负戈外戍,杀气雄边;塞客衣单,孀闺泪尽;或士有解佩出朝,一去忘返;女有扬娥入宠,再盼倾国。凡斯种种,感荡心灵,非陈诗何以展其义?非长歌何以骋其情?"这里的"动""感""荡"与情和心灵关系的运用,把诗的发生和诗人的心情联系起来,孔子说"诗可以兴"在这里有了具体与形象的说明。"诗可以兴"的"兴",后代也有不同的解释。学者或解为"起"(孔颖达),或更清楚地释为先言他物以引起所咏之辞(朱熹),都是基于"物感"引起"情生"的释说。换句话说,孔子的思想在这种论说中发挥了重大的作用。由于重情,相应地,反对法。王夫之《夕堂永日绪论·内编》云:"把定一题、一人、一事、一物,于其上求形模、求比似、求词采、求故实,如钝斧子劈栎柞,皮屑纷霏,何尝动得一丝纹理?"例子很多,不多举了。

其二,诗(亦即文化艺术)能反映作者、作品的真实情感,读诗可以使人从作品中了解作者,以及作者所反映的个人的和社会的诸多情况。《诗大序》云:"情发于声,声成文谓之音。治世之音安以乐,其政和;乱世之音怨以怒,其政乖;亡国之音哀以思,其民困。"这就是孔子说的"诗可以观",只是这四字说得还不够清楚。邵雍《伊川击壤集序》云:"子夏谓诗者,志之所之也。在心为志,发言为诗,情动于中而形于言,声成其文而谓之音。是知怀其时则谓之志,感其物则谓之情,发其志则谓之言,扬其情则谓之声,言成章则谓之诗,声成文则谓之音。然后闻其诗,听其音,则人之志情可知之矣。"此言从作品可以知道作者的志与情。李东阳《王城山人诗集序》云:"夫诗者,人之志兴存焉,故观俗之美与人之贤者必于诗。"《礼记·王制》:"命太师陈诗以观民风。""观"在中国文化思想中有重大的发挥。《系辞》云:"古者庖羲氏之王天下也,仰则观象于天,俯则观法于地,观鸟兽之文,与地之宜。近取诸身,远取诸物,于是始作八卦,以通神明之德,以类万物之情。"刘勰在《文心雕龙》中提出的批评文学作品的"六观法",《知音篇》云:"将阅文情,先标六观:一观位体,二观置辞,三观通变,四观奇正,五观事义,六观宫商。斯术既形,则优劣见矣。"敏智论"观",取用六十四卦的"观卦"析论，深入浅出，相当精彩。《诗大序》云："上以风化下，下以风刺上。"则"观"不只是单向的而已。六十四卦中的"临卦"，上坤下兑，是以上视下；"观卦"，下坤上巽，则是以下观上。"临卦"和"观卦"相互为综卦，则应更留意综卦在"可以观"上的内涵。

其三，《毛诗序》云："变风发乎情，止乎礼义。发乎情，民之性也；止乎礼义，先王之泽也。"此言"诗有正变"，用王夫之的用语，即有贞淫之别。其《诗广传》云："情之贞淫，同行而异发久矣。"他并建议："审乎情而知贞与淫之相背，如冰与蝇之不同席也，辨之早矣。不奖其淫，贞者乃显。"他举出他所肯定的贞情，云："孝子之于亲，忠臣之于君，其爱沉潜，其敬怵惕，迫之而安，致命而已有余，历乱而不瞀，情之性也。"王夫之生当明末清初的乱世，清人入主中原，在这民族覆亡的时刻，像他这样忠君爱国的作者是不少的。他们对具有忠义思想的作者与作品高度赞许，如明末归庄《吴余常诗稿序》云："诗家前称七子，后称杜陵，后世无其伦比，使七子不当建安之多难，杜陵不遭天宝以后之乱，盗贼群起，攘窃割据，宗社阽危，民生涂炭，即有慨于中，未必其能寄托深远，感动人心，使读者流连不已。如此也。"性情之真在性情之正的包含下得到高度的发挥，如钱谦益《纯诗集序》云："夫文章者，天地之元气也。忠臣志士之文章，与日月争光，与天地俱磨灭。然其出也，往往在阳九百六，沦亡颠覆之时。宇宙偏沴之运，与人心愤盈之气，相与轧磨薄射，而忠臣志士之文章出焉。有战国之乱，则有屈原之《楚辞》；有三国之乱，则有诸葛武侯之《出师表》。"基于此，他们常常强调作品要有本，要立本。本不但具有性情之真，更有性情之正的内涵，如陈子龙《青阳何生诗稿序》云："古人之诗也，不得已而作之；今人之诗也，得已而不已。夫苏、李之别河梁，子建之送白马，班姬明月之篇，魏文浮云之作，此境与情会，不得已而发之咏歌，故深言悲思，不期而至。今也，既无钟爱恻隐之性，而境不足以启情，情不足以副境，所纪皆晨昏之常，所投皆行道之子，胡其不情而强为忧之啼笑乎？故曰：明其源，审其境，达其情，本也。"敏智谈宋元时期的戏文，深入讨论戏曲创作与儒家传统诗文观点的融通，揭开了戏曲文化中的立本的主题。

其四，《诗大序》云："变风发乎情，止乎礼义。发乎情，民之性也；

止乎礼义，先王之泽也。"此言先王教化民众原始存在的血性之情，导引至合乎礼义的正道。《诗大序》言及"先王之泽"，云："正得失，动天地，感鬼神，莫近于诗。先王以是经夫妇，成孝敬，厚人伦，美教化，移风俗。"这句话不但进一步彰显了"诗可以观"的内涵，而且强调诗可以化民之性的教化作用，从而能达到"诗可以群"的目的。在《诗大序》中，作者一再强调教化及其作用，如说："风以动之，教以化之"，"上以风化下，下以风刺上"，肯定文学在教化中的作用，并给予一个名称："诗教。"《礼记·经解》云："孔子曰：入其国，其教可知也。其为人也，温柔敦厚，诗教也。"孔颖达释"温柔敦厚"为"诗教"："温，谓颜色温润；柔，谓性情和柔。诗依违讽谏，不指切事情，故云：温柔敦厚，诗教也。"《经解》又云："其为人也，温柔敦厚而不愚，则深于诗者也。"孔颖达释云："此一经以诗化民，虽用敦厚，能以义节之，欲使民虽敦厚，不至于愚。"此理也呈现在《诗大序》之中。作者谈教化，提出"上以风化下，下以风刺上"之后说："主文而谲谏，言之者无罪，闻之者足以戒。"谲谏，婉转的讽谏，就是温柔敦厚之意。又云："变风发乎情，止于礼义"，就是"虽用敦厚，能以义节之"的"温柔敦厚而不愚"之意。这种观点影响后代的诗歌创作与理论甚大，如元好问在《杨叔能小亨集引》中谈唐人作品能"知本"而取得骄人的成绩，云："唐人之诗，其知本乎？何温柔敦厚，蔼然仁义之言之多也！"陆时雍《诗镜总论》云："夫温柔悱恻，诗教也。恺悌以悦之，婉娩以入之，故诗之道行。"所以，看中国传统文化中的讽谏观点，要注意到所说的讽谏实为谲谏，是婉转的讽谏，备具温柔敦厚的内涵。中国学者谈温柔敦厚的诗教，甚至从天人角度来确认其间的关系，如王夫之《古诗评选》中评曹丕《杂诗》："夫大气之行，于虚有力，于实无影。其清者密微独往，益非嘘呵之所得。"在评诗时，他常以此为准则及要求批判作品。

其五，孔子在《论语·阳货》中说："小子！何莫学夫诗？诗，可以兴，可以观，可以群，可以怨。迩之事父，远之事君。多识于鸟兽草木之名。"一般人理解这段孔子对诗的功能和作用的看法，偏于诗的主体立论。明末论诗者，则有特别的意见。首先是从读者的角度来理解这段话，其次是对其中的"可以"一词有灵活的发挥。先谈后一点。王夫之在诗话之作《姜斋诗话·诗绎》和《夕堂永日绪论·内编》中两次提及："'可以'云者，随所以而皆可也。"这是很精辟的理解，它把"兴""观""群""怨"四者有机地联系起来，从而把他的"诗歌接受理论"提到一个超过前人的高度。由于他有这样的理解，所以《诗绎》中说："诗可以兴，可以观，可以群，可以怨。尽矣。辨汉、魏、唐、宋之雅俗得失以此，读《三百篇》者必此也。'可以'云者，随所以而皆可也。于所兴而可观，其兴也深；于所观而可兴，其观也审。以其群者而怨，怨愈不忘；以其怨者而群，群乃益挚。出于四情之外，以生起四情；游于四情之中，情无所窒。"在《夕堂永日绪论·内编》中，他又以此观点批评论者死板的论诗态度："兴、观、群、怨，诗尽于是矣。经生家析《鹿鸣》《嘉鱼》为群，《柏舟》《小弁》为怨，小人一往之喜怒耳，何足以言诗？'可以'云者，随所以而皆可也。《诗三百篇》而下，唯《十九首》能然。李、杜亦仿佛遇之，然其能俾人随触而皆可，亦不数数也。"由此，他建立起他的诗歌鉴赏论说。在叙述读者于"兴""观""群""怨"中"出于四情之外，以生起四情；游于四情之中，情无所窒"之后，他接着说："作者用一致之思，读者各以其情而自得。故《关雎》，兴也；康王晏朝，而即为冰鉴。'訏谟定命，远猷辰告'，观也；谢安欣赏，而增其遐心。人情之游也无涯，而各以其情遇，斯所贵于有诗。"并在诗评作品中以此观点论诗评诗。敏智谈戏曲接受与理论建构，呼应了王夫之这方面的意见。

其六，近年，我对中华文化的跨境传播相当感兴趣。新加坡、马来西亚的"华文文学史"忽略对联、粤讴、龙舟歌及传统戏曲等早期的通俗文学作品的研究，中国境外的通俗文学，早期作品不少，但是现在有些也已经消失了。粤讴、龙舟歌与戏曲，在靠近中国的地方，如中国香港、中国澳门还有不少支持者，在新、马，多已成为演给鬼神看的节目。即便如此，这些作品也有高度的采集价值。希望敏智能够进一步以戏曲为核心从事跨境研究，在未来帮我们整理出一部中国戏曲跨境传播的专著。

目 录

绪 论 ……………………………………………………………… (1)
  一 戏文的文本及其历史 ………………………………………… (4)
  二 诠释意图与戏曲史论述问题 ………………………………… (14)
  三 解读戏曲文本与戏曲文化史研究 …………………………… (40)

第一章 "戏曲教化观"的形成与延展 ……………………… (59)
  一 "寓教于乐"戏曲观的四个源头 …………………………… (63)
    （一）诗教中的"言志" …………………………………… (63)
    （二）《易》中的"人文化成" …………………………… (67)
    （三）教化中的复古 ……………………………………… (74)
    （四）优伶讽谏传统 ……………………………………… (77)
  二 宋代乐制中的雅俗争论 ……………………………………… (83)
  三 宋代蒙书中的世俗教化 ……………………………………… (102)
    （一）《神童诗》 ………………………………………… (105)
    （二）《三字经》 ………………………………………… (108)
    （三）《童蒙须知》 ……………………………………… (112)
  四 宋元善书中的世俗教化 ……………………………………… (115)
    （一）三大善书 …………………………………………… (116)
    （二）人性本善，为善常乐 ……………………………… (120)
    （三）起心动念，存善灭恶 ……………………………… (125)

第二章　戏文中的教化状态 ……………………………………（132）
一　以乐成教：关目、人物与创造性艺术手段 ……………（132）
（一）戏曲情节研究的理论 ………………………………（133）
（二）正面人物情节 ………………………………………（139）
（三）反面人物情节 ………………………………………（146）
（四）其他创造性艺术手段 ………………………………（153）
二　人世中的伦理道德 …………………………………（165）
（一）观以成教 ……………………………………………（166）
（二）天生之仁爱本性 ……………………………………（173）
（三）忠孝两全理想 ………………………………………（177）
（四）基于信义的人际关系 ………………………………（185）
三　戏中人的主体精神 …………………………………（192）
（一）人的主体自觉 ………………………………………（195）
（二）精神自由的限度 ……………………………………（202）
四　世俗中的天理与通俗信仰 …………………………（210）
（一）鬼神感应中的命运预兆 ……………………………（210）
（二）世俗天理中的人神交易 ……………………………（214）
（三）以人道彰显天道 ……………………………………（221）

第三章　戏文的语言艺术 ……………………………………（232）
一　转鄙俗为雅妙的"本色观" …………………………（233）
二　"本色"之法 …………………………………………（244）
三　文字传神的娱乐诉求 …………………………………（258）
四　创造意境的语言艺术 …………………………………（273）

第四章　戏文的接受与批评传统 ……………………………（290）
一　明代文人的戏曲癖 ……………………………………（292）
二　明人建立的戏文批评传统 ……………………………（311）
三　更深层的雅俗之辨 ……………………………………（326）

结　语 ………………………………………………（349）

参考文献 ………………………………………………（358）

后　记 ………………………………………………（380）

绪　　论

　　戏文，又称南戏，指宋元间以南曲演唱长篇故事的曲牌体娱乐形式。戏文出现于南宋，在元代时与同属曲牌体的元杂剧并行。明代后仍见民间搬演戏文，但嘉靖间出现重大变化。因魏良辅改制昆腔为水磨调而大获流行，出现用昆腔创作剧本或唱演戏文的现象，形成今日人所皆知的昆曲。清代后曲牌体没落，当时流行的是打破曲牌联套规定的板腔体，衍生出了京剧及地方戏，但搬演体制与唱演剧目仍与古代戏文有密切的承袭关系。

　　清代后戏文没落，这不表示戏文就此绝迹，即如元杂剧兴盛时，戏文仍被搬演。元代时的状况是戏文与杂剧并行发展，两者相互影响，带出了南北曲的交流，但因两者皆用曲牌联套的曲牌体，南北曲交流并未完全打破戏文、杂剧各自原有的体制。清代的状况则不同，当时流行的是音乐程式完全不同的板腔体，戏文改以声腔和新的音乐结构来唱演。清代的变化属于结构性质变，戏文的体制已被打坏。

　　结构性质变来自戏文可移宫换调、改调歌之的音乐性特征。戏文自南宋出现后能广泛流传，明代魏良辅能改造出流行的昆曲，皆出于此。换言之，戏文的音乐结构较为松散，流传至某地便易与当地声腔及流行曲调结合而改变，以新的语言和音乐形态出现。即便曲牌体不再流行，戏文仍可改用板腔体来唱演，成为新地方剧种的母体。与之相对，元杂剧的结构非常严谨，篇幅短而精致，更因北曲曲牌联套规定而不允许移宫换调，也就不能因地制宜地改调歌之，明代中期后已少见搬演。虽明清文人还创作杂剧，但出现不利搬演的案头倾向，不仅打破元杂剧原本的文本和曲牌体制，创作更是如诗文一般为浇心中块垒而出。元杂剧是很精致的表演艺术，但其对戏曲发展的影响主要在于剧目与脚色的承袭，戏文与其派生的昆曲也多改编元杂剧剧目以扩大唱演，但若从唱演、场面调度、乐器运用等表演艺术而言，戏文对戏曲发展的影响更大于杂剧。

戏文的发展可如此总结：戏文于南宋出现后持续发展，明嘉靖后衍变为昆曲并持续兴盛到清乾隆时期，之后则因板腔体兴起而转化为京剧及地方剧种。严格说来，戏文的音乐体制在板腔体兴起后即中断，但剧目和搬演形态仍为后出者继承，尤其是昆曲的搬演美学，经文人论述而为京剧表演之依据。不像元杂剧在明代后走向不适演出的案头剧，南宋戏文引导出的剧作与搬演传统一直存于舞台上，推进中国戏曲的发展与新变。

历史资料说明戏文出现于南宋时期①，但到底是在南宋的哪个时间点出现，明代人的讨论已有分歧。到了近代，学者考证戏文的发生时间，又出现上推至北宋末或下推至元代的不同说法。因无南宋的戏文文本流传，戏文的发生时间点难有定论，再加上论述戏曲史往往同时用现代观点评价古代戏曲活动，种种说法其实都带着特定意图。意图隐藏了现代人面对中国文化的焦虑，评价背后的意识形态更反映出偏见问题，尤其是对戏曲作为娱乐所应有之功能与效益的问题。

戏曲"寓教于乐"，此即言戏曲之功能与效益，但是，自古以来为人所知的道理却说不清戏曲到底在"教"什么，又是在"乐"什么。戏曲研究者都知道戏曲的"寓教于乐"功能，也知道这有关"载道"，但谈戏曲史并评价戏曲活动时，却又顺从特定意识形态，或批评戏曲封建，或赞扬戏曲展现了人民的劳动精神。这是从意识形态进行解读，没有考虑戏曲文化发展的历史脉络。"教"与"乐"一直是古代文人关注的问题，如今更需重新审视，且要跳脱既有的诠释倾向，重新把戏曲娱乐放回其所属之时代背景来谈。此即戏曲文化史的研究，只有这样才能说清楚戏

---

① "宋光宗朝，永嘉人所作《赵贞女》《王魁》三种实首之。""宣和间已滥觞，其盛行则自南渡。号曰'永嘉杂剧'，又曰'鹘伶声嗽'。其曲，则宋人词而益以里巷歌谣，不叶宫调，故士大夫罕有留意者。"（明）徐渭：《南词叙录》，载中国戏曲研究院编《中国古典戏曲论著集成》，中国戏剧出版社1959年版，第3册，第239页。

文衍生出的戏曲传统所具有之特质。为什么要那么"教",又为什么如此"乐",且这种说明亦即在梳理戏曲与中国文化传统间的互动关系。

阐述戏曲传统中的价值观状态,就必须研究作为戏曲源头的戏文,必须深入戏文的文本及相关的历史记载,从中推敲戏文发展的文化脉络。

戏文出现在南宋,但宋元间的戏文"原本"都已失传,现存的宋元戏文皆明代重抄重刊的本子。明清人常谈及且现有全本留存者有五种,其中最著名的是元代高明的《琵琶记》①,另四本是俗称"四大戏文"的《荆钗记》《白兔记》《拜月亭》和《杀狗记》。这五本元代戏文在明代极为流行,民间多见搬演,书坊多有刊刻。一般认为明刊本已经明人改动,但对照沈璟《南九宫十三调曲谱》和张大复《寒山堂新定九宫十三摄南曲谱》收入的宋元戏文残曲,可见明改本仍存原本样貌,其中又以毛晋汲古阁刊本的品质最佳。

除了以上戏文五种,《永乐大典》嘉靖写本有《张协状元》《宦门子弟错立身》和《小孙屠》三本留存,这也是《永乐大典》收录戏曲文本的唯一存本。《宦门子弟错立身》和《小孙屠》作于元代,《张协状元》则是南宋戏文作品,且《永乐大典》收的本子应抄自南宋书会文人的旧戏文改编本。

以这八本戏文为研究对象并作相互比较,可见关目结构的承袭变异,以及隐藏于文字中的价值观状态。但是,关于这八本戏文的身世背景,近代戏曲研究者虽有基本共识,仍多见争议,主要在戏文历史与作者身份的推测上。文本与作者的历史背景是判断作品价值的重要依据,当这无法被确定时,文本解读便易受解读时之意识形态的影响而出现误读。因为误读,所以看不清文本到底在说什么,又是如何说。这八本戏文都在说同一套道理,但原本被古人认为是天经地义的道理反而被现代人视为不合理,也因此出现既推崇又否定的特殊态度。怎么读文本是方法问题,今天的读法确实有待斟酌。

---

① 《琵琶记》有清康熙十三年(1674)陆贻典钞本《新刊元本蔡伯喈琵琶记》一种,陆氏认为所见钱遵王藏本是元本,但俞为民认为陆钞本非元本,只是近旧本,见其《南戏〈琵琶记〉的版本及其流变考述》,载(元)高明编:《琵琶记》,俞为民校注,台北:华正书局1994年版,第18—19页。以下《琵琶记》,皆引自此书,只标明剧名和页码。

戏文衍生出中国特殊的戏曲文化，原因在于戏文的语言文字，是结合叙事与抒情、写实与写意的艺术，与文人传统有极密切的关系。然而，今天谈戏文多忽略文人传统，更大量使用"俗文学"或"民间文学"以"抒情传统"这些看似为常识的专业术语来解读。套术语的方便说法简化处理了内容丰富的戏曲文化，面对戏文的历史、性质与功能存在争议，进而建构出片面化的戏曲史。

本书即以文献综述方法分析近代研究上述八本戏文的诸多争论，并对有问题的诠释进行修正，再确立研究戏曲文化的视野，提出研究戏曲文化的方法。

一 戏文的文本及其历史

《张协状元》《宦门子弟错立身》及《小孙屠》收入《永乐大典》卷13991三未韵戏字的戏文二十七，原收录顺序为《小孙屠》《张协状元》《宦门子弟错立身》[①]，后钱南扬的《永乐大典戏文三种校注》依创作时间更易顺序，改列《张协状元》为首，《小孙屠》为末[②]。《永乐大典》收入的戏文与杂剧共142种[③]，但仅存戏字韵最后一卷。这三本戏文已经明人改动，但学者皆认为近于"原本"。

这三本戏文由叶恭绰于1920年在英国伦敦的古玩店中发现，后北平图书馆曾抄写一份[④]，至1931年才由古今小品书籍刊行会排印出版。钱

[①] 参见（明）解缙编，《永乐大典》卷13991，（明）秦鸣雷、（明）王大任等抄校，台北"国家图书馆"藏明嘉靖写本，缩微胶片影印本。

[②] 参见钱南扬《永乐大典戏文三种校注》，台北：华正书局2003年版。

[③] （明）姚孝广等编：《永乐大典目录》，中华书局1986年版；罗旭舟：《〈永乐大典目录〉所列杂剧初探》，《文学遗产》2011年第3期。《目录》原见清朝杨尚文刊刻的《连筠簃丛书》，中华书局整理刊行的《永乐大典》收入此目录，编为第10册，并参照国家图书馆藏内府本补丛书本缺漏。清人杨尚文是丛书的出资人，抄录者为清朝张穆，道光二十一年（1841）至二十三年（1843）自翰林院抄出目录，参见史广超《〈永乐大典目录〉研究》，《大学图书情报学刊》2008年第3期；郭丽萍：《〈连筠簃丛书〉刊印始末》，《晋阳学刊》2012年第2期。

[④] 参见叶恭绰《永乐大典三种跋》，载古今小品书籍刊行会编《永乐大典戏文三种》，长安出版社1978年重印本。

南扬说,抗日战争后嘉靖写本下落不明,仅钞本流传。① 他说的钞本,应即叶氏提及的北平图书馆钞本。但嘉靖写本并未丢失,现存台北"国家图书馆"。

汪天成在准备版本学课程时,无意间发现台北"国家图书馆"藏《永乐大典》卷 13991 写本。明人删去书会才人名称,如改编《白兔记》便完全删去成化本《白兔记》的副末开场②,但《寒山堂曲谱》有著录《张协状元》,题"张叶状元传",并言"吴中,九山书会"作③,与大典本相同。《寒山堂曲谱》所据的底本是不是明人的改编本,难以考证,但从收入的两支曲文来看,与大典本和其他曲谱所收之曲文雷同,则大典本应即《张叶状元传》的改编本,且是未经大幅度改动的直接抄录。再对比《九宫正始》和其他明清曲谱收《张协状元》的曲牌名和曲文,汪天成也发现与大典本相近,则曲谱所据的流传本与大典本的底本应是同一本。易言之,《张协状元》在明清两代只有单一刊本流传,大典本是今存最古的版本。④

汪巨荣不同意只有单一版本流传的说法,认为《古本戏曲丛刊》的底本是另一个明代钞本的移录本,也是王季思辑《全元戏曲》卷 9 收戏文三种的底本。⑤ 其说证据不足,且结论移录本与嘉靖写本皆"严格摹写原本",反证《古本戏曲丛刊》本与嘉靖写本的同质性,则移录本的底本可能是叶恭绰跋文提及的"北平图书馆抄本"。曾永义就认为《古本戏曲

---

① 参见钱南扬《永乐大典戏文三种校注》,台北:华正书局 2003 年版。
② 成化本《白兔记》的副末开场,作者自言"永嘉书会才人",参见《新编刘知远还乡白兔记》,载《明成化说唱词话丛刊十六种附白兔记传奇一种》,上海博物馆 1979 年影印成化永顺堂刊本,第 12 册,第 2 页 a。此本为明代坊本,刊刻品质极差,文字拙劣且误字极多,如"既然"作"计然"。本书引述成化本的内容,均改正误字并加入标点。成化本详细记录了副末开场的过程,先念致语,后请神,之后念一串咒语【红芍药】,明显是演出本,更证《白兔记》在成化间仍有演出。汲古阁本并无此副末开场,俞为民校《白兔记》,据成化本出注并补入内容,参见(元)永嘉书会编《白兔记》,俞为民校注,载《宋元四大戏文读本》,江苏古籍出版社 1988 年版,第 180 页。以下《白兔记》,皆引自此书,只标明剧名和页码。
③ 参见(清)张大复辑《寒山堂新定九宫十三摄南曲谱》,上海古籍出版社 2002 年版,《续修四库全书》本影印中国艺术研究院音乐研究所藏抄本。
④ 参见汪天成《〈永乐大典戏文三种〉的再发现与〈张协状元〉的流传》,《戏曲艺术》2010 年第 1 期。
⑤ 参见汪巨荣《〈永乐大典戏文三种〉嘉靖抄本初读记》,《戏曲研究》2012 年第 2 期。

丛刊》依据的底本即"北平图书馆抄本",并肯定钱南扬以排印本为底本是可靠的,且校注精确,是宋元南戏研究的重要成果。①

钱南扬的校注对南戏研究贡献极大,断定三本戏文的时代和作者身份,注解中更提出南戏的艺术特征和折射出的时代意识。他判断作品时代的方式有四:一是宋元时期的地名差异;二是剧中人物说话口气和对现实状态的描述;三是文本中的宋元表演形式,如诸宫调、断送、院本、拴搐和冲州撞府;四是文本互涉,即曲文直接引用剧目或描述他剧之本事。依其论,《张协状元》确定是宋人作品且是戏文初期之作,题目下作"九山书会编撰",可见,此剧是书会团体的共同创作。《宦门子弟错立身》《小孙屠》也是共同创作,前者为古杭才人新编,后者是古杭书会编撰。《宦门子弟错立身》提及金元间作家花李郎和关汉卿,应是金亡至元灭南宋间的作品;《小孙屠》则最晚出,是元代之作。②

他认为戏文出现在北宋宣和年间,刚发生时是"小戏",但《张协状元》的形式结构相当完整,已是脱离"小戏"的南宋之作。另提徐渭说"宋光宗朝,永嘉人所作《赵贞女》《王魁》二种实首之"③ 不合理,因从《王魁》佚曲来看,曲文风格并非里巷歌谣,则戏文于宋光宗朝时应已成熟,故言《王魁》与《张协状元》的创作时代应相近。④ 曾永义同意《张协状元》为南宋中叶的早期戏文作品。⑤ 胡明伟则分析戏文中的词调、词牌、第23出旦宾白引南宋曹豳《题括苍冯公岭二首》诗句"山南山北梧桐树",以及剧中出现的南宋社团与特殊技艺,断定此剧创作的最早时间为嘉泰二年(1202),稍晚于光宗朝。⑥

另有持"元代说"者,如刘怀堂认为是元初人据《状元张协传》改编,且改编本就是《古本戏曲丛刊》用的底本。⑦ 此说难以成立,因《寒山堂曲谱》著录的是《张叶状元传》,非《状元张协传》,且原本不

---

① 参见曾永义《永乐大典戏文三种述评》,《台湾戏专学刊》2006年第12期。
② 参见钱南扬《永乐大典戏文三种校注》,台北:华正书局2003年版。
③ (明)徐渭:《南词叙录》,载《中国古典戏曲论著集成》,第3册,第239页。
④ 参见钱南扬《戏文概论》,台北:木铎出版社1982年版。
⑤ 参见钱南扬《永乐大典戏文三种校注》,台北:华正书局2003年版。
⑥ 参见胡明伟《〈张协状元〉的产生年代及其戏剧观念》,《南都学坛》2005年第5期。
⑦ 参见刘怀堂《〈永乐大典〉之〈张协状元〉应是元初作品》,《戏剧》2008年第4期。

存。说避讳、接丝鞭、郡主、驸马等是元代才有的词汇,以此断定时代,忽略了明人改动旧本的问题。

俞为民与刘水云则把"南宋中叶说"往上推至北宋末,目的在于把戏文的历史往前推,但举证亦不足。以剧中使用的宋杂剧、缠令和南曲形式为证,并不能确定其必为北宋作品。又说剧中出现的历史人物和名物制度都是北宋的,但这忽略了戏的虚拟性、创作传统的制约(如对旧地名、制度名称的重复使用),以及南宋人沿袭北宋制度的问题。再言剧中用语皆北宋人话语,但这主要是成语使用的普遍性使然。他们也谈及"山南山北梧桐角",说曹豳原文作"山南山北梧桐树",尾字不同,再据明人王圻《三才图会》卷3"乐器"条,说这讲的是北宋温州和东南地区的吹梧桐角的民间风俗,但这仍难以证明创作时代就是北宋。①

奚如谷(Stephen West)谈《宦门子弟错立身》的方言使用时这么说:使用宋代地名是戏曲创作的常态,旧名称的重复运用是戏曲创作的重要特征。② 以宋代名物制度为关目背景,在元代已成为创作传统,并一直延续至京剧产生。南宋人与元人作剧,多用宋以前故事,即便以当时事件进行发挥,因宋元时代相近,前朝名物制度传统仍流传民间,很可能因习惯而沿用。明代后仍这么用,一个重要因素是明朝开国即禁止戏曲扮演帝王圣贤,加上避讳及"犯上诬贤"的禁令,关目背景的重复运用成为戏曲创作惯例。清代仍有律令禁戏,使得以北宋为背景的创作传统更为突出。③ 上述的"北宋说"与"元代说"都忽略了戏曲创作的传统。

有关《宦门子弟错立身》的创作时代,钱南扬认为在金朝亡至元朝统一间,实有问题。朱桓夫从本事、古杭和御京书会名称、剧中出现元

---

① 参见俞为民、刘水云《宋元南戏史》,凤凰出版社 凤凰出版传媒集团2009年版,第202—210页。
② 参见 West, Stephen H., "Shifting Spaces: Local Dialect in a Playboy from a Noble House Opts for the Wrong Career",《戏剧研究》创刊号2008年1月。
③ 参见丁淑梅《明代禁戏与戏曲的文本流移和传播禁忌》,《中国戏曲学院学报》2012年第2期。

人刘耍和、元杂剧文本互涉、无丑角,以及元代李直夫有同名杂剧等论证,认定《宦门子弟错立身》是改编自李直夫杂剧的戏文。① 俞为民和刘水云持同样观点。② 另此剧第12出中,生唱:"真字能抄掌记,更压着御京书会"③,冯沅君怀疑御京书会与贾仲明提及的玉京书会有关④。曾永义认为两者相同,并进一步指出此剧同《小孙屠》,题目的尾句有剧名,已受元杂剧体例影响,且古杭必是元人说法,南宋人不称自己的首都为"古"。⑤ 陈万鼐亦言南宋人贯称临安为行在⑥,古杭不是南宋人称呼首都的方式。此剧题目下作:"古杭才人新编。"与《小孙屠》作古杭书会编撰相似。钱南扬也注意到两剧说法的同质性,认为《宦门子弟错立身》是南宋作品确实不合理。

南戏研究者多肯定钱南扬对《小孙屠》的时代断定,不过,俞为民和刘水云提出《小孙屠》可能是萧德祥的改本。⑦ 此观点,金宁芬早已论及。⑧《录鬼簿》载萧德祥"有南曲,街市盛行。又有南戏文"。贾仲明吊词说:"武林书会展雄才,医业传家号复斋,戏文南曲衡方脉"⑨,可知萧德祥为杭州武林书会中人,有南曲戏文作品。俞为民和刘水云认为武林书会与古杭书会有同质性,因此《小孙屠》极可能是萧德祥之作。

---

① 参见朱桓夫《戏文〈宦门子弟错立身〉产生于元代》,《文学遗产》1986年第4期。
② 参见俞为民、刘水云《宋元南戏史》,,凤凰出版社 凤凰出版传媒集团2009年版;West, Stephen H., "Shifting Spaces: Local Dialect in a Playboy from a Noble House Opts for the Wrong Career,"《戏剧研究》创刊号2008年1月。
③ (元)古杭才人编:《宦门子弟错立身》,钱南扬校注,载《永乐大典戏文三种校注》,台北:华正书局2003年版,第244页。以下《宦门子弟错立身》,皆引自此书,只标明剧名和页码。
④ 参见冯沅君《古剧说汇·书会》"注60",作家出版社1956年版。贾仲明讲钟嗣成"载其前辈玉京书会燕、赵才人,四方名公士夫编撰当代时兴传奇、乐章、隐语比词源诸公卿士大夫"云云。(明)贾仲明:《书录鬼簿后》,载《录鬼簿(外四种)》,古典文学出版社1957年版,第5页。
⑤ 参见曾永义《永乐大典戏文三种述评》,《台湾戏专学刊》2006年第12期。
⑥ 参见陈万鼐《元代"书会"研究》,《国家图书馆馆刊》2007年第1期。
⑦ 参见俞为民、刘水云《宋元南戏史》,凤凰出版社 凤凰出版传媒集团2009年版,第235—236页。
⑧ 参见金宁芬《南戏研究变迁》,天津教育出版社1992年版。
⑨ (元)钟嗣成:《录鬼簿》,载《录鬼簿(外四种)》,第42页。

据诸家考证，《张协状元》当为南宋中期作品，《宦门子弟错立身》与《小孙屠》皆元人所作，不过都已经过元、明人的改动。从文本中的文字和科白来看，三本的底本皆为搬演本。金宁芬指出，宋元戏文散佚，除被禁毁的政治因素外，文本为演出脚本是重要缘由。①俞为民也说《永乐大典》本戏文及成化本《白兔记》皆当时书会中掌记抄写的舞台记录本，他称为"提纲戏"，并言这是书会中人集体创作的产物。②抄写演出本戏文在元末明初时相当盛行。从毛晋汲古阁刊的四大戏文来看，文本虽已为明人所改动而文学化，科白文字仍见搬演性。明代人改动剧本而使文本走向文学化，如臧懋循编《元曲选》就大量篡改曲文宾白，这已是戏曲史公论，但从大量刊行来看，除了改编者自身偏好之外，是当时为人所好且有古本流传使然。这些古本为搬演本，品质不定，所以文人才改动以合其品味。刊行与改动反映出戏文于明中后期时仍受欢迎，常被演出，那么，戏文自南宋出现后便一直流传，并未被元杂剧所取代，而且昆曲虽脱胎于戏文，但在明代后期的剧坛上仍是昆曲与戏文并行的。③

钱南扬认为《张协状元》《宦门子弟错立身》《小孙屠》《白兔记》和《琵琶记》经明人改动但仍保留原本面目者，至于《荆钗记》《拜月亭》和《杀狗记》则是明人大幅改动后的作品。④其实，俗称"四大戏文"的《荆钗记》《白兔记》《拜月亭》和《杀狗记》都保留了元代搬演本特征。这四本戏文皆无明代以前的刊本流传，《杀狗记》更仅见汲古阁《六十种曲》本，另三种的刊本状况则较复杂。

---

① 脚本为谋生而出，所以缺乏艺术性，再加上兵燹而仅少数流传。参见金宁芬《南戏研究变迁》，天津教育出版社1992年版。
② 参见俞为民、刘水云《宋元南戏史》，凤凰出版社 凤凰出版传媒集团2009年版。
③ 明末时严助庙庙会即搬演"全伯喈""全荆钗"，参见（明）张岱《陶庵梦忆》卷4《严助庙》，载《陶庵梦忆·西湖梦寻》，马兴荣点校，上海古籍出版社1982年《明清笔记丛书》本。明代文人介入戏曲活动而加深了"转俗为雅"意识，这是"寓教于乐"戏曲观被合法化的重要因素，详见本书第4章。
④ 参见钱南扬《戏文概论》，台北：木铎出版社1982年版。

汲古阁本《杀狗记》作"龙犹子订定",是冯梦龙的改本。① 前人据朱彝尊《静志居诗话》卷4"徐畈"条②,言此明初人即《杀狗记》作者,王国维即持此说。③ 钱南扬则认为"四大戏文"皆宋人之作,徐氏只是改编者。④ 宋人说的依据在《宦门子弟错立身》第5出【排歌】中的文本互涉,提到《杀狗劝夫婿》⑤,不过,因认定《宦门子弟错立身》为南宋作品而说"四大戏文"皆宋人之作,证据很薄弱。俞为民断定此剧为元人作品,徐氏是改编者,且明代文人多有改编,除了冯梦龙,还有沈兴白、徐时敏和吕天成等,只不过不见流传本。他进一步指出,文本确实具有搬演特征,明显是从搬演本改编的。俞为民另提出,民间书坊不刊刻此剧,主要原因在于曲文俚俗且故事情节太简单。⑥ 故事情节太简单的说法可能成立,但说曲文俚俗而不刊刻则不合理。他在《杀狗记》校注提要中说此剧语言本色自然,甚为推崇,则评价已有矛盾。为迎合一般人品味,何以因曲文俚俗而不刊行?就文本内容来看,宾白多俚俗不雅,但打诨调笑文字更吸引人,更具舞台效果。民间书坊刊行书籍是要营利的,不刊行此剧应是文人偏见使然。一般人不识字,不可能是书坊的顾客群,也正是认定此剧文字鄙陋,不论低层或高级文人皆不感兴趣(或否定其价值),所以书坊不刊行。另,明清文人曲论,不断批评此剧语言文字俚俗鄙陋,可见它一直是被讨论的对象,反证其为民间所好的剧作。此外,曲论中说的俚俗实含双重标准,不满者以俚俗批评之,但俚俗同时又被转化用来说本色自然。文人参与对比民间演剧,俚俗鄙陋对照本色自然,《杀狗记》文本的被接受与否反映出尖锐的雅俗问题。再从文本内容来看,打诨语并非结构情节的语言主体,曲文更已见文学

---

① 参见(元)徐畈编(传)《杀狗记》,俞为民校注,载《宋元四大戏文读本》,江苏古籍出版社1988年版。以下《杀狗记》,皆引自此书,只标明剧名和页码。
② 参见(清)朱彝尊《静志居诗话》,上海古籍出版社2002年版,《续修四库全书》影印本清嘉庆二十三年(1818)扶荔山房刻本。
③ 参见王国维《宋元戏曲考》,《王国维全书》,上海古籍书店1983年版,第15册。
④ 参见钱南扬《戏文概论》,台北:木铎出版社1982年版。
⑤ 《宦门子弟错立身》,第231页。
⑥ 参见俞为民《明代南京书坊刊刻戏曲考述》,《艺术百家》1997年第4期。

化状态，则今天谈此剧也以俚俗鄙陋作结，实是沿袭着明人的偏见。①

语言质朴为"四大戏文"的特征，这是老生常谈。钱南扬推崇汲古阁本《白兔记》，原因就在此，并以此判断文本近于古。② 赵景深也肯定汲古阁本《白兔记》保存元代曲词原样，虽时代比成化本晚，又缺乏副末开场，还多了八出，但整体内容与成化本差异不大。③ 孙崇涛改从音乐体制来看，亦得相同结论，肯定成化本搬演性更强，但与汲古阁本皆属同一源流。④ 俞为民认同成化本和汲古阁本为同一系统，富春堂本则是据原本大幅度改编的坊本。⑤

俞为民的《宋元四大戏文读本》即以汲古阁本为底本，其中的《白兔记》据成化本、《九宫正始》佚曲及富春堂本校对。以汲古阁本为底本，主因此本的文学性较强，可读性较好。⑥ 毛晋的汲古阁本《六十种曲》是私家刻书，不同于富春堂的民间刻书。明代坊间刻书的质量参差不齐，为吸引读者以增加销售，多考订不实且大量篡改。坊本突出明代戏文受欢迎的状态，富春堂、继志斋和文林阁都刊《荆钗记》，文林阁、世德堂及师俭堂刊《拜月亭》，富春堂、继志斋、师俭堂刊《琵琶记》。⑦

《荆钗记》的坊本极多，且有署李卓吾、屠赤水的评点本。俞为民即以温泉子编集、梦仙子校订的《影钞新刻元本王状元荆钗记》、李卓吾评点本及《九宫正始》收75支佚曲来校对汲古阁本。此剧作为柯丹邱所

---

① 戏曲研究常见此偏见，尤其是谈此剧都直接断定为鄙俗，而鄙俗实际说的是缺乏文学性。问题是，否定的说法并未说明曲文如何缺乏文学性，又如何鄙俗，遑论探究何谓戏曲文本该有的文学性，俚俗与本色自然又有什么不同，雅俗又该如何断定等问题。本书第三章谈戏文角色及语言表现会再提出这些问题，一并更深入分析戏曲的"本色"概念。

② 参见钱南扬《戏文概论》，台北：木铎出版社1982年版。

③ 参见赵景深《明成化本南戏〈白兔记〉的新发现》，《文物》1973年第1期。

④ 参见孙崇涛《明代戏文的曲调体制——成化本〈白兔记〉艺术形态探索之一》，《音乐研究》1984年第3期。

⑤ 参见俞为民《宋元南戏考论续编》，中华书局2004年版。

⑥ 参见俞为民《宋元四大戏文读本·前言》，江苏古籍出版社1988年版。

⑦ 参见俞为民《明代南京书坊刊刻戏曲考述》，《艺术百家》1997年第4期。

撰，王国维、青木正儿与罗锦堂皆认为是明代宁献王朱权。① 后来的研究者多质疑此说，周贻白和钱南扬更直接否定。② 俞为民认为此剧既早于元明时期被视为"四大戏文"之首，时代不可能晚于其他三剧，且《寒山堂曲谱》有著录《王十朋荆钗记》："吴门学究，敬先书会，柯丹邱箸（按：著）"③，此柯丹邱应是宋元时期苏州敬先书会的才人。④

《拜月亭》是备受推崇的戏文，明代还出现了著名的关于《琵琶记》《拜月亭》的争论，实际上是以何良俊和王世贞为首的两种戏曲观的争论。王国维认为《拜月亭》是从关汉卿《闺怨佳人拜月亭》杂剧改编的元代戏文，又指出王实甫有名字相近的《才子佳人拜月亭》杂剧，另再据《录鬼簿》"施惠"条质疑何良俊、王世贞、臧懋循所说作者为元人施惠。⑤ 青木正儿肯定其说，并提出明代世德堂本最古，但他不喜此剧过度造作。⑥ 钱南扬同意世德堂本最古，并言及这是唯一没被明人改坏的古戏文，另据《寒山堂曲谱》载："吴门医隐，施惠，字君美箸（按：著）"⑦，认为此"施惠"非《录鬼簿》载的杭州商人施惠，也批评王国维说王实甫有同名杂剧不正确。⑧《南词叙录》中的"宋元旧编"早著录此剧，《九宫正始》也收了133支佚曲并作"元传奇"，加上曲文明显有元人口气，俞为民断定《拜月亭》为元代作品。他认为作者虽非施惠，

---

① 参见王国维《宋元戏曲考》，《王国维全书》，上海古籍书店1983年版，第15册；[日]青木正儿《中国近世戏曲史》，王吉庐译，台北：台湾商务印书馆1965年版；罗锦堂《锦堂论曲》，台北：联经出版事业股份有限公司1977年版。

② 周贻白还说柯丹邱也不是元人柯九思。参见周贻白《中国戏剧史长编》，人民文学出版社1960年版；钱南扬《戏文概论》，台北：木铎出版社1982年版。

③ （清）张大复辑：《寒山堂新定九宫十三摄南曲谱》，第643页。

④ 参见（元）柯丹邱编，《荆钗记》，俞为民校注，载《宋元四大戏文读本》，江苏古籍出版社1988年版。以下《荆钗记》，皆引自此书，只标明剧名和页码。

⑤ 参见王国维《宋元戏曲考》，《王国维全书》，上海古籍书店1983年版，第5册。王国维提的"施惠"条，见清朝曹楝亭本《录鬼簿》作："惠字君美，杭州人。"明朝天一阁本《录鬼簿》无"施惠"条，但有"施君承"条，说："钱塘人，世居吴山。"两条皆未提《拜月亭》。（元）钟嗣成：《录鬼簿》，载《录鬼簿（外四种）》，第83、93页。

⑥ 参见[日]青木正儿《中国近世戏曲史》，王吉庐译，台北：台湾商务印书馆1965年版。

⑦ （清）张大复辑：《寒山堂新定九宫十三摄南曲谱》，第644页。

⑧ 参见钱南扬《戏文概论》，台北：木铎出版社1982年版。

但世德堂本副末开场的【满江红】提及"钱塘",作者必是元代杭州人。此剧存世德堂本、文林阁本、容与堂本(李卓吾评点本)、《六合同春》本(师俭堂刊陈眉公评点本)、朱墨本(凌濛初偕凌延喜评点本)、汲古阁本及德寿堂本,都是坊本。俞为民即以世德堂本和《九宫正始》来校对汲古阁本。①

《琵琶记》最能体现明代刊刻戏曲之盛。以元人高明为《琵琶记》作者,王国维考证精详,已为定论。② 俞为民校《琵琶记》即以汲古阁本为底本,用陆典贻钞本《新刊元本蔡伯喈琵琶记》配合《九宫正始》和沈璟《南九宫十三调谱》所收佚曲校对。除陆典贻钞本,他所见明刊本《琵琶记》共32种,分两大系统:一为与陆钞本同源而近元旧本的元本系统,一是经明人大幅改动的时本系统,汲古阁本即属后者。他在校注本附录中指出,明代时本的差异甚小,汲古阁本最精。另从曲谱所收佚曲与两大系统互校,发现元本、时本、佚曲间虽有差异,时本大致保留元本的语言、关目结构和人物表现。主要改动处有三:一是剧本分出并加出目;二是增损情节,修正情节不合理处并突出娱乐效果;三是曲律更定并改正失韵文字。他认为时本的改动提高了艺术性,情节较合理,人物个性较少矛盾,不过对曲律的修正多有错误。③

今人探究"四大戏文",确定皆为元人作品,但由于仅有明刊本流传,只有成化本《白兔记》署名永嘉书会才人所作,其他三剧的作者皆有争议。虽无元刊本流传,但汲古阁本折射出戏文于明代的流行。伊维德(Wilt Idema)指出,虽文献不足而无法断定谁改编谁,又是如何改的,但从不断重复运用特定本事和关目来看,改编反映出创作传统,且因以新的艺术手段来吸引观众,重新使旧本事活化,同时也使特定主题、关目和角色复杂化和典型化。④ 相互比较这8种戏文可见明显的类型化倾

---

① 参见(元)施惠《拜月亭》,俞为民校注,载《宋元四大戏文读本》,江苏古籍出版社1988年版。以下《拜月亭》,皆引自此书,只标明剧名和页码。
② 参见王国维《宋元戏曲考》,《王国维全书》,上海古籍书店1983年版,第5册。
③ 参见俞为民《南戏〈琵琶记〉的版本及其流变考述》,载(元)高明《琵琶记》,俞为民校注,台北:华正书局1994年版。
④ 参见 Wilt, Idema., "Emulation through Readaptation in Yüan and Early Ming Tas-chü," *Asia Major*, Vol. 3, No. 1, 1990.

向，但又可见新的艺术手段，可知明代对宋元戏文创作的接受远大于修正。

改编是中国戏曲的一大特征，改编本推展了创作传统。形式的承袭与变异也反映在价值观上，在肯定既有教化观的同时又提出新的价值判断，而改编者正是以关目、人物及语言文字来使新的观点合理化。语言文字的运作背后有传统教化观的引导，使新观点被内化为既有价值观，戏文出现文学化倾向亦出自这个因素。此外，明人曲论不断谈及这些剧作，对戏文更多正面评价，且评价来自对语言文字的欣赏与批评，与现代戏曲学界中说的俗文学、民间文学不同。著名戏文被改编搬演，文本不断被刊刻，曲论中又重复出现，突出戏文的流行。反观今天以剧种提出的戏曲断代史，也就需要进一步深入讨论了。

二　诠释意图与戏曲史论述问题

戏曲研究有艺术和文学两大分别，而之所以这么划分，目的在于更详细地说明戏曲的艺术形式和思想内容，不过，这也就产生了片面诠释的问题。从文化传统来看，文化是一个整体，是人与社会整体的象征性展现。中国文化的象征体系从"文"而出，目的是化成人文，戏曲的创作与搬演也带有相同的目的。思想内容不该与艺术形式分割论之，因为后者本已带有前者的印记，"寓教于乐"价值观正是形式与内容叠合并互动下生成的文化认知。

一般学者不认为"寓教于乐"是需要讨论的，这是理所当然的态度，也是文化中的常态。理所当然，就会不明就里，引导出的是模糊不清的认识，进而在意识形态及现代文化的冲击下出现误解，把旧有的、传统的批评视为不合时宜与落后。古代的戏曲就这样在现代人的意识中成为封建、八股、迷信之代表，但吊诡的是，若再转从今天流行的文化遗产意识看戏曲传统，戏曲反而是能凸显自身文化特殊性与优越性的表征。戏曲是文化遗产，我们应当努力保护，可是，这不就在保护被批评的封建、八股与迷信吗？

设立"文化遗产"的概念,意在保存具有"非功利性文化意义"且"展现文化团体精神"的传统,保存更是深入的研究、记录、教育、认同、保护、传播。① 文化遗产概念来自尊古,且言教育、认同及传播文化精神,提倡的是认同传统并要以古鉴今。这与中国古人说的"复古"相似,更与中国文人的教化意识相呼应。以此为准看戏曲文化遗产,即如高行健所言,认知、诠释、研究、传播都需打破意识形态的掌控与政治化解读问题。② 然而,戏曲研究真已如此为之吗?是否模糊的价值判断和武断的政治解读仍弥漫于学术论述中呢?

自《宋元戏曲考》开始了近代的戏曲史研究,而后的戏曲研究发展出六条主要路径。

第一,传统的戏曲史论述,如周贻白的《中国戏剧史长编》[③]、日本学者青木正儿的《中国近世戏曲史》[④]、张庚与郭汉城的《中国戏剧通史》[⑤]、钱南扬的《戏文概论》[⑥]、俞为民的《宋元南戏考》[⑦]、胡忌与刘致中的《昆剧发展史》[⑧] 等。写史外,一并考证戏曲的名物制度,如孙楷第的《也是园古今杂剧考》[⑨]、叶德均的《戏曲小说丛考》[⑩]、胡忌的《宋金杂剧考》[⑪] 等。

第二,考证作者与分析作品,这来自传统的文学研究,历来著作数量庞大,最著名的当属《西厢记》与《牡丹亭》研究,早期研究者如吴梅的

---

① 参见 Richard Kurin, "Safeguarding Intangible Cultural Heritage in the 2003 UNESCO Convention: a critical appraisal," *Museum International*, Vol. 56, No. 1 – 2, 2004。
② 参见高行健、方梓勋《论戏剧》,台北:联经出版事业股份有限公司2010年版。
③ 参见周贻白《中国戏曲史长编》,人民文学出版社1960年版。
④ 参见[日]青木正儿《中国近世戏曲史》,王吉庐译,台北:台湾商务印书馆1965年版。
⑤ 参见张庚、郭汉城《中国戏剧通史》,台北:丹青出版社1987年版。
⑥ 参见钱南扬《戏文概论》,台北:木铎出版社1982年版。
⑦ 参见俞为民《宋元南戏考》,台北:台湾商务印书馆1994年版。
⑧ 参见胡忌、刘致中《昆剧发展史》,中国戏剧出版社1989年版。
⑨ 参见孙楷第《也是园古今杂剧考》,上杂出版社1953年版。
⑩ 参见叶德均《戏曲小说丛考》,台北:文史哲出版社1989年版。
⑪ 参见胡忌《宋金杂剧考》,中华书局2008年版。

《中国戏曲概论》[1] 亦属此类。有关南曲戏文,金宁芬的《南戏研究变迁》[2]与孙崇涛的《南戏论丛》[3] 更是结合第一个方向的综合性讨论。

第三,戏曲文献学研究的集录、辑佚与考证,集历代剧作、曲论、折子戏和曲谱曲选,最特殊的是辑佚演员演出的记录和历代禁毁戏曲资料。

第四,建构戏曲搬演史与搬演理论,如陆萼庭的《昆曲演出史稿》[4]、王安祈的《明代传奇之剧场及其艺术》[5]、李惠绵的《元明清戏曲搬演论研究——以曲牌体戏曲为范畴》[6]、傅谨的《中国戏剧艺术论》[7] 等。重建历史中的搬演是戏曲研究的重要课题,以搬演资料来建立新的、独立的研究范畴。这并非新的研究题目,但却是大受西方表演艺术研究影响的新发展,方法上同时运用中国古典文艺理论和当代表演艺术理论。另任讷的《唐戏弄》很特殊,本是属于第一个路径的著作,但钩稽戏弄的搬演史料带有第三个路径的性质,且从搬演史料来说唐代的"戏弄"已经是戏,是搬演之祖,把中国戏曲的源头上推至唐,其观点与方法影响了近代的搬演史研究。

第五,戏曲美学及理论批评史研究,整合第一条、第二条与第四条路径,再结合中西文艺理论来解读古代曲论,重要著作有夏写时的《中国戏剧批评的产生和发展》[8]、叶长海的《中国戏剧学史稿》[9]、郭英德的《明清文人传奇研究》[10]、谢柏梁的《中国分类戏曲学史纲》[11]、郑传寅的

---

[1] 参见吴梅《中国戏曲概论》,陈乃乾校,台北:学海出版社1979年版。
[2] 参见金宁芬《南戏研究变迁》,天津教育出版社1992年版。
[3] 参见孙崇涛《南戏论丛》,中华书局2011年版。
[4] 参见陆萼庭《昆曲演出史稿》,赵景深校,上海文艺出版社1980年版。
[5] 参见王安祈《明代传奇之剧场及其艺术》,台北:台湾学生书局1986年版。
[6] 参见李惠绵《元明清戏曲搬演论研究——以曲牌体戏曲为范畴》,台北:文史哲出版社1998年版。
[7] 参见傅谨《中国戏剧艺术论》,山西教育出版社2003年版。
[8] 参见夏写时《中国戏剧批评的产生和发展》,中国戏剧出版社1982年版。
[9] 参见叶长海《中国戏剧学史稿》,中国戏剧出版社2005年版。
[10] 参见郭英德《明清文人传奇研究》,北京师范大学出版社1992年版。
[11] 参见谢柏梁《中国分类戏曲学史纲》,台北:台湾商务印书馆1994年版。

《中国戏曲文化概论》①、王瑷玲的《晚明清初戏曲之审美构思与其艺术呈现》②及谭帆与陆炜的《中国古典戏剧理论史》③。戏曲美学论与理论批评史有差异处：前者以特定戏曲观为戏曲理论内容，肯定戏曲艺术的独特性与独立性；后者则在说明历史中戏曲批评的发展脉络，更重与文艺思想史的关系。两者皆超越了纯粹以艺术形式论述思想史的研究。

第六，剧场文化史研究，是受西方文化研究影响而产生的新方向，把剧场视为特殊的文化现象，整合艺术形式论、美学论、传统文学评论和思想史研究，从戏曲活动来检视政治、经济、社会及文化群体的变化，说明中国文化的特征。这与戏曲美学和理论批评史研究互为表里，且从内容来看，郑传寅与王瑷玲两位之作亦可归为此类，但重心偏向美学。更近于文化史的著作有唐文标的《中国古代戏曲史初稿》④、赵山林的《中国戏曲观众学》⑤、陈抱成的《中国的戏曲文化》⑥、吴晟的《瓦舍文化与宋元戏剧》⑦、陈建森的《戏曲与娱乐》⑧、李舜华的《礼乐与明前中期演剧》⑨、姚旭峰的《士文化的一个样本：明清江南园林演剧初探》⑩、沈广仁的《明代精英剧场（1368—1644）》⑪及美国汉学家夏颂（Patricia Sieber）的《欲望的剧场——作者、读者与早期中国戏曲的再生产（1300—2000）》⑫。另新加坡籍学者陈龘沅的《知足与过失之歌——十六世纪北方中国的致仕

---

① 参见郑传寅《中国戏曲文化概论》，台北：志一出版社1995年版。
② 参见王瑷玲《晚明清初戏曲之审美构思与其艺术呈现》，台北"中央研究院中国文哲研究所"2005年版。
③ 参见谭帆、陆炜《中国古典戏剧理论史》，华东师范大学出版社2005年版。
④ 参见唐文标《中国古代戏曲史初稿》，台北：联经出版事业股份有限公司1984年版。
⑤ 参见赵山林《中国戏曲观众学》，华东师范大学出版社1990年版。
⑥ 参见陈抱成《中国的戏曲文化》，中国戏剧出版社1995年版。
⑦ 参见吴晟《瓦舍文化与宋元戏剧》，中国社会科学出版社2001年版。
⑧ 参见陈建森《戏曲与娱乐》，上海人民出版社2003年版。
⑨ 参见李舜华《礼乐与明前中期演剧》，上海古籍出版社2006年版。
⑩ 参见姚旭峰《士文化的一个样本：明清江南园林演剧初探》，上海书店出版社2011年版。
⑪ 参见 Shen, Gront Guangren, *Elite Theatre in Ming China 1368 – 1644*, London: Routledge, 2005。
⑫ 参见 Sieber, Patricia, *Theatres of Desires: Authors, Readers, and the Reproduction of Early Chinese Song-Drama*, 1300 – 2000, New York: Palgrave Macmillan, 2003。

文人和文人群体》[①] 则是从第二条路径转向此路径的著作。

六条基本路径，皆由戏曲史分流出来，其中文献学明显不做文本意义的价值判断，其余都探讨了作品的意义问题。其中，第二条路径专讲内容，第四条路径专说形式，正与学科分类相呼应：中文专业大多谈作者的生平和作品内容，戏曲戏剧专业则专研艺术体制的问题。由于考证形式变迁难以兼顾内容分析，面对作品价值多援用来自文学研究的价值判断，也因此，"作者情志说"成为解读戏曲的最根本原则。至于第五条与第六条路径，实以第二条和第四条路径的研究为基础，再加入近代的新观点，从不同方面解读戏曲史料的多重意义并挖掘戏曲的"民间性"，跨学科研究特征突出。不过，诠释的开放性诉求来自以"反"为根本立场的后现代文化理论，诠释内容折射出面对历史与传统的模糊态度。当代戏曲研究虽逐渐脱离政治意识形态，但"五四"时期建立起的"俗文学""反传统"及"国家文化"意识仍很明显。

这么一来，判断戏曲的价值实际只有"作者情志说"和"意识形态说"两大模式。戏剧戏曲专业研究的戏曲，因为是艺术形式论，价值判断更依赖这两种模式。然而，"作者情志说"本内含教化意识，但教化观在近代已被妖魔化，结果用意识形态来说明作品中隐藏的情志，是在突出戏曲的民间性。如此强调民间性，更是因近代的革命意识已把民间性理论化为革新国家文化的唯一条件。

面对清末的种种失败，所有的问题都归咎于古代的落后、传统的停滞。积累了古代糟粕的文学与戏曲急需革新，传统需被颠覆。五四时期的学者发现了人在现实生活中的口语不断与时俱进，那是进步的，而笔下所写的文言则脱离生活而停滞不前，阻碍思想发展。若要发展新的国家文化，就必须用口语的白话来推翻文言文的制约。这种认知带出了"俗文学"概念，不仅被推为文学的核心，更是重新活化文学的唯一条件。俗文学是建立新文学的根本，也只有新文学才能促成合理且有效的民族文化认同。所以，

[①] 参见 Tan, Tianyuan, *Songs of Contentment and Transgression: Discharged Officials and Literati Communities in Sixteenth-Century North China*, Cambridge, MA.: Harvard University ASIA Center, 2010.

必须要"反传统",要打破桎梏人心的文人传统与文学传统。①

"反"意识形态有内在的矛盾,因为"反"的前提是已预先肯定了被反对象的有效存在,而这便产生了模糊的价值判断。如认定戏曲是民间通俗文学,但却鄙视戏曲之俗而推崇雅的文学作品;又如否定戏曲中明显可见的封建礼教,但一遇到表现人民情状的作品,则不管内含的教化内容,一律推崇备至。矛盾的根源不难推究,那是俗文学的产物。俗文学是一个内容复杂且模糊的学术术语,需详细说明俗文学的问题。

俗文学本来是通俗文学的简称,说的是流行于民间的创作,用来与高级文人的诗、词、散文进行区别。郑振铎指出的俗文学就是这个广义的说法,包含戏曲、小说、话本、讲唱、歌谣等流行于民间的通俗作品。在研究者重复使用下,俗文学成为一个学术术语。但是,俗文学本是西方的学术术语,专指口传的,或只有最初文字记录的口语创作,与以文字创作为本的文学作品进行区别。这个概念来自19世纪的国家文化意识,当时的研究者搜集并整理口传艺术创作,目的在于以文化遗产作为新兴国家的合法存在条件。此外,西方的俗文学更重视演出性质,如梅维恒(Victor Mair)和本德尔(Mark Bender)编中国通俗文学集,收入的就是以口传为主的作品,文本或来自田野调查,或是体现出说唱特征的古代文本。②

俗文学在19世纪末传到日本,再从日本传入中国,之后成为五四运动的诉求,但意义已出现变化。郑振铎说俗文学是大众的、集体的、口

---

① "五四思维"是时代产物,近年已多见检讨,参见金耀基《从传统到现代》,台北:时报文化出版社1978年版;余英时《文化评论与中国情怀》,台北:允晨出版社1988年版,以及《知识人与中国文化的价值》,台北:时报文化出版社2007年版;殷海光《中国文化的展望》,台北:桂冠图书股份有限公司1988年版;[日]沟口雄三《作为方法的中国》,林右崇译,台北:"国立编译馆"1999年版。另参考葛兰西的"霸权说"(hegemony),其谈意大利的国家文化认同也提出民间文学诉求,与"五四思维"有所呼应。参见 Gramsci, Antonio, *Selections from the Prison Notebooks*, eds., and trans lated by Quintin Hoare and Geoffrey Nowell Smith, New York: International Publishers, 1971.

② 参见 Mark Bender and Victor Mair, "'I Sit Here and Sing for You': The Oral Literature of China", in *The Columbia Anthology of Chinese Folk and Popular Literature*, edited by Victor H. Mair and Mark Bender, New York: Columbia University Press, 2011.

传的文学，但与西方说的有差别。[①] 他提出一个俗文学理论作为分析俗文学文本的依据，理论上说要重视说唱搬演，但文本的选择和分析并未贴合理论，谈变文、鼓词、歌谣都在探讨文本意义。其说异于西方的俗文学概念，他的文本分析反而模糊化俗文学概念，这是后来戏曲研究与俗文学若即若离的因素之一。

以成化本《白兔记》为例，这是搬演记录本，戏曲艺术研究重视搬演本内含的表演特征，近似西方的俗文学。与之相对，汲古阁本是文人修订本，是传统文学研究的对象，需要挖掘意义展现的问题。两本都是广义的通俗文学文本，若依郑振铎的理论和方法来谈，实际探讨的应是搬演本中的意义展现，而不是搬演状态。又由于学术独立性的追求，戏曲研究走出俗文学理论，反过来挖掘文人文本中的搬演性。这两种谈法都没有问题，但都与俗文学的原本定义有别。这是郑振铎俗文学理论与方法引出的变异，虽然戏曲研究因此获得学术独立性，但也突出了俗文学的学术定义问题。

后来的研究者发现这个问题，改提"民间文学"，专门谈说唱表演的口语创作状态，俗文学因此转化为通俗文学的总称。但这并未解决问题，陈泳超对此有深入批评。依其论，俗文学与民间文学都是"五四"时期的产物，前者重书面文本，后者重创作的口头性与集体性，且与戏曲一样已获得学术独立性。可是，俗文学仍影响着民间文学的研究。俗文学与民间文学本就是重叠的，后者的发展主要有20世纪50年代后的政治因素，但改革开放后，俗文学又重新被提出，除了要修正过度政治性的说法外，还要把民间文学的眼光从神话、传说与歌谣带回到说唱和小戏上。可是，因俗文学重个人创作与文本解读，不谈当场演出，修正反而更加混淆这两个术语，未能解决面对文本的审美价值判断问题。[②]

即便问题很大，俗文学仍引导着近代的通俗文学研究，如丁肇琴简述台湾的通俗文学研究，就肯定曾永义的主张，要回归郑振铎的俗文学

[①] 参见郑振铎《中国俗文学史》，《郑振铎全集》卷7，台北：花山文艺出版社1998年版。下多处引述此章，为简省篇幅，不另出注。

[②] 参见陈泳超《作为学术史对象的"民间文学"》，《民族文学研究》2004年第1期；《20世纪关于中国俗文学概论与发展史著作述评》，载陈平原主编《现代学术史上的俗文学》，武汉教育出版社2004年版。

理论①意在厘清文人作家与非文人作家间的差别，要用俗文学来定义不是文人创作的文本性质，以及他们体现出的"民间性"特征，认定郑振铎的俗文学是探索"市民文化"和"近世精神"的重要依据，以下再以两例为证。

胡仕莹论话本小说是"市民的文学""市民的口头文学"，反映"市民的特性"且是"较封建阶级进步的社会力量"。他认为市民的特性是"反抗性"，但因"我国封建社会的长期停滞（相对的）和封建统治阶级的阻碍，市民阶层的发展比较缓慢，力量比较弱小"，结果"反封建的民主自由思想"虽已萌芽，最终只能与封建思想妥协。②他没用"俗文学"，但"市民的文学"讲的就是郑振铎所说的"俗文学"，且反封建立场更与当时民间文学提倡的劳动阶级意识叠合，可见俗文学与民间文学概念的混淆。

李舜华从"近世精神"来探讨明代前中期的戏曲，仍属于俗文学。她认为，元代与明初的戏曲已出现近世精神，但在文人介入戏曲后迅速消失，到明末主体精神兴起才又有所发展，但也没有持续很久。近世精神来自伴随城市经济而产生的新兴市民阶级，包含新文人群体，他们反抗体制，但却在向文学传统的靠拢中丧失了原有的反抗性质。明初的戏文最能代表这种精神。

> 如果我们剥离戏文中的说教成分，可以看到，它们与《琵琶记》相比，显然更贴近世俗，它们既表现出对功名的追求，同时，又表现出对人情的体贴，从而浸透着对伦理的朴素思考。③

再如，元代名妓都以"花旦"取称：

> 透露了爱（风）情戏的盛行。可以说，旦色的发达及其演剧内容的变迁，已预示了近世精神的萌生——它不仅意味着女性问题受

---

① 参见丁肇琴《台湾俗文学研究的概况》；载陈平原主编《现代学术史上的俗文学》，武汉教育出版社 2004 年版。
② 参见胡仕莹《话本小说概论》，中华书局 1980 年版页。
③ 李舜华：《礼乐与明前中期演剧》，第 52 页。

到了前所未有的关注,同时,爱(风)情戏的盛行,进一步演绎了与固有伦理道德相悖的因素。①

李舜华虽然注意到传统与新变的联动关系,但认为文学传统压抑了人性,文学因此脱离人心而难以表现人性与人情之真,也就无法推倒不适当的传统伦理道德,近世精神最终必然夭折,这仍不脱"反"意识形态的俗文学观。

陈泳超从术语定义提出俗文学的问题,说得还不够,因为郑振铎的俗文学更是一套从"反"意识形态来确定民族文化的理论结构。

文学有民间性成分,也有俗文学存在,如戏曲本来是流行的表演艺术,被记录下来,再经过文人润饰而成为通俗文学。但既称为文学,能文的人才是文学的关键,不是吗?俗文学的最大问题在于从"反文"及"反传统"来肯定通俗文学的文学地位,亦即从"反文"而"肯定文"。这种态度刻意地取消了"文人"和"文"的合理关系,意在突出"文"必出自民间,即如郑振铎所言,俗文学是"不登大雅之堂,不为学士大夫所重视,而流行于民间,成为大众所嗜好,所喜悦的东西",那是"民间的文学""大众的文学""通俗的文学"。② 把俗文学定义为文人之诗、词、散文以外的其他文学形式,此说尚可接受,但其接下来的三种定义俗文学的说法,便问题重重。

第一,认为诗与散文都是正统文学。诗本是民间的民歌,到了文人模拟创作诗,诗就脱离民间而升格为正统文学。所以,文学史的中心是俗文学。

---

① 李舜华:《礼乐与明前中期演剧》,序言,第53页。其"近世精神"说法来自章培恒所讲的"五四文学精神",她引《明代文学研究》第一辑"序"说:"晚明文学中,尽管出现了某些近似'五四文学精神'的萌芽,但这一萌芽始终未能壮大起来。"转引自同书,第5页。"近世"原是日本学者内藤湖南提出的中国史分期概念,是"唐宋变革说"的产物。他从贵族政治体制的崩坏看近世的发生,其论涉及资本主义萌芽,强调市民的通俗文化压倒贵族的文学艺术。近世文化中的文学艺术大量使用口语和俗语,展现更多个体性、自由性(自由意志)及欣赏性(娱乐),参见〔日〕内藤湖南《中国近世史·近世史的意义》,载夏应元选编《中国史通论》,社会科学文献出版社2004年版。"近世"概念的影响很大,青木正儿就以"近世"为书名,探讨自宋至清的戏曲史。章培恒、李舜华提出的"近世精神"不脱内藤湖南定义的"近世"文化性质,且更突出主体自由和反抗意识。

② 郑振铎:《中国俗文学史》,第1页。

第二，俗文学是"无名的集体的创作"，为民众写作，其内容"不歌颂皇室，不抒写文人学士们的谈穷诉苦的心绪，不讲论国制朝章"，说的是"民间的英雄""民间少男少女的心情"，都是"民间的大多数人的心情"。①

第三，俗文学的特征是"口传"和"粗鄙"，"想象力往往是很奔放的"，还"勇于引进新的东西"，如新歌调和新文体。但因"习惯"和"传统"，俗文学的内容"比之正统文学更要封建的，更要表示民众的保守性些"，且多见"辗转抄袭"，故事也多"互相模拟"。②

诗与散文后来成为正统文学，但仅论诗从民间走向正统，那散文是否有同样的发展路径？这个问题被搁置，散文被认为几乎都是"庙堂文学"，是"王家贵族的文学"，"民间的作品全没有流传下来"。③ 这等于没有解释，且何谓王家贵族之文？先秦诸子之文是不是庙堂之文？《诗经》的《颂》不也用于庙堂吗？若说民间散文作品不存在，那如何解释诸子之文的出现与论述内容的变化，那不是当时已往下流入"民"阶层之"士"的产物吗？认为诗是民歌更不合理，《关雎》明言君子，而周之君子非一般人，怎么会是表现民间多数人的心情呢？再说口传、粗鄙，《诗经》的文字怎会粗鄙！观点前后矛盾。俗文学具有想象力且能引进新东西，但为什么俗文学只能走向更封建保守的抄袭模拟？提出的传统和习惯，皆针对正统文学而言，也没说明内容是什么，则直接拿来解释民间作品，根本无法说明作品如何出现、作者是谁等问题。因此，只能得出无名的集体创作的结论。这种"集体创作说"，正是论戏文作者归属的依据所在。

宋元戏文的作者多难以稽考，但一些戏文的开篇确实有书会团体的署名，如《张协状元》题目下作"九山书会"，《白兔记》作"永嘉书

---

① 郑振铎：《中国俗文学史》，第3页。
② 郑振铎：《中国俗文学史》，第3—4页。
③ 就散文、骈文而言，林传甲的文学史观恰好与郑振铎对立。林传甲的文学史脉络（包含诗词的艺术性的文及章表奏议的实用性的文）更贴近文学发展的规律，但仍明显表现出对戏曲之偏见，参见其《中国文学史》，上海科学书局1910年版。

会",集体创作成为近代研究者解决作者归属的主要说法。又因要突出戏曲的民间性,肯定戏文的俗文学地位,书会直接被认定为"非文人"的民间团体。青木正儿不否定书会中人具有学识和文才,但明显不视其为文人,还特别突出这批人在民间的教育功能。① 钱南扬,一面认为书会中人有文才而能编剧,一面又说他们也要上场唱,所以书会也是演出团体。② 肯定书会专属于市民阶层,且因认定书会中人有演员的身份,也就忽略了那批人的低层文人身份,戏文创作者的"文"背景因此不受注意,更能突出戏文的民间性,也就使戏曲的俗文学地位更合理化。孙崇涛认为戏文作者要"混饭吃",虽然他们"少文化"且"识字不多",作品反而"本色当行",有别于文人作者的"抒情言志"。③ 然而,能文的才人就不是一般人。为了解决"文"与"民间"的矛盾,俞为民与刘水云认为:"书会才人没有受过较好的文化教育,不像文人学士那样具有较高的文化修养",接着再说:"九山书会的才人虽是官宦子弟,但他们谙熟舞台演出。"④ 虽然肯定了书会中人的底层文人身份,同时仍在呼应钱南扬对书会的解读。不过,官宦家庭的小孩都要受教育,不管学习如何,识字能文的能力绝非市井小民可比,此说则肯定"文"的传统与戏曲间有直接关系。

才人为官宦子弟,社会身份不同于普罗大众,即便去作剧演戏,只能是在社会层级中向下流动,变成了文人群体中的底层人物,而不能直接视为不识字的一般人。况且,这批人更不认为自己与搬演者身份相同。明代朱权《太和正音谱》引用赵孟頫和关汉卿的说法,突出元代戏曲场域中的社会身份问题。赵孟頫这么辨"良家"和"戾家":

> 良家子弟所扮杂剧,谓之"行家生活",娼优所扮者,谓之"戾

---

① 参见〔日〕青木正儿《中国近世戏曲史》,王吉庐译,台北:台湾商务印书馆1965年版。

② 参见钱南扬《戏文概论》,台北:木铎出版社1982年版。康义勇说戏文三种与书会的关系即大量挪用钱氏的说法,参见其《永乐大典戏文三种中的戏剧史料》,《中国国学》1988年第16期。

③ 孙崇涛:《南戏论丛》,第129、246页。

④ 俞为民、刘水云《宋元南戏史》,第178、202页。

家把戏"。良人贵其耻,故扮者少,今少矣,反以娼优扮者谓之"行家",失之远也。①

接着说:

> 杂剧出于鸿儒硕士、骚人墨客所作,皆良人也。若非我辈所作,娼优岂能扮乎?推其本而明其细,故以为"戾家"也。②

错以"娼优所扮者"为"行家",那是不同社会身份的人大量进入戏曲场域的结果。赵子昂阐述了此场域中人的复杂性,肯定作剧的人是良人,这包含了高层次的与低层次的文人。这么辨"行家"与"戾家",是对雅俗界限模糊的不满。相同的文人心态,再见关汉卿之语:

> 非是他当行本事,我家生活,他不过为奴隶之役,供笑献勤,以奉我辈耳。子弟所扮,是我一家风月。③

他对演员竟有歧视,面对自己作品的态度更是高傲。"当行"一说区别出作剧与演戏的差别。作剧是文人风雅,演戏只能依赖前者,是俗的娱乐。鸿儒硕士、骚人墨客的社会身份可能是市民,但他们不认为自己与其他戏曲参与者是一类的,文人心态突出搬演者之俗绝不可与文人之雅相混淆。

然而,书会才人虽没有士大夫身份,仍是能文的"低层"或"布衣"文人。冯沅君说"才人"乃"人之有文才者",在宋元时用以与"名公"对举以突出作剧人身份。这类人包含低级官吏、遗民、倡优、医生、商人等。④ 张敬论南宋词,言结社是南宋文人的文学游戏行动。词之所以走向"雕琢成习,弥重技巧,所谓造语贵新,炼字贵响",主要原因在于结

---

① (明)朱权:《太和正音谱》,载《中国古典戏曲论著集成》,第3册,第24页。
② (明)朱权:《太和正音谱》,载《中国古典戏曲论著集成》,第3册,第24页。
③ (明)朱权:《太和正音谱》,载《中国古典戏曲论著集成》,第3册,第24—25页。
④ 参见冯沅君《古剧说汇·才人考:才人、书会》,作家出版社1956年版。

社填词的文化现象,其特征是"竞相用韵和唱,争作同题分咏,结社填词如南宋诸家之作,真罕其匹"。① 结社是文人团体行动,目的在于文字游戏。龚鹏程即言,宋代的书会尚未成为文人阶级团体,但元代书会确已如此,也正是"文人阶级对伎艺人士的吸纳"而形成今天普遍使用的"文艺"一词。②

民间性概念内含民间与文人的对立问题,也因此,戏曲研究论述把特殊的文人团体行动讲成了属于民众的"非文人"团体行动,取消了这批人与"文"的关系,戏文也就成为"民间的集体创作"。《张协状元》确实是九山书会改编的,但这批人是能文之人,文本更见语言文字的美化。肯定书会才人的文人背景,并无碍于说戏文贴近社会现实。只不过,一旦肯定了书会的"文"背景,今天说的民间性概念就难以成立。

这个问题与研究态度和研究方法有关,即惯性地挪用俗文学这个既有的概念,又因重形式分析,结果忽略所用观点的合理性。《诗经》中充满着对偶、齐言、譬喻、叶韵等"诗"的文学性特征,到了戏文更普遍用诗用词,修辞细致复杂,连宾白也对仗用韵,文学化特征非常明显。陈万鼐即肯定书会才人就是文人③,曾永义在《永乐大典戏文三种述评》中,直言书会就是文人群体,戏文已具"初步文士化的现象",并如此推崇戏文:"这样的才人既有文学的素养,又有富于庶民生活的体验,才成就了这样俗中带雅的作品。"④ 若不是"能文",创作何以能展现文学特征?

郑振铎认为文人模拟民间文体,通俗文学渐渐为正统文学所收编⑤,这种说法可以成立,但问题是,抄袭模拟不是他认定的俗文学特征吗?接着又说俗文学比较封建保守,然而,他批评正统文学缺乏生气而为"活尸"⑥,原因不就是封建保守吗?更重要的问题是,两个矛盾都有关于

---

① 张敬:《南宋词家咏物论述》,《清徽学术论文集》,台北:华正书局1993年版,第770页。
② 参见龚鹏程《中国文人阶层史论》,兰州大学出版社2003年版。
③ 参见陈万鼐《元代"书会"研究》,《国家图书馆馆刊》2007年第1期。
④ 曾永义:《永乐大典戏文三种述评》,第14页。
⑤ 参见郑振铎《中国俗文学史》,《郑振铎全集》卷7,台北:花山文艺出版社1998年版。
⑥ 郑振铎:《中国俗文学史》,第3页。

"线性文学史观",之后再因"民间性"诉求而引导出戏曲于明代出现文学化的特殊说法①。"线性文学史观"的问题很复杂,稍后再谈,此处先处理明代戏曲文学化的认知问题。

实不如此。被认定为南宋时期所作的《张协状元》,已具文学化特征,且它经过元、明人的改动,更确定改编是愈加文学化的过程。谈及戏曲的文学化,一般皆就明代文人介入杂剧创作立论,突出王九思和康海的影响,并依时顺下来讲昆曲。明代戏曲确实已文学化,更有案头化的问题,但如今的戏曲史都把明代孤立起来看,忽略文学化是"文"传统的产物。如早于王九思和康海两人的朱有炖,是贵族文人,其杂剧作品极雅致,还在杂剧体制中夹用院本以塑造特殊的喜庆效果,早已高度文学化。②其实,元人杂剧已经如此做了,难道关汉卿、王实甫的作品不"文学"吗?明代人谈自己时代的戏曲发展,不满的是脱离舞台的案头化问题。现代的论者则不顾"文"的传统,硬是把人家的问题导向了文学化。这种转向是受俗文学引导而产生的,意在使戏曲必须出自民间合理化,经过了文人介入的模拟抄袭而被纳入了正统文学之中。

戏曲文学化都是从杂剧讲到昆曲的。杂剧确实影响了昆曲的发展,但昆曲演变自戏文,早期戏文已见文学化迹象,元代杂剧更加文学化,明代昆曲则是顺着文学化路径而发展的。从此脉络来看,文人是推展戏曲文学前进的关键因素,并不是明代才有文人介入戏曲而出现文学化。

关键的问题是,文人如何将戏曲纳入"文"的传统,又为什么这么做。这要看文人介入戏曲后的雅俗争论及特殊的"曲文人团体"现象,那才是明代戏曲的最大特征。依陈龑沅所论,明代戏曲勃兴,一个重要因素是王九思、康海及李开先三人所形成的"在地曲文人群体"现象。他们的创作突出"抒情言志"的文人传统,因而推着明杂剧走向"案头

---

① 周贻白谈明代传奇,提及如邵灿这批文人作者有意提高戏剧的文学价值,戏剧出现文学化的特征,参见其《中国戏剧史长编》,人民文学出版社1960年版。

② 如《神仙会》第2折,演四仙下凡扮乐官为假装成秀才的吕洞宾祝寿,朱有炖就夹入了一场"长寿仙献香添寿"的院本。宾白打诨但不失雅趣,曲文唱各种乐器之用,更是精雕细琢,但这种歌舞实有脱离戏情的问题,此处不赘引。(明)朱有炖:《神仙会》第2折,载《孤本元明杂剧》,中国戏剧出版社1958年据1939年商务印书馆本重印,第11册,第3页b—第4页b。

化"的书斋剧。① 此说肯定戏曲与文学的互动关系，但因从作者生平来说明作品中的"抒情言志"状态，忽略了戏曲再现文化传统中的多重教化意识的叙事功能。

李舜华也用"抒情言志"来解读李开先的"以曲为戏"，也有同样的问题。她认为李开先的"戏"更是游戏，是在野士大夫面对君权高涨、道不敌势的直接反应，代表了"师道精神的消解"②。从李开先的剧作来看，人物和关目都不脱传统伦理道德，那是师道精神的根本内容。文人在创作时会抒情，戏曲更是拟他人之声、代他人之言的叙事，说故事意在成教化，即便是以游戏来抒发自己的悲愤不满，但因叙说故事的需求，加上传统文人心态的制约，不能说师道精神被消解了，只能说在仕途与师道精神受阻时，抒情言志明显体现出道不敌势的现实。戏曲本来就是叙事夹抒情的艺术形态，今天说的抒情是后人刻意解读的结果。对抒情与叙事的对立诠释，下节会再另作说明。此处再回头谈俗文学中的"线性文学史观"，那是解释戏曲文学化的另一个概念。

据郑振铎的俗文学说法，民间流行的文体经文人抄袭模仿而升格为正统文学，但进入正统就是衰落的开始，最终将不敌其他民间新出的文体，因此文学史的中心必然是俗文学。这是"文学退步论"，正统文学只会越来越僵化，越来越糟糕，所以需要革新，而革新的条件就是民间的活泼泼的俗文学。反过来说俗文学的历史就是"文学进步论"，这是文学史要讨论的重点。他讲俗文学的演变，仍是顺着朝代变迁讲下来，与王国维的"一代有一代之文学"相同，但特殊的是，郑振铎不断言文体被取代后会消失，而是以"活尸"状态持续存在。

俗文学的历史还是以《诗经》和《楚辞》为源头，秦汉为五言诗和歌谣乐府的时代，之后有六朝的新乐府，再变化出唐代变文与大曲，宋代后出现讲唱和戏文，金元时期则是杂剧、宝卷、弹词，之后是明代的小说、戏曲、鼓词，最终是清代小说、戏曲及各种说唱。很明显，俗文

---

① 参见 Tan, Tianyuan, *Songs of Contentment and Transgression: Discharged Officials and Literati Communities in Sixteenth-Century North China*, Cambridge, MA: Harvard University ASIA Center, 2010。

② 李舜华:《礼乐与明前中期演剧》，第 285—287 页。

学的历史脉络是民间歌谣的历史演变过程。把今天惯称的小说纳入系统，本是有问题的，因为那是文字产品，但因宋金时已见讲唱小说的记录，明代后更普遍，则小说的娱乐价值就不在阅读上，反而脱离了"文"而近于这个特殊的"曲系统"。

"一代有一代之文学"并非王国维所创，明人早这么说。胡应麟说"诗之体以代变也"，"诗之格以代降也"，"宋人不得不变而之词，元人不得不变而之曲。词胜而诗亡矣，曲胜而词亡矣"。又说骚经楚汉而亡于魏，赋经汉魏而亡于唐，但要注意他说"文章非末技"，自有其"生成气运"和"盛衰尘劫"，所以：

> 西京下无文矣。非无文，文之至弗与也。东京后无诗矣。非无诗，诗之至弗与也。①

"弗与"是"文质"问题，仅周"文质彬彬"，两汉与唐皆以质胜魏晋六朝。不论讲诗骚、乐府或文章，"文质"是他判定三代、两汉与后世作品之上下的唯一条件。王世贞的"文学代变说"②，亦与之相同。古代文人不可能不作诗，"文质"判断的依据就是诗，那是"正统文学史"的基础结构，文体价值亦由此而出。

把曲放在"正统文学史"的框架中，再逆转正统的"文"为不正统，这就是俗文学的理论建构方式。此逆转以"曲"取消"文"，同时也逆转了原本文学史观中的退步意识，形成新的进步的线性文学史。这么做更架空了文人的地位，也就取消了原本的"文质之辨"，改以通俗口语、体现民情、表现时代为判断基准。俗文学史的历史脉络其实是"曲"的延展与变异，仍然是线性的发展史，但与正统文学有了"退步"与"进步"之别。也因此，出现两种文学史的概念：一是被抵拒的"文"的文学史，另一是被提倡的"曲"的文学史。两者共享同一套文学史逻辑，且"曲"的文学史根本上谈的还是"文"。

---

① （明）胡应麟：《诗薮》卷1《内编》，中华书局1958年版，第1—3、6页。
② （明）王世贞：《曲藻·序》，载《中国古典戏曲论著集成》，第4册，第25页。

进步的背后是"反古文传统"的意识形态,郑振铎就非常肯定胡适说"不肖古人,所以能代表当世"①。胡适认为"古文传统史"是"模仿的文学史""死文学的历史"。他用历史进化论来提出"白话文学史",建立起越往后越进步的线性史观。这个"白话文学史"与古人讲的"文体论文学史观"完全无关,理论依据是口语运用,他说:"国语经过两千年的自由进化,不曾受文人学者的干涉","文法越变越简易,越变越方便,就成了一种全世界最简易最有理的文法",要以"意之革命"来推展白话文学,革除那依赖科举并维系帝国权威、压抑人民意志及其能力的古文传统。② 这么说白话文学,同时也是"革命文学"的概念。

革命的本质是"反古",革命的目的在于建立新传统以否定旧传统的制约,但否定之时早已肯定旧传统的有效性,因此要特别提出"进步的线性史观",把旧传统的问题推到表面。若不这么做就无法建立新传统。这不脱"复古新变"的古代教化意识,背后仍是传统的"人文化成"理想,只不过革命的对象是历史中的"文"传统,目的在于建立新的白话传统。

俗文学就是带着革命意识的新的白话传统,郑振铎在《中国俗文学史》中如此做结:

> 表现着中国过去最大多数的人民的痛苦和呼吁,欢愉和烦闷,恋爱的享受和别离的愁叹,生活压迫的反响,以及对于政治黑暗的抗争;他们表现着另一个社会,另一种人生,另一方面的中国和正统文学、贵族文学,为帝王所养活着的许多文人学士们所写的东西里所表现的不同。③

文学必须体现民情、表现时代,这是"言志说"的变形。近代戏曲研究中的种种价值判断,也都持此说。五四运动的新文学观,从表面来看是

---

① 胡适:《白话文学史》,上海古籍出版社1999年版,第3页。
② 胡适:《白话文学史》,第10页。
③ 郑振铎:《中国俗文学史》,第14页。

理性、浪漫、个体主义，但实际隐藏了"现代民族国家文学"的诉求，意在推展新时代的国民意识。① 新的文学史观是以实用为导向的教育手段，要使人产生新的民族文化认同。俗文学、白话文学、革命文学皆持同一种说法，文学历史的真实样貌并不重要，唯一的重点在于用这些新说法来推翻古代的、正统的、封建的、礼教的种种制约。

"反"与"立"、"旧"与"新"是一体两面的，所以，面对古代作品中的价值判断时，矛盾便很明显，因为必须要反对文字中的封建礼教意识，同时又要肯定人物与关目具有教人去认知主体自主性的功能。如金宁芬解读宋元南戏，即见矛盾：

> 其作者绝大多数是书会才人和民间艺人，这决定了宋元南戏在思想和艺术上都具有鲜明的民间文学的特色。南戏作品多数表达了被压迫人民的思想感情、道德观念、反抗斗争和美好愿望，给予黑暗势力、封建统治阶级以有力的抨击。这是它的主流，应予充分肯定。至于那些有利于封建统治的作品，由于所占比重不大，不能掩盖宋元南戏的主要倾向。②

此论内含明确的革命教化意识，教人认知南戏的民间性、进步性和颠覆性。但南戏作品真是如此吗？

陈独秀的"文学革命"，根本上就是"伦理道德革命"。他要推倒贵族、古典和山林文学以建立"平易的抒情的国民文学""新鲜的立诚的写实文学"以及"明了的通俗的社会文学"。③ 这么做的原因实际是要革新政治，而被政治化的文学观完全是以对立的"反"意识形态为依据的："贵族"对立"国民"、"古典"对立"写实"、"山林"对立"社会"。三种对立皆非文学史中的真实状态，而"反"意识形态产生认知模糊、判断不清的问题，如钱玄同这样说戏曲：

---

① 参见龚鹏程《中国文学史》，世界图书出版公司2011年版。
② 金宁芬：《南戏研究变迁》，第115页。
③ 陈独秀：《文学革命论》，《新青年》第2卷第6号，载《文学改良刍议》附录，《胡适文集》，北京大学出版社1998年版，第2册，第16页。

> 南北曲及昆腔，虽鲜高尚之思想，而词句尚斐然可观；若今之京调戏，理想既无，文章又极恶劣不通，固不可因其为戏剧之故，遂谓为有文学上之价值也（假使当时编京调戏本者能全用白话，当不至烂恶若此）。①

第一，从词句文章断定戏曲价值，这是古代文人的"文"传统，但钱玄同却刻意以白话来说这个传统。第二，京剧比昆曲更白而不文，民间性更强烈，更吻合陈独秀提倡的国民的、写实的、社会的文学，但他却贬抑京剧。这个价值判断明显不顾所论对象的内容，完全是意识形态的表达。

龚鹏程批评五四时期的文学观，讲的就是这个问题。他们谈变，只说与其诉求相合者，文学史的论述因此成为"灌输反礼教、反经学、反理学、反崇古、反传统、反士君子之意识"的媒介。这种文学史观并无法验证中国文学史，更大的问题是论者理解含糊、认知不清，无知于文艺创作是"历史中的审美活动"。② 审美活动有历史条件的制约，但"反"意识形态取消了讨论对象的历史条件，只突出当下的政治诉求。

之所以如此，主要原因在于"术语"（jargon）的运用，"反封建礼教"就是一则现代文化中的流行术语。"术语"本来是专业语言，学术论述使其价值合理化了，教育更使其运用普及化，结果它成为常识，不需解释就可以拿来做价值判断。"术语"是"直接意向性"的语言，不需中介就能做出完整定义。然而，它本出自"语言的专业层级化"，所用的字词贴近原本使用者自身的社会层级及所属的社会团体。

文学与艺术的语言就是专业化的语言，比如"法""势""本色""意境"等，这些字词具有复杂的多层次语义背景，但一般把它们视为可实际运用的语言，其中隐藏的意向不需探究，直接当成语言所指之事物或概念，也因此字词的语义被限定在明显可知的意向上。比如看字画，

---

① 钱玄同：《寄陈独秀》，《新青年》第3卷第1号，载《文学改良刍议》附录，《胡适文集》，第2册，第23页。
② 龚鹏程：《中国文学史》，第453、455页。

觉得好，价值判断就会是"这一幅字画有法度，有意境"。但是，是什么"法"，什么"意"，什么"境"，大多不知所云。学术论述早已把"法度""意境"解释成正面评价用语。但这不是从历史条件来做价值判断，而只是术语运用。

语言是社会认可的抽象性使用，意向因使用者的社会条件而产生"价值性的弦外之音"（axiological overtones），这反而成为语义的主要内容。不经验证地直接使用就是术语化运用，而此运用产生出"内容的弦外之音"（contextual overtones）。如对推崇能文能画者，先比附古代名人，再从天才来说其特殊性。这样运用术语，同时也建构出书画的特殊地位。

语义等同意向，使叙述对象简单化，且因意向本身就是价值判断，简单化反而扩张了（同时也可能扭曲了）原本术语内含的价值判断。如王羲之从一个人变成一种品赏标准，但他的生命历程在术语价值判断中并没有发挥作用；又如文人画本是一个复杂的文化现象，但作为术语价值判断，这个历史过程中的参与者身份问题并不重要，因文人画已是一个独立的价值判断，直接套用到讨论对象，那个人自然就是文人。术语运用体现使用者自身特殊的"品味"（taste），即如当代戏曲论述中的"本色"，就是术语运用，都在展现革命思维下的新品味。①

"品味"是人区隔自身与他者之差异的基准，以"拒绝"为前提，视他人之"品味"为令人恐惧且无法接受的。"品味"也是意识形态的分类概念，分类同时使特殊的"生活形态"具体化，突出值得的与不值得的符号，如文人书法、文人画、昆曲等，都是一个符号。符号使特定阶层的象征性表述和思维逻辑合理化，并突出这个阶层的独特地位。符号不是名词就是形容词，被直接使用于日常生活中，指涉的虽然是复杂的概念，语言的抽象性反而使"品味"的再现和变异"自然化"了。因此，认同特定的物或概念，就是认同特定的"品味"，"品味"成为合法价值

---

① 上述术语通用及语言使用意向，参见 Bakhtin, Mikhail, *The Dialogic Imagination: Four Essays*, translated by Caryl Emerson and Michael Holquist, edited by Michael Holquist, Austin: University of Texas Press, 1981。

的依据。①

如昆曲的意向就是"雅",弦外之音就是雅致的生命情调,这个"品味"突出昆曲参与者异于平常俗人的独特性。同样,"反封建礼教"的意向就是"反",弦外之音是"反"一切传统,这就是五四运动参与者的革命品味。"封建"与"礼教"都是术语:"封建"指整体旧中国,"礼教"指旧中国的所有认知意识,而后来戏曲论述中的"反封建礼教"更是再度的术语运用。

认为旧中国为封建,问题很大,误解来自西方的"封建"概念,更没搞清楚中国的政治制度史。以下几位先生之论,可驳斥"近代中国封建说"的空洞不实。

许倬云早指明,西周的封建是授民制,此制度形成能维系封建体制的氏族宗法社会结构。然而,越来越多的分封诸侯,再加上土地利用的问题,西周的封建秩序即因竞争关系而早被破坏。②

瞿同祖也从诸侯兼并、商业兴起、土地改革与赋税增加来谈春秋战国的封建制,发现破坏封建的最根本因素是上下关系(天子与诸侯,贵族与平民)的不稳定,尤其是上层阶级内部权利关系的不稳定,紊乱宗法制而破坏封建体制。这早在春秋时期已发生,但到秦代才以政治力量终结了封建制。③

余英时指出,春秋战国,礼崩乐坏,士阶层在败坏的封建制中游离出来,社会地位出现根本性变化,到了秦的大一统后成为"四民"之首。易言之,封建体制在战国时期早已名存实亡。那时的士负有文化传承的责任,并致力于道统与政统间的平衡,目的在于确保理想的礼乐社会能持续发展。不过,他认为中国的"士文化"从未有明显的"俗世化",因为继承了先秦的士传统,以知识理性(以道自任)生活在俗世中,自觉维持了一种出世、入世间的平衡状态,引导后来儒、释、道三教并立的

---

① "品味"问题,参见 Bourdieu, Pierre, *Distinction: A Social Critique of the Judgement of Taste*, translated by Richard Nice, London: Routledge, 1984。
② 参见许倬云《西周史》,生活·读书·新知三联书店1993年版,尤见"封建制度"和"西周的衰亡与东迁"两章。
③ 参见瞿同祖《中国封建社会》,上海人民出版社2005年版。

文化思维，这也是中西文化的最大差异处。①余英时论中国的"士文化"传统，以西方基督教的世俗化为对比，所以说士传统没有明显的世俗化。此说有待商榷，因宋代后的士大夫已进入民间推广师道精神，戏曲、蒙书与善书都展现了世俗化的儒家精英伦理。

龚鹏程论"侠"的概念时指出，第一，侠出于士的观点是以封建制为前提的，但周代的封建制是亲族结构，欧洲中世纪的封建则是契约式的社会结构；第二，欧洲骑士除了打仗、冒险外，不像周朝之士需娴熟六艺，周朝的士更完全无关于结合恋爱和封建的"骑士意象"。②

综合看来，"五四"时期说的"封建"只是表面地挪用了西方概念。术语化运用的"封建"是出自时代悲情的想象。

接着再看备受批评的礼教，问题更大。礼教说的是"以礼教之"。子曰："兴于诗，立于礼，成于乐"，教人做"有礼之人"，这是结合道德与审美的养人之法。朱熹注此语，"自和顺于道德"，"不为事物之所摇夺"。他引程颐之说，意在阐明若丧此教，人性只会不断恶化下去。

> 古人自洒扫应对，以至冠、昏、丧、祭，莫不有礼。今皆废坏，是以人伦不明，治家无法，是不得立于礼也。古人之乐，声音所以养其耳，采色所以养其目，歌咏所以养其性情，舞蹈所以养其血脉。今皆无之，是不得成于乐也。是以古之成材也易，今之成材也难。③

程颐此说，清清楚楚，没有要压制人性。反过来看，"反礼教"，反而不合理了！

"五四"时期以来的"反"，加上后现代文化的冲击，人的品性养成直接被取消。当代文化出现诸多人性恶化的问题，不正呼应程颐所说"今之成材也难"吗？"五四"时期之"反"是意气用事，更是不明事

---

① 参见余英时《士与中国文化》，上海人民出版社2003年版；关于士文化未曾俗世化的说法，见同书，第5—6页。
② 参见龚鹏程《侠的精神文化史论》，山东画报出版社2008年版。
③ （宋）朱熹：《论语集注》卷4《泰伯第八》，《四书章句集注》，中华书局1983年版《新编诸子集成》本，第104—105页。

理。朱熹说的"理"与"礼",都不外在于人,也非扼杀人生命的教条。他提出"灭人欲",口气非常重,可是他也说天理人欲是"同行异情"的。人欲之所以成为问题,是因私意蒙蔽了人心而成私欲,结果忘记了仁爱、中和等道理,也就不能实践存心养性的"学"功夫。①"兴于诗","只是读书理会道理",能够"小不善之意都着不得,便纯是天理";圣人发言著述,目的是要"使学者闻之,自然懂喜,情愿上这一条路去"。②这说的是自愿学而懂道理,不是"五四"时期革命者所说的"礼教吃人"。

说礼教会吃人,见鲁迅小说《狂人日记》。③ "礼教吃人"被扩大,主要原因在于吴虞读《狂人日记》后写了一篇《吃人与礼教》。④ "礼教吃人"对近代文化的负面影响,余英时如此批评:

> 今天的文化危机特别表现在青年知识分子的浮躁心理上……他们浮慕西化而不深知西方文化的底蕴,憎恨传统而不解中国传统为何物……"五四"人物反传统、倡西化,在当时是有历史背景的。例如"礼教吃人"之所以能打动人心是因为当时还有人忍心逼未婚女儿自杀殉节,以求政府的旌表。今天中国已没有这种"礼教"的传统。⑤

提及"守节",这涉及婚姻爱情问题,戏曲研究中的反封建礼教尤其关注婚姻爱情。如《拜月亭》,女主角王瑞兰有面对爱情的主动性,"不顾封建礼教的束缚",意图自主成亲就在批判传统的封建礼教。不过,同时又说她"仍没有超越出这一人物的基本性格,即始终不失其深闺小姐的身

---

① 参见(清)黄宗羲《宋元学案》卷48《晦翁学案上》,载沈善洪编《黄宗羲全集》,浙江古籍出版社1992年版。
② (宋)黎靖德编:《朱子语类》卷35《论语·泰伯》,王星贤点校,中华书局1986年版,第931页。
③ 参见鲁迅《狂人日记》,人民文学出版社2002年版。
④ 参见吴虞《吴虞文录》卷上《吃人与礼教》,上海书店1990年《民国丛书》第二编;此文原刊《新青年》第6卷第6号,1911年11月。
⑤ 余英时:《中国文化与现代变迁》,台北:三民书局1992年版,第19页。

份","身上所受的教养还是十分鲜明的",所以"害怕自主成亲,有违礼法"。① 这摆明是以爱情来反礼教,但论述前后矛盾。此剧中婚姻的成立有赖礼教,且是以皇权来保证婚姻的合理,这才肯定了爱情的圆满,则到底王瑞兰是否冲破了礼教束缚? 反封建礼教是依从既有意识形态下的解释,且是充满矛盾的自我想象。《牡丹亭》更是如此。如有说传奇中男女爱情的实践都"提示着隔绝、相望中的有限交接",最终结合"都缺少杜、柳之间的那种自主性,成全他们的仍然是建立在考虑基础上的父母之命、媒妁之言"。② 这个说法根本不考虑《牡丹亭》的结局,直接忽略汤显祖的礼教观。

"情"是最重要的题目,但论述中无视"情"有人伦大情和个我小情之别。如以杜、柳的私人爱情为反封建礼教的特征,再以明代经济发展和王学左派来解释晚明的"主情思想",肯定以私人爱情抑制理之制约的主旨。③ 确实,汤显祖在《牡丹亭》的题词中说明爱情是主旨,更不当"以理相格",但文本说的"情"并不只是爱情。再者,王学左派说的"情"是包含爱情的广义的人情,不以爱情为重。王艮说的"爱"是"身安本立"的根本,而他说的爱人与敬人,更是《大学》修齐治平的人生大道理。④ 这个"爱"是人伦大情,婚姻比爱情更重要,因为家齐,才能治国平天下。这么看,婚姻与爱情就有所区别,不能混为一谈。

反封建礼教引出根本不能解决的"中国悲剧"及"大团圆"命题。有无数的论文探究中国到底有无悲剧,还试图使悲剧中的喜庆团圆合理化,但最终只能说是"俗套"。这么多论文,只有一种研究方法,一种态度:先比较各个文本的形式和故事,再以西方的"悲剧性"来评估中国戏曲是否如此表现。若真要谈中国悲剧和大团圆问题,不该回到中国传统的文化价值观来论证吗? 为什么要以西方的戏剧观来评价中国戏曲封

---

① 俞为民、刘水云《宋元南戏史》,凤凰出版社 凤凰出版传媒集团2009年版,第253—254页。

② 姚旭峰:《士文化的一个样本:明清江南园林演剧初探》,第180—181页。

③ 这种说法已为定论,参见刘梦溪《〈牡丹亭〉与〈红楼梦〉——他们怎样写情》,载华玮主编《汤显祖与牡丹亭》,台北:"中央研究院中国文哲研究所"2005年版。

④ 参见(清)黄宗羲《明儒学案》卷32《泰州学案一·处士王心斋先生艮》,中华书局1986年版。

建落伍呢？不是不能以西解中，问题在于五四时期的革命意识形态。古希腊悲剧很早就被解释为人的意志表现，人与天神、命运的对立体现了人的反抗精神，这正合"五四"时期人的品味，评价戏曲当然会挪用这个观点。挪用已是术语运用，而当人的"意志说"再被政治化，就出现了"人民意志说"。此后，谈戏曲都不脱离这种政治意识形态，论述矛盾亦愈加明显。

如叶长海如此论《牡丹亭》结局的美学意识："皇帝在戏中是一个象征，一个被视为终极真理的象征"，"表达他（按：汤显祖）潜在的审美旨趣，即为自己求证为意志得以自由而活着的理由"。[①] 然而，皇权的出现为什么会是真理？这样一来，他文中一直坚持的反封建礼教根本不能成立。他再从"意志自由"这个"美学旨趣"论柳梦梅与杜宝的矛盾实非重点，汤显祖要讲的是"杜宝与杜丽娘的冲突"。这种"父女冲突说"很有新意，但以下所言，问题重重：

> 杜丽娘不但要在皇权面前争得复生后作为人的现实存在的权力，而且还要争得（何尝不是自我维护！）皇权对自己在婚姻问题上的自由选择权，也就是个体的意志自由权力。[②]

依其反封建的观点，汤显祖在剧本创作中带有颠覆皇权的意识，怎么突然反过来视皇权为终极真理？在《牡丹亭》中，杜、柳两人的个人意志确实突出，但利用皇权作结，这就无法与颠覆皇权的意识相结合。皇权出现，最终肯定的是封建礼教的制约，汤显祖当然可能不满于当时的政治现实，但不能直说他要颠覆皇权。剧本的想象成分远大于诗文创作，诗文都不见得能直接被拿来证明作者之意，更何况是剧本！再者，整本《牡丹亭》是借男女爱情来讲人伦大义，并没有要颠覆皇权，那无非是论者为求呼应特定的意识形态的自我想象罢了。

混淆婚姻、爱情和家庭生活，产生特殊的价值判断，认为戏文传奇

[①] 叶长海：《理无情有说汤翁》，载华玮主编《汤显祖与牡丹亭》，第 123 页。
[②] 叶长海：《理无情有说汤翁》，载华玮主编《汤显祖与牡丹亭》，第 124 页。

都是讲爱情的,且莫名其妙地得出爱情是表现人民情感的结论,这种说法是俗文学的产物。如孙崇涛谈《白兔记》:

> 刘智远的故事,到了戏曲作品中,就舍弃了那种主要用来表现英雄发迹的主题;历史本事越来越成了名不符实的躯壳……剩下的,仅是以表现刘智远与李三娘悲欢离合,游离史实之外的关于恋爱和婚姻问题的社会生活题材。这一方面是由于下层人民生活中所提出的现实问题……也同那时戏曲艺术形式特别是南戏更擅长于表现恋爱婚姻生活题材有关。①

又如金宁芬大赞《荆钗记》为"爱情赞歌":

> 分析研究一下王十朋、钱玉莲对于"义夫节妇"的具体表现及其所代表的阶级意识,便会感到不能对这部作品采取简单否定的态度。②

王十朋有义,她说"不忘贫贱夫妻之'情'",确是。问题在接下来说"反映了被压迫人民群众的思想感情和婚姻道德观念","表达了人民的思想感情、道德理想,鼓舞人民为了坚贞不渝的爱情去进行斗争"。③ 到底《白兔记》与《荆钗记》这两剧表现的是爱情还是婚姻?主角的情,不是以家庭问题的方式被表现出来的吗?剧中讲的是夫妻婚姻关系,是礼教中的伦常亲情,不是"小我"的爱情。剧作反映的是传统文化价值观的继承和推展,不是所谓的"进步思想",更不是"阶级意识"。

此类说法忽略戏曲中的想象和虚构及文化价值观的制约,无法解释剧作中明显被抨击的"三纲五常""封建糟粕"。若拿这种观点来看被批评为俚俗且宣扬封建道德的《杀狗记》,则杨月真对孙华的夫妻之情也是

---

① 孙崇涛:《南戏论丛》,第 275 页。
② 金宁芬:《南戏研究变迁》,第 229 页。
③ 金宁芬:《南戏研究变迁》,第 229—230 页。

爱情，且照此逻辑，《杀狗记》也在反封建礼教。

以上说法都不顾文本中的情有其时代背景，只是为贴合论者自身品味的价值判断。拿"十部传奇九相思"来看待中国戏曲①，不顾"爱情"与"婚姻"的差别而混淆论之，再用简单化、革命化的情作为反封建礼教的依据，这种情不是汤显祖说的"情深"，也不是李渔讲的"情痴"。反封建礼教是近代的意识形态的偏见，无关于历史中的审美活动。

三 解读戏曲文本与戏曲文化史研究

当下对戏曲的解读变得极为狭隘，民间的、贴近写实的作品就是有价值的好作品，若过于为传统道德发声，那不仅不值一提，还要大加挞伐为有害人心的陈腐之作。价值判断突出以下对立意识：民间与文人对立、通俗与文雅对立、叙事与抒情对立、写实与写意对立，以及最根本的人民之创造性与封建落后对立。对立能否成立，这个问题被搁置。

各式各样的对立都共享一个根本意识：封建压抑了人民的创造力，所以社会不再进步，文化停滞不前，但创造力并未消失，它隐藏在俗文化之中，暗自体现着反抗压迫的时代精神。重视民间的创造力并没有错，问题在于面对传统文人文化的负面态度。文字创作的条件在能文，更需认识并理解文字创作传统，若排斥文人文化在俗文化中的地位，那么，在俗文化中创作、评论，进而引导文艺传统的到底是哪种人？如今天谈及创作戏文的书会才人，都认为其属于市民阶级，再把这个阶级说成与平民无异。但是，古代的平民更多是不识字的人，即便识字，也不见得有能力去创作，更何况是创作夹杂诗文的长篇戏文。市民阶级的说法相当笼统，且既然当时被称为才人，那就不是一般人，怎能硬把才人视为普通人呢？戏曲搬演是为了娱乐成员复杂的大众群体，所以戏曲文化本就复杂，但今天着眼于民间、通俗的俗文化概念反而使内容丰富的戏曲

---

① 语出《怜香伴》尾出下场诗。参见（清）李渔：《李渔全集》卷4《笠翁传奇十种》，浙江古籍出版社1991年版。

文化简化了。

不合理的价值判断来自认知，学科分类又加深了这种认知。曾永义谈现代戏曲研究的形式化趋势，认为不能以表演和音乐等艺术研究之名抛弃戏曲文学，语言运作的分析仍是戏曲研究的重点，且更重要的是发展戏曲理论及批评史。① 黄仕忠持同样观点，认为20世纪90年代后期戏曲研究的问题在于"戏曲文学研究的衰落"，而"以戏曲艺术为基准的戏剧学观念"（表演艺术的形式分析）虽走上了文化研究的路径，方法却有问题，且有高度的政治性及个人功利倾向。康保成则认为传统文学研究阻碍了戏曲研究的发展，但其说在于批评文学考证倾向。他提出跨学科观点，只有综合运用文学、语言学、社会学、人类学、民俗学、宗教学等研究方法，才能详细说明戏曲文化的内容。他肯定戏曲文学研究，认为要由此开展戏曲理论与批评研究，深入探究文化样态如何经文学与艺术的互动而成型。②

三家批评，类似夏志清对近代中国小说研究方法的检讨：讲风格、作品意识和叙述模式的作者中心论与谈神话、原型和修辞寓意的文本中心论对立，两派都只阐述了小说的文本内容，更一致地批评了封建，以之为小说最终的文化诠释。他认为文学与艺术都不可脱离生命、社会、政治和思想，作者、文本、时代、环境的整合是一个大的文学性文本，那才是研究对象，必须兼顾文本的结构和内部复杂的思想，更不能以自身的诠释偏好扭曲作为美学对象的文本。依其论，该处理的问题是人的"审美主观"和"文学判断力"，并反对"客观性"和"科学性"的文学研究，认为直接以作品之意做价值判断是逻辑谬误。③ 他说的文学文本同时也是文化文本，文学研究也就是文化研究。虽然他要打破作者与文本的二分，但最终提出的仍是偏向作者研究的"读者中心论"，且带着"五四"以来的"反"意识形态，直接以西方的浪漫主义精神对比出中

---

① 参见曾永义《我对戏曲史之研究与撰著之看法》，《台湾戏专学刊》2000年第1期。
② 参见康保成、黄仕忠、董上德《戏曲研究：徜徉于文学与艺术之间——关于古代戏曲文学研究百年回顾与前景展望的谈话》，《文学遗产》1999年第1期。
③ 参见 Hsia, C. T., *C. T. Hsia on Chinese Literature*, New York: Columbia University Press, 2004; 尤见以下章节："Chinese Novels and American Critics: Reflections on Structure, Tradition, and Satire"; "On the 'Scientific' Study of Modern Chinese Literature: A Reply to Professor Prusek"; "Yen Fu and Liang Ch'i-Ch'ao as Advocates of New Fiction"。

国文学中的桎梏人心问题。陈国球评论说,其论文学与现实政治纠缠不清,也只是鉴赏式的文学史和文学批评,而其鉴赏又未能在实践理论中提出方法。①

文化文本概念能打开狭隘的视野,有助于修正诠释偏见,西方的表演艺术研究就这样看现代戏剧的功能和价值。谢夫索娃(Maria Shevtsova)的"剧场社会学"(the sociology of the theatre)即把剧场——不只是被演出的戏,而是剧场空间中的所有一切——视为社会文化的缩影,是文化"脉络"(contextualisation)的再现。剧场是一个有待解读的文化文本,其中的表演并非自然而然,也不仅是作者、导演和大众诉求的产物,而是文化的生产与再生产过程,内含特定的文化语境及各种必须要解释的问题。"脉络"同时也是"社会文化认同"的定义过程,文本(含文学阅读和舞台表演两个层次)不可能与人、社会和文化脱节,作品的类型、风格和美学特征都体现特定时代的特殊性。由于文本的生成脉络是符号运用的过程(semiosis),以符号学方法把它说清楚就是文化诠释的最根本的工作。但因符号来自社会实践,符号就不是固定不变的,如剧场中运用的符号都是"异质性"(heterogeneous)的"社会文化符号"(sociocultural sign)。也因此,文化虽为特定群体的共同建构物,共享符号呈现一定程度的"同构性"(homogenous),但异质性符号的运用呈现出文化多样性,由不同类型与风格的艺术品展示出来。② 从文化生产与再生产看表演艺术的意义、功能和价值,意在说明戏剧并不只是被欣赏的艺术,而是建构当代社会及文化的特殊因素。以剧场整体为一大型文化文本看其中再现的历史意识、社会批判和文化认知,帕维斯(Patrice Pavis)肯定这是当代表演艺术研究的重要方法。③

剧场社会学理论与夏志清的小说理论类似,都要打破二元对立的预

---

① 参见陈国球《"文学批评"与"文学科学"——夏志清与普实克的"文学史"辩论》,《北京大学学报》(哲学社会科学版)2011年第1期。

② 参见 Shevtsova, Maria, *Sociology of Theatre and Performance*, Verona, Italy: QuiEdit, 2009。

③ 参见 Pavis, Patrice, *Analyzing Performance: theatre, dance and film*, translated by David Williams, Ann Arbor: The University of Michigan Press, 2003。

设。作者与文本对立，或戏剧文本与剧场表演对立，最终只会走向片面，甚至是扭曲解读。

巴赫汀（Mikhail Bakhtin）早已如此谈文学。他认为小说体现了复杂的交流状态，需要掌握作者、读者、文本、角色、主体与客体之间的关系。由于作者的身份及其所创造角色身份的条件限制，文本中的符号运用必然多样化，这种结构是小说的"复调形式"（polyphony）。读者因阅读而进入"复调形式"，阅读时头脑中出现"众声喧哗"（heteroglossia）的状态，这是在与小说的内部结构进行多层次的"对话"（dialogization）。"众声喧哗"是小说的风格特征，但因"对话"由语言（language）和发声（utterance）所构成，不可能脱离社会文化及意识形态。又由于作者的意图，独立存在的角色、事件的发展、时空描述等也都在发声，各有各的信息，小说就不只有单一的主题、动机与目的，而是"多义性"（polysemy）的。"多义性"的意义解读涉及社会现实中的各种价值观，也因此，小说具体化是各种意识形态的抗争，且不同的语言运用更促成小说风格的再次变异。①

巴赫汀也从社会符号（social sign）的运用论述小说展现的意义及多重意识形态，但是，他并未说明小说与现实生活中的符号是否有别，因此有将小说等同于社会现实的倾向。小说中的社会符号为作者转用，已是带有目的性的艺术符号，与现实社会中的日常符号不同。当社会符号转化为艺术符号，符号本身并未改变，但已内含复杂的文化内容，成为谢夫索娃说的"社会文化符号"。同样，剧本与表演也转用社会符号，但由于人在舞台上表演出生活状态，更使社会符号的复杂性具体化，观众也就更易察觉出社会符号的变化。戏剧展现"生活形态"（lifestyle），使特定"品味"（taste）及其所引发的意识与文化冲突具体化，则从"社会文化符号"看剧场状态，更能有效地说明戏剧与文化间的互动关系。②

---

① 参见 Bakhtin, Mikhail, *The Dialogic Imagination*: *Four Essays*, translated by Caryl Emerson and Michael Holquist, edited by Michael Holquist, Austin: University of Texas Press, 1981; *Rabelais and His World*, translated by Hélène Iswolsky, Bloomington: Indiana University Press, 1984。

② 参见 Shevtsova, Maria, *Sociology of Theatre and Performance*, Verona, Itdly: QuiEdit, 2009。

"品味"是文化现象，人在社会中的"文化实践"永远受制于"品味"的引导。这是布迪厄（Pierre Bourdieu）文化理论的观点，提出"实践"即人在所属之"场域"（与人的身份、职业、特殊概念等相关的客观社会空间，如政治、教育、商业、文学、戏曲、绘画等）中运用天生的"禀性"和已获取或将得到的各类"资本"（包含教育、经济、政治和其他社会资本）。"实践"建构了阶级意识和各种社会状态，这是文化发展的内在条件。"资本"则是人生的赌注，包含具体的金钱与抽象的学识、才能和所处的社会位置。他认为人有主动性，会发展出特定"倾向"（disposition），并在所属场域中进行更高更有利的"位置夺取"（position-taking）。"位置夺取"引发某个"场域"的质变，更可能产生新场域，并引发整体文化的转变。不过，人的自主性仍有限，因为禀性是天生的，倾向受禀性的制约，且"倾向"引导出的变异必须获得资本并被整合为"象征资本"（symbolic capital）才可能实现。若资本不足而无法整合能代表特定地位的象征资本，即便禀性因外在因素而有变化，"倾向"也只是空谈，则人成功自主改变的可能性就相当小。按此理论来看，人仍是结构的产物，结构的变异并非人的主动参与就可轻易达成的。[1]

社会文化对人有制约性，引导着人的文化实践，这是布迪厄理论的最根本的概念。但是，艺术绝不可能只展现一个被动的人。此时，可再回头看巴赫汀的"时空型"（chronotope）和"对话性"（dialogism）概念，他说明了文学与艺术中的人的主动状态。[2]

小说除了主情节之外，尚夹杂解释、辅助、推展主情节的其他副情节，各有主题，也各有时空条件，所以小说文本是一个多重时空并存交错的形态。各自独立但却混杂在一起的时空型出自作者的"象征转化"，是作品风格的母体，也是小说的文体特征。"象征转化"体现出

---

[1] 参见 Bourdieu, Pierre, *Distinction: A Social Critique of the Judgement of Taste*, translated by Richard Nice, London: Routledge, 1984; *Outline of a Theory of Practice*, translated by Richard Nice, Cambridge: Cambridge University Press, 1977; *The Field of Cultural Production: Essays on Art and Literature*, edited and translated by Randal Johnson, Cambridge: Polity Press, 1993。

[2] 参见 Bakhtin, Mikhail, "Forms of Time and of the Chronotope in the Novel", in *The Dialogic Imagination: Four Essays*, translated by Caryl Emerson and Michael Holquist, edited by Michael Holquist, Austin: University of Texas Press, 1981。

作者的文学能力与天赋，反映出作者作为人去创作、再现的主动性，且因象征多取材于现实并予以戏仿（parody）和嘲弄（irony），多重"时空型"叠合了虚构现实、抽象的统一时间和概念的历史时间、行动和地点、个体和整体，以及人和自然的关系。戏仿与嘲弄同时揭露了隐藏在整体之下（隐藏于各个独立"时空型"中）的各种意识形态，也就使具有主动性的多重象征意义具体化了。

多重时空并置和互动构成了文本整体，它们具有"对话性"，并不断打破小说整体内容的"再现"（represented）。"再现"的特征是统一与制约，由此可以掌握文本的最核心的思想与意识；"对话性"则与之相反，邀请读者去注意文本中的其他声音。要认知文本中的"对话性"结构有文学、知识、艺术等条件，无知便无法抓取到结构中复杂的"时空型"。"对话性"结构更存在于作者、主角及读者的世界中，这些世界本身也都是独立的"时空型"，各自因接受与认知而出现不同的意义解读，所以文本必然是"多义"的，不断地使复杂的意识形态具体化，且"再现"主要的象征意义，更使得小说所欲传递的信息永远不固定，永远需要重新被解读。

如此看小说的文体特征，巴赫汀强调人的主动性，阅读小说的行动与随之而来的意义阐释都是主动的。由于主动，意义就不可能单一，诠释不可能脱离社会文化而独立存在，意识形态更是复杂的主动性象征结构。这套说法打破了形式分析的局限，当下谈文学的"文本互涉"（intertextuality）理论及分析艺术的"混杂性"（hybridity）概念皆源于此。[1]

"时空型"与"对话"形成意义增值，内容更因人的主动性而越来越复杂。戏剧场域最能体现这种变化，"变动性"（dynamic）的戏剧场域观点同时修正了艺术研究视艺术品为"静态"（static）对象的问题。[2] 如中国人谈及戏曲必言"寓教于乐"，这个成语早存在于戏文作品中，后经明

---

[1] 参见 Allen, Graham, *Intertextuality*, London: Routledge, 2000。
[2] 参见 Shevtsova, Maria, *Sociology of Theatre and Performance*, Verona, Italy: QuiEdit, 2009。

代文人的雅俗之辨，在意义和价值不断增加的情况下才被建构为戏曲的本质。古代曲论中的戏文并不是一个静态对象，而是发生在一个充满变动的戏曲场域中。再从巴赫汀的理论来看，戏曲文本的对话结构与搬演特征本就是众声喧哗的多义性"复调形式"。中国戏曲从来就不只演一时一地一事，而是顺着时间发展演多人多地多事，更多的是以嘲弄和谐仿的象征手法，展现社会中多重意识形态并置的状态，"时空型"更复杂，现实性也更强。然而，近代论明中后期戏曲，却出现抒情走向写实的主张，此论需要进一步讨论。

明代后的戏曲从抒情走向写实，主要在表述明代文人介入戏曲后的状态。他们的自主性引导戏曲表现并批判现实，明末的历史剧、风流剧、教化剧、社会公案剧都有剧中人物与现实人物叠合的情况，现实人物往往就是作者的自我投射，现实性体现的是个人意志与历史意识的融合。[①]这种说法出自"抒情传统论"，在考证作者生平和作品时代后发现其作品并不那么抒情写意，所以改说抒情转向写实。然而，从较早的戏文来看，这种说法有问题。戏文没有作者可以考证，但可以从史料推出其发生时代的价值观，且戏文就是"对话性"结构，夹杂各种"时空型"的多义性"复调形式"已是多重意识保留状态，人之意志与历史意识的叠合是戏曲常态，现实性相当明显。那么，用抒情与写实的对立来解读戏曲文本并不恰当。抒情与写实的对立必须再论述，但此处要先谈戏文作者的创作问题。

戏文作者无法考证，但已知这些人是书会才人。书会更是一种特殊的社会群体，成员多是没有官职（或仅有低层官位）但能文并以文维持生活的书生文人。郑振铎说这些人是不得志的文人，与职业艺人交往并依靠人民维持生活。[②]宋代的戏文作者较难掌握，除戏文中可见题"某某

[①] 参见王瑷玲《晚明清初戏曲之审美构思与其艺术呈现》，台北："中央研究院中国文哲研究所"2005年版；司徒秀英《明代教化剧群观》，上海古籍出版社2009年版；林鹤宜《规律与变异：明清戏曲学辨疑》，台北：里仁书局2003年版。林鹤宜认为有写实的倾向出现，但并未打破抒情的创作传统，与前两者观点稍有差异。

[②] 参见郑振铎《中国小说八讲》与《宋元明小说的演进》，载《郑振铎全集》卷6《中国古典文学文论》，第209、280页。

书会作"之外,《醉翁谈录》别记小说家"非庸常浅识之流",并突出书会才人能文能写能说能唱的特征①,至于元代的《录鬼簿》,有名有姓的记载就更清楚了。以布迪厄的理论来看书会,就是一个场域,那是文学场域的结构成分,但因参与者具有文人和教育者身份,文学场域与政治场域、教育场域有所重叠。书会创作更要用娱乐来谋生,戏文的副末开场已如此说,书会场域同时也是娱乐场域,更是商业场域。这些人有相同的"文"的能力并聚在一起以戏曲谋生,便衍生出了戏曲场域。戏曲场域延续了原本书会场域与其他场域的重叠,成立条件即文人参与者的文化实践。他们夺取位置的筹码是学识与才能,"学"而具有"尚文"的倾向,再加上当时的"学文入仕"的倾向,两者叠合在一起。进入政治场域的目的也是谋生,能拥有更多的资本和更高的地位,但若科举失败,就只能在原场域中重新整合资本,然而"尚文"倾向已内化为禀性并形成"品味",引导他们之后在新场域中的文化实践。新场域虽不比政治场域,仍可满足经济需求,更形成名为"才人"的象征资本,具有异于普通人的不同地位。娱乐有普遍性诉求,但因创作者共享相似的禀性和倾向,戏曲场域又与文学、政治、教育、商业场域重叠,则创作者提供的娱乐就不是单纯的,作品综合展现了文学传统、功利目的、教化意识及现实生活。

宋代广开科举制,但成功入仕者仍是少数,戏曲场域的成员因此不断增加,戏曲文化因此而生,并开始吸引其他场域中人加入。元代曾停科举,加速了戏曲场域的扩张,确定了戏曲场域在整个场域结构中的地位,也因此,明代后士大夫阶层会主动参与戏曲活动。同时处于文学、政治和戏曲场域中的创作者,因禀性和倾向而突出戏曲文化中的文学传统、教化意识和功利思维,他们转化现实生活的象征手法更是高妙,也就提升了戏曲的艺术性。戏曲场域接近于文学场域,有共享的文化意识,从宋代乐制争论及蒙学和善书中即可看出脉络,而再转从戏曲文本的语

---

① 参见(宋)罗烨《醉翁谈录·小说开辟》,古典文学出版社1957年版。另《小说引子》说小说家"也题高山流水句,也赋阳春白雪吟",为"演史讲经"而"编成风月三千卷,散与知音论古今",可见他们确实不同于不识字的平民。

言文字来看，文化意识的引导性更为明显。此处转用巴赫汀和布迪厄的理论看戏曲场域的状态，可见戏曲与文化传统的关系，这为探讨戏曲教化观提供了基本方向，本书各章节都在详细说明这个关系。

不过，谈文化传统并不只是在呼应历史决定论。重新诠释戏文的意义，意在厘清尚未被说清楚的，或已经被误解的文化脉络。龚鹏程指出，历史是人理性的实践，历史的"价值意识"出自人理性的选择批判，人实际是与历史互动并在历史中开创历史的。易言之，历史既是主观的又是客观的。历史遗迹只提供了理解条件，仍需人的主观存在感才能带动理解历史的行动，即如本雅明（Walter Benjamin）谈克利（Paul Klee）的画作《新天使》（*Angelus Novus*）里那个被迫不断前进而只能反身凝视遗迹的"历史天使"（the angel of history）。① 他说的是，历史不可能与现在脱节，诠释永远有关现在的意识。这是在反思历史，尤其是历史决定论，而这么说并不是要取消历史传统，而是要重新说明传统，因为历史都有待诠释。突出历史意识，旨在批评后现代文化中刻意以诠释自由、多重意义之名"反"历史分析，强调的是不为历史意识所拘束的诠释，提倡"具有历史文化意识的文学研究和一种连贯文学与美学的文化史学"②。

解读历史的方法，要从文本拓展出去看其生成语境，再反过来看被具体化的文化意识，但诠释中要同时考虑保留意识对诠释的限制，以及文本自身打破传统制约的状态。如此解释古代剧作，才能说明何以剧作总是在教化，但教化实际又是一种娱乐手段，以致在"同构性"的教化中有"异质性"特征存在。戏曲文本的语言文字有特殊性，出自"社会文化符号"的运用，而戏曲剧本的文体更内含了"生命美"和"语言美"两种表述状态。

文体的核心是"语言形式"，使用语言的条件不同，就有不同的文体。因语言有意义，规范并引导了情感表现，文辞样式不仅充满了创作

---

① 参见 Benjamin, Walter, "Theses on the Philosophy of History," in *Illuminations*: *Essays and Reflections*, translated by Harry Zhon, edited by Hannah Arendt, New York: Schocken Books, 1969。

② 龚鹏程：《文化、文学与美学》，台北：时报文化出版社1988年版，第6—9页。

者的意识，也使作者的人格与内在的情志生命具体化。解读作者的意义形成了情志批评传统，这在讲生命美，也是中国文学创作与批评的最主要方式，"抒情传统"即出于此。但每一个文体又都有常规，每一种形式也都有特定的意义，文学实践更使语言艺术复杂化，这就不是"情志说"可以轻易解决的，因此出现了对文学法度的探讨。这种文学批评在宋代有所发展，对"法"的追求又因讲"意"而形成对"活法"的诉求，更突出文字传统而形塑语言美范畴。此后的文学批评即"法"与"意"两种概念并存，前者讲文字传统与语言之"法"，后者则突出抒情言志的必然性。①

语言美与生命美本当共同论之，但文学研究偏好后者。龚鹏程评论道：

> "情志批评、生命美学、抒情传统，并不能涵括所有"……文术、文体、文"学"，吾人不能不予探究。其次，对于强调法的时代与文献，我们也不能只以一种情志典范去看待它、理解它。再者，人与法的关系是辨证的，法的发展也是辨证的。汉晋讲情志、论才气，齐梁隋唐乃立法度、设格例，宋朝则存法以破法，大谈"活法"。此一格局，亦当注意。而且，这亦是我国文评与西方颇为不同的所在。②

他主张同时关注语言文字及"抒情言志"，如他从《菜根谭》看晚明小品文的特殊性，就结合了语言美和生命美来论述晚明思潮的复杂。晚明文化思潮的特征是：高度个人性的创作虽具体化为个人欲念的哲学，但在反理学时又大讲道德，形成反道学却走向合礼义的真道学，矛盾地在破除礼教之时肯定了道德的合理性。晚明人为何如此迂回地说道德？有两个原因：一是普遍推理说不清独特的个体认识，二是语言规范的制约。

---

① 参见龚鹏程《文化符号学导论》，北京大学出版社2005年版；蔡英俊主编《抒情的境界·导言》，台北：联经出版事业股份有限公司1982年版。
② 龚鹏程：《文化符号学导论》，第158页。

欲打破"理"与"法",但却又不得不肯定,文人积极参与独抒性灵更提升"语言传统"的效力,以致虽肯定自由直观之美,创作意识却不是纯粹感性直觉,而是理性运作。晚明人不为"法"所拘,即"不法为法",这实是对"法"的重新认识,与批判道德又归于道德的思维相呼应,小品文更加推进了人们对道德语言、道德信仰和对道德世界的向往。①

如此谈晚明小品文的性质,说明了"历史中的审美活动"如何形成特定风格并促成创作与品赏的转向。转向不可能脱离传统,复古、性灵或情教,都是从"人文化成"的理想中产生,因此创作和评论更突出"抒情言志"内含的教化力量。这就是"复古以通变",以"文"为媒介,在当时混乱的社会文化中求一个心灵寄托。因此,"反理学"的浪漫主义趋向只是晚明思潮之一环。

此外,当时文人推崇"博洽学风",清代学术即博学经史传统的延展。这个学术传统重视"文",并以"文"来统摄三教并开展论述。当时文人说佛教与道教,不见得在说复杂的教义,也不见得确有信仰,目的更可能在排斥异端,但因好奇求知而进行论述,反而突出宗教与思想间的互动,理性的论述也就隐藏了宗教内部的教化意识。这很难从"抒情"的"生命美"来做说明,应该从建立起"文"传统的"语言美"来检视文化语境的脉络。龚鹏程再强调,谈思潮变迁应注意儒道的相互影响、儒家对佛教的态度,以及宗教与"文"传统的关系。②

回看明刊本宋元戏文,内容确实可见文学传统、道德议论与通俗信仰的叠合,同时展现了"语言美"和"生命美"。戏文呼应明人的"博洽学风",不只在说故事、传递知识,更在于"才人"以"才情"掌握并表现文化传统,因此教化意识极明显。今人认为戏文"封建",即因以"抒情传统"来评断戏文。这是依据自己所处时代之意识形态的"审美意识"对作品做出的价值判断,忽略多层次的"审美条件",亦无视具有历史文化背景的"语言运用"问题。今人的做法类似克罗齐(Benedetto Croce)说的"直觉"(intuition)审美,作品若与自我意识有冲突,直接

---

① 参见龚鹏程《文化、文学与美学》,时报文化出版社1988年版。
② 参见龚鹏程《道教新论》,北京大学出版社2009年版。

否定拒绝，而若是两相呼应者，当然要推崇为艺术天才。艺术作品确实是内在精神的外显，表现作者的感情、个性与热情，但若同意克罗齐的说法，则非天才者都是无感、无情、无个性、无热情的人了！① 比如高明，可说是天才，但其《琵琶记》却与不是天才作的《杀狗记》有相近处，文字具体化了多层次的教化意识和创作传统，这该如何解释？"生命美"的解读方式说不清楚那些层次，仍需探究戏文的文体特征才能有效地说明其以娱乐成教化的社会文化功能。

王梦鸥谈中国文学理论时，重视文体与语言文字问题。他说文艺创作"揆诸人心与民俗"，"诗言志"即"承志"并"持志"，是已"兼顾抒情的与实用的两面论"，所以作为艺术的诗同时是教化工具，诗最能体现中国特殊的教化文化。提及人心与民俗，涉及语言、文学及文化的关系，不过，他主张狭义的文学观，认定文学必须是"艺术性的语言文字"，不具备此条件的文字产品就不是文学。他肯定中国本有的来自礼俗、神话、传说的"叙事传统"，出自原始宗教面对崇拜对象时的特殊情绪，在想象中形成的具有诗之"本质"的歌颂。语言艺术的本质即想象的、表情的、叙事的、不传授真实可用的工具性知识，但却又内含特殊的实用目的。宗教歌赞中的畏惧、虔诚、信服等精神表现具有特殊的实用目的，亦即教化观的内容，不同于工具性知识传授，不属于文学的领域。虽肯定了叙事文体早于抒情文体，但说明中国的文艺美学在当时又转回"抒情传统"的"生命美"诠释，并突出"'我'的意识"在创作和接受中的主导性。②

陈世骧提出的"抒情传统"是当下论中国文学的主流说法③，后来的扩展修正虽肯定文学不能离开"语言文字"与"社会文化"，但仍以"抒情"为"文学性"的定义，因为"诗人作家对于历史事件或人物所

---

① 参见 Croce, Benedetto, *Aesthetic as Science of Expression and General Linguistic*, translated by Douglas Ainslie, London: Macmillan, 1922。

② 参见王梦鸥《文艺美学》，台北：里仁书局 2010 年版。

③ 参见陈世骧《中国的抒情传统》，《陈世骧文存》，辽宁教育出版社 1998 年版。"抒情传统"的巨大影响，参见陈国球《陈世骧论中国文学——通往"抒情传统论"之路》，《汉学研究》2011 年第 2 期。

怀抱的感觉,同时更是诗人作家对于同是活在历史洪流的阴影下的人间生命所秉持的共同情感"①。"抒情"观点并不否认"叙事",但"叙事"是次要的,而本为"叙事"的戏曲,也必须是抒情的,如吕正惠说:

> 中国戏剧中情节的推移常常只是"过门"性质,当情节移转到表现感情的适当场合时(如杜丽娘游园),就会有一段长时间的抒情场面(以一连串的抒情歌词连接而成),而这往往就是全剧的"高潮"。简单地说,中国戏剧常常是由情节推移和抒情高潮配合而成的。②

他再谈结构,说中国戏曲是"抒情诗累积而成"的"抒情场面",异于西方戏剧以冲突的布置营造来叙说故事。此时,中国的"抒情"与西方的"情节冲突"被对立起来,成为各自的艺术本质。

抒情是本质,来自"我"的关照。蔡英俊说戏曲与抒情诗相同,皆"反映了'诗人——我'的各种观想"。"作品的表层字义"和"内在的观念、情绪"所组成的"抒情世界"呈现"和谐的整全性、一贯性",此即"灵视(vision)的关照",所以"诗中所传达的任何个异的经验都理所当然是意味深长的,具有无比的重要性"③。这仍是偏向"生命美"的解读,重视以"我"之"灵视关照"解读作品中人的生命与意识。可是,戏曲在叙说故事,"我"的抒情无法解决文本与"我"之间必然的距离,也就难以解决戏曲为何总是说教的问题。

因为抒情,所以文学作品充满了"生命美",也因此,整个中国文学传统都是抒情的,高友工的"抒情美典论"即持此说,影响了之后的中

---

① 蔡英俊主编:《抒情的境界·导言》,台北:联经出版事业股份有限公司1982年版,第11页。
② 吕正惠:《形式与意义》,《抒情的境界》,第24—25页。
③ 蔡英俊:《抒情精神与抒情传统》,《抒情的境界》,第81页。

国文学史论述。① 所言之"美典",是对抒情文类的美学阐释。他也认为叙事早于抒情,但文人创作受"诗言志"影响,言志必然抒自我之情,自己建构了抒情传统,而后中国文学的发展便一直处于内向之抒情与外向之叙事的竞争状态。竞争必有结果,他从诗词曲的发展来看,发现叙事的写实倾向弱于抒情的写意倾向,所以得出结论,中国文学的特征就是叙事写实不发达。

戏曲必须叙事,本质上异于诗词,高友工所以另提"戏曲美典"的说法,并强调戏曲也被抒情化了:"上层社会并不能完全脱离娱乐性的、社会性的外投文化,但是他们的外投文化理论上是受内向文化控制的。"②"外投"为叙事,"内向"就是抒情,戏曲一直是偏抒情而非写实。"中国戏曲中写实的问题似乎并没有一个真正的根",是因为创作是"人的想象的外投",但是"我们在感觉的层次更形成一个内在的美感的层次",所以戏曲虽然叙事,但因人的感觉而导向了抒情,则戏曲的价值就不在于反映现实内容,而在于其"本身的形式和风格"。以上说明的是抒情压抑叙事,形式和风格是主体内在想象而抒情的结果,更突出读者中心论倾向。戏曲创作"在某种程度上基于现实,但是艺术上的加工(包括了传统的影响,情况的转变)已使此现实不再需要与现实挂钩",所以引导创作和欣赏的就是"体类"和"原型",且"任何批评都不能摆脱大的批评的架构,也不能离开一个作品的整体"。③ 批评意在说明形式、风格有规则可循,而以诗言志为内涵的抒情传统已体现规则,与反映现实的叙事没有关系。切割戏曲与叙事的关系,意在凸显戏曲创作中的"想象

---

① 参见高友工《中国美典与文学研究论集》,台北:台湾大学出版中心2004年版。"抒情美典论"的影响,参见陈国球《从律诗美典到中国文化史的抒情传统——高友工"抒情美典论"初探》,《政大中文学报》2008年第10期。颜昆阳肯定抒情传统,虽发现"抒情美典论"有局限性,仍将"抒情美典论"与"抒情传统"结合在一起,更突出中国文学的"抒情"特质,参见其《从反思中国文学"抒情传统"之建构以论"诗美典"的多面向变迁与丛聚状结构》,《东华汉学》2009年第9期;《混融、交涉、衍变到别用、分流、布体——"抒情文学史"的反思与"完境文学史"的构想》,《清华中文学报》2009年第3期。

② 高友工:《中国戏曲美典初论——兼谈"昆剧"》,《中国美典与文学研究论集》,第301页。

③ 高友工:《中国戏曲美典初论——兼谈"昆剧"》,《中国美典与文学研究论集》,第314页。

原则",而此原则正是抒情文类撰写的最重要条件。并由于"抒情传统的独霸局面",中国戏曲当然是抒情写意的,叙事写实反而不合常态,并因诗言志的传统,戏曲与"载道"更是相生相承。① 这又将教化与抒情结合起来说,如此一来,"戏曲美典"便同时兼顾了形式与内容。

高友工这样解释戏曲"抒情"的"想象原则":

> 不再是内化给自我一种内在的创造物,而是外投到外面世界一个具体可以为人感受的作品或境况。另一方面也不再只象征关系融合一切为一体,而是更任想象推出一个多彩多姿的繁复天地。②

第一,向外投射内在的想象,投射到以象征关系建构起来的时空中,这就会形成"抒情化"的"代表"(representation)。③ "代表"本为叙事,但因"内在想象"介入,自然带有抒情成分。"外投"与"内向"的差别就在"想象原则"上:"内向"为创作者自身之想象,表现"个人的内在世界",所以观者能进入作者之心境;"外投"则有关接受者自身之想象,创作者只假定了一个"观者之想象",利用贴近现实的象征关系来表现"想象所能触及的外在世界"。④ 然而,"想象"与"代表"实为所有艺术所共有的特征。第二,戏曲是一个象征整体,如此注重个体想象,便轻视戏曲经表演而象征并反映现实的能力了。第三,"外投"假定的"观者之想象"仍是创作者个人的想象,观众接受也不一定按假定前进,仍可能走向创作者的内心世界,脑中更可能出现一种异于双眼所见之新想象。走向创作者之内心,也就突出作品的抒情性,但若走向新想象,则叙事的象征力量大于个体抒情,观者也可能因此直接视其所感为现实之反映。第四,"想象原则"本是文艺创作的重要条件,单以此来断定抒情或写实,并不适合。如此迂回地说抒情,目的在于建构一套抒情写意

---

① 参见高友工《中国之戏曲美典》,《中国美典与文学研究论集》,台北:台湾大学出版中心2004年版。
② 高友工《中国之戏曲美典》,《中国美典与文学研究论集》,第339页。
③ Representation,现多译为"再现"而非"代表",此处仍依原书翻译。
④ 高友工:《中国之戏曲美典》,《中国美典与文学研究论集》,第340页。

的"戏曲美典"理论,但这么说反搁置了戏曲叙事的合理性。

明清曲论都从"言志"论述作品意义,但却出现各种不同的说法,正说明"想象原则"的浮动性。此外,高友工在谈小说时又说:"当作者将自我之声音融入一叙述结构中,他即进入所谓'抒情小说'之领域。"① 不论作者有意无意,创作必内含自我的声音,那么,"叙述美典"不就没有存在的条件了吗!再按其思维来推论,因文体复杂,类型多样,每种文体都会有自己的"美典",只不过最终都是"抒情"。"美典"本来是用以说明抒情的特殊性,但后来却成了文体的代表。②

以抒情建构"戏曲美典",这套理论问题很多,但高友工提出了一种很重要的态度,即面对古代戏曲,因只有文本存在,必须要能"想象"搬演。分析文本及曲论内容,不能只就可见的文字讨论意义问题,必须要同时想象场上搬演状态与效果的可能性。做法不难,当以今天可见的戏曲表演为基准做想象来处理文本,反而会发现戏曲一直是叙事夹抒情的,这才是戏曲的特征。

人有情而"言志",形成了"抒情主体说",之后再采用抒情与叙事对立的分析方法,戏曲被认定是抒情的,但戏曲文学的叙事又难以忽略,结果不是硬套抒情于叙事中,就是直接忽略反映现实的叙事内容。叙事,本当就内容立论,但不知为何,都变成在讲艺术结构的形式,反而呼应了高友工的理论的形式主义倾向,进而形成内容抒情而结构叙事的特殊解释。再跨出文本谈历史中的戏曲活动,那也是"抒情言志"的"场域",并因政治意识形态的介入,叙事成为"人民之志""人民之情"的同义词。这一套解读,说的就是叙事弱于抒情,而近代政治化的叙事,更是要革新古代的抒情遗毒。

戏曲如"正统文学"一般使"抒情传统"具体化了,同时又反证了戏曲原本合理的、贴近民间的"俗文学"地位。面对后来清代苏州派叙

---

① 高友工:《中国叙述传统中的抒情境界——〈红楼梦〉与〈儒林外史〉读法》,《中国美典与文学研究论集》,第369页。
② 龚鹏程有相当深入的批评,参见龚鹏程《不存在的传统:论陈世骧的抒情传统》,《政大中文学报》2008年第10期;《成体系的戏论:论高友工的抒情传统》,《清华中文学报》2009年第3期。

事明确的文本时,又出现了本末倒置的"回归叙事说"。① 戏曲走向叙事写实,意在肯定戏曲来自民间,表现了人民之心声与情志。但事实并非如此,王瑷玲认为晚明后戏曲的"世情化"及因此而产生的雅俗交融,展现了抒情与叙事更深入的结合,"苏州派"的特色即以主体写意做现实批判并重提教化,也因此创作出了结合文人审美和大众俗趣的作品。② 不过,她说的特征早见于戏文中,作为中国戏曲发展的重要环节,戏文中的叙事夹抒情特征可说奠定了戏曲创作传统。

王德威谈清末以来的文学变迁,肯定传统是中国文学现代化的重要因素。他也说抒情,但不太一样:"'抒情'不是别的,就是一种'有情'的历史,就是文学,就是诗。"③ 他说的情是扩大的"情",不可能脱离传统教化。

> 中国抒情传统里的主体,不论是言志或是缘情,都不能化约为绝对的个人、私密或唯我的形式;从兴、观、群、怨到情景交融,都预设了政教、伦理、审美甚至形上的复杂对话。④

集中于文本中关于"情"的表述,王德威细致地分析了沈从文、胡兰成、陈映真、白先勇等人在时代变动下的复古情怀。⑤ 他说的抒情并不与叙事对立,肯定叙事本就含"情",并突出"情"为体现文化变迁的历史意识。

人生而有情,不可能无情,谈论道德意识的逻辑推理也是情深意切,

---

① 参见林鹤宜《规律与变异:明清戏曲学辨疑·清初传奇"戏剧本质"认知的移转和"叙事程序"的变形》,台北:里仁书局2003年版。

② 参见王瑷玲《晚明清初戏曲之审美构思与其艺术呈现》,台北:"中央研究院中国文哲研究所"2005年版。

③ 王德威:《"有情"的历史——抒情传统与中国文学现代性》,《中国文哲研究集刊》2008年第33期。

④ 王德威:《"有情"的历史——抒情传统与中国文学现代性》,《中国文哲研究集刊》2008年第33期。

⑤ 参见王德威《抒情传统与中国的现代性——在北大的八堂客》,生活·读书·新知三联书店2010年版。

如黄宗羲说："文以理为主,然而情不至则亦理之郭廓耳。……古今自有一种文章,不可磨灭,真是'天若有情天亦老'者。"① 王夫之更言:"含情而能达,会景而生心,体物而得神,则自有灵通之句,参化工之妙","出于四情之外,以生起四情;游于四情之中,情无所窒。作者以一致之思,读者各以其情而自得"。② 重"含思之情",实在戏文中已见之,且明人对戏文的种种批评更突出"含思之情"。近代论中国文艺思想就是抒情,忽略了传统中的教化理想,且在抵拒"大论述"及"历史意识"下,认为阻碍诠释的可能③,更将形成对戏曲的模糊认知。

今存宋元戏文皆明刊本,保留了旧本内容,改本则更突出戏曲自发生以来之"以娱乐成教化"的"寓教于乐观"。《永乐大典》收入的《张协状元》近于南宋戏文原本,相比于同书收入的另两个元代戏文,以及再后的"四大戏文"和《琵琶记》,可见价值观的延续与变化。本书谈论这批戏文,仍采取"生命美"解读方式,从文本观察当时人的生存状态和生命价值,说明戏曲活动发生时的文化语境状态。同时以"语言美"来分析文本结构,说明创作手段不仅仅是娱乐导向的,更是教化意识被突出的关键。

本书第一章,先处理"寓教于乐"价值观的形成与定型,提出诗言志、人文化成、复古意识、讽谏传统四个引导因素,并从宋代文化考察雅俗意识及教化观的世俗化状态。第二章与第三章,阐述"寓教于乐"的特征,从文化传统分析教化观的"生命美",解读伦理道德理想、个体精神自由及天理与民间通俗信仰三个层次的内容,接着以"本色"概念

---

① (清)黄宗羲《金石要例附论文管见》中语,载中国文史资料编辑委员会编《中国美学史资料选编》,台北:辅新书局1984年版,第550页。

② (清)王夫之:《姜斋诗话》,载(清)丁福保辑《清诗话》,上海古籍出版社1978年据中华书局1963年版修订本;卷下,第14页;卷上,第3页。

③ 反"大论述"(master narratives)与反"历史观"(the visions of history)都是"反历史",目的在于突出"差异的美学"(aesthetics of difference),以此来解决现代主义中的焦虑和情绪躁动(anxieties and hysteria),但却导出了"片段化且是精神分裂的无主体自我"(the non-subject of the fragmented and schizophrenic self),并经重复论述而成为后现代主义的意识形态,使后现代文化中的病征具体化。参见Jameson, Fredric, *Postmodernism, or, The Cultural Logic of Late Capitalism*, Durham: Duke University Press, 1991。

为核心深入谈"语言美",并指明"本色"乃能"传神"并形成内含教化之"意境"的特殊语言表现。第四章,接着"本色",厘清文人如何架构充满复杂教化意识的戏曲观,并深入探讨戏文的文学化及因此而产生的雅俗之辨。最后,"结语"部分总结并提出诠释限度的问题,意在强调戏文是融汇雅俗的艺术产品,更是反映文化传统的文化产品。文人早在戏文时期已介入戏曲活动,他们借戏文表达人文化成的人伦大情,以娱乐对普罗大众施教,此即"寓教于乐"的根本义。"寓教于乐"的根本义有一个非常复杂的语境脉络,本书对其语境脉络的诠释说明,也就解读了戏曲独特的文化价值。

第一章

"戏曲教化观"的形成与延展

谈戏曲的功能和目的,最终必言"寓教于乐"。这个成语意指戏曲是推行教化的娱乐,也就是"寓教于乐"的本义。"寓教于乐"的本义在于指涉对象的状态,但在重复使用下,"寓教于乐"会衍生出价值判断的言外之意。言外之意来自重复指涉并肯定对象的特殊功能,"寓教于乐"因此转化成具有绝对效力的价值判断。如戏曲作为娱乐,本不具讨论意义,但教化内容使戏曲娱乐有了价值,成为值得探讨的文化活动,戏曲更因"寓教于乐"的效力而获得文化地位。由于"寓教于乐"是不证自明的,"寓教于乐"四个字似乎已说清了戏曲的特殊功能和文化价值。但是,为什么戏曲会成为教化的载体?为什么将把娱乐和教化结合在一起?教化到底是什么?"寓教于乐"的运用并未解释这些深层的问题。

教化传统是中国文化的深层结构,源自先秦的"礼乐教化"思想。近人由此来谈汉代乐府诗与戏曲之关系,如林宏安认为汉乐府是"俗歌",《艳歌罗敷行》就以"歌舞剧"唱女性贞节故事。依其论,俗娱乐中的教化意识来自当时儒士的"乐教观",创作乐府的低层文人接受儒家"名教"思想,自然把人伦纲常意识带入歌曲中,一般人即从歌唱中了解并内化"有道理的价值观"。既然汉代俗乐已重视教化,由乐而产生的戏曲自然更要"寓教于乐"。[①]

上述说法看似合理,但认为汉代乐府诗是歌舞剧,令人纳闷。因此,

[①] 参见林宏安《寓教于乐:汉代儒家乐教观念与汉代的俗乐》,《复兴岗学报》2006年第87期。

在深入探讨戏曲"寓教于乐"教化观的源起和变异前，需先讨论这一说法。

闻一多认为中国很早就有成熟的歌舞剧。他说整部《楚辞》都是唱的，《九歌》就是娱神用的大型歌舞剧。其《楚辞编·乐府诗编·九歌古歌舞剧悬解》一文如古希腊悲剧一般，以迎神曲开场，有进场歌，中间略改原章节次序并分为 8 幕，最末是尾声及歌队合唱，幕幕串联，形成完整故事。每一幕都有人物出场表并交代时空背景，男女主人公或独唱或对唱，中间穿插歌队合唱。这出歌舞剧唱演"教诲式的'九德之歌'"，《东皇太乙》与《国殇》即一言"报德"，一言"报功"。①看似很合理，但仔细分析每幕内容，实令人摸不着头绪。何以《湘君》接《大司命》？又《少司命》与下一幕《河伯》有何关系？每篇不独立成章吗？这是刻意为之的《九歌》读法，目的在于突出《九歌》有完整的故事结构，这也就使"歌舞剧"的说法合理化了。如此说来，中国戏曲的发生被上推到战国末期。

但这却产生无法解决的问题：为何战国时已有戏剧形式工整的歌舞剧，中间却出现大断层，要到南宋才出现长篇叙事的戏文？林宏安说乐府是歌舞剧，但何以乐府后世不见发展，反而转变为不演故事的大曲？即便认定唐代的"戏弄"是戏，但钵头、踏谣娘、大面、参军等"小戏"都在"嘲弄"，篇幅短且故事性薄弱，何以报功报德的歌舞剧会走向"戏弄"？②

"歌舞剧"是带有特殊目的的诠释，要证明中国戏曲的源头在神话，发生的时间很早。但是，《楚辞》不是唱的，《九歌》也不是闻一多以为的是夏代的作品。龚鹏程说辞赋是要拿来"诵读"的，《楚辞》不仅是汉人编的，更已杂入汉人之作。辞赋作者具有"知识人"身份，身为"言

---

① 参见闻一多《楚辞编·乐府诗编·九歌古歌舞剧悬解》，《闻一多全集》，湖北人民出版社 1993 年版，第 5 册。同书载《东君·湘君·司命——〈九歌杂记〉之一》，认为《九歌》的章节标题为后人补入，与内容无关，并强调各章节内容本有关联，第 368—373 页。对内容的诠释，另见同书载《什么是九歌》，第 340、346 页。

② 任半塘认为"戏弄"就是戏，参见其《唐戏弄》，上海古籍出版社 1984 年版。此书考证精详，但仍无法确定"戏弄"的戏剧演出形式，最终说的仍是"类戏剧"的"小戏"。

语侍从之臣",他们的创作需兼顾"讽谏"和"文字美",借"哀时命、悲不遇、效忠悃"的特殊心态表现来发人之思。① 文学创作要讲道理,也只有能文之士可为之。讲道理即教化,而文人在写作中讲道理,更推进了语言艺术。

闻一多之说来自西方以神话和宗教论文化的观点,拉近了"文学"与"民间"的距离,更肯定戏曲是来自民间的"俗文学"。② 但是,这套说法忽略了文学艺术的生产条件,且再就"言语侍从之臣"来看,民间文艺活动不可能与"文人"分开。"文人"是中国文化发展的关键,他们以文施教并介入娱乐,否定只为满足低层次心理欲求的娱乐,导出以教化为本的"寓教于乐"判断。教化观抬升戏曲价值,而文人转诗文之法谈戏曲,再把戏曲纳入"文人传统",视为"人文化成"的手段。文人的诠释突出戏曲娱乐(包含文本和搬演两个层次)内含深刻意义,让处于雅俗交汇点上的戏曲有了特殊的文化地位。王瑷玲即言戏曲是文化传承的重要媒介,反映思想史、社会史、文化史中的价值判断取向。③ "俗文学"论者当然肯定这种观点,但"俗"与"民间"的观点拒绝"文人"推进文化发展的事实④,结果反而留下一堆没有解决的问题:为什么戏曲要以娱乐成教化?教化化出了什么东西?这些东西为什么是娱乐?简言之,谁说戏曲必须要"寓教于乐",又为什么这么说?

艺术、娱乐、教化之间的相互关系,可从沈璟之论来看。其在《词

---

① 参见龚鹏程《中国文学史》,世界图书出版公司2011年版。
② 林庚的《中国文学史》(厦门大学出版社1947年版)已见此观点,不过他仍重视"文人传统",而这在林传甲身上更明显,其《中国文学史》(上海科学书局1910年版)不仅是第一部中国人自己写的文学史,重"文"态度更突出骈文和散文的文学史地位。
③ 参见王瑷玲《晚明清初戏曲之审美构思与其艺术呈现》,台北:"中央研究院中国文哲研究所"2005年版。亦参见陈抱成的《中国的戏曲文化》(中国戏剧出版社1995年版),从社会、礼乐、政治、宗教及美的意识谈戏曲文化的特征;郑传寅《中国戏曲文化概论》(台北:志一出版社1995年版),从"哀而不伤""乐而不淫"讲叛逆精神。后两书受制于"俗文学",观点陈旧,不如王书能深究戏曲文化变迁的深层结构。
④ 从"俗文学"和"民间性"讲戏曲史带有文化研究意味,参见叶德均《戏曲小说丛考》,文史哲出版社1989年版;曾永义《中国古典戏剧论集》,台北:联经出版事业股份有限公司1975年版;张庚、郭汉城《中国戏曲通史》,台北:丹青出版社1987年版;唐文标《中国古代戏曲史初稿》,台北:联经出版事业股份有限公司1984年版。

隐论曲》中认为创作要"合律依腔""析阴辨阳",还要审"句法"和"宫商",忌"疏放"及"讹音俗调",并提出,"宁律协而词不工,读之不成句,而讴之使协,是曲中之工巧"。这明显是以形式反对内容导向的创作,且《南词韵选·凡例》更言不可"趋时"而"失古意",复古意味浓厚。沈璟的度曲之法不讲"教",只说该如何"乐",要求展现人人都听得懂的"本色之乐"。但是,他一谈及作品的价值时,又回到教化作结,如在《复吕天成书》中评《三星记》"自写壮怀",《四相记》"扬厉世德",《四元记》"惊戒贪淫,大裨风教"。[①] 言乐言教,双线平行,但最终仍由"教"决定作品价值,可见"本色之乐"仍以教化为准。

因为没讲"教"和"乐"的互动关系,教中有乐、乐而成教,理所当然。易言之,好作品就是形式"本色"易晓,内容有关风教,至于本色如何成教化,教化何以是娱乐,根本不需要讨论,因为在文人眼中,教化是风行草偃而自然而然的,而教化能成为娱乐,即因以"本色语"提供"笑乐"。"本色"是文字艺术的创作手段,但在曲论中被转化为具有多层意涵的复杂概念。"本色"原是辨体的概念,但文人论述突出语言文字的"传神"效果,并再由此来谈"意境"展现问题。"意境"是与情感有关的文字意义效果,曲论更再推展开来说场上搬演效果。换言之,曲论提出一套"本色""传神""意境"的解释系统,肯定搬演必须具体化文本的言外之意。"本色语"不是一般口语,而是经能文者设计、适合于场上搬演的艺术语言,而论"本色",就是在谈"教"与"乐"的互动关系,建构了"寓教于乐"价值观。

戏为风教,一定要提《琵琶记》开场的【水调歌头】。

> 正是不关风化体,纵好也徒然。论传奇,乐人易,动人难。知音君子,这般另作眼儿看。休论插科打诨,也不寻宫数调,只看子孝共妻贤。[②]

[①] 转引自陈蒂、吴毓华编《古典戏曲美学资料集·沈璟》,文化艺术出版社1992年版,第119—121页。吕天成的作品皆佚,后姚燮之记仍内容不详,参见《今乐考证·明院本》,载《中国古典戏曲论著集成》,中国戏剧出版社1959年版,第10册。

[②] 《琵琶记》,第1页。

沈璟批评此剧"不寻宫数调",但他说吕天成作品"自写壮怀",仍呼应高明说的"知音君子"①。写怀就是"言志",这个"志"是作者之志,内容要表现"子孝妻贤"的理想道德。知音则是能"以意逆志"者。有作者之志,读者才能"以意逆志",作品才具有价值,这就是风教的功能和效果。教是重点,如何从乐人到动人,又为什么要教化,仍没有说明,只能说读者好好读完他创作的《琵琶》,自然懂得风教的道理。

"礼乐教化"是中国文化的深层结构,但在《诗》的"诗教"法则中出现变异,目的在于以"复古通变"达成《易》中的"人文化成"理想。教化观是被建构出来的,早已内化于文人意识中,所以到了曲的时代,它被直接转用于戏曲创作和品评上。下文即深入谈"言志""人文化成""复古"与"讽谏传统"四种观点,这是"寓教于乐"价值观的源头;接着讨论宋代乐制中的雅俗争论,其奠定了明清曲论的基调;进而探讨宋代的蒙书与善书,由此分析教化观的世俗化,这是戏曲必须教化的背景因素。

一 "寓教于乐"戏曲观的四个源头

(一) 诗教中的"言志"

"风以动之,教以化之",《毛诗》说"风"即"教",《毛诗正义》则训"风"为"讽",并言"讽教"乃"始末之异名",架构"以讽为教"的解诗模式。《毛诗正义》再如此说《国风》:"王者施化,先依违讽喻以动之,民渐开悟,乃后明教命以化之。"此即"用诗以教"。要用诗来教,因为诗:

> 志之所之也,在心为志,发言为诗。情动于中而形于言,言之不足故嗟叹之,嗟叹之不足故咏歌之,咏歌之不足,不知手之舞之、

---

① 转引自陈芾、吴毓华编《古典戏曲美学资料集·沈璟》,第120页。

足之蹈之也。①

因"诗从志出",虽表为歌舞,但已发言成文,所以《毛诗正义》说"重其文"②。"文"指文字记录的"情动形言"。要解其意义,就要"以意逆志",但不能"以辞害志"。③叶梦德就这样理解诗,魏晋长篇不过十韵,"盖常使人以意逆志,初不以序事倾尽为工"④。

戏之文与诗之文相通,所以戏也是"言志",说戏还是要"以意逆志"。既然作为娱乐的戏在"言志",写戏之人当然不可能是不识字的村夫野汉,论戏者更应有识见,否则无从讲起。王骥德在《论需读书》中认为,作者多读书,才能"博其见闻,发其旨趣",国风、离骚、乐府、诗词、杂剧诸曲和各种类书,皆"博搜精采,蓄之胸中",便能"掇取其神情标韵,写之律吕,令声乐自肥肠满脑中流出,自然纵横该恰"。自然流露的音韵乐声不仅悦耳,更含作者的神情标韵,亦即"志之所之",如王实甫和高明皆"下笔有许多典故,许多好语衬副"。此实就论戏者当读书而言,这才能"以意逆志"以得其要旨。⑤《杂论下》说《琵琶》有关风化是"特大头脑处",《拜月》"只是宣淫,端士所不与也",这就是"言志"的诠释模式。⑥

王骥德论戏曲多讲艺术形式,最终评价仍因"文"而回到教化。他从元代论宫调之说肯定形式本有教化功能,是"志"的表现。元代的燕南芝庵早提出宫调各有情感属性,如"正宫"的惆怅雄壮,"黄钟宫"的富贵缠绵,并再提"道家唱情,僧家唱性,儒家唱理","子弟不唱作家

---

① (汉)毛亨撰,(汉)郑玄笺,(唐)孔颖达疏:《毛诗正义》,载《十三经注疏》,北京大学出版社1999年版,第6页。
② (汉)毛亨撰,(汉)郑玄笺,(唐)孔颖达疏:《毛诗正义》,载《十三经注疏》,第7页。
③ (宋)朱熹:《四书章句集注》,《新编诸子集成》,中华书局1983年版,第306页。
④ (宋)叶梦德:《石林诗话》,载(清)何文焕辑《历代诗话》,中华书局1981年版,第411页。
⑤ (明)王骥德:《曲律》,载《中国古典戏曲论著集成》,第4册,第121页。
⑥ (明)王骥德:《曲律》,载《中国古典戏曲论著集成》,第4册,第160页。

歌，浪子不唱及时曲，男不唱艳词，女不唱雄曲"。① 唱有各种声情，唱亦表志，因此歌有所忌。沿用宫调情性论，周德清的"作词十法"说："未造其语，先立其意；语、意俱高为上"，也是"言志"说法。他认为声韵有"治世之音""亡国之音"，自序更说关汉卿、马致远、郑光祖、白朴四人"韵共守自然之音，字能通天下之语"，"观其所述，曰忠，曰孝，有补于世"，更见作者之志。② 虞集在《中原音韵序》有言："士大夫歌咏，必求正声，凡所制作，皆足以明国家气化之盛"，把"言志"提到了表面。③

"言志"，再见《诗大序》：

> 情发于声，声成文谓之音。治世之音，安以乐，其政和。乱世之音，怨以怒，其政乖。亡国之音，哀以思，其民困。故正得失，动天地，感鬼神，莫近于诗。先王以是经夫妇，成孝敬，厚人伦，美教化，移风俗。

"情""声""文""音"的次第是由创作到表现的过程，但此序扩大了作者之志具有的教化效果。《毛诗正义》提出"用诗之事"，说明了"诗有功德"，再引《孝经》"诗是乐之心，乐为诗之声，故诗、乐同其功"，以"同功"说明"无诗之乐"仍有同样的教化功效。④

上引元人说音律、声韵与教化的关系，即据"音之效果"而产生，且论述更带以古为尊的复古倾向，已把"诗言志"转化成"曲言志"。王世贞论曲亦远推于诗⑤，后来王国维再提"一代有一代之文学"的线性文

---

① （元）燕南芝庵：《唱论》，载《中国古典戏曲论著集成》，第1册，第159—161页。
② （元）周德清：《中原音韵》，载《中国古典戏曲论著集成》，第1册，第219、232页。
③ （元）周德清：《中原音韵》，载《中国古典戏曲论著集成》，第1册，《自序》，第175页；虞集《序》，第173页。
④ （汉）毛亨撰，郑玄笺，（唐）孔颖达疏：《毛诗正义》，载《十三经注疏》，第7—11页。
⑤ 参见（明）王世贞《曲藻》，载中国戏曲研究院编《中国古典戏曲论著集成》，中国戏剧出版社1959年版，第4册。

学史观即与之呼应。① 又如胡应麟直接比太白、少陵于《西厢记》《琵琶记》，认为前者有"韵度风神"，后者阐明"名理伦教"。他虽鄙视戏曲，认为戏剧为"游艺之末途，非不朽之前著"，但在"诗教"的引导下仍未能免俗地大谈之。② 言志是谈戏曲必须讲的问题，《诗大序》更成为最常被征引的文献资料，建构出"寓教于乐"之"教"是作者表志（结合作者自身之志与被创作出来的人物之志）以教人的观点。

不过《诗大序》肯定"音之效果"时更突出"文"，"情""声""文""音"的次第认定无文则无音。有情感而发出声音产生了"文"，之后才有音乐，音乐是最后一个层次，"文"为其条件。用语言作相应于乐之宫商的"譬喻"，之后被记录下来，这个产品就是"文"。所以，《毛诗正义》说"乐本由诗而生"，并因文字内含意义，意义有关人的认知，所以再说"乐能移俗"。重"文"的主要原因在于乐过于抽象而难以掌握。

《诗大序》肯定人有主动性，但主动会引人去"变乐"，乐便走向淫放而败坏人心，所以才说乐有分别，也只有诗能导正人心。《毛诗正义》认为圣人"采诗定乐"以"教愚者"并"变不智者之心"，这是"称人之情而为之节文"，也就是"礼"。③ 如此一来，"礼"与"文"被等同了起来，而这种说法仍未脱离《诗大序》的原意，但有所扩展。《毛诗正义》把典籍所载的音乐声音效果转化成诗之"文"的声音效果："知作诗者主意，令诗文与乐之宫商相应"，"宫商之辞，学诗文为之"，"后之作诗者，皆主应于乐文也"。④ "乐文"即圣人所采之文，就是《诗经》。这把原本的"礼乐"转说成教化人伦的"礼文"，于是诗乐分途，乐的地位下降，"文"成为体现"礼"的主要媒介。⑤

---

① 参见王国维《宋元戏曲考·序》，《王国维遗书》，上海古籍书店1983年版，第15册。从音韵讲到言志而突出复古，亦参见吴梅的《中国戏曲概论》，陈乃乾校，学海出版社1979年版。
② （明）胡应麟：《庄岳委谈》，《少室山房笔丛》，中华书局1958年版，第562、563页。
③ （汉）毛亨撰，郑玄笺，（唐）孔颖达疏：《毛诗正义》，载《十三经注疏》，第9、11页。
④ （汉）毛亨撰，郑玄笺，（唐）孔颖达疏：《毛诗正义》，载《十三经注疏》，第14页。
⑤ 诗、乐、礼的离合关系，参见龚鹏程《中国文学批评史论》，北京大学出版社2008年版。

从论乐提出治世、乱世、亡国，又说教化人伦、移风易俗，所言已超越个体言志的范围。"文"从"声"成"文"扩展为美教化、移风俗的依据，作为体现"礼"的媒介，那是因《易》的"人文化成"理想。"人文化成"已内含"言志"思维，且是更复杂的世界观。戏曲要"寓教于乐""人文化成"比"言志"更重要。

（二）《易》中的"人文化成"

文明、文化和文德都是从"文"开展出来的习惯用语，中国人说的文化更是以"文"为根本义。① "文化"，出自《易·贲卦》象辞。

> 刚柔交错，天文也；文明以止，人文也；观乎天文，以察时变；观乎人文，以化成天下。②

"天文"是自然的变化无穷，人事应自然之道，因之而变则成"人文"。对举"天文"和"人文"，一察时变，一化天下，"文"为变化和教化的依据。"文"，观之即可察变，察之就能化成，所以文化内含变化和教化两层意义。变是必然的，且因难以掌握，所以要教，而教则出自人主动去观察和理解"文"，并自发地推行所得，使人事应自然。

"天人合一"的"易之道"，源自感应思维。核心概念在"变"，并由"变"来说明教的重要性。再见《周易正义》论《咸卦》："二气感应以相与""天地感而万物化生"③，但人事中的一切还是源于人，并非天生自然的"各得所著之宜"（《离卦·象》注"离"）④。所以，《咸卦》再说："圣人感人心而天下和平。观其所感，而天地万物之情可见矣。"《周易正义》则如此解释："天地万物皆以气类共相感应。"但为保证"人文"不违"天文"，"圣人设教，感动人心，使变恶从善，然后天下

---

① 参见龚鹏程《中国文学批评史论》，北京大学出版社2008年版。
② （魏晋）王弼注，（唐）孔颖达疏：《周易正义》，载《十三经注疏》，北京大学出版社2000年版，第124页。
③ （魏晋）王弼注，（唐）孔颖达疏：《周易正义》，载《十三经注疏》，第163页。
④ （魏晋）王弼注，（唐）孔颖达疏：《周易正义》，载《十三经注疏》，第158页。

和平"。①

《贲卦》的疏再进一步讲：

> 圣人观察人文，则《诗》《书》《礼》《乐》之谓，当法此教而"化成天下"也。

如何施教？教的内容又是什么？"文明以止"的注说"不以威武而以文明"。《周易正义》说"人之文德之教"，并强调"文德之教"即"贲卦之象"。《贲卦》"离下艮上"，即山下有火；《象》作："君子以明庶政，无敢折狱"；注言："止物以文明，不可以威刑"；疏说："君子内含文明，以理庶政。"②结合《离卦》《咸卦》一起看，说的是要以文德成就文明，此即"人文化成"的根本义。

圣人观察并体会自然之变，后总结出经典，以不同面向说明天授之"善"的文德。教并不强制，而是以气类相感的方式诱发人的天生之善。如此实践即呼应"天文之变"的"人文之变"，成果即"文明以止"。这是一套从感应思想中生出的教育哲学，以人的天生善性为准，要人多读书、多学习以发展本性。宋代理学之"尊德行"与"道问学"，根本上不脱离此思维，且当时的蒙学著作和民间善书更推动此思维的世俗化，引导出普及的天理和善恶价值判断。

德体现于人自身，但"文"并非单纯的个体之志，而是要教化天下的特殊世界观。《系辞上》作："参伍以变，错综其数，通其变，遂成天下之文"，这是圣人"崇德广业"之法，要"通变"以"成文"。③《系辞下》再言圣人的"易之道"："托象以明义，因小以喻大"，"其旨远，其辞文，其言曲而中"，说的是以义理明事象。④再说《易》讲"天地人"的"三材之道"，但言"道有变动"而"物相杂"，杂而成文，若"文不当"则"吉凶生"。《周易正义》如此解释："不相妨害，则吉凶不生

---

① （魏晋）王弼注，（唐）孔颖达疏：《周易正义》，载《十三经注疏》，第164页。
② （魏晋）王弼注，（唐）孔颖达疏：《周易正义》，载《十三经注疏》，第124页。
③ （魏晋）王弼注，（唐）孔颖达疏：《周易正义》，载《十三经注疏》，第334页。
④ （魏晋）王弼注，（唐）孔颖达疏：《周易正义》，载《十三经注疏》，第367页。

也","相与聚居,不当于理,故生吉凶也"。①

"文"是含人情志意的天下之理,也是理解世界的认知基础。若人无感而不能应,那就会丧志不明理,如此便不懂通变,便会"无德无文",最终是片言折狱,以威刑逼人。圣人以"文"来说明天地万物中的理,人便可趋吉避凶以合天地间的"生生之道"。理生生不息,生生则出于变,变又只能人主动去体会,则理自然不离人心与人情。"易之道"即要人主动去亲近理,而《诗大序》说"经夫妇,成孝敬,厚人伦,美教化,移风俗",则更仔细地阐明了理的内容,更加完善了"人文化成"的世界观。

"人文化成"要教化天下,"言志"则突出个体。不过,中国哲学中的个体从不单纯。方东美指出,中国人认知的个体不是西方二元论下的"自我否定"或"自我认同"。个体被认知为"从现实性到可能性"的过程,是从"认识自我"到"实现自我"的"自我发展过程"。所以,不论"否定"或"认同",皆同时被接受为确定的现实,由此来肯定人的非凡与伟大。作为个体,人是自由的(道家观点),也是一个不断净化(佛家观点)和不断构造的过程(儒家观点),而人的伟大性就体现在"扩充德行的全面发展以至于圆满——通过转化、启迪的过程,通过理想化的理性"。此说呼应《易》讲文德到文明的过程,而个体与整体更是相互依存的,因此,"言志"展现的个体意识很难脱离"人文化成"的理想。这是"以人为中心的宇宙观",而宇宙观是"价值中心的人生观之前奏"。②整体价值判断产生于宇宙观和人生观的叠合,以理性提升人格并推展伦理文化。

戏曲是人表现人的艺术,更不可能脱离"人文化成"的理想。高明说风化,沈璟说风教,都是同一个道理。"以意逆志"不只是要逆作者之志,更是要合自身之志来"人文化成"。

---

① (魏晋)王弼注,(唐)孔颖达疏:《周易正义》,载《十三经注疏》,第375页。
② 方东美:《中国哲学之精神及其发展》,匡钊译,中州古籍出版社2009年版,第21、27、81—84、86、88—89页。

> 古人往矣，吾取古事，丽今声，华衮其贤者，粉墨其慝者，奏之场上，令观者借为劝惩兴起，甚或扼腕裂眦，涕泗交下而不能已，此方为有关世教文字。若徒曲漫言，既已造化在手，而又未必其新奇可喜，亦何贵漫言为耶？此非腐谈，要是确论。①

又如吕天成，他评顾道行的《风教编》"无趣味"，但"取其范式"②；评沈璟作品为"上上"，说《十笑记》"有关风化"③，《奇节记》是"正史中忠孝事，宜传"④。再见他转述其舅祖孙矿提出的"南剧十要"，第十点即"要合世情，关风化"，且他分南剧之"门数"也不脱教化。

> 大约有六：一曰忠孝，一曰节义，一曰风情，一曰豪侠，一曰功名，一曰仙佛。元剧门类甚多，南剧止此矣。⑤

这都是视戏曲为"人文化成"之方。李渔之说，语气最强烈：

> 愚夫愚妇识字知书者少，劝使为善，诫使勿恶，其道无由，故设此种文词，借优人说法，与大众齐听，谓善者如此收场，不善者如此结果，使人知所趋避，是药人寿世之方，救苦弭灾之具也。后世刻薄之流，以此意倒行逆施，借此文报仇泄怨……且举千百年未闻之丑行，幻设而加于一人之身，使梨园习而传之……岂千古文章，止为杀人而设；一生诵读，徒备行凶造孽之需乎？⑥

---

① （明）王骥德：《曲律》，载《中国古典戏曲论著集成》，第4册，第160页。
② （明）吕天成：《曲品》，载《中国古典戏曲论著集成》，第6册，第232页。
③ （明）吕天成：《曲品》，载《中国古典戏曲论著集成》，第6册，第229页。
④ （明）吕天成：《曲品》，载《中国古典戏曲论著集成》，第6册，第230页。
⑤ （明）吕天成：《曲品》，载《中国古典戏曲论著集成》，第6册，第223页。以题材分类戏曲本就无法脱离教化意识，早见于朱权的杂剧分类，共分12科，但内容驳杂而有重叠，如"披袍秉笏"与"叱奸骂谗""逐臣孤子"都是忠臣杂剧，见其《太和正音谱》，载《中国古典戏曲论著集成》，第3册，第24页。
⑥ （清）李渔：《闲情偶寄·词曲部·戒讽刺》，载《中国古典戏曲论著集成》，第7册，第11—12页。

他提倡作传奇要"务存忠厚之心,勿为残毒之事。以之报恩则可,以之报怨则不可。以之劝善、惩恶则可,以之欺善、作恶则不可"。"传非文字之传,一念之正气使传也。"①

李渔之说表现了善恶价值判断,戏必须教人行善,避免刻薄行凶,更推出人心对应行为的吉凶问题。再依《易》的变化、教化来看,善恶本共存于天地万物间,吉凶之象因之而生,但道广大和谐,循环不已,必是至善,所以才说教人从善,这是"生生之道"的核心概念。

至善就是《易·乾卦》的"元、亨、利、贞":

> 元者善之长也,亨者嘉之会也,利者义之和也,贞者事之干也。君子体仁足以长人,嘉会足以合礼,利物足以和义,贞固足以干事。②

《周易正义》说:"圣人作易本以教人,欲使人法天之用。"教的内容即仁、礼、义、贞,要推己及人使人事万物皆和而能成。由于天运行不已,"圣人当法此自然之道而施人事,亦当应物成务,云为不已",而"物有万象,人有万事",所以"圣人名卦,体例不同",并且"名有隐显,辞有踌驳"。③ 如此认识生命并触类旁通地解释生命,确定了以善为宗、以人为中心的价值判断系统。

《大学》首句即说"至善""明德"并"亲民"。朱熹解释:"自天降生民,则既莫不与之以仁义礼智之性矣",只因"气质之禀或不能齐",所以"教之以穷理、正心、修己、治人之道"。教,"不待求之民生日用彝伦之外",学之者"无不有以知其性分之所固有,职分之所当为,而各俛焉以尽其力",并结论教是"治隆于上,俗美于下"。④ 为善去恶以趋

---

① (清)李渔:《闲情偶寄·词曲部·戒讽刺》,载《中国古典戏曲论著集成》,第7册,第12页。
② (清)李渔:《闲情偶寄·词曲部·戒讽刺》,载《中国古典戏曲论著集成》,第7册,第14页。
③ (魏晋)王弼注,(唐)孔颖达疏:《周易正义》,载《十三经注疏》,第1页。
④ (宋)朱熹:《四书章句集注·大学章句》,第1页。

吉避凶本来就是德的养成,"人文化成"化出的是德的文化,它体现在人伦关系中。人的日常生活就在养德,所以朱熹说学在日常生活中,学就是让人变成有德君子。

戏演人的日常生活,直截了当地教人有德。《伍伦全备记》副末开场的【鹧鸪天】说:"若于伦理无关紧,纵是新奇不足传","今宵搬演新编记,要使人心忽悌然";【西江月】说南北曲:"人人都晓得唱念,其在今日亦如古诗之在古时,其言语既易知,其感人尤易入",所以编出这场戏文,"发乎性情,生乎义理",搬演之:

使世上为子的看了便孝,为臣的看了便忠,为弟的看了敬其兄,为兄的看了友其弟,为夫妇的看了相和顺,为朋友的看了相敬信,为继母的看了必管前子,为徒弟的看了必念其师,妻妾看了不相嫉妒,奴婢看了不相忌害。善者可以感发人之善心,恶者可以惩创人之逸志,劝化世人,使他有则改之,无则加勉。自古以来,转音都没这个样子,虽是一场假托之言,实万世纲常之理,其于出出教人,不无小补。①

姑不论明人批评此剧"学究腐谈"且"俚浅"(沈德符语),或"纯是措大书袋子语,陈腐臭烂,令人呕秽"(徐复祚语),或"尽述伍伦,非酸则腐"(祁彪佳语)②,开场套曲即从感应相通及复古思维讲"人文化成",而道德理想正寄托在稳定和谐的人伦纲常上。

"人文化成"是文化的深层结构,即便是要以情冲破理的汤显祖,也是这么看待戏曲的功能。一般谈及他的思想,必引《宜黄县戏神清源师庙记》和《牡丹亭》题词。前者开头讲"人生而有情",文末再说戏乃"人情之大窦",以及后者言"情不知所起,一往而深。……第云理之所必无,安知情之所必有"。但这种说法忽略了《宜黄县戏神清源师庙记》

---

① 转引自陈苇、吴毓华编《古典戏曲美学资料集·邱浚》,第87页。
② (明)沈德符:《顾曲杂言·邱文庄填词》,载《中国古典戏曲论著集成》,第4册,第223页;(明)徐复祚:《曲论·香囊记》,载《中国古典戏曲论著集成》,第4册,第236页;(明)祁彪佳:《远山堂曲品·能品》,载《中国古典戏曲论著集成》,第6册,第46页。

内容的复杂性。文中其实明白说了戏必须推导人伦大义，内容当"合君臣之节""浃父子之恩""增长幼之睦""动夫妇之欢""发宾友之仪""释怨毒之结""已愁愤之疾""浑庸鄙之好"。他眼中的戏是"道"，戏若展现此"道"，则：

> 孝子以事其亲，敬长而娱死；仁人以此奉其尊，享帝而事鬼；老者以此终，少者以此长。外户可以不闭，嗜欲可以少营。人有此声，家有此道，疫疠不作，天下和平。①

可见他说的情不是今人所言之狭隘的爱情，而是教化人伦的大情，所以说戏"为名教之至乐"。② 情最终是要"人文化成"，他是以戏为之。

"言志"重个体性，"人文化成"则讲全体性，可见教化讲的是人与人伦结构的关系。教化体现了个体与整体的叠合，整体和谐出于个体之志与德的提升，而个体能如此，因整体已内含人事物象的"易之道"，那是价值源头。汤显祖之言即见此道理。这种全观式思维以人为中心进行认识和思考，但人并不与天和自然对立，而在气类相感下天人合一。汉代人讲性情，从情提出人性论，就不是单纯的主体抒情。③ 天不是外在于人的绝对真理，真理在人身上。有德是善，善是美，美体现在"人文化成"，因此中国文化中的美需从"广大和谐之道"来理解，此即方东美说的"生生之美"④。

钱穆说"天人合一"是"内倾性"思维。⑤ 余英时则改称"内向超越"，并用来解释中国士人的心理结构。"内向超越"以"个人的精神修养"为中心，但精神修养与群体稳定性之追求叠合。"道"正是在个人与

---

① （明）汤显祖：《汤显祖诗文集·宜黄县戏神清源庙记》，徐朔方笺校，上海古籍出版社1982年版，第1127页。
② （明）汤显祖：《牡丹亭·牡丹亭题词》，徐朔方、杨笑梅校注，人民文学出版社1982年版，第1页。
③ 参见龚鹏程《中国文学批评史论》，北京师范大学出版社2008年版。
④ 方东美著，李溪编：《生生之美》，北京大学出版社2009年版，第88—115、168—184页。
⑤ 钱穆：《中国历史精神》，台北：东大出版社1981年版，第131页。

群体的互动中体现出来的,因此"道"内含"制度化、合法化的政治批判",理、势、情的辩证都在确定人当如何面对群体以安身立命,此亦"道"之合理性所在。① 从人的认知、思考和行为内部求取诠释的合理性,这种思维必然重视传统,形成以"古"为宗的教化文化。

(三) 教化中的复古

孔子说自己"述而不作,信而好古";朱熹说孔子是"信古而传述者","其德愈盛而心愈下"。② 有德者尊古,要以古鉴今,更要修古更新,严复说:

> 如印度,尚不至遂为异种所克灭者,亦以数千年教化有影响效果之可言;特修古以更新,须时日耳。③

修古更新,意指先复古,才能有新变。"复古"是"人文化成"的内在结构,"言志"更不脱"复古"思维的引导。龚鹏程谈唐代的古文运动,即认定是"人文化成"的文化运动,从文章讲人文和天道,自觉地建立新文化来改变已衰落的旧文化。④

复古以行教化,刘熙载这么解读以韩愈为首的复古运动:"八代之衰,其文内竭而外侈","韩文起八代之衰,实集八代之成。盖惟善用古者能变古,以无所不包,故能无所不扫也"⑤。他再说学书法要"与天为徒,与古为徒"⑥;谈度曲时也说"曲之名古矣",要明"曲理"才能"更为新声";又提"赋可补诗之不足""曲亦可补词之不足",因词曲都"贵于情"以"得其正",而曲所演的都是"忠臣孝子,义夫节妇,皆世间极有情之人。流俗误以欲为情,欲长情消,患在世道。倚声一事,其

---

① 参见余英时《士与中国文化》,上海人民出版社2003年版。
② (宋) 朱熹:《四书章句集注》,第93页。
③ 严复语出自《法意》第17卷第3章,转引自龚鹏程《思想与文化》,台北:业强出版社1986年,第21页。
④ 严复语出自《法意》第17卷第3章,转引自龚鹏程《思想与文化》,第29—30页。
⑤ (清) 刘熙载:《艺概》,上海古籍出版社1978年版,第20—21页。
⑥ (清) 刘熙载:《艺概》,第133页。

小焉者也"。① 此见"复古"亦"人文化成"的方式，而这同时也是创作之法。

前引明人论曲之说，已见"复古"，如沈璟要"不失古意"，王骥德要"取古丽今"，《伍伦全备记》更肯定"曲如古诗"。徐渭论腔调，也说昆山腔"即旧声而加以泛艳者"，听来像"宋之嘌唱"，实"出乎三腔（按：弋阳、余姚、海盐）之上"。何焯注"加以泛艳"："好，乃觉昆腔正绕古意。"②

戏曲中的"复古"是要"加以泛艳"以"更为新声"，那不是"拟古"。《小孙屠》开场的【满庭芳】说要"追搜古传"以编出"乐府新声"③；《杀狗记》开场【满江红】说"点染新词别样锦，推敲旧谱无暇玉"④。这说的是改编，方法见《张协状元》的【烛影摇红】"更词源移宫换羽"，意在"近目翻腾，别是风味""教看众乐陶陶"。⑤ 再见《荆钗记》开场【临江仙】编出："一段新奇真故事"，"少不得仁义礼先行"。⑥

改编意在变古出奇以正人心，再从汤显祖的文学观来看修古更新意识，更为明白。《答吕姜山》有言"文以意趣神色为主"，这是个很复杂的概念。⑦ 徐朔方指出，其原以六朝诗风抵拒"诗必盛唐"，后改以宋人古文反"文必西汉"，这不仅是不满于"前后七子"的"拟古"，也是不满因反模拟而文气纤巧单薄。⑧ 诗文的趣味和性灵，讲的是"复古不拟古"，《答王澹生》有言："汉宋文章，各极其趣者，非可易而学也。"批评时人"学汉文者讥学宋文者，皆未有以极其趣，不足相短长也"。⑨ 在

---

① （清）刘熙载：《艺概》，第123—124页。

② （明）徐渭：《南词叙录》，载《中国古典戏曲论著集成》，第3册，第242页；何焯注，第253页。

③ 《小孙屠》，载钱南扬校注《永乐大典戏文三种校注》，台北：华正书局2003年版，第257页。以下《小孙屠》均引自此书，只标明剧名和页码。

④ 《杀狗记》，第394页。

⑤ 《张协状元》，载《永乐大典戏文三种校注》，第13页。以下《张协状元》均引自此书，只标明剧名和页码。

⑥ 《荆钗记》，第9页。

⑦ （明）汤显祖：《汤显祖诗文集》，徐朔方笺校，第1337页。

⑧ （明）汤显祖：《汤显祖诗文集·前言》，徐朔方笺校，第15—16页。

⑨ （明）汤显祖：《汤显祖诗文集》，徐朔方笺校，第1234—1235页。

《与陆景邺》中说自己先学六朝文，后学宋文，而学"六大家文"更是要"行其法而通其机"。① 如何学，见《答马仲良》："有韵之文，可循习而似，至于长行文字，深极名理，博尽事势，要非浅薄敢望。"② 其言之"复古"意在能通变以说理，肯定了文章的教化功能。再如《太平山房集选序》有言"言语者仁之文也，行事者仁之施也。行莫大乎节行，而言莫大乎文章"③；《朱懋忠制义叙》又言文章有"气机"，要先"养气"以"发机"，才能"吐纳性情，通极天下之变"，同时再提出创作要"心深而思完""心炼而思精"，如此发为文章，当然是"仁者之见""智者之见"④。此处说法呼应上引《宜黄县戏神清源师庙记》，文是"人文化成"之方，人要学（包括知识和德行双重层次）以成就人文。

《耳伯麻姑游诗序》和《合奇序》中有"言情说"，可证明汤显祖主情并为主张性灵之公安派的前驱。不过，其在《拦秀楼文选序》中自言其所好"乃多进取者"，是能"于天人之际，性命之微，莫不有所窥"者。⑤ 在《合奇序》中又说"笔墨小技"能"入神证圣"，只不过"浮沈习气"会使"笔墨不灵，圣贤减色"，所以他要求"士有志于千秋，宁为狂狷，毋为乡愿"⑥。明显阐述了文章不是只有情即可。

谢榛论诗，态度相同："体贵正大，志贵高远，气贵雄浑，韵贵隽永。四者之本，非养无以发其真，非悟无以发其妙。"⑦ 且言诗之内容必须"辞严义正，以裨风教"。这不是"务去声律，以为高古"者能达成的，那种做法"不知文随世变，且有六朝唐宋影子，有意于古，而终非古也"⑧。这种"复古"重视文章性理，反对不顾内容的拟古。明代曲论也是走同一个路径，尊元之古来抨击时文藻丽不本色。

---

① （明）汤显祖：《汤显祖诗文集》，徐朔方笺校，1338 页。
② （明）汤显祖：《汤显祖诗文集》，徐朔方笺校，1421 页。
③ （明）汤显祖：《汤显祖诗文集》，徐朔方笺校，第 1036 页。
④ （明）汤显祖：《汤显祖诗文集》，徐朔方笺校，第 1068 页。
⑤ （明）汤显祖：《汤显祖诗文集》，徐朔方笺校，第 1077 页。
⑥ （明）汤显祖：《汤显祖诗文集》，徐朔方笺校，第 1078 页。
⑦ （明）谢榛：《四溟诗话》，载丁福保辑《历代诗话续编》，中华书局 1983 年版，第 1141 页。
⑧ （明）谢榛：《四溟诗话》，载丁福保辑《历代诗话续编》，第 1137 页。

龚鹏程指出，明人的"复古"是从"才""情"来讲"法"的，能表现"有才情的真我"才是真"复古"。也因此，学就不是技法问题，而是风格展现问题，此即"公安三袁"的根本主张。公安派论诗不认为复唐之古即可，更要复宋之古，理由是宋因唐而出。他们反对形式拟古，要求风格意义上的"复古"而建立起"古"的审美标准。同时因仍讲性命之学，反而更体现"文与道合"的传统诉求，而非近代文学史所以为的反传统、反道学。再加上"复古"是普遍性的历史意识，以史为鉴引导小说、戏曲更趋近于诗文，更加"文藻化、文学化、文士化"。① 明代传奇多见以史实为题材的文学化作品，在描写孝子、节妇、文士、商贾中提出权利、法律、恩报、人情等现实问题，并再结合个体的生命经历和绝对性伦理纲常来解决"理""势""情"之间可能的矛盾。② 作品突出人志、仁爱、忠孝、信义、君子、小人等意识，展现的就是文人的特殊认知，意在教人认识善恶之别以趋吉避凶，说明什么才是合理的人文世界。

"复古"也是"人文化成"之法，并与"言志"相辅相成，所以，教化绝非"封建礼教"这几个字能说清楚的。从经典开展出来的"文人传统"是中国文化的基础结构，引导文人进入戏曲这个被鄙视的领域，并将之导向文学，再上提为值得讨论的艺术。若无文的转向，戏曲不可能成为文化的表征。

（四）优伶讽谏传统

《毛诗正义》提出"以讽为教"的解诗模式，讽谏也因此成为"言志"的重要内容。而自先秦以来，多见优伶以歌舞、言辞讽谏的记录，突出优伶具有的特殊教化功能。如《国语·晋语》记载了一则"优言无邮"事件，讲优施以自身的"优言无邮"特权介入骊姬之乱，用歌舞说服里克不介入废太子申生的政治操弄。③

---

① 参见龚鹏程《中国文学史》，世界图书出版公司2011年版。
② 参见司徒秀英《明代教化剧群观》，上海古籍出版社2009年版。
③ 参见（清）徐元诰撰《国语集解·晋语二第八》，王树民、沈长云点校，中华书局2002年版。

司马迁的《史记·滑稽列传》是最早为优伶立传记者，北宋欧阳修则作《新五代史·伶官传》，后有马令的《南唐书·谈谐传》，南宋陆游再作《南唐书·杂艺方士节义列传》。陆游的《杂艺方士节义列传》与前述三传不同，立传对象驳杂，包含太医、御厨、优伶、道士、烈女等，优伶只记了李冠、申渐高和李家明三人，与马令所记重复。此后，正史不再见优伶传记，但文人笔记中仍有许多与优伶行为相关的记载。

记载优伶的言行举止，是因为注意到了优伶在宫廷中的特殊性。里克愿意听优施的建议，以中立态度面对骊姬的夺权斗争，即因优施是晋献公的身边人，早知其改立奚齐为太子的心意。里克同情申生，但逆势而行必惹祸上身，不如听从弄臣的建议以自保。在宫廷的权力斗争中，此类娱乐君王的弄臣绝非无足轻重，骊姬要找优施帮忙，里克也要听其建议，他更自豪于"言无邮"的特权。优伶的"言无邮"出于君王的默许，即场上戏语不足信，但《诗大序》之说更是"言无邮"成立的缘由："上以风化下，下以风刺上。主文而谲谏，言之者无罪，闻之者足以戒。"[①] 提供谏言本人臣职责，君王不当以此罪人。再见《说苑·正谏》记楚庄王恶人臣之谏，说"有谏则死无赦"，然苏从仍冒死上谏，反而因言说有理而为楚相。[②] 优伶戏语当然不同于言官正谏，但对大臣们而言，优伶戏语反而是揣摩上意之关键。

为解君王烦闷而产生的笑乐，更多是正面性的，且笑乐语言同时批评了当下的政治问题，司马迁即言："天道恢恢，岂不大哉！谈言微中，亦可以解纷。"[③] 他认为淳于髡、优施、优孟三人都有"敏捷之变"，不仅可以化解冲突，还导正君王失道。若没有优孟扮成孙叔敖来提醒楚庄王，孙叔敖之子可能就饿死路边了。同样，孙叔敖死前叮嘱儿子日后穷困，一定要去找优孟，即因他深知弄臣进言之效果。再如淳于髡，虽为

[①] （汉）毛亨撰、（汉）郑玄笺、（唐）孔颖达疏：《毛诗正义》，载《十三经注疏》，第13页。

[②] （汉）刘向撰：《说苑》卷9《正谏》，赵善诒疏证，华东师范大学出版社1985年版，第241页。

[③] （汉）司马迁撰、（南朝宋）裴骃集解、（唐）司马贞索隐、（唐）张守节正义：《史记》卷126《滑稽列传第六十六》，中华书局1963年版，第3197页。

侏儒，竟能在楚军威逼时代齐威王去赵国求救兵，还能以喝酒为例，提醒齐威王饮酒作乐必乐极生悲。这种调笑戏谑"合于大道"，因此司马迁别开一传赞优伶之"伟"，而这更确定了以笑乐行讽谏的合理性。

调笑讽谏虽然合理，但笑乐也能导致败亡，欧阳修即以后唐庄宗好优伶杂戏为例，提出"逸豫可以亡身"的道理，突出"溺"将"身死国灭"，结果必然为"天下笑"①。他极不满优伶乱政，说当时"诸伶人出入宫掖，侮弄缙绅，群臣愤嫉，莫敢出气，或反相附托，以希恩幸，四方藩镇，货赂交行"②。然而，他的《伶官传》中仍见一位正面的敬新磨，他的机智笑乐语让庄宗放弃把农地改为田猎之场。此人有勇胆大，听庄宗乱喊"李天下何在"，便打他一巴掌，后说："李天下者，一人而已，复谁呼邪！"③ 此类讽谏，效果更甚于言官，所以宋人有"台官不如伶官"④ 之说。

古人眼中的优伶并不是君子，但他们的言行举止确实合理，更反映出"人文化成"的传统。马令有言：

> 呜呼！谈谐之说，其来尚矣。秦汉之滑稽，后世因为谈谐而为之者，多出乎乐工优人，其廓人主之褊心，讥当时之弊政，必先顺其所好，以攻其所蔽，虽非君子之事，而有足书者。⑤

优伶可入正史，这当然是在追随司马迁的治史态度，但史家的褒扬也同时突出优伶之志。在《谈谐传》最末，他还记载了一个不是优伶的腐儒彭利用。

> 古今一道也，学古而不知其变，只为腐儒而已。彭利用摘裂章

---

① （宋）欧阳修：《新五代史》卷37《伶官传第二十五》，中华书局1974年版，第397页。
② （宋）欧阳修：《新五代史》卷37《伶官传第二十五》，第400页。
③ （宋）欧阳修：《新五代史》卷37《伶官传第二十五》，第399页。
④ （宋）蔡絛：《铁围山丛谈》，中华书局1983年版，第59页。
⑤ （宋）马令：《南唐书》卷25《谈谐传第二十一》，商务印书馆1935年据墨海金壶本排印，第165页。

句，不晓理道，原其用心，盖亦苦学而陋者也。徒以其言类俳优，可为戏笑，故附《谈谐传》云。①

彭利用的呆板复古着实可笑，所以马令把他放进了优伶传中，但记录更突出"复古通变"的必要性。不能通变，则不知理，即便学也难发展正向之志，最终只是腐陋。

史家之笔并未明确说优伶乃胸中有志者，但仍可推敲出个大概。如宋代名演员丁仙现，就是带着复古意识的有志优伶。叶梦得的《避暑录话》记他效法前朝老乐工，"不徒为谐谑，往往因以达下情"，平时更"容貌俨然如士大夫"。②虽为娱乐他人的低下弄臣，却力学古人讽谏，更以士大夫为榜样，明显见此人志气。又如明人谢在杭在《文海披钞》有言："自优孟以戏剧讽谏，而后来优伶，往往戏语，微发而中。且当言禁猛烈之时，而敢于言，亦奇男子也！"③赞为"奇男子"，不是因为他们的技艺高超，而在于他们有勇敢言，那是志气的表现。元代的杨维桢有《优谏录序》，他这样评价优伶讽谏：

> 太史公为滑稽者作传，取其谈言微中，则感世道者深矣！钱塘王晔集历代之优辞有关于世道者，自楚国优孟而下，至金人玳瑁头，凡若干条，太史公之旨，其有归于中者乎！……观优之寓于讽者，如"漆城""瓦衣""雨税"之类，皆一言之微，有回天倒日之力，而勿烦乎牵车、伏蒲之勃也。则优戏之技虽在诛绝，而优谏之功岂可少乎？④

他认为优伶因调笑行讽谏而具有人文化成之功，而为之记录本就是历史书写的传统。虽然之后正史不再为优伶作传，文人仍不断在笔记文集中记下一笔，甚至要集录成书，目的即表明"古之嘲隐"意在"振危释

---

① （宋）马令：《南唐书》卷 25《谈谐传第二十一》，第 165、168 页。
② 转引自王国维《优语录》，《王国维遗书》，第 16 册，第 5 页 b—第 6 页 a。
③ （明）谢肇淛：《文海披沙》，大达图书供应社 1935 年版，第 15 页。
④ 转引自任二北编《优语集》，上海文艺出版社 1981 年版，第 9—10 页。

急"，调笑取乐更是"广察舆情"之方。①

元代的《优谏录》已失传，明清两代不见此种集录，后来王国维广搜著名例子成《优语录》，任讷再重新检查史籍而出《优语集》。《优语集·弁言》提出了"优语史"的观点："缘每一条优谏，皆根植于当时现实，皆有的之矢，依时而次之，即史也。故《优语集》正编九卷，即'优语史'也。"② 且任讷再比优语于诗：

> 采优语者，申其义则譬犹采诗，采风谣。诗之体，风、雅、颂，咸备于优语，而以微言讽喻为尤著；诗之用，兴、观、群、怨，咸备于优戏，而以怨刺上政为尤著。既优语之事，犹诗之事也，则凡诗之教，亦即优语之教，固可信矣。③

如此比附，不仅提升优伶与优戏的地位，更突出优语的教化功能。这仍是在推展太史公、马令、杨维桢等肯定优伶讽谏的特殊性，助人伦、成教化，已成为一套优伶讽谏的教化传统。

王国维的《优语录》以讽谏对象及优伶的自我认同提出三种优语形态：一是嘲讽皇帝的败德无行，如前提及敬新磨讽刺后唐庄宗好田猎而不顾农耕；二是抨击官员的不仁无能，如岳珂在《桯史》中载优伶讽刺秦桧不顾徽、钦二宗被虏而仍大开宴席，故意在脑后弄了个"二圣环"发饰以为调笑；三是优伶自爱，如前提及的丁仙现。抨击对象不同，但歌舞调笑的讽谏方式大同小异，这体现了讽谏传统中的"复古"。任讷的《优语集》则以语言表现分出三种谏诤传统：一是意在讽刺匡正的"谏语"，这是最直接的"优谏"；二是为颂扬邀宠的"谀语"，这种语言颇具机智；三是嘲笑戏弄的"常语"，评论性语言表现志趣与识见，内容更在为人民鸣不平。任讷的分类比王国维的分类更细致，且因收录的资料

---

① 嘲隐可"振危释惫"，（南朝梁）刘勰著、（清）黄叔琳注，（清）李详补注，杨明照校注拾遗：《增订文心雕龙校注》卷3《谐隐第十五》，中华书局2000年版，第195页；"戏笑实广察舆情"，（清）梁绍壬：《两般秋雨盦随笔·优剧》，上海古籍出版社1982年版，第339页。
② 任二北编：《优语集·弁言》，第4页。
③ 任二北编：《优语集·弁言》，第3页。

多,更见优伶讽谏的"寓教于乐"性质。

洪迈《夷坚支志乙》卷4《优伶箴戏》记优伶演"三教论衡"事,这件事很有名,王国维、任讷二人书皆有记载。优伶扮演儒、道、释三家人言生老病死苦,扮僧之优伶更说人生即无量大苦,引发宋徽宗的反思。

> 又常设三辈为儒、道、释,各称诵其教。儒曰:"吾之所学,仁义礼智信,曰五常。"遂演畅其旨,皆采引经书,不涉媒语。次至道士,曰:"吾之所学,金木水火土,曰五行。"亦说大意。末至僧,僧抵掌曰:"二子腐生常谈,不足听。吾之所学,生老病死苦,曰五化。藏经渊奥,非汝等所得闻,当以现世佛菩萨法理之妙为汝陈之。盍以次问我。"曰:"敢问生。"曰:"内自太学辟雍,外至下州偏县,凡秀才读书,尽为三舍生,华屋美馔,月书季考,三岁大比,脱白挂绿。上可以为卿相。国家之于生也如此。"曰:"敢问老。"曰:"老而孤独贫困,必沦沟壑。今所在立孤老院,养之终身。国家之于老也如此。"曰:"敢问病。"曰:"不幸而有病,家贫不能拯疗,于是有安济坊,使之存处,差医付药,责以十全之效。其于病也如此。"曰:"敢问死。"曰:"死者人所不免,唯穷民无所归,则择空隙地为漏泽园,无以敛,则与之棺,使得葬埋,春秋享祀,恩及泉壤。其于死也如此。"曰:"敢问苦。"其人瞑目不应,阳若恻悚然。促之再三,方蹙额答曰:"只是百姓一般受无量苦。"徽宗为恻然长思,弗以为罪。①

扮僧人的优伶相当机智,以儒生入仕的生命理想来说"生",实在奉承。姑不论当时的外患问题,且说科举制度招揽人才,可以国泰民安,这是"谀语"。但之后说老、病、死,直截了当,要人主慈爱护生,广设利民机构,此即"谏语"。到了最后的苦,改用日常俗语,并夹入佛教的"无量",讲人生即一场苦难不断的过程,这是"常语"。"无量"是个佛教

---

① (宋)洪迈:《夷坚志·优伶箴戏》,何卓点校,中华书局1981年版,第823页。

术语，优伶这么用，因他是在假扮僧人做调笑。那时佛教早已广传，"无量"这个佛教术语并非陌生字眼，再加上前段说话内容的意义积累，扮演的言外之意早已超越调笑取乐的目的。此时，忧思取代笑乐。正因优伶所言合于大道，宋徽宗不怪罪如此大胆的讽谏。这个例子呼应张邦基在《墨庄漫录》卷7中说："优词乐语，前辈以为文章余事，然鲜能得体。……乐语中有俳谐之言一两联，则伶人于进趋诵咏之间，尤觉可观而警绝。"①

历史中的优伶事迹，多言合于大道的正面讽谏。他们机智谐趣、勇敢忠毅、匡正昏暴、为民喉舌，用取乐讲世道公平，体现"诗言志"传统、"人文化成"理想及"复古"意识。讽谏有一个固定模式，调笑取乐的语言虽各有特色，但勇敢直言的内容都表现了人志，意在导正君王大臣的施政偏失，使其合于正道。到了戏曲大盛的时代，讽谏传统直接体现在情节之中。人物的行为举止如古代优伶一般直言不讳，在整体情节上讽刺社会政治问题。同时，文人品赏不断在挖掘人物、故事的现实性，如对高明《琵琶记》的臆说，就在追求确有所指的作者意图，这也是讽谏传统之遗响。

作者独具创意地塑造人物与情节，扩大了讽谏对象，不只是君王、大臣、文人、僧道，甚至是市井小民都成了被讽刺的对象，更因对象的复杂化，讽刺嘲弄的内容也随之而变。或怨君王无道，或恨文人负心，或怨恶霸欺人，或笑僧道无行，万花筒般的千变万化是戏能引人入胜之因。文人介入戏曲后，讽谏更从解读方式转化为创作方法，如清代以李玉为首的"苏州派"，他们的《清忠谱》即基于时事而改编，以戏为谏的意味浓厚，更加证明讽谏是戏曲"寓教于乐"的源头之一。

二 宋代乐制中的雅俗争论

戏文中的书生离家求功名，一定会有感于事或景而表明志向，这可

---

① （宋）张邦基：《墨庄漫录》，商务印书馆1939年版，第79—80页。

以从女主角盼夫荣归中看出，而带着浓厚情感的叙事突出忠孝贞义，目的在于说明家和万事兴，且都援用经典来说教，形成重复表述。戏文之"教"，根植于士大夫的儒家精英伦理，但戏文是娱乐产品，教的其实是简单化、世俗化的儒家伦理。① 需再从戏文出现的宋代看世俗教化观的内容。

宋代文化有特殊性，所以近代学者提出"宋型文化"的说法。② 这是一套文化史分析，说明唐中期到北宋初有文化的巨变，北宋后则奠定了中国文化的新样貌。如陈寅恪以韩愈为文化转变的转折点，说明唐代后期开启了宋后新局面，而华夏文化造极于赵宋之世。③

柳立言在《何谓"唐宋变革"》中指出，文化内部领域不同，变革的起讫时间就不同，如法律大概变于北宋初年而定型于北宋中期，政治自中唐到宋初，儒学则是晚唐至北宋中期，且若变革没有建构起新形态，那就只是转变。④ 转变仍是传统的变异，产生了"新传统"。"新传统"异于前代，所以是"新"，而仍为传统，因它是"一个较稳定、广泛和长久的模式，甚至形成一种不易突破的约束"⑤。依此论，南宋出现合歌舞以演故事的戏文，形式和内容皆异于以往的歌舞或讽谏小戏，可以说是一种娱乐文化的变革，之后的形式之变不脱以代言体歌舞演故事，这是娱乐文化的转变。

再见任讷的《唐戏弄》，观点稍有不同。他认为唐中后期是娱乐形态

---

① 参见陈来《蒙学与世俗儒家伦理》，载袁行霈主编《国学研究》第3卷，北京大学出版社1995年版。

② 参见傅乐成《汉唐史论集》，台北：联经出版事业股份有限公司1977年版；刘方《宋型文化与宋代美学精神》，巴蜀书社2004年版；柳立言：《何谓"唐宋变革"》，《中华文史论丛》2006年第1期。龚鹏程的《诗史、本色与妙悟》（台北：台湾学生书局1986年版）从文学史来看，提出宋代出现"知性反省"的文化特征。楼宇烈从哲学史来看，认为唐宋以后的哲学有"以佛治心，以道治神，以儒治世"（元代刘谧《三教平心论》记南宋孝宗语）的基本格局，参见《论中国传统文化的人文精神》，载袁行霈主编《国学研究》第3卷。

③ 参见陈寅恪《金明馆丛稿初编》，生活·读书·新知三联书店2001年版；《金明馆丛稿二编·邓广铭宋史职官志考证序》，生活·读书·新知三联书店2001年版。

④ 参见柳立言《何谓"唐宋变革"》，《中华文史论丛》2006年第1期。

⑤ 刘子健：《The Neo-Traditional Period》，转引自柳立言《何谓"唐宋变革"》，《中华文史论丛》2006年第1期。刘子健引谢桃坊的《中国市民文学史》，说明北宋的市民文学具有反叛精神，但"所形成的价值观念极为稳固，造成落后保守的心理，遂为社会改革中的阻力"。

的融汇期,包含文化内部娱乐形式的交流,也包括中外娱乐形式的交流。此时期的特征是歌舞戏与科白戏的整合,先有宋杂剧,后才有长篇戏文。不过,他否定"突变"的变革,因为戏曲是综合艺术,新形式只能来自既有元素的组成与变异。也因此,戏文只是中唐以来的转变,而不是变革。这个观点是他把戏曲源头上推至唐的主要原因,且只要有确实的证据,还能往上推到汉。① 但是,既然没有证据可证明宋以前有"合歌舞以演故事"的代言体,那么南宋戏文就有变革特征。戏文变之前的短篇调笑娱乐为新的长篇叙事戏曲,自是"宋型文化"之一环,而变之后仅存转变,更体现戏文乃戏曲文化"新传统"的源头。

新传统的出现与延展,可从乐制改革体现的"乐教观"和"师道精神"来探讨。李舜华的《礼乐与明前中期演剧》即从乐制来探索明初中期的戏曲搬演,政治上的乐制改革虽意在加强统治,改革却引导师道精神的变化,同时推展并限制了戏曲活动,形成戏曲内部的质变,如弦索弹唱的流行及北曲化和文学化现象。她发现明初中期的搬演仍盛,修正了近代以为当时演剧消沉的说法。虽然谈的是明代,她仍回推至唐代的乐制,提出一个雅俗乐混淆的基本脉络,特别指出北宋已确定了太常雅乐与教坊俗乐并立的局面,但要到明初教坊司的官署化并集中管理天下乐籍才架空太常,且延续至清末,更加模糊雅俗乐的界限。②

简言之,明代的乐制变动实际上是宋代乐制改革的延续。宋代乐制之变是当时乐教观争论的产物,而乐教观又是师道精神的重要内容,且与戏文中的世俗教化观有直接关系,需深入探讨。《宋史·乐制》记载北宋乐制改革比南宋详细,共有六次乐制改订。

1. 太祖认为雅乐音声太高,要和岘用后周的"王朴律"重订律吕,叫作"和岘乐"。

2. 仁宗时,太常燕肃以"器久不谐"为原因,重新用"王朴律"改订音乐。当时李照"以知音闻",认为要重铸编钟,并说"王朴律"比古

---

① 参见任半塘《唐戏弄》,上海古籍出版社1984年版。
② 参见李舜华《礼乐与明前中期演剧》,上海古籍出版社2006年版。此书意在说明明初中期就已出现"近世精神",但因政治、社会和师道精神变化等因素,即出即逝。然而,她并未说清楚什么是"近世精神",且观点不脱"五四"以来的反传统、反封建礼教意识。

制高5律,再把雅乐往下调3律,称"李照乐"。实行不久,谏官、御史很有意见,结果又回复旧制。

3. 仁宗皇祐中,阮逸、胡瑗重新制钟磬,雅乐只下调1律并作《大安》乐章,称为"阮逸乐"。但音乐效果"不合滋甚",结果只用在常祀和朝会。

4. 神宗时,知礼院杨杰上书陈旧乐之失。上召范镇、刘几讨论,改以"王朴律"下调2律定雅乐,仍用仁宗时制的编钟,并考证周代乐舞的分乐次序和舞蹈形态及次序。元丰中完成改订,称为"杨杰、刘几乐"。

5. 范镇认为前次所改仍杂郑卫之声,要再改钟制并废四清声,但不成。后哲宗嗣位,范镇上新乐,比"李照乐"再下调1律,称"范镇乐"。不过杨杰又批评范镇是"一家之学",随即罢"范镇乐"。

6. 徽宗时"锐意制作,以文太平",此时蔡京主张魏汉津的说法,批评以"累黍"(以黍度量定律)为准制作乐器不对,并借夏禹"以身为度"要求"以帝指为律度"来改乐器。① 这次变乐称为"魏汉津乐",同时作《大晟乐章》并"颁之天下,播之教坊"②。

六次变乐,主要因为对雅乐音声高低的认定不同,改动方式有二:重订乐音及重制乐器。《宋史》有所评论,说自古以来有"一定之器","郑卫、风雅,不异器也",且指出"以身为度之说尤为荒唐"。《宋史》认为雅乐是"和平澹泊"之音,改制每每提出要移宫换羽,"特余事耳"。③ 至于南宋,只用前朝旧制,但特别提出朱熹和蔡元定之说,赞"理明义析","粲然使人知礼乐之不难行也"。最后再说乐"和民心而化天下",是王者之道④,所以历代都要制乐,但如北宋这般大规模改制,

---

① "禹为人敏给克勤,其德不违,其仁可亲,其言可信。声为律,身为度,称以出,亹亹穆穆,为纲为纪。"司马迁说禹有德,可为人之榜样,但《索隐》则说禹之声"应钟律",又说巫的舞步称"禹步","权衡亦出于其身",这种说法引起后来以皇帝的身体为制定钟律的标准。(汉)司马迁撰,(南朝宋)裴骃集解,(唐)司马贞索隐,(唐)张守节正义:《史记》卷2《夏本纪》,中华书局1963年版,第51页。

② (元)脱脱等撰:《宋史》卷126《乐一》,中华书局1977年版,第2937页。

③ (元)脱脱等撰:《宋史》卷126《乐一》,第2938页。

④ (元)脱脱等撰:《宋史》卷126《乐一》,第2939页。

只是效果不彰的"空言",宋后"天下之乐仍未一"。①

从《乐志》的记录来看,改订引发激烈的雅俗争论,主要集中在乐器与乐音对立、乐音与人声对立两大问题上。士大夫运用传统的感应思维来讨论乐器、乐音和人声间的关系,所言即乐教的内容,更体现自发的师道精神。师道精神出自经世致用思想,目的在于以雅乐化成人文,是儒家精英伦理的重要内容。如至道元年(995)新造九弦琴、五弦阮及新谱37卷,其中包含"以新声被旧曲者"共156曲,宋太宗这样说:

> 雅乐与郑、卫不同,郑声淫,非中和之道。朕常思雅正之音可以治心,原古圣之旨,尚存遗美。琴七弦,朕今增之为九,其名曰君、臣、文、武、礼、乐、正、民、心,则九奏克谐而不乱矣。阮四弦,增之为五,其名曰:水、火、金、土、木,则五材之用而不悖矣。②

此见统治者的乐教观。造新乐器的目的在于化成人文,"复古"之说更见"言志"。但增加弦就增加音,则新音、古音并存,再加上"新声被旧曲",虽说是复雅乐,今乐、古乐已混杂在一起。宋太宗当然知道这个问题,所以运用感应思维合理地解释新乐器、新音、今乐,认为它们内含伦理纲常的象征意义,也就能正人心。用"中和之道"说雅乐性质,但"中和"实被用来使今古乐的混杂合法化。这打破了雅俗界限,雅化了被视为俗乐的今乐。"雅俗调和说"确立了以雅化俗的立场,也体现了复古新变的传统价值观。

再看宋仁宗景祐元年(1034)的第二次改制,由太常燕肃、直史馆宋祁、内侍李随与集贤校理李照负责。景祐二年(1035),仁宗亲自阅乐,李照指出"王朴律"比古乐高5律,比教坊乐高2律,可见雅俗乐分立状态。更认为"王朴律"不准确,因为"五代之乱,雅乐废坏,朴创意造准,不合古法,用之本朝,卒无福应",且当时乐器皆"非中度之

---

① (元)脱脱等撰:《宋史》卷126《乐一》,第2938—2939页。
② (元)脱脱等撰:《宋史》卷126《乐一》,第2944页。

器","乐之传古，不刊之法也"。① 此见乐对应国运的感应思维，且认定改革必须从乐器改起。

这次改乐诉求，远推轩辕氏命伶伦"截竹为律""声应凤鸣"，但改造乐器的结果是"声犹高"，后再改，并与翰林侍读学士冯元、宋祁和集贤校理聂冠卿讨论乐理。② 李照认为四清声是该去除的郑卫之音，冯元却反驳说四清声出自圣人之用心。

> 夫五音，宫为君，商为臣，角为民，徵为事，羽为物。不相凌谓之正，迭相凌谓之慢，百王所不易也。声重浊者为尊，轻清者为卑，卑者不可加于尊，古今之所同也。故列声之尊卑者，事与物不与焉。何则？事为君治，物为君用，不能尊于君故也。惟君、臣、民三者则自有上下之分，不得相越。故四清声之设，正谓臣民相避以为尊卑也。③

他认为绝不能取消四清声，那会"臣民相越，上下交戾，则凌犯之音作矣"④。这个复古的乐教观主张以雅化俗。教坊今声本来就是俗乐，冯元从"圣人用心"来肯定四清声，那就是从"复古"来使今乐之俗合理化。李照、冯元二人都是要复古的，但却对俗乐有如此不同的认知。受诏改乐讨论的是制度该如何定的问题，但却因个人立场而争论不休，且以相同的伦理纲常意识各说各话，反而突出了文人面对雅俗问题时的自发性师道精神。同时，宋仁宗又诏请"天下有深达钟律者"，当时在杭州的郑向便推荐阮逸，苏州的范仲淹推荐胡瑗。⑤ 举荐是在实践政治命令，但由于乐教观的引导，折射出相同的师道精神，也就是要举贤以成乐教。

皇祐二年（1050），宋仁宗同意翰林学士王尧臣等人之奏，认为可以

---

① （元）脱脱等撰：《宋史》卷126《乐一》，第2948页。
② （元）脱脱等撰：《宋史》卷126《乐一》，第2949页。
③ （元）脱脱等撰：《宋史》卷126《乐一》，第2950页。
④ （元）脱脱等撰：《宋史》卷126《乐一》，第2950页。
⑤ （元）脱脱等撰：《宋史》卷126《乐一》，第2949页。

用四清声，这样"音律相谐而无所抗"①，是好听的，但要求"止以正声作歌"，并批评阮逸的声谱"取音靡曼，近于郑声，不可用"。② 可见雅俗界限已相当松弛，同时突出了歌声的问题。同年闰十一月又诏："按古合今，调谐中和，使经久可用，以发祖宗之功德。"③ 还是以古为宗，但因古不可见而今不可废，所以要调和古今乐。皇帝这么说，这是上层直接以雅化俗、转俗为雅。

再到皇祐五年（1053），又有人跳出来反对改乐器。知谏院李兑批评翰林学士王拱辰的复古改制。

> 夫乐之道，广大微妙，非知音入神，岂可轻议？西汉去圣尚近，有制氏世典大乐，但能纪其铿锵，而不能言其义。况今又千余年，而欲求三代之音，不亦难乎？且阮逸罪废之人，安能通圣明述作之事？务为异说，欲规恩赏。朝廷制乐数年，当国财匮乏之时，烦费甚广。器既已成，又欲改为，虽命两府大臣监议，然未能裁定其当。请以新成钟磬与祖宗旧乐参校其声，但取谐和近雅者合用之。④

这是今乐通古乐之论，不仅要以雅化俗，更点明改革的重点在声不在器，变的条件在中和而雅。由于他反对的理由是浪费钱，且认同之前从复古而改的乐器，则这说法就不是反复古了。

仁宗时的"李照乐"并未落实，问题在于"歌不成声"。当时的太常乐工根本不走新制，更"私赂铸工，使减铜齐"，目的在于使"声稍清，歌乃协"。⑤ 他们认为音乐该能歌悦耳，这是实用目的，也是唯一目的。官员们的诉求是雅，实际操作者的诉求则是俗，且后者用私下改动过的乐器演奏前者制定的乐章，完全打破了雅俗界限。乐工的俗诉求以人声为重，翰林学士王珪也持类似观点。

---

① （元）脱脱等撰：《宋史》，卷127《乐二》，第2963页。
② （元）脱脱等撰：《宋史》，卷127《乐二》，第2964页。
③ （元）脱脱等撰：《宋史》，卷127《乐二》，第2966页。
④ （元）脱脱等撰：《宋史》，卷127《乐二》，第2969页。
⑤ （元）脱脱等撰：《宋史》卷127《乐二》，第2970页。

> 昔之作乐，以五声播于八音，调和谐合而与治道通，先王用于天地、宗庙、社稷，事于山川鬼神，使鸟兽尽感，况于人乎？然则乐虽盛而音亏，未知其所以为乐也。①

乐章很多，乐器很新，但唱起来却不好听，那就是不懂乐。这么说音乐效用，从感应思维突出了人声与乐教之间的关系。

人声问题的讨论到神宗元丰三年（1080）达到了白热化，杨杰批评"大乐七失"，第一失即人声。

> 歌不永言，声不依永，律不和声。……惟人禀中和之气而有中和之声，八音、律吕皆以人声为度，言虽永，不可以逾其声。今歌者或咏一言而滥及数律，或章句已阙而乐音未终，所谓歌不永言也。请节其烦声，以一声歌一言。且诗言人志，咏以为歌。五声随歌，是谓依咏；律吕协奏，是谓和声。先儒以为依人音而制乐，讬乐器以为写音，乐本效人，非人效乐者，此也。②

此处也见以古乐合理化今乐，不过最终目的仍在于复古，再见第七失批评"郑声乱雅"：

> 然朱紫有色而易别，雅、郑无象而难知，圣人惧其难知也，故定律吕中正之音，以示万世。今古器尚存，律吕悉备，而学士、大夫不讲考察，奏作委之贱工，则雅、郑不得不杂。③

雅最重要，所以要别雅俗以抑俗，但之前谈人声早已趋向雅俗调和，且说贱工以郑声乱雅，更见俗乐杂于雅乐中。接着说"宫商角徵羽"对应

---

① （元）脱脱等撰：《宋史》卷127《乐二》，第2971页。
② （元）脱脱等撰：《宋史》卷128《乐三》，第2982页。
③ （元）脱脱等撰：《宋史》卷128《乐三》，第2983页。

"君臣民事物"的相生关系："君臣一德，以康庶事，则万物得所，民遂其生"，"臣有常识，民有常业，物有常形，而迁则失常，故商、角、羽无变声"；与之相对，"君总万化。不可执以一方；事通万物，不可滞于一隅：故宫、徵有变声"。① 这是用感应相通讲人德与伦理纲常，是乐教观的最根本内容。说来说去，乐教意识都差不多，但面对乐器、乐音、人声的立场相当不同，雅俗定义也因此不同，更加模糊雅俗分野。《宋史》有此评论："诸儒自相非议，不足取法。"②

这次改革由主张"律主于人声"的刘几胜出，但元丰五年（1082），又有个来自开封的布衣文人叶防上书，说当时的乐器与律曲都不合古法。杨杰批评此人所说的乐器的内容不对，范镇则完全否定，更批评世俗人都不懂典籍："但通世俗夷部之说，而不见《周礼》正文。"不过，神宗肯定"草莱中习之尤难"，便以乐律绝学"补防为乐正"。③ 此处争论表现出文人与民间乐工相对立的状态，文人以其知识优越性突出正统地位。然而，民间文人自发地讨论乐，可见当时俗乐盛行。以"复古"为准的乐教观不断在推展以雅化俗的观点，无形中使今乐的地位合理化。

至徽宗设大晟府，今乐终于合法地进入雅乐系统。徽宗崇宁元年（1102）议大政，有人批评"乐工率农夫、市贾，遇祭祀庙会则追呼于阡陌、闾阎之中，教习无成，瞢不知音"，见当时乐工多民间艺人。宋初置教坊，乐工来源除了平定各地所得外，还有来自藩府进贡者。④ 教坊多民间乐工，必杂入俗乐，而这最后一次大规模改乐的关键人物更是来自民间的魏汉津。

此人本"剩员兵士，自云居西蜀，师事唐仙人李良"，但这是蔡京"神其说而托于李良"。皇祐间（1049—1050年），他就因善乐被推荐，但当时"阮逸乐"刚成而不为重用，到了罢"阮逸乐"后才要他议指尺。他作书两篇叙述指法，但"乐工惮改作，皆不主其说"⑤。之后再由蔡京

---

① （元）脱脱等撰：《宋史》卷128《乐三》，第2984页。
② （元）脱脱等撰：《宋史》卷128《乐三》，第2997页。
③ （元）脱脱等撰：《宋史》卷128《乐三》，第2986—2987页。
④ （元）脱脱等撰：《宋史》卷142《乐十七》，第3347—3348页。
⑤ （元）脱脱等撰：《宋史》卷128《乐三》，第2997页。

推荐而得用，作"魏汉津乐"，亦即《大晟乐》。礼部员外郎陈旸批评其用"二变四清"根本是"乐之蠹"，因为黄钟如君，如何能变，且以二变四清为准，则如国有二君，是大错。① 他的说法并未被接受，但见文人与民间尖锐的雅俗对立。同时，乐工也不用魏汉津的指法，可见理论与实践的距离。实用目的引导当时的音乐实践，而实践结果又带来了不断的争论。

徽宗推行《大晟乐》，即因好听，可以"和万邦"，所以要播之于天下，此时乐制大变动。

> 朝廷旧以礼乐掌于太常，至是专置大晟府，大司乐一员、典乐二员并为长贰，大乐令一员，协律郎四员，又有制撰官，为制甚备，于是礼乐始分为二。②

崇宁五年（1106）再诏，设置大晟府以"追先王之绪"的合理性。

> 建官分属，设府庀徒，以成一代之制。二月，尝诏省内外冗官，大晟府亦并之礼官。夫舜命夔典乐，命伯夷典礼，礼乐异道，各分所守，岂可同职？其大晟府名可复仍旧。③

大观二年（1108）再诏，说唐代后已失正声，不足以"道和化俗"，要大晟府与教坊共同按习《大晟乐》。这说明大晟府与太常已属同级，肯定今、古乐相通。隔年又诏："赐宴辟雍，乃用郑、卫之音，杂以俳优之戏，非所以示多士，其自今用雅乐。"这个雅乐就是《大晟乐》。④ 这个说法仍是要以雅抑俗，但是《大晟乐》就是今乐，则所谓的雅实质上是俗。到了政和三年（1113），再诏："《大晟乐》颁于太学、辟雍，诸生

---

① （元）脱脱等撰：《宋史》卷432《陈旸传》，第12849页。
② （元）脱脱等撰：《宋史》卷129《乐四》，第3002页。
③ （元）脱脱等撰：《宋史》卷129《乐四》，第3002页。
④ （元）脱脱等撰：《宋史》卷129《乐四》，第3002—3003页。

习学"①，直接把今乐纳入国家教育系统，意在转"淫哇之声"为雅正之音。太中大夫刘昺有言："作乐本以导和，用失其宜，则反伤和气。"徽宗更自言"协气则粹美，绎如以成"。② 这种实践并不取消俗，而是要化俗。整个今、古乐相通的观点仍是要复古，而复古更出自人文化成理想。

今乐即雅乐，见刘昺《乐书》八论。第一，"乐由阳来"，以《易》的坎卦、离卦说《大晟》之名的缘由。第二，西汉的累黍制"失乐之本也远矣"，因为这是"古人之绪余"，且已屡变之，当然不能得声之和。第三，需较长的时间才能得到"中正之声"，并有赖"奕世修德"，所以"一代之乐，理若有待"，这就肯定了乐会随时而变，今乐自有其价值，使复古中的以今为古合理化了。第四，批评"区区于形制之末流"是"不知帝王之所以用心"，且以德立论，音乐有"应时之妙，不可胜言"，反对以乐器制作来定礼乐。第五，以从《易》来赞扬"魏汉津乐"实"感召阴阳之和"。第六，肯定四清声之用及以鼎为准定乐律。第七，讲乐自舜以来的传播。整体论述意在使播《大晟乐》于天下之举合理化。第八，再回到"乐由阳来"，赞赏魏汉津的"善作乐者以声为本"："堂上之乐，以人声为贵，歌钟居左，歌磬居右，近世之乐，曲不协律，歌不择人，有先制谱而后命辞。奉常旧工，村野癃老者斥之。"③ 这说明声音悦人才是重点，反驳了儒者们的复古。

刘昺不满儒者的复古，但复古是理想，更是理论基础，则他以人声论今乐之功效，仍需要复古。其论《二舞图》，这更是通过融汇儒道之说来肯定今乐的合理性。

> 新乐肇兴，法夏禽九成之数：文舞九成，终于垂衣拱手，无为而治；武舞九成，终于偃武修文，投戈讲艺。……盖禽为声之中，翟为文之华，秉中声而昌文德。④

---

① （元）脱脱等撰：《宋史》卷129《乐四》，第3018页。
② （元）脱脱等撰：《宋史》卷129《乐四》，第3019页。
③ （元）脱脱等撰：《宋史》卷129《乐四》，第3003—3008页。
④ （元）脱脱等撰：《宋史》卷129《乐四》，第3008页。

此段文字说的是舞，但执龠、翟舞动的象，却是用声能中、文能华来做比喻，更突出了文学传统。这呼应从《诗经》中产生的声文价值判断，也正是运用这种价值判断，人声才能被用来使今乐的地位合法化。

北宋末大晟府执掌雅俗乐，太常除了祭祀礼节外，职能被架空。政和六年（1116），又诏刘昺撰写记录宴乐的《宴乐新书》。① 由此来看，宋代民间娱乐盛行，不可忽视上层的引导，这种态度促进了后来长篇戏文的出现。不过，大晟府存在的时间很短，宣和七年（1125）被罢。有两个因素，一是金人入侵，二是宣和殿大学士蔡攸之弟蔡絛批评"魏汉津乐"。南渡后经营多难，初期几位皇帝都俭省。如高宗于建炎元年（1127）诏说"扶颠持危，夙夜痛悼"，不以乐自乐。隔年诏"屏远声乐，不令过耳"，还说乐"实废名存"，"悉从减罢"，只保留祭天配祖之乐。后来太常卿苏迟建言，绍兴元年（1131）才又访旧工，招募47人。②

南宋乐教观不脱离北宋以雅化俗的立场，而复古更强调文的重要性，且更明显从诗言志来说人声为乐之本。国子丞王普在绍兴四年（1134）奏：

> 按《书舜典》，命夔曰："诗言志，歌永言，声依永，律和声。"盖古者既作诗，从而歌之，然后以声律协和而成曲。自历代至于本朝，雅乐皆先制乐章而后成谱。崇宁以后，乃先制谱，后命词，于是词律不相谐协，且与俗乐无异。乞复用古制。③

先乐章后谱，文重于乐，原因是文有意义，表现了人文化成之志。歌诗说的是以人声为重的音声之道，这个观点在北宋是要使今乐通古乐合理化，是雅乐俗化的因素，但他反而拿来说今乐之俗不通古乐之雅。同一种雅的诉求，却有两种不同且对立的说法。

南宋的宫廷与民间有更多的交流，太常卿苏携在绍兴十年（1140）

---

① （元）脱脱等撰：《宋史》卷129《乐四》，第3019页。
② （元）脱脱等撰：《宋史》卷130《乐五》，第3029页。
③ （元）脱脱等撰：《宋史》卷130《乐五》，第3030页。

奏："诸路州军先有颁降登歌大乐，乞行搜访应用。"① 这是礼失求诸野。北宋娱乐风气在民间延续，地方娱乐成为复古作乐的源头。另一原因即北宋末罢大晟府，乐工流入地方，如周执羔说"今殿前司将下任道"是"前大晟府二舞色长"，建议用他教习太常寺。② 绍兴间广搜乐工、重制钟器、作新乐章，是一次大规模的恢复乐制，但是内容并不新，不过重立北宋制度而已。

当时皇室祭祀，除了太庙、太社、太稷，每年都祭昊天上帝、皇地祇、神州地祇、感生帝。另高宗"亲视学，行酌献，定释奠为大祀"，并有《亲制赞宣圣及七十二弟子》乐章"以广崇儒右文之声"。从祭祀与两宋新制乐章来看③，宋代统治者明显有"道教"和"文教"结合的意识，儒道融合现象也见于蒙学教材和民间善书。《宋史》评论宋高宗的乐教理想，即从感应、神鬼讲律吕相合相生之道："人道以合而相亲，乃取其合者以为声。周之降天神、出地示、礼人鬼，乐之纲要实在于此。"不过，高宗"常以天下为忧，而未尝以乐为乐"，绍兴三十一年（1161）即罢教坊，虽乐有"焕然一新"之貌，改革也只恢复了太常原有的地位，更取消了俗乐的位置。④ 高宗改乐并无新意，他对乐也没兴趣。再如"素恭俭"的孝宗，诏说册立皇太子的用乐目的："养其性情之正，荡涤邪秽，

---

① （元）脱脱等撰：《宋史》卷130《乐五》，第3030页。
② （元）脱脱等撰：《宋史》卷130《乐五》，第3030页。
③ 两宋新制乐章收入《乐七》至《乐十四》，未见《亲制赞宣圣及七十二弟子》，但有《大晟府拟撰释奠》14首。此篇用以祭孔子、孟子和颜回，内容说尊道德以维持王化，并突出教育的重要性，而教的内容即礼乐诗文，参见（元）脱脱等撰《宋史》卷137《乐十二》，中华书局1977年版。乐章由大晟府作，但写乐章的人不是乐工。《乐志》记撰写乐章的都是学士。乐章虽功能不同，都突出"文德"，如《大观闻喜宴》6首和《政和鹿鸣宴》5首皆以宴请新科进士，但表现相同的教化意识，讲述朝廷礼贤纳士，新科士子皆有德而能忠国昌邦者，参见（元）脱脱等撰《宋史》卷139《乐十四》，中华书局1997年版。重文的态度在祭祀道教神灵的乐章中特别突出，如《天书导引》7首是鼓吹曲，用以祭泰山、太清宫太清道祖、玉清昭应宫玉皇大帝及南郊。此篇反映出宋代皇室的道教信仰，且名"天书"，证明了道教推崇文的特殊理念，参见（元）脱脱等撰《宋史》卷140《乐十五》，中华书局1997年版。道教认为文字有神圣力量，这出自"自然气化观"，后儒家化更使道经体现"文字—文学—文化"的一体性，参见龚鹏程《道教新论》，北京大学出版社2009年版。
④ （元）脱脱等撰：《宋史》卷130《乐五》，第3036—3037页。

消融查滓而和顺于道德。"① 乐可培养性情与道德，这是乐教的根本意识，当时的童蒙教育与善书教的也是同一套道理。

南宋乐教观比北宋更重文，且理学内容明显，在《宋史》中姜夔引《大乐议》可见。首先，他批评《大晟乐》不合度合调，且"未知永言之旨"，此见重文态度。其次，他批评当时歌诗"未协古人槁木贯珠之意"，说人声问题。再次，他提出宫商代表父子、君臣、夫妇，相合相生，"以妇助夫、子助母，而后声成文"，自然招祥消灾。最后，他认为乐以协和为本，当求知音之士来考证乐器和乐曲。这个知音之士就是他自己，这是自豪之语，但也见南宋文人的师道精神。

姜夔强调乐需要教。他说音乐不可抑郁而浊，否则闻者"性情荡于内，手足乱于外"，那是《礼》说的"广则容奸，狭则思欲"。这个问题来自"家自为权衡，乡自为尺度"，亦即没有统一的规范。②

> 在上明示以好恶，凡作乐制器者，一以太常所用及文思所颁为准。其他私为高下多寡者悉禁之，则斯民"顺帝之则"，而风俗可正。③

此言乐教必是要由上而下来推行，当时太常已经恢复本有的执掌。乐教的第二个重点在删繁文，而删繁文的目的在于合古。如此重文，因乐章之文使伦理道德的内容具体化："愿诏文学之臣，追述功业之盛，作为歌诗，使知乐者协以音律，领之太常，以播于天下。"而这个文学之臣就是他自己。他作《圣宋铙歌曲》共14篇，阐述宋自开国以来到中兴的过程，后诏付太常。④

重文态度与理学思想相结合，引导了乐教观的定型，而朱熹的说法更突出师道精神。

---

① （元）脱脱等撰：《宋史》卷130《乐五》，第3043页。
② （元）脱脱等撰：《宋史》卷131《乐六》，第3052页。
③ （元）脱脱等撰：《宋史》卷131《乐六》，第3052页。
④ （元）脱脱等撰：《宋史》卷131《乐六》，第3054页。

> 自秦灭学，礼乐先坏，而乐之为教，绝无师授。律尺短长，声音清浊，学士大夫莫知其说，而不知其为阙也。望明诏许臣招致学徒，聚礼乐诸书，编辑别为一书，以补六艺之阙。①

《宋史》记朱熹撰有《诗乐》《礼乐记》（皆见《仪礼经传通解》卷14）并评价：

> 孔门礼乐之教，自兴于诗始。……诗歌以养其性情，舞蹈以养其血脉，此古之成材所以为易也。宋朝湖学之兴，老师宿儒痛正音之寂寥，尝择取《二南》《小雅》数十篇，寓之埙篪，使学者朝夕咏歌。自尔声诗之学，为儒者稍知所尚。张载尝慨然思欲讲明，作之朝廷，被诸郊庙矣。朱熹述为诗篇，汇于学礼，将使后之学者学焉。②

这是以礼统合诗乐的教育理想。朱熹的《礼乐记》说礼即理，乐是情，皆不可变也不可易。但因"礼节民心，乐合民声"，则"礼乐之说管乎人情"。③ 由于人天生有情，所以从乐应人情来说礼的重要性，这是以乐教为本说礼教，而朱熹更在说礼中推出"静"与"敬"，那是节制人欲的根本条件。

"静"与"敬"是节制的概念，朱熹推论节制，肯定了人的主体能动性，而非纯粹要压抑个体自由。他说的主体精神是克己复礼，诗乐之教就在于培养这种主体精神，遏制情的泛滥，也就能保证一个和谐稳定的礼乐社会。自我节制的主体性是戏文男女主角的个性特征，但理学不直接引导戏文的创作，而是由上而下推展的乐教观世俗化并普及化理学的观点，再经由戏文反映出来。

《宋史》转引朱熹的《诗乐》篇，此篇谈诗乐的功能，而他对乐的态

---

① （元）脱脱等撰：《宋史》卷131《乐六》，第3055页。
② （元）脱脱等撰：《宋史》卷142《乐十七》，第3339页。
③ （宋）朱熹：《仪礼经传通解》，《朱子全书》，上海古籍出版社、安徽教育出版社2002年版，第27册，第527、531页。

度更明显地展现了今、古乐相通的立场。

> 古声亡灭已久,不知当时工师何所考而为此。窃疑古乐有唱有叹。唱者发歌句也;和者继其声也。诗词之外,应更有叠字散声以叹发其趣。故汉、晋之间,旧曲既失其传,则其词难存而世莫能补,为此故也。若但如此谱直以一声叶一字,则古诗篇篇可歌,无复乐崩之叹矣,夫岂然哉!又其以清声为调,似亦非古法。然古声既不可考,则姑存此以见声歌之仿佛,俟知乐者考其得失云。①

朱熹诉求的是古雅,但因难考古乐真实面貌,且乐随时而变,所以不否定历来对乐的变动。他认为诗是要唱的,人声表达了歌诗之变,所以古乐必然有变,但在今日看来都是古乐。

朱熹讲的就是复古通变,原则在言志,最终目的是化成人文,而乐教是最好的方式。乐教的功能和效果到底如何,从《宋史》转引周敦颐的《乐上》中可见。此篇阐述乐教的内容与功能。

> 古者圣王制礼法,修教化,三纲正,九畴叙,百姓大和,万物咸若。乃作乐以宣八风之气,以平天下之情。故乐声淡而不伤,和而不淫。入其耳,感其心,莫不淡且和焉。淡则欲心平,和则躁心释。优柔平中,德之盛也;天下化中,治之至也。是谓道配天地,古之极也。后世礼法不修,政刑苛紊,纵欲败度,下民困苦。谓古乐不足听也,代变新声,妖淫愁怨,导欲增悲,不能自止。故有贼君弃父,轻生败伦,不可禁者矣。呜呼!乐者古以平心,今以助欲;古以宣化,今以长怨。不复古礼,不变今乐,而欲至治者远矣!②

关于此段,朱熹说"主静":

---

① (宋)朱熹:《仪礼经传通解》,第526—527页。《宋史》卷142《乐十七》引出,但字句稍有不同,且缺"无复乐崩之叹矣",今乐通古乐之意不明显,第3341页。

② (元)脱脱等撰:《宋史》卷131《乐六》,第3056页。

>淡者，理之发；和者，淡之为。先淡后和，亦主静之意也。然古圣贤之论乐，曰和而已，此所谓淡，盖以今乐形之，而后见其本于庄正齐肃之意耳。①

再说"复古礼，然后可以变今乐"，且在《乐上》题目下解释此篇主旨："论古乐今乐之异用而治乱由之。"②

周敦颐之说的特殊处在于以"静"抨击今乐妖淫导欲，也因此他的复古是反今乐的。然而，朱熹则认为古乐本来就不可复，今乐若能淡而感人也是合理的。如此一来，周敦颐、朱熹二人说乐教的内容虽大同小异，但面对雅乐的态度却非常不同。这个差别来自北宋中期后明显的复古通变意识，重人声与乐音的关系甚于乐器与乐音的关系，在打开雅俗界限之时肯定今可通古。

今古相通，北宋程颐早这么说了。《宋史》也转引程颐之说，认为音律"以天地之气为准"，定律直接以黄钟声之上下考之，自然是正。他反对以累黍之法改制乐器，认为"声音之道与天通"，但"今人求古乐太深，始以古乐为不可知，律吕有可求之理，惟德行深厚者能知之"③。这个说法在推展张载提出的乐本于德，有德则今古可相通的道理。

张载认为音乐与天地、政事相通，古乐不可见，是今人过度考证古乐而得的结论。他说乐并不难懂，即《虞书》所言："诗言志，歌永言，声依永，律和声。"歌咏是把"言志"唱出来，唱是"不变字"且能转声以"合人可听"，但长言入律难，因为那是在"养人德行中和之气"，必须要懂得"乐之情"，也就是"穷本知变"的道理。后来的歌唱都在"求哀"，就是不懂道理，因此乐"感人不善之心"。至于定律问题，他说

---

① （宋）周敦颐著，（宋）朱熹注：《通书》，载（清）张伯行重订《周濂溪集》，商务印书馆1936年《丛书集成》本据正谊堂全书本排印，第105页。《宋史》卷131《乐六》转引周敦颐文，所载文字有异，见《通书》，第105—106页。

② （宋）周敦颐著，（宋）朱熹注：《通书》，第105页。《宋史》卷131《乐六》转引，与原文不同处多，见第3056页。

③ （元）脱脱等撰：《宋史》卷131《乐六》，第3056页。此为程颐转引张载之言，《宋史》合并两人之言成一条记录，原文见（宋）张载《经学理窟》，《张载集》，中华书局1978年版，第262—263页。

古代以累黍、人身定尺度再做乐器定律，但这不合理，因为黍自然生长，大小不同，人也不会都长得一样，且今古不同，则一定是尺度不和。所以，他提出："律本黄钟，黄钟之声，以理亦可定。"这说的是以声音为本定律，程颐说律即本于此。既然律"与天地相应"，有德行的人自然知道律吕的道理，那不是不可见的，只不过今人为今乐蒙蔽而不得见。①

"穷本知变"的"乐情"概念讲人德的重要性，把道德提升为乐之适当与否的判断条件，但这样谈问题，同时突出乐本于人情与人声。虽然张载的复古也偏向今乐会败坏人心，但"律本黄钟说"肯定只要乐能中和就是雅乐，已为今、古乐相通奠定了理论基础。《宋史》的作者把周敦颐、张载、程颐三者之说合并成一条记录，这样编排突出理学家面对今乐的态度转变。道德论述产生出了复古思维的质变，复古不是呆板地恢复古制，而是以道德为本来肯定古乐随时而变。这是朱熹今、古相通主张的背景，也是《宋史》的作者偏好的乐教观。

因"乐本黄钟"主张，今古必然相通、今更可为雅，再见《宋史》引述蔡元定的《律吕新书》。《律吕证辩·造律第一》说：

> 古者考声候气，皆以声之清浊、气之先后求黄钟也。……黄钟信，则十一律与度量权衡者得矣。后世不知出此，而惟尺之求。②

他批评累黍之法"尤不可恃"，当以"声气之元"来求律才是③，此观点出自张载、程颐和朱熹的说法。《律吕本原·候气第十》再以《易》说律：

> 《易》尽天下之变，善恶无不备，律致中和之用，止于至善者也。以声言之，大而至于雷霆，细而至于蠛蠓，非无声也。《易》则

---

① （宋）张载：《经学理窟》，第262—263页。
② （元）脱脱等撰：《宋史》卷131《乐六》，第3057页。
③ （元）脱脱等撰：《宋史》卷131《乐六》，第3057页。

无不备也,律则写其所谓黄钟一声而已。虽有十二律六十调,然实一黄钟也。是理也,在声为中声,在气为中气,在人则喜怒哀乐未发与发而中节,此圣人所以一天人、赞化育之道也。①

乐律以黄钟为中心,以中声为核心,这说法完全根于《易》与《中庸》,由此来阐明乐可化成人文。《证辨·候气第九》再理论化声音之道:

律者,阳气之动,阳声之始,必声和气应,然后可以见天地之心。今不此之务,乃区区于秬黍之纵横、古钱之大小,其亦难矣。②

律以声求,所以反对"累黍说",转从感应思维来提出元声,更把技术性的定律问题转为道德性的声音之道。由于以道德抽象化声音之道,道德性复古使今乐的古化及俗乐的雅化变成可能。

《律吕新书》有朱熹的序,《宋史》也说朱熹喜好此书,并指出《仪礼经传通解》的《钟律》篇"大率采元定所著,更互演绎,尤为明邃",而《乐制》与《乐舞》两篇更"昭示前圣礼乐之非迂,而将期古乐之复见于今"。③ 这说明古乐随时而变,因此复出来的"古"就不是三代的"古",而是复古新变。今乐通古乐的重点在人,虽以道德否定靡靡之音,但人能接受才是乐的合理条件。重人声的思维也引导了两宋燕乐的兴盛。不过燕乐是俗乐,《宋史》仍严厉批评:

声之感人,如风偃草,宜风俗之日衰也!夫奸声乱色,不留聪明;淫乐慝礼,不接心术。使心知百体,皆由顺正以行其义,此正古君子所以为治天下之本也。绍兴、乾道教坊迄弛不复置云。④

这批评当时今乐通古乐而导致俗乐乱雅乐,肯定高宗、孝宗遏止燕乐的

---

① (元)脱脱等撰:《宋史》卷131《乐六》,第3063—3064页。
② (元)脱脱等撰:《宋史》卷131《乐六》,第3064页。
③ (元)脱脱等撰:《宋史》卷131《乐六》,第3064页。
④ (元)脱脱等撰:《宋史》卷142《乐十七》,第3347页。

作为。但这样说，可见雅乐早已为俗乐打开了大门。再见北宋某年上元节皇帝观灯盛会："楼前设露台，台上奏教坊乐、舞小儿队。台南设灯山，灯山前陈百戏，山棚上用散乐、女弟子舞。"① 雅俗界限的模糊允许各式表演娱乐同时进行，这是南宋戏文出现的隐形因素。

雅俗混淆起于统治者的以雅化俗，如宴会多雅俗乐并行，由此而产生的乱其实是俗的雅化过程。随之而来的雅俗争论则肯定了今、古乐相通的乐教观，而这种雅俗意识更主导着后来戏曲文化的发展。

乐节人情而不乱，这是理学家的道德论述。南宋理学重节制，朱熹解说《大学》的明德至善，提出"度"（法度）、"敬"（敬爱）、"节"（节制）三个概念。他仍从感应相通出发，以天理和人伦纲常来规定世界观的内容，要人主动认知人生大道理。节情制的欲说法已突出了主体的能动性。主体是自由的，自由却有限，既有限，就有越界的惩罚。惩罚来自善恶价值判断，且因平民教育促使哲学思维世俗化，再与民间通俗信仰结合而成为惩罚的依据。也因此，伦理道德与善恶果报交织为一体，形成了复杂的世俗教化观。

三 宋代蒙书中的世俗教化

乐制改革是文人以政治手段由上而下地推行教化，乐教观因此出现质变，并成为教化的理论依据。但是，师道精神更体现在文人写作的蒙书上，文人由下而上地实践人文化成理想，不仅推动了平民教育，更使儒家精英伦理世俗化了。

不论是乐制的自上而下，或蒙学的自下而上，都是文人的自发性行动，而教育更具重要性。童蒙教育属于私学，唐代即已普遍，有家学、里学、村学、社学、乡学、寺学等，"安史之乱"后，社会性的私学取代了文人家学成为教育主流。宋代的书院仍属私学，在制度化后才出现官学化现象，其他社会性私学则蒙学化，形成科举服务之官学和蒙养教育

---

① （元）脱脱等撰：《宋史》卷142《乐十七》，第3348页。

之私学并行的形态。明清后教育大抵如此。①

宋代尚文重士,广开科举之门形成学文入仕风潮。宋神宗时,"自京师至郡县,既皆有学",后哲宗在京师设小学,到徽宗崇宁元年(1102),"天下州县并置学,州置教授二员,县亦置小学",而政和四年(1114),京师8岁至12岁的小学生近1000人,考试以诵读经书为主。吏部尚书赵汝愚等人于光宗绍熙三年(1192)奏:"国家恢儒右文,京师、郡县皆有学,庆历以后,文物彬彬。中兴以来,建太学于行郡,行贡举于诸郡,然奔竞之风胜,而忠信之俗微。"批评当时学风盛但品质差。欧阳修说嘉祐间(1056—1063年)于京师待考者有六七千人,多沉沦十数年而无出头之日,批评"以此毁行干进者,不可胜数"。又崇宁间建州浦城县学生有籍者千余人,到了徽宗宣和六年(1124),参加礼部试的有15000多人。国子监的人数,在两宋间内、外、上三舍大体上维持2000人,且哲宗元祐时又置广文馆,收"四方游士试京师者"2400人。从庞大的人数可以看出宋代学文入仕之风。② 学文之人如此多,但科举名额有限,所以舞弊问题严重,如南宋绍定元年(1228)有应举者作文雷同事件,原因之一是"老儒卖文场屋",向科场失利者卖文以谋生。这批人科考失利,或成为蒙师,或卖文为生,或加入书会。南宋出现的戏文就是书会之作。

世俗教化观的重点在于养成道德主体,蒙书是传播媒介。对比《千字文》,宋代出现的《三字经》《神童诗》更重伦理训诫,朱熹的《童蒙须知》则以行为规范来教导孩童形成伦理意识。③ 蒙书意在规范孩童的认知和行为举止,表现出理学思想与通俗信仰的叠合,既要人追求功利目

---

① 参见陈来《蒙学与世俗儒家伦理》,载袁行霈主编《国学研究》第3卷,北京大学出版社1995年版;吴霓《试述中国古代私学类型的历史演变》,《江西教育科研》1995年第6期,《中国古代私学发展诸问题研究》,中国社会科学出版社1996年版,《从古代私学的发展看中国文化重心南移现象》,《北京大学教育评论》2005年第3期;金滢坤《唐五代科举制度对童蒙教育的影响》,《浙江师范大学学报》(社会科学版)2012年第1期。

② 参见(元)脱脱等撰《宋史》卷155《选举志·科目上》,卷157《选举志·学校试、律学等试附》,中华书局1977年版。

③ 下文讨论宋代蒙书,《三字经》与《千字文》采用李逸安译注《三字经·百家姓·千字文·弟子规》,中华书局2009年版;《神童诗》采用李宗为校注《千家诗·神童诗·续神童诗》,上海古籍出版社1993年版。三篇皆短文,引述不再出注。朱熹的《童蒙须知》,载(清)张伯行编纂《养正类编》,商务印书馆1936年版,《丛书集成》初编据正谊堂全书本排印。

的，又要人不可凌越道德。其特色是以道德使特定目的合理化，以善恶报应来确定其他目的之不合理。即便明代泰州学派讲"尊身"与"明哲保身"的高度功利性自我意识，仍未打破宋代以来的教育理想，反而更突出善恶果报思想，更加世俗化。

蒙学的内容是综合性的，如南朝梁周兴嗣的《千字文》是四言诗体，同时讲伦理道德、习惯培养、语言文字训练、名物常识与历史知识。北宋汪洙作的《神童诗》与南宋王应麟作的《三字经》，也各以五言、三言诗讲述同样的道理。明代朱国祯的《涌幢小品》认为汪洙是神童①，但无资料可证明《神童诗》就是他写的，不过此人以低层文人的身份在民间推动平民教育，表现出自发性师道精神。王应麟也是9岁就能通六经的神童②，《宋史》并未说他作有《三字经》，但有《蒙训》70卷、《补注急就篇》6卷、《小学绀珠》10卷、《姓氏急就篇》6卷、《小学讽咏》4卷，明显是个致力于民间启蒙教育的高级文人。

神童非常态，且这两个宋代神童都被传说写了流传极广的蒙书。神童的出现反映出宋代社会重学、重文的态度。宋代以前也重学，但与平民的关系较远。《千字文》用诗教孩童认知世界，但这是六朝门第之学，内容也就更偏儒家精英伦理。宋人的尚文则具普遍性，《神童诗》和《三字经》展现了儒家精英伦理及与之相辅相成之"文学传统"的世俗化状态。明清人把后两者归于宋代神童之作，因为他们发现了宋代尚文而带动平民教育的特殊性。

训蒙，目的在于培养孩童的文学能力，但文从来就不只是知识学习，而是要培养道德主体。蒙学以人伦纲常为本的全方位生活准则，突出劝学成才、忠君事上、宗法制度、男尊女卑、三从四德等道德规范。朱熹的《童蒙须知》即为这套全方位生活准则之代表。南宋后印刷术的发展带动书籍的传播，之后出现更多的村塾蒙师和乡间志士参与蒙书的编纂和改订，明代的《增广贤文》就是不知撰者的流行读物，集经典佳句和

---

① （明）朱国祯：《涌幢小品·神童诗》，中华书局1959年版，第572—573页。汪洙生平，参见（清）黄宗羲《宋元学案·正奉汪先生洙》，载沈善洪编《黄宗羲全集》，浙江古籍出版社1992年版；汪圣铎《汪洙及〈神童诗〉考辨》，《中国典籍与文化》2003年第2期。

② （元）脱脱等撰：《宋史》卷438《王应麟传》，第12987—12991页。

民间谚语阐述为人处事之道。这种发展与戏曲的兴盛并行，戏曲中也多见挪用如《神童诗》的蒙书内容，更突出世俗教化观中的主体意识、伦理道德和善恶果报三层意识。

（一）《神童诗》

《神童诗》的内容相当通俗，要求孩童长大要变成有用于家国的文人，开篇说：

> 天子重英豪，文章教尔曹。万般皆下品，惟有读书高。
> 少小须勤劳，文章可立身。满朝朱紫贵，尽是读书人。
> 学向勤中得，萤窗万卷书。三冬今足用，谁笑腹空虚。
> 自小多才学，平生志气高。别人怀宝剑，我有笔如刀。
> 朝为田舍郎，暮登天子堂。将相本无种，男儿当自强。
> 学乃身之宝，儒为席上珍。君看为宰相，必用读书人。
> 莫道儒冠误，诗书不负人。达而相天下，穷亦善其身。

这一段提出读书、立志、勤学、功名四大概念。功名与言志绑结合一起，实践方式是勤学，表现出以功利为目的与重文抑武的心态，肯定转变农工商身份为士的人生目标。读书是自己的事，所以要自强，肯定了个体自主性。读书学儒家圣贤思想是自主的唯一条件，反映出以儒为本的文化传统，学儒更体现复古意识。这一段内容常被戏文引用，作用在于鼓励男主角努力达成理想的人生目的，这更反映出读书求功名已经是世俗教化观的根本目的。

之后重复提及取得功名的理想：

> 神童衫子短，袖大惹春风。来去朝天子，先来谒相公。
> 年纪虽然小，文章日渐多。待看十五六，一举便登科。
> ……
> 年少初登地，皇都得意回。禹门三级跳，平地一声雷。
> 一举登科日，双亲未老时。锦衣归故里，端的是男儿。

> 玉殿传金榜,君恩赐状头。英雄三百辈,随我步瀛洲。

此处更突出神童的特殊性,推崇天才。以神童勤学,强调自举而获得士的社会身份。与上段合起来看,体现了政治上的君权意识,意在规范人对政治和社会的认知。再说:

> 慷慨丈夫志,生当忠孝门。为官须作相,及第必争先。
> 宫殿岩峣耸,街衢竞物华。风云今际会,千古帝王家。
> 日月光天德,山河壮帝居。太平无以报,愿上万年书。
> 久旱逢甘霖,他乡遇故知。洞房花烛夜,金榜挂名时。

表明人应该忠孝,那才是大丈夫,才能把家庭伦理与政治生命结合在一起。

这种说法继承《千字文》中的文人生命理想。《千字文》讲儒家君子之道:"资父事君,曰严与敬。孝当竭力,忠则尽命。"忠孝不限于家内,对外事君也当如此。"外受傅训,入奉母仪。诸姑伯叔,犹子比儿","傅"即师父,"犹子"是侄子,这是说要像亲生儿子般侍奉师父、姑母、伯叔。"孔怀兄弟,同气连枝。交友投分,切磨箴规",讲兄友弟恭及朋友间志趣相投的情谊,已从家庭扩展开来成为社会中的处事原则。这个原则就是"仁慈隐恻"和"节义廉退",仁义、廉节、谦让成为人的基本品格。

然而,时代不同,社会状态也不同,复古必有新变。《神童诗》在宋代人功利思维的引导下使六朝文人的生命理想世俗化了。其描述的太平之景,可能是当时经济发展下的实况,更可能是想象出来的太平盛世。太平盛世有赖"天德",这突出文化传统中的天命观。得志者的任务在于帮助帝王延续天命,作"万年书"来化成人文更是文人自身的天命。禀承天命并能勤奋落实者,必得人生至乐。结尾四句说了四种人生至乐:及时得助、故友相逢、新婚燕尔和功名之喜。这四乐是世俗教化观的主要内容,最常被戏曲挪用。

《神童诗》与《千字文》相同,也教孩童发展时空意识、认识历史和风俗民情.

1. 时空意识

（1）"冬去更筹尽，春随斗柄回。寒暄一夜隔，客鬓两年催。"讲四时循环的时间意识。

（2）"数点雨余雨，一番寒食寒"，"春到清明好，晴天锦绣纹"，提及寒食和清明，说节气及天气状态。

（3）"北帝方行令，天晴爱日和。农工新筑土，共庆纳嘉禾。"所言之"北帝"为道教的北方神，而北方在五行中象征冬季，所以此借道教神仙与五行的对应讲入冬后的情状，更突出寒冷的冬季是一个为未来做准备的重要时期。

2. 从文学传统和历史典故说物象风俗

（1）"杜鹃花发处，血泪染成丹"，讲蜀国望帝杜宇化为杜鹃鸟，杜鹃啼血再化出杜鹃花的著名文学典故。

（2）"争如郝隆子，只晒腹中书"，此本讲"七夕"时晒衣物的习俗，不过此处引《世说新语·排调》载名士郝隆子七夕晒肚子事，意在教育孩童日后要成为满腹经纶之才子。

（3）"九日龙山饮，黄花逐笑臣。醉看风落帽，舞爱月留人。昨日登高罢，今朝再举觞。菊花何太苦，遭此两重阳。"这讲"重阳"要登高饮菊花酒的习俗，前四句引李白的《九日龙山饮》诗，后四句引其《九月十日即事》诗。

（4）"人在艳阳中，桃花映面红。年年二三月，底事笑春风"，用崔护《题都城南庄》的"人面桃花相映红"和"桃花依旧笑春风"讲象征爱情的桃花。

（5）"院落沉沉晓，花开白雪香。一枝轻带雨，泪湿贵妃妆。"用白居易《长恨歌》的"梨花一枝春带雨"讲述梨花的哀怨之美。

（6）"墙角数枝梅，凌寒独自开。遥知不是雪，为有暗香来。"用王安石的《梅花》讲述梅花傲雪的高洁之美。

《神童诗》本五言诗体制，再夹用现成的著名诗句，孩童诵读自然内化诗的规律，这是教诗之基本知识的语言文字训练，且因所选诗句内含深刻的象征意义，诵读则加深对诗之感受力，这是艺术欣赏训练。《神童诗》进一步推展了"用诗以教",且更突出中国诗以花写情、以景作喻的文学传统,体现了重文的复古意识。

最末从梅花导向松、竹,说明"岁寒三友"的象征意义,再把对诗的艺术感受力导向对人志的道德性体会。

> 柯干无金石,心坚耐岁寒。平生谁结友?宜共松竹看。
> ……
> 诗酒琴棋客,风花雪月天。有名闲富贵,无事散神仙。
> 道院迎仙客,书堂隐相儒。庭栽栖风竹,池养化龙鱼。
> 春游芳草地,夏赏绿荷池。秋饮黄花酒,冬吟白雪诗。

说君子之志,一并提出了特殊的文人生命情调。《千字文》已见此种情调,但《神童诗》更突出勤学入仕是拥有文人生命情调的唯一条件。只有学,生命才能闲逸如散神仙,不论处于何时何地皆能自得其乐。这个说法相当特殊,以道教思想来表述文人的生命理想。儒家要入世以成经国大业,这种理想相当沉重,但此处却以来去自由、无所挂碍的神仙的逍遥,解除了沉重感。人得志后心灵即可自由,来说明突出入世是之后能出世的先决条件。

这是以儒家思想使道教的神仙信仰来合理化。《神童诗》教的仍是儒家的君子之道,不过这更是融汇儒道的世俗之道,意在让人变成有才文人以享受雅致逍遥的生命情调。

(二)《三字经》

《三字经》与《神童诗》大同小异,但更浅显,更突出行为规范。开篇先说人性必然是善,而教就是要教人为善,且能善者一定是懂礼之人。

> 人之初,性本善,性相近,习相远。苟不教,性乃迁,教之道,贵以专。
> 昔孟母,择邻处,子不学,断机杼。窦燕山,有义方,教五子,

名俱扬。

　　养不教，父之过，教不严，师之惰。子不学，非所宜，幼不学，老何为？

　　玉不琢，不成器，人不学，不知义。为人子，方少时，亲师友，习礼仪。

善是共同性，但习惯妨碍天生的善性，所以要教人不失本性。"一日为师，终身为父"，说的是人必须受教，同时突出教分家教和学校之教两种。先说教再说学，这是要受教者在成人后能以同样的方式教后学，《千字文》和《神童诗》未见此说。

学的内容是礼，这须从小就开始培养。方法即尊敬师长、友爱同侪的生活规范。礼是以孝悌为本的伦理纲常。

　　首孝悌，次见闻，知某数，识某文。一而十，十而百，百而千，千而万。

　　三才者，天地人，三光者，日月星。三纲者：君臣义，父子亲，夫妇顺。

孝悌是万事之本，至于算数、作文等技术知识都是次要的。学有顺序，道德为先。"三才""三光""三纲"，从自然到人伦，这样排比，人伦结构即如天地日月般自然而然。重点在"三纲"，"三纲"是道德主体的重要行为依据。不过，前说孝悌为首，此处又以义说君臣并置于父子之前，反而突出忠大于孝。《三字经》推展经典中的忠孝意识，但不论忠孝之间可能存在的矛盾。作为蒙学教材，忠孝成为世俗教化观的根本内容，戏曲故事都在表现主人公的忠孝。

除了忠孝，家庭中还有另一层夫妇合顺的伦常关系，即《大学》中的"齐家"。妇顺夫仍是亲情，此说妇德，呼应前提及的孟母教子，也突出妇女于伦理纲常中的特殊地位。因此，忠孝和顺是为人处事的基本原则。不过，此处又把君臣放进来说，反而突出求功名的功利目的。君臣被置于首位，功利目的因此成为忠孝和顺的合理条件。"父子恩，夫妇从，兄则友，弟则恭。长幼序，友与朋，君则敬，臣则忠。此十义，人所同。"直接以家中的伦理关系来对应社会中的人际关系，更突出"齐家"是人生中的最大职责。这种观点在戏文中屡见不鲜，更被用来营造戏剧冲突，如蔡伯喈的"三不从"，即起因于要忠孝和顺却无法"齐家"，而最终的团圆仍是基于主人公的忠孝和顺而终能家齐。

《三字经》也讲述"四时"与"五方"的时空意识，教孩童认识天运不息的道理。自然变化皆不脱五行的相生相克，而五行更对应仁义礼智信的五常，五常也出自天地自然而不变。这套说法源于《易》的感应思维。再对比开头说的"性本善"，则五常即善的内在结构，这是人天生自然就有的本性，但因天地自然会变化，人因之而变，所以人要会观察学习以常保善性。《三字经》中的学更突出人情："曰喜怒，曰哀惧，爱恶欲，七情具。"肯定人情变化是自然，但因前已说性善和五常不可乱，则情虽天生，也不能违背忠孝和顺的根本原则。

《三字经》更详细地解释学到底是学什么，教又到底在教什么。后来蒙学的说法都不脱此循序渐进的学习步骤。

  凡训蒙，须讲究，详训诂，名句读。为学者，必有初，小学终，至四书。
  论语者，二十篇，群弟子，记善言。孟子者，七篇止，讲道德，说仁义。作中庸，子思笔，中不偏，庸不易。作大学，乃曾子，自修齐，至治平。

先识字，再懂文句，这是小学，有了这个训练后就读四书。先简单介绍四书的内容，突出道德仁义之善。读完四书再读《孝经》、五经及诸子，并提出学习各经应注意之处。

其中有两点较特殊：一是学《礼》要"述圣言，礼乐备"，突出学之目的在于了解圣人之言和礼乐制度；二是学《春秋》三传在于学"寓褒贬，别善恶"，突出学史才能知善恶之别，才有公正的价值判断。换言之，前面教的是原则性的价值判断，而面对人生世事，价值判断更为复杂，一定要学史才有依据，不违背基本原则。学史最终是要"考世系，知终始",即了解时代变迁及兴衰盛亡。此处特别提:"唐有虞,号二帝,相揖逊,称盛世。"说唐尧、虞舜二帝禅让王位而有太平盛世,神圣化了禅让概念,也突出太平盛世只有贤王明君才能达成,而他们都是仁爱信义之人。至于"夏传子,家天下"的说法,则解释从禅让走向世袭的历史变迁,更呼应以孝悌为本的"五伦观"。家族与天下的关系被突出,血缘宗族被纳入历史知识中,成为基础认知。对比《千字文》与《神童诗》,《三字经》用浅显的语言提出细致的学习步骤和历史知识,这是儒家精英伦理的世俗化。

交代历史变迁后,《三字经》接着说明勤学在于培养通古今之变的历史意识,要不间断地仔细思考所学内容:"读史者,考实录,通古今,若亲目。口而诵,心而惟,朝于斯,夕于斯。"并提出披蒲、削竹、悬梁、刺股、囊萤、映雪、负薪、挂角八个历史典故,再提醒:"彼不教,自勤苦""家虽贫,学不辍""身虽劳,犹苦卓"。学是自发的,不需人督促,也不受环境影响,突出人的自主性。自主性有学为条件,正是自发向学,所以不失善性而能有所成。

勤学意识内含言志理念。苏洵27岁才读书、梁灏82岁中功名,前者老了后悔读书太晚,所以警戒"尔小生,宜早思",后者大器晚成,所以鼓励"尔小生,宜立志"。有志才有所作为,学就是在立志,因此除了学习礼仪、道德、历史知识外,还要以天才为学的模范,如祖莹8岁能咏诗、李泌7岁能作赋,"尔幼学,当效之"。这个说法与《神童诗》相同。没有天才没关系,能效法天才而勤学,自然补天资之不足。

《三字经》为了有效督促孩童自发向学,再以蔡文姬、谢道韫之聪敏有才作例:"尔男子,当自警。"女子可以有才,但这只能在不危害男性的优势下被肯定,反映历来面对女性的双重态度:女性的主动权被否定,她被赋予一个既被肯定又被否定的特殊地位。五伦关系中的妇女地位也是如此:妇为齐家之本,齐家可平天下,但天下能平却是夫的功劳,妇只是夫的附属物。女性一旦表现主动,那就成为问题,如戏曲中的淫辣毒妇,都为了现实的功利目的而主动展现聪明才智,都成了反面教材。这教人认识到女性只能顺从地生活在男性主宰的世界中,引出了俗谚说的"女子无才便是德"。

最后总结，严厉批评："苟不学，曷为人"，"人不学，不如物"。学的内容就是人伦纲常、人格品质及历史知识，学更有现实功利目的："扬名声，显父母，光于前，裕于后"，这是世俗教化观的最重要的内容。

（三）《童蒙须知》

朱熹的《童蒙须知》更详细地规范了行为，且行为即道德主体之展现。《童蒙须知》共5条，分别说衣服冠履、语言步趋、洒扫涓洁、读书写字及杂细事宜，他总论：

> 夫童蒙之学，始于衣服冠履，次及言语步趋，次及洒扫涓洁，次及读书写文字，及有杂细事宜，皆所当知。……若其修身治心，事亲接物，与夫穷理尽性之要，自有圣贤典训，昭然可考，当次第晓达，兹不复详著云。

学在日常生活中，首要是言行，次是读书写字，明言小学不仅是识字之学，同时是在训练孩童的言行举止，让他们养成良好的生活习惯。第一条说：

> 大抵为人，先要身体端整，自冠巾衣服鞋袜，皆须收拾爱护，常令洁净整齐。……[衣服]宽慢，则身体放肆不端严，为人所轻贱矣。……[衣服]勿令污坏，行路看顾，勿令泥渍。……[脱衣后]勿令散乱顿放，则不为尘埃杂秽所污，仍易于寻取，不致散失。着衣既久，则不免垢腻，须要勤洗浣。破绽，则补缀之，尽补缀无害，只要完洁。

从服装仪容说明人必须干净清爽，谨慎小心，自然"威仪可法"，这是做人的最基本的道理。

引文最末强调节俭，并说晏子一件狐裘穿30年，"虽意在以俭化俗，亦其爱惜有道也"。节俭是因爱惜，所以不因私欲而浪费。这是自我节制的概念，不过朱熹又以"仁民爱物"来说节俭。孟子阐述君子之道时提出"亲亲而仁民，仁民而爱物"(《孟子·尽心上》)。仁爱有次序，以仁为主体，爱则是"取之有时，用之有节"，所以人中正不偏，也就不因人欲而蒙蔽聪明。① 如此解释，节俭行为便成了仁爱的外显。朱熹接着说："凡闻人所为不善，下至婢仆违过，宜且包藏，不应便尔声言，当相告语，使其知改。"人有不善，须私下以道理劝诫，还是要人能自我节制，不能不顾人颜面地当下指责，甚至对人颐指气使。这么说节制反而提出了人的主体能动性，因为节制来自人的仁爱本性及后来养成的生活规律，仍是自发的。

朱熹说的学不是静态的知识教育，而是动态的生命教育，如说读书写字要：

> 正身体，对书册详缓，看字仔细分明。读之，须要读得字字响亮，不可误一字，不可少一字，不可多一字，不可倒一字，不可牵强暗记，只是要多诵遍数，自然上口，久远不忘。古人云，读书千遍，其义自见，谓读得熟，则不待解说，自晓其义也。余尝谓读书有三到，谓心到、眼到、口到。心不在此，则眼不看仔细，心眼既不专一，却只漫浪诵读，决不能记，记不能久也。三到之中，心到最急，心既到矣，眼口岂不能到乎！

好的生活规律来自身体习惯的养成，精神专一，自然不用死记硬背，学习效果会更好。再看他阐述应对进退，仍是同样说法：

> 凡为人子弟，须要常低声下气，语言详缓，不可高言喧哄，浮言戏笑。父兄长上，有所教督，但当低首听受，不可妄自议论。长上检责，或有过误，不可便自分解，始且隐默，久却徐徐，细意条陈，云此事恐是如此，向者当是偶尔遗忘。或曰，当是偶尔思省未至，若尔，则无伤忤，事理自明。至于朋友分上，亦当如此。
> 须是端正，不可疾走跳踯。若父母长上有所唤召，却当疾走而

---

① （宋）朱熹：《孟子·尽心上》，载《四书章句集注》，第363页。

前，不可舒缓。

> 凡子弟须要早起晏眠。凡喧哄斗争之处，不可近，无益之事，不可为。谓如赌博笼养、打球踢球、放风禽等事。凡饮食，有则食之，无则不可思索，但粥饭充饥，不可阙。

以上三条都说明君子沉稳端正的内敛气质，只能从生活规律中养成。规范化的身体训练可养成端正沉稳的精神，这种思维意在培养知书达理之人，在日常生活中内化基于仁爱的"敬""度""节"的生命理想。

最后一条规范特别讲"敬"：打躬作揖要折腰；见尊长朋友要称名；回家要先对长上作揖；长上在座，要轻嚼缓咽，不可出声，更不可计较分量和挑食；侍奉长上要正言拱手，有问必答，诚实不妄；坐必敛身，不占座席；与长者行必居右，住则居左；待奴仆要端严，不能与之嬉笑；拿东西要端严，唯恐有失；行中遇长者，必正立拱手，疾趋而揖。"敬"出于"度"，"度"是限度与标准。懂得"度"才能"节"，自然会表现出君子的内敛气质。

朱熹谈《大学》，说法相同。《大学》有言君子应遵守"絜矩之道"，朱熹注"絜"为"度"，"矩"为"方"，"絜矩"即修身自洁的法度规范。传文从上下、前后、左右的平衡说"絜矩之道"，朱熹则把此段意义导向礼：

> 如不欲上之无礼于我，则必以此度下之心，而亦不敢以此无礼使之。不欲下之不忠于我，则必以此度上之心，而亦不敢以此不忠事之。……所操者约，而所及者广，此平天下之要道也。

礼是社会文化的结构因素，可确保社会之安定稳固，也因此，他再提出"絜矩之道"的政治意涵。

> 上行下效，捷于影响，所谓家齐而国治也，亦可以见人心之所同，而不可使有一夫之不获矣。是以君子必当因其所同，推以度物，

使彼我之闲各得分愿。则上下四旁，均齐方正，而天下平矣。①

这个政治理论本于仁爱，并突出"忠"的意识，而"忠"不仅是社会性的，也是个体性的。君子之道不再是单纯的自我修养，能懂并实践此道，就能化成人文，开展出一个有礼的至善社会。

《童蒙须知》与《大学章句》都讲同一套道理。前者就现实中的生活行动来呼应"礼""忠""度""敬""节"的抽象概念。朱熹最后说："若能遵守不违，自不失为谨愿之士，必又能读圣贤之书，恢大此心，进德修业，入于大贤君子之域，无不可者。"生活规范就是礼，这是经典教孩童的最基本的内容，孩童需从生活实践中内化礼于身体之中，则长大后学经典自然无碍。当所有孩童都这么学，就能形成有礼的社会。反观当今社会中的诸多乱象，正是失礼而不敬的结果，更见朱熹提出之蒙学法则的现实意义。

学礼、学做人的规范源于北宋，南宋士大夫更强调礼之规范。朱熹以浅显的口语说明道理，教人认识抽象概念的基本原则，推动了教化观的世俗化，反映出士大夫自发性的师道精神。

四　宋元善书中的世俗教化

世俗教化观的重点在养成道德主体。宋元间出现《太上感应篇》《太微仙君功过格》《文昌帝君阴骘文》三大民间善书，大量使用"过"与"不及"并搭配相应奖惩的叙述方式，界定合理的行为举止以导人向善。② 这三本善书有很特殊的价值观：鼓励人去追求功利目的，又要人绝不可凌

---

① （宋）朱熹：《大学章句》，《四书章句集注》，第10页。
② 有关三大善书的内容，引自（清）惠栋笺注，瞿中溶及钱绎校字，［日］吉川幸次郎跋《太上感应篇笺注》，台北：中文出版社1983年版；（金）又玄子编《太微仙君功过格》，载《道藏》，第3册，文物出版社、上海书店、天津古籍出版社1988年据上海涵芬楼影印，北京白云观藏正统《道藏》、万历《续道藏》重校影印，仅凡引《道藏》的内容只标书名和页码；（清）朱珪校，蒋予蒲重订《文昌帝君阴骘文注》，载《藏外道书》，第12册，仅凡引《藏外道书》的内容只标书名和页码。下文论述与注释，皆简称书名《感应篇》《太微格》《阴骘文》。

越道德；不仅如此，文词体现理学与通俗信仰的叠合，更体现文人的自发性师道精神。

善书是特殊的文化现象，推动了儒家教化观的世俗化，且用以劝善的"善恶果报说"至今仍流行。探索善书的内容有助于我们理解世俗教化观的复杂内涵，更能说明自宋以来的教化传统从未断绝，儒家化的通俗信仰延续至今。

（一）三大善书

《感应篇》是善书之首，《太微格》是功过格之祖，《阴骘文》是早期的扶鸾作品，且是民间通俗信仰的"三圣经"之一。"三圣经"为《感应篇》《阴骘文》及传康熙七年（1668）关帝降乩扶鸾而出的《关圣帝君觉世真经》（简称《觉世经》）。《觉世经》出现很晚，内容虽有变化，整体上不脱三大善书中的世俗教化观，故暂不讨论。《感应篇》成书于宋徽宗期间，《太微格》成书于金大定十一年〔南宋乾道七年（1171）〕，皆宋代作品，《阴骘文》一般以为元代前成书，但有争议。

《感应篇》在《宋史·艺文志》中有著录："李昌龄《感应篇》一卷"[1]，且出现后，历代多有著名文人注解。李昌龄，清代学者以为是北宋参政，日本学者则认为是同名的南宋蜀士，此本真德秀之说。段玉明比对此篇和二程思想，再从宋代皇室的道教信仰立论，认为《感应篇》为北宋李昌龄所作的时代太早，应在徽宗时期成书。他结合《感应篇》的三教融合特征看道教的世俗化，认为《感应篇》是解释伦理系统的特殊文本，道教的修仙目的转向为化俗济世，而明清后出现的注解更使此篇成为道德性居家手册，引导了普遍性的社会劝善运动。[2]

《感应篇》是文人自发所作的劝善书，《太微格》则不一样，那是神明托梦后的作品。这本善书出自金大定间道士又玄子之手，自序说此篇非自创，而是在记录夜梦神仙的传法内容，说自己记录仙君托梦内容时

---

[1] （元）脱脱等撰：《宋史》卷205《艺文志·道家类》，第5197页。
[2] 参见段玉明《〈太上感应篇〉：宗教文本与社会互动的典范》，《云南社会科学》2004年第2期。

"皆出乎无思，非干于用意着斯"。如此神奇，因神明"令传信心之士"使然。①

《阴骘文》是扶鸾而出的善书，记录文昌帝君的金口玉言，一般认为成书时间不晚于元代，但有日本学者认为是晚明时期下层文人之作。② 这本鸾书与《太微格》相似，都有一个中介人来记录神明口谕，不过鸾书的宗教神圣性更强烈，因为神明在众目睽睽下降临说法，比起某人经梦境而得法更有信服力。

善书阐述善恶果报，浅显易懂，与《易》的感应思想有关。在《感应篇》中，明显见到神仙监督人世、人应求长生及升仙的思想，如说"天地有司过之神，依人所犯轻重，以夺人算"③；人身中有"三尸神"，"每到庚辰日，辄上诣天曹，言人罪过"④，而家中"灶神"也是如此⑤；并总结道："凡人有过，大则夺纪，小则夺算"，人须知"其过大小有数百事，欲求长生者，先须避之"。⑥《太微格》讲功过，类似《感应篇》，但更简化，重点在说明每一种功过的善恶数值，从一到一百不等，最大数值为"功格·救济门"所说"救一人刑死性命为百功"⑦，又如"过律·不仁门"说"谋人死刑成者为百过"⑧。虽是神明入梦传法后的记录，更像又玄子自创的修身要旨。

《太微格》突出人于此世的认知与自主能力，神灵退居幕后。长生、成仙仍是终极理想，但更重此世的安稳。再到《阴骘文》，篇幅仅544个字，神仙思想仅作为文本神圣性之依据，内容愈加世俗化，如言："欲广福田，须凭心地，行时时之方便，作种种之阴功，利物利人，修善修福。

---

① 《太微格》，第449页。
② 酒井忠夫之论，转引自游子安《清代善书与社会文化变迁》，博士学位论文，香港中文大学，1994年，第14页。
③ 《感应篇》，第7页。
④ 《感应篇》，第12页。
⑤ 《感应篇》，第13页。
⑥ 《感应篇》，第16页。
⑦ 《太微格》，第450页。
⑧ 《太微格》，第451页。

正直代天行化，慈祥为国救民，忠主孝亲，敬兄信友。"① 其作者无考，但从内容来看，明显重复《感应篇》之旨趣，也因此，不论其成书于元代或晚明时期，其重要性在于它对前两本善书的吸收及转化。

作为善书之祖的《感应篇》最特殊，其流传过程是其他善书传播之原型。简言之，著名善书的传播都有文人介入，这是善书被推崇而普及的重要缘由。历来有许多高级文人为《感应篇》及《阴骘文》作注，也不断重刊，清朝中期以后更成为善堂宣讲、人人必备的普及教化读物，至今仍是我国台湾地区及东南亚寺庙中的免费读物。功过格类善书也是如此，但因功过格有日记性质，且传播上更依赖蒙学及口传，自成系统。② 功过格是一种落实行善去恶的实用手册，用数量化善恶的方式记录日常行为。这要求人的自发性和持久性，每日、每月、每年都要计算功过数目以定善恶。为了能有效地警戒人，功过格浓缩《感应篇》及《阴骘文》的精华于其中，作为价值判断的依据。《太微格》成书的年代较早，明代后也未普及，但内容确实已经被各式各样新出的功过格所吸收。善书的流传无法一一说明，此处以《感应篇》来看文人介入善书生产与流传的状态。

除了《宋史·艺文志》著录《感应篇》，明《道藏》收的本子题南宋大官郑清之作赞③，另南宋大儒真德秀有序，说作者是出入三教之蜀士李昌龄，且用程颐的"感应说"来讲此篇的善恶吉凶思想，并言之为"警愚觉迷而设"，要读者"察其用心而取其有补"。④ 元钱塘人陈坚（字君实）刊《太上感应篇图说》并附仇远的序，清光绪时丁炳重刊《图说》并附明胡文焕《格致丛书》的《感应纪述灵验》。⑤ 康熙年间再出集注，有尚书陈廷敬的序，并以儒家的"诚"来讲此篇的善恶吉凶思想。⑥

---

① 《阴骘文》，第402页。
② 参见 Brokaw, Cynthia J., *The Ledgers of Merit and Demerit: Social Change and Moral Order in Late Imperial China*, Princeton: Princeton University Press, 1991。
③ 明代《道藏》收《感应篇》，题（宋）李昌龄撰、郑清之赞，参见《道藏》，第27册。
④ （宋）真德秀:《西山先生真文忠公文集》，商务印书馆1937年版，第471—472页。
⑤ 参见（元）陈坚编，（清）丁炳重刊《太上感应篇图说》，《藏外道书》，第12册。
⑥ 参见（清）陈廷敬《太上感应篇集注序》，载（清）查升、陈廷敬合刊《太上感应篇集注》，《藏外道书》，第12册。

清代大经学家惠栋又作《太上感应篇笺注》，全以儒解之。① 同治时（1862—1874年），俞樾再作《太上感应篇缵义》，序说"虽道家之书而实不悖乎儒家之旨"②。不论谁做注解，都从儒家来解释《感应篇》思想，以此合理化神鬼信仰，而惠栋的注更特殊，强调此篇是所有人的生活准则。经文人注解后的《感应篇》变成伦理教化的通俗教材，更体现出宋代以来的师道精神，而支持这个精神的动力正是人文化成的终极理想。

《感应篇》略早于《太微格》，《阴骘文》最后出。对比三本善书的成书过程，可见善书的转变：最早是人自发地作劝善书，再是道士得梦境而宣扬神明旨意，最后是神明直接降临人间劝善。善书的宗教成分越来越重，到了《阴骘文》，神明的灵性直接成为善书的合理存在条件。虽然迷信成分增多，内容仍以道德来使特定目的合理化，以善恶报应来确定其他目的之不合理，再以此确定修行方式。这一套说法把儒家思想与民间信仰结合在一起，善书成为儒家思想通俗化、通俗信仰儒家化的重要媒介。

文人介入使善书成为世俗教化的媒介，以儒家教化观合理化民间信仰，并为有效教化众生，运用开放性的诠释模式来讲大道理。也因此，《感应篇》虽是道经，清末竟可以被佛家拿来宣讲佛法。③ 至于又玄子作的《太微格》，自出现后即引发功过格类善书的大量生产，再经明中期袁黄（袁了凡）的提倡，衍生出各式各样的功过格。④ 同样有许多文人注解并重印的《阴骘文》是神仙亲自降笔的著作，更突出"不该如何"来保证"为善常乐"之必然。

《感应篇》《阴骘文》及源于《太微格》的功过格类善书能成为一种

---

① 除前提及日本出版的单行本，《藏外道书》第12册收的本子作《词馆分写本太上感应篇引经笺注》，两本相同。

② （清）俞樾：《太上感应篇缵义·序》，载《藏外道书》，第12册，第229页。

③ 清末民初的印光法师有《太上感应篇直讲》，即《藏外道书》，第12册"戒律善书类"收入但不提撰人。对比民间作印光法师著的流传本，内容相同。近代净空法师也著有精装注音本的《感应篇汇编》（华藏净宗学会2012年版）。两位法师皆属净土宗，讲经都被记录并出版。

④ 参见 Brokaw, Cynthia J., *The Ledgers of Merit and Demerit: Social Change and Moral Order in Late Imperial China*, Princeton: Princeton University Press, 1991。

生活手册，与宋朝后期推广平民教育有关，而宋后戏曲娱乐大发展，内容讲的善恶果报更与善书相互呼应，结合命定思想与神明显圣来描述人生中难以掌握的变数。善书是"寓教于乐"世俗教化观的源头之一。究竟善书认为什么是善、善恶区别又是什么？奖惩如何实现？需进一步深入分析善恶报应的具体内容。

（二）人性本善，为善常乐

《感应篇》中的世俗教化观由伦理道德、自主意志、善恶果报三个方面交织而成。从神鬼信仰阐述善恶果报，《感应篇》解释人性本善，认定善是唯一的合理价值。这本道经当然有迷信成分，大经学家惠栋也不讳言，自序说母病，除了奉汤药外，他还祈祷神灵并"发愿注感应篇"，果然母疾好转。因此大赞"感应之速"：

> 不惟可以劝善，且使后世道家知魏晋以前，求仙之本初未尝有悖于圣人，反而求之忠孝友悌仁信之间而致力焉，是亦圣人之徒也。①

他用儒家思想来使道教的神仙迷信合理化，更反映出当时的道教信仰相当普及。虽是后出的注解，说的正是《感应篇》内容的特殊处。

再见又玄子的《太微格》自序："儒道之教一，无异也。古者圣人君子、高道之士，皆着盟诚，内则洗心炼行，外则训诲于人，以备功业矣。"② 又玄子是个道士，但仍运用儒家的圣人、诚意来使神仙梦境合理化。儒家圣人能正心、诚意，所以能化成人文，此亦《阴骘文》之主旨。并且，文昌帝君降乩的第一句话即：

> 吾一十七世为士大夫身，未尝虐民酷吏。救人之难，济人之急，悯人之孤，容人之过，广行阴骘，上格苍穹。人能如我存心，天必

---

① 《感应篇》，第1—2页。
② 《太微格》，第449页。

锡汝以福。①

文昌帝君是道教神，但他历次转世都是人，且是个慈心爱人的士大夫。士大夫身份更表现出儒家思维的主导性。

不过善书的最大特色在于"阴骘"概念。"阴骘"来自感应思想，是功德的代称。功德并非实体之物。对人而言，那只能在自身与外在世界之感应相通中被察觉并知晓。文昌帝君说"阴骘"是"欲广福田，须凭心地，行时时之方便，作种种之阴功，利物利人，修善修福"。人人皆有此天生善性，只要能广行阴骘，天必降福，不仅"常有吉神拥护"，而且"近报则在自己，远报则在儿孙"。② 清代的注解多用"裴度还带"的故事阐明报应思想。这个故事多见戏曲改编并搬演。

> 裴度贫时遇一相者，谓曰：公形神少异，不贵则饿死。一日游香山拾遗物，追之不及，待之不至。明晨，复往候之，见一妇人恸而至曰：父以罪系，昨购得玉带一、犀带二，欲求津渡，不幸祈禳匆忙，亡失于此，父无生理矣。公亟还之，后相者复见公，大惊曰：公阴骘，文起前程万里矣。后出入将相，封晋国公。③

以上以感应说明善恶福祸相通的道理。再看《感应篇》开篇："太上曰：祸福无门，唯人自招。善恶之报，如影随形。"④ 此即《阴骘文》中说法的源头。

"善恶报应说"肯定人的主动性，但主动性必有善的条件存在，只有符合善之条件的主动性才合理。《感应篇》有言：

> 是道则近，非道则退，不履邪径，不欺暗室。积德累功，慈心于物，忠孝友悌，正己化人。矜孤恤寡，敬老怀幼，昆虫草木，犹

---

① 《阴骘文》，第402页。
② 《阴骘文》，第402页。
③ 《阴骘文》，第426页。
④ 《感应篇》，第4—5页。

不可伤。宜悯人之凶，乐人之善，济人之急，救人之危。见人之得，如己之得，见人之失，如己之失。不彰人短，不衒己长。遏恶扬善，推多取少。受辱不怨，受宠若惊。施恩不求报，与人不追悔。所谓善人，人皆敬之，天道祐之，福禄随之，众邪远之，神灵卫之。所作必成，神仙可冀。欲求天仙者，当立一千三百善；欲求地仙者，当立三百善。①

《阴骘文》的文字不同，但意义相通：

善人则亲之，助德行于身心，恶人则远避之，杜灾殃于眉睫。常须隐恶扬善，不可口是心非。剪碍道之荆榛，除当涂之瓦石，修数百年崎岖之路，造千万人来往之桥。垂训以格人非，捐资以成人美。做事须循天理，出言要顺人心，见先哲于羹墙，慎独知于衾影。②

以上引文讲的就是儒家的仁爱、忠孝、信义三大观念。只要能存善心，并在生活中实践仁爱、忠孝、信义，就能得神灵护佑而所求顺遂，平安无灾。此说之特殊处在于以善肯定功利思维，如裴度行善而封国公。但是，功利目的还不仅是求此世的平安富贵而已，更要求未来能成神仙。

《感应篇》中说要成为地仙，至少要行三百善。若能行一千三百善，那就可以成为天仙。地仙、天仙体现仙界等级差别，《抱朴子·论仙》："按仙经云：上士举形升虚，谓之天仙；中士游于名山，谓之地仙；下士先死后蜕，谓之尸解仙。"③ 成仙思维在《阴骘文》中不明显，但文昌帝君说"人能如我存心，天必赐汝以福"，"百福骈臻，千祥云集，岂不从阴骘中得来者哉"，则人若能如他一般"报答四恩，广行三教"，仍能成

---

① 《感应篇》，第16—32页。
② 《阴骘文》，第402页。
③ （东晋）葛洪：《抱朴子内篇》，载《中华道藏》，华夏出版社2004年据《正统道藏》重印，第25册，第7页。

仙。① 所以清代注解才特别说："昔孙思邈刻千金方书成仙去，周篯为人说感应篇脱饥馑籍，公善之善，岂有涯哉！"②

行善积福，这是《太微格》的主旨，又玄子自序说："罪福因缘，善恶门户，知之减半，慎之全无，依此行持，远恶迁善，诚为真诚，去仙不远矣。"③《太微格》虽以救济、教典（传法）、焚修（法会仪式）、用事（一般日常行为）四门列出无数的量化功德项目，并未如《感应篇》指明升仙当有的功德数量。量化功德，意在助人认识善行的内容，且在实行方式中说"不得明功隐过"④，则要求人头脑清醒地主动行善。虽然成仙是理想，反而不需明言，能不间断地主动行善，此世自然安稳顺利，也就有成仙的可能了。

惠栋引《抱朴子》注《感应篇》的"升仙说"，更是特殊，完全以儒解道地讲人能以德成仙。德来自善，功德的数量并不重要。

> 必欲积善立功，慈心于物，恕己及人，仁逮昆虫。乐人之吉，愍人之苦，赒人之急，救人之穷。手不伤生，口不劝祸，见人之得，如己之得，见人之失，如己之失。不自贵，不自誉，不疾妒胜己，不嫉谄阴贼。如此乃为有德，受福于天，所作必成，求仙可冀也。⑤

有德就能成仙，这是因人承自天的本性是善，善合天理。因为从善而出的行为统称为德，德是特殊的人格品质，人的本质当然是道德性的。道德主体是人的特殊性，善则是人做价值判断的唯一基准。

《感应篇》说神灵护佑而人能成事，并不否定人的主动性，但更强调神灵对人的控制。惠栋的解释，重新把人的主动性提到表面，但主动有限制，其条件是德。见他引何休《公羊注》："同心为善，善必成；同心

---

① 《阴骘文》，第402页。
② 《阴骘文》，第428页。
③ 《太微格》，第449页。
④ 《太微格》，第449页。
⑤ 《感应篇》，第31—32页。

为恶，恶必成。"① 又引徐干《中论》："名将成而物败之者，伪也。有所欲而天必从者，诚也。至德之贵，何往不遂，至德之荣，何往不成。"② 肯定了人欲，但有诚的合理条件。不诚就无德，欲就是伪，就是不善。突出道德主体的精神自由永远是有限的。

惠栋引经据典地解释《感应篇》中的道德主体，更突出文化传统中的善恶价值判断和功利目的。善性与功利目的正是宋元戏文的主要情节，戏更多用鬼神果报来说明善性与功成名就的关系。戏曲再现的人间，世俗价值观与通俗信仰交织为一体，以善来决定功利目的是否适当，尤其体现在戏文男主角的身上。如《琵琶记》的蔡伯喈，这个书生一辈子学的是人伦纲常，学的目的在于养成有德君子。学的本质是善，而得功名后实践理想就是行善，男主角自然是淑善君子的再现。又如《白兔记》的刘知远，虽不是书生，仍是个有志气的好男儿，一心想出人头地以光宗耀祖。这也是善，所以他能战胜瓜精，并得兵书神器，最终功成名就。男主角求功名的目的都合情合理，得功名而荣华富贵就是善有善报。

这当然是理想化的。人其实会受外在条件的影响，在学的过程中或是入仕后偏离君子之道，但只要偏离不远，不违背善性，那就只是"白玉之瑕"。魏征上书唐太宗，要他"近君子而远小人"时说：

> 小人非无小善，君子非无小过。君子小过，盖白玉之微瑕；小人小善，乃铅刀之一割。铅刀一割，良工之所不重，小善不足以掩众恶也。白玉微瑕，善贾之所不弃，小疵不足以妨大美也。③

君子有大美，瑕疵不是问题，一般对读书人的认知大抵如此。求功名之所以被视为理所当然，即因"学"的概念使这种人的德行理想化了，善有善报更鼓励人去成为书生，努力读书以得荣华富贵。

书生在得功名前都是善的代表，尤其是他们展现的孝道意识，得功

---

① 《感应篇》，第31页。
② 《感应篇》，第31页。
③ （唐）吴兢编：《贞观政要》，上海古籍出版社1978年版，第168页。

名就是善报。此后，虽可能出现负心这种偏离善的状态，戏曲创作者却又给负心安排了一个被迫如此的合理条件，如蔡伯喈的"三不从"就是例证。这种情节安排仍是以善恶果报来使功利目的合理化。善书这么说，戏文这么演，通俗信仰是这些作品存在的合理条件。

（三）起心动念，存善灭恶

理想归理想，现实中更多偏离君子之道而丧失善性的人。所以，恶有恶报取代了善有善报，成为讨论的重点。《感应篇》用浅白的文字说明"非义而动，背理而行"的数百之恶①，皆违背忠、孝、友、悌、仁、信的日常之事，并得出结论"如是等罪，司命随其轻重，夺起纪算，算尽则死"②。

恶有恶报更突出因果报应之灵验迅速，且《感应篇》说恶的篇幅是说善的两倍以上。大篇幅地说恶，这与戏曲中表现恶是相同的。戏曲当然要赏善罚恶，才能让观众心满意足。戏曲作者写恶，用细致手法展现恶人的嘴脸和恶行，有效地诱发情感以警惕人心，如《杀狗记》中的两大恶人柳龙卿、胡子传，作者大篇幅写他们如何讹骗孙华的家产并陷害其弟孙荣。他们是恶的再现，拐骗他人的行为正落入《太微格》的"不仁门"及"不义门"，前者说："心中暗举恶事，欲残害于人，一人为一过。事成，残害一人为十过。心意中邪淫，杂想非理之事，一事为一过。"③后者说："教人为不廉、不孝、不义、不仁、不善、不慈，为非作过，一事为一过。"④

《太微格》也是过多于功。功格四门共36条，过律也是四门，但有39条。过包含的面向很广，在日常生活中无所不在。善书说恶，多用"不该如何如何"表述，见《阴骘文》：

勿登山而网禽鸟，勿临水而毒鱼虾，勿宰耕牛，勿弃字纸，勿

---

① 《感应篇》，第33页。
② 《感应篇》，第121页。
③ 《太微格》，第451页。
④ 《太微格》，第452页。

谋人之财，勿妒人之技能，勿淫人之妻女，勿唆人之争讼，勿坏人之名利，勿破人之婚姻，勿因私仇使人兄弟不和，勿因小利使人父子不睦，勿倚权势而辱善良，勿恃富豪而欺穷困。①

如《感应篇》一般，讲了忠、孝、友、悌、仁、信等儒家观点，涵盖人与自然万物及人与人之间的种种关系，涉及现实生活中可能遇到的各种状态。

其中最特殊的是"勿弃字纸"说法，清代注解说："惜字于纸，尤当惜字于笔。"并转引周霖公的惜字正诠十二则。

> 下笔关人性命者，此字当惜。下笔关人名节者，此字当惜。下笔误人功名者，此字当惜。下笔离间人骨肉者，此字当惜。下笔属人闺闱阴事及离折人婚姻者，此字当惜。下笔谋人自肥，倾人活计者，此字当惜。下笔凌老贫欺孤寡者，此字当惜。下笔挟私怀隙，故卖直道，毁人成谋者，此字当惜。下笔唆人构怨，代人架词者，此字当惜。下笔颠倒是非，使人衔冤者，此字当惜。下笔作淫词闺谣兼托诗讥讪人者，此字当惜。下笔刺人忌讳，发人阴私，终身饮恨者，此字当惜。②

字可毁伤人，要人惜字、谨慎用字，这是很特殊的思想，认定字有神圣性。

第一，字纸书籍有神圣性，这种思维与文昌帝君的神格有关。民间信仰中的文昌帝君是功名神，会保佑书生登科并仕途顺畅，象征"文"与"学"两个概念。学是学书本上的大道理，且要书写出来以教人勤奋向学。在学的引导下，字纸书籍有特殊性，不可以随意丢弃，也不可随便乱写。上引文明显说明了这个道理。

第二，文字传承道法，所以道教重视文字，早期道经就被传为神灵

---

① 《阴骘文》，第402页。
② 《阴骘文》，第419—420页。

所赐的天书，经中之文因此有神圣性，民间的神鬼信仰再次使这种思维普及化。①

第三，文人是知识的生产者，在人文化成的引导下，文人与政治之间有着密不可分的关系，所以爱惜字纸的背后更是在推崇学文入仕，民间信仰更加深了尚文传统。既然文昌帝君是功名神，也就是文人的保护神，那么他下凡降笔而出的善书必然提醒人珍惜字纸。反过来看，"勿弃字纸"更突出文昌帝君象征文与学的特殊神格。

《阴骘文》并未说明行恶的报应会如何，《太微格》虽有过律，但量化的恶也没有搭配相应的报应。不过，《阴骘文》的清代注解则以实例说明违规后的惩罚，如"勿淫人之妻女"说：

> 陆仲锡生有异才，年十七随师邱某居京。对门一女甚美，二人屡窥心动。师曰：都城隍甚灵，汝试往祷之。是夜，陆梦与师具为城隍所逮，大加苛责，命吏查禄籍。陆仲锡下注甲午状元，邱某下无所有。神曰：陆某奏削其禄，邱某抽其肠。惊醒，馆童敲门，报邱先生绞肠痧死矣。仲锡终身贫贱。②

这则故事讲恶心即生恶报，因果报应快速灵验，报应更必有神灵介人。作恶绝对不行，恶报更是恐怖。《感应篇》早已如此说：

> 死有余责，乃殃及子孙。又诸横取人财者，乃计其妻子家口以当之，渐至死丧，若不死丧，则有水火盗贼，遗亡器物，疾病口舌诸事，以当妄取之直。又枉杀人者，是易刀兵而相杀也。取非义之财者，譬如漏脯救饥，鸩酒止渴，非不暂饱，死亦及之。③

不过，人若能起善心，则虽曾行恶，仍可转祸为福，《感应篇》有言：

---

① 参见龚鹏程《道教新论》，北京大学出版社 2009 年版。
② 《阴骘文》，第 421—422 页。
③ 《感应篇》，第 122 页。

> 夫心起于善，善虽未为，而吉神已随之，或心起于恶，恶虽未为，而凶神已随之。其有曾行恶事，后自悔改，诸恶莫作，众善奉行，久久必获吉庆，所谓转祸为福也。故吉人语善，视善行善，一日有三善，三年天必降之福。凶人语恶，视恶行恶，一日有三恶，天必降之祸。胡不勉而行之。①

主旨与前引《阴骘文》注解的案例相同，都在讲起心动念的问题。善恶虽由行为来界定，但文字强调的并不是行为本身，而是行动前的善心恶念。易言之，善书的目的在于导人存善心、灭恶念，各式各样的恶行恶报在于提醒人的心念不可有偏差。心念不差，自是"诸恶莫作，众善奉行"。经此比较，更见《感应篇》对善书注解的影响。

以恶说善，意在讲人天生有善性。人会行恶，因为天生善性被尘世浊物所掩盖，所以要讲恶报的恐怖，使人能谨慎节制，不生恶念。再见惠栋注，引《太平广记》卷96载《酉阳杂俎》记释道钦与刘晏的劝善对话。刘晏说行善是"三尺童子皆知之"，释道钦反说"百岁老人行不得"。刘晏听了有所领悟：

> 夫人有祸则心畏恐，心畏恐则行端直，行端直则思虑熟，思虑熟则得事理。行端直则无祸害，无祸害则尽天年。得事理则必成功，尽天年则全而寿。必成功则富与贵，全寿福之谓福。②

仔细看刘晏之说，他把"果报"概念夹入了《大学》的"止""定""静""安""虑""得"，所言即宋代理学家提倡的节制，而方法就是《大学》说的"慎独"。刘晏用《大学》解释行善会得善报，惠栋再引述作为《感应篇》的注解，明显见民间信仰的儒家化过程。

人性本善，当然要回到善来说果报，这才能鼓励人去发善心、行善事。《阴骘文》的清代注解本更多这种解释方式，再见"勿淫人之妻女"

---

① 《感应篇》，第126页。
② 《感应篇》，第128页。

的两条实例：

> 顺治甲午，溧水汤聘就省试。病剧，忽魂自顶出，见大士指引，令谒孔圣、文昌，注名禄籍。查某年月日，汤某买舟，诣舟有少女美姿，意欲就汤，正色拒之。当前程远大，亟令还魂，且告曰：因汝见色不淫，故来相救，汝宜信心劝善。今时，人心险薄，鬼神伺察更严，往古功名富贵生来即定，今之善恶，册籍一月一造，无俟后日来生，始有果报也。汤惊而苏，登辛丑进士。①
>
> 松江曹某应试南都，寓中有妇奔之，曹趋出。行之中途，见灯火喝道，入古庙中窃听之，乃唱新科榜名。至第六，吏禀云：此人有短行，已削去，应何人补？神曰：曹某不淫寓妇可嘉，当补之。及揭晓，果中第六。②

这两条例子都结合了神鬼与功名，都在讲不起淫心，终得善报。第一条中的神明更是儒道佛混杂，兼具儒家的孔子、道教的文昌帝君和佛教的观音大士三者的形象和功能。大士指引鬼魂，接引其往西方极乐世界，本是民间通俗信仰的内容，敦煌壁画早见观音执招魂幡引魂的形象。然而，此处却接去见孔子与文昌帝君，一为儒家圣人，一为文人保护神，皆象征文与学的神灵。并且，故事的主人公就设定为文人，直接以功名作为善心恶念的奖惩，更见儒家思维的主导性。

此外，命定思想也出现变化。命定，即命本该如此，不能改变。但是，在这两条注解中的命都有所转变，原因在于起心动念为善，所以不好的命在神明的护佑下有了好的结果。之所以变，第一条已说明，那是因世风日下，人心险恶，所以神明每月都会总算善恶以定福报，此即民间信仰中的现世报。戏文最终都演善人有善报，且福报都是大团圆，还得一门旌表的恩赏，与善书说的是同一个道理。再见惠栋引《左传》："故以三年为断。恶不言三年者，凶人不终，祸之至也，何日之有。"并

---

① 《阴骘文》，第421页。
② 《阴骘文》，第421页。

得出结论认为《感应篇》中所言："勉人及时迁善改过也"①，说的就是现世报，只不过恶报来得快，善报则需时间累积。但不管迟速，善恶必报，不能不信。戏文中受尽苦难的男女主角，都体现出这套通俗信仰的内容。

《感应篇》强调恶，原因在于善需要人去节制自身私欲，是很难的，所以用恶来突出善之必然，以恫吓来确保人都能诚心向善。钱大昕说：

> 古圣贤之学，莫先于明善。……圣人不忍斯人之陷于恶也，故以人性之本善者动之，不遽言恶，而但正其名曰不善。明乎不善之犹可以善也。……一时之不善，知而改之，善斯在矣。古之人告以过则喜，后之人告以过则愠，由是自欺以欺人，恶积而不可掩。②

天道是"感应之理"，不信者是"不知天命而不畏者"。既然不知天命就不懂道理而不行善，当然"获罪于天"。这个天道是结合了儒家思想和道教信仰的世俗概念。钱大晰又说《感应篇》的内容并未杂入佛家思想："盖其时浮屠氏之书未行中国，所言祸福合于宣余庆余殃之旨，不似后来轮回地狱之诞而难信也。"③ 用《系辞》的"积善之家必有余庆，积不善之家必有余殃"，更突出以儒解道的趋向。

钱大昕对《感应篇》思想的判断是错误的。首先，这是宋代作品。惠栋认为不晚于魏晋已是错误判断，但就算是错的，魏晋时佛教早已流行，钱大昕的说法是有问题的。汤用彤指出，两晋时大兴佛寺，当时盛行重译并注解《般若经》，东晋名士更多推崇名僧之风度。④ 其次，经文内容仍呼应中国化佛教的"因果报应说"，且惠栋注"诳诸无识"一句，引《楞严经》："眩惑无识，死后当堕无间矣。"⑤ 用佛典作说明，形成汇

---

① 《感应篇》，第 129 页。
② （清）钱大昕：《重刊太上感应篇笺注序》，载《感应篇》，第 131 页。
③ （清）钱大昕：《重刊太上感应篇笺注序》，载《感应篇》，第 131 页。
④ 参见汤用彤《汉魏两晋南北朝佛教史》（增订本），北京大学出版社 2011 年版。
⑤ 《感应篇》，第 37 页。

通儒、道、释三教的解释模式。再加上之前引《太平广记》载释道钦之说，整篇注有两处用佛教说法。惠栋明显以儒解道，钱氏相当肯定，并说："古雅，自成一子，允为是编功臣"，"广其传于吾儒明善改过敬身畏天之学"。① 这是针对儒家学子的说法，更反映出尚文传统中的师道精神。因认定善书是传道授业的媒介，无形中推动了民间信仰的儒家化。

重刊有助于善书的普及，而普及是儒家精英伦理世俗化的主要原因。《感应篇》出现后，元代还有《太上感应篇图说》，清代重刊本再收入胡文焕的《感应记录灵验》，记录民间感应事迹。如记载有一人暴死，但因此人平日诵读演说此经，得以还阳。回阳间前，狱吏告诫他要继续传播此经，"若一方受持，则一方免难；天下受持，则天下丰治"②。正是感应果报思想的引导，善书不断被重新刊行，且每次重刊都会加入新的灵应故事作注解。

《阴骘文》的流传也是如此，清代注解本更是同《感应记录灵验》一般，在注解中杂入大量实例。不管案例是否为真，各式各样的善恶报应故事比说教更有趣，更易取信于人。即因此类说法普遍见于善书注解中，惠栋才又重新注解。他虽用了《抱朴子》来做解说，内容却完全是正统儒家的观点。至于《太微格》，虽缺乏"灵感报应说"，但数量化的功过仍不脱儒家意识，善恶皆基于儒家的仁爱、忠孝、信义。且不断谈及《感应篇》的内容，更说明此篇对后世善书生产与注解的影响，已成为通俗的伦理教材。

《感应篇》不仅带动了善书的生产，更影响了其他善书的注解。再对比戏曲中被再现出来的现实人生，仍可见相同的世俗教化观。善书与戏曲都是世俗教化观推广的媒介，前者带有明显的宗教性，对象较狭隘，后者则吸收前者的内容，以通俗娱乐的方式面向更广大的群众。善书的生产与注解反映出儒家化的过程，衍生出杂糅儒家伦理观、道家神鬼信仰及佛教因果报应的世俗教化观，经由戏曲娱乐而被普及化并延续至今。

---

① （清）钱大昕：《重刊太上感应篇笺注序》，载《感应篇》，第132页。
② （元）陈坚编，（清）丁炳重刊：《太上感应篇图说》，载《感应篇》，第118页。

第二章

戏文中的教化状态

异于元杂剧严谨的四折结构，宋元戏文的长篇叙事更加"寓教于乐"。比较《张协状元》《宦门子弟错立身》《小孙屠》《琵琶记》《荆钗记》《白兔记》《拜月亭》《杀狗记》的内容，可见两大特色：一是关目设计、人物塑造及创造性艺术手段愈加复杂化，同时也出现类型化倾向；二是文本中的语言文字推广传统教化观，但教化观同时再因戏文本事不同而出现变异。

之所以走向类型化，这来自传统教化观的引导，但因戏文的本事不同，加上生成时代及搬演时之社会条件等因素，关目、人物、艺术手段都隐藏了教化观的变异。长篇叙述的体制更突出三个相互交叠的层次：一是教人世间的伦理道德，二是教人认识自我的主体性，三是教人天理运行不息的道理。

戏文中的乐与教一体两面，由乐成教，教是乐的前提。戏文明显是"寓教于乐"的源头，而人文化成理想同时引导戏文走向文学化和典型化。此处需深入探讨戏文如何以乐成教，戏文中的三个层次的世俗教化到底在教什么。如此讨论，意在说明戏文如何在传播传统文化之时又为传统文化赋予了新的意义。

一 以乐成教：关目、人物与创造性艺术手段

谈戏曲中的教化，当然要讲情节，但一般分析古代戏曲情节，多以

封建礼教的负面批评作结。这样谈问题,人云亦云,不是严肃的研究。要谈情节,就要仔细探究关目设计和人物塑造,并从创造性的艺术手段来看教化意识的表现,同时还要把艺术创作放回其生成时的文化意识中,如此才能说明文本的艺术价值,更能看到作品如何反映了传统及其变异。①

(一) 戏曲情节研究的理论

林鹤宜认为明清传奇的叙事与角色塑造有关,两者都已程式化并有一定的规律可循。虽每出戏之本事、关目、人物各不相同,由于生、旦、净、末、丑有固定的情感和表现模式,角色搭配使用所形成的关目也会走向程式化。程式已使特定的价值判断具体化。②

角色本有现实依据,是先概念化现实中人的外表和行为举止,再依善恶法则予以分类而出。③ 如苍鹘嘲弄参军,苍鹘本就带喜剧成分,后来转化为净并派生出丑,多用来表现带有滑稽特性的人物。丑早见于《张协状元》。钱南扬怀疑戏文流行而新创出丑角,与末对应并插科打诨,当是由净分化而来。④ 本来是净末为一组,但后来创作的情节愈加复杂,人物增加而细化出净末丑,但仍是在打诨,且更细致地突出恶人恶状。可见角色分化其实是类型化过程的结果。

戏文的生旦主角一般是正面人物,但也有例外,如《小孙屠》之李琼梅为谋害亲夫的反面角色,同剧之生与《杀狗记》《张协状元》相同,也带反面个性。专门扮演次要男性角色的末,皆用以表现正面人物,如《杀狗记》的吴忠。净与丑则正反面皆有,且可男可女,可用来演武将、神鬼、恶人或贪利嗜欲的市井人物,并具调笑打诨性质。整体而言,净丑更多反面个性,刻薄势利,明显与生旦的仁心善举成对比。

---

① 如李舜华从旦色的演变看明前中期的戏曲,发现忠孝贞节观念经艺术手段而被强化,参见《礼乐与明前中期演剧》,上海古籍出版社2006年版。司徒秀英则从人物塑造看《伍伦全备记》、乐昌公主形象、朱买臣形象、《断发记》、历史演义剧如何展现礼教冲突,参见《明代教化剧群观》,上海古籍出版社2009年版。
② 参见林鹤宜《规律与变异:明清戏曲学辨疑》,台北:里仁书局2003年版。
③ 参见胡忌《宋金杂剧考》(订补本),中华书局2008年版。
④ 参见钱南扬《戏文概论》,台北:木铎出版社1982年版。

以《琵琶记》为例,助赵五娘寻夫的张太公是末,是仁义正直的代表。净丑则扮帮助造坟的白猿和黑虎,又扮蔡伯喈之母,皆正面人物,但已加入现实的短视近利。后来又扮社长和里正等贪官恶霸,以打诨方式表现恶形恶状。另外,如《荆钗记》的钱载和是正面老年男性,由外脚扮演,他比末更具维持人间公平正义的特质。外脚在《琵琶记》中则亦正亦反,如蔡伯喈之父为正面,牛太师则为反面,后者更特殊地由反转正。外脚也可扮神鬼,如《琵琶记》中的土地神与《小孙屠》中的东岳泰山府君。

大致说来,生、旦、末有善的基本性质,净、丑的性质则相对复杂,这主要因为宋元时期的戏文刚从"小戏"发展起来,戏班人数不多,角色有限,除了生、旦、净、末、丑,还有外、贴、小生与老旦。贴为侍女,如《杀狗记》的迎春,老旦如《荆钗记》的王十朋之母。母亲角色在《张协状元》和《琵琶记》中皆由净扮,《小孙屠》中的孙母则称婆。此剧中的侍女梅香简称梅,婆是老婆婆的代称,并非角色,但性质类似贴与老旦,可见角色体制仍在发展中。由于戏班人数不足,若一场戏中需要以同一角扮不同角色,所以改用人物代称。

角色分化是表演的进步,角色性质的复杂化更表现出作者的创意。借着表现人性的复杂来推动冲突,带出了多样化的关目设计,而关目的增加更突出人物个性的善恶本质。如《小孙屠》的闺中自叹、意外捉奸、密谋杀人、鬼魂诉冤,皆以人物心情转变来构造关目,关目发展再突出恶人恶行,最终结局在于说明天理报应原则。就净、丑来看,恶的成分大,且恶多通过打诨、嘲弄的形式表现出来,在提升娱乐效果时激发观众的善恶价值判断。

角色和人物是戏曲故事推展的关键,林鹤宜提出传奇叙事的三大特征:其一,以人物为中心开展事件的"事随人走";其二,多重事件并行并推向单一高潮的"点线组合";其三,推升情感的"音乐程式"。

音乐的程式化较易观察。杂剧、戏文、传奇皆曲牌体,音乐结构非随意组成。宫调有特定的情感意义,不可随意混用,如黄钟宫唱富贵缠绵,庄严情深,表达深情,仙吕调则唱清新绵邈,凸显年轻活力。同样唱悲，南吕宫感叹伤悲，而正宫却惆怅雄壮，二者表现的意象大不相同。① 虽戏文用南曲，也无北曲严谨的套数规定，但移宫换调、南北合套都不能脱离宫调本有的情感意涵。音乐是戏曲的重要组成部分，但探讨情节并不需深入谈音乐程式，而要看以语言文字为媒介的"事随人走"和"点线组合"，那才使戏成为戏。

从八本戏文的内容来看，早已运用"事随人走"而形成"点线组合"的复杂结构，因此林鹤宜分析传奇叙事的"结构性程式""环节性程式"及"修饰性程式"也适用于分析戏文。

"结构性程式"是最基本的叙事程式，"事随人走"形成情节线，情节线再分化出对称交替模式，如生旦的交替出场。这也反映在关目设计上，如以生旦一分一合推进情节进展。"结构性程式"形成四种情节线：生旦主情节线、调剂排场情节线（含打诨和武戏）、反面人物对立情节线、次要正面人物辅助情节线。如此分类，调剂排场不脱离人物，实际分析的就是正反两种人物情节线。

"环节性程式"并非必要，但能提升娱乐效果。这种程式的运用来自作者的创意，如错认、巧合、神鬼、游赏、戏中戏等艺术手段，热闹排场并营造冲突，同时突出人物特质，且创作者更借此置入自身对人物和事件的批评。与此类似的是"修饰性程式"，指被插入情节中但与情节有脱节的小段落，或由曲文组成，但更多是诗词表现，最常用于人物上场。如上场先唱一支曲，接着念诗词，后再自报家门；剧末颁圣旨的一门旌表也属于这种程式。"修饰性程式"提升娱乐效果，同时还加深教化意识，根本上仍是"环节性程式"之一环。

林鹤宜将"修饰性程式"单独成类，意在说明戏曲叙事的复杂性，以及传奇的文学化状态，"修饰性程式"也就成为戏曲文人化之特征。她认为"修饰性程式"的始祖是高明的《琵琶记》。因辞藻雕琢，又挪用古人诗词，语言出现与人物身份不合的问题，所以说这是作者逞才的工具，是戏曲案头化的主要原因。② 此说忽略语言文字是文本的主体。不论哪一

---

① 参见（元）燕南芝菴《唱论》，载《中国古典戏曲论著集成》，第 1 册。
② 参见林鹤宜《规律与变异：明清戏曲学辨疑》，台北：里仁书局 2003 年版。

种程式,都受制于语言文字的运用,也就沿袭了文字创作的传统,文学化状态在三种程式中都可以被发现。

她又指出,"结构性程式"表现社会的不平等,突出男女面对道德标准时的差异。生先于旦上场,反映夫妇伦理中的男尊女卑。生的冷清自叹多是作者抒发心境,旦场则突出刻板的女性形象,最终大团圆更展现了世俗对戏曲教化的期待。再从"环节性程式"来说,叙事反映出仕人的虚荣和愿望,而旦的坚贞爱情都在烘托生的才情品格,意在提高书生的身价。总而言之,传奇的叙事彰显教化,但教化反映出的是女性备受压抑的现实。此外,传奇又因重视人的心理反应,人物再现"抒情写意"的传统,也因此,中国戏曲难以发展出写实剧。虽然明末清初曾出现"传奇"的写实趋向,即运用新的戏剧技巧来表现以历史或现实为依据的故事,但因其目的仍在于确定情感以突出戏情,创作仍未脱离抒情写意。他认为从写意转入写实,是传奇发展中的变异的风格。[①]

此说确定传奇的叙事是以人物为主拓展出事件的多层次发展。不过,她对戏曲中的教化有偏见,即不满于压抑人性的封建礼教。她提出的"教化说"和"变异说"很有问题。

首先,"教化说"忽略教化意识的复杂性,这也是近代戏曲研究共有的偏见。之所以如此,原因在于形式分析,并未深入文本的语言文字。

其次,虽提出"诗言志"传统,但又从西方的写实戏剧观看中国戏曲中的抒情写意,结果对举叙事与抒情、写实与写意,突出抒情写意才是戏曲的本质,叙事写实自然是变异的风格。若叙事写实是变异的风格,那么《宦门子弟错立身》《小孙屠》和《杀狗记》中反映并批判现实的叙事写实已经是变异的了,但其中的人物自叹更明显在于抒情写意。如此一来,她提出的基本框架无法说明戏文的性质。

戏曲本就以实出虚,单以人物自叹的曲词来看,抒情写意自然明显,但整体上是要说故事的,戏文说的更是长篇故事。如果说抒情言志,则文本中展现的观点必因创作者、改编者的价值判断与历史意识而有不同层次,更难断定剧作是属于写实还是写意。

[①] 参见林鹤宜《规律与变异:明清戏曲学辨疑》,台北:里仁书局2003年版。

教化意识早已存在于戏曲发生前的诗文传统中，那是文人的心理结构，后来的曲论更不断以戏教化，要虚实相生以成教化。王骥德《曲律·杂论第三十九下》之言即为代表。

> 曲古事，丽今声，华衮其贤者，粉墨其慝者，奏之场上，令观者借为劝惩兴起，甚或扼腕裂眦，涕泗交下而不能已，此方为有关世教文字。若徒曲漫言，既已造化在手，而又未必其新奇可喜，亦何贵漫言为耶？此非腐谈，要是确论。故不关风化，纵好徒然，此《琵琶》特大头脑处，《拜月》只是宣淫，端士所不与也。①

他肯定写情表意的叙事倾向，呼应刘勰在《文心雕龙·定势》中所言"情固先辞"和"因情立体，即体成势"，"是以绘事图色，文辞尽情，色糅而犬马殊形，情交而雅俗异势"②；又说"涕泗交下而不能已"，正如刘勰在《神思》中说"登山则情满于山，观海则意溢于海，我才之多少，将与风云而并驱矣"③。认定戏要教化，必有所本，所以叙事需以实出虚，本就是写实写意并行的。至于"漫言"问题，刘勰在《情采》中早说"为情者要约而写真，为文者淫丽而烦滥"，"繁采寡情，味之必厌"④，在《镕裁》中再次提出"万趣会文，不离辞情"的创作观。⑤

叙事展现价值判断，就不可能脱离现实人情。这是传统的诗文创作观。王骥德的戏曲观无叙事抒情或写实写意的二分，且价值判断更是戏曲批评的主要目的。龚鹏程指出，诗本就是"抒情言志"，且要"由言志而使个人通向社会人伦"，形成了一套能诱导并限制文化的诗歌象征系统。抒情与叙

---

① （明）王骥德：《曲律》，载《中国古典戏曲论著集成》，第4册，第160页。
② （南朝梁）刘勰著，（清）黄叔琳、李详注，杨明照校注拾遗：《增订文心雕龙校注》，中华书局2000年版，第406、407页。
③ （南朝梁）刘勰著，（清）黄叔琳、李详注，杨明照校注拾遗：《增订文心雕龙校注》，第369页。
④ （南朝梁）刘勰著，（清）黄叔琳、李详注，杨明照校注拾遗：《增订文心雕龙校注》，第416页。
⑤ （南朝梁）刘勰著，（清）黄叔琳、李详注，杨明照校注拾遗：《增订文心雕龙校注》，第426页。

事的结合保证作品能"微言大义",写实更可防止过度"以意逆志"。①

如欧阳修的《采桑子》鼓子词,即写实写意并行的最佳例证。文词确实是抒情写意,但最后一首说:"忧患凋零,老去光阴速可惊。"这是在观察现实是产生的时间意识。他描写西湖是写实,时间意识展露的是写意。写意包含价值判断,不仅辞官后对人生世事的感叹,如说"富贵浮云",又说"谁识当年旧主人"②,而"鬓华虽改心无改"更彰显出对自身信念的坚持③,亦即不失主体精神的特殊意识。词中展现的主体性,呼应《宋史·欧阳修传》记载他"风节自持"又"见义勇为"。④

诗歌象征系统的制约性不断把创作导回传统,如《长生殿》《桃花扇》寓写实于写意就是如此,更显示出戏曲的文学化现象。明末清初的写实趋向并非新的创作技巧,早见于宋元戏文。由于以实出虚、以虚写实、以奇为贵的创作倾向,叙事并抒情、写实兼写意促成角色塑造的复杂化,再度程式化已类型化的角色,更导出主情节与其他情节线并行的复杂艺术手段。如《小孙屠》之次情节几乎与主情节并行,而《杀狗记》更是次情节取代了主情节,《拜月亭》则已是双主情节的特殊结构。变异并非传奇的新技巧。

从形式讲整体氛围之情,忽略变异的出现,其原因在于复杂的语言文字的使用。并且,语言文字运用涉及创作者、改编者的价值观和历史意识,戏曲因此更加具有教化的功能,更加文学化。戏一直是叙事夹抒情,且抒情依叙事而延展,目的在以戏教化人心,要达成人文化成的理想。戏文早于元杂剧且不断流传是观察规律与变异的最佳对象,而传奇的叙事程式就出自于对戏文叙事的吸收与转化。如《小孙屠》《杀狗记》及仅为残本的《宦门子弟错立身》,写实性强烈,充满对现实的批评,属于"微言大义"传统。不仅如此,八本戏文多见直接挪用或谐仿传统诗文,更证明了戏文的文学化现象,而这又开启了戏曲内部的创作传统。戏文中抒情与叙事合一的叙事模式是后来戏曲的叙事典型。

---

① 参见龚鹏程《诗史、本色与妙悟》,台北:台湾学生书局1986年版。
② (宋)欧阳修:《欧阳修词笺注》,黄畬笺注,中华书局1986年版,第9页。
③ (宋)欧阳修:《欧阳修词笺注》,黄畬笺注,第11页。
④ 《宋史》载欧阳修本传。

（二）正面人物情节

《张协状元》是最接近南宋原作的全本戏文，以生旦婚姻为主题，是后来戏曲描述男女主人公关系的源头。南宋还有《赵贞女》和《王魁》戏文，文本已佚，但一般认为也是讲男子负心、女子守贞的故事。这说明男女爱情与婚姻关系在宋代是颇受欢迎的主题。不过，后两者严厉惩罚负心汉，以死亡作结，此剧却是大团圆结局。

大团圆，当为改编。首出副末开场的【满庭芳】说："《状元张叶传》，前回曾演，汝辈搬成。这番书会，要夺魁名。"① 这是有底本的重演，且重演更是要跟别团竞争。既然是竞争，那就有可能稍微改动原本内容以出奇，只不过九山书会的改编不像高明改《赵贞女》为《琵琶记》，完全改变男主角的个性成一个新的翻案剧。也因此，《张协状元》的情节有不合理的地方。如明显带有功利目的的张协，拒婚行动与个性不相符。且在最末出的后半场，当发现娶来的是王贫女，【和佛儿】唱"张协本意无心娶你，在穷途身不由己。况天寒举目又无亲，乱与伊家相娶"。仍在抱怨，则众人合说"一段姻缘冠古今"的下场诗颇牵强。② 不合逻辑，即改编的结果。据张协的个性来看，原本应与《王魁》和《赵贞女》中男主角的结局一样，是以负心汉的身份被作者处以死刑。逆转死亡结局可能出自宋元时期人们对情节之奇的追求。"奇"也是其他七本戏文关目设计的共同特征。

《张协状元》《琵琶记》《荆钗记》与《白兔记》的生旦主情节同质性最高，其特征是人物的生命历程曲折出奇。张协、王十朋、蔡伯喈、刘知远都为功名而与妻子分离，得功名后皆遇当朝权贵招亲。除刘知远立马接受招亲（其武人身份亦不同于其他三人为文科状元），王十朋、蔡伯喈、张协都因拒婚而得罪权贵。蔡伯喈屈于权势娶了牛氏，张协更特殊，既不满王贫女出身低贱，也没有娶宰执之女王胜花。最终这四人又皆与原配重圆，且《琵琶记》和《荆钗记》更以一门旌表作结。

---

① 《张协状元》，第2页。
② 《张协状元》，第215、216页。

此处要注意，除了张协个性明显表现了恶，其他三人皆突出善，即便刘知远有负心迹象，最终面对李三娘时仍很愧疚。愧疚出自夫妇之情。夫妇之情是仁爱与信义的表现，再对比张协的无情无义，可见生脚主要是仁爱讲信义的善人，其生命历程更是要突出人本来就有仁爱之心。

相对生情节的高度同质性，旦的情节稍有变化，然仍见奇，奇在于旦的悲苦的生命过程。钱玉莲不像王贫女为其夫所害，她的投水自尽出于继母逼婚。不过两人皆因缘际会成为权贵的义女，都在权贵主持下与夫婿团圆。赵五娘则不同，一开场就是蔡伯喈之妻，杨月真也是人妻。这两出戏也没有生旦相遇结合的情节，女主角也未遭逢生命之害。但赵五娘最终为牛太师视为义女，与牛氏姐妹相称，共事一夫，这与李三娘和岳绣英的状况相同。李三娘则没有为权贵视为自家人的情节，但其漫长的等待同其他三人，且"咬脐郎"关目更是这八本戏文中的独创，实为最奇。

旦在漫长等待中遭受各式各样的生命磨炼，且因本事不同，描述旦受虐的关目各有千秋。李三娘在磨坊中受难最引人同情，表现出创作者或改编者的想象力。想象力是以实出虚，可能是借当时的社会现实写人遭遇的生命苦难，目的在于引发观者同情。人物塑造上反而走向类型化，即遭受的苦难形式虽不相同，最终目的在塑造出充满仁爱之情且忠贞不贰的人物。并且，旦的忠贞皆出自她们的自主选择，这种主体精神背后即忠孝仁爱意识。这是借旦的悲苦来教人性本善，最终的团圆便是天理昭彰、因缘果报的心理补偿。

《拜月亭》的生旦情节就不同了。蒋世隆是书生，王瑞兰是权贵之女，两人关系的变化也没有第三者介入，是因战乱中相会而直接结成姻缘。中间虽因王父反对而分离，但与前述旦的漫长等待不同。此剧之奇，不在望夫荣归之苦，而在相遇结合却又分离。虽生旦情节不如前四剧曲折，生旦仍遭遇逃难之苦，且团圆结局与《琵琶记》《荆钗记》的一门旌表相同。再看仅存残本的《宦门子弟错立身》，生旦相遇后也有一小段分离，但重逢后便不分离。此剧奇在完颜延寿马自愿放弃荣华富贵而成为戏子。因为残本，王金榜的情节不突出，但可见女性演员在元代的现实状态。写实性突出生命困苦，而苦难更是要讲人伦大义。《宦门子弟错立身》加入了父子相认的关目,演父亲自悔陷于功名而不顾父子亲情,推展了人伦意识,使偏写实的剧情充满道德教化。

《小孙屠》与《杀狗记》的生具有同质性,但与上述六剧完全不同。孙必达是个只顾享乐、不事生产的书生,与《杀狗记》的孙华相同,且两人皆因享乐招来官司厄运。两人的相异之处在于,孙必达遭遇真正的谋杀案,但他本身并没有谋财害命的想法,孙华则有反面个性特征,受恶人影响而要谋害亲弟,也因此有了杀狗奇案。比较孙华、孙必达和其他剧中的生角,见人物虽走向类型化,但文字体现出的人物个性更加复杂,而复杂性即来自关目设计。

这两部剧的旦也与上述六剧不太一样。杨月真及李琼梅是完全相反的两种人物,但又具有某些共同的特征。杨月真的情节全无曲折,理想的道德理性代表了完美的妇德,李琼梅则与之相对,是毒辣淫妇的代表。但是,这两人却都展现出设计谋划的才能,前者为引导夫婿回正轨而有了杀狗奇计,后者则谋财害命,而这反而更奇,写实性更强烈。《杀狗记》与前六剧的唯一相同处在于结尾的大团圆,也是一门旌表。《小孙屠》的旦是被惩罚的恶妇,所以此剧是八本戏文中唯一不以生旦团圆作结者。对比杨月真和李琼梅两人的个性,一善一恶,可见人物依从善恶原则而被类型化,且杨月真的道德主体性更加类型化。

复杂的角色性格突出人性善恶本就并存。张协本是类型化的生角,但被创造出来的张协又使生角类型的内容复杂化了。这个书生形象既正亦反,突出书生是人,是现实生活中的选择才导致了他生命的波折。孙必达和孙华更是由反转正的生形象。个性复杂的生是后来传奇的典型表象,如《牡丹亭》的柳梦梅和《桃花扇》的侯方域。前者阴柔,不及杜丽娘勇敢果断,但生命历程与张协、蔡伯喈相似;后者有功利和享乐倾向,类似孙必达和孙华,皆因自我的抉择不当才遭受生命危难。

张协的塑造仍较粗糙,比起同质性最高的蔡伯喈,有较多不合理性。一般以为张协对王德用提亲先拒后受,很不合理,不过他第一次拒绝时即说"只为求名不为妻"[①],呼应第52出接丝鞭唱的【红芍药】:"张协

---

① 《张协状元》,第136页。

此心不在彼，只欲要耀吾闾里。"① 改编者刻意突出功利思想。再者，他娶王贫女，除了要谢其救命之恩，更因王贫女是自己送上门的，所以他的伤势痊愈后急着离开古庙，且对王贫女极不客气。此时旦唱【四换头】："你莫学王魁薄幸种，把下书人打离听。"② 从文本互涉可推出张协的原型是王魁，是王魁形象的变体。从佚曲及其他著录可知王魁负心，为桂英鬼魂索命而下场凄惨③，同已佚《赵贞女》戏文中的蔡伯喈，因负心而为暴雷震死④。变异，因作者在类型化人物中置入更多人性，突出人面对生命的意识和选择。高明笔下的蔡伯喈有"三不从"（"辞试不从""辞婚不从""辞官不从"），正是人物主体性、自觉性表现的范例，且因前有王魁、张协和旧本蔡伯喈，据以改编，结果"青出于蓝"。

　　以往论蔡伯喈，多影射高明不满科举，甚至言及退隐倾向⑤，未见从艺术创作角度看蔡伯喈形象的塑造。戏曲与传统诗文相同，创作或改编都是对文学传统的吸收与转化，在时代风潮的影响下，改编或新创会翻新原本的内容，形成文本形式及价值观的变异。这才能解释"翻案剧"的出现，不能只说"翻案"是出自当时文人对旧剧丑化文人形象之不满。

　　言《琵琶记》为"翻案"，已为定论，但俞为民和刘水云又据毛宗岗《第七才子书琵琶记·三论》，说蔡伯喈既不全忠也不全孝，认为高明并没有替蔡伯喈翻案。证据在副末开场【沁园春】曲的"利缙名牵竟不归"一句，仍是在指责蔡伯喈。⑥ 但此句在交代戏情，且曲末作"孝矣伯

---

① 《张协状元》，第 211 页。
② 《张协状元》，第 106 页。钱南扬校注说【四换头】曲文前本标"生"，就文意看不合理，故改为"旦"，并据《九宫正始》注次句出自《王魁》佚曲，见第 110 页。但据明嘉靖写本，此曲前作"旦"，见（明）解缙编，（明）秦鸣雷、（明）王大任等抄校《永乐大典》卷 13991，台北"国家图书馆"藏明嘉靖写本，缩微胶片影印本，第 32 页 b。
③ 见《南九宫曲谱》卷4【正宫过曲】引"散曲集古传奇名"："【刷子序】书生负心。叔文翫月，谋害兰英；张叶身荣，将贫女顿忘初恩。无情，李勉把韩妻鞭死，王魁负倡女亡身。叹古今，欢喜冤家继著鸳燕争春。"（明）沈璟编：《增定南九宫曲谱》，载王秋桂主编《善本戏曲丛刊》第 3 辑，台北：台湾学生书局 1984 年版，第 191—192 页。
④ 参见（明）徐渭《南词叙录·宋元旧篇》，载《中国古典戏曲论著集成》，第 3 册。
⑤ 《琵琶记》，第 5 页。
⑥ 参见俞为民、刘水云《宋元南戏史》，凤凰出版社　凤凰出版传媒集团 2009 年版。

喈"①，指责之意实不明显。"翻案"出自文人不满其形象被丑化，此说很有问题，解释源于抒情主体的作者中心论。高明为蔡伯喈"翻案"，应说是改编者用其创意翻新本事。他这么一翻，使旧的故事出奇而吸引观者，同时也使旧的本事经典化了。探讨文人介入戏曲活动当考虑这个层面，不能只看文人意图，因为意图很多时候是考证不出来的。

角色的主体自觉更是戏文中旦色的个性特征，皆明显表现出个体自主性。一般认定旦角都在展现女德，在家从父、出嫁从夫、夫死从子的贞节是旦的特征，也因此戏被贴上了"封建礼教"的标签。戏文中的旦都有从父、从夫的特征，但再从角色塑造来看，"从"出于主体意志，如钱玉莲、李三娘不从逼嫁，引出之后面对现实的选择和价值判断。再如王贫女、赵五娘、王瑞兰为自身幸福而主动奉献，或者王金榜之考验完颜延寿马的能力，都是面对婚姻爱情的自主性表现，不只在彰显德行。杨月真的道德说教颇合封建礼教，但她以女性智慧为家庭和谐想出杀狗奇计，面对官方更是勇敢直言，女性自主意识明显，更像一家之主，呈现出新的男女关系。李琼梅的角色塑造与杨月真雷同，但反面的毒辣淫妇形象直接打破女性在既有男女关系中的受制地位，谋财害命突出人行恶的主动性。因主体自觉，戏文中被类型化的旦角反而更具人性，更能有效地推展冲突而提升戏剧性。

《张协状元》《宦门子弟错立身》《琵琶记》《荆钗记》和《白兔记》中的生旦情节线非常明显，确定是主情节。《小孙屠》和《杀狗记》的生旦仍是主角，但生与其弟的关系才是主情节，而《拜月亭》则是特殊的双主情节结构。生旦情节的安排皆采用生旦交替方式，且副末开场后的第2出皆为生场。旦的上场时间不固定，《琵琶记》随生于第2出上场，《张协状元》《小孙屠》《荆钗记》《白兔记》皆在第3出，《错立身》和《杀狗记》则在第4出，双主线结构的《拜月亭》更迟至第8出。《琵琶记》和《杀狗记》的生旦本为夫妻，没有其他剧之生旦相会而展开感情的关目。《拜月亭》在第17出才安排生旦见面，此前都在铺陈绿林和战乱，尤其突出小生陀满兴福的戏。不论旦上场的时间有多晚，生旦场次

---

① 《琵琶记》，第2页。

安排形成对称性关目结构，且生旦同时出场，必为一个情节高潮。

俞为民认为南戏排场的生旦分合结构始于《琵琶记》。① 不过，对称性关目结构早见于《张协状元》，生旦关系为"分—合—分—合"，与《荆钗记》《白兔记》《拜月亭》相同。略微不同的反而是《琵琶记》的"合—分—合"，形式较简单，而《小孙屠》则是"分—合—分"，《宦门子弟错立身》则为残本而仅见更简单的"分—合"。《杀狗记》最特殊，生旦关系没有这种结构，但生与小生的关系却见"合—分—合"。《拜月亭》中生与小生也有简单的"分—合"结构，而《小孙屠》的生与末则又稍微复杂，为"合—分—合"。分合关目结构早见于《张协状元》，非《琵琶记》首创，且从《小孙屠》来看，元代已见分合关目结构的变异，把原本生旦分合结构运用到生与其他角色的关系上，形成主次情节的异位，构成复杂的关目设计。

此外，分合结构同时体现善恶原则，此为形式论者忽略。如张协进京赴考遇盗落魄，到了五鸡山王贫女住的土地庙，此时开展生旦感情戏，正是"生场—旦场—生旦同场"的分合结构。这一段写王贫女救张协，张协感激救命之恩，生旦同场再突出人性本善。又如从王贫女得知张协中状元到她被张协赶出衙门，为"旦场—生场—生旦同场"的分合结构，描述了张协的忘恩负义及贫女的无奈受辱，生旦同场则突出了人性之恶。

不只《张协状元》，其余七本戏文也是用对称性关目结构来展现善恶之别，则形式已内含价值判断，而价值判断之目的就在于教化人心。形式论者认为对称性关目结构反映出戏曲创作传统，所言甚是，但他们忽略戏剧结构的组成方式是为了表现内容，而内容充满着创作者所处时代的价值判断，形式与内容叠合，形式已再现出教化意识。创作者重复使用相同的形式来构建戏剧，正因所用形式内含的特定意义与目的，而以新手法来为旧形式推陈出新，则因娱乐诉求，要出奇以吸引观众。但万变不离其宗，以戏成教的意识不断强调传统（含创作与文化两个层次），新手法在传统中推动戏曲艺术的再发展。这种艺术实践呼应"寓教于乐"

---

① 参见俞为民、刘水云《宋元南戏史》，凤凰出版社　凤凰出版传媒集团 2009 年版，第 134、217 页。

价值观中的"复古新变",但变并不是要推翻旧有的"变革",而是推动传统再生的"转变"。

《小孙屠》和《杀狗记》中的弟弟角色本属辅助情节的次要正面人物,与《张协状元》的李大公、《宦门子弟错立身》的王金榜之父、《琵琶记》的张太公、《荆钗记》的钱载及《白兔记》的窦公相同。次要正面人物使情节合理化,协助推展生旦主情节,也因多与生旦主情节平行,使分合对称的关目结构复杂化,使戏情更曲折。较复杂的是《拜月亭》的陀满兴福。他有主角性质,与生旦主情节交织在一起而形成双主线结构,形成生与小生对应旦与小旦的形式。《小孙屠》的辅助情节则在戏文后半部取代了生旦主情节。《杀狗记》与之类似,孙华与孙荣的兄弟关系反宾为主取代生旦主情节,旦反而成为辅助性质的配角。辅助情节更展现出对称性关目的变异,但变异并不脱离创作传统,而是在传统中推出新艺术手段。

次要正面人物都有共同个性,皆无私奉献,象征了绝对道德。李大公、张太公、窦公和钱载都解救遭逢生命危难的女主角,还助她们寻夫,《白兔记》更因设计"李三娘生子"关目,窦公的绝对道德更明显。《宦门子弟错立身》则插入"完颜延寿马逃家"关目,王金榜之父帮助的对象反而是生,以提供工作的方式助他脱离流浪生活。这些角色突出仁爱信义,肯定人性本善的价值观。人物明显已类型化,《张协状元》之李大公是后出者的典型。

《拜月亭》则扩大上述人物的仁义象征,且陀满兴福身兼武将和绿林的双重身份,更是忠义的完美表征。用绿林来讲忠义,以《水浒传》为代表,且《水浒传》成书前已有《梁山泊李逵负荆》的杂剧,更可看出元人偏好绿林故事。曾永义高度推崇《梁山泊李逵负荆》,认为其本事略同于《水浒传》百二十回的第 73 回,但剧中李逵和宋江的绿林贼寇个性比小说更突出。① 《拜月亭》所写故事,可见戏曲与时代风潮的联动性。

最特殊的是《小孙屠》的孙必贵和《杀狗记》的孙荣,这两个角色

---

① 参见曾永义编注《梁山泊李逵负荆》,载《中国古典戏剧选注》,台北:国家出版社1988年版。

将家庭伦理观与无私奉献的绝对道德结合在一起。两人皆高度类型化，象征着友爱孝悌，理性道德的形象在于肯定"家和万事兴"的价值观。使正面人物形象类型化，目的即《杀狗记》最末出下场诗说："奉劝世人行孝顺，天公报应不差移。"①

此剧中的侍女迎春也是推展教化观的次要正面人物。她个性机灵、伶牙俐齿且直言不讳，有《西厢记》中红娘的特质。如第7出中杨月真要她不要开口，她唱【桂枝香】抱怨："奴不合口多，奴不合口多，惹得官人嗔叫，累娘焦躁。自今朝，闭口深藏舌，安身处处牢。"② 又如第17出，见孙华读《三国志》，唱【普天乐】劝诫他："望员外息怒停嗔，从是改非。赛过关张，到底都是乔的。"③ 接着又讲了个王祥、王览兄弟的孝义故事，再言："员外何不学取王祥、王览之事，接取二官人回来，一家过活，却不是好？"④ 此出结尾，唱词更直接批评孙华无视人伦："敬重他人如珍宝，把亲者轻如粪草，劝谏不从空自恼。"⑤

侍女不仅是推进戏情的重要环节，批评实含作者的主观意识，展现普遍性的价值判断。迎春戏份不多，但个性表现突出，共言论更表现出主体精神。塑造类似红娘的人物，后来的传奇有所继承，如《牡丹亭》的春香。《西厢记》的时代应比《杀狗记》早，则这个具有主体性的侍女应是戏文吸收杂剧的结果，戏文中的再现使来自红娘的典型形象经典化，而传奇中再次出现，更展现了戏曲创作的传统。

（三）反面人物情节

单有正面人物，关目结构仍单调。早在《张协状元》中已出现以反面人物为主的对立情节线。反面人物的情节线也与生旦主情节线相对称，且多与次要正面人物的辅助线搭配，形成正反对称结构，促成关目设计

---

① 《杀狗记》，第501页。
② 《杀狗记》，第415页。
③ 《杀狗记》，第447页。
④ 《杀狗记》，第448页。
⑤ 《杀狗记》，第449页。

的多样性。

戏文描述坏人远比描述好人细致，突出人性之恶及恶有恶报，背后隐藏了结合天理与人伦大义的传统思维。正反对称结构推展冲突，强化戏文的戏剧性，也就突出了戏的娱乐效果。

反面人物有个性、不道德，行为有损伦理纲常的同质性。《张协状元》中的坏人是人称黑王的王德用，与之类似的是《琵琶记》中的牛太师、《宦门子弟错立身》中生的父亲完颜同知，及《拜月亭》中王瑞兰之父王镇。这些人都是官，都导致生旦分离，但在关目发展中，却又见个性的差异。

完颜同知的个性塑造较简单，他的门户之见及书生取仕思想是父子失和的主因，幽禁儿子以致其逃家更表现出父权在家庭中的绝对性。但思念儿子又突出父子亲情为人的天性，这也就使其个性复杂化，更具人性。王德用也是如此，怨怼张协拒接丝鞭以致丧女，进而在官场上为难他，突出小人个性，堂后官就批评："你毒得大惊人。"[1] 但解救王贫女又表现了善性。牛太师霸道，强人再娶，是卑鄙小人，但之后接受赵五娘并视之为义女，且同意其女自愿为小，又突出其善。较特殊的是王镇，本是忠君爱国的正面人物，但囿于门户之见而强拆鸾凤，之后接受蒋世隆则出自功利考量，且面对其妻收留蒋瑞莲，更无王德用、牛太师之善的表现。

与上述坏人相似者为《荆钗记》的万俟丞相。他卑鄙，不顾人伦大义，是非常类型化的恶人典型。听见王十朋坚持糟糠之妻不下堂，他批评这是"花言巧语"的"胡谎"，【解三酲】再唱："朝纲选法咱把掌，使不得祸到临头烧好香。不轻放，定改除远方，休想还乡。"[2] 这种个性类似王德用，得不到就干脆毁了生的仕途。万俟丞相的戏份颇少，仅在于点出权贵招状元为婿的情节。

八本戏文，有一半演这种情节。重复使用说明权贵招亲的情节自宋

---

[1] 《张协状元》，第204页。
[2] 《荆钗记》，第88页。

以来即受欢迎，具有典型性。后来的传奇也仍这么演，如明代无名氏《金花女传奇》。娄金花自毁容貌后女扮男装上京寻夫，误打误撞高中状元，被王、陶两个权贵招亲，而宰相陶氏更以密旨逼金花与其女成亲，也因此枢密使王氏怀恨在心，陷害金花出征。① 明宣德写本《刘希必金钗记》，第 14 出至第 56 出写刘文龙被曹丞相逼婚，曹丞相在逼婚不成后陷害他护送王昭君至匈奴和亲。② 吴国钦认为这是改编自宋元旧本《刘文龙菱花镜》的搬演本，糅合了《琵琶记》《荆钗记》《苏武牧羊》等情节，并指出邵璨的《香囊记》及今天京剧的《四郎探母》的内容可能源自此剧。③ 李修生认为此剧的结构完整，是继《张协状元》后的南戏"足本"，更是现存最早的南戏写本，且一直流传，福建闽南梨园戏的剧目就有《刘文良》（按：闽南方言良、龙音近）。④

与上述当官的恶人不同，《荆钗记》的反面人物是孙汝权和钱玉莲的继母与姑姑，这三个市井小民也是类型化的恶人典型。孙汝权是标准的地方恶霸、奸诈小人，为得钱玉莲而不择手段；继母则唯利是图，并不把钱玉莲视为家人；钱玉莲的姑姑也见钱眼开，无视亲情道义，强迫侄女改嫁孙汝权。反面人物的刻画极深刻，凸显人性之恶并使文本（更是戏场上的搬演）成为善恶对立、扬善除恶的表征。善恶对立的目的在于突出仁义及家庭伦理，见此剧副末开场的【临江仙】："十分全会者，少不得仁义礼先行。"⑤ "十分全会"是改编者和演出人的自夸之词，自认唱作俱佳，呼应九山书会改编《张协状元》说"要夺魁名"。旧故事必须有变化，变出新东西来引人注目。变，来自更深入地演人性的复杂面，因此人物塑造更加体现戏文要出奇的目的。

---

① 参见《金花女传奇》，载古本戏曲丛刊编辑委员会辑《古本戏曲丛刊》第 3 集，文学古籍刊行社 1957 年据郑振铎藏钞本影印。《远山堂曲品》著录，梅兰芳藏有红格钞本，参见李修生主编《古本戏曲剧目提要》，文化艺术出版社 1997 年版。

② 参见《新编全像南北插科忠考正字刘希必金钗记》，载《明本潮州戏文五种》，广东人民出版社 1985 年影印 1975 年潮安县明代墓葬出土宣德写本。

③ 参见吴国钦《论明本潮州戏文〈刘希必金钗记〉》，《中山大学学报》（社会科学版）1997 年第 5 期。

④ 参见李修生主编《古本戏曲剧目提要》，文化艺术出版社 1997 年版。

⑤ 《荆钗记》，第 9 页。

忠孝仁义的教化意识，在成化本《新编刘知远还乡白兔记》的副末开场中可见。上场诗作："国正天心顺，官清民自安。妻贤夫祸少，子孝父心宽。"后末与后台问答：

> （末）今日戾家子弟搬演一本传奇，不插科，不打诨，不为之传奇。……借问后行子弟戏文搬下不曾？（答）搬下多时了也。（末）既然搬下，搬的是哪本传奇？何家故事？（答）搬的是李三娘麻地捧印刘知远衣锦还乡白兔记。（末）好本传奇。这本传奇亏了谁？亏了永嘉书会才人，在此窗灯之下，磨得墨浓，蘸得笔饱，编成此一本上等孝义故事。果为是千度看来千度好，一番搬演一番新。①

成化本的刊刻品质不佳，错字连篇。此剧除了要娱乐大众外，更可能是针对梨园同行，所以永嘉书会自夸改编极好，搬演效果比别人更好。此段文字突出搬演本的特征，而其中的教化意识也就更具现实性。

改编也折射出朱元璋以戏教化的政治手段的影响。若不讲忠孝节义，戏根本演不了。洪武三十年（1397）就有"禁搬做杂剧"，只允许搬演"神仙道扮""义夫节妇""孝子顺孙""劝人为善"。顾起元《客座赘语》卷10《国初榜文》又载永乐九年（1411）再禁词曲，另开放"欢乐太平者"，其余一概不行，若"敢有收藏传诵印卖，一时拿去送法司究治"，并说："这等词曲，出榜后，限他五日都要干净将赴官烧毁了，敢有收藏的，全家杀了。"②

朱元璋的礼乐政策对戏曲发展的引导很复杂，禁戏是一，但他同时也推展戏曲的流行。李开先记："洪武初年，亲王之国，必以词曲一千七百本赐之"③，可见统治者的政治手段，借词曲来消弭藩王的谋逆之心。

---

① （明）《新编刘知远还乡白兔记》，载《明成化说话词话丛刊十六种附白兔记传奇一种》，上海博物馆1979年影印明成化永顺堂刊本，第1页b—第2页b。

② 王利器辑：《元明清三代禁毁小说戏曲史料》，上海古籍出版社1981年版，第13、14页。

③ （明）李开先：《李中麓闲居集·张小山小令后序》，上海古籍出版社1995年《续修四库全书》据明刻本影印，第52页。

这么做，当然是因他自身即好词曲。他重整礼乐制度，架空原本司乐的太常，把教坊司从内务机构独立出来，兼摄雅（祭祀）俗（宴乐），还掌天下乐籍，所有用乐一概由教坊司与礼部订定再颁布天下。① 这是上层自发地普及戏曲娱乐。再见徐渭载朱元璋爱《琵琶记》："五经、四书、布、帛、菽、粟也，家家皆有；高明《琵琶记》如山珍、海错，富贵家不可无。"② 这使戏曲娱乐合理化了，政治介入更使戏曲娱乐的地位合法化。

隐藏在政治手段背后的就是教化观，戏曲因此更要惩恶扬善以利教化。恶的描写都在于对比出善之必然，如《白兔记》中的恶人突出人性之恶，比《荆钗记》更明显。此剧中的恶人是李三娘之兄嫂李洪一夫妇，他们唯利是图，且比钱玉莲的继母和姑姑更恶劣。明知瓜田有精怪，还要刘知远去看瓜，目的在于害死他。计谋失败后，又逼刘知远写休书，再强迫李三娘改嫁。三娘坚决不从，便设计虐待，完全不顾亲情。泯灭人性，即李洪一自言："恨小非君子，无毒不丈夫。"③

《小孙屠》的李琼梅及姘夫朱邦杰④，也是如此恶毒。此剧最大的特征是以旦为反面角色，写"最毒妇人心"的形象，而朱邦杰是被李琼梅利用的棋子，也因此逆转了男尊女卑的关系，形成女强男弱的新形态。妓女出身的李琼梅是淫妇谋财害命的典型，呼应一般人对妓女贪婪、强势、可怕的普遍认知，如宋人罗烨记岛仙，刻意突出她从良后仍行为不检。先说"岛仙在娼中，狂劣特甚"，后成为郭进思之妾仍"未能息心"，且"每有旧相识经从其门者，多于窗隙间招呼，或使人询讯，亦以巾笺送遣"。⑤ 元陶宗仪记"狎娼遭毒"一事，更突出可怕的妓女形象，而同样认知也见于洪迈的《蔡河秀才》，他着重描述恐怖的妓女杀人。⑥ 创作者以实出虚，放大负面形象以表现妓女的人性之恶，而妓女之所以恐怖，

---

① 参见李舜华《礼乐与明前中期演剧》，上海古籍出版社2006年版。
② （明）徐渭：《南词叙录》，载《中国古典戏曲论著集成》，第3册，第240页。
③ 《白兔记》，第224页。
④ 第6出净扮朱令史上场言"自家姓朱，名杰"，但此剧题作"朱邦杰识法明犯法"，同最末出尾曲作"朱邦杰不仁不义"，则此人之名为朱邦杰。《小孙屠》，第275、257、323页。
⑤ （宋）罗烨：《醉翁谈录》，古典文学出版社1957年版，第37—38页。
⑥ 参见（元）陶宗仪《南村辍耕录》卷11"狎娼遭毒"条，中华书局1958年版；（宋）洪迈：《夷坚志·丁志》卷11《蔡河秀才》，何卓点校，中华书局1981年版。

正因她们的意志与行为颠覆了原有的男女关系。李琼梅呼应自宋以来的妓女的恐怖形象,朱邦杰这一对奸夫淫妇对应李洪一夫妇,两组人使小人毒妇的典型形象具体化。这是高度类型化的角色,再突出《小孙屠》与《白兔记》的同质性,也折射出戏文具有的写实成分。如此写,意在表明恶必有恶报。

异于市井生活中的恶,《拜月亭》中有另一种正反对立结构,以奸相聂贾列贪生来诱发忠君爱国的情绪。这个人物也已类型化。加入奸人卖国情节,目的在于增加情节变化,更推展戏剧性,同时也愈加使角色类型化,即恶人必须恶到底。聂贾列认为陀满海牙建议出兵会坏了他迁都保命的计划,于是灭了陀满一家,表现出高官贪生怕死、网害忠良的小人形象。又如金国的虎狼将军说"大金无道理",侵宋实"因贪财宝到中华",还说"势压中华,仁将夷化"。① 在元代异族统治下,或从明代面对元代的社会文化及异族入侵来看,如此写恶,表现了中原正统的民族意识。这仍是在教化,教的是超越了家庭伦理的忠孝意识,更见戏文"寓教于乐"的复杂性。

最后再看恶人的调笑打诨,这是提升戏剧性的重要手段。打诨来自语言行为的荒谬不合理,通过嘲弄使人物喜剧化。这是戏文创作与改编的重要成分,且打诨不只在提供笑乐,同时也是为教化而出。如《琵琶记》第17出"义仓赈济",丑扮里正,净扮社长,两人打诨道出贪官恶霸欺压人民的丑陋面貌。高明更用宋元的陶真说唱来增加娱乐效果。② 一

---

① 《拜月亭》,第278页。
② "喝涯词,只引子弟;听陶真,尽是村人",(宋)西湖老人《西湖老人繁胜录》,载《东京梦华录(外四种)》,古典文学出版社1956年版,第120页。引文看不出陶真的形式,但可推知以唱为主,听众为一般人。"杭州男女瞽者,多学琵琶,唱古今小说、平话,以觅衣食,谓之陶真。大抵说宋时事,盖汴京遗俗也",(明)田汝成《西湖游览志余·熙朝乐事》,上海古籍出版社1980年版,第368页。此条说陶真北宋即有,以琵琶伴奏唱故事,且同条又引(明)瞿佑《过汴梁》诗:"陌头盲女无愁恨,能拨琵琶说赵家。"并言"其俗殆与杭无异",则他认为明代陶真的演唱形式与南宋杭州的演唱形式差不多,内容以宋代故事为主。由此推之,赵五娘在第34出中的琵琶弹唱就是陶真,而田汝成的说法突出明代人对宋代事物的兴趣,可推知明人以宋代为依据进行改编的习惯。

大段调笑，主旨就在社长说："假饶人心似铁，怎逃官法如炉。"① 说的还是因果报应，但高明并未就此打住，再安排丑抢赵五娘的米，强化恶人形象以突出赵五娘之悲苦。

使恶人形象荒谬化使角色的手段类型化，《杀狗记》中的净扮柳龙卿和丑扮胡子传是最明显的例子。柳龙卿和胡子传这两人的恶在于贪小便宜、见利忘义，不像李琼梅谋财害命或孙华欲杀孙荣那么恐怖。他们是类型化的獐头鼠目之辈，是市井中的小人形象。如第6出"乔人行潜"，两人怕孙华这个衣食父母在杨月真的劝诫下醒悟，设计赶走孙荣。他们欺骗孙华，说孙荣买毒药欲占家产，小人个性表露无遗。后孙荣被赶出家门时故意乱传话，且在与孙华对应时再嘲弄孙荣的努力向学："'书中自有黄金屋。'把他一本书，就塞住了他的口了。"② 目的很简单，就是让孙荣分不得家产，这保证了他们能继续骗孙华的财产。又如第14出"乔人算账"，两人算计要用骗来的钱放高利贷，痴心妄想做"大人家"，此时净骂丑是个"烂小人"。③ "烂小人"正是两人的类型化形象。此话虽出自角色之口，实是作者暗藏于角色中的主观批评，更是当时人对此种人的普遍认知。调笑文字之所以能引人发笑，原因在于语言文字荒谬。如果没有教化观的引导，这些文字就不具备能令人发笑的功能了。

《杀狗记》第6出与第14出几乎全为宾白，如第6出至中场孙荣上，唱才增加，且多为孙荣唱。唱当然也具有戏剧效果，但不如两个恶人以直白语言互动的戏剧效果强。两场宾白都活泼生动，说明此剧搬演性极高，绝非案头读物。再从场次安排来看，如第6出实际分成4场，开场为净丑设计骗局，次为欺骗孙华，再而是冤枉孙荣，最后是联合把孙荣赶出去。关目紧凑，借打诨推进冲突，同时故意放大角色的小人特质来引发事件高潮。揣摩人物个性是架构关目的关键，细致的角色塑造开展了戏剧性，这是戏文的艺术价值。

内含特殊的象征意义的语言文字形成了戏曲独特的"寓教于乐"

---

① 《琵琶记》，第128页。俞为民注此引文出自《事林广记》卷9"为吏警语"条，第134页。

② 《杀狗记》，第410页。

③ 《杀狗记》，第436页。

的美学表现。若无教化，艺术性与娱乐性亦不复存在。在《杀狗记》这两出中，塑造人物的艺术天才使孙华对孙荣的不满合理化了，孙荣的情节取代了生旦主情节，形成了叙事程式的变异。此即沿袭创作传统中有所新变。《杀狗记》的关目结构有特色，但在《张协状元》中早已有以角色为关目设计之关键的艺术手段，这也是这八本戏文共有的特征。

（四）其他创造性艺术手段

置入他种表演形式来推展戏情及娱乐效果，这就是创造性艺术手段，可使搬演形式更加复杂化。前已提及《琵琶记》第17出中的净丑打诨唱陶真，而时代更早的《张协状元》，首出更唱张协故事诸宫调，第2出开场再唱【烛影摇红】断送，之后才开始演戏。这反映出戏文搬演吸收了宋杂剧和诸宫调。

搬演形式的复杂化，有利于叙事及人物抒发情感，更易于把观众带入戏情中，达成高明所说的乐人且动人。形式复杂化，因艺术体制在发展过程中不断吸纳既有形式，并因此延长了搬演时间。由此，可以推测两宋间打诨的短篇杂剧走向长篇的叙事结构，应是当时人觉得娱乐的时间不够长[①]，短杂剧不过瘾，想看演出人情志意的完整故事。

同时，宋室南渡带来北宋流行的北曲，与当地里巷歌谣的南曲混杂并行而出现南北曲混合现象。混合产生新的音乐效果，是能引人入胜的出奇。北宋设大晟府已模糊了原本的雅俗界限，后来南北曲混用正是雅

[①] 宋代祭祀雅乐本来是长篇大秩，如《大晟府拟撰释奠》14首，用《凝安》《同安》《明安》《丰安》《成安》《文安》《娱安》7篇乐章，皇帝的每个动作都要奏乐歌诗。乐章内容在赞颂，首尾连成一气而粗具叙事性，突出人文教化意识。祭祀之乐是严肃的，但它同时也在娱神。这些乐章明显不演，祭祀和音乐歌唱交替进行，但仍有娱乐性质，且整个祭礼的时间不可能短，参见（元）脱脱等撰《宋史》卷137《乐第十二·释奠文宣王武成王》，中华书局1977年版。再看南宋理宗时的宫廷宴乐《天基圣节排当乐次》，上寿13盏皆音乐歌唱，初坐10盏加入舞蹈、小杂剧和杂艺，再坐20盏再加入傀儡和百戏。整体以音乐歌唱为主，舞蹈、杂剧、傀儡、百戏较少，参见（宋）周密《武林旧事·圣节》，载《东京梦华录（外四种）》，古典文学出版社1956年版。场面虽不比《东京梦华录》和《梦粱录》载的9段大型宴乐，时间仍是很长，且雅俗交杂。上层宫廷宴乐如此，且大晟府已混杂雅俗乐，则一般人也会有类似的娱乐偏好。有关宋代瓦舍的兴起及影响，参见吴晟《瓦舍文化与宋元戏剧》，中国社会科学出版社2001年版。

俗混杂的产物。混用南北曲是当时的音乐实验，来自好奇及求新求变的娱乐诉求，而实验更是在以雅（北曲）化俗（南曲）、转俗为雅。易言之，北宋乐制的变动已为南北曲融合开了合法条件，而音乐实验更催生了戏文。即因要演完整故事，不论南北曲宫调的限制，只要能表述人物心境的曲牌，在不违背基本宫调情绪下皆可结合运用，也因此戏文的音乐体制不严谨。此诉求的背后是求奇的风潮，而出奇更一直存在于戏曲文化中。异于短杂剧的戏文是奇，改编更是在翻新旧本事而使人耳目一新，那更是奇。

再见《琵琶记》第 34 出，赵五娘先用琵琶弹唱《行孝曲》，之后和尚再唱【佛赚】谐仿佛教追荐法会。赵五娘的琵琶弹唱是流行于杭州的陶真形式，但前提及第 17 出中的陶真，因丑唱"打打哈莲花落"，则见同时结合陶真和莲花落两种说唱形式的艺术手段。① 【佛赚】是曲牌名。赚是宋代唱曲形式，出自缠令和缠达的变化，诸宫调即用唱赚来使音乐结构复杂化，加强娱乐效果。② 戏文受诸宫调的影响，常见唱赚的音乐程式，简称【赚】，如《张协状元》第 14 出开场后重复唱【红衫儿】就有入【赚】，第 20 出重复唱【四换头】也入【赚】。《琵琶记》中的【佛赚】是南曲【缕缕金】缠达曲式中插入的赚曲，因唱佛事而称佛赚，只在文字形式上模仿佛曲。

此处的唱赚相当特殊，除了挪用他种表现形式以丰富搬演外，谐仿的喜剧氛围打破了宗教的严肃性，突出教化意识中的民间通俗信仰。

【佛赚】如来本是西方佛，西方佛。却来东土救人多，救人多。结跏趺坐坐莲花，丈六金身最高大，他是十方三界，第一个大菩萨。摩诃萨，摩诃般若波罗糖。（末）和尚你怎么念差了，是波罗蜜。

---

① 余道婆因"闻丐者唱莲华乐"而大悟，参见（宋）普济著，苏渊雷点校《五灯会元》卷 19《临济宗·金陵余道婆》，中华书局 1984 年版。"莲华乐"即"莲花落"，本为宣扬佛教的警世佛曲，类似道教的道情，宋后变成俗曲且多为行乞者清唱，至清乾隆后出现艺人专以莲花落曲演故事的"彩扮莲花落"，又称"十不闲"或"什不闲"，参见傅惜华《曲艺论丛》，上杂出版社 1953 年版。

② 唱赚，详见冯沅君《古剧说汇·说赚词》，作家出版社 1956 年版；于天池、李书：《宋金说唱伎艺》，陕西人民教育出版社 2008 年版。

（净）糖也这般甜，蜜也这般甜，南无南无十方佛。十方法，十方僧。上帝好生不好杀，好人还有好提掇，恶人还有恶鉴察。好人成佛是菩萨，恶人做鬼做罗刹。第一灭却心头火，心头火。第二解开眉间锁，眉间锁。第三点起佛前灯，佛前灯。真是个好也快活我，快活我。诸恶莫作，奉劝世上人则个。浪里艄公牢把舵，行正路，莫蹉跎。大家却去诵弥陀，诵弥陀。善男信女笑呵呵。①

打诨语言突出善恶终有报意识。再与第34出开场演僧人不敬又失德敛财的形象一起看，谐仿的打诨语言意在批评宗教信仰。嘲弄僧人，必是当时多见僧人的败德无行，则这段文字反映出了社会整体对宗教的意识状态。

谐仿宗教仪式，也见于《荆钗记》第45出的"荐亡"和《白兔记》第4出的"祭赛"。这两出嘲弄的不是佛教僧人，而是道教的道士。

【小引】（净上）庙官来，庙官来，打点香炉蜡烛台。但办志诚心，何劳神不灵？但办志诚意，何劳神不至？

……

（净又通诚介）上八定，下八定，中八定，三八二十四定，台子歪邪，扛得端正。香烟蓬蓬，神道空中。香烟馥郁，大王吃肉。鸡儿岁小，蒲灯地下，好块大肉。奉请马大王细嚼细嚼，慢吞慢吞，骨肉留予庙祝。

……

（生偷鸡介，众惊介。外）神道灵异，把我祭物，金龙爪去了。（末）这方见太公来得志诚。（净诨介）②

一段宾白打诨后，净扮道士唱：

---

① 《琵琶记》，第221页。
② 《白兔记》，第189—190页。

【前腔】三牲不见来，三牲不见来，几案上空空的。酒果又全无，又没些香和纸。马鸣王粗眉毛，大眼睛络腮胡，有些不欢喜。（外）你们休得胡言语。（合前）①

下场诗作：

（老旦）神道亲临下降，（旦）愿得消除灾障。
（净）为香钱还得志诚，三抛都是上上。②

谐仿道教设坛作醮与《琵琶记》相同，演道士荒谬的请神过程及贪吃贪财的形象。谐仿使搬演形式复杂化了，但这不是单纯的写实叙事，实际展现了民间通俗信仰内含的复杂的教化意识。因加入对现实宗教行为的批评，神灵被荒谬化，本与天理、神鬼有关的善恶果报原则被拉回到现世。谐仿宗教表现了天道与人道的双重叠合，天道运行只能在人道中展现，这也就突出了人及其命运的问题。

宋杂剧的调笑打诨已被内化在戏文结构之中。"说话"也见于宋元戏文，且与打诨结合在一起，反映了当时说唱艺术的流行。《杀狗记》第17出中贴旦对生讲王祥孝义故事，此前迎春就调弄孙华，又第23出中王老实说劝世图故事，但在王老实说故事前，先安排净丑假装鬼上身的打诨小戏，与第14出净丑讹孙华的打诨性质相同。净丑刻意作假，假扮为鬼、为器物，打闹提升娱乐效果。

这种搬演模式源自参军戏中的苍鹘打参军，《张协状元》已发展出类似戏中戏的手段，如第10出中丑扮小鬼，再以小鬼身份扮门板，又第16出中丑扮小二，后在场上直接转换身份扮桌子。场上的多层次扮演都不脱离原本角色，也直接以双重身份与其他场上人物互相打闹。场上再次扮演他种物件或人物，已具戏中戏的特征，且人物互动更直接提醒观者，所见是戏中人的演戏。再如《杀狗记》第6出演恶人设计赶走孙荣，净

---

① 《白兔记》，第190页。
② 《白兔记》，第190页。

对丑说："官场演，私场用。我和你演一演"①，随即舞台提示作"演介"，确定告知观者所见是戏，是戏中戏的形式。

再从《张协状元》第 10 出净要扮门的丑"演一番看"，以及第 16 出中丑直接对生说桌子"是我做"来看②，西方戏剧的"写实、幻觉二元对立说"在中国戏曲中难以成立。戏曲中的戏中戏手段以实出虚，以虚写实，且搬演过程不断提醒观者这是戏，要清醒地看扮演技巧和所扮内容。这种娱乐与幻觉没有关系，要求观者认清看戏的现实状态。推其所源，来自优伶以戏为谏的传统。又由于叙事必夹抒情，写实与写意本为一体，场面内含之意才是重点所在，因此打诨调笑的叙事都在于突出特定的价值判断。使恶喜剧化，目的在于教化人心，告诉人必须要存仁心、行善事，所以胡闹就不是没有内容的纯粹笑乐。

净丑胡闹还有来自金院本《双斗医》《医五方》的打诨传统。③ 从院本名称可知在演医生治病的过程。《拜月亭》第 25 出开场即演太医诊断蒋世隆病征的打诨戏，虽没有使用院本名目，内容应与院本类似。《西厢记》第 3 本第 4 折开场也有"洁引太医上，双斗医科范了"的舞台提示，元朝刘唐卿《降桑椹蔡顺奉母》第 2 折也置入太医治病的胡闹戏。④

谐仿医生看诊并讽刺其无能敛财，同上述对僧道的嘲弄，与当时的社会现实有关。《拜月亭》中的太医即言其研制的"飞龙夺命丹"是"二三十两银子合的药"，而他医不了蒋世隆，末扮的店主人就打趣说："正是药医不死病，佛渡有缘人。"在医病打诨中夹入通俗信仰，谐仿使打诨戏内含的意义复杂化了。医病救人本是仁心善行，是人道具体化天道的范例，但庸医不仅医术差，还以赚钱谋利为目的，逆转医生原本的象征意义。庸医是被荒谬化、喜剧化的恶人形象，如那位太医唱的【水

---

① 《杀狗记》，第 406 页。

② 《张协状元》，第 55、87 页。

③ 院本《双斗医》《医五方》，参见（元）陶宗仪《南村辍耕录》卷 25《院本名目》，中华书局 1958 年版。

④ 参见（元）王实甫《西厢记》，金枫出版社 1988 年版；此本据王季思的校注本重印，正文前附陈庆煌的导读。参见（元）刘唐卿《降桑椹蔡顺奉母》，载《孤本元明杂剧》，中国戏剧出版社 1958 年版，第 1 册。

底鱼】:"不论贵贱,请着地便医。……人人道我,道我是个催命鬼。"①这种语言有娱乐效果,更在提醒人要认清现实,看清楚这种人的恶劣行径。所以,打诨体现整体社会意识,意在以娱乐行教化,并非纯粹娱乐。

夹入他种表演形式来加强娱乐性,这是要作"一段新奇真故事"(《荆钗记》)。形式变异出自"以奇为贵",但改编者又说"点染新词别样锦"(《杀狗记》),"开言惊四座,打动五灵神"(《荆钗记》),所重仍是语言文字,可见戏曲文化中的"文"诉求。语言文字不仅推进戏情,更帮助演员抒发情感,也只有翻新文本,搬演才能"歌笑满堂中"(《张协状元》),书会才能"两极驰名"(《荆钗记》)并"夺魁名"(《张协状元》)。② 由于艺术手段不脱离语言文字,在叙事结合抒情的创作传统下,形式因此内含特定的价值观。

这可再从巧合、错认和信物的运作中看出来。"巧合""错认"及"信物"是突出爱情的概念,但戏文中的爱情因长篇叙事而与礼教紧密结合,爱情的意味淡,人伦纲常的意识明显。

巧合说的是天注定如此,这与天命、命定思维有关,也让戏文更奇。就这么巧,逃难的陀满兴福成了绿林山寨之主。又如岳绣英深夜不睡,偶见巡更的刘知远而爱上他,之后的咬脐郎情节更巧,在打猎时巧遇生母。再如《琵琶记》中的"寺中遗像",也是巧合,且与《张协状元》《西厢记》一样同以寺庙为相遇处。王德用解救王贫女、钱载和解救钱玉莲,也是巧合,而后者同姓氏的安排,更是巧之又巧,突出戏文要奇而引人入胜的创作特征。

把巧合用到淋漓尽致的是《拜月亭》,不只有各种场合、情境的巧遇,更在巧遇中安排错认,那也是《拜月亭》出现双主线结构的关键。首先,王瑞兰与蒋瑞莲姓名雷同,因此在战乱中错认,才引出了高潮迭起的戏剧性。错认与巧合有同质性,都是无预期的,也因此是天注定如此。错认加深娱乐性,在巧合中置入错认,更推展了蒋世龙与王瑞兰之

---

① 《拜月亭》,第344、345页。
② 引文见下三剧之副末开场:《张协状元》,第1、2页;《荆钗记》,第9页;《杀狗记》,第394页。

间的情感张力和冲突。《拜月亭》中错认手段的运用也相当成熟。

《拜月亭》在明代颇为盛行,引出了《拜月亭》《琵琶记》《西厢记》的优劣之争。争论,何良俊首开其端,认为《拜月亭》当行而远胜《琵琶记》,并批评《西厢记》"全带脂粉"而《琵琶记》"专弄学问",皆少本色语。王世贞认为何良俊以《拜月亭》胜《琵琶记》为大谬,说《拜月亭》实"无词家大学问",改以《西厢记》为北曲压卷之作。① 与之相同,吕天成言《琵琶记》:"勿亚于北剧之西厢,且压乎南声之拜月。"② 反对王世贞的观点。徐复祚则认为《拜月亭》极佳:"风情本自不乏,而风教当就道学讲求,不当责之骚人墨士也。"③ 沈德符也批评王世贞识见不足,说《琵琶记》"袭旧太多,与《西厢记》同病,且其曲无一句可入弦索者;《拜月》则字字稳贴,与弹搊胶黏,盖南词全本可上弦索者惟此耳"。同时还批评《西厢记》"肉胜于骨,所以让《拜月》一头地"。④

明人议论的重点在语言文字,以传统诗文评价来判定戏文作品之优劣。不论肯定或否定,若没有巧合和错认的关目设计,此剧也吸引不了这批文人。何良俊说的"当行",是指场上搬演有戏剧效果。若没了由巧合而产生的戏剧效果,徐复祚说的"风情"也无从出。至于沈德符说的"骨",那是文质问题,但换个角度看,"骨"也是作品结构问题,可说关目是"骨","骨"不好,整体就有缺憾。后来的传奇多重复使用错认,如明末阮大铖的《春灯谜》及李渔的《风筝误》,而李渔的《十种曲》更多巧合的关目安排。

徐复祚提风教,王世贞讲词家大学问,皆言教化。王世贞说的学问即道学之有无,而文人讲道学的理据就在于宋代以来的天理教化观。不过,曲论中的教化不是理学家的性理思辨,而是被简化的忠孝仁义、贞节刚烈的人伦意识。缺乏这些表现就是王世贞骂的"没学问",但若表现太多,那又是何良俊不满的"卖弄学问"(此说更是批评只有辞藻而内容

---

① 参见(明)何良俊《曲论》,载《中国古典戏曲论著集成》,中国戏剧出版社1959年版,第4册。
② (明)吕天成:《曲品》,《中国古典戏曲论著集成》,第6册,第210页。
③ (明)徐复祚:《曲论》,《中国古典戏曲论著集成》,第4册,第236页。
④ (明)王世贞:《曲藻》,《中国古典戏曲论著集成》,第34、39页。

陈腐）。关键问题是：戏该如何稳当地表现人伦纲常？

　　文人讨论，都本于内容而兼及艺术体制，即便沈德符重搬演，但"肉胜于骨"的说法又把艺术体制的问题导向了内容是否有益人心。搬演不该引人淫思，像《拜月亭》这种演好男儿坚定志向，不屈于奸邪、不惑于乱世而保全了人伦大义的戏，就是有"骨"的好作品。徐复祚说的风情，就是要解决脂粉与学问间的对立。他认为戏演人情，而文人雅士观察深入，体会深刻，自然于笔墨间展露深情，就不该以风教来压制脂粉。不过，脂粉过重仍不行，所以再结合教化人情来说风情。他要求"骨肉"匀称，也就是情不能灭、教化不可无的"中和说"，而《拜月亭》就是既有情又能教化人心的佳作。

　　明人论曲重情，戏中之情多表现在男女间的互动往来，后来《牡丹亭》等传奇更演人对爱情的追寻、失落与复得，爱情成为显而易见的戏曲特征。近代戏曲研究喜欢从爱情谈作品价值，不是没有原因。但曲论中的情不简单，详究戏曲内容便会发现戏台上的爱情很复杂。爱情也是一种创造性的艺术手段，且它内含人伦纲常的稳定问题，如常以爱情来解读的《荆钗记》就是明证。

　　《荆钗记》在明代常为书坊刊刻，也是受欢迎的戏文。明人对此剧的关目曲调赞誉有加，吕天成说"以真切之调，写真切之情，情、文相生，最不易及"[①]。此剧对传奇的最大影响就在于以"荆钗"定剧名，并作为信物来推展爱情，与之同时的《鸳鸯被》杂剧也是一样[②]，之后昆曲《玉簪记》的玉簪、《浣纱记》的一缕溪纱及《桃花扇》的溅血宫扇都是如此。《荆钗记》与《鸳鸯被》的关目设计不同，信物的象征意义也就不同。鸳鸯被是男女双方因误会发生而互留的定情信物，体现了主角的自主性，但荆钗则是王十朋母与钱流行为子女立定婚约的信物，它的象征意义就不是自发性的、私密性的爱情，而是公开性的、伦理纲常的夫妻之情。之后传奇中的玉簪、溪纱、宫扇、钗盒，性质上更近杂剧，是男

[①] （明）吕天成：《曲品》，载《中国古典戏曲论著集成》，第6册，第224页。
[②] 参见（元）《玉清菴送错鸳鸯被》，载（明）臧懋循辑《元曲选》甲集上，明万历四十三年刻本。

女双方自定象征其爱情的物件。但是，传奇出自戏文，则信物之用与定戏名的方式仍与《荆钗记》有关。杂剧是侧面因素，更突出男女主角对爱情信念的坚持。

此外，《荆钗记》与《琵琶记》相同，套式结构和曲文已为典型，为明代中后期的创作所袭用。套式包含书斋自叹、闺训、劝试、辞别、赴试、途叹、游春游赏、宦途思忆、逼婚、遭贬、侍奉公婆、闺忆、逃难、封赠等。套式典型突出书生本色、功名利禄、青楼色彩，还有大量脱离戏情的庆赏文字。典型即程式化，伴随程式化而出的是愈加细腻的个体抒情。

李舜华说程式化的抒情削弱关目中的情理冲突，但此说经不起推敲。程式化的细腻抒情实际突出传统教化观，因为被演出的情是推进冲突的艺术手段，那不只是爱情，而是意在强化并解决情理冲突的人伦大情。人伦大情不是理学家讲的抽象思维，而是世俗生活中的人情。也因此，程式化抒情并不如她以为的有碍于"世俗精神"的发展。其论是意识形态化的泛说，说明前中期的戏文有"近世精神"，但在官方乐教意识的压制下，再加上复古意识，结果新旧牵扯不清，"近世精神"因此迅速夭折。[①]"近世精神"说法来自"线性进步史观"，刻意突出近世的现代精神，而所谓的现代精神，讲的就是人的主体性，突出传统对人性的压制。这么谈问题，出自"俗文学"的引导：凡是"不近人情""不表现人民心声"者，都是脱离人生、人性、人情的贵族文学，是应该被检讨并批评的糟粕。问题是，教化是否那么容易在娱乐中被剥离出来？被剥离出来的教化，是否真的脱离人民而与"近世精神"对立？

戏文演情，都在细腻抒情，而抒的是人真实感受到的人情，也因此，戏文在描述爱情上较薄弱，爱情并非叙事主体。即便《拜月亭》中蒋世隆和王瑞兰的爱情被突出，但爱情实际是使巧合与错认合理化的艺术手段，而陀满兴福与蒋瑞莲之间更缺乏明确的爱情。

再深入看《拜月亭》第 17 出蒋世隆与王瑞兰的"旷野奇逢"，虽演错听名字而相遇生情，主角展现的并不是爱情，而是情欲与礼教纠缠的

---

① 参见李舜华《礼乐与明前中期演剧》，上海古籍出版社 2006 年版。

人性复杂面。当蒋世隆发现应声的不是妹妹,他急急撒开王瑞兰。瑞兰此时唱【古轮台】:"事到如今,事到头来,怎生惜得羞耻?"后做拜科,再说:"秀才念苦怜孤,救奴残喘。带奴离此免灾危,我也不忘你的恩义。"世隆不答应,作者再刻意插入舞台指示要"生近看科",再让他唱出内心的真实想法。

【前腔】旷野间,旷野间,见独自一个佳人,生得千娇百媚,况又无夫无婿,眼见得落便宜。且待我吓她一吓。①

后【扑灯蛾】曲中两人如此对答:

(旦)秀才,你读书也不曾?(生)秀才家何书不读览?(旦)书上说到,恻隐之心,人皆有之。既然读诗书,恻隐之心怎不周急也?(生)你只晓得有恻隐之心,哪晓得有别谦之礼?我是个孤男,你是个寡女,厮赶着教人猜疑。②

见佳人落单,调戏了一番,但并未逾矩,且脑子中的礼法意识制约行动,甚至出手援助都不太愿意。最终,他仍提出了假夫妻之名来帮助瑞兰。

到了第22出的投宿旅店,更突出情欲与礼教纠缠的特殊心理,并无爱情可言。世隆要了一间房一张床,瑞兰马上改要两间房两张床,可怜的酒保卡在两人中间,一下这一下那,还因此被老板打。结果是要了一间房两张床。世隆要瑞兰先睡,瑞兰说:"你自睡,我自睡。只管问我怎么?"后【绛都春】曲中两人如此对应:

(生)担烦受恼,岂容易,共伊得今朝。有分忧愁,无缘恩爱,何时了?(旦)长吁短叹,我心自晓。(生)娘子,你晓得我什么?(旦)有甚的真情深奥?(生)正要娘子晓得。(旦)礼法所制,人非

---

① 《拜月亭》,第320页。
② 《拜月亭》,第321页。

土木，待说也难道。①

"权做夫妻"却"无缘恩爱"，世隆的情欲很明白，瑞兰也承认心中的情欲，但为礼法所拘，恩爱是不可能的。后世隆更以"仁义礼智信"的"信"来使他的情欲诉求合理化，此时瑞兰说："奴家是守节操的千金小姐"②，以节操来制止世隆的进一步动作。这也激怒了他，【降黄龙】说：

> 你前日在虎头寨上，若没有蒋世隆呵，乱乱军遭驱被掳，怎全节操？③

演孤男寡女"权做夫妻"共度一夜，突出男性情欲的急躁及女性面对贞节的意识状态。男女意识的对立，意在说明落实夫妻之情必须有婚姻的合理条件。这么写男性的急躁情欲，类似《西厢记》中张生因情欲而痴傻，但蒋世隆、王瑞兰二人并不像张生、崔莺莺那样打破礼教规范，作者反而更突出这二人坚定的意志，更加深以婚姻为根基的人伦意识。

杂剧除了《西厢记》外，郑光祖的《迷青琐倩女离魂》和白朴的《裴少俊墙头马上》都明显以爱情为主题。杂剧的四折结构不允许有细枝末节，戏情自一开始就集中描述爱情的发展，突出双方对情与欲的认知和接受，不过背后仍有一套使之合理、合法的价值观系统。但因所有外在因素都在辅助主体接受自身情感变化的合理性，也就突出了主体意识，因此带着自觉性的爱情比戏文更明显。与之相反，长篇幅的叙事模式穿插战争、绿林、剿寇、妓女等枝节，情节还有所发展。如《拜月亭》，看似零散的关目实为一整体，插入的情节都在展现相同的伦理道德和政治意识。外在因素干扰并弱化了爱情，因此被凸显的并非主体对自身情感的认知和接受，而是隐藏在情节背后的价值观系统。本应为主题的爱情沦为辅助情节发展的工具，说明戏文中的爱情更是艺术手段。

---

① 《拜月亭》，第335页。
② 《拜月亭》，第335页。
③ 《拜月亭》，第336页。

戏文中描述的男女关系，多情欲大于爱情，如张协、完颜延寿马、孙必达和刘知远的情欲。过多的情欲是不合理的，要导正情欲之偏，就要写男性对婚姻的忠诚及女性的守节持家。这把伦理纲常提到表面，最后再以皇帝或神明显圣的方式来肯定男女主角的重逢。结局可以说是爱情的失而复得，更重要的是，团圆使原本基于情欲而不正常的男女关系合法化了。对比观之，蔡伯喈与王十朋对女性的态度较少情欲成分，他们与妻子的关系是道德性的，所以不见杂剧中主体对爱情的坚持，更没有后来传奇中缠绵悱恻的爱情。再对比戏文和传奇，爱情成分增加，但当这个成分越来越重时，以道德压抑爱情的状况也愈加复杂，因为情欲的问题越来越难处理。传奇作者的处理方式更突出传统教化观，如《牡丹亭》的主角徘徊于情理之间，情节更充满道德争论，就是最好的例子。

八本戏文，只有《荆钗记》用信物作为推展戏情的方式，但《琵琶记》中的遗像也可以说是信物的变体。"琵琶"一名出自赵五娘为寻夫而一路琵琶弹唱行孝曲，遗像的出现，因五娘怀念公婆而"想象画取公婆真容，背着一路去，也似相亲傍的一般"①。第34出"寺中遗像"演蔡伯喈在寺中偶见遗像，因而与赵五娘重逢。遗像虽非蔡伯喈和赵五娘俩人间的信物，但以物件作为重逢的依据，与信物的性质相同。遗像的使用突出的不是男女主角之间的爱情，而是人伦大义的孝，而孝更以夫妻情义来合理化。这正是高明在副末开场中说的："只看子孝共妻贤。"② 只有这样写，作品才是有关风化的动人之作。爱情不是焦点，不像杂剧，爱情只是戏文出奇的手段而非最终目的。实入虚出，戏文关注了现实生活中的公平正义和颠沛流离，展现了虚实相生的写实性，体现出"寓教于乐"内含的多层意义。

---

① 《琵琶记》，第192页。
② 《琵琶记》，第1页。

二 人世中的伦理道德

教，上施下效也。圣人观天地万物，有感而知，知而施之，推己及人而道济天下。下能效上，亦在观而有感，感而动之，效圣人闻见，行君子之道。施效并行都要观，而观的目的在于达成人文化成的理想。

看戏就是观，而做戏更是作者观后有感而发，使人能从观中而明事理。这不是说做戏的人都是圣人，而是说从《易》来的教早已是传统文化的成规，因此作为娱乐的戏当然也不脱离传统的制约。

观戏不仅是娱乐，更是受教，而教的内容来自传统乐教观。荀子说："人不能不乐，乐则不能无形，形而不为道，则不能无乱。"[①] 快乐是天生自然的，一旦人觉得快乐，就会用声音、表情、动作、语言来表现它，而音乐就是这个表现的形式。他认为音乐与天生之情的关系最近，虽是自然而然，但如果情过多而没有节制，表现出来的音乐就会乱七八糟。这种音乐不好听，更因情无节制，会变成不顾天生善性的欲。紊乱无章的音乐已偏离天地自然的道理，听者因此心乱，反而被情欲制约而忘记天生善性。偏离正道就是恶，所以他说乐必须要"感动人之善心"，作乐时要"审一以定和""比物以饰节""合奏以成文"。音乐是导正人心之偏的方式。这是反过来从观解说音乐的功能，而这么说，主要原因在于人很难自己控制情的泛滥问题，所以特别强调学，音乐也是学的对象。依从正道而学就不会行恶，即便情变成欲，仍是不乱人心的善欲。他说学"使目非是无欲见也，使耳非是无欲闻也，使口非是无欲言也，使心非是无欲虑也"[②]。学能"养德"，而观乐之学更能助人成为"能定能应"的"成人"。

[①] （清）王先谦：《荀子集解》，沈啸寰及汪星贤点校，《新编诸子集成》，中华书局1988年，第379页。

[②] （清）王先谦：《荀子集解》，沈啸寰及汪星贤点校，第19、20页。

（一）观以成教

观以成教维源自《易·观卦》："盥而不荐，有孚颙若。"① 此卦讲祭祀礼节，其意内含人伦纲常、个体意识及民间通俗信仰三个层次，是"寓教于乐"价值观的主要内容。

"盥"是洗手，"荐"是祭祀酒食，两者合起来才是完整的祭礼。但此卦说洗手的礼节比奉祀酒食的过程还重要。祭者以大礼行王道，祭祀前的洗手庄严肃穆，众人观此，自然已信而敬顺，所以说重点在"盥"。《彖》作：

> 大观在上，顺而巽，中正以观天下。观，盥而不荐，有孚颙若，下观而化也。观天之神道，而四时不忒。圣人以神道设教，而天下服矣。②

《周易正义》："观盥礼盛则休而止，是观其大，不观其细，此是下之效上，因观而皆化之矣。"③《象》："风行地上，观。先王以省方观民设教。"④ 王弼注《彖》就是结合《象》一起说的：

> 统说观之为道，不以刑制使物，而以观感化物也。神则无形者也。不见天之使四时，而四时不忒，不见圣人使百姓，而百姓自服也。⑤

他说神道设教内含圣人的化民成俗。圣人这样做，是因观而了解风俗本就依循天道而出。《周易正义》再推展王弼的说法：

---

① （魏晋）王弼注，（唐）孔颖达疏：《周易正义》，《十三经注疏》，第114页。
② （魏晋）王弼注，（唐）孔颖达疏：《周易正义》，《十三经注疏》，第114—115页。
③ （魏晋）王弼注，（唐）孔颖达疏：《周易正义》，《十三经注疏》，第114页。
④ （魏晋）王弼注，（唐）孔颖达疏：《周易正义》，《十三经注疏》，第115页。
⑤ （魏晋）王弼注，（唐）孔颖达疏：《周易正义》，《十三经注疏》，第115页。

天既不言而行，不为而成，圣人法则天之神道，本身自行善，垂化于人，不假言语教戒，不须威刑恐逼，在下自然观化服从。①

朱熹的解说更直接，先讲观是"有以示人而为人所仰也"，再说所观对象："四时不忒，天之所以为观也；神道设教，圣人之所以为观也。"② 观就是人景仰天与圣人，有观才能不违天道而行教化。

祭天、祭神、祭祖是神鬼信仰，但天、神、祖是由上而下的结构，而作为结构底层的祖更是血源亲族，这一结构已体现出人伦纲常。结构和血亲都带有制约性，祭祀行为教人认知人伦纲常之必然。要人能知，就肯定了人知的能力，再加上所知是圣人之意，这就教人由知而生志，确定人的主体能动性。

主体性从《观卦》"九五"说"观我生"与"上九"说"观其生"，两爻皆曰"君子无咎"。前者之《象》作"观民"，后者作"志未平"。王弼结合两爻说："观我生，自观其道者也。观其生，为民所观者也。"因"观我生"是"观民"，"自观"也就是在"观民"，王弼才说："上之化下，犹风之靡草，故观民之俗，以察己道。"从己而出，最终回归自己，形成一个循环。同时，"为民所观"是"处天下所观之地，可不慎乎？故君子德见，乃得无咎"，则圣人君子就不只是观天道民俗以成教化，还需反过来自观。此即"慎德"而能"高尚其志"。③ 这两爻提出一套循环往复的教化观，突出观中必有志，志是人天生就有的主体性。然而，观有条件，不是任意无限的自由，人须受教才能确保认知之正。

《周易正义》推展"循环说"，"观民以察我道"是要知教化之善或不善，要能以"君子之风"正"小人之俗"。志之有无是观的条件，王弼以"不为平易"解"志未平"，讲"志未与世俗均平。世无危惧之忧，我有符同之虑"。④ "上九"是"处异地"的"不在于位"，朱熹注："虽

---

① （魏晋）王弼注，（唐）孔颖达疏：《周易正义》，《十三经注疏》，第115页。
② （宋）朱熹：《周易本义》，世界书局1988年《景印摛藻堂四库全书荟要》本，第874页。
③ （魏晋）王弼注，（唐）孔颖达疏：《周易正义》，《十三经注疏》，第117—118页。
④ （魏晋）王弼注，（唐）孔颖达疏：《周易正义》，《十三经注疏》，第117—118页。

不当事任而亦为下所观,故其戒辞略与五同。""志未平",他说是"虽不得位,不可忘戒惧也"。① 综合来看,圣人不断高尚其志,观成为循环往复的教化,且因教化助人效法圣人之志,人因此也能慎德并能戒人。"九五"和"上九"讲的是圣人设教,指明人存在的根本义在于善与慎德。人只要能从观察中学习,就与圣人的距离不大,就算成不了圣人,仍可成为孔子说的"仁人",或荀子说的"成人"。

王弼解释《观卦》还有一特殊处,引用《论语·八佾》:"禘自既灌而往者,吾不欲观之矣。"②《周易正义》与朱熹的《周易本义》都未再解释。王弼引此,要证明"盥"是可观的宗庙之礼,"荐"则"简略不足复观"。朱熹注《论语》此条:"灌者,方祭之始,用郁鬯之酒灌地,以降神也。"③"荐"为降神所用,不比"盥"的意义深远,所以王弼才引《论语》此条作注。

不过,孔子此条是在讲鲁之禘祭失礼,则王弼这样引似乎有问题。朱熹引赵伯循之说,言成王因周公有功,赐鲁重祭,以周公配文王行禘祭,但有违礼制。关于文王此举是否失礼,朱熹的态度暧昧不明,但批评后来诸侯礼制大乱是"失礼之中又失礼",所以孔子不观。黄宗羲《辩赵伯循说》亦如此说:

> 盖禘祫所以相乱者,由天子诸侯之制不明,先儒或推天子之礼以说诸侯,或推诸侯之礼以说天子,不知诸侯之礼,有祫无禘;天子之礼,禘必兼祫,虽其意不主合食,而率子孙以共尊一祖,自然当合食矣。④

又《辩成王赐鲁天子礼乐》辨明成王赐鲁重祭,行的是殷的诸侯礼,"以

---

① (宋)朱熹:《周易本义》,第875页。
② (魏晋)王弼注,(唐)孔颖达疏:《周易正义》,《十三经注疏》,第114页。
③ (宋)朱熹:《四书章句集注·论语集注》,《新编诸子集成》,第64页。
④ (清)黄宗羲:《宋元学案》卷92《草庐学案》,载沈善洪编《黄宗羲全集》,浙江古籍出版社1992年版,第610—611页。

示不臣周公之意"①。他认为群公之庙用禘祭，是后人无知僭越，成王和伯禽是贤人，不可能如此失礼。再看何晏注此条：

> 孔曰禘袷之礼，为序昭穆，故毁庙之祖，及群庙之祖，皆合食于太祖。……而鲁逆祀，跻僖公，乱昭穆，故不欲观之矣。②

"逆祀"记载鲁文公二年（前625）八月太庙祭鲁僖公事，《公羊传》讥刺"先祢而后祖"。何休解释："继闵者在下，文公缘僖公于闵公为庶兄，置僖公于闵公上，失先后之义"，并说"为兄弟"虽有贵贱，但"继代"有"父子君臣之道"，所以文公此举全不合礼制。③孔子当然不认同这种礼。

王弼与何晏同时，都是经学家，不可能不知道《春秋》载此事并有评论。王弼引《论语·八佾》作注，意在讲明盥礼，但这样引，可见他对《观卦》的理解内含人伦纲常紊乱失礼的问题。朱熹注《论语》未提及鲁文公事，但《朱子语类》中有评论。朱熹从鲁之失礼推展开来讲"仁孝诚敬"，说"盖禘是个大祭，那里有君臣之义，有父子之亲"，后说"《祭统》中说'祭有十伦'，亦甚好"。④这把祭礼内含的人伦纲常之意推到了表面。

"祭有十伦"，见《礼记·祭统》：

> 君子之教也，必由其本。顺之至也，祭其事与，故曰祭者教之本也。已夫祭有十伦焉，见事鬼神之道焉，见君臣之义焉，见父子之伦焉，见贵贱之等焉，见亲疏之杀焉，见爵赏之施焉，见夫妇之

---

① （清）黄宗羲：《宋元学案》卷92《草庐学案》，载沈善洪编《黄宗羲全集》，第611页。

② （魏晋）何晏：《论语·八佾》，载中华书局编辑部编《汉魏古注十三经附四书章句集注》，中华书局1998年据中华书局1936年《四部备要》本缩印，第16页。

③ （汉）何休：《春秋公羊传》卷13《文公》，载《汉魏古注十三经附四书章句集注》，第90页。

④ （宋）黎靖德编：《朱子语类》卷25，王星贤点校，第618—619页。

别焉,见政事之均焉,见长幼之序焉,见上下之际焉,此之谓十伦。①

祭是教,教含超越五伦的一切道理,所以朱熹认为《观卦》的卦义是"积诚之至""诚意感格",阐明了"圣人报本反始之意",此本《论语》的"大节目"。他进而说:"只是知得此说,则其人见得义理侭高,以之观他事,自然沛然,所以治天下不难也。"②《观卦》说诚,而诚是治国平天下的最根本的条件,也因此他批评程颐解《观卦》只讲"仪表庄严""诚意少散"并不足,不见观是教化大行的关键。

"教化不息""人伦纲常""人志"及"神鬼信仰",是《观卦》被诠释后的主旨。人不可能不娱乐,教化也不可能停止,而娱乐就是在观,人即从观得知圣人之志与人伦纲常的大道理。所以,娱乐必须让常人由观而脱离蒙昧,娱乐自然是人文化成的方法。

不过理学家对娱乐是有偏见的,戏曲更常被拿来作反面例子,如王阳明《传习录》所说:

若只是那些仪节求得是当,便谓至善,即如今扮戏子,扮得许多温清奉养得仪节是当,亦可谓之至善矣。③

此用戏曲批评学不能"精一"、心与天理不合的表面功夫问题。但卷下又见他肯定戏曲教化的实用功能。

今之戏子,尚与古乐相近。……《韶》之九成,便是舜的一本戏子。《武》之九变,便是武王的一本戏子。……若后世作乐,只是作些词调,于民俗风化绝无关涉,何以化民善俗?今要民俗返朴还淳,取今之戏子,将妖词淫调俱去了,只取忠臣、孝子故事,使愚

---

① (汉)郑玄注:《礼记》卷14《祭统第二十五》,载《汉魏古注十三经附四书章句集注》,第177页。
② (宋)黎靖德编:《朱子语类》卷25,王星贤点校,第616—617页。
③ (明)王守仁:《传习录》,《王阳明全集》,上海古籍出版社1992年版,第3页。

俗百姓人人易晓，无意中感激他良知起来，却于风化有益。然后古乐渐次可复矣。①

这明显可见《观卦》的教化意识与后人的乐教观相通。不过后来的人上书禁戏乐，更多站在反对立场发言，如陈淳在《上傅寺丞论淫戏》中认为戏乐让人游观而"荒本业"，动人邪思而"丧恭谨之志"，共列举8条罪状。《上赵寺丞论淫戏》也是一样，说"愚民无知"，观戏会"迷惑陷溺"，所以只有禁戏才能完善"风移俗易之美"。② 陈淳的负面说法实与阳明的"戏曲实用功能说"相呼应。

不是所有理学家都反对戏曲，元代大儒胡祇遹就从搬演来肯定戏的实用功能。《赠宋氏序》中有言圣人作乐是要宣抑郁，"乐工伶人之亦可爱也"，且伎剧随时代风尚而变，杂剧是：

> 上则朝廷君臣政治之得失，下则闾里市井、父子兄弟、夫妇朋友之厚薄，以至医药卜筮、释道商贾之人情物理，殊方异域、风俗语言之不同，无一物不得其情，不穷其态。③

《黄氏诗卷序》中再提表演有"九美"，第八美是"发明古人，喜怒哀乐，言行功业，使观众听者如在目前"④。说的就是观戏为受教的道理，突出以戏为教的意识。

大体言之，理学家与政治家的反对多于肯定。禁不禁在于能否有益教化。洪武三十年（1397）五月明令禁扮历代帝王后妃、忠臣烈士、先圣先贤，但"神仙道扮，以及义夫节妇、孝子顺孙，劝人为善者，不在禁限"。这条法令，永乐九年（1411）七月又颁布一次，后来还被收入

---

① （明）王守仁：《传习录》，载《王阳明全集》，第113页。
② 转引自陈茗、吴毓华编《古典戏曲美学资料集》"陈淳"条，文化艺术出版社1992年版，第48—49页。
③ 转引自陈茗、吴毓华编《古典戏曲美学资料集》"胡祇遹"条，第60页。
④ 转引自陈茗、吴毓华编《古典戏曲美学资料集》"胡祇遹"条，第61页。

《大清律例》。① 禁令是为了达成完全统治的政治手段,但背后仍是观的教化意识。禁戏突出戏曲必须教化的诉求,政治实践把戏曲转化为合法的统治方式,无形中提升了戏曲的地位。也因为政治介入,戏曲被雅化,使以雅化俗、转俗为雅的文化心理更普及化。

古人对音乐与娱乐的复杂态度与《观卦》的内容密切相关,长篇的宋元戏文便表现出以人物和情节使传统意识具体化。但近代研究有个共同倾向,文本诠释多在抨击传统伦理道德,这其实取消了戏曲本有的以娱乐推动教化的价值。为了驳倒儒家学说的制约性,近代戏曲研究中的文本诠释大量采用道、佛两家讲"非儒家的传统"。但道家、佛家就没有伦理道德观吗?

道家名"道",也以道德为重。虽要弃世逍遥,庄子也说"伦"即"理",并未否定伦理。如言:"人伦虽难,所以相齿,圣人遭之而不违,过之而不守。调而应之,德也;偶而应之,道也。"② 凡事皆有理,是人智阻碍了对理的认识,因此逆道失德。成玄英疏:"人之处世,险阻艰难,而贵贱尊卑更相齿次,但当任之,自合天道。"所以说只要"顺而应之""逗机应物",就无害于道德。③ 庄子不满的不是伦理,而是蒙蔽人心的过饰之礼:"明乎礼义而陋乎知人心。"成玄英疏:"远近尊卑,自有情义,既非天性,何事殷勤。"④ 这把人心与人智提出来说,阐明儒家之礼已经出现"伪情"问题。

佛家要离此世求彼岸,但也没有弃伦理道德于不顾,佛经多以人伦作喻解释佛理。如在《楞严经》中阿难说:"世尊,我辈飘零,积劫孤露。何心何虑,预佛天伦。如失乳儿,忽遇慈母。"⑤ 以母子之情为喻,讲佛之爱人而度人。《楞严经》讲"常住真心性净明体",要人绝"妄想"而"顿舍世间深重恩爱",避免轮转之苦。佛说:"汝等当知一切众

---

① 参见王利器辑《元明清三代禁毁小说戏曲史料》,上海古籍出版社1981年版。
② (清)郭庆藩:《庄子集释》,王孝鱼点校,《新编诸子集成》中华书局1961年版,第745页。
③ (清)郭庆藩:《庄子集释》,王孝鱼点校,《新编诸子集成》,第746页。
④ (清)郭庆藩:《庄子集释》,王孝鱼点校,《新编诸子集成》,第705、706页。
⑤ (唐)波剌密帝译:《大佛顶如来密因修证了义诸菩萨万行首楞严经》卷5,宝印佛经流通处1997年缩印《乾隆大藏经》本,第58页。

生，从无始来。……十方如来同一道故，出离生死，皆以直心。心言直故，如是乃至终始地位，中间永无诸委曲相。"① 认识"直心"就能"常住真心"，最终目的在"知有涅槃，不恋三界"。② 就"空一切有"的主旨而言，伦常是次要的，但大空本大有的大般若智并未取消伦常，而是要人去认识天生真实的本心。本心就是善，它体现在伦常之中。有觉悟而识得本心，人就能以善而超脱世间羁绊。如佛为众生开示现各种不同身，有人王身、长者身、宰官身、女主身等，助人治国安邦、保卫宗族、修治家业。③ 这种说法内含功利目的，说的是渐进修行。此世与彼世不是绝对的对立，前者的圆满是达成后者的条件。在佛教思想中，功利目的也是达成超脱的手段，而超脱就是善。佛教并未推翻人伦纲常，反而以之为最终能心明悟、身清净之依据。与道家相同，也是把人心人智提出来作为修行的最根本条件。

儒家早有一套复杂的心性论，道、佛之说实是合儒立论的，唐代的三教讲论更开展了三教混融。结合前言《易·观卦》的内容来起看，就是要人从心来观，有心就能爱能感，能感就能知天地万物之理、人伦纲常之意，这就是感应相通。戏文创作也是同一套思维在引导，且因思维中的教化意识已经是文化成规，所以故事不同，教化内容仍重复，最明显的是仁爱、忠孝与信义三组价值观。戏文或正面写之以推崇，或反面写之以明逆天者必自毙。

（二）天生之仁爱本性

《张协状元》虽演张协不仁不义，但负心故事反而突出王贫女的仁爱。人因有仁爱的能力，看见婚姻悲剧会难过，会心有不平，进而理解不仁爱则枉为人。

---

① （唐）波剌密帝译：《大佛顶如来密因修证了义诸菩萨万行首楞严经》，卷1，第3、4页。
② （唐）波剌密帝译：《大佛顶如来密因修证了义诸菩萨万行首楞严经》，卷10，第133页。
③ （唐）波剌密帝译：《大佛顶如来密因修证了义诸菩萨万行首楞严经》，卷6，第67—68页。

张协在五鸡山遇盗负伤,逃到王贫女住的山神庙。王贫女见其狼狈而收留,虽自己贫苦,仍供其衣食,更与之结为夫妇。后张协想赴举,便为之张罗盘缠,但此时张协却说"多则济事,少则不济事"①,可见其势利本性。王贫女求李大公帮忙,又被李大婆刁难,只能卖发换钱。本对王贫女就没有爱情的张协后来高中,当然不想接回王贫女。王贫女苦等不到张协,上京寻夫,但没想到所有的付出换来的是棒打结发妻。王贫女愤恨地说:"我医你救你得成人,你及第,便没恩没义。"② 张协无情地嘲弄王贫女:"貌陋身卑,家贫世薄。"竟还挥刀斩了王贫女一臂。张协最终还是与王贫女团圆,但心有不甘,复合时说:"本意无心娶你,在穷途身自不由己,况天寒举目又无亲,乱与伊家相娶。"③ 王贫女听此,无言以对,此时众人合唱批评张协"读书人甚张志",但从来都劝合不劝离,所以最后众人合唱时说把所有怨怼"如今尽撇在东流水"吧!④

当然可以从爱情来说贫女对张协的情,但爱情只是贫女之情的一部分。贫女救张协,出于仁爱之心,由此才开展出后来的爱情。看清张协的面目,爱情也就消失了,剩下的是王贫女为人妻的夫妻情义,且同意复合就是原谅了张协,这仍是仁爱之情。

仁就是"人"。樊迟问孔子仁,夫子说"爱人"⑤,并肯定子游说:"君子学道则爱人。"⑥ 孟子因之,提出"仁者爱人"。

> 君子所以异于人者,以其存心也。君子以仁存心,以礼存心。仁者爱人,有礼者敬人。爱人者人恒爱之,敬人者人恒敬之。⑦

孟子再批评,若心不存仁礼,就与禽兽没有差别了。朱熹则拆言仁爱:

---

① 《张协状元》,第 97 页。
② 《张协状元》,第 161 页。
③ 《张协状元》,第 215 页。
④ 《张协状元》,第 215、216 页。
⑤ (宋)朱熹:《四书章句集注·论语集注》,第 139 页
⑥ 《张协状元》,第 176 页。
⑦ (宋)朱熹:《四书章句集注·孟子集注》,第 298 页。

"爱自是情，仁自是性，岂可专以爱为仁。"① 仁者必能爱，但能爱不一定是仁。因为爱是情，而人生而有情，但情与性并不同，不一定合理，所以情要节制，性才是根本。

> 性即理也。天下之理，原其所自，未有不善。喜怒哀乐未发，何尝不善。发而中节，则无往而不善。②

性情是体用关系，爱是体用关系的展现。爱使理具体化，而理本于天，本来就是善的。但若情无节制，则理不存，那么善也就不存在，爱就会有问题。从孔子到孟子再到朱子，这一套性情说讲人性本善，仁爱是善的直接表现。这是传统文化认知世界与人的基础结构，江永注此说为"千万世说性根基"③。

以性制情，是宋代以后讲人伦的根本。若无宋人重复讲性理，制情就不重要了，那王贫女大可如唐代传奇中被欺负的女性，缜密安排复仇计划，也可以像今天电影、电视剧中所演，洒狗血地暴力复仇。但宋元时期的书会才人却制约了贫女的情，设定了一个相当不合理的委屈结局。不公平的团圆意在维系夫妇伦理，爱情不是重点。若没有这看似愚笨的仁爱之情，则从夫妻矛盾来肯定夫妇之伦的戏根本演不下去。

以现代人的观点来看此结局，当然不满。今人诠释古代剧作大谈人性，肯定推翻礼教宰制的人性表现，批评以人伦纲常为重的创作。但谈人性却不顾戏文创作与改编时代的人如何看社会结构与人性问题，只说其落后、无知。今人所批评者实是文化的深层结构，而这样批评，只表现出自己的无知。即因无知，看不见《张协状元》所展现的仁爱为人伦之本，用情来肯定妇女之仁，突出仁是人合天理的天性。后来出现带贬义的"妇人之仁"，正出自这种认知。古代剧作强调的妇德，说的是为人妻的仁爱之心，《琵琶记》《荆钗记》《白兔记》《杀狗记》都这样写。写

---

① （宋）朱熹、吕祖谦撰，（清）江永注：《近思录集注》，上海书店出版社1987年版，第19页。
② （宋）朱熹、吕祖谦撰，（清）江永注：《近思录集注》，第19页。
③ （宋）朱熹、吕祖谦撰，（清）江永注：《近思录集注》，第19页。

夫妻情义很容易被误认为是在写爱情；没错，爱情是男女之情的重要成分，但戏剧创作之目的并不在此，而在从爱说仁，仁才是本体。

借女性的阴柔力量来说人之所以为人，原因无他，就是人能仁爱。着重描写婚姻中的女性，此又因夫妇乃人伦纲常之本，程颐释《咸卦》有言：

> 天地万物之本，夫妇人伦之始。……咸，感也，以说为主；恒，常也，以正为本。而说之道自有正也，正之道固有说焉。……男志笃实以下交，女心说而上应，男感之先也。男先以诚感，则女说而应也。①

男因感而主动，女与之交感而心悦顺应，这才能和谐稳定。朱熹的"性理说"即本于程颐的感应相通的观点。程颐著名的"饿死事小，失节事大"，虽失偏激，但仍肯定妇女乃稳定人伦结构的最根本因素。不然，他怎么会批评男性"若取失节者配身，是己失节也！"②

面对女性的社会地位，理学家持既肯定又否定的双重态度：女性必须受制于男性，但她们又被视为人伦之本。理学家致力于教育而普及化这种特殊认知，学者受其启发而回应，戏文就是例证。这不是说作戏文的书会才人有什么高深的学问，但笔端所造本时代之产物，折射出理学家论证人伦纲常的性理观。仁爱是最根本的意识，而仁爱更是忠孝、信义之所以成立的因素。

此处从夫妻关系说仁爱，但仁爱不止于此，戏文的正面配角，如《张协状元》中的李大公、《琵琶记》中的张太公、《白兔记》中的窦公都不求回报地援助女主角，也是仁爱的表现。本于仁爱演人性，这是戏文的创作传统，而被再现出的人生则体现了传统意识中的生命美。仁人爱人，这是美善社会的根本条件。

---

① （宋）程颐：《周易程氏传》，载（宋）程颢、程颐《二程集》，中华书局1981年版，第854页。

② （宋）程颐：《河南程氏遗书》，载（宋）程颢、程颐《二程集》，第301页。

(三) 忠孝两全理想

能仁爱就能尽忠孝，且更是因孝，仁爱才被扩大为人伦结构的根本。戏文中的忠孝无所不在。《琵琶记》《荆钗记》《拜月亭》以一门旌表作结，就在表扬忠孝。这是戏曲研究者最不满的"封建"，否定五伦关系中为人臣子"受宰制"的状态。然而，否定说法极度缩小了忠孝的内涵。

忠孝并不简单，更与西方的"宰制"概念没有关系。《孝经》有言孝是"德之本"，"教之所由生也"，"始于事亲，中于事君，终于立身"。此说能孝才能忠，孝为立身之本。先王"顺天下"的"至德要道"即本于孝，天生自然，不因社会身份而有变："故虽天子必有尊也，言有父也；必有先也，言有兄也。"[①]

《孝经》从孝说人伦纲常的内容与功能，简单的文字内含多层次的推衍。第一，以自身和父兄的血亲关系说孝，定义了人伦纲常中的先后次序。第二，人能孝则"民用和睦，上下无怨"[②]，已超出家族来表达社会关系，即便贵为天子也要孝，更突出孝是稳定人伦纲常的最根本的因素，且人伦纲常不可能不存在。易言之，孝派生出人伦纲常，而人伦纲常只能由孝来维系。第三，能孝才能"顺天下"，转以孝说政治实践，政治是孝的社会性表现，政治体制更是人伦纲常的再现。第四，孝是"德之本"与"至德"，孝是人德，孝也是人主体自觉的依据。

以德来说人际关系，孝更加个人化。此时，个体的人与外在于个体的种种关系叠合在一起，而作为德的孝正是沟通两边的中介。社会关系很复杂，人不可能天生就知道，但孝能使人体会社会关系的复杂内容，所以说教生于孝。这同时也表明孝虽是天生自然，仍需要学，才能知道个体不可能与整体社会分割，且人与社会的互动根本就在于孝。这就形成了人本位的社会意识及尊德的价值判断。又由于孝是不受社会阶级制约的立身之本，人伦纲常也就超越了既有的制度，一切价值判断都不能离开孝与人伦纲常。因此《孝经》说能孝父母，自然"长幼顺"且"上

---

① （汉）郑玄注：《孝经》，载《汉魏古注十三经附四书章句集注》，第5、19页。
② （汉）郑玄注：《孝经》，载《汉魏古注十三经附四书章句集注》，第5页。

下治"。"上下治"是从家扩展开来讲国,从孝推出忠,君子事上即"进思尽忠,退思补过,将顺其美,匡救其恶,故上下能相亲也"①。亲,就是人人能相爱。不论孝或忠,都能爱,而能如此从孝扩大说忠,即因"天地明察,神明彰矣"的感应相通的思维模式。②

今惯以君臣、父子、夫妇的三纲顺序讲忠孝,但据《孝经》,作"孝忠"才是。三纲,《礼记·乐记》中引子夏说天地四时顺当,"然后圣人作,为父子君臣,以为纪纲。纪纲既正,天下大定"。再后才成"德音"之乐。③ 音乐本于人伦纲常,也因此乐是维系人伦纲常的条件。这与《孝经》讲孝为一切之本的说法类似,宋代的乐教观即体现了这一套思想。之后孟子的五伦说,也是父子先于君臣:"父子有亲,君臣有义,夫妇有别,长幼有序,朋友有信。"五伦源于孝,孝大于忠。

朱熹注《孟子》,言圣人设官教人伦,要助人避免"放逸怠惰而失之"④。朱熹说的是节制。学人伦关系是要人坚定志向并小心谨慎,更突出人伦纲常的功能。他说《大学》提出的"知""止""定""静""安""虑""得"过程,是要让人懂得本末终始的道理,那更是人认知自身与社会之关系的方法。《大学》要人存仁心而爱人,那是"至善"的根本条件,只要如此行之,便可君仁臣敬,父慈子孝,人人有信,都能如《诗·大雅·文王》中所言:"穆穆文王,于缉熙敬止。"⑤《大学》中所言学,体现了《孝经》中孝的复杂内涵,但更重孝具有的社会性意义。不过君臣的位置高于父子,讲的其实是忠。在《礼记》《孟子》与《孝经》中,都是"孝忠"的顺序,《大学》虽没说忠,已见"忠孝"。不管怎么说,背后都是仁爱意识在引导。

扩大孝说人伦纲常而带出了忠,说人伦纲常再强调社会性的孝,从血缘家族而产生的"孝忠"出现变化,成为以国家社会为本的"忠孝"。

---

① (汉)郑玄注:《孝经》,载《汉魏古注十三经附四书章句集注》,第19页。
② (汉)郑玄注:《孝经》,载《汉魏古注十三经附四书章句集注》,第19页。
③ (汉)郑玄注:《礼记》卷11《乐记第十九》,载《汉魏古注十三经附四书章句集注》,第137—138页。
④ (宋)朱熹:《四书章句集注·孟子集注》,第259页。
⑤ (宋)朱熹:《四书章句集注·孟子集注》,第5页。

因人本位思想引导价值判断，只要不违背善、人德与人伦，人追求更高的社会位置及与之相应的报酬是合理的，功利目的反而成为尽大孝的忠。因"忠孝"，国当然大于家，整体必然大于个体，但个体与家仍是整体与国的成立条件。当这种思想世俗化，即有了孝感动天而功成名就、尽忠报国必能富贵的通俗的社会意识。宋人的蒙书与善书就直接表现这种世俗的教化观。

戏文所演更是如此，如《荆钗记》的王十朋，一上场就言孝说忠：

> 嗟吁岁月不我留，亲年老迈喜复忧。甘旨奈何缺奉养，功名况且志未酬。一跃龙门从所欲，麻衣换却荷衣绿。丹墀拜主受皇恩，管取全家食天禄。①

结局所颁的圣旨作："朕闻礼莫大于纲常，实正人伦之本，爵宜先于旌表，益厚风俗之原。"所以，"义夫"王十朋升任福州府知府，"食邑四千五百户"，钱玉莲则被褒扬为"贤妻"并"封贞淑一品夫人"，父母也被封赠，众人还合唱"奉劝诸君行孝道"。② 《荆钗记》完全体现了俗谚"百善孝为先"所言道理。

《荆钗记》中的孝自然导向忠，关键在于功成名就和富贵荣华的功利目的。戏文是娱乐产品，所以利用人之所好来教忠教孝。孝自然忠，不证自明且功利意味浓厚，那是经典之教世俗化的结果。由于政治凌驾于人，经典中的"孝忠"都被逆转成忠孝，以皇权的认可来肯定孝的必然性。这也是后来戏曲备受批评之处，因为其讲的内容明显是上对下的制约。不过，制约是表面的，深层仍是从孝开展出来的教化意识。孝本是自发性的爱，所以忠也有自发性，不能只从上制约下来看。

《小孙屠》结尾即见自发性的孝转向上制约下的忠，且这有关于元代的政治现实。孙必贵自然地由爱而孝，其兄孙必达不孝。正反对比在于凸显孝必感动天，能得天助而回生平冤（孙必贵得东岳泰山府君解救）。

---

① 《荆钗记》，第 12 页。
② 《荆钗记》，第 172、173 页。

既得天助，则得人助，所以有代表人间正义的包龙图来判断阴阳，表现了天人感应思想在戏文中的实践。包青天代表官，他赏善罚恶以维持仁义。由于这个角色的介入，孝更合理地转向了忠。如孙必达悔过，【山花子】唱："今朝谢得高明主，赐黄金与作周庇。"① 感谢高明主平冤赐金，讲的是期待为官者公平正义。世俗说法更使包青天的象征意义神圣化。当官的能维持公平正义，就会得人信任，人也就会忠于官，而这又是因人能行孝而得神祐，有神祐自然官府会保护。这种安排有创作者面对政治现实的考量，避免戏被禁而如此写。《元史·刑法志三》有言："诸妄撰词曲，诬人以犯上恶言者处死。"《元史·刑法志四》又有言："诸乱制词曲为讥议者流。"② 元代法令禁止随便乱做戏，还禁止学戏、搬演、倡优应试等。包青天是忠孝教化意识的产物，且他与贪官朱邦杰相对，正反对比突出为官正直的合理性。这样写相对安全，也避免了作品被禁止搬演和作者被处死流放。

这种写法，内含期待心理，而想象政治清明更隐藏了现实批评。戏文不能直接被视为现实的反映，但想象来自现实，则负面角色就在于讽刺当时的社会黑暗。今人说此剧"反映现实"而有价值，讲的就是这个层面。这不无道理，但都只看到表面的制约关系，忽略了将作品回归到教化传统来解决冲突。并且，为避免戏被禁，处理孝的过程反而突出官府正义，表明了人应当忠于官府。明着讲孝而暗中说忠，形成孝而自然忠、忠大于孝的忠孝意识。

《拜月亭》的第二主角陀满兴福，也是忠孝的代表，且更是完全为国尽忠。听到父亲为奸臣陷害而亡，面对抄家灭族之难，他竟说：

> 我若再杀了那厮（按：杀父奸臣），怎全得我老相公得忠义？无计奈何，只得逃难他方，再作计处。③

---

① 《小孙屠》，第323页。
② 王利器：《元明清三代禁毁小说戏曲史料》，第3页。
③ 《拜月亭》，第287页。

逃亡时唱：

　　【金珑璁】銮舆迁汴梁，朝廷，你信谗言杀害忠良，忠孝军尽诛亡。慌忙逃命走，此身前往何方？天可表我衷肠。①

【混江龙】再唱："却教俺一步一步回头望，痛杀俺爹和娘。"② 兴福的想法相当特殊。不杀奸臣以护父亲忠义，肯定政权才是公平正义的依据。政权是人间法度，不能没有法度。虽痛于私人的父母之丧，遵循法度反而是尽大孝，也就是尽忠。如此一来，忠自然大于孝。

　　陀满兴福的忠孝与其父一脉相承，这更使忠孝人物类型化。陀满海牙与奸人对峙时已说"累世忠良"，又说为人臣者若不谏"不为忠也"，因"君有诤臣，父有诤子，王事多艰，民不堪命。若钳口不言，是坐视其危也"。③ 后唱：

　　【折桂令】怎忍见夫挈其妻，兄携其弟，母抱其儿，城市中喧喧嚷嚷，村野间哭哭啼啼。
　　【雁儿落】俺穿着一领裹乾坤缝披衣，要干着儒家事。读几行正纲常贤胜书，要识着君臣义。俺则是一心儿清白本无私。④

由这两曲可见海牙是忠的化身。家族累世皆忠，要忠于家族，则忠本是一种不违背祖宗的孝，忠也就是家族伦理结构的稳定因素。不忍见生灵涂炭，要贯彻所学的儒家之道，展现了仁爱之心，此即从忠于家扩展为忠于国，而忠也就成为社会秩序的稳定因素。

　　孝本于仁爱，派生出忠，这是孝的极大化，而以儒为宗，更突出戏文中的儒家意识。父已如此，子当然如此，此因子承父、人承天的感应相通，宗族意识引导了以孝全忠的终极理想。所以，陀满兴福才有国大

---

① 《拜月亭》，第 292 页。
② 《拜月亭》，第 292 页。
③ 《拜月亭》，第 281 页。
④ 《拜月亭》，第 282 页。

于家、伦理重于个体的"忠孝观",不仅为维护其父之忠义而不私下报仇雪恨,更期待公平正义之政权来解决国仇家恨。就此而言,社会伦理的稳定就不是上对下的制约,而是人从仁爱而出的自主选择,以忠孝作为结构的稳定因素。

父为儒士,子当然也以儒士身份自居。后来陀满兴福成了绿林之首,但却对众喽啰下此命令:

中都路人不可杀,秀士不可杀,姓蒋的不可杀。其余有买路钱的放他过去,没有的带上山来。①

并自叹不得已为绿林,"无非劫掠庄农""尽是伤残民命",接着说:"除非黄榜见招安,余下官兵收不得。"② 战事结束,他马上解散绿林,上京应试:

【孤雁飞】吾皇恩诏从天降,遍遐迩万民钦仰。宥极刑身有重生望,散群辈与群党。回凶就吉,转祸为祥。前临帝辇,绝却亲党。回首家乡,没了父娘。感伤,寻思着两泪千行。③

不杀姓蒋的,这是以报恩来建构故事情节,而报恩就是仁爱的扩大。不杀中都人也是一样,表现出地域认同。对比番人入侵而出战事,地域认同根本上是民族认同。不杀秀士则突出儒生身份,反映出书会作者群体的自我认同。又可从一开科取士主角就上京应试来看,因为书会作者就是书生。把主角写成儒家的书生,一定要去应举,《张协状元》这样写,后来的戏文也都这样写,这是书会才人建立起来的创作成规。应试的结局一定是获得荣华富贵,因为没有世俗报酬,难以信人,更不符合善有善报的原则。这更在肯定读书人必然是人间法度的维护者。这些认

---

① 《拜月亭》,第 303 页。
② 《拜月亭》,第 312 页。
③ 《拜月亭》,第 356 页。

同的根本都是仁爱而忠孝，也因此陀满兴福会感叹强盗杀人，并说只要出得起买路钱，一律不杀。陀满兴福的一切行为皆出于孝，但在亲族意识和政治力量的介入下，忠反过来引导了孝的实践。

再看《荆钗记》中王十朋得官后忆母，孝的情感相当浓重：

> 【孤雁飞】痛别慈帏，论奉亲行孝也萦怀不寐。……人不见，气长吁，只为蝇头蜗角微名利，致使地北天南怨别离。①

他只要孝，对求官没有兴趣，但第2出下场诗已引述《神童诗》："世上万般皆下品，思量惟有读书高。"② 与钱玉莲成亲，钱父的条件就是要上京应举。王母更催促他收拾行李上京去，甚至引《孝经》："始于事亲，终于事君。"还说"君亲一体"，能得官乃"做娘的训子之功"。③ 王十朋原本的意识是孝大于忠，但戏文最终仍表现了忠大于孝。原因在于外在因素的引导，而他也因孝而转向忠大于孝，意识的转换并未形成冲突。

不过，《琵琶记》中的忠孝则被提升为冲突元素，引出忠孝难两全的问题。《琵琶记》与《荆钗记》的关目类似，但《琵琶记》中的忠孝成对比，蔡伯喈才有了著名的"三不从"。此见文人之作的特殊性，在思想层面上更细致。

在第4出"蔡公逼试"中，有一大段宾白引《孝经》说孝。蔡公所言，同王十朋之母，认为"禄仕"才是孝，得官显耀更是大孝。张太公则接着说"学成文武艺，货与帝王家"，大孝是"顺时行道，济世安民"④，利用忠于国来使离家应试才是孝合理化。但是，蔡伯喈并不这样想，父母妻子的亲情才是他看重的，"此行勉强赴春闱，专望明年衣锦归。世上万般哀苦事，无过远别共生离"⑤。后虽得官，却因亲情而忧思不断，【二犯渔家傲】唱了"三被强"，就是著名的"三不从"：

---

① 《荆钗记》，第114页。
② 《荆钗记》，第13页。
③ 《荆钗记》，第31页。
④ 《琵琶记》，第34页。
⑤ 《琵琶记》，第46页。

思量，幼读文章，论事亲为子也须要成模样。真情未讲，怎知道吃尽多魔障？被亲强来赴选场，被君强官为议郎，被婚强做鸾凰。三被强，我衷肠事说与谁行？①

他抱怨读《尚书》《春秋》而知孝义道理，但"谁知道反被诗书误了我"。这是终身之误。【解三酲】唱出其内心感叹："少什么不识字的，到得终奉养""毕竟是文章误我，我误爹娘""我误妻房""倒不如守义终身田舍郎"。② 最终只能是："只为君亲三不从，致令骨肉两西东。"③

辞试、辞官、辞婚，背后还是孝的意识。《琵琶记》刻意地将广义的仁爱缩小到家的范围中，因此家大于国，忠于国就失去了合理性。这么逆转，并未脱离仁爱的根本条件，且更近于经典中的孝忠，突出人伦结构的稳定在家而不在国。可见高级文人写作的特殊性，教化意识偏向儒家精英伦理。不仅如此，孝大于忠的写法把蔡伯喈的主体自觉提到了表面。此时，戏剧冲突来自人的抉择困难，异于以外在条件建构冲突的作品。这是此剧最突出的艺术创意，思想深度有别于书会文人之作。这样写也突出上对下的制约，但制约更在于表明人的主体认知，结局说明人只要秉持仁爱孝忠，坚持意志，不违礼背情，合理的人伦大情终将打破种种制约。

《琵琶记》突出人的主体性，这与高明的高级文人身份有关。他对经典的接受更深刻，如多处引述《孝经》《礼记》。他对社会环境的反映也不同，不认为政权是公平正义的唯一依据，一切都有赖于人自身基于仁爱的性情养成，蔡伯喈与赵五娘的个性特征正源于此。《琵琶记》的忠是要忠于家，忠于亲情，但最终的一门旌表还是把孝导向忠，而这是有条件的，戏中皇帝的诏说：

---

① 《琵琶记》，第169页。
② 《琵琶记》，第240页。
③ 《琵琶记》，第245页。

朕惟风俗为教化之基,孝弟为风俗之本。……其有克尽孝义,敦尚风化者,可不奖劝,以勉四海?①

且【尾声】唱:"显文明开盛治,说孝男并义女,玉烛调和归圣主。"②文明的维系与发展有赖于家庭伦理,说的就是《易》的人文化成理想。"归圣主"是不得不的说法,不可能出现今天讲的民主自由。高明逆转了世俗的忠孝意识,更接近人文化成的理想,所以后来论曲者都肯定《琵琶记》的内容,即便不满此剧音律者也推崇其有益风化。

文人作剧的特征不只是"文学化",戏剧创作带有特殊意图,即导正泛化且僵化的教化意识。文人借娱乐阐明正确的教化观,细致的思想更带出了新写法。写作技术、创造手段与作者的思想有关,《琵琶记》的艺术特征和展现出的生命美理想,正来自作者深刻的教化意识。

(四)基于信义的人际关系

信,《说文解字》释为"诚",段玉裁有言:"人言则无不信者。"③信、诚互训,说的是人会发言,但不是所有的言都能成,只有美善之言才是言成,此即诚。诚言为人所信,所以用诚训信,信言也就是美善的诚言。《老子》有言:"信言不美,美言不信。"讲的是不浮夸的诚信之言。这种言本于天道,质朴自然,"利而不害","为而不争"。④义,《说文解字》有言"礼容得宜","从我从羊","威仪出于己"及"仁必及人"。⑤所以,义不仅指人适当合宜的外在容貌和行为举止,美善更在于推己及人。

信义二字,讲的是人显于外的整体性表现,且整体性来自人自身本有的主动性。人自主行动要能美善,关键在于仁爱,《中庸》有言:

---

① (汉)许慎撰,(清)段玉裁注:《说文解字注》,上海古籍出版社1981年版,第92页。
② 《琵琶记》,第263页。
③ 《琵琶记》,第265页。
④ (魏晋)王弼撰,(唐)陆德明释文:《老子道德经注》,世界书局1957年版,第47页。
⑤ (汉)许慎撰,(清)段玉裁:《说文解字注》,第633页。

仁者人也，亲亲为大；义者宜也，尊贤为大。亲亲之杀，尊贤之等，礼所生也。在下位不获乎上，民不可得而治矣。故君子不可以不修身；思修身，不可以不事亲；思事亲，不可以不知人；思知人，不可以不知天。①

仁爱而能修持己身，言行举止因此有信义，此亦合天道与人道的诚。诚是"浑然天理，真实无妄"②。《中庸》又有言："自诚明，谓之性；自明诚，谓之教。"③ 教使人皆能明自性而能诚，朱熹认为这是人道。易言之，克己复礼明自性之诚，再推己及人，如此即能稳定人伦，化成人文。

信义是诚的外显，孔子说："君子义以为质，礼以行之，孙以出之，信以成之。君子哉！"（《论语·卫灵公》）程颐说这是"以义为本"。朱熹再解释义是"制事之本"，合宜之举不违礼，这是诚的根本条件，君子之道由此而出。④《礼记·礼运》认为大道隐而不见"大同"，但君子还是要"谨于礼"，"以著其义，以考其信，著有过，刑仁讲让，示民有常"。为什么这么做？因"礼义以为纪，以正君臣，以笃父子，以睦兄弟，以和夫妇，以设制度，以立田里"，这是"承天之道，以治人之情"，"天下国家可得而正也"。⑤ 如此一来，君子之道是达成"大同"的根本，也就是人道，更是治家治国之道。所以孔子才会说："上好礼，则民莫敢不敬；上好义，则民莫敢不服；上好信，则民莫敢不用情。"⑥ 有礼能行信义，人民自然有感而去恶为善，所言即人文化成的教化观。朱熹说"敬服用情，盖各以其类而应也"⑦，再次突出感应相通的思维模式。

情，朱熹以"诚实"来解释，说的是由礼、义、信所制约的情，不是未受节制的天生之情，且诚实之情更是人伦结构的稳定因素。人确实

---

① （宋）朱熹：《四书章句集注·中庸章句》，第 28 页。
② （宋）朱熹：《四书章句集注·中庸章句》，第 31 页。
③ （宋）朱熹：《四书章句集注·中庸章句》，第 32 页。
④ （宋）朱熹：《四书章句集注·论语集注》，第 165 页。
⑤ （汉）郑玄：《礼记》卷 7《礼运第九》，载《汉魏古注十三经附四书章句集注》，第 79 页。
⑥ （宋）朱熹：《四书章句集注·论语集注》，第 142—143 页。
⑦ （宋）朱熹：《四书章句集注·论语集注》，第 143 页。

天生有情，但不义无信，人伦结构难以维系。人伦紊乱就是失礼，这是不行的。子路如此开展孔子之说：

> 不仕无义。长幼之节，不可废也；如之何其废之？欲洁其身，而乱大伦。君子之仕也，行其义也。道之不行，已知之也。①

这种说法突出人伦纲常绝不可乱，而朱熹提出"非忘义以殉禄"的说法，更指出了"义利之辨"问题。"义利"与人情有关，这是戏文中常见的情节。孔子说："君子喻于义，小人喻于利。"②义，合于天理；利，人情之欲。朱熹对举义利而推出了"存天理，灭人欲"说法，大为后人所攻击。

不过，朱熹说的灭人欲，实是要导人心以正，使其诚而合君子之道。他如此解释孟子说仁义而不说利：

> 仁义根于人心之固有，天理之公也。利心生于物我之相形，人欲之私也。循天理，则不求利而自无不利；殉人欲，则求利未得而害已随之。③

并再引司马迁说"利诚乱之始也"，以及程颐说"天下人唯利是求，而不复知有仁义"，说明孟子讲的是"拔本塞源而救其弊，此圣贤之心也"。④

孟子认为义利之所以成为问题，在于先利后义。利若是利国、利家、利自身的私欲，结果必然是"上下交征而国危"。孟子反对刻意求利，要王者摒除私欲、施行仁政。

> 王如施仁政于民，省刑罚，薄税敛，深耕易耨。壮者以暇日修其孝悌忠信，入以事其父兄，出以事其长上，刻意制梃以挞秦楚之

---

① （宋）朱熹：《四书章句集注·论语集注》，第185页。
② （宋）朱熹：《四书章句集注·论语集注》，第73页。
③ （宋）朱熹：《四书章句集注·孟子集注》，第202页。
④ （宋）朱熹：《四书章句集注·孟子集注》，第202页。

坚甲利兵矣。①

这样做将"仁者无敌"。"仁者无敌"来自君子之道，且孟子之说内含仁爱信义。简言之，"王道"并不难，就是"老吾老，以及人之老；幼吾幼，以及人之幼"。如此则"天下可运于掌"。② 朱熹说："王道之要，不过推其不忍之心，以行不忍之政而已。"③

由于人在社会中沟通互动，信义成为人伦关系稳定与否的关键。教育使这套思维普及化后，信用和道义更成为判断好人（君子）、坏人（小人）的依据。戏文中的人物就这样被设计出来，言行举止都在暗示信义之有无。特殊的是，戏文多负面地写人无信无义，描述细致更具艺术价值。这也是善恶价值判断引导出的创作手法。负面写恶的效果更好，因为最终的惩罚可凸显信义是家国安宁、天下太平的最关键因素。

《杀狗记》的孙华、柳龙卿、胡子传即无信无义的代表。兄弟有义，但孙华却听信谗言，不顾弟弟孙荣的劝诫，并将其赶出家门。后其妻劝之，批评她："妇人家三绺梳头，两截穿衣，只晓得门内三尺土，哪晓得门外三尺土。""人家雄鸡报晓，家常之事；雌鸡乱啼，有甚吉祥。"盛怒下还将她推倒。④ 孙华个性暴戾霸道，纵欲势利，无视家庭伦理。此剧更特殊地写孙华与两个恶人之间的兄弟之义。这样写，突出亲兄弟无恩义的不合理性。孙荣就自叹：

> 事兄如事父，怎奈兄嫉妒见我如冤家。……我哥哥近日结交柳龙卿、胡子传，终日醉酒狂歌，把我如同陌路。⑤

柳、胡二人与孙华结义，自认"赛关张"，孙华说："曾记桃园结义深，

---

① （宋）朱熹：《四书章句集注·孟子集注》，第206页。
② （宋）朱熹：《四书章句集注·孟子集注》，第209页。
③ （宋）朱熹：《四书章句集注·孟子集注》，第212页。
④ 《杀狗记》，第414页。
⑤ 《杀狗记》，第404页。

从来仁义值千金。"① 不愿弟弟分家产而视为仇人，却把外人当作掏心掏肺的亲兄弟，结果引狼入室，中了小人毒计，险些丧命。

刘备、关羽、张飞桃园结义本于诚信，但《杀狗记》却反着写，用谐仿来突出恶人的假仁假义。假兄弟反而被误认为真兄弟，运用正反对比写法，意在肯定只有坚持仁爱信义才能化险为夷。反过来说，一旦人伦结构紊乱，人就会有危险。柳、胡二人破坏兄弟之义与夫妻之情，打破原本稳定的人伦结构。此时，只能依赖孙荣的仁义和杨月真的仁爱才能修复人伦紊乱。圆满的大结局证明了人伦纲常是社会稳定、家庭和谐的根本条件。

《三国志》载关羽无意留曹营，对张辽说："吾极知曹公待我厚，然吾受刘将军厚恩，誓以共死，不可背之。吾终不留，吾要当立效以报曹公。"② 留与不留是诚信问题。因重视诚信，《三国演义》创造出桃园结义的情节：

> 虽然异姓，既结为兄弟，则同心协力，救困扶危；上报国家，下安黎庶。不求同年同月同日生，只愿同年同月同日死。皇天后土，实鉴此心，背义忘恩，天人共戮。③

三人本于仁爱信义才结为兄弟。桃园结义为人所赞，毛宗岗批点说："千古盟书，第一奇语"：

> 今人结盟，必拜关帝；不知桃园当日，又拜何神？可见盟者，盟诸心，非盟诸神也。今人好通谱，往往非族认族。试观桃园三义，各自一姓：可见兄弟之约，取同心同德，不取同姓同宗也。④

---

① 《杀狗记》，第400页。
② （西晋）陈寿撰，（南朝宋）裴松之注，卢弼集解：《三国志集解》，中华书局1982年版，第777页。
③ （元）罗贯中著，（明）毛宗岗批点：《毛批三国演义》，天津古籍出版社2011年版，第3页。
④ （元）罗贯中著，（明）毛宗岗批点：《毛批三国演义》，第1页。

有德心信，虽非本宗，更见兄弟情深义重。毛氏之意在于此。

《杀狗记》指涉《三国演义》，借写孙、柳、胡三人的假兄弟关系，突出人言无信，必招祸患。无信者不诚无德，如柳、胡两人整天嬉皮笑脸，占人便宜，还破坏孙氏兄弟之情以夺人家产。后计谋失败，更怂恿孙华杀其弟以泄愤，正呼应孟子所言见利者"不夺不餍"（《孟子·梁惠王上》）。后杨月真与忠仆吴忠设计，孙荣得救，三个好人再合力以仁爱感化孙华，表现出好人必有仁爱之心的写作传统。毛宗岗认为结盟拜神不是真拜神，自发结盟说的是人有德而心相通。转引其观点看戏文的谐仿，假仁假义的假兄弟是人主动为恶，则人无德而心相背，必然陷于危难。

在官府相助下恶人被惩罚，突出恶必有恶报。府尹断案时说："你两个昧心贼，忘恩失了义"①。孙荣之后唱：

【道和排歌】想他每结义时，要学关张的。言语总成虚，寻思太无知。那些恩德，那些仁义！②

缺德无信义，假兄弟只会坏人伦。【尾声】众人合唱"世间难得惟兄弟"③，意在说明"家和万事兴"。剧中原有超自然力量的介入，用土地神助杨月真解救孙荣，说明人只要能行仁爱信义，自得天助。传统感应思想虽展现为天助，但人才是现实伦理的关键。最终由官府出面维系善恶报应，把公平正义拉回现实中。

官护民，民便会忠于官，官于是取代了神成为人间秩序的维护者。官所维护的还是人伦纲常，见皇帝之诏：

王化以亲睦为本，维风以孝友为先。据府尹王修然所奏，孙华以疏间亲，因杨月真杀狗劝夫，遂能悔过，兄弟敦睦，有裨风教，

---

① 《杀狗记》，第498页。
② 《杀狗记》，第501页。
③ 《杀狗记》，第501页。

宜加旌表。①

褒扬"孙荣被逐不怨,见义必为,克尽事兄之道,特授陈留县尹"。恶人则判刑惩罚。

> 柳龙卿、胡子传见利忘义,反复小人,着枷号市曹三个月,满日各仗一百,发边远充军。②

大快人心的结局,教人要仁爱,言行举止都要本于忠孝信义。如此为之,虽经历苦难,必能化险为夷,更能得官而成为显要。若见利忘义,那是小人,不仅要受牢狱之灾,更会处于漫长无止境的苦难中。

戏文所演呼应孟子的"义利之辨"。利不需求,善自得利。台上的戏用人自身的行动来证明道理,这就是世俗教化。以真假对比(真兄弟、假兄弟;真杀狗,假杀人)来区别好人(君子)与坏人(小人),更阐明孔子的君子之道。世俗教化以人德为认知的根本,有德就是善,善是唯一价值。可见书会才人并非没知识的村夫野汉,而是受过教育的人,所以创作的内容与雅士大儒的哲学思辨相通。更因这些布衣文人在娱乐中掺入传统教化,人伦纲常才成为上下共有的价值观。

真假对照的写法与正反对照的写法类似,但更复杂。八部宋元戏文仅《杀狗记》以真假对照来行教化,因而建构了特殊的戏曲美学。

戏的内容多是假的,当然可能据史实或时事而发,但因作者想象,或虚入实出,或实入虚出。虚实相生引发观者的兴趣,主动进入情节而有所体会。《杀狗记》的关目中结义兄弟是假、恶人虚情假意是假、杀狗代杀人是假、恶人装神弄鬼更是假。造假意在表现与假相对的真:真兄弟的真、夫妻之情的真、主仆之情的真、杀狗的真、神明显灵的真。当事人自己误认假为真,观者与读者仍然知道假还是假。不过,所有的假皆被当事人视为真,真反而成为假,而真假层递的顺序更混淆真假。混

---

① 《杀狗记》,第500页。
② 《杀狗记》,第500页。

淆意在说明假终不敌真,只有真才值得维护。因此,真具有特殊的象征意义,突出了教化内容的真,仁爱信义成为真的表征。

真假对比提升戏剧冲突,观者虽知场上搬演是假,但因入戏而情绪随人物的生命历程浮动,在真相大白时意识到被突出的人伦大义才是唯一的真。因此,真假对比是一种提升娱乐效果以加强教化的艺术手段,亦即"寓教于乐"的实践方式,体现出何以教化是娱乐,娱乐可以成教化。

今人批评《杀狗记》的教化,不是没有道理,但因此而大加贬抑,实不公平。首先,剧作的产生时代异于今日。在那个时期,教化是再正常不过的,且教化内容今日仍普遍可见,不该直接否定。真假虚实的运用是后来明清人论曲的重点之一,李渔就有"审虚实"的诉求。其次,此剧早具相当的文学性,如仆人吴忠行路时的独白:

> 但闻得谯楼初鼓,行人渐少;呜呜咽咽蝉叫,咿咿唧唧蛩鸣。风摆松梢,蓦闻得卒卒律律淅淅冷冷的响;水流涧下,时听得唧唧啾啾刮刮之声。嗷嗷犬吠前林,簇簇雁行南浦。轻轻薄雾,罩着疏疏密密半天星;耿耿银河,现出皎皎团团一轮月。深谷猿啼切切,乔林鹤唳凄凄。①

此话全不似仆人应有的口气。那是文人口吻,以譬喻说明深夜独行之景,使用叠字状声词说明剧中人面对此景的特殊情绪。这反而说明戏曲创作本就叙事夹抒情,写实中写意才是戏曲本色。

三 戏中人的主体精神

近代人发现中国古代封建社会中的礼教有绝对的制约性,礼教与政权的合谋压抑了人的精神自由。礼教的反对者将矛头指向儒家思想,儒家成了罪魁祸首,并在五四运动的影响下,形成了对待传统文化要取其

---

① 《杀狗记》,第484页。

精华、去其糟粕的态度。礼教确实是一套制约人情及行为举止的文化法则，讨论礼教的问题也合情合理，问题在于"绝对制约"这个概念。

对中国古代政治、社会、文化、艺术的偏见，一大原因来自西学的"欧洲中心论"，这是近代西方汉学研究的重要议题。有学者指出，研究中国就要说清楚"中国的各种不同的社会情境"，而不是在中国的历史中"加强或否定现有之西方社会理论（或其他学术领域）的某些层面"。①研究对象的文化语境是研究工作应该说明的内容。中国学者面对自身的历史与文化，态度则不同。在方法运用上，中国学者多倾慕西方理论，虽近来有态度上的修正，但尚未成为常态。盲目依从"欧洲中心论"，就会忽略"礼教"是在历史记述中所建构起来的概念。反对礼教意在推崇人的主体自觉，要中国人发展主体性，以建立更为富强的国家。

中国古代思想难道不谈主体性？实不如此。梁漱溟这样说儒家：

> 儒家没有什么教条给人；有之，便是教人反省自求一条而已。除了信赖人自己的理性，不再信赖其他。……道德为理性之事，存于箇人之自觉自律。宗教为信仰之事，寄于教徒之恪守教诫。中国自有孔子以来，便受其影响，走上以道德代宗教之路。②

他认为儒家传统并非上对下的绝对制约，虽然在政治上看似如此，但人生哲学实展现了相反逻辑，要人自主去实践自省的伦理观。梁氏的观点颇特殊。他肯定礼教社会的人是自主的，礼教不是压制人的教条，且认为周代以后阶级已消弭，所以有"阶级不存在论"。这种说法来自中西比较，也正是对比宗教与道德而将"伦理秩序"提升至政治层面，突出中国的礼俗文化传统，并在当时资本主义观点的引导下得出中国文化是"长期停滞的文化"的结论。

中国文化并非"长期停滞的文化"，而是基于感应相通，生生而新的

---

① ［加拿大］卜正民等编：《中国与历史资本主义：汉学知识的系谱学》，古伟瀛等译，台北：巨流图书出版公司2004年版，第10页。

② 梁漱溟：《中国文化要义》，台北：里仁书局1982年版，第107页。

认识论。感应相通是人本有的天生能力，人是认识世界的唯一依据，因此中国哲人说仁爱、忠孝、信义，都从人的性情来谈自觉与人伦结构的关系。

主张出世的道家也论天道中的人情，如庄子说"无情之情"：

> 吾所谓无情者，言人之不以好恶内伤其身，常因自然而不益生也。①

> 知天之所为，知人之所为者，至矣。知天之所为者，天而生也；知人之所为者，以其知之所知以养其知之所不知，终其天年而不中道夭者，是知之盛也。②

因感应相通而能天人合一，人必然是主动的，亦即成玄英注说："尽其天年，不横夭折。"③

禅宗也说人性和人情，如《坛经》讲"定慧一体"。

> 迷人著法相，执一行三昧，直言常坐不动，妄不起心，即是一行三昧。作此解者，即同无情，却是障道因缘。④

"心不住法，道即通流"，最终目的虽不在此世，但肯定人于此世中的主体能动性。柳宗元作《曹溪第六祖赐谥大鉴禅碑》就认为佛家之教："其教人，始以性善，终以性善；不假耘锄，本其静矣。"⑤ 性善而能静，才识本性真如，也就是发展了般若大智慧。铃木大拙说："般若觉悟是越过智性的死巷（按：指二元对立认识论），因此它是一种意志的行为。"⑥ 他认为禅宗的见性功夫内含智性成分，教人从人心来求认知理解。"明心

---

① （清）郭庆藩：《庄子集释》，王孝鱼点校，第221页。
② （清）郭庆藩：《庄子集释》，王孝渔点校，第224页。
③ （清）郭庆藩：《庄子集释》，王孝渔点校，第225页。
④ （唐）惠能：《六祖坛经曹溪本》，平安书苑2009年版，第239页。此本为民间善书，翻印《乾隆大藏经》第131册载《六祖大师法宝坛经》（宝印佛经流通处1997年版）本。
⑤ （唐）惠能：《六祖坛经曹溪本》，平安书苑2009年版，附录（唐）柳宗元：《曹溪第六祖赐谥大鉴禅师碑》，第582页。
⑥ ［日］铃木大拙：《禅学随笔》，孟祥森译，台北：志文出版社1972年版，第55页。

见性"本于"自我意识",能"见性"即能"成佛",所以禅才说"不立文字,直指人心"。①

人毕竟是社会结构之一环,所以儒家论人伦关系时强调以性制情,防止情泛滥而破坏了社会稳定。钱穆从伊川的学说论述宋明理学的天理人欲问题,认为"程门相传绝学"承自周濂溪"虚静"的本体观。程颐把重点转移到"人心本体"上,延展了孔孟的"由心向外达行",也说明了"由心向内达理"。前者是"人文的实际行为",后者则"注意到人生之最先原理"。这个观点重视人心的自发性,肯定"人心可以穷理,可以认识此理",格物穷理之说因此而提出。朱熹继承这个观点,更细致地将理气合成一元。程颐认为朱熹的心性论比陆王心学更精彩,理先于气的本体论继承先秦德行一元论而产生,两者的差别在于:前者"说理",后者"用德"。不论差异如何,宋儒要在天地万物一切实体现象之上建立一个本体,这是当时思想界的共同趋向。②

在宋元戏文中,仁爱、忠孝、信义的人伦纲常限制了人情的躁动。戏展现了人的主体性及有限度的精神自由,演的是哲学思辨的世俗化说法,用娱乐人心的方式来教化人伦。

(一) 人的主体自觉

人的主动性内含知,由知而成就自身,进而齐家、治国、平天下。即便不能也不想治国平天下,有知有感且能学,行动就能合情合理,仍是朝着"成人"的方向前进。"成人"是有志懂礼的人,所以能从心所欲,也能安身立命。戏文中的男主角就是有志男儿,都要报效家国,成就大业。他们的主体意识相当明显,尤其体现在"男儿当自强"的志向上。

主动性说明人不是被动接受外在的制约。戏文常引《神童诗》,诗说"将相本无种",但"文章可立身",教小孩"万般皆下品,惟有读书高",并强调"慷慨丈夫志,生当忠孝门",教人读书立志成英豪。社会

---

① [日] 铃木大拙:《禅学随笔》,孟祥森译,第55、61、63页。
② 参见钱穆《中国思想史》,台北:台湾学生书局1980年版。

位置低下并不是问题,读书能立志,就能超越现实的限制而进入更高的位置,且因读书就是在学做人的道理,所以自发之志就不会危害人文,反而是实现有礼社会的最佳方式。

《白兔记》的刘知远就是个好范例。他未得志前唱:

> 【绛都春引】年乖运蹇,枉有冲天气宇。最苦堂堂七尺躯,受无限嗟吁。①

再说:

> 百花逢骤雨,万木怕深秋。怒气推山岳,英雄贯斗牛。一朝时运至,谈笑觅封侯。②

后【皂罗袍】又唱"通文会武两尴尬"。好兄弟史弘肇便鼓励他:"男儿志气终须在。"③ 这个开场写刘知远的自强之志。志是自发的,并不来自于如父母敦促的外在因素,也因此形塑了天生自然的有志英雄形象。之所以如此写,是因为已有一套普遍的男儿有志的价值观,强调志由己出,学而志坚。此外,上引刘知远的曲文和宾白都不是俚俗口语,而是修饰过的文学语言,突出尚文传统,并肯定有志者必是能文之人,那才是真正的男子汉。

文学传统中的英雄豪杰都是高度自觉的人。自觉的合理依据即仁义忠孝。刘知远牧牛时说:

> 富则亲兮贫则退,此乃人间真小辈。贫则亲兮富则疏,此是人间大丈夫。④

---

① 《白兔记》,第 181 页。
② 《白兔记》,第 181 页。
③ 《白兔记》,第 182 页。
④ 《白兔记》,第 195 页。

后听见岳节使招兵买马，与李三娘、李大公辞别时唱：

【入赚】这恩德山样高来海样深，生死难忘叔丈恩。你与我回言拜禀，异日身荣来报恩。①

先不论刘知远之后的负心行为，此处写其面对亲情与恩义的主体意识，强调了人的道德主体性。再对照之后因功利而负心来看，作者以道德教化推展了戏剧冲突。功利目的也是自发性的。招赘虽有外在的人为因素，"今日里误入桃源"已唱出了心中矛盾，然而这样做能"平步上九天"，所以他欣然接受，因此再唱"姻缘非偶然"。②之前基于教化而成的行动是自发的，之后的功利目的也是自发的，这个对照写法凸显了人的自我决定，表明人生中的困难冲突皆由己造。刘知远丧失仁爱之心而背信弃义，虽享功成名就，心中总不平静，一想到过往便"一似和针吞却线，刺人肠肚系人心"③。人自找麻烦，就是因利而坏了自身的道德主体性。

当岳绣英得知丈夫负心的事实，骂他"不仁不义"，儿子咬脐郎也骂他"忘恩负义非君子"。④家庭人伦大坏，家不保，遑论卫国，因此戏情再转至人伦教化上，让刘知远悔过来确保人伦纲常。关目转折乍看颇为牵强，不过创作者早安排了一个伏笔来使转折合理化。刘知远离家时曾对李三娘说"三不回"："不发迹不回，不做官不回，不报得李洪一冤仇不回。"再唱：

【临江仙】受尽奔波劳役，只为苦取功名，此身不由己。身逗留无所依，哪只你受狼狈。⑤

---

① 《白兔记》，第 219 页。
② 《白兔记》，第 235 页。
③ 《白兔记》，第 241 页。
④ 《白兔记》，第 257 页。
⑤ 《白兔记》，第 260 页。

"三不回"是刘知远自认极重要的诚信问题。李三娘【孝南枝】唱："思之你是个薄幸人"，"我真心等你，你享荣华，奴遭薄幸"①，批评刘知远对爱情与亲情的背信弃义。但刘知远却这样说："若不娶绣英，怎得我身荣？将彩凤冠来娶你，娶你到京中做一品夫人。"②

如此安排，仍是在写刘知远的自主性。虽有掩饰其无情无义之嫌，依照被设定出来的人物思维逻辑，迟迟不接三娘反而是他认定的有情有义。创作者用诚信写刘知远因功利而负心，但也用诚信补救了有缺憾的道德主体。诚信成为开展戏情的关键因素。

谈及《白兔记》，多数人认为刘知远的负心造就了李三娘这个礼教的牺牲品。从人物主体性来看，人因私欲而有损个人的诚信，最终的团圆则说明人伦纲常不外在于人，只有人自身才能维系人伦大义。诚信非常重要，但对诚信的认知不能违背最根本的仁爱与忠孝。因此，当刘知远要惩罚李三娘的哥哥时，李三娘说："仇将恩报，才为人也。若把哥哥典刑，奴家父母在九泉之下，也不瞑目。"后唱：

【尾声】贫者休要相轻弃，否极终有泰来时，留与人间做话题。③

仁爱，所以能以德报怨，这才是主旨所在。最终的团圆在于说明人伦不可坏。以今日的价值观来看，情节或不合理，也表现了不自由的人生，当然可以批评，但需先了解戏这样演的主要原因是传统文化意识的引导。

再看《宦门子弟错立身》，完颜延寿马的主体自觉异于刘知远，但背后却有同一套教化意识。延寿马离家出走，不仅要与王金榜在一起，更是自己爱散乐而自愿为艺人。【六么序】唱出心愿："一意随他去，情愿为路岐"，"只得同欢共乐同鸳被，冲州撞府，求衣觅食。"④ 此处需注意，延寿马对王金榜的情欲大于爱情。他的爱由欲而出，并不清纯，第2出与第3出即用相当粗俗的语言演出男性情欲。欲是自发的，也是功利

---

① 《白兔记》，第261页。
② 《白兔记》，第261页
③ 《白兔记》，第265页。
④ 《宦门子弟错立身》，第232页。

的，欲的前提是牺牲道德主体性。延寿马的欲让他荒废学业，更违背了父子伦理，还自愿脱离原属的社会阶层。

因《宦门子弟错立身》是残本，两个主角之间几无爱情可言，王金榜的情更是浅薄。延寿马的欲虽转向爱情，仍不明显，且作者再写他成为艺人后的懊悔：

  【菊花心】路歧歧路两悠悠，不到天涯未肯休。这儿的是子弟下场头。
  【泣颜回】撞府共冲州，遍走江湖之游。身为女婿，只得忍辱含羞。
  【同前换头】休休，提起泪交流，那更担儿说重心忧。我亲朋知道，真个笑破人口。①

悔与欲相同，都是面对现实的自发反应，只不过欲蒙蔽人的善知，悔则会自省丧失善知后的问题，因此悔补救了延寿马有缺陷的道德主体。这可再从延寿马之父来看。他要儿子求功名以延续家族荣耀，功利目的是父子失和的主要因素。但之后他后悔并改过自新，所以才有了团圆结局，写法相同。这也与《白兔记》一样，教化意识反而成为推动戏情的关键因素。

延寿马受父亲禁持，要死要活地，后来老都管放他走，却落魄江湖，直到遇到王金榜之父才成为艺人，有了安顿。此戏中的外在因素对主角行动的影响，与刘知远天生有宏图大志的主体性不同。但若延寿马没有主体能动性，没有对散乐之喜好而熟悉剧目，能唱能演，戏也就演不下去了。他的志更私人化，也更世俗化。他在戏班子中与王金榜母亲"面试"时，极力推销自己：

  【麻郎儿】真字能抄掌记，更压着御京书会。
  【天净沙】我是宦门子弟，也做得您行院人家女婿。

---

① 《宦门子弟错立身》，第 252 页。

【尾声】我若妆旦色如鱼似水，背杖鼓有何羞！提行头怕甚的！①

迷恋王金榜是动力，更重要的是他本来就喜欢戏，不认为做戏子有什么不对，只要能随心所欲，他就可随遇而安。

然而，禁持与离家出走都是过激行为，都破坏了人伦纲常，戏还是要回到人伦的稳定上。所以，除了延寿马自悔，再安排父子相认，并让完颜同知唱：

【羽调排歌】自从当日，不见我儿，心下镇长忧虑，两眼常是泪双垂。怎的孩儿为路岐？②

父子相认也同时认可了延寿马与王金榜的结合。这样演绎，意在讲述天生自然的父子之情，也呼应完颜同知上场时自言"公心正直"。只有他自家的人伦不坏，他能治国安民才合理。戏回到了仁爱忠孝，且延寿马逃家后流离失所，但仍记着王金榜，并努力取得王家的信任，更在讲信义。正因传统教化观的引导，爱情不重要，重点在写私情和私欲，说明情欲只能在人伦纲常的规范下才合理。

《宦门子弟错立身》描述了元代戏班子求温饱的辛苦，而延寿马自言可以其文学能力帮助戏班子打败敌手御京书会，可见当时书会间为营生而竞争的状态，反映出当时演戏看戏之盛。王母接受延寿马，原因就在他能文又能演，能为戏班带来收益，这个功利目的也反映出尚文传统。一般人不见得会特别尊重能文之人，但他们认为能文之人会帮助他们改善生活状态，这是普及的世俗化功利意识。王母这样夸自家演戏的能力："曲按宫商知格调，词通大道入禅机。"而王家二老的最大生命关切即："求衣饭，不成误了看的。"③

古杭书会改编的《宦门子弟错立身》，虽为残本，仍见施教对象是处

---

① 《宦门子弟错立身》，第244、245页。
② 《宦门子弟错立身》，第254页。
③ 《宦门子弟错立身》，第227页。

于社会最底层,且与创作者有共同意识取向的普罗大众。这与现实意味浓厚的《杀狗记》相同,但后者表现的世俗教化更贴近儒家精英伦理。

从妇德来看杨月真,杀狗劝夫是礼教引导下的行动,但直言不讳的个性则可见主体自觉。如其夫不顾兄弟亲情,她批评:

【桂枝香】同枝连气,同胞共乳,不念手足之亲,听信乔人言语。将兄弟赶出,将兄弟赶出,不容完聚,教人谈议。好痴迷,假饶染就干红色,也被旁人讲是非。①

听到丈夫要杀弟弟,骂他:

【玉交枝】听君言语,果然当局者迷。②

【好姐姐】信他脱空弄虚,空教你博今通古。你杀人坐狱,那是不管顾。听嘱咐,吃酒弟兄千个有,临难之时一个无。③

后面对开封府尹王修然更勇敢地说出自己设计杀狗劝夫。她爱护孙荣,也因此对丈夫有严厉的批评,不再是嫁夫从夫而无声顺从的女性。这样写女性因仁爱而能辨是非,能以主体意志来稳定家庭伦理的和谐,进行突出女性在家庭伦理结构中的重要性,说的正是世俗化的妇德。

世俗妇德观并未脱离三从四德的传统意识,却使女性的主体能动性合理化,更突出人物的道德主体性。王贫女、钱玉莲、李三娘、赵五娘,虽明显遭遇外在条件的逼迫,但若没有主体意志所欲为,没有捍卫贞节、追求情感归宿、确保家庭和谐美满的愿望,就不会极度隐忍、直言不讳、走出家庭。行动过程体现了主体精神,大圆满结局更保证出于意志之主动的合理性。戏文中的女性有特殊性,表现了人伦纲常出自人,也只有人能维持其稳定。

---

① 《杀狗记》,第414页。
② 《杀狗记》,第469页。
③ 《杀狗记》,第470页。

（二）精神自由的限度

女性自主是戏文的一大特色，《小孙屠》中的李琼梅，说明了自主行为有条件，并非无限自由。李琼梅与杨月真相同，有很高的主体自觉性，但一正一反。角色塑造皆基于同一套教化意识，仁爱、忠孝、信义肯定主体性，同时也设定自主性的限度，一旦跨越，自主性便不合理。

不合理是因情泛滥，破坏了人伦结构的稳定，所以要制约情，而戏文中的制约就是对善恶果报的惩罚。李琼梅一上场便唱：

【破阵子】自怜生来薄命，一身误落风尘。多想前缘悭福分，今世夫妻少至诚，何时得诚心？①

后说"几度沈吟弹粉泪，对人空滴悲多情"②。后再唱：

【地锦花】懒能临掠乌云鬓，慵点绛唇。对谩当垆效学文君。暗想文君，何时遇得知音？一片至诚心，奈何天也不由人。③

文字雅致，这是标准的闺怨写法，表现出戏文的文学化状态。曲文细致地描述了李琼梅的心意及重情的个性特征。她求一个能诚信相对的良人，言行举止都源于这个心愿，而之后所有的恐怖行为，即因心愿失落。情当然是爱情，但情生出了欲，且情泛滥而欲更多。当情不能被满足，满足欲就成为唯一的目的，便会不择手段地去满足欲以弥补情的失落。这是李琼梅丧失道德主体性的最根本原因。

戏总是演天不从人愿。孙必达娶她回家，孙必贵却否定她，【朱哥儿】曲批评："烟花泼妓，水性从来怎由己，缘何会做的人头妻？"④ 李

---

① 《小孙屠》，第 265 页。
② 《小孙屠》，第 265 页。
③ 《小孙屠》，第 266 页。
④ 《小孙屠》，第 281 页。

琼梅的个性被设定为情泛滥，被人否定必然产生激烈反应，这是创作者埋下的伏笔。这个人物多情，她感叹孙必达风流成性而独守空闺：

【梧桐树】误我良宵寂寞守孤灯，数尽更筹夜长人初静，教人恨杀活短。

【北曲新水令】吃酒沈醉扶归，不由我不伤情苦萦系。

【北曲水仙子】不枉了真心真情意，不把我却寒知暖妻，不能勾步步相随。①

此处共用12支曲让李琼梅唱尽其怨，其中【北曲新水令】是游戏文体，曲文夹用【满庭芳】等8支曲牌名，此处的引文即用【醉扶归】曲牌名，可见创作的文学化。因为丈夫情浅而缺诚信，她又被家人否定，再加上朱邦杰设计诱惑，从旁怂恿，则泛滥的情有了新的依托。她对朱邦杰唱的【石榴花】曲："幸君家殷勤到这里，想因缘已曾结定"②，明说了见异思迁总因情。

红杏出墙破坏了家庭伦理。用长篇幅描写李琼梅的闺怨，目的在于铺陈情的泛滥。情不能没有制约，无限扩展情，本于仁爱的情就会变质。既然情已变质，求情之满足只会产生不仁不义、罔顾伦理的行动。行动是本于情的自主行为，外在条件是引导行动的次要因素。情不满足则怨，怨会产生主体的报复行为。她与朱邦杰偷情，进而谋财害命，要满足的已经不是情，而是欲的功利目的，这也就减弱了原本丈夫无情、家人无义的外在引导力量，焦点被集中到恶妇恶情的主体能动性。违情悖理的行动仍是自主的，意在说明情欲对人心和人伦结构的威胁。戏曲主角应该是正面人物，用女性之恶来表现就很特殊，而李琼梅的角色更呼应理学家对女性主体意识的不信任。戏文的再现贴近现实生活而有写实性，描写恶妇的自主行为直接使儒家精英伦理世俗化了。

---

① 《小孙屠》，第285—286页。
② 《小孙屠》，第287页。

最终还是要回到人伦稳定上，情的泛滥必须要受到惩罚，才能警戒人心。包拯断案，强调因情而产生的"私淫"使整体伦理纲常失效，而判死刑即因"朱邦杰是把法犯法，李琼梅是谋杀故杀"①。戏文要教化人心，所以特别安排了李琼梅悔过，【山花子】唱："心寒胆碎，悔之作不是。不合共它设计，都是一时情意。"说明一切皆因情所造的特殊认知。最末的下场诗再批评："无半点夫妻恩义，怀一片狠毒心肠。"②传统文化价值观关注夫妻恩义之情，这种情受仁义忠信的制约，防止人走向不仁不义。爱情的圆满不是关注的重点，情会因此无节制而变质，私心私欲使人违情悖理，形成各种不公不义的冤屈。包拯上场唱【七娘子】："负屈衔冤，从公决断，心无私曲明如镜。"③ 公平正义能决断冤屈，但冤屈必有原因，决断更出自人心，所以，只有本于仁爱的公平正义才能避免冤屈。

情须受限，主体的精神自由就有限制。这在正面男性角色身上也很明显，且更突出人必须认识到自身是人伦结构的维护者。延寿马为了情而不要功名，不是常理中的有志男儿的形象，但这个贴近社会底层的生命状态仍是在行教化，教的是人伦不可坏。父子扞格，最终还是要妥协，肯定父子亲情为大，并直接以之为夫妻之情的合理条件。戏文作者用主体的自主行动来证明人伦纲常的必要性，这种写法，就是以传统的教化意识推展戏剧冲突。写李琼梅也是一样的手法。

同为传统中的有志者，张协、王十朋和蔡伯喈更近文人传统，但各有差异。与刘知远不同，这三人进京赴试都有来自父母的推动，也正因为这个动力，带动了主体的自觉行动，而行动更突出有限的精神自由。

张协父亲的叮咛，反映出书会作者对文学传统与宋代理学的普及化方式。他先说"读书破万卷，下笔如有神。道亨则匡济天下，道不亨则独善一身"。后再说"康节说得好：'断以决疑不可缓。'当断不断，反受其乱"。张协则回应说"这个谓之决疑"。④ 老父之言，引述杜甫《奉赠

---

① 《小孙屠》，第322页。
② 《小孙屠》，第323页。
③ 《小孙屠》，第321页。
④ 《张协状元》，第15页。

韦左丞丈》诗,并提及北宋的大儒邵雍。这意在推动张协去实践读书人当有的理想,而张协说"决疑",更突出人的自我决断能力。

张协的举动本"决疑"而出,赴试、娶王贫女、不接丝鞭、又接丝鞭、再否定王贫女等,都出自"不受其乱"的意识,但因"此心不在彼,只欲要耀吾闾里"的功利目的①,结果抛弃仁爱、罔顾忠孝、背弃信义。"耀吾闾里"的背后是忠孝仁义,但是现实功利的目的产生反面结果。最后张协虽不接受王贫女,还是有了团圆的结局,功利被制约在人伦纲常中,以忠孝仁义使功利目的合理化。易言之,只有合于忠孝仁义的自主行为才是被接受的主体自觉。

张协的主体性是文人的(文人身份相当明显),但创作者却以反面方式写文人自觉,再对比王贫女自嫁张协、进京寻夫、不畏威胁的自主性,王贫女成为稳定人伦纲常的关键因素。创作者批评出口即仁义道德的文人,推崇没有知识但于生命中实践教化的平常人。不论贬抑或推崇,皆从人的主动性来推展教化观,教化是戏剧冲突的最根本元素。

贬抑,说明人的精神主体性不是随意的,不能逾越既有的结构规范,所以张协最终还是再次娶回王贫女。宋元旧本可能是以惩罚作结,团圆当为明人改动。但不论是惩罚或团圆,结局都指向相同的教化意识:人的行动是自主的,但自主又不是无限自由。文化传统是文化的深层结构,所以修改结局也不会脱离旧本要说的道理。惩罚讲没有仁义的报应,团圆则强调仁义之必要,两个结局背后的思想相同。

得功名以改换门楣,让亲老享福,这是目的,但时候未到就要学文立身,王十朋的生命历程即如此。见他唱:

【玉芙蓉】书堂隐相儒,朝野开贤路,喜明年春闱已招科举。窗前岁月莫虚度,等下简编可卷舒。(合唱)时不遇,且藏诸韫椟,际会风云,那是求待价沽诸。②

---

① 《张协状元》,第211页。
② 《荆钗记》,第13页。

这呼应《神童诗》与《三字经》等蒙书的主旨。不过,不像张协的追名逐利,王十朋的忠孝仁义思想更真切。钱玉莲也是如此。这两人相互呼应而突出教化意识对人行为举止的制约性,这是此剧被批评为封建的最主要因素。

教化制约人的精神自由,但不表示人没有自主性。自主性由学而得,王十朋在堂试时唱【红纳袄】:"恭承执事询愚见,敢不谆谆露肝胆?"① 再如万俟丞相要招亲,说:"自古道,富易交,贵易妻,此乃人情也。"他则回应:

> 丞相,岂不闻宋弘有云:"糟糠之妻不下堂,贫贱之交不可忘。"小生不敢违例。②

后【八声甘州歌】唱:"平生颇读书几行,岂敢紊乱三纲五常。"③ 这说明自主性来自所学的经典,也因此不可能因顺水人情而做有违经典之教的事。这可再从他所说《论语》之教来看:

> 学之为言效也,人性皆善,而觉有先后;后觉者必效前觉之所为,乃可以明善而复其初也。④

王十朋确实是被设定为忠孝仁义的儒生代表人物,且为凸显个性特征,创作者再安排讲学及科考情节,特别提《论语》《孟子》《春秋》及《易》,用浅白的文字表达经典中的学、性善、举贤、教民、养民、伦理、王霸、道义及天人感应思想。这与《张协状元》相同,为了在娱乐中达成教化群众的理想,用简化哲学思辨的教化内容使儒家精英伦理世俗化。

贡试一出,更突出尚文传统。考试的第三轮就是作诗,主试官要王十朋等人以桂花、梅花和橘子为题,用光、香、郎韵作诗。这明显是戏

---

① 《荆钗记》,第 25 页。
② 《荆钗记》,第 87 页。
③ 《荆钗记》,第 87 页。
④ 《荆钗记》,第 13 页。

文创作者在逞才，但逞才反映出这些人的文人身份认同。下场诗说："大惠遍及夸德政，又将文字教书生"①，突出"文教"的文化传统，也表现了社会清明，能广纳贤人的政治意识形态。在文人的、以礼教之的社会中，读圣贤书以报效家国是时人的理想，且文人也被视为人伦纲常的保护者，他们的存在是所有人能安居乐业的根本条件。今天的解读应理解这个特殊的文化语境，不能以自己的眼光直接否定推崇文人文德的文化传统。

《琵琶记》中，蔡伯喈之父就说"孝心"是本，但"人生须要忠孝两全，方是个丈夫"，所以坚持儿子要上京取应。他说："倘得脱白挂绿，济世安民，这才是忠孝两全。"② 再唱：

【醉翁子】论做人要光前耀后。劝我儿青云万里，早当驰骤。③

然而，蔡母因不舍母子分离，同曲唱："真乐在田园，何必区区公与侯？"到了此出的最末曲，又见两老唱：

【十二时】山清水绿还依旧，叹人生青春难又，惟有快活是良谋。④

最终下场诗则作："逢时对景且高歌，须信人生能几何？万两黄金未为贵，一家安乐值钱多。"⑤ 这表现出基于功名的人生理想转向了只要家庭安稳和乐即可的人生追求。两种理想有冲突：前者是制约人情泛滥的文化成规，要人不失义离道以兼善天下，自然家齐国治，更是光宗耀祖之大孝；后者讲人情，只要一家圆满，人生快活，可以把桑务农，不要公侯。虽然是冲突，但本质上却都是忠孝仁义，差异在于仁爱之心的对象

---

① 《荆钗记》，第25页。
② 《琵琶记》，第8页。
③ 《琵琶记》，第8页。
④ 《琵琶记》，第9页。
⑤ 《琵琶记》，第9页。

有大小、公私之分。

　　蔡伯喈人生"三不从"的挣扎，正展现了这个冲突。高明是思维缜密的高级文人，他把理所当然的大公转化为小私的合理条件。这不是一件简单的事情，所以蔡伯喈的生命历程波动剧烈。大公、小私的取舍极难，而写取舍，也就突出了人的主体自觉，如何取舍是蔡伯喈一直要面对的人生大问题。

　　父命难违，功名毕竟是终极理想，且大公可成就小私，所以众人合唱：

　　　　【余文】生离远别何足叹，但愿得你名登高选，衣锦还乡教人作话传。①

参加科考时自言学识志气："文章惊世无敌手，尽是当年惜寸阴。"② 得知为头名状元，【懒画眉】唱："今日方显男儿志。"③ 杏园春宴，【窣地锦裆】再唱："杏园惟有后题诗，此是男儿得志时。"④ 都在写蔡伯喈的大公意识。读书立志，不可能违背经典圣贤之教，所以得志是最重要的事，明显见其抉择的根本还是文化成规。但在蔡伯喈眼中，经典所教同时是满足小私之阻碍。人不能没有志，人伦结构更不能坏，所以人都身不由己，自主性永远是文化成规允许的有限自由。这就写出了高级文人群体的认知，不是布衣文人简单的世俗教化，更细致地展现了教化观内含的冲突状态。

　　如春宴时有感而叹，【舞霓裳】唱人要"尽贞忠"，但又怀疑到底功名何用："乾坤正，看玉柱擎天又何用？"⑤ 读书立志，懂"男儿当自强"并要忠孝两全，但离家当官如何尽孝？回家尽孝又如何为国尽忠？且在这太平盛世中，人才济济，还需要他尽忠吗？但不尽忠有违所学，如何

---

① 《琵琶记》，第46页。
② 《琵琶记》，第57页。
③ 《琵琶记》，第65页。
④ 《琵琶记》，第78页。
⑤ 《琵琶记》，第81页。

是好？他这一问，根本找不到合理答案，忠与孝是两回事。但一般人不这样想，正如黄门对他唱【啄木儿】："毕竟事君事亲一般道。"① 说了等于没说，所以他万般无奈。根本没有解决方法，只能是【锦缠雁】中唱的"欢娱翻成闷肠""愁杀我挂名金榜"。② 这是文人面对生命的深层反思。当他们以戏出之，就是在使特定思维普及化。高明想教的是，忠孝难两全，大公与小私之间有个难以处理的界限。虽提出了很麻烦的问题，最终还是回到传统教化观，说明小私只能在成全大公时才能达成。这不是回到原始的"孝忠"，而是重复肯定"忠孝"才是人生能乐的根本条件。

高明写科考和春宴，让蔡伯喈与同侪作诗，可见尚文传统，这也是作者逞才。不过，高明技高一筹。唱曲更文雅，但不是艰涩难懂的文字产品，突出功名不是荣华富贵，而是实现人文化成之志的唯一条件。见【山花子】中众人合唱的"干戈尽戢文教崇"一句③，这不是在讲述上对下的制约，而是讲述人自主认知小我与大我之区别，主动以小我成就大我，并期待大我能完善小我的诉求。众人在结局的合唱，就在说这个道理：

【永团圆】名传四海人怎比？岂独是耀门闾？人生怕不全孝义，圣明世岂相弃？这隆恩美誉，从教何所愧，万古青编记。④

所言主旨就是不能乱正道。并且，春宴一出夹杂调笑，借末丑打诨嬉笑来推展严肃的教化意识，减少说教的枯燥沉闷。再如写赵五娘到官府领米、流落至弥陀寺的弹唱，都运用相同的悲喜交错的写法突出五娘之孝及夫妻恩义。

这种写法交织出复杂且具动感的情绪氛围。观者（读者）因作者刻意营造的情绪氛围，更易接受教化。氛围是艺术性的展现。有艺术性，

---

① 《琵琶记》，第116页。
② 《琵琶记》，第170页。
③ 《琵琶记》，第80页。
④ 《琵琶记》，第265页。

是因为作者知道戏是娱乐，懂得乐人心的诉求，即开场【水调歌头】说"论传奇，乐人易，动人难。知音君子，这般另作眼儿看"①。虽说"休论插科打诨"，插科打诨反而是有意为之的艺术手段，这才能演好"有贞有烈赵贞女，全忠全孝蔡伯喈"。② 艺术性与娱乐性一体两面，且不脱离教化意识。

圣贤哲人的思辨肯定了人的自主性，但君子世界、至善天下的理想又规范出有限度的精神自由。戏文中人物的生命历练，都在展现"如何做美善之人"的生命原理。美善是价值判断，而戏文中的价值判断更体现了通俗信仰，那是世俗教化观的另一个重要内容。

四　世俗中的天理与通俗信仰

最具娱乐效果的手段是神鬼与神话情节。龚鹏程指出，神鬼是中国文学的一大特征，超自然神迹诉说人对宇宙及人生秩序的渴望，也因此，天命观与因果报应思想在文学中融为一体，意在以文字重整已紊乱的人间秩序。③ 戏文就是如此表现，天命观、宿命论和佛道混合的宗教信仰混成一体，成为世俗化教化观的重要成分。鬼神运用具有写实性，隐藏了对现实人生的批评和期待。

（一）鬼神感应中的命运预兆

《张协状元》中的古庙场景突出南宋人的拜神习惯，如第10出有神灵显圣，自言得人间供养。第16出，突出祭神必用酒肉、香烛、纸钱的习俗，同出还演张协与王贫女以酒拜神结成姻缘。要知道神灵是否听见祈愿，就要掷筊，若"觅得圣杯"，是神灵愿意相助，第14出中王贫女对张协说，需问神讨筊才能确定两人姻缘。与《白兔记》第4出"祭赛"

---

① 《琵琶记》，第1页。
② 《琵琶记》，第2页。
③ 参见龚鹏程《幻想与神话的世界——人文创设与自然秩序》，载蔡英俊主编《抒情的境界》，台北：联经出版事业股份有限公司1982年版。

对比看，可见元明间的拜神习惯与南宋时无多大差异，且《白兔记》也有"讨签"。

《白兔记》第4出和《荆钗记》第45出"荐亡"都嘲弄道士作醮的请神法事，而《杀狗记》第23出"老王谏主"更使上坟祭祀的仪式滑稽化。戏中描述的祭拜行为，与今人拜神祭祀的礼仪亦无差别。戏文的写实性，以实出虚来达成娱乐效果。

再如《白兔记》第3出"报社"表现了元明时期社火活动的内容，有"装神""跳鬼判""踹跷""竹马""舞狮豹""舞大旗"和"乔装三教"。① "乔装三教"是宋代杂剧中的滑稽戏，《武林旧事》卷10 "官本杂剧段数"有录，如《三教闹著棋》《三教化》《打三教庵字》《普天乐打三教》《满皇州打三教》。另《南村辍耕录》卷25 "院本名目"下的"诸杂院爨"又录《集贤宾打三教》一种。② 唐代有优人李可及做滑稽戏"三教论衡"，嘲弄儒、佛、道三教教义以资笑乐，至宋代更转用以讽刺时政。③ 搬演"三教"早已流行，内含的价值观因使用目的不同而早已复杂化。

八本戏文，有六本出现神鬼：《张协状元》的山神、判官和小鬼；《小孙屠》中的泰山东岳府君及梅香和孙必贵的鬼魂；《白兔记》中的马鸣王和瓜精；《拜月亭》中的太白星和土地神；《杀狗记》中的土地神；《琵琶记》中的山神、猿精和虎精。虽各不同，反映出混杂佛、道和传统伦理道德的通俗信仰状态。

如《琵琶记》第34出"寺中遗像"。开场让佛教法师说自家弥陀寺如何清净庄严，随即安排净丑打诨，批评出家人敛财。之后净扮和尚做佛会，但这个和尚却乱念经，混入道教的神鬼，同时又不断突出忠孝仁义价值观，与其他剧中被滑稽化的道士形象相同。孝义最常与宗教结合在一起，如赵五娘就是在佛寺里用琵琶弹唱"行孝曲"，唱出"忤逆男儿

---

① 这些表演形式，亦见（宋）吴自牧《梦粱录·元宵》，载《东京梦华录（外四种）》，第141页。
② （宋）周密《武林旧事》，载《东京梦华录（外四种）》，第512页。
③ 参见王国维《宋元戏曲考》，台北：艺文印书馆1974年重印本。

并孝子,报应甚分明"一句①,可见传统教化意识与民间通俗信仰结合的复杂性。

戏文中的神鬼都是高度人格化的神灵,他们能预示未来,还能直接与人沟通对应,甚至一搭一唱打诨调笑,直接批评剧中人。其批评突出天命观与宿命论,如说张协"有一举登科分",又说"张协是贫女姻缘,皆宿契,今生重会"。② 神鬼与人之间的互相打诨使严肃的宗教信仰喜剧化,如《张协状元》第10出与第16出皆演鬼贪吃的形象,扮门板、桌子并道破自己即某某角色所扮,也使神鬼荒谬化。胡闹场面的文字使人发笑,本具搬演性,娱乐效果更突出时人的"出奇"诉求。神鬼当场显灵就是奇事一桩,让人捧腹的鬼神形象更是奇中出奇。

胡闹并非无意义的娱乐,喜剧场面让观者容易接受戏中的教化。教化的内容很复杂,但戏以娱乐提出了一个基于传统教化观的根本性的价值判断,即《白兔记》第3出的下场诗说:"凡事劝人休碌碌,举头三尺有神明。"③ 观者看不懂复杂的内容没关系,但戏的表演却说明世间之上有超自然力量在赏善罚恶,人只要存善念行善事,自然趋吉避凶,万事如意。再如《小孙屠》第19出,东岳大帝解救孙必贵时说:"甘雨沾身魂梦醒,醒来冤枉自分明。从空伸出拿云手,提起天罗地网人。"④ 这是用神灵公平正义的神圣权威来维持人间秩序,不仅呼应善恶果报,更表现出面对人间不公、伦理失调的期待心理。不论是喜剧化的鬼神,或是具有严肃宗教意识的鬼神,都是面向现实而出的虚构,以"出奇"来保证伦理价值、天命、宿命及因果报应的合理性和必然性。

"奇"亦以神话传说方式被凸显出来,这更与主角的天命结合在一起。戏文展现一种特殊意识:兵荒马乱之时必有承载天命的英雄出现,只有他能平复人间大乱,重建人的信心,且他还必有应验天命的宝物,如刘知远有头盔衣甲及兵书宝剑,陀满兴福则有金盔宝剑,恰巧两人的宝物都藏在石匣中,被发现前都放射出瑞气霞光。不同的是,前者在瓜

---

① 《琵琶记》,第219页。
② 《张协状元》,第54、85页。
③ 《白兔记》,第186页。
④ 《小孙屠》,第317页。

田且有瓜精守护，后者则隐藏在山凹中。这种写法再次突出宝剑配英雄的传统认知。

英雄的天命不是秘密，情节前半段会直接点明。陀满兴福的天命有太白星下凡指示："湛湛青天不可欺，未曾举意早先知。善恶到头终有报，只争来早与来迟。"① 张协也是由山神点破。刘知远的天命则借李三娘父亲之口道出，说他睡觉时打呼声如雷响，身放火光"直入天门"，一近看，竟见"蛇穿七窍"，原来是"大贵人"，是"真龙"。② 不过，戏文的特殊之处在于展现人的主体意识，即便刘知远和陀满兴福有天命引导，在接天命前早有身为好男儿的志向。这是"言志"传统，所以角色性格必是正面的，就算消极自叹也不失理想。接得天命后，则更突出个体意识，这就把天命与人性贯通了起来，使天命成为人性的依据，而人的生存即天道的实践。

戏文更重复肯定民间神话传说，如《小孙屠》剧末出现的包拯，是人神格化而形成的新神话传说。包拯象征明镜高悬、公正廉明。公平正义的形象以写实方式表现，是人不是神，见【七娘子】唱："判断甚严明，受人间阴府幽冥。"③ 但接下来的宾白则说这不是一个平凡人：

> 人间私语，天闻若雷。包拯便是。奉敕命云间下，敕判断开封。日判阳间夜判阴，管取人人无屈，定教个个无冤。④

钱南扬注"云间"："犹云'九天'，比喻皇帝高高在上。"并指涉第11出孙必达在朱令史严刑逼供下唱【红绣鞋】："你是一只教天赦，飞下九重天，杀人罪愆，怎的免？"⑤ 把"云间"解释成"皇帝"，有过度诠释之嫌，且所指曲文与"云间"没有直接关系。就文意来看，人间与云间呼应，且戏以实出虚，要"出奇"，包拯则成为神灵在人间的代理人，被

---

① 《拜月亭》，第293页。
② 《白兔记》，第195—196页。
③ 《小孙屠》，第321页。
④ 《小孙屠》，第322页。
⑤ 《小孙屠》，第301页。

指定来维持人间的公平正义并彰显人伦秩序。此包拯形象与史料中的龙图阁直学士包拯有很大距离,是民间信仰中的包青天,与近代电视剧中的包青天相同。他是传说中能出入阴阳的包青天,维护人间秩序和天道运行的原则更体现"因果报应,屡试不爽"的世俗价值观。

即便在没有出现神鬼的《荆钗记》中,也有钱家家仆李成对观众唱:"听取一言伸覆,需信人生万事,莫逃天数。"[1] 神怪关目有吸引力,更易推展教化。《拜月亭》最末出的二曲道出作者意图,见【排歌】:"风流事,著简编,传奇留与后人传"及【金钱花】:"戏文自古出梨园,今夜里且欢散,明日里再敷演,明日里再敷演。"[2] 创作者不认为所作只是娱乐,而是能流传后世的东西。能被重复搬演,那是因奇而受人欢迎;能流传后世,则因内容美风俗、正人心。这就是"寓教于乐",呈现出戏文的艺术自觉。

戏文的艺术自觉与民间通俗信仰有关。民间通俗信仰贴近日常生活,从个体出行、婚丧、移徙到整体耕稼、祭祀、社火都有规范,意在趋吉避凶。今人多鄙视为"迷信",认为神鬼报应思想落后,是当去之的糟粕。但戏中的"迷信"行为都在讲社会和谐安定的重要性。戏演人情世故,人世是天道的落实。在戏文展现的世界中,天道与人道叠合,以人说天,用人事说天理,与宋元善书中的善恶果报思想并无不同,且呼应宋明理学家之教。

(二) 世俗天理中的人神交易

民间信仰与《周易》的感应思想相关,圣贤哲人的论述仍肯定了民间信仰的存在价值。先肯定,再说如何不对,形成特殊的"负面肯定"的论述。孔子说自己"不语怪力乱神"(《论语·述而》),朱熹也说:

> 怪异、勇力、悖乱之事,非理之正,固圣人所不语。鬼神、造

---

[1] 《荆钗记》,第126页。
[2] 《拜月亭》,第386页。

化之迹，虽非不正，然非穷理之至，有未易明者，故亦不轻以语人也。①

讲民间信仰不是不行，问题在于能不能知，所知又是否为正。以正来说怪异、勇力、悖乱之非，戏文就这样演人、事、情。孔子有言："务民之义，敬鬼神而远之，可谓知矣"（《论语·雍也》），朱熹则认为这是："专用力于人道之所宜，而不惑于鬼神之不可知，知者之事也。"并引程颐之说为证："人多信鬼神，惑也。而不信者又不能敬，能敬能远，可谓知矣"②。程颐明显排斥鬼神信仰，朱熹则强调以人说人的"人道"。两说相通，鬼神惑人是哲理思辨的主要主张。

但《系辞》中早有言"精气为物，游魂为变，是故知鬼神之情状"，这是"弥纶天地之道"的知。③"不违天地"而能"道济天下"，以之教人，则人都可以乐天知命、安土敦人、爱而不忧、不过不遗。《周易正义》中又有言：

> 因自然之神以垂教，欲使圣人用此神道以被天下，虽是神之所为，亦是圣人所为。④

这样说鬼神，无异于民间信仰中的鬼神，只不过不特别提鬼神的特殊性，重点在说圣人知天道以施教。

程颐仍基于感应相通解释此章，但把"幽"解释成"理"，说"明"为"象"，言"幽明"是"知理与物之所以然也"，已取消了鬼神信仰。至于"精气""游魂"，只说"聚则为物，散则为变"，所以"鬼神"说的是"造化之功"。他强调理、物关系，造化之知来自观察这层关系。再总结此章之意讲"顺理安分""乐天知命"的生命观让人"能爱无忧"。⑤

---

① （宋）朱熹：《四书章句集注·论语集注》，第98页。
② （宋）朱熹：《四书章句集注·论语集注》，第89—90页。
③ （魏晋）王弼注，（唐）孔颖达疏：《周易正义》，载《十三经注疏》，第313页。
④ （魏晋）王弼注，（唐）孔颖达疏：《周易正义》，载《十三经注疏》，第315页。
⑤ （宋）程颐：《河南程氏经说》，载（宋）程颢、程颐《二程集》，第1028页。

以圣人之知及人本能之知来取代鬼神,感应相通的重点放在圣人教人知,人法圣人之知上。

朱熹顺着程颐的说法讲此章的含义,但两相比较,其说更近《系辞》的原意。

> 幽冥死生鬼神,皆阴阳之变。……阴精阳气聚而成物,神之申也;魂游魄降散而为变,鬼之归也。

再言"天地之道,知仁而已",且"仁者,爱之理;爱者,仁之用"。他说《系辞》讲"知且仁""权行守正"皆本于仁。只要是依仁来生活,自然会"乐天理""知天命",能"随处皆安,而无一息之不仁"。① 将鬼神与仁爱结合在一起说"天理",此亦是民间信仰鬼神的最重要的观点。

民间信仰就是用鬼神来使天理具体化,并结合《革卦》的顺天应人之象,形成民间信仰中的因果报应观。

> 天地革而四时成,汤武革命,顺乎天而应乎人,革之时大矣哉!②

《周易正义》解释:

> 夏桀、殷纣凶狂无度,天既震怒,人亦叛亡。殷汤、周武,聪明睿智,上顺天命,下应人心。③

这是"为民所信"之"人革"。《象》中有言其结果是:"文明以说,大亨以正",原因是:"君子以治历明时。"郑玄解释这是"履正而行""应天顺民"。④ 从民间信仰来说这套哲理,就是善有善报,恶有恶报。善恶

---

① (宋)朱熹:《周易本义》卷3,第911页。
② (魏晋)王弼注,(唐)孔颖达疏:《周易正义》,第238页。
③ (魏晋)王弼注,(唐)孔颖达疏:《周易正义》,第238页。
④ (魏晋)王弼注,(唐)孔颖达疏:《周易正义》,第237、238页。

的基准即天理。桀纣纵欲无度，就是没天理，顺天命以应人心，就是合天理。

天理无所不在，君子自身之正知正见就是天理的体现，且一般人天生就有这种知的能力，朱熹说："人欲便也是天理里面做出来。虽是人欲，人欲中自有天理。""人生都是天理，人欲却是后来没巴鼻生底。"人欲无所不在，"饮食者，天理也；要求美味，人欲也"，只要"不为物欲所昏，则浑然天理矣"。① 人欲与天理是一体，他对立起来谈，意在要人知欲导人罔顾天理，也因此有了"灭人欲"之说。然而，朱熹的"灭人欲"是节制的概念，并不是要取消人性，而要人"存天理"，存的就是人源于天的善，而不是说有个外在于人的天理在压制人性。人性本于天，本来就是善，人欲也是善，之后作恶逆天，非天生如此，那是欲过多的结果，所以人要节欲以明本性之善。

朱熹认定天理为善，与《感应篇》并无差别，只不过《感应篇》简单地用鬼神说善之必然，还大篇幅地从恶说恶报，并未从善来推敲并定义性理关系。善恶是通俗信仰的根本，直接把鬼神视为善（天理）的象征，再强调人间的善恶果报原则。天理报应也因此有天道及人道的双重性：以鬼神揭示天命，表现天理昭彰、善恶终有报，这是天道；以英雄清官执行天道，落实恶终不敌善，必有惩罚，这是人道。鬼神报应，屡试不爽，赏善罚恶也满足了人的心理诉求，更见天道与人道的叠合。鬼神报应也因此可以保证娱乐效果，而娱乐内容因鬼神想象而更具艺术创造性。

戏文中的通俗信仰更偏向于世俗道教，即便演出佛教内容，表现的也多是吃素、烧香、问卜、超度等行为。如《琵琶记》的张太公，在探访蔡父时说"慈悲胜念千声佛，造恶徒烧万炷香"②。佛教不烧香，不问卜，则戏文演的实是道教化的民间佛教。烧香、问卜与超度皆出自鬼神福报信仰，也是道教的重要内容，更突出人与鬼神间的交易，与正统佛教有很大的距离。严肃的宗教教义多反对人神间的交易，如汉代的太平

---

① （宋）黎靖德编：《朱子语类》卷13《学七》，王星贤点校，第224页。
② 《琵琶记》，第174页。

道、天道及唐代的禅宗，但为了有效地推广信仰，正一道就有驱邪避凶的降神法术，净土宗更设想了阿弥陀佛的西方极乐世界，只要口念阿弥陀佛就可得生极乐净土。① 佛教有解释世界与生命的教义，但民间佛教不讲教义，只用有因必有果的循环关系来推广慈悲喜舍和极乐净土，形成循环不已的"因果报应说"。

因果报应是《感应篇》的核心思想，认为天地间有司过之神，三台北斗神君录人罪恶以夺其纪算（年岁），人身中还有三尸神会上天去说人罪过，家中的灶神也是如此。警告人行恶会被夺算，算尽则死，且死前会有惩罚。如果罪恶太多，死后还不算完，由下一代来还债。与之相对，人若能行善，就会上天去当神仙，就算善不足，也会长命百岁。劝人行善，慈悲为怀，这篇道经说的与民间佛教并无二致。

慈悲行善，自有福报，作恶多端，烧香也没用，且去烧香是已知作恶会有恶报。《张协状元》中为男女主人公主婚的山神就说"作善降之百祥，作不善降之百殃"②，引自《尚书·伊训》，明显以儒家思想来使通俗信仰合理化。后王贫女被张协砍断手臂，唱"款款归古庙，只得靠着神道"，李大婆说"思之是你五行乖"③，则见道教为通俗信仰的主体。又如张协去占梦，占梦者打诨说生意不好，见他来到就像是"僧见佛住"，要赶紧"把火烧香"④，用佛教作喻更突出佛教的道教化。"靠神道"背后隐藏了人神交易，而张母抱怨丈夫偷钱"布施念佛"，说偷窃会落入畜生道，又如张父唱"每日焚香祷告，惟愿我孩儿，得遂平生志"⑤，更直接地展现人神交易思维。

求神都有目的，求就是交易，且神更是佛道混杂的神。虽称为佛，但不是佛教教义中乘誓愿而来的佛菩萨，而是人格化的道教神，如《琵琶记》中打诨的【佛赚】这样唱：

---

① 参见龚鹏程《道教新论》，北京大学出版社2009年版；《佛学新解》，北京大学出版社2009年版。
② 《张协状元》，第83页。
③ 《张协状元》，第179页。
④ 《张协状元》，第26页。
⑤ 《张协状元》，第33页。

十方法，十方僧。上帝好生不好杀，好人还有好提掇，恶人还有恶鉴察。好人成佛是菩萨，恶人做鬼做罗刹。……

　　诸恶莫作，奉劝世上人则个，浪里艄公牢把舵，行正路，莫蹉跎。大家却去诵弥陀，诵弥陀。善男信女笑呵呵。……

　　积善道场随人做，伏愿老相公老安人小夫人万里程途悉安乐。①

上帝、佛、菩萨、鬼、罗刹混在一起唱。上帝是道教的，佛菩萨是佛教的，但通俗信仰都混在一起，而信仰内容更偏向道教。

　　由于道教神灵信仰的引导，民间信仰的一大特色是人神交易原则，且交易同时是教化，教人认知以"善"为宗的"神性"。韩朋士（Robert Hymes）研究宋元时期江西崇仁华盖山的三仙信仰，发现人神关系体现于三个层次：一是个体自主的求福；二是道士以科仪肯定神格；三是天心派用法术消灾解厄。② 第一层次说明信仰的关键是信，信所拜的是能与人互动并为善之化身的神。但三仙是新出的在地人格神，并非先天自然神，所以要再以善象征符号来肯定其神格。象征符号指涉"神性"，由道士以科仪和咒语提出，由此使在地三仙信仰合法化。道士是神与人之间的中介人，科仪和咒语使他成为神灵的人间代表，而施行法术以消灾解厄更使他具有神性。易言之，道士不仅再现神性，也掌握了赋予神性的特殊权力，而这同时是地方权力的展现。所以，新的人格神不需要经过国家认可，而人神间的交易更是人与道士间的交易。道士的宗教功能反映出民间道教的自主性，而民间造神也未脱离传统教化，因为科仪与咒语背后的知识和文献传统来自传统儒家伦理观，也因此，使新在的人格神合法化时一并加深并使儒家的"人性本善"普及化。总而言之，道士推动"善"价值观的普及，而中介人的身份更突出人神交易原则。

　　人格神的特色是神性中保留了人性，所以人之所好也是神之所好，戏曲成为拜神还愿的重要方式。神如此，鬼亦同，所以丧葬仪式也要演

---

① 《琵琶记》，第221页。

② 参见［美］韩朋士《道与庶道：宋代以来的道教、民间信仰和神灵模式》，皮庆生译，江苏人民出版社2007年版。

戏。演戏不仅是娱乐人，更突出人与鬼神的交易原则。演戏是附加的，与科仪没有关系，但演戏的内容突出"尽孝"意识，还可帮助亲人与逝者道别。演完后烧纸房、纸人等象征人间的供品，这是仪式的一部分，确定家庭有新的祖先成员。这仍是"信"，相信人往生后精神仍存，而祭祀祖先就是与祖先的交易。因祖先是血亲，求其护佑在世者生命安稳将更有效。演戏本具仪式性，再加上道士科仪表现神性及神的谱系，表演丧葬仪式使神灵为规范人之行为举止的象征法则更普及化。

戏文多演道教仪式，展现信仰力量，目的在于明天理，以人道来肯定天道之必然。《白兔记》演祭马鸣王神，庙官唱："但办志诚心，何劳神不灵？但办志诚意，何劳神不至？"① 人神交易之关键在人，能信能诚，神灵自然保佑。一家三口的下场诗再说：

　　（老旦）神道亲临下降，（旦）愿得消除灾障。（外）为香金钱还得志诚，三抛都是上上。②

人求神，神降临，交易行为说明天道在人道中。李文奎唱"燃起道德香"，李三娘再唱"愿降慈祥，父母双全喜"，再突出道德主体是信仰的根本，且是以孝为大。又如《杀狗记》中孙荣祭拜父母说："爹娘啊！你生则为人，死则为神，望阴空保佑我兄弟和顺。"③ 还是交易，认定血亲关系会使交易更有效。不论是神或是鬼，他们真实存在。再看此剧中的土地神，显圣时说："善哉，善哉！人间私语，天闻若响；暗室亏心，神目如电。"下场诗再说："万事劝人休碌碌，举头三尺有神明。"④ 这讲善恶果报，更强调人道与天道相通。

人所认知的鬼神有主动性，如《荆钗记》写王十朋夜梦钱玉莲，王母便以为是鬼魂主动"讨祭"。后王十朋唱"俺若是昧诚心，自有天鉴之"，再次突出鬼神的主动性。祭妻一出，目的在于彰显夫妻情义，这是

---

① 《白兔记》，第189、190页。
② 《白兔记》，第190页。
③ 《杀狗记》，第460页。
④ 《杀狗记》，第476页。

世俗天理的重要内容，王十朋的祭文更这样写："惟生之灵，抱义而归；惟灵之死，抱节而归。义也，呜呼噫嘻！"① 不仅表现出其文才，更表现出祭祀就是教化，教人认识人情伦理。象征天理的鬼神，存在目的在于辅助人道，肯定善恶终有报的唯一原则。

再对比《张协状元》与记妙善传说（观音故事）的《香山宝卷》，皆见相同的通俗信仰。《香山宝卷》以善和孝写妙善成道的故事，后衍变出《香山记》，妙善从人成为能下地狱救父的"类法师"，再晋升成为观音神，转变的因素仍在善和孝，且明人增补的《搜神大全·观音菩萨》也讲述相同的内容。《香山宝卷》题记说作者是宋代的普明禅师，这有争议，但北宋时出现观音传说则无异议。李永平认为《香山宝卷》成书于南宋，融合各种劝世传说而成，并反映出神授天书与代圣立言的传统。② 道经也以天书方式出现，编纂道经的人也在代圣立言，劝善的《感应篇》即在南宋时成书。杜德桥（Glen Dudbridge）指出，信仰流传不断，关键在于传说直接被讲唱搬演，而每次改写与搬演就是一次重新的诠释，虽重新诠释会涉及时代状态，整体不脱离大的文化传统。③

《香山宝卷》《感应篇》与《张协状元》都讲善和孝，今天仍这样讲，则世俗天理在南宋时已广泛流行。戏文中重复表现善与孝，不仅推展了传统，还建立起戏曲文化中的教化传统。传统还是会因时代而有变化的，《张协状元》的结局就可能出于元代文人入仕困难，得志负心现象相对减少，不再以负心报应作结。此外，戏文写道教仪式多于佛教法事，八本明刊戏文仅《琵琶记》写佛教法事，且已道教化，此见通俗信仰更偏向于道教，民间佛教是道教化的佛教。

（三）以人道彰显天道

要确保人神交易成功，人的行动必须循天理而自发地仁爱、忠孝、信义。人神交易意在满足人世的功利目的，而此目的可以被合理化，关

---

① 《荆钗记》，第135页。
② 参见李永平《神授天书与代圣立言：宝卷来源的人类学解读——以〈香山宝卷〉为中心的考察》，《民俗研究》2012年第6期。
③ 参见 Dudbridge, Glen, *The Legend of Miaoshan*, Oxford: Oxford University Press, 2004。

键在于其不违背人伦纲常。戏文以鬼神写出了超自然的天道运行原则。

1. 天道

戏文借鬼神开展善恶报应，体现源于天理运行的命定思想。戏的本质是表现命运，而命运又展现出人的世界观。高德曼（Lucien Goldmann）论述哈辛（Jean Baptiste Racine）的"悲剧世界观"，发现宗教意识引导人的世界观并使人成为悲剧世界观的主体。戏剧文学贴近人的社会生活，其中的世界观会因民族文化的差异而大为不同。他认为世界观的目的在于教化群众，而探讨悲剧世界观就是社会学的美学研究。[1] 简言之，宗教意识是探讨戏剧内涵的重要切入点，而挖掘戏剧再现的生命内容，就是一种带着文化特性之生命美的解读。中国的戏曲世界观就是天理报应的命定思想，这是中国文化异于其他文化之处。

戏文中的正面角色的生命一般都带有天命。天命的内容并不复杂，就是此人必然功成名就、圆满富贵，但要达到这个结局，中间磨难不断、劳心劳力。天命也不是秘密，但主角必不知情。天命的传达都经由鬼神，有两种主要方式：

（1）鬼神直接说出主角的天命，如《白兔记》的刘知远、《拜月亭》的陀满兴福及《张协状元》的张协；

（2）鬼神相助，隐喻天命如此，如《张协状元》的王贫女、《小孙屠》的孙必贵、《琵琶记》的赵五娘及《杀狗记》的杨月真和孙荣。

显灵时机都是在主角最落魄时，或直说此人终将飞黄腾达，或借神明不忍而出手相救来说明命中注定先苦后甘。不论怎么说，重点突出此人天生忠孝节义，这是天命的最根本条件。这样做，直接告知观者、读者最终结局，因此戏之悬疑不在结局如何，而在人如何获得圆满结局。

因过程重于结果，所以突出人生中的各种阻碍。阻碍又有关于人行动的情理问题，也只有合天理的行动才能完成天命。因鬼神早已揭示天命，人生历程中的磨难加深对鬼神之"信"，"信"又突出天理昭彰、天命不可违的世界观。"信"又基于鬼神仁爱不忍，而不忍又因人之忠孝节

---

[1] 参见 Goldmann, Lucien, *The Hidden God*, translated by Philip Thody, London: Redwood Press, 1970。

义，所以鬼神信仰与道德理想完美地结合在一起。"信"的内容就是文化传统中的教化意识。

如《琵琶记》写神灵助赵五娘筑坟葬公婆。山神一上场就交代出场目的："赵女堪悲，天教小神相济。"再说：

> 善哉！善哉！吾乃当山土地，今奉玉帝敕旨，为见赵五娘行孝，特令差拨阴兵，与他并力筑造坟台。①

后坟筑成，唱：

> 【好姐姐】五娘听吾道语：吾特奉玉皇敕旨，怜伊孝心，故遣阴兵来助你。（合）坟成矣，葬了二亲寻夫婿，改换衣装往帝畿。②

再说："大抵乾坤都一照，免教人在暗中行。"③ 孝能感动天，循天理当然有好报，且玉帝乃无所不知的天界至尊神，暗中保护赵五娘因命中注定要经历这些苦难，神明必须相救。要赵五娘快快去寻夫，暗指其命运结局：有神相助必然圆满。吃苦受难是天命的合理条件，即便全知全能的神也不能破坏天道运行、天命制约，天命大于神灵威力。这是特殊的天道世界观。

孝感动天，《小孙屠》中的孙必贵得东岳泰山府君相救，但神还是不能干扰命运，他说："莫瞒天地莫瞒心，心不瞒人祸不侵。十二时中行好事，灾星过了福星临。"④ 善恶一定会报，要人谨记这个道理，这是命定思想的重要内容。天命不可违，神灵是天道运行的维系者而不是创造者，神威无法改变天命。神威只在判别是否合天理之善以惩恶扬善，所以说"劝君莫做亏心事，东岳新添速报司"。行不善，神灵必会"从空伸出拿云手，提起天罗地网人"。⑤《拜月亭》的太白星神也说"未曾举意早先知"，但

---

① 《琵琶记》，第183页。
② 《琵琶记》，第183页。
③ 《琵琶记》，第183页。
④ 《小孙屠》，第317页。
⑤ 《小孙屠》，第317页

他只能帮助陀满兴福避开追捕，不能扭转先入绿林后才成功的生命历程。太白星说"善哉！善哉！苦事难挨"①，天命不是神明可以动摇的。

既然神明只能从旁辅助而不能直接介入命运，则行为举止仍是人自发的，这反而特殊地突出人的自主性。不过，由于天命注定，则人的行为举止也都是注定好的，自发行动必是正向的，最终的好报就突出了人得于天的本来善性。生命历程看来虽是人的自主表现，自主性实际有限，不能逾越天命设定的范围，只能是天理所规定之范围内的有限自由。

再见《张协状元》中的山神，也无法助张协避盗贼之难。神灵自言感应最灵，早知张协名挂桂籍，与王贫女有宿缘，但张协还是忘恩背义，神灵也无可奈何。在天命设定下，张协本该性善，行为举止应该合天理，不破坏人伦纲常。其光宗耀祖的理想是为了行孝，并未脱离传统教化，但他对王贫女的作为却偏离了天命设定。原本张协应该是由正而反，最终恶有恶报，现有的不合理且不合教化观的结局是被改造了的。生硬地改造忽略了人物的个性，所以出现了特殊性。特殊性不能直接被视为教化意识的变异，也就不能说宋、元、明时期人的思想有极大的差异。并且，团圆的结局还是命定的，因王贫女与他有宿命，命该如此。有功成名就的天命，但人走向离情背义的恶，若以天打雷劈作结，天命的设定就是性恶，目的在讲恶有恶报。《张协状元》这一改，重心导向了性善。虽然扭转情节的过程生硬，但结局仍是善有善报，而且更是王贫女的善报。不论是团圆还是恶有恶报，都不脱天理制约的命定。

因宋代戏文多演"负心"，近人便推论宋代文人多负心，这个说法应进一步思考。今人之说，皆以科举立论，认为宋代广开科举，比较容易功成名就，所以有抛妻弃子的社会问题，"负心戏"直接反映恶劣的社会现象。元人则因科举限制，入仕机会很少，所以出现如《琵琶记》这种为文人发声的"翻案戏"。宋代已佚或仅存残曲的戏文有《赵贞女蔡二郎》《王焕》《王魁》《乐昌分镜》《陈巡检梅岭失妻》及"李勉鞭妻故事"等。从名称、残曲内容及沈璟"散曲集古传奇名"的【刷子序】来看，确实演书生负心。但赵景深《宋元戏文本事》收入的《陈巡检梅岭

---

① 《拜月亭》，第293页。

失妻》残曲及《清平山堂话本》收的同名作品就不是负心戏。①

话本中言大宋、东京，同时又因《宝文堂书目》有载，或认为《清平山堂话本》收的就是宋代作品。洪楩是明嘉靖人，话本又是说故事用的底本，断定其是宋代作品，站不住脚。② 不过话本与戏文相同，已经元明人更动，但仍保留原本内容。③ 故事讲述陈辛偕妻子张知春前往广东南雄沙角镇赴任，途经梅岭，号称"齐天大圣申阳公"的白猿精见知春美色，伙同山神劫之。前后三年，陈辛一直在寻找妻子，后经红莲寺大惠禅师和紫阳真君相助，夫妻团圆。陈辛用心政绩，还平定南林村镇山虎之乱，同时不忘夫妻之情，是完全正面的男性形象。张知春也是个不屈于精怪威胁的贞洁烈妇，被劫而不失清白。

这不是负心故事。主角不负心，夫妻却分别三年，重点在讲主角经历特殊苦难而仍情深义重。戏中描述了神仙、和尚、卜卦、精怪，丰富了单薄的夫妻情义故事而能乐人。这种写法与我们讨论的戏文相同，通俗信仰中的神怪建构了一套特殊的世界观，那是意在提升娱乐效果的艺术手段。不负心的情节也一样，且更是凸显天道、人道教化意识的艺术手段，而不是在反映某种社会现实。

其中，白猿精称为"齐天大圣"，有学者以为是《西游记》中孙悟空的前身，因此认定此话本直接影响了《西游记》。④ 余国藩已指出，英国人杜德桥（Glen Dudbndge）论孙悟空形象时提出自唐以来的众多猿精资

---

① 参见赵景深编《宋元戏文本事》，北新书局1934年版；（明）洪楩辑，裘佳点注：《清平山堂话本》卷3《陈巡检梅岭失妻记》，载《中国古代通俗短篇小说集成》，华夏出版社2012年版。

② 参见［日］中里见敬《反思〈宝文堂书目〉所录的话本小说与清平山堂〈六十家小说〉之关系）》，《复旦学报》（社会科学版）2005年第6期。

③ 这个话本在明代嘉靖年间被洪楩收入集子中，且集子已杂明代话本，又冯梦龙流行更广的《三言》也收入并改动故事，可知明代仍有人在讲这个话本。参见［美］韩南《中国白话小说史》，尹慧珉译，浙江古籍出版社1989年版。胡衍南从"文类"看话本的发展，提出宋元时期的话本是改编文言小说以为说话娱乐，到洪楩辑《六十家小说》才见后来"文人话本小说"的迹象，而冯梦龙的《三言》更确定"文人化"的改编路径，参见《中国古代白话短篇小说研究》，《淡江人文社会学刊》2003年第17期。

④ 参见陆凌霄、梁慧杰《从宋话本〈陈巡检梅岭失妻〉到〈西游记〉——〈西游记〉故事发展的又一重要线索》，《广西民族学院学报》（社会科学版）2005年第6期。

料,《梅岭失妻》即其中之一,但这些资料说的白猿都本性淫荡,不能说是孙悟空的原型。① 白猿是不是孙悟空的原型非此处重点,但这样写诱拐妇女的淫荡猿精,使恶有恶报的教化意识具体化。话本中可见"从空伸出拿云手,救出天罗地网人"②,与《小孙屠》的说法只有后句的"救出"与"提起"之别。话本内容与残曲大致相同,但残曲多了猿精悔过的情节,【彩旗儿】最末两句:"望乞慈悲,洞中恁快乐壶天地。合争知今日遇娉婷,料想业缘又未。"③ 曲意明显未完,可推再下的唱白应是求紫阳真君放过他。这仍是借神明来实现公平正义,背后还是天理运行、赏善罚恶的命定意识,且天理是以混杂佛道的通俗信仰表现出来的。

　　帮助陈辛的大惠禅师是佛教僧人,而点破张知春有千日危难的紫阳真君和帮助猿精的山神都是道教仙人,陈辛的卜卦行为还是偏向道教。紫阳真君一开始就道出了知春的命运,身为神仙也只能从旁相助,无力改变命运。同样,陈辛砍猿精不成,后经大惠禅师指点,急走三日必能寻得紫阳真君指派的道童,这说的是冥冥中有定数,最终必定夫妻团圆。再看猿精最终说"业缘",这个佛教术语讲的就是善恶果报。猿精想断爱欲以修成正果,所以去听大惠禅师说法,但时候未到,就脱不去淫恶本性,必须经历此事,这还是命定。再如猿精得不到知春而自叹:"要同欢,他未肯,不知何意。是前生分浅,这情怀不堪诉与。"④ 直接以命定来解释现实不如意。用神怪讲一段颇单调的夫妻情义,意在以娱乐肯定善恶果报的命定思维。

　　从艺术创作来看,描写神怪是丰富戏文内容的艺术手段,同样,描写负心情节也是艺术手段,且负心结局是恶有恶报,展现的还是命定思想。既然戏曲要行教化,创作刻意让书生反其道而行,更能表现天命思想中的因果报应效力。戏曲当然会折射出社会现实,但"负心戏"不必然是在反映社会现实,而更可能是创作者的艺术创意。戏文中恶有恶报

---

① 参见余国藩《余国藩〈西游记〉论集》,李奭学译,台北:联经出版事业股份有限公司1989年版。
② (明)洪楩辑,裘佳点注:《清平山堂话本》卷3《陈巡检梅岭失妻记》,第79页。
③ 赵景深编:《宋元戏文本事》,第32页。
④ 赵景深编:《宋元戏文本事》,第27页。

的天命设定比较特殊，除《梅岭失妻》以神明收服猿精作结，其他的鬼神并不直接执行天理报应。他们只预言报应，而报应还是要由人自己来主持公道。这就把不可违背之天道落实在真实生活的人道中，人道即天道的展现。

2. 人道

鬼神代表天道运行、天理昭彰，其象征力量是人间善恶公平、人自主惩恶扬善的依据。《小孙屠》的结局惩罚了恶人李琼梅与朱邦杰，命运的结局回到了人的主动性上。

开封府的包拯是能出入阴阳的人，且他"奉敕命云间下""受人间阴符幽冥"，所以是个能"从公决断""心无私曲明如镜"的人。① 他能让人无屈无冤，仍有来自超自然力量的辅助，但这种力量不外在于其身，也不直接介入断案行为。易言之，包拯象征了天道与人道的叠合，他的决断使世俗天理具体化，决断背后虽有神灵的象征力量，但表现出来的却是人的自主性，两相结合更突出因果报应的绝对性。

李琼梅和朱邦杰违背的是"私淫""诬陷"及"谋夫杀叔"，这三条都可以被判死罪。这些罪都是因主体纵欲放情，过度自由而破坏了人伦结构。人虽天性本善，但因情欲而掩盖善性。不论善恶，都是自发的，善与恶的不同，在于恶导向少仁缺爱、不忠不孝、无信无义。恶有恶报的结局说的是情必须要节制，人伦必不可坏。善恶分界明显，并突出主体精神自由的限度。再回头看《梅岭失妻》中的白猿，也是同样的情况，只不过他不是人，最终由神来收服他。《小孙屠》则由人来执行严厉惩罚，则人道使天道运行具体化，鬼神只辅助人道的推展，并不是建构人道的主力。

"杀狗劝夫"为"妇贤"说明了同一个道理。《杀狗记》中有土地神，但不介入府尹王修然断案，结局展现了人自主维系人道中的公平正义，也因此，恶人的恶报更突出天道只能在人道中展现。杨月真的"杀狗劝夫"落实了人道，且人道的最理想状态是"国正天心顺，官清民自安。妻贤夫祸少，子孝父心宽"②。不论为善作恶，都有报应，所以杨月

---

① 《小孙屠》，第 321—322 页。
② 《杀狗记》，第 495 页。

真善有善报而封"贤德夫人",孙荣尽事兄之道而授陈留县尹。"见利忘义"的柳龙卿和胡子传,罚"著枷号市曹三个月,满日各杖一百,发边远充军"①。没有给予最严厉的惩罚,因见利忘义的小人不像李琼梅和朱邦杰那样杀人灭口。戏中的因果报应与人间法令相配,并非随意为之,再次把超自然的因果报应落实到人世间。以善制恶,突出孝为百善之首,这是因果报应最重要的诉求,此剧结束前的合唱说:"一门孝义九重知。夫荣显,妻又贵,方知为善最便宜。"

《宦门子弟错立身》的父子关系更表现了人的自主性。此剧为残本,看不到惩恶扬善的结局,但并不是没有善恶终有报的命定思想。这对父子被设定为善人,只不过儿子不认为求取功名才是人生的唯一目的,引发了戏情关键的父子冲突。父亲不满而软禁儿子,儿子离家追求自由生活,说明人情自主,而情正是人伦大坏的缘由。但天生亲情不可能断,所以两人再见面时都意识到情放纵而家失和的问题。丧失亲情所以心慌意乱,人生不得圆满,最终【羽调排歌】唱:"今日里,得见你,焚香子父谢神祇。"② 知错能改,则亲人团圆,这说明了善不是没有情,重点在情要合理,而延寿马的回头更是人伦大情的孝,同曲接着唱:"它乡里,重会遇,夫妻百岁效于飞。"这是说人伦大情是个体小情的合理依据,结局还是在说善有善报的道理。

《荆钗记》与《宦门子弟错立身》中一样没有鬼神,但钱载和与随从聊天,说夜梦神人警示有节妇投江,要他去救人。此剧完全在写人自身就能维系本天理而出且报应不爽的人道。其中仍插演民间道教仪式,以调笑手法写道士作法,反而更强调鬼神信仰。如道士自嘲"门徒闻不善,道我不志诚",后说自己做法事没诚心,竟偷吃贡品,结果吃坏肚子,一时忍不住"忽然阿出,污了道衣",怕人笑话而赶紧回家。回家后,"道婆看见,一顿雷捶,打得不可思议功德"③。"不可思议功德"是用佛教语言来做反面嘲弄,讲信须诚,若不诚无信,现世报应灵验无比,烧香

---

① 《杀狗记》,第500页。
② 《错立身》,第254页。
③ 《荆钗记》,第162页。

拜佛也没用。嘲弄缓解了之前戏情堆积的悲情，而突然插入打诨，形成冷热交替，这才有娱乐效果。且因已进入尾声，悲情要转入喜庆大结局，打诨辅助了情感的转折。因此，打诨是艺术手段，不是无意义的设计。

渡化亡者的仪式更饱含了对仁爱与孝的"信"。所以，入仕当官的王十朋也信，信亡者如生者，以仁爱之心来假想一个属于亡者的死后世界，愿其能得度，前往没有苦难的极乐世界。

【一封书】（生）特朝拜上请，仗此名香表志诚。亡妻滞水滨，愿神魂得上升。（净）横死孤魂都招请，请到坛前听往生。（合）诵仙经，荐亡灵，仗此功德勋超圣境。①

诵仙经即可助亡者前去圣境，这是道教特殊的文字信仰。经的神圣力量在于其中的字与音，此世的人只要诵读，就拥有能超荐亡魂的神圣力量。这仍是将人的自主能动性超自然化。如此展现人的力量，是因为文化传统中早有对人道与天道叠合的特殊认知。

王十朋、钱玉莲、孙汝权及钱玉莲的姑姑的生命历程更表现出命定世界观。王、钱二人的命运表现了人世中人因努力而善有善报，另两人的命运则体现了作恶而必得恶报。四人的生命历程都由天命设定，但没有鬼神介入并出手相助，因此突出一切为人造，人须为自己负责的命定世界观。

王十朋的生命波折、种种磨难在考验其自主决断的能力。戏情发展不断告诉观者、读者忠孝节义的重要性。因忠孝节义而产生的行为带来了苦难，但只有经历苦难，最终的"天教今日重完聚"才是真圆满。这说的就是命运，那必然是"有缘千里来相会，无缘对面不相逢"②。钱玉莲拒婚不嫁，投水保贞节，是基于忠孝节义的自主行为，也正因其主动"守三从四德遵妇道"，所以遇到同为钱姓者相救的奇事而化解灾厄，最

---

① 《荆钗记》，第162页。
② 《荆钗记》，第171页。

终"苍天果然不负了",得"阖家旌表"。① 相反,孙汝权为情所惑而自招祸害;钱玉莲姑姑则为财所迷而罔顾伦理。情、财蛊惑人心,使人忘了人伦大义,坏了家庭和谐。《荆钗记》不只写善,而是善恶交错,展现人世中人积极主动面对生命的状态,最终再导向以仁爱、忠孝、信义为主旨的美善生命意识。这种写法更具娱乐效果,更能满足观者、听者的心理诉求。

王贫女自主婚姻、赵五娘勇敢寻夫、李三娘含悲隐忍、王瑞兰坚定从夫、杨月真果断劝夫,戏文中女主人公的生命历程最能体现美善的生命意识,贞节女德具体展示了中国文化中的生命美。这是自主的、和谐的、群体的、道德的美,是以小我来成全大我的美。再从男性正面角色来看,也是一样,戏曲要说的是基于忠孝节义的生命意识。男女间的感情可以是爱情,但那不是主旨,因为爱情只是稳定人伦结构的环节。生命美的内容更在家庭问题与家国问题上,要教人认识到人的决断必须合天理。戏中主人公的人生说明了逆天道则人道不存。

据此,近代的"中西戏剧比较说"就需要再商榷。惯以西方戏剧观来检视中国戏曲,故说中国没有悲剧,戏曲也不表现人的主体意识。此种观点,近来已有改观,但仍不足,如马小朝的观点就颇有趣。他从命运和英雄立论,说明中西之别的关键在于家庭、人伦、道德意识本来就不同。确实如此,但他仍戴着有色眼镜说中国的哲学观和文化传统,错认儒道缺乏历史理性基础,只提供了退避意识,只有伦理理想主义,只说美好的道德理想,也因此,"消解了中国悲剧精神命运意识的内在意蕴"②。为什么说中国哲学没有理性呢?天理不就表现了理性吗!美好的道德理想怎么会消解悲剧的命运意识呢?西方文化中的绝对真理,也是美好的道德理想,那为什么不会消解悲剧精神呢?既言中西本来就不同,何以硬要以悲剧的视角看中国戏曲,这不与中西差异的定义互为矛盾,前言不搭后语吗!西方的二元对立意识阻碍了对以上问题的分析与讨论。

---

① 《荆钗记》,第172页。
② 马小朝:《历史与人伦的痛苦纠缠:比较研究中西悲剧精神的审美意蕴》,中国社会科学出版社2008年版,第73—74页。

中国有没有悲剧根本不是问题，问题在于中国戏曲何以总是悲喜交替，圆满结局。中国戏曲用因果报应来教人做人的道理，用天理来限制人的过度自由，所以中国戏曲当然不会走向希腊悲剧那种与命运搏斗、挣扎，甚至要控制命运的表现途径。西方悲剧中的英雄与命运相对抗，从伊底帕斯王到哈姆雷特，都是抵拒命运安排的英雄，即便已平民化的沃依采克（毕西纳的《沃伊采克》）、斯多克芒医生（易卜生的《全民公敌》），甚至如女性主角的茱莉（史特林堡的《茱莉小姐》）和诺拉（易卜生的《玩偶之家》），都在讲人要打破自然、命运的制约。虽然最终失败，失败反而是前进的动力。与此不同，中国戏曲中的男女主人公根本就不与命运搏斗，因为天有理，命有数，生命波动中的挣扎不在于打破天数命定，而在于肯定合天理的言行举止才能化成人文。

中国戏曲多从家庭问题讲人伦关系，有追求人生和谐圆满的特殊意识，这是特色，不是落后与不足。中西方创作者进行创作的动机、目的和路径完全不同，产生的艺术就不一样。中国戏曲演的，就是方东美提出的"广大和谐之道"。

> 仁乃道德之根基，在精神上与万物亲密关联。义表明了适当的道德世界之秩序，万物在其中得到恰当裁决。礼为天理之原则所适度地规范，普遍有利于人与万物共同之福祉。一旦所有这些首要德行均为智慧之精神所理解，万物便会为至善所团结为亲密一体。①

"广大和谐之道"是生命美的核心意识，而用场上的人生经历教台下观众认识美善人生，此即戏文教化众生的唯一目的。

---

① 方东美：《中国哲学之精神及其发展》，匡钊译，第372页。

第三章

戏文的语言艺术

曲论谈及宋元戏文，多见"鄙俗"的负面评价，如最早注意到南曲戏文的徐渭就说戏文"俚俗"而"鄙下"。他不满戏文的语言粗俗，然而他又发现看戏的多是目不识丁的村夫愚妇和老人小孩，不"俗"还真不行，结果批评"俗"时又肯定了"俗"是戏的最根本条件。他说的"俗"并不简单，有相互矛盾的双重内涵，而矛盾正出于"转俗为雅"的传统诉求。

"俗"是明清曲论中的重要问题，"俗"与"不俗"的争论体现了文化传统中的"雅俗之辨"，引导着基于"转俗"意识的"本色观"。"本色"原本是文学批评用语，明清文人借来说戏曲，建构起"本色之法"理论，也使"本色"成为曲论中最重要的术语。虽说人人都用"本色"一词，因立场与观点不同，"本色"出现了意义分歧，但有趣的是，明清文人却又一致肯定"本色"的语言文字有提升娱乐"传神"的功效，能在舞台上有效地创造出"意境"。易言之，"本色之法"说明"本色语"是能"传神"而有"意境"的语言文字。这套理论正是从戏文的讨论中被推导出来的，此后论传奇更突出"本色"的必要性。

作为戏曲的专业术语，"本色"的内容相当复杂，同时展现了差异性与同质性。第一，差异性来自对"俗"的认知不同，一致性则源自"转俗"的教化诉求。明清文人认定语言文字必含教化功能，能教即"不俗"，俗语因教化而"转俗为雅"。第二，他们也认定"传神"与"意境"是文字本有的功能，而演员能进入角色来表现以"本色语"建构的情节，自然能在场上再现出充满教化的特殊状态，能成功地让在场观众

(或读者)体会并领悟故事的深刻寓意。如此,"本色之法"已超越了单纯的语言艺术规则,"本色"更因此成为一套人文化成之方。

"本色观"也是"教化观"之一环,而要理解"本色"的含义,先需探究明代文人所言之"转俗为雅",再深究"本色之法"的规则,之后看明清人如何论述"本色观"中的"传神"及"意境"的创造功能。

一 转鄙俗为雅妙的"本色观"

仔细看徐渭之说,其意不仅在于转"俗"为"不俗",更要纠正"时文"藻丽且大量使用经史语的现象,所以他才说填词"不可俗",必须是"从人心流出"的"常言俗语"。此即"本色",能如此即"当行"。不过,他又说曲文需有"妙处",要能让人"领解妙悟",这与曲文可"俗而鄙之易晓"有矛盾。[①]

鄙俗易晓的常言俗语直接明了,见《张协状元》里的民间小曲:

【复襄阳】一步又一步,一步又一步。担儿担不起,怎赶得程路?气力全无,汗出悄如雨。尚有三千里,怎生行路![②]

此曲真"俗",更无可悟之处。若说鄙可行,则戏文充满俚俗语,全都是妙而不俗了!徐渭绝不会同意这个说法,因为他讲的"本色"是个很复杂的"语言美"的问题,要求的是既鄙俗又要雅而不俗的文字表现。

辨雅俗是明代曲论的最大特色。文人探究戏曲的本质和功能的依据就在文字上,以所好之雅来"导正"并"内化"民间娱乐之俗。"俗"指的是曲文鄙俚不堪观的问题,王骥德批评戏文多"村儒野老涂歌巷咏

[①] 参见(明)徐渭《南词叙录》,载《中国古典戏曲论著集成》,中国戏剧出版社1959年版,第3册。

[②] 《张协状元》,第42页。

之作","鄙俚浅近"①，又祁彪佳批评沈璟："今之假本色于俚俗，岂知曲哉?"② 这是明末文人对戏曲的主流态度。持续探讨"俗"的问题，使戏曲的本质和功能理论化并突出特殊的雅俗调和观点。辨雅俗是个美学争论的问题，时人关注宋元旧本是远因，而文人介入戏曲创作则推展了辨雅俗的风潮。

说戏文都俚俗不堪观，这是文人的偏见，如姚燮转引听涛居士之言，评《白兔记》《杀狗记》等"猥鄙俚亵，即斤斤无一字乖调，亦非词人口吻"③。梁廷枏也说《荆钗记》《白兔记》《拜月亭》《杀狗记》四大戏文的"曲文俚俗不堪。《杀狗记》尤恶劣之甚者"④。近代研究者承袭此说，多以为戏文无文采，但戏文是否真的缺少文学性呢？

以被评为"四大戏文"中最鄙俗的《杀狗记》为例，第9出"孙华家宴"的曲文绝非鄙俚不通，见生唱：

【祝英台】草芊芊，花茸茸，轻暖艳阳天。才子艳质，簇拥名园，嬉戏笑蹴秋千。排筵，好向花柳亭前，寻芳消遣。（合）我和你双双游赏欢宴。⑤

花草艳阳、名园光景、才子美女、嬉笑欢乐，都是实写，但游乐场面和内含的情绪却是虚，那是被想象出来的一片欢乐。现实生活中可能有此欢乐之情，但毕竟不是一般人可享之乐，场面上展现的是人想象富贵家青年男女的欢乐景象。这段游赏的曲文韵叶，用叠字对仗，已是文学化的写作。再见贴唱的第三曲，直接挪用苏轼的《水调歌头》：

【前腔】天然，但愿人长久，千里共婵娟。天朗气清，渐渐金

---

① （明）王骥德：《曲律》卷3《杂论第三十九上》，载《中国古典戏曲论著集成》，第4册，第151页。
② （明）祁彪佳：《远山堂曲品》，载《中国古典戏曲论著集成》，第6册，第18页。
③ （清）姚燮：《今乐考证》，载《中国古典戏曲论著集成》，第10册，第198页。
④ （清）梁廷枏：《曲话》，载《中国古典戏曲论著集成》，第8册，第257页。
⑤ （清）梁廷枏：《曲话》，载《中国古典戏曲论著集成》，第8册，第419页。

风,时送桂花香远。堪羡,好向百尺楼前,玩月消遣。(合前)①

"挪用"是文字游戏,也是戏文创作的常态。摘古人诗词揉入曲中,且能顾及音韵和文意,可见戏文创作者或改编者对诗词传统有相当的认识,绝非无知于文的市井小民。这套【祝英台】含尾声共5曲,通押先天韵。前三曲,用生、旦、贴一人一曲轮唱,末句皆合唱。第4曲则由生先唱,后分别与旦、贴合唱,末句再三人合唱,直至尾声。曲文描述人、事、物、景,叙述中插入情感,更表现了写景述情的诗词传统。

文学化的写作模式早见于《张协状况》,如第7出开场张协唱:

【望远行】乡关渐远,剑阁峥嵘巅险。不惯行程,愁闷怎消遣!时听峭壁猿啼,何日得临帝辇?步云衢称人心。②

此曲写张协进京赶考的心态,借景述情,完全是文人口气。不逊康海的文笔,见《中山狼》中东郭先生所叹一曲:

【油葫芦】古道垂杨噪晚鸦,看夕阳恰西下。呀呀寒雁的落平沙,黄埃卷地悲风刮。阴云遍野荒烟抹,只见的连天衰草岸,那里有林外野人家。秋山一带堪描画,揾不住俺清泪洒袍花。③

两曲都写愁。前曲的"愁"是要夺功名,所以看山势想起了科场竞争,张协的怀乡心情杂入了对利禄的向往。后曲也是在进取功名的途中怀乡,然而,东郭对利禄没有兴趣,不过要借此来推行墨家的兼爱理想,其浓烈的悲愁是一种入世行仁道不成而悲叹人生的态度。这种特殊的态度正是今人解读康海的依据。此曲完全抒情,对比来看,张协的曲文还能看出角色的意图,东郭的愁叹则突出文人作剧的特征。虽然情绪不同,两

---

① 《杀狗记》,第419页。
② 《张协状元》,第40页。
③ (明)康海:《中山狼》,载(明)沈泰编《盛明杂剧初集》,1918—1925年武进董氏诵芬室据明刻本复刻,第2页b。

曲都用雕琢文字来借景抒情，张协的曲文已是文学化写作。张协此曲可说是作者逞才，但也可见书会才人与入仕文人之间的同质性。书会才人属于市民阶级，其作品多取材于现实生活而具有民间特征，但文本中的文字已文学化，表现的才情与高级文人的差别并没有那么大。戏文并非无文学性，戏曲文人化的现象已明显。

再看《杀狗记》第9出的【祝英台】套曲，其实并不推展戏情，下场诗更直接挪用白居易的《长恨歌》："一对夫妻正及时，良才女貌两相宜；在天愿为比翼鸟，入地共成连理枝。"① 再次使用广为人知的描述爱情的诗词，两次唱词使白居易的名句经典化。戏文中也常见挪用警世俗语，如《张协状元》第34出、《白兔记》第10出和《杀狗记》第16出都挪用"世情看冷暖，人面逐高低"。东坡与香山的爱情文字在戏文中仅是艺术手段，意在突出夫妻之情的合理性。自我做媒结成连理并不被允许，且夫妻情义也不只是相互爱恋而已，更是家庭和谐安乐的根本。挪用警句则使杨月真坚持解救个性暴戾的夫婿合理化，这是借夫妻之情来说明女性当从夫，必须维持家庭伦理的传统意识。所以，爱情具有辅助性质。《杀狗记》同时还展现了爱情的质变，即爱情是伦理道德得以推展的重要因素，伦理道德是爱情合理性的依据。不论诗词或警语，重复使用就重复肯定了既有的价值判断。

曲文的文学化还可以从文字游戏中看出来，如《杀狗记》第9出开场时的生、旦、贴三人对白：

（生）春游园院景融和，夏宴凉亭看芰荷，（旦）秋玩明月冬赏雪，（贴）一年好景莫蹉跎。②

描述四时非此剧独有，《白兔记》第8出"游春"的开场也有几乎完全相同的生、旦对白，仅首句"园院"作"上苑"，末句"一年"作"一

---

① 《杀狗记》，第419页。
② 《杀狗记》，第419页。

生"。成化本《白兔记》并无此出,富春堂本则同汲古阁本。① 如此可看出戏文的文本互涉现象。这种写作方式承袭传统的文人文字游戏,戏文这样用,更是要确保语言文字之美。

另一种文字游戏是作者逞才以加强娱乐效果。如《张协状元》第24出中张协与同时进京赴考之末丑的打诨。② 丑说张姓是"弓边长,尉迟敬德器械",末则回应"单雄信见你胆寒"。此打诨用典,讲尉迟敬德保护李世民并打败单雄信。③ 后丑又说前次落第而改名"禄子",但因音近"鹿子",末即嘲弄"甚年得你头角峥嵘"。又如《荆钗记》第3出"赴任",演王十朋上任途经梅岭,净打诨说山上"猴狲多",意指"指日封侯"。④ 这两个打诨都用了动物的谐音来取乐,且文意内容与戏情语境密切相合。再如同剧第17出演科考,净乱解《论语》"学而第一"为"鹤儿第一"。他说"学而时习之"讲永不间断地学,那就只有能活到上千岁的鹤才能学得好,当然是鹤儿第一。⑤ 文字游戏使语言文字荒谬化,但若不是对语言文字有好的理解和体会,根本创作不出文字游戏。再见《荆钗记》第17出演科考,也引用历史典故和《论语》《易》《左传》的内容。引经据典并用来打诨,说明这些进行创作或改编的才人们绝非没有受过教育的一般人。

再如《荆钗记》第7出嘲弄恶人孙汝权,演他找钱玉莲的姑姑张妈妈,望其帮忙提亲。此时,家仆说"便说令兄家宅上有个令爱,要娶她做娘子",孙汝权却颠倒字句说成"闻之令爱宅上,有个令兄,取(按:娶)他做个掌家娘子"。听此,张妈妈直接打诨说"我哥哥六十岁了,还饶他不过?"真让人捧腹。⑥ 一场胡闹戏玩弄了文字,突出语言错用的荒谬性。文本展现了作者之才,娱乐性正由此出。胡闹文字缺乏文学性,是戏文被评为俚俗的主要原因,但与写景述情且经过雕琢的游赏文字并

---

① 《白兔记》,第203页。
② 《张协状元》,第123页。
③ (后晋)刘昫等撰:《旧唐书》卷68列传第18《尉迟敬德》,中华书局1975年版,第2496页。
④ 《荆钗记》,第129页。
⑤ 《荆钗记》,第74页。
⑥ 《荆钗记》,第37页。

存,再加上引经据典,可见戏文作者雅俗兼备的特殊叙事方式。文本已如此表现,则明代关注语言文字而出的雅俗之辨,就不是简单的俗或雅的问题。

徐渭的"戏文语言观"其实是矛盾的价值判断。今人承袭明人曲论,却没有好好厘清其内容,论述因此还是矛盾的。如说《杀狗记》"俚俗",却仍可得本色自然的结论。明人的"俚俗"是贬义,本色则带褒义,这是完全相反的价值判断。并且,今天讲的本色更指向民间特征,与曲论中的"本色"有差异。此处可从张敬的说法来看这个问题,其说针对吴梅的论断。

> 无论曲文、道白,皆不过分雕琢,其中尤以《杀狗记》之曲白俚俗本色,吴瞿庵谓其"鄙陋庸劣,直无一语可取"。《白兔记》善用俗谚成语,不须咬文嚼字而自然贴切,而吴瞿庵云:"读之几令人欲呕。"①

吴梅反俗,张敬则认俗为妙。说吴梅反俗,其实也不对。他原说戏曲是"极宇宙之变态,为文章之奇观。本不以俚鄙为讳也"。

> 《香囊》以文人藻采为之,逐滥觞而有文字家一体。及《玉合》《玉玦》之作,益工修词,本质几掩。②

因而说:

> 抑知曲以模写人事为尚,所贵委屈宛转以代说词,一涉藻绘,即蔽本来而积习未忘。不胜其靡、此体亦不能偏废矣。③

---

① 张敬:《清徽学术论文集》,台北:华正书局1993年版,第507页。
② 吴梅:《中国戏曲概论》,陈乃乾校,第22页。
③ 吴梅:《中国戏曲概论》,陈乃乾校,第22页。

对比两人观点，已见"本色"的标准是浮动的。再见张敬评李渔之作："较多浅俗口语，以合净丑身份之词；但若衡以之文，又不免鄙陋耳。"①这是调和雅俗的观点。调和本就是矛盾的产物，凌濛初说的本色就有此特征。

凌濛初认为曲"贵当行不贵藻丽"，而"当行"就是不用工丽华靡之词。他赞《荆钗记》《白兔记》《拜月亭》《杀狗记》为"四大家"，即因词质且多方言，《琵琶记》则"琢句修词"而不能比。他又批评"吴中恶套"只会"使僻事，绘隐语"，"不惟曲家一种本色语抹尽无余，即人间一种真情话，埋没不露"。② 这样说，"本色语"就是质朴无华但具真实情感的语言文字，也正是情感诉求，"本色语"自然使特定意义具体化。这便呼应徐渭的"妙悟说"了。

但凌氏之说不仅如此。他批评时人任意窜改戏文，结果"真面目全失"。李调元就引此说，再讲用排律作《陌上桑》《董妖娆》乐府，就是不识文体规范的谬举。③李调元点出凌濛初的文体意识，亦是其讥笑王世贞"无词家大学问"的缘由，反对王世贞以"雪浪拍长空""东风摇曳垂杨线"等雕琢之句来断定《西厢记》胜《拜月亭》。然而凌濛初又说《琵琶记》"自多本色胜场"，论沈璟作品时却批评"直以浅言俚句，捆拽牵凑"，实非能作"当家本色俊语"者。④ 至此，明显见本色的复杂性。徐大椿的说法更突出"本色"的多层次意涵。

> 取直而不取曲，取俚而不取文，取显而不取隐，盖此乃述古人之言语，使愚夫愚妇共见共闻，非文人学士自吟自咏之作也。……直必有至味，俚必有实情，显必有深意，随听者之智愚高下，而各与其所能知，斯为至境。⑤

---

① 张敬：《清徽学术论文集》，第507页。
② （明）凌濛初：《谭曲杂札》，载《中国古典戏曲论著集成》，第4册，第253页。
③ （清）李调元：《雨村曲话》，载《中国古典戏曲论著集成》，第8册，第23页。
④ （明）凌濛初：《谭曲杂札》，载《中国古典戏曲论著集成》，第4册，第254页。
⑤ （清）徐大椿：《乐府传声·论元曲家门》，载《中国古典戏曲论著集成》，第7册，第158页。

他认为藻绘、方言都可以用,要看内容如何,重点在"不失口气",且"因人而施,口吻极似"才是"本色之至"。① 这带出了"本色"的衍生义,亦即场上能否传神的问题。

曲论谈演唱,必提演员必须表现人物之神。黄旛绰总结演出经验,说唱念必须"头颈微摇,方能传出神理"②,"心中了了,则可以传神"③。演者"对镜自观"地不断练习,场上搬演才能"有意有情,一脸神气两眼灵"。他批评登场"意乱心慌,胆怯神散,虽认真演唱,观者恶之矣",认为演员应具"自身之神"。"真戏","喜则令人悦,怒则使人恼,哀则动人惨,惊则叫人怯",讲的则是传出"人物之神"。④ 这套"搬演说"突出演出所依据的文本自有神。再见《谢阿蛮论戏始末》中所说剧本中角色:

> 现身说法,表扬忠、孝、节、义,才子、佳人,离、合、悲、欢,扬善、惩恶,此亦大美事也。至宋、元则尤盛也。⑤

推展其意,可知文中自有传神语,传神更是"本色语"的效果。朱权论唱:"一声唱到融神处,毛骨肃然六月寒。"⑥ 要求唱者以"己之神"合"曲词之神"来表现语言文字及音乐结合的特殊神韵。如此言神,同时是看重作者的文思。

刘勰早说"文之思也,其神远矣",作者要神与物游,文才能妙其思理。⑦ "文思""神思",自六朝后不断有所发展,王骥德认为创作须"摹

---

① (清)徐大椿:《乐府传声·论元曲家门》,载《中国古典戏曲论著集成》,第7册,第159页。
② (清)黄旛绰:《梨园原》,载《中国古典戏曲论著集成》,第9册,第15页。
③ (清)黄旛绰:《梨园原》,载《中国古典戏曲论著集成》,第9册,第18页。
④ (清)黄旛绰:《梨园原》,载《中国古典戏曲论著集成》,第9册,第23页。
⑤ (清)黄旛绰:《梨园原》,载《中国古典戏曲论著集成》,第9册,第10页。
⑥ (明)朱权:《太和正音谱》,载《中国古典戏曲论著集成》,第3册,第46页。
⑦ (南朝梁)刘勰著,李曰刚编著:《文心雕龙斠诠》卷6《神思第二十六》,"国立编译馆"1982年版,第1127、1131页。

欢则令人神荡，写怨则令人断肠，不在快人，而在动人"①，写法更是"约略写其风韵，令人仿佛中如灯镜传影，了然目中，却捉摸不得，方是妙手"②。强调曲词有作者的神思。张琦论曲说"心曲"："命题芜咏，而直道本色，则何取于寓言？触物兴怀，而杂景揣摩，则安在其即事！"③认为寓言不是适合戏曲的艺术手段，异于一般曲论。他的这种说法出自反对当时文风的藻丽雕琢，否定寓言修辞手法的夸张铺排。他认为内容不能仅是文字所描述的表面意思中，必须有意，否则就不是"本色语"，这说的还是语言文字自有传神效果。

明代戏曲品评多见以"意"或"境"讲内容及艺术价值，如祁彪佳便以"境"确定《寻亲记》为"能品"。

> 词之能动人者，惟在真切，故古本必直写苦境，偏于琐屑中传出苦情。如作《寻亲》者之手，断是荆、杀一流人。惜两加改削，讹处遂多。④

评袁晋的《西楼记》，赞其为"逸品"："写景之至，亦极情之变；若出之无意，实亦有意所不能到。"同样用"意"评《玉簪记》，却说：

> 惟着意填词，摘其字句，可以唾玉生香；而意不能贯词，便如徐文长所云"锦糊灯笼，玉镶刀口"，讨一毫明快不得矣。⑤

他说的"意"，就是作者的才思。这是关于"语言艺术"的讨论，早见于前引徐渭及凌濛初之说。

清乾隆时期，有位笠阁渔翁，也用"境"说曲：

---

① （明）王骥德：《曲律》卷3《论套数第二十四》，载《中国古典戏曲论著集成》，第4册，第132页。
② （明）王骥德：《曲律》卷3《论套数第二十四》，载《中国古典戏曲论著集成》，第4册，第134页。
③ （明）张琦：《衡曲尘谭·填词训》，载《中国古典戏曲论著集成》，第4册，第268页。
④ （明）祁彪佳：《远山堂曲品》，载《中国古典戏曲论著集成》，第6册，第24页。
⑤ （明）祁彪佳：《远山堂曲品》，载《中国古典戏曲论著集成》，第6册，第49—50页。

> 事本陋，而思路一新，曲白俱随生色；曲本凡，而人境一妙，臭腐且化神奇。……虽载在遗事，世所共知，庸手写之，恰似无理，经名手一换曲白，便觉合于天理人情，可谓得其厚矣。亲爱惇笃，发于自然，表而出之，亦使鄙夫宽、薄夫敦也。①

作者以其才思代人发言，此即"拟代"，但这种文字游戏不能无意义，须敦风厉俗以成救世目的。上引诸说明显可见文学传统中的语言艺术诉求，"本色语"是能传神并能制造意境的特殊语言，它既不能粗俗，也不能是藻丽文字的堆积，又不能没有情感，且不能离腔背调，更不能脱离教化。

再从教化意识看意境的塑造，更容易理解何以徐渭所说的本色语要能让人悟。悟来自文字，引导人去理解并内化有道理的价值观，也就达成了"正音之感"。② 这呼应了"声音之道与政通"的传统观点，只有"同民心"才能"治道"。孔颖达说"人性本静"，但因心随物、事、境而动，人反失其本性，所以圣人制定礼乐刑政，使人"不复其流弊"，皆"俱得其所也"。③

陈建森注意到戏曲语言文字的意境是须悟的，能悟才有语言美。

> 无论是剧作家创作的"意境"，还是由导演和演述者共同创造的"写意的境界"，都需要启发剧场观众的当下"妙悟"（这种"妙悟"实际上就是一种审美"参与"），才真正具有美学的象征意义。④

明清曲论中的"本色说"，确实是在探究语言文字的"象征美"，不过此美并非脱离传统与现实的"纯粹美"。如他所说，戏曲是群体的象征性"戏

---

① （清）笠阁渔翁：《笠阁批评旧戏目》，载《中国古典戏曲论著集成》，第7册，第310、311页。

② （明）徐渭：《南词叙录》，载《中国古典戏曲论著集成》，第3册，第245页。

③ （汉）郑玄注，（唐）孔颖达疏，李学勤主编：《礼记正义》卷37《乐记第十九》，北京大学出版社2000年版，第1253、1254页。

④ 陈建森：《戏曲与娱乐》，上海人民出版社2003年版，第133页。

乐",但"封建道德礼教和宗教礼俗已逐渐演变为一种理应如此的心灵安慰,成为人们游戏和娱乐活动中的必须存在的一种文化仪式"①。所以传统教化仍在戏曲活动中"继续发挥着它们的象征作用"②。此说偏重戏曲的娱乐目的,"戏乐"的说法肯定教化必然存在,但最终还是从封建礼教来解释教化。他忽略语言美的问题,因此说不清为什么教化会成为娱乐,娱乐必然是教化。语言美很重要,明人论曲,谈的就是这个问题。他们深知戏曲的语言文字内含戏剧性和娱乐性成分,不仅吸引观众,更是成教化、美人伦的关键因素。

第一,戏剧性和娱乐性来自作者的语言艺术。戏曲是要对观众演唱的,语言文字本就"雅俗兼备",是"本色语"。可能有作者欲浇心中块垒而有了表现自我的抒情写意,但"本色语"是叙事夹抒情的形态,这也是曲文的成立条件。

第二,演唱依文本而出,"本色语"衍生出传神和意境两大诉求,但这两个诉求又都在戏曲论述中被导回语言美,形成特殊的本色诠释模式。易言之,"本色语"必须是能传神并塑造内含特定文化价值观的意境。文字有意境,就是能传神的"本色语";若说作品无意境,即不"本色",问题就出在语言文字上。所以,"本色"与"本色语"有所区别,前者是"审美范畴",后者是建构前者的"语言"问题。

第三,"本色"诠释模式是"本色语"变得复杂的因素,"本色"更因此成为"戏曲术语"。这个术语讲的并非藻丽也非质朴,而是叠合的。再因论者以雅制约俗的文人背景,形成以"转俗"为宗的戏曲观。如徐复祚评《琵琶记》:

富艳则春花馥郁,目眩神惊;凄楚则啸月孤猿,肠摧肝裂;高华则太华峰头,晴霞结绮;变幻则蜃楼海市,顷刻万态。③

---

① 陈建森:《戏曲与娱乐》,第247页。
② 陈建森:《戏曲与娱乐》,第247页。
③ (明)徐复祚:《曲论》,载《中国古典戏曲论著集成》,第4册,第234页。

这是"诗话式"的解说，突出文字须雅而传神有意境。但因论者逞文字天才，又未明言到底哪些文字有此特征，雅偏好掩盖了文字之俗的问题。同样的说法重复出现，"本色语"成为术语化运作，既有的价值判断再加深戏文就是又俗又雅的文字艺术。王国维说戏曲"本色自然有意境"①，即延展了明人的"本色"。

离人愁泪、伤春悲秋，确实是戏曲意境的主流，但风花雪月终归于"人文化成"。《琵琶记》末出的【尾声】就作："显文明开盛治，说孝男并义女，玉烛调和归圣主。"②被今人视为爱情戏代表的《拜月亭》，结局众人合唱：

【皂罗袍】人于颠沛节难全，坚金百炼终无变。娘儿兄妹，流离播迁，断而还续，破而复圆。义夫节妇人间鲜。③

这个大合唱在总结剧情中高歌了人伦大情。剧本都这样写，明清人说语言美也都会回到教化并以之为语言美的成立条件，而"诗话式"的品评更使"本色"再次术语化，还使之成为戏曲创作之"法"。

二 "本色"之法

"本色"是"当行"概念延伸出的批评术语。"当行"原指唐宋间承应官府差事的行业，"本色"本指各行衣饰自有特色，见《东京梦华录》载

---

① 参见王国维《王国维遗书·宋元戏曲考》，上海古籍书店1983年版。他是首位以"意境"说戏曲艺术者。"意境说"来自对词的探讨，同时提出"自然"的美学判断，参见王国维《人间词话》，徐调孚校注，中华书局2008年版。他虽把意境分为"有我"和"无我"两种，实际说的都是"有我"，且提出的"自然"更带天才论倾向，如《宋元戏曲考》中的"自然说"，并未详述"自然"的内容，直接用作判断标准。有关王国维"意境说"的问题，参见龚鹏程《中国诗歌史论》，北京大学出版社2008年版。

② 《琵琶记》，第265页。

③ 《拜月亭》，第386页。

"士农工商诸行百户衣装，各有本色，不敢越外"①。后来被文学创作转用，指文体为"行"，有其"行规"与"本色"，并以具有职业水准的行家为"当行"，业余或搞不清楚文体体制者称为"外行"。②

诗、词、文各有其体，不能随意改变，否则便"破体失格"，如陈师道批评苏东坡词"极天下之工，要非本色"③。这样评价苏东坡是否适当，非此处的讨论重点，但可见宋人论诗重体。严羽"辨家数"说"荆公评文章，先体制而后文之工拙"，又说不需争是非，"以己诗置之古人诗中"即见家数之别。④ 更以"本色"说体："诗难处在结裹，譬如番刀，须用北人结裹，若南人便非本色"。⑤ 再强调诗"须是本色，须是当行"⑥。

郭绍虞论此"本色当行"说："义似无别，总之都是说不可破坏原来的体制以逞才学。"⑦ 但他也指出，若是从字义看，还是有别："本色，指本然之色，当行，犹言内行"，并引陶明濬《诗说杂记》卷7：

> 本色者，所以保全天趣者也。故夷光之姿必不肯污以脂粉；蓝田之玉又何须饰以丹青，此本色之所以可贵也。当行者，谓凡作一诗，所用之典，所使之字，无不恰如题分。未有支离灭裂，操末续颠，而可以为诗者也。⑧

"当行"更近文体说法，"本色"则偏向作者以文字表情志的原则。虽有别，所言仍在讲文不能违情背体，体是重点。

宋人论诗提出"本色"，谈的是文体正变问题。"本色"不涉及世风治

---

① （宋）孟元老：《东京梦华录》卷5《民俗》，载《东京梦华录（外四种）》，古典文学出版社1956年版，第29页。
② 参见龚鹏程《中国文评术语零释》，载《中国文学批评史论》，北京大学出版社2008年版。
③ （宋）陈师道：《后山诗话》，载（清）何文焕辑《历代诗话》，中华书局1981年版，第309页。
④ （宋）严羽：《沧浪诗话》，载（清）何文焕辑《历代诗话》，第695页。
⑤ （宋）严羽：《沧浪诗话》，载（清）何文焕辑《历代诗话》，第694页。
⑥ （宋）严羽：《沧浪诗话》，载（清）何文焕辑《历代诗话》，第693页。
⑦ （宋）严羽著，郭绍虞校：《沧浪诗话校释》，人民文学出版社1961年版，第111页。
⑧ （宋）严羽著，郭绍虞校：《沧浪诗话校释》，第111—112页。

乱，也不谈作者的主体意识，只说明诗的体是什么。体也就是"法"，是文学的结构"成规"，宋人的说法，更反映出"转识成智"的理性思维。然而，判文体、"辨家数"不可能脱离价值判断，由"法"产生风格界定和评价的问题，加深了传统中的雅俗之辨。①

明人的"本色说"承宋人而来，讲某人某体的本来面目如何。曲论也这样讲，且因戏曲是要唱的，不仅非文士所当作，亦不专为文士而作，所以更强调不堆垛典故辞藻，要以元人之"蒜酪味"与"自然"为宗。如何良俊即言："然既谓之曲，须要有蒜酪"，否则是"欠风味"。②那应该如何做呢？他说"填词须用本色语"，还一并批评了"若既着相，辞复浓艳"者是"浓盐赤酱"，不如"靓妆素服，天然妙丽者"。用口味作喻，正如宋人言诗说酸咸，可以看出文学批评传统对曲论的引导。又如他赞王实甫《丝竹芙蓉亭》"通篇皆本色，词殊简淡可喜"。③ 其本色观夹入了"天然""自然"概念，且更需注意他分别出了"本色语"和"本色"两种用法。"本色语"指简朴易晓的语言文字，"本色"则是扩大说法，指已经雅化且符合文人品赏口味的"可喜文字"。

"本色"成为朴实、不华美、可演唱、不用典的同义词了。可是，此时期的批评又突出创作必然要直抒胸臆，是感性的抒发，批评也是如此，使"本色"的内容再度复杂化。明人言"法"而提倡"模拟"，同时又说人人各有"本色"而"反模拟"，相当矛盾。宋人的"转识成智"追究文体的本质，明人则只归纳特定风格，并从感性的风格批评来谈某体之正统，异于宋人知性的文学本体论。如龚鹏程所言，明代文学批评既发展又堕落，以致明中期后只能从比兴传统来处理知性与感性的辩证问题。④ 何良俊所言"本色"其实是风格，但风格已经与论法的"本色语"混淆在一起。问题出在"本色"一词的术语化，"法"和风格被揉在一起，以"本色"的风格来论"本色"的"法"，文学风格批评更胜于文学本体论，此即既发展又堕落之意。"本色"也因此成为具有多层次含义的"专业术语"。

---

① 参见龚鹏程《诗史、本色与妙悟》，台北：台湾学生书局1986年版。
② （明）何良俊：《曲论》，载《中国古典戏曲论著集成》，第4册，第11页。
③ （明）何良俊：《曲论》，载《中国古典戏曲论著集成》，第4册，第8页。
④ 参见龚鹏程《中国文学批评史论》，北京大学出版社2008年版。

近人谈曲论中的"本色",多忽视其内容的复杂和矛盾。如谭帆与陆炜两位合著的戏曲理论史,分曲学、叙事、搬演、审美四大体系,"本色"即曲学体系最重要的理论。① 置"本色"于曲学体系,很合理,但论述却问题重重。

第一,曲文二分论之,曲学应讲音乐结构,曲的"本色"却包含语言文字问题,忽略明人所说的音乐结构也用"本色"。"本色"实际在辨戏曲之体,如下文将讨论的王骥德的说法。

第二,语言文字本就该与叙事结合来看,但因文字"本色"已在曲学中讲了,所以叙事体系专论与神话、传说和寓言的关系,完全忽略明人以"本色语"辨体的语言美意识。

第三,古代搬演看不见,只能就着文本看语言文字的状态,用事、虚实、表情、显意、出奇、媚俗、教化等的展现都有赖于语言文字的运用。若忽略语言美意识的复杂性,虽讲了语言文字如何质朴,其实只处理了部分的"本色语"问题,并未说清楚属于美学范畴的"本色观"到底是什么。

谭、陆两位学者提出的戏曲审美体系看似完整,实缺语言美的说明,最终就只能说"言情"。这就是生命美的解释模式,亦即明人以文学风格取代文学本体的批评模式。因此,他们无法解决(或根本没注意到)被对举的言情、教化是否能成立,仍以封建礼教来阐述内容,再以言情作为雅俗融合的直接因素,这一套说法呼应"抒情传统"。

文人的创作不可能不抒情,但若如上引二位先生,把曲论中的"本色"回推到《文心雕龙·通变》,却大有问题。刘勰这样说"本色":"夫青生于蓝,绛生于蒨,虽踰本色,不能复化"②,蓝草、蒨草提炼出来的颜色深于原本的草色,炼出来的新色无法回到原色。这是在批评时人只学刘宋而忽略经典之文,离经典越来越远。刘勰眼中的经典都是美文典范,他反对时文雕琢,不合经典旨趣是严重的文学退化现象。《定势》篇再说:

---

① 参见谭帆、陆炜《中国古典戏剧理论史》,华东师范大学出版社 2005 年版。
② (南朝梁)刘勰著,李曰刚编著:《文心雕龙斠诠》卷7《通变第三十一》,第1381 页。

> 自近代辞人，率好诡巧，原其为体，讹势所变，厌黩旧式，故穿凿取新。察其讹意，似难而实无他术也，反正而已。①

这两篇解释了文辞与文体之间的关系，批评文风绮靡以致文体讹滥，不合五经所开展出来的文体。这种说法已包含后来的"风格"概念。但要注意，他说的"本色"只是譬喻。在刘勰的语境中，那不是一个已确定下的文学批评用语。龚鹏程已提醒，不能混淆刘勰的"本色"与宋人的"当行本色"。②

再者，《通变》中的"复古通变"才是立论之旨。谭、陆两位先生认为刘勰要以"朴素典雅"来矫正"新声之弊"，确实没错，但忽略了"复古通变"，并且说刘勰"已把'本色'作为一种传统典范的审美特色来对待"③，则是错误的。《通变》开篇说"文辞气力，通变则久，此无方之术也"④，刘勰自己的写作已精雕细琢。刘勰要"宗经"，但不认为文只要照着五经的典雅经文来创作即可。《宗经》说体，第六义是"文丽而不淫"⑤，呼应《通变》所言"斟酌乎质文之间，而隐括乎雅俗之际"⑥。之后又说"凭情以会通，负气以适变"，要人博览精阅、总摄纲契，同时要避免"龌龊于偏解，矜激乎一致"，才能写出"颖脱之文"。⑦ 总而言之，朴素典雅是复古而能通变的结果。

《通变》的赞语有言"文律运周，日新其业"，创作要"望今制奇，参古定法"⑧，说的还是复古，且突出作文有法。但这绝非拟古，而且他肯定文术的发展，特别要人注意趋近、适俗的创作风气。风格不能随意出之，由"法"制约，《宗经》已言："禀经以制式，酌雅以富言！"⑨ 易言之，朴

---

① （南朝梁）刘勰著，李曰刚编著：《文心雕龙斠诠》卷7《定势第三十二》，第1419页。
② 参见龚鹏程《中国文学批评史论》，北京大学出版社2008年版。
③ 谭帆、陆炜：《中国古典戏剧理论史》，第109页。
④ （南朝梁）刘勰著，李曰刚编著：《文心雕龙斠诠》卷7《通变第三十一》，第1368页。
⑤ （南朝梁）刘勰著，李曰刚编著：《文心雕龙斠诠》卷1《宗经第三》，第109页。
⑥ （南朝梁）刘勰著，李曰刚编著：《文心雕龙斠诠》卷7《通变第三十一》，第1381页。
⑦ （南朝梁）刘勰著，李曰刚编著：《文心雕龙斠诠》卷7，第1390页。
⑧ （南朝梁）刘勰著，李曰刚编著：《文心雕龙斠诠》卷7，第1395页。
⑨ （南朝梁）刘勰著，李曰刚编著：《文心雕龙斠诠》卷1《宗经第三》，第109页。

素典雅有"法"可循,创作不能无"法"。

宋后的"本色"确实呼应刘勰的"文体观",但从《文心雕龙》的流传来看,宋后的"本色"不可能直接来自刘勰,且明代曲论中的"本色"更加复杂,与刘勰的"本色"有相当大的距离。谭、陆两位先生说"本色"是"朴素典雅",那是明人观点,也是曲论才把曲之"本色"推为一种审美典范,与刘勰没有关系。

前节谈明清曲论中的"本色",已见宋人辨文体的方式。"本色"被视为创作之"法",而"本色语"说的是可唱、质朴、不用典的语言文字。这是从文体论开展出来的语言美学,且因戏曲特殊的表现形式,更产生了"本色语"有传神与意境效果的衍生义。从近人的"朴素典雅"的说法,无法看出"本色"复杂的意义层次。提出"本色"为美学范畴并没错,但要注意范畴是"预设"的分析方法。直接利用预设的范畴来解释,确实能说明对象物的特征,但也因此掩盖了范畴自身的源起与结构,反而陷入"术语化"运用,再度使术语复杂化,这是一个研究方法的问题。

范畴来自分类(taxonomy),分类是认知与沟通的方式,也引导了人的行动。分类是意义生产的先决条件,它能稳固人所共享的一致性意义(the consensus on meaning)。分类引导实际的认知行动,所以类型或范畴都是被建构出来的,它们都有其复杂的结构。但是,因为沟通是以类型、范畴来确定意义的,沟通使它们不断自我再生产。再生产的过程扭曲了分类所指涉之人、事、物的实际生产和运作状态。[1] 所以,类型、范畴提供的意义是多重的,意义的层次化隐藏在分类的过程中。

阿尔顿(Hannah Arendt)谈本雅明(Walter Benjamin)的"身后之名",可见范畴的多重意义问题。他说:"身后之名"是一个新范畴,因为已死作者之作品无法以既有的类型来说明,作品又未开创出新风格,亦即这个作者及其作品不为常态指涉结构所能容纳,那就只能让它"自成一类"(sui generis)。他认为"身后之名"能成为范畴是"社会歧视"(social discrimination)的结果。分类反映了负面价值判断,那是"非常态"和"被

---

[1] 参见 Bourdieu, Pierre, *Outline of a Theory of Practice*, translated by Richard Nice, Cambridge: Cambridge University Press, 1977。

拒绝"的东西。①

"本色"是一个新范畴，是经明清曲论"术语化"后的美学范畴。戏曲的形式难以被归类于既有的文学传统中，其中的俗又是文人不能直接接受的东西，又是无法完全拒绝的东西，所以提出"本色语"的概念来讨论，要确定下戏曲的体制、语言文字及美学效果，最终形成了"本色"的美学范畴。阿尔顿所言"社会歧视"不无道理，因为历来人们谈戏曲多持否定态度。矛盾的态度使"本色"复杂化，论者更是借"本色"将戏曲纳入了原本的文学传统中，以此使谈论戏曲的行动合法化。这样一来，参与讨论就不是玩物丧志，无形中把休闲娱乐上升为值得参与的文化活动。这种观点早见于宋代，如苏轼为自己的收藏癖辩护，又如欧阳修为自己的金石癖辩护。②"本色"也因此成为戏曲最重要的美学价值，同时更是一种"人文化成"之方。

王骥德辨戏曲的体制，可见"本色"的复杂意涵，尤其是下引《曲律》四条内容，更突出"本色"乃"人文化成"之方：

> 曲之始，止本色一家，观元剧及《拜月》《琵琶》二记可见。自《香囊记》以儒门手脚为之，遂滥觞而有文词家一体。近郑若庸《玉玦记》作，而益工修词，本质几掩。夫曲以摹写物情，体贴入理，所取委曲宛转，以代说词，一涉藻绩，便蔽本来。然文人学士积习未忘，不胜其靡，此体遂不能废，犹古文六朝之于秦汉也。大抵纯用本色，易觉寂寥；纯用文调，复伤琱镂。《拜月》质之尤者，《琵琶》兼而用之，如小曲语语本色，大曲引子如"翠减祥鸾罗幌""梦绕春闱"，过曲如"新篁池阁""长空万里"等调，未尝不绮绣满眼，故是正体。《玉玦》大曲，非无佳处；至小曲亦复填垛学问，则第令听者愦愦矣！故作曲者须先认其路头，然后可徐议工拙。至本色之弊，易流俚腐；文词之病，每苦太文。雅俗深浅之辨，介在微茫，又在善用才者酌之

---

① 参见 Arendt, Hannah, "Introduction," in *Illuminations*: *Essays and Reflections by Walter Benjamin*, translated by Harry Zohn and edited by Hannah Arendt, New York: Schocken Books, 1969.

② 参见 Egan, Ronald, *The Problem of Beauty*: *Aesthetic Thoughts and Pursuits in Northern Song Dynasty China*, Cambridge, MA: Harvard University Press, 2006.

而已。(《论家数第十四》)①

　　剧之与戏，南北故自异体。北剧仅一人唱，南戏则各唱。一人唱则意可舒展，而有才者得尽其春容之致；各人唱则格有所拘，律有所限，即有才者，不能恣肆于三尺之外也。于是，贵剪裁、贵锻炼——以全帙为大间架，以每折为折落，以曲白为粉垩、为丹雘；勿落套，勿不经，勿太蔓，蔓则局懈而优人多删削；勿太促，促则气迫而节奏不畅达；毋令一人无着落，毋令一折不照应。传中紧要处，须重著精神，极力发挥使透。如《浣纱》遣了越王尝胆及夫人采葛事，《红拂》私奔，《如姬》窃符，皆本传大头脑，如何草草放过！若无紧要处，只管敷演，又多惹人厌憎；皆不审轻重之故也。又用宫调，须称事之悲欢苦乐，如游赏则用仙吕、双调等类；哀怨则用商调、越调等类，以调合情，容易感动得人。其词格俱妙，大雅与当行参间，可演可传，上之上也。词藻工，句意妙，如不谐里耳，为案头之书，已落第二义；既非雅调，又非本色，掇拾陈言，凑插俚语，为学究、为张打油，勿作可也！(《论剧戏第三十》)②

　　晋人言：丝不如竹，竹不如肉。以为渐近自然。吾谓：诗不如词，词不如曲，故是渐近人情。夫诗之限于律与绝也，即不尽于意，欲为一字之益，不可得也。词之限于调也，即不尽于吻，欲为一语之益，不可得也。若曲，则调可累用，字可衬增。诗与词，不得以谐语方言入，而曲则惟吾意之欲至，口之欲宣，纵横出入，无之而无不可。故吾谓：快人情者，要毋过于曲也。(《杂论第三十九下》)③

　　古人往矣，吾取古事，丽今声，华衮其贤者，粉墨其慝者，奏之场上，令观者借为劝惩兴起，甚或扼腕裂眦，涕泗交下而不为己，此方为有关世教文字。若徒取漫言，既已造化在手，而又未必其新

---

① (明)王骥德：《曲律》，载《中国古典戏曲论著集成》，第4册，第121—122页。
② (明)王骥德：《曲律》，载《中国古典戏曲论著集成》，第4册，第137页。
③ (明)王骥德：《曲律》，载《中国古典戏曲论著集成》，第4册，第160页。

奇可喜，亦何贵漫言为耶？此非腐谈，要是确论。故不关风化，纵好徒然，此《琵琶》持大头恼处，《拜月》只是宣淫，端士所不与也。（《杂论第三十九下》）①

"本色"明显被王骥德视为戏曲创作之法，此"法"的最主要内容在"本色语"上。"本色"是戏曲之体的成立条件，也是价值判断的依据。王骥德的"本色"理论已相当完整，需要更进一步说明，但此处要先看其好友吕天成的另一种说法。

吕天成不认为时人已说清楚"本色"，他说："第当行之手不多遇，本色之义未讲明。"②他改以"当行"来说关目、人物、音乐等戏曲结构法则，所以"本色"专指语言文字。

> 当行兼论作法，本色只指填词。当行不在组织饾饤学问，此中自有关节局概，一毫增损不得；若组织，正以蠹当行。本色不在摹勒家常语言，此中别有机神情趣，一毫妆点不来；若摹勒，正以蚀本色。③

吕、王二人交好，吕氏分立"当行""本色"，是针对王骥德而提出的，但吕天成之后说"本色"有"机神情趣"，摹勒反蚀"本色"，所言其实并无不同，且有简化倾向，更显暧昧不明。如他说"即不当行，其华可撷；即不本色，其朴可风"④，则此处的"当行"实非结构，仍是语言文字。他批评剧作的立场摇摆不定，认为临川之词出于元人"本色"，完全不同于时人的论调，而否定俚俗更突出"当行""本色"牵扯不清的问题。"本色"之"法"在他口中被扩大为审美范畴，但也同时被降级为语言文字的复古。

再回到王骥德之说，从前引四条内容可归纳出"本色"的四层意义：

---

① （明）王骥德：《曲律》，载《中国古典戏曲论著集成》，第4册，第160页。
② （明）吕天成：《曲品》，载《中国古典戏曲论著集成》，第6册，第211页。
③ （明）吕天成：《曲品》，载《中国古典戏曲论著集成》，第6册，第211页。
④ （明）吕天成：《曲品》，载《中国古典戏曲论著集成》，第6册，第211—212页。

(1) 合戏曲文体；(2) 俗而自然，明了易理解；(3) 文学化之雅；(4) 能正人心以成教化。因其论关联场上搬演，突出"本色语"必须有传神的效果，也只有"本色"才能塑造出意境。在其语境中，"本色"与传神和意境结合在一起，也是戏曲之体的重要特征。

四个意义层次可以说是由形式渐进到内容，所以"本色"是特殊的"法"的价值判断系统。并且，他跟着徐渭学习，两人又比邻而居①，所言也延展了徐渭"转俗为不俗"的"本色观"。这不是明代人的新发明，是源自宋代的"化俗为雅"的立场。该立场引导文人进入戏曲而扩大了戏曲的场域，徐渭、王骥德等人的曲论更直接证明了此立场乃戏曲领域中的文化传统。

刘方指出，宋代文人的生活趋向诗意与高雅，时人讨论"林泉"和"园林"之美即雅致的生命美追求，且此时的禅僧也出现了"士大夫化"的生命调。② 艾朗诺（Ronald Egan）亦持相似观点，他观察宋代文人收集物件的行为和自认为鉴赏行家的心态，发现苏轼、米芾最具"美学化思维"，突破了欧阳修那种美和教化二分的冲突。明代文人延续这种思维，文人的生命情调更体现在"园林"中，而"园林演剧"也象征着文人雅致的生命情调。③

雅致的生命情调来自"文学崇拜"，而"尚文传统"又产生了"文学社会"。龚鹏程认为"文学社会"在唐末已成型，之后成为一种普遍性的社会意识。

> 文人并不是独立于社会各阶层外的一群特殊分子，文学作品也并不只是被作为一审美对象来看待的。社会上每一个人都似乎觉得：人就应该是个文人，社会生活就该是文人式的生活。④

---

① （明）王骥德：《曲律》卷4《杂论第三十九下》，载《中国古典戏曲论著集成》，第4册，第167—168页。
② 参见刘方《宋型文化与宋代美学精神》，巴蜀书社2004年版。
③ 参见姚旭峰《士文化的一个样本：明清江南园林演剧初探》，上海书店出版社2011年版。
④ 参见龚鹏程《文学的崇拜》，载《中国文学史》，世界图书出版公司2011年版。

即便是以普罗大众为观众群的戏曲，其文体、外在形式和内在意涵仍是以雅为依归，创作和评论更以"文学化"来遏制俗。所以，王骥德提出的第二层意义似乎与第三层意义相矛盾，实际上是互为证明，确保创作能达成理想的第四层意义。这种说法来自"转俗为雅"的诠释模式。

文字之雅或俗，说法不尽相同。比如王骥德推崇《琵琶记》并以"绮绣"为正体①，便与凌濛初所说《琵琶记》"琢句修词"不及"荆刘拜杀"有冲突②。不论矛盾如何明显，论述总归于情，并再把情导回教化来使"本色说"合法化。那么，要搞清楚"本色"到底是什么，可再从王骥德论《琵琶记》来做更深入的分析。

他以"翠减祥鸾罗幌"及"梦绕春闱"二句论说"正体"，正好一雅一俗。前者出自第9出《临妆感叹》的首曲：

【破齐阵引】翠减祥鸾罗幌，香销宝鸭金炉。楚馆云闲，秦楼月冷，动是离人愁思。目断天涯云山远，人在高堂雪鬓疏，缘何书也无？③

【破齐阵引】是集曲，共8句，以【破阵子】为主，中间插入【齐天乐】曲式的中间3句（443句式），原【破阵子】曲式不动（5句66775句式）。【破阵子】和【齐天乐】皆宋词词牌，前者韵脚在末2句，后者第5句原须下韵（即此曲第5句），但此处为插入部分而无韵，反而在第2句用韵。第6句的首字"目"本应做平，此处却做仄，不合格式。④ 此曲的句式及韵大致符合曲牌规定。

再就文字而言，明显是雕琢过的雅文字，仅末句较直截了当。凌濛初的批评也可以成立。王骥德说"正体"也没错，问题在个人偏好上。

---

① 参见（明）王骥德《曲律》卷4《杂论第三十九下》，载《中国古典戏曲论著集成》第4册。

② （明）凌濛初：《谈曲杂劄》，载《中国古典戏曲论著集成》，第4册。

③ 《琵琶记》，第68—69页。

④ 昆曲曲牌及套数范例集（南套）编写组：《昆曲曲牌及套数范例集（南套）》，第1集卷2《南曲引子范例》，上海文艺出版社1994年版；格式见【正宫·破阵子】，第114—115页；【正宫·破齐阵】，第130—131页；【正宫·齐天乐】，第139—140页。

更重要的是，赵五娘此曲虽唱思夫之情，但不完全如此。"人在高堂雪鬓疏"把夫妻之情导向了孝的问题，丈夫离家求功名而产生的闺怨只是表面，深层次是人伦之情的维系。所以，唱曲后她才会说：

> 奴家一来要成丈夫之名，二来要尽为妇之道，尽心竭力，朝夕奉养。正是：天涯海角有穷时，只有此情无尽处。①

这样一来，《琵琶记》所讲爱情就有了人伦之情的内涵，即便对文字之雅俗有异议，王、凌二人皆视其为"本色"。

再看"梦绕春闱"，这一句未见今存《琵琶记》传本，但今本有"梦绕亲闱"一句。王骥德既言引子，当出自第 13 出《官媒议婚》的首曲：

> 【高阳台】梦绕亲闱，愁深旅邸，那堪音信辽绝。凄楚情怀，怕逢凄楚时节。重门半掩黄昏雨，奈寸肠此际千结。守寒窗，一点孤灯，照人明灭。
>
> 【前腔换头】当时轻散轻别。叹玉箫声杳，庾楼明月。一段愁烦，番成两下悲咽。忱边万点思亲泪，伴漏声到晓方彻。锁愁眉，慵临青镜，顿添华发。②

【高阳台】属【商调引子】，源自宋词词牌，但此牌同时有引子和过曲，曲式稍有不同。作引子用者又称【高阳台序】，但少见。引子分上下阕，各 10 句，句式分别为 4464677344 和 6544677344，韵脚在第 3、5、7、8、10 句。《钦定曲谱》引曾仲晦词为例，注此曲牌又名【庆青春】，第 8 句可不用韵且第 1、5、6 句首字平仄皆可。旧本曲谱载《琵琶记》

---

① 《琵琶记》，第 69 页。
② 《琵琶记》，第 99 页。"梦绕亲闱"，陆钞本《琵琶记》作"梦远亲闱"，曲文亦小有差异，然曲意无二致，参见（元）高明著，钱南扬校注《元本琵琶记校注》，上海古籍出版社 1980 年版，第 80 页。

此曲作例,"句调与此无异",故删去。① 此曲上阕第8句尾的"窗",确实非韵脚,下阕的"彻"与"发",古音属"月"韵,可见明人批评南曲戏文用俗音下韵不严谨。但《新编南词定律》仍引此牌为范例。②

这两曲的文字确实符合"本色语"的一般说法,浅显不鄙俗,用典亦不入"吴中恶套"。与上引【破齐阵引】对比,可见雅俗差异。凌濛初说《琵琶记》"本色",并非胡言,王骥德以《琵琶记》为正体也没错。

"梦绕亲闱"作"梦绕春闱",可能是王骥德的笔误或刊印错误。整个曲子的文字明显被文饰过,可见戏曲文学化。大量用譬喻讲蔡伯喈的"孝亲之思",更特殊的是,这是"闺怨式"写法。尤见下阕,若把"思亲泪"换成"思君泪",就可用来表达妇悲夫之不归的哀怨之情。闺怨本是词中大宗,早已是文学创作传统,而高明此作正体现了对传统的继承与转化。文字偏雅,但并非俗人不可知晓,高明更是直接用来讲孝,更使此类文字的价值合理化。陈眉公评断"一字一泪",又言:

> 泪一点,漏一声,点点声声共滴到晓。说是谁浅谁深,词调妙处堪令人着想。③

这段文字表明语言文字自有神,神使特定意境具体化,表达了欲行孝而不行的无奈之情。曲后生白的末句更凸显此情:"好似和针吞却线,刺人肠肚系人心。"从王骥德的"本色语"的观点来看,特定意境阐明了高明"关风化"的作剧动机,也因此"本色"概念与教化意识的关系更紧密。

第4出《蔡公逼试》中生唱【宜春令】,更是俗的代表,但绝不鄙俗,而是"转俗为雅"之证。蔡伯喈面对"春闱",唱:

---

① 参见昆曲曲牌及套数范例集(南套)编写组《昆曲曲牌及套数范例集(南套)》第1集卷2《南曲引子范例》,上海文艺出版社1994年版。(清)王奕清等编《曲谱》卷11《【商调·高阳台】》(即《钦定曲谱》),商务印书馆1937年版。

② 参见(清)吕士雄等辑《新编南词定律》卷10《【商调引子·高阳台】》,上海古籍出版社2002年《续修四库全书》本据清康熙刻本影印;此书所引曲文,据陆钞本。

③ (元)高明著,(明)陈继儒评:《琵琶记附札记》,商务印书馆1937年版,第45页。

虽然读万卷书，论功名非吾意儿。只愁亲老，梦魂不到春闱里。便教我（做到）九棘三槐，怎撇得萱花椿树？天哪！（我这）衷肠，一点孝心，对着谁语？①

支曲【宜春令】属南【南吕宫】，以此组套，它为正牌，并多连用数支（此出连用 4 支），后接次牌【绣带儿】，此出套式正如此。此牌句式有争议，近人认为是 3374777244，共 10 句，第 2、3、5、7、10 句下韵，《钦定曲谱》中则说 8 句，而《新编南词定律》中则言 7 句，差异处在于首句及末两句的断句。就曲式而言，引文第 6 句有 9 字，第 8 句有 4 字，不合规范，"做到"和"我这"应是衬字，所以加括弧标示出来。《钦定曲谱》中有言此牌平仄不严谨，如"梦魂不到，用仄仄平平亦可"，且数个仄声字改换平声亦可。《琵琶记》此曲曲式宽泛，但曲谱仍作为【宜春令】的范例。②

此例是"转俗为雅"的文字表现，"读万卷书""非吾意儿""一点孝心""对着谁语"，都是直白的非艺术性语言，且曲意在讲孝亲之不能，传统教化意识更呼应王骥德的"本色"之法的价值判断。

王氏推崇"梦绕春闱"，此曲亦有"梦魂不到春闱里"，两相呼应。这种写法已是文学譬喻，目的在于脱俗以雅化文字。此曲既然明明白白地说教，强调功名不敌孝亲，再加上用典、用韵、对仗、譬喻等文学手段，常言俗语被合理化为"艺术语言"的结构成分。这就是"转俗为雅"，"本色语"也就是雅俗兼备的语言文字，而"转化"根本上即"文学化"。

深入看《琵琶记》的语言文字，王骥德的"本色"之法并不难懂，

---

① 《琵琶记》，第 31 页；引文中加括弧者为衬字，但此本却作曲文。俞为民校注本、陈继儒评本和曲谱所载的曲意皆同，但文字有出入，衬字即一，再为断句，且陈评本和曲谱的末句都作 4 字"对著谁语"。今末句从陈评本改，（元）高明著，（明）陈继儒评《琵琶记附札记》，第 11 页。

② 参见昆曲曲牌及套数范例集（南套）编写组《昆曲曲牌及套数范例集（南套）》第 5 集卷 8《南【南吕】套牌范例》，上海文艺出版社 1994 年版；（清）王奕清等编《曲谱》卷 8《南吕宫·宜春令》，商务印书馆 1937 年版；（清）吕士雄等辑《新编南词定律》卷 8《【南吕过曲·宜春令】》，上海古籍出版社 2002 年《续修四库全书》据清康熙刻本影印本。"春闱"在《钦定曲谱》及《新编南词定律》中皆作"亲闱"。

今人说"本色"为质朴自然只说出了"本色语"那一半,作为美学范畴的"本色"并未说清楚。"本色语"是语言艺术的"法"(规则),"本色"则是复杂的审美(风格)判断,更是"生命美"之依据所在。

三 文字传神的娱乐诉求

以"本色"为美学范畴来进行价值判断,不论说法如何不同,最终都会表明文字的传神效果。但"本色语"如何传神?与娱乐有何关系?

前引陈眉公评【高阳台】引子,突出曲文自有神,且"泪一点,漏一声"之说,更可推展开来解释搬演,即演员若能传神,则场上的每一声都能引出观者之泪。场上搬演有神,观者便因戏起情,感同身受。他们经过移情而得到精神满足,并因情而对场上搬演做出价值判断。这里说的"移情"并非西方知识论中因反理性而产生的"直觉移情"。中国的"天人合一"思想包含了复杂的、非二元对立的物我关系,在这种思想中,人情永远与外在因素有关,不会走向西方的纯粹的"直觉移情"。情虽然是自我内在的自然之情,但它永远有"思",也因此,戏曲演情必言教化。"情思"使戏曲的娱乐价值合理化,更使之成为人文化成的最佳方式。[①]

"戏曲搬演论"中的"传神说",就是这套思维的产物,且如李惠绵所说形神是谈表演的赞语,更强调形、情、神是需要学习与练习的功夫,也就与直觉无关。

> 元明两代形神理论主要着重在由形入神、以情传神的功夫,强调表演者艺术造诣的形成过程。……明末清初以后,"形神"被当作表演者扮饰人物的赞语使用,或落实在对表演者演出剧目的批评,

---

[①] 西方的"直觉移情",参见朱光潜《文艺心理学》,复旦大学出版社2009年版。探讨"移情"问题,参见龚鹏程《中国文学批评史论》,北京大学出版社2008年版;《文化、文学与美学》,台北:时报文化出版公司1988年版。

因而成为一种不言而喻的原则存在,成为表演艺术境界的形容语。①

传神更涉及戏的娱乐性,但娱乐须有规范。关于中国文艺及其娱乐价值,王梦鸥认为当从"人以文传"的观点来看,其说以二元对立立论,在诠释上有局限性,但仍值得参考。

他认为士大夫的创作是要经世致用,所以不脱离实用目的。与之相对,民间文人看重感情的价值,娱乐性正由此产生,且因文艺本身的纯粹诉求而走向"为艺术而艺术"。在文人流动的社会,出现士与民身份的重叠,文艺于是走向实用和感情的结合,不过实用价值仍压抑着感情价值,所以"始终是要求以纯文学的表现为实用的文章"。这样一来,"纯文学"本代表了娱乐性和艺术性,却被压抑,所以中国文艺出现特殊的既"放任'性情'"又"尊重'理智'","华实并茂"且"文质彬彬"的复合性,而创作最终必然是"'发乎情止乎礼义'的理想行为"。②

最难解决的问题是士大夫的职业性文章并非缺乏文学性,章表奏议更多是文学典范。如诸葛亮的《出师表》被选入《昭明文选》,不只要人们学习文章中的用字遣词、结构体例,还要了解其内含的人伦大义,更要欣赏其"文学艺术性",了解诸葛亮如何在议论中抒情。《出师表》是一篇带有实用功能的华文,实如其言,文内含情感、修辞、纯粹性及理智、内容、实用性③,王梦欧的解释,推翻了原本的"纯"与"不纯"二分结构。

再者,娱乐具有实用目的,当艺术与娱乐结合,当然就不"纯"了。"纯文学"实际是由上下层级之文人群体所共同推展的。之所以出现思维矛盾,是受"俗文学"理论影响而坚持"纯文学"的结果。

虽然王梦鸥的说法有问题,但拿出"人以文传"来解释中国文艺内含实用、娱乐、艺术的多重特质,仍是有效的解读。如《琵琶记》的副末开场,就讲乐人、动人皆须"关风化"。不论表现的情感是快乐的或悲

---

① 李惠绵:《元明清戏曲搬演论研究:以曲牌体戏曲为范畴》,台北:文史哲出版社1998年版,第307页。
② 王梦鸥:《中国文学理论与实践》,台北:里仁书局2009年版,第226页。
③ 参见王梦鸥《中国文学理论与实践》,台北:里仁书局2009年版。

伤的，都是人于场上传神的结果，语言文字和场上搬演引发了精神交流，有助于人们认知人、事、物之变迁和隐藏在其中的道理。若淫放无当而不能正人心、美风化，那场上的传神是无效的，是被拒绝的有害人心的纯粹娱乐而已。

由形入神、以情传神是传神的功夫，而演员传神必有所本，这就要注意"文自有神"的观点。张敬从语言文字来谈净、丑的角色特征，如其认为李渔在《十种曲》中"将净丑的口吻、身手，都摹绘得极逼真、极传神、又极惯熟"①，又认为陈与郊在《文姬入塞》中，虽未用"传神"一词，文字已使人、事、物之神具体化。

> 在思路的演绎和词句的铸造上做功夫，使文以情胜，再以文情相资之发展，打动欣赏者的心弦，掩蔽了干枯题材的病态。②

以上引文所言正是文字传神的"语言艺术"。人物特征和情感氛围都是文字架构出来的，文字自有传神的娱乐效果。赵翼即言："笔情深至，自能俯仰生姿。"③ 娱乐效果内含深刻情感，能乐人更能动人。乐人是喜剧的，要打诨以资笑乐，而以悲动人则很难，因情须更深入才能感人，所以祁彪佳才说："传奇取人笑易，取人哭难。"④

文字自有神，王骥德的"风神""标韵"说得更明白。首先，他肯定戏曲文字与辞赋并无差异，都是在作"文"，皆"同一机轴"，所以创作戏曲也"须先定下间架，立下主意，排下曲调，然后遣句，然后成章"。这样说，曲文宾白本就有特殊的作者之意存在，此即文之神，是场上演员传神的依据。此意绝非随意出之。他说文字忌"凑插""将就"，必须"首尾呼应"，且要"意新语俊，字响调圆，增减一调不得，颠倒一调不得，有规有矩，有色有声"。此即美而妙之文，意更"不在声调之中，而在句字之外"。这种说法呼应刘勰所说的"文之思也，其神远矣"。文自

---

① 张敬：《清徽学术论文集》，第126页。
② 张敬：《清徽学术论文集》，第155页。
③ （清）赵翼：《瓯北诗话·吴梅村诗》，人民文学出版社1963年版，第132页。
④ （明）祁彪佳：《远山堂剧品》，载《中国古典戏曲论著集成》，第6册，第143页。

有神,所以"令人神荡""令人断肠",不仅"快人",还能"动人",自然就是"不知所以然而然"的"神品"。① 王骥德说的"风神"就是传神,且自言所说是创作"绝技"。再对照其"本色观",有风神能传神,必是从"本色语"出之,且再就引述内容来看,具有与娱乐效果结合在一起的价值判断。因此,乐人、动人是能传神的"本色"表现。

如何乐人又动人?可从被批评鄙俗,但却又被称为四大戏文之一的《杀狗记》来看。今人都从语言文字来说此剧的"本色",却又从封建礼教来否定其价值。这样矛盾的判断源自误解并扭曲前人的"本色说"。

从雕菰楼主人序《花部农谭》的内容来看,此人延展了明人的"本色观"。他肯定此剧,即因无"男女猥亵",且言"曲文俚质"才不会"茫然不知所谓"。② 能不能使人知,这是"本色语"的概念,忌淫亵则是符合教化的价值判断。两者合并运用,正是王骥德的"本色"之法。

《杀狗记》第10出"王婆逐客"的语言文字表述了王婆的势利恶行,并以此为对照写孙荣受胁迫屈辱之不堪,是文自传神的代表。净扮王婆上场唱"那人久住不还钱,管取教伊吃拳",后说"有钱还我便罢,若无钱还我,就剥下衣服来"。写出人物的个性特征。后大叫小二(丑扮),小二因被吵醒而唱"方才睡,正酣眠,甚人只管缠?摩挲两眼出房前,我只道是谁叫,原来是阿娘老虔"。后见孙荣还不出钱,王婆便骂:"放屁!我如今就要,不然剥下衣服来!"③ 骂人"虔婆""放屁"相当粗俗,可见明人何以每谈此剧便说鄙俗。未经雕琢的文字符合"本色语"的说法,但除了质朴外,它已使王婆、小二的个性和行动具体化,已内含人物之神。当演员由形、情来传神,娱乐效果必佳。

写孙荣受胁迫的无奈之情,同样用"本色语",但用情的力度更大,传神效果更明显。且因孙荣、王婆、小二互动合唱,文字本身已具搬演性,娱乐效果极好:

---

① (明)王骥德:《曲律》,载《中国古典戏曲论著集成》,第4册,第132页。
② (清)雕菰楼主人:《花部农谭·序》,载《中国古典戏曲论著集成》,第8册,第225页。
③ 《杀狗记》,第420页。

【刘衮】（小生）休剥去，休剥去（按：脱衣），留与我遮羞！再三哀求，不肯放手。（净、丑）欠债合还钱，无礼干休，急急剥下，可免出丑！

　　【前腔】（小生）婆扯带，婆扯带，小二把衣袖剥，倒拽横施，身不自由！（净、丑）衣服准房钱，胡乱可受，休得迟延，吃吾脚手！

　　【双劝酒】（小生）衣衫尽剥，吃人儱偅。（净）急离我门，不得落后！（合）覆水算来难收，人面果然难求！

　　【前腔】（丑）你即请行，迟时生受。（小生）吃定赶逐，无人搭救！（合前）①

此段唱曲不仅传人物之神，更写事件之神，即恶行恶状是社会中道德仁义沦丧的结果。王婆把孙荣赶出客栈，再对小二说"任伊在此叫"，后者回应"只是不开门"。用方言写作极俗，贴近现实以做调笑，写出了市井恶人言语粗鲁可笑的一面。

不过，此剧并不只有这种"本色语"的写法，孙荣受屈辱之后的曲文和宾白更表现出"转俗为雅"的文学化状态，与上引的鄙俗共存。孙荣被赶出后，用叠字唱出不堪之情。

　　【山坡羊】乱荒荒婆婆前去，急煎煎留他不住，冷清清独立在此，懒怯怯自垂双泪。②

再以传统诗文中常见的譬喻唱其愁思：

　　又不是梨花带雨把门深闭，教我举目无亲依靠谁？思之，思之泪暗垂；难挨，虚飘飘命怎期？③

---

① 《杀狗记》，第420—421页。
② 《杀狗记》，第421页。
③ 《杀狗记》，第421页。

后一曲唱：

【胡捣练】江水远，恨悠悠，教人羞耻问谁求？枉自腹藏千古事，但趁一江清水向东流！①

上两曲唱的内容，即中间宾白所言："正是屋漏更遭连夜雨，船迟又被打风头。"② 此处是关目的转折处，带出下一场孙荣将投水自尽，被同姓的孙公公搭救的新情节。这个新情节与前一情节形成对照，也以浅俗的"本色语"搬演。但因角色不是恶人，文字不恶俗，更突出人伦教化。同一出中用不同的场次来对比出道德仁义之有无，批评意识相当明显，"本色语"亦即推行教化的艺术手段。

历来多与《琵琶记》并举的《拜月亭》也是如此，下以第7出"文武同盟"为例，语言文字之"本色"内容更复杂。此出由陀满兴福逃命、太白星显圣救命、与蒋世隆相遇三大场组成。逃命一场的文字尤具传神效果，而明代李开先《宝剑记》的"夜奔"可见此出的影子，只不过后者更扩大语言文字具有的搬演性，因此流传不已，到京剧发展时期，场上搬演再度被扩大改编而成为独立的折子戏。与之相较，《拜月亭》的逃命场景则表现出早期戏文较拙的艺术特征。

陀满兴福质朴的曲白在悲叹"谗言杀害忠良，忠孝军尽诛亡"，唱出了面对朝廷捉拿而不得不逃的心理压力。

【混江笼】朝廷忙传圣旨，差使命前往他方。把兴福图形画影，将文榜遍地里开张。拿住的请功受赏，但人家不许窝藏。却教俺一步一步回头忘，痛杀俺爹和娘。走得俺筋舒力乏，吓得俺魄散魂扬。③

---

① 《杀狗记》，第421页。
② 《杀狗记》，第421页。
③ 《拜月亭》，第292页。

听到内场传来追兵的叫喊声,他说:

> 休赶,休赶,俺和你鱼水无交。冤有头,债有主,教你一个来时一个死,两个来时两个亡。①

随后的【油葫芦】,唱词使陀满兴福逃命时的担忧紧张具体化,文字传出人和事之神。

> 则见几个巡捕弓兵如虎狼,赶的俺慌上慌,忙上忙。天那!这场灾祸,无可堤防。见那厮恶吽吽手里拿着的都是枪和棒,吓得俺战兢兢小鹿儿在心里撞,这壁厢无处隐藏。②

文字不俗也不过雅,是标准的"本色语"。因文字有神,在场上由有经验的演员以身体、姿态、眼神、声音演绎出来,效果更加传神。

开场不断累积紧张情绪,以人物来塑造逃亡保命的氛围。不仅如此,下段宾白描写环境和物件的使用,与此氛围相互搭配,更具传神的娱乐效果。

> 且住,这里有一堵高墙,墙边有口八角琉璃井。曾记得兵书上有个金蝉脱壳之计,不免将身上红锦战袍挂在这枯椿上,翻身跳过墙去,待那士兵来时,见了这红袍,则道俺坠井身亡,一定打捞尸首。那时陀满兴福在墙那边,不知走了多少路了。好计!好计!③

接着唱:

【油葫芦】将俺这锦红袍,锦红袍脱放在枯椿上。呀!衣服脱

---

① 《拜月亭》,第292页。
② 《拜月亭》,第292页。
③ 《拜月亭》,第292页。

了，粉墙这等高峻，如何跳得过？自古道人急计生，不免攀住在这杏花梢，跳将过去。跳过这粉墙，恰便似失路英雄楚霸王。教俺兴福慌也不慌，不觉来到花影旁。①

叙事清清楚楚，毫不扭捏，"本色语"更使时空内容具体化。从文本阅读来说，文字塑造时间、空间及氛围，读者顺此想象，脑中自现陀满兴福逃命之景、物、情。再就搬演而言，演员传此人、事、景、物之情，虽场上是空台，观者却仿佛身临其境，在演员传神的表演下，情感随之摆动。

这种文字确实在抒情，但抒情是从叙事中产生，可见戏曲文学叙事夹抒情的特征。抒人物之情，所以突出人的主体性，主体性更是以"缘情""体物"的方式被写出来。情，有可能是创作者或改编者的情，但最直接的是角色之情。虽文字尚不足为"绮靡""浏亮"，逃难时的言语仍呼应陆机所言为文是"思风发于胸臆，言泉流于唇齿"，文字可算是"文徽徽以溢目，言泠泠而盈耳"，语言行动更体现着"志往神留"。②

"言志"在行动中被具体化了。志无法与情切割，自我感叹的背后是家国忠孝之情，且自比楚霸王，再加上自言于兵书上学得的金蝉脱壳计，更反映出陀满兴福深刻的历史意识。有志，情的内容就不单纯。感人、事、物而发的"垒块之情"，内含亲情、自我悲情和历史慨叹，历史意识更与教化结合在一起。披上锦红袍，那是想成为忠良，没人想当楚霸王！陆机言："文之为用，固众理之所因。"文是要讲道理、明道理的，逃命一场戏正如此写。

不论从剧本阅读来看，或从舞台演出来说，都会发现文自传神的语

---

① 《拜月亭》，第262—263页。此本【油葫芦】曲的排印格式有问题，"将俺这锦红袍"前是一大段宾白，唱曲前一行的宾白被提至顶格。此处参考《六十种曲》本分出曲文宾白，参见（元）施惠《幽闺记》，载（明）毛晋编《六十种曲》，中华书局1958年据开明书店原版重印，第3册。

② （西晋）陆机：《文赋并序》，载（南朝梁）萧统编，（唐）李善注《文选》卷17，上海古籍出版社1986年版，第766、772、773页。

言艺术特征。传神文字运作大量的象征来诱发人的想象，也因此，演员的舞台实践才形成象征性的"程式化演出"。易言之，因"本色语"已有传神的效果，搬演就不需再现真实物象，只要人在台上以身体、声音使语言文字之内容具体化即可，而"程式化演出"能成为被欣赏的娱乐，也正因为语言艺术所建构的传神审美观。

近人谈"形神"提出"搬演论"，多忽略"形神"是与语言艺术有关的问题。如李惠绵以"形神"说搬演，就搬演讲搬演，说得很详细，但有"隔靴搔痒"之憾。甚而出现奇怪的论断，如傅谨认为"戏剧性"及"舞台搬演的可观赏性"在明清时已得到重视，但明人不再以文学价值作为价值依归，同时重音乐的观点又尚未被打破，创作者文学性的抒情也仍存在，所以戏剧性与搬演性并未成为创作的中心。又认为明代戏曲重视音乐性而缺乏戏剧性，优雅的文字再使戏曲丧失了戏剧性，不过传统的文字运用强化戏曲的抒情本质，而抒情本质正是"程式化演出"的重要条件。① 这整套说法相当怪异，需再讨论。

第一，这是重搬演的"表演艺术论"，而拆分戏剧性和搬演性，意在切割戏剧与文学的关系。这是运用二元对立的观点来立论，但问题是，戏剧性并非他以为的是戏剧文学的专有条件，搬演也有戏剧性诉求。不是人在舞台上说话、互动就自然有戏剧性，而是要人以对话、互动推展情节并凸显冲突才有戏剧性。再反过来说，文本的语言文字若不具搬演性，那也不是好的文本，最终只是明代人批评的书斋剧。拆分戏剧性、搬演性来说戏剧的特质，根本没搞清楚"戏剧性"一词的复杂含义，更简化了"搬演性"一词的丰富含义。

第二，认为明代人不再以文学价值为价值依归，但他们作剧仍不脱文学性的抒情，这明显是矛盾的论述。文学性的抒情正是文学价值的一环，且如前述，明代人批评书斋剧，即结合文学与搬演立论，否定单纯自我抒情而不适合演出的"纯文学化"剧作。换言之，明代人早就注意到戏剧性和搬演性的问题，且已将二者结合在一起谈戏曲的文学、艺术，

---

① 参见傅谨《中国戏剧艺术论》，山西教育出版社2003年版。

甚至是文化价值。同时，宋元的四大戏文都被明人改编过，且越改越文学化，但都是戏剧性十足的作品，至今仍多见搬演。矛盾的论断忽略剧本状态（版本与内容），也不顾当时的搬演（如出土资料反映出的现实状态），更误解明代戏曲批评（揪着某种现代常用的"术语"自说自话），完全空泛地谈搬演美学。

第三，认定音乐阻碍"戏剧性"，此说不仅无征，更不合理。音乐本就是情感性的表现，辅助演员在场上叙说抒情文字的情感效果。所以，音乐不会阻碍戏剧性，反而是推展戏剧性的条件。元人燕南芝庵写《唱论》谈"宫调情性"，后朱权写《太和正音谱》全部转引，这套"宫调情性说"正是戏曲的重要内容。试想，若没有音乐，戏曲就只能依着唐宋调笑杂剧的传统发展，可是短杂剧情节浅薄，只在使人发笑。

前文引述《拜月亭》，语言文字虽平实，已见其雅化倾向，且用韵突出语言文字自身的音乐性，可见"本色语"绝非简单的朴实自然而已。逃亡情节，除了要交代剧情，目的更在于引出下一场太白星和土地神的救命情节。逃亡遇到神仙救命，意在传递特殊的价值观，即太白星说的："湛湛青天不可欺，未曾举意早先知。善恶到头终有报，只争来早与来迟。"[1] 以神明显圣来表现，要使所言内容的必然性和有效性合理化。"善恶终有报"才能快人心，而要快人心则需动人心，因此关目设计走向曲折，以引发观者期待，此即戏剧性，娱乐效果因之而出。若没有语言艺术，何来戏剧性？文本若无戏剧性，搬演又如何能好？并且，这种艺术安排的目的更在于"以戏教化"，所以，最终的下场诗说"古语积善逢善，常言知恩报恩。此去愿逢吉地，前行莫撞凶门"[2]。再次强调善恶必有报的原则。

能传神的"本色语"早见于《张协状元》第35出"张协驱逐贫女"。《张协状元》是早期戏文，语言艺术较粗糙，也正因粗糙，没有出现如明代过雅而妨碍娱乐效果的现象。此处对比明代剧作《香囊记》来

---

[1] 《拜月亭》，第293页。
[2] 《拜月亭》，第297页。

看，差别就非常明显。《香囊记》中的邵贞娘要守节，唱：

> 【桂枝香】流离颠沛，一身狼狈，谁怜我寡鹄陶婴，守困蓬门七载。念结发旧恩，念结发旧恩，移天难再，如何纳采。老乞婆，笑你虽为媒，便有蓝田玉，今生事不谐。①

此曲合《钦定曲谱》引《琵琶记》的【桂枝香】曲式，但邵璨雕琢用典，因此情感薄弱，语言文字并不乐人，更难以动人。明人批评其"愈藻丽，愈远本色"，不无道理。②

与之相对，张协驱逐王贫女，写得活泼而不板滞，以负心汉的恶劣行为来对比出王贫女的悲苦，再置入他者打诨，形成悲喜并存的叙述方式。以王贫女为中心开展出情绪氛围，高潮在王贫女第二次唱的三支【五更转】。

> 在路途值雪正飞，盘缠被劫得没分文，被人打得血淋淋底。没投奔，在庙中，弯跧睡。我医你救人得成人，你及第，便没恩没义。
> 是我夫，不相认，见着我忙闭门。我当初闭门不留伊，你及第应是无分。千余里，到此来，望你厮存问。目下要归没盘缠，我今宵，更无投奔。
> 你记得，要来京里，卖头发把钱与伊。当初道嫁鸡便逐鸡飞，好言语教奴出去！没盘费，教化归，回乡里。买炷好香祝苍天，愿你亏心，长长荣贵。③

首曲唱王贫女救了张协，张协却忘恩负义，后寻得夫婿，却被拒之门外。次曲指责力度加深，并一转语气，担忧只身在外，无依无靠。此时心中愁苦，却无人可诉。末曲再转忧思为悲怨，道出张协背恩忘义的事实。

---

① （明）邵璨：《香囊记》，载（明）毛晋编《六十种曲》，第1册，第108页。
② （明）徐复祚：《曲论》，载《中国古典戏曲论著集成》，第4册，第236页。
③ 《张协状元》，第161—162页。

三曲情绪渐进累积，叙事文字非常直接，并不只在交代剧情，更营造出弃妇的心理变化。此时，演员场上的身体姿态和声音韵律若抓到了人物之苦，语言文字中的悲情便很容易被提到表面。三曲皆几无雕琢的"俗文字"，且文字自有神。

悲之所以能传神地展现出来，尚有张协冷酷无情为对照，而第三者的当场批评更有推波助澜之效。张协此出只有宾白，字字句句突出其心不善。在未知来者身份时，他说："甚人啰唣？何不打出去！"① 知道来者是王贫女后，批评她：

> 貌陋身卑，家贫世薄。不晓苹蘩之礼，岂谐箕帚之婚。吾乃贵豪，女名贫女，敢来冒渎，称是我妻！闭上衙门，不去打出！②

末扮的门子暗地骂张协"推得没巴臂"③。人物对人物的当场评价，实是创作者或改编者自身的价值判断，反映出当时社会整体的价值倾向。语言文字除了把张协的无情无义提到表面，更在对比张、王二人的情绪下抬升悲苦之情。王贫女第一次唱【五更转】自道身份后就强调出悲情，随即门子进行在场评价，说贫女"说得好孤悽"④。次要人物于场上做即时评价，意在加深情感，并赋予情感以实际意义，亦即某人之善、之恶、之苦等内容。这是戏曲叙事的特殊手段，创作者在《张协状元》中熟练运用。

所以，表悲苦之情并不是一味地悲即可。李渔说得很有道理，认为作传奇须"立主脑"，即一切从"一人一事"而生，但"离、合、悲、

---

① 《张协状元》，第161页。
② 《张协状元》，第161—162页。
③ 《张协状元》，第161页。
④ 《张协状元》，第161页。

欢，皆为人情所必至"①，所以要"剂冷热"②，"使不岑寂"③。"点缀"非漫无目的，尤其是属于末技的"插科打诨"，"雅、俗同欢，智、愚共赏，则当全在此处留神"，如此才是"善驱睡魔"者④。人的情感本来就复杂，场上人演人，更当如实展现情感之真。这是重要的艺术手段，目的在于使搬演传神而能乐人并动人。

净角的功能就在打诨调笑，避免一路悲到底，而使人不觉悲。如王贫女说自己是"状元浑家"，门子嘲弄："慢行，慢行，怕头上珠牌脱下来。"后王贫女对张协说自己是"五鸡山上贫女"，门子再打诨："贫女是个乞婆，打个乞婆。"又张协责骂他随意放人入衙门，他粗鲁地回应："非干男女事，它自走入来"，并在张协说要打人后，不断试图打王贫女。最后，张协摆明不认王贫女时，真打了王贫女。穿插打诨场面，具有喜剧氛围，但因整场戏环绕在王贫女的悲苦上，打诨反而突出人欺人的恶劣行径。胡闹的调笑与悲苦形成对比，更显王贫女的无依无靠、苦无从诉的无奈之情，这也是王贫女下场前念"剪头门子将奴打，后来却把奴家骂"的言外之意。⑤

再细看此出的语言文字，除了张协外，皆质朴自然的"本色语"。然而，张协经雅化的语言文字，反而突出此剧的艺术价值。再看他这样批评王贫女：

> 曾闻文中子曰："辱莫大于不知耻辱。"貌陋身卑，家贫世薄。不晓苹蘩之礼，岂谐箕帚之婚。⑥

---

① （清）李渔：《闲情偶寄》卷1《词曲部·立主脑》，载《中国古典戏曲论著集成》，第7册，第14页。
② （清）李渔：《闲情偶寄》卷4《演习部·剂冷热》，载《中国古典戏曲论著集成》，第7册，第176页。
③ （清）李渔：《闲情偶寄》卷1《词曲部·戒讽刺》，载《中国古典戏曲论著集成》，第7册，第12页。
④ （清）李渔：《闲情偶寄》卷3《词曲部·科诨第五》，载《中国古典戏曲论著集成》，第7册，第61页。
⑤ 《张协状元》，第161页。
⑥ 《张协状元》，第161—162页。

对比王贫女和净、丑直白的语言，上引是文学性语言，表现出人物的身份、地位与语言文字的关联性。

此出的语言文字已体现了明人提出的雅俗兼备、语言适当性、有益教化的"本色"之法。几无文饰之口语加上用韵组成的文字，虽比起《琵琶记》和《拜月亭》来较俗，仍传人物之神。人物既有神，情感得以推展，就保证了一定程度的戏剧性和娱乐性。语言艺术最重要的特征是叙事夹抒情。情事不分离，情依事转，虽事是叙述主体，情才是叙述目的，这是戏之为戏的关键。元杂剧、明传奇无不如此作。

虽说情是目的，但今人喜言的"抒情传统"无法说明语言艺术的内容，而"叙事传统"又忽略文字含情与价值判断的问题。叙事、抒情不能二分，如此才能见到戏文的"本色语"到底是什么，如何成为娱乐。《张协状元》已表现出叠合叙事与抒情的语言艺术，可见戏曲语言艺术在南宋时已成熟，这更说明情非明代戏曲所专有，而是整体戏曲创作的特征。

再深入谈语言问题。近人论明传奇（或含杂剧的晚明戏曲），都以"情论"做解释。"情论"是注意戏曲表情而提出的说法。明中后期的文人小品文类确实突出情，如张岱说："人无癖不可与交，以其无深情也；人无疵不可与交，以其无真气也"[1]，延伸出人有情有癖，且是人际交往的原则。以情来使怪癖合理化，再以怪癖说明人的特殊性，这种说法可以成为近人提出晚明"情论"和"个性解放"的有力证据。再把李贽的"童心说"[2] 和"自然真情"[3] 拿来作证，晚明"情论"就相当完整了。

再如近人讲汤显祖的《牡丹亭》，无不言情。王燕飞即发现近代《牡丹亭》研究有四个主要方向：（1）人情与天理对立、爱情与婚姻对立；（2）天然之情及对青春的珍惜；（3）情欲；（4）哲学性的"情为道"。第三点的争议最大，第四点则是后产生的，试图超越"情论"体会剧中的生命反思。这种观点背后的意识形态就是晚明"情论""个性解放"

---

[1] （明）张岱著，马兴荣点校：《陶庵梦忆》，第39页。

[2] （明）李贽：《李氏焚书·续焚书（附年谱）》卷3《杂述》，中文出版社1971年版，第117—119页。

[3] （明）李贽：《李氏焚书·续焚书（附年谱）》，卷3《读律肤说》，第160页。

"民主思潮",且王燕飞更肯定这种诠释路径。①

把情与时代孤立起来看,再套用在作品上,这根本就是本末倒置。戏本在借事说情,若不说情,谁会想去看戏!如今天的电影、电视剧,若不洒狗血地造情,票房、收视率必惨不忍睹。为了要凸显明人说情的特殊性,锁定传奇爱情剧来言情,结果情的概念被缩小,爱情和情欲成为情的唯一内容。

爱情与情欲是两种不同的概念,不能不分青红皂白地混着说。本文谈的戏文,表现了情的复杂性,有思夫之情、孝亲之情、忧国之情、仁义之情、无奈之情、怨怼之情等,每种情各有原因和内容,且随着情节转折,同一人物更会在不同情节中表现出不同的情。如陀满兴福在遇到蒋世隆前后,以及后来莫名成为绿林之首,即见丧父、忧国、重义、仁爱等情的变化。若不详究情的差异性,也不弄清楚前人分析比较的内容,只以意识形态化的爱情来做解说,便是"误读"。

艾柯(Umberto Eco)刻意以"误读"来批判当代西方学术及文艺的庸俗化和诡辩化的问题:

> 句子一概支离破碎,处心积虑地不让人明白,语言退化到一种非理性的状态,供那些诚惶诚恐的和讲究民主的群众消费。②

各种讨论都只是为了"达成意见的广泛一致",结果当然是"诡辩已将真理贬低为公众的一致意见。"③ 他举了一个相当贴切的例子,说明学术界的论文写作就是不断地加注释,好像文献资料自然就是解释,这些"门徒"们看来比所引述的人懂得更多,知识更广。然而,他们根本不懂文学传统,更缺乏历史意识,提出的说法没有生命和思考的深度,都是"自以为有文化的自我膨胀的学者",像"非利士人般地喜欢高谈阔论而

---

① 参见王燕飞《二十世纪〈牡丹亭〉研究综述》,《戏剧艺术》2005 年第 4 期。
② [意大利] 艾柯:《误读》,吴燕莛译,新星出版社 2009 年版,第 114 页。艾柯结合"谐仿"(parody)和"模拟拼贴"(pastiche)进行写作,文章看似正经严肃,实极尽嘲讽,论述主旨深藏在刻意为之的"误读"文字中。
③ [意大利] 艾柯:《误读》,吴燕莛译,新星出版社 2009 年版,第 114 页。

沾沾自喜"①。"误读",所以对文本做出不适当的价值判断,如认为《拜月亭》《琵琶记》都是爱情剧就是例子。

明人比较《西厢记》《拜月亭》《琵琶记》之高下,主要谈的是戏曲的文体和语言文字的运用问题。说情,说的不是爱情,而是从人伦之情来论断情的适当性问题,并界定理想的范例并以此作为价值判断的依据。

四 创造意境的语言艺术

曲论中的意与诗文中的意相通,讲的是作者之意。意经语言文字的组合而被具体化,能兴人之思,发人之想,完成了境的创造。境由语言文字所造,但其意与语言文字的本意已有距离,是第二层次的意,依"作者之意"而出,但又有所超越,自有其特殊性。

潘之恒论《牡丹亭》中的情,讲的就是第二层次的境中之意,也就是今天常说的意境。人读剧本,或看搬演,多少会体会到意境。更重要的问题是,作者创造了有意境的文本,那他是如何从创造出意境呢?传为王昌龄作的《诗格》,就讲了意境创作的问题。

王昌龄区别出"物境""情境"和"意境"三种,皆作者所造。要造"物境",必须"神之于心",先"处身于境,视境于心","然后用思",如此即得物象之形似。若要造"情境",则先"张于意而处于身",经"驰思"而"深得其情"。造"意境"也相同,先"张之于意"再"思之于心",如此即"得其真"。② 这个"意境"讲的其实是"真境"。

三种境的创造过程看似不同,但以心关照所欲造之境,就可得"似""情""真"。王昌龄又说诗有"生思""感思"和"取思"。"三思"说的还是"以心照境":"心偶照境,率然而生","心入于境,神会于物,

---

① [意大利]艾柯:《误读》,吴燕莛译,新星出版社2009年版,第222页。
② (唐)王昌龄(传):《诗格》,载张伯伟辑《全唐五代诗格汇考》,凤凰出版社 凤凰出版传媒集团2002年版,第172—173页。

因心而得"。① 重视心与思，突出作者立意的问题，他更说意需本于"皇道"②。"皇道"是合"气性"与"天理"的道③，文字与文章都由此而来。但这还不够，因为诗是文字创作，还需"巧运言词，精练意魄"④，要能"言物及意"⑤，"意好言真"⑥，所言更是技法的问题了⑦。

这套说法不难懂，说的是创作必须以意为先。细说诗的体格，意在讲明诗的语言艺术法则，强调文字创作不能违情背体，更要出奇新变。

王夫之也说"无论诗歌与长行文字，俱以意为主。意犹帅也。无帅之兵，谓之乌合"⑧。接着谈识字、用事、作句、起承转合，以用兵比喻语言艺术规则，更点出了"活法"与"死法"之别，突出创意出自于人能游戏于文字中。文字创作绝不可能无意义，因为创作是作者"心情兴会"的精思傅会、炼句琢字。王夫之说明创作条件：

> 含情而能达，会景而生心，体物而得神，则自有灵通之句，参化工之妙。若但于句求巧，则性情先为外荡，生意索然矣。⑨

如此说"作者之意"，来自其创作与评赏的经验，而此说也同时是一套解读作品风格趣味的原则。"以心关照"的"神思"既是做法也是品评关键，以能"似"有"情"且"真"为最高理想。也因此，诗的价值就不在于语言文字的本意，而在于能否有"言外之意"。此说也呼应了司空图所言之"超以象外，得其环中"，"意象欲生，造化已奇"。⑩

意境之"意"，严羽说得很清楚了，就是"别趣"，那虽"非关理"，

---

① （唐）王昌龄（传）：《诗格》，载张伯伟辑《全唐五代诗格汇考》，第173页。
② （唐）王昌龄（传）：《诗格》，载张伯伟辑《全唐五代诗格汇考》，第159页。
③ （唐）王昌龄（传）：《诗格》，载张伯伟辑《全唐五代诗格汇考》，第160页。
④ （唐）王昌龄（传）：《诗格》，载张伯伟辑《全唐五代诗格汇考》，第163页。
⑤ （唐）王昌龄（传）：《诗格》，载张伯伟辑《全唐五代诗格汇考》，第165页。
⑥ （唐）王昌龄（传）：《诗格》，载张伯伟辑《全唐五代诗格汇考》，第166页。
⑦ （唐）王昌龄（传）：《诗格》，载张伯伟辑《全唐五代诗格汇考》，第172—173页。
⑧ （清）王夫之：《姜斋诗话》，载丁福保辑《清诗话》，上海古籍出版社1978年据中华书局1963年版修订本，第8页。
⑨ （清）王夫之：《姜斋诗话》，载丁福保辑《清诗话》，第14页。
⑩ （唐）司空图（传）：《二十四诗品》，载（清）何文焕辑《历代诗话》，第38、41页。

却"非多读书,多穷理,则不能极其至,所谓不涉理路不落言筌者上也"。① "不涉理路不落言筌",呼应"惟悟乃为当行,乃为本色"。② 正因有妙悟,诗才可入神而为极致。此说并不神妙,意在讲诗是艺术语言,不是说理文字,所以诗之意不局限在语言文字的本意上。因为作诗是"吟咏情性""惟在兴趣",所以语言艺术特征是"言有尽而意无穷",异于他种文体的说理文字。③ 即因严羽之说如此虚幻缥缈,又援禅入诗,后来论者皆就"羚羊挂角","空中之音,相中之色,水中之月,镜中之像"大论"以禅喻诗"。④

如郭绍虞评价严羽之论无涉社会人生,"偏于禅趣而忽于理趣",且"偏于性理而忽于义理","与现实主义距离很远"。再指出其"主观的体会"是"唯心主义的艺术观",并无法讲明"形象化的意义与其作用"。⑤ 他引冯班的《严氏纠谬》,批评"实脚跟未曾点地"⑥,再引许印芳的《沧浪诗话跋》,说"论诗唯在兴趣,于古人通讽喻,尽忠孝,因美刺,寓劝惩之本意全不理会"⑦。他不满严羽的纯艺术论倾向,而这样说更是要肯定严羽的"兴趣"和"妙悟"是受禅影响而产生的特殊观点。除了禅,他也批评严羽的"复古"意识,认为严羽专讲艺术形式及想象的艺术语言偏离传统儒家的"诗言志"宗旨,而"艺术和风格上的学古"更是不知"诗有反映现实的作用"。⑧

严羽说诗确实有局限,但以"反映现实"来批评,实是意识形态的偏见。看重诗的写实功能,所以忽略严羽并未否定诗之记事、说史、写物功能,更不见所言之"复古"并非简单的"学古"。严羽真正反对的是,"以文字为诗,以才学为诗,以议论为诗"⑨。作诗有法,就不可

---

① (宋)严羽:《沧浪诗话》,载(清)何文焕辑《历代诗话》,第688页。
② (宋)严羽:《沧浪诗话》,载(清)何文焕辑《历代诗话》,第686页。
③ (宋)严羽:《沧浪诗话》,载(清)何文焕辑《历代诗话》,第688页。
④ (宋)严羽:《沧浪诗话》,载(清)何文焕辑《历代诗话》,第686页。
⑤ (宋)严羽著,郭绍虞校:《沧浪诗话校释》,第40页。
⑥ (宋)严羽著,郭绍虞校:《沧浪诗话校释》,第40页。
⑦ (宋)严羽著,郭绍虞校:《沧浪诗话校释》,第42页。
⑧ (宋)严羽著,郭绍虞校:《沧浪诗话校释》,第4、6页。
⑨ (宋)严羽:《沧浪诗话》,载(清)何文焕辑《历代诗话》,第688页。

违背体制，更不能立志不高。此外，他强调不学不能悟，唯有学才"不失正路"①，接着再提"知人之论"②。这套说法并未脱离"诗言志"的传统，也因此"复古"的目的在于"辨尽诸家体制，然后不为旁门所惑"③。"体制莫辨"的结果是惑而偏执。

> 多务使事，不问兴致，用字必有来历，押韵必有出处，读之反覆终篇，不知著到何处。其末流甚者，叫噪怒张，殊乖忠厚之风，殆以骂詈为诗。④

明人论曲正与此诗学观相通，尤其"妙悟"与"本色"推展了严羽的观点。

说有意境，即肯定诗文自有神，而明人论曲，从本色讲传神，说的更是能乐人并动人。能如此，因为剧作是能"似"有"情"且"真"的语言艺术，也就是王昌龄的"造境"。明代人袁晋谈杂剧，说法几乎相同。

> 文章以无尽为神，以似尽为形。袁中郎诗有"小石含山意"一语，予甚嘉之。如尽石竟而可旁添片墨，非尽矣。……杂剧，词场之短兵也，或以寄悲愤、写跅弛、纪妖冶、书忠孝，无穷心事，无穷感触，借四折为寓言，减之不得，增之不可，作者情之所含。⑤

写人、事、景、物当"似"，但背后之意要广而深，一切"真"则意境

---

① （宋）严羽：《沧浪诗话》，载（清）何文焕辑《历代诗话》，第687页。
② （宋）严羽：《沧浪诗话》，载（清）何文焕辑《历代诗话》，第700页。
③ （宋）严羽：《沧浪诗话》，载（清）何文焕辑《历代诗话》，第707页。
④ （宋）严羽：《沧浪诗话》，载（清）何文焕辑《历代诗话》，第688页。
⑤ （明）袁晋：《盛明杂剧二集卅种序》，载陈苇、吴毓华编《古典戏曲美学资料集》，文化艺术出版社1992年版，第222页。按：引文"写跅弛"之"弛"字，原作"足"部，参见《续修四库全书》收《盛明杂剧二集》本。查异体字字典，无此字。就文意看，应"弛"之别字。

佳,"必合乎自然","亦必邻于理想"。① 王国维说戏曲"本色自然有意境",也是这个意思。

宗白华从意立论,分别出六种境界,各有其意:(1)功利境界主利,要满足生理物质之欲;(2)伦理境界主爱,讲人共存互爱;(3)政治境界主权,说明人群互制;(4)学术境界主真,肯定穷研物理的智慧追求;(5)宗教境界主神,使冥合天人的返璞归真具体化;(6)艺术境界主美,结合学术与宗教,化实境为虚境,创造形象。这种融情景成意象的创作,有赖于艺术家自身的"精神涵养",而艺术境界就出自"主观的生命情调与客观的自然景象交融互渗"。②

其说法很细致,若拿来看戏文,可见戏曲语言艺术已使这六种境界具体化。

王夫之认为艺术语言出自用兵遣将,这就是一种游戏。但文字游戏不只为了打诨而已,而是面对语言文字的特殊态度,要在符号的选择与组织中表现出难以捉摸的真情。游戏使文字展现出不同的意境,如《琵琶记》这样写:

> 翠减祥鸾罗幌,香销宝鸭金炉。楚馆云闲,秦楼月冷,动是离人愁思。目断天涯云山远,人在高堂雪鬓疏,缘何书也无?③

前两句写物,极为雕琢,要写"似"。再下两句,写景带出时间与空间,并直接转入情,要写真。末三句则在推展前二句之真,且"目断"一句之情感主体性把"景物之真"导向了"景物之神",点出人天相合而情感无限流动的生命情调。因下一句明言孝,"神"已内含了"爱",并在最末的自我反问下,再次强调"人物之神"与"此情之真"。这支曲体现了用文字游戏展现情思的语言艺术,达到了展现美的艺术意境。

此曲同时表现"景中情"与"情中景",此情"转折而含蓄"④,景

---

① 王国维:《人间词话》,徐调孚校注,第1页。
② 宗白华:《美学的散步》,台北:洪范书局1981年版,第2—4、8页。
③ 《琵琶记》,第68—69页。
④ (清)王夫之:《姜斋诗话》,载丁福保辑《清诗话》,第14页。

情更"妙合无垠"①,王夫之论诗之语,亦可用于此曲。这是文学化的文字,正因雅而富含真情,王骥德推为"本色"的代表。高明的意境创造相当成熟,但创造意境已见于更早的《张协状元》,如第 39 出的"贫女回古庙"。

早期戏文的造境仍拙,语言艺术较粗俗。此出演王贫女被张协羞辱后回到古庙,首曲在叙事中写景抒情。

【哭梧桐】谁人信道奴,得恁时乖蹇?一路里奔波到京辇,山路到处多颠险。去时团空柳飘绵,归后梧桐更叶乱。惭愧见得家乡面。②

文字质朴,写景一并带出事件之时间过程,并利用主体之情来建构时空感。山路难行衬托出被拒绝后的心理波动,柳絮飘飞梧桐叶乱更点明王贫女不知所措的难堪之情。"去时团空柳飘绵,归后梧桐更叶乱",通过排比,表现了早期戏文的文学化状态,只不过用字遣词上稍嫌粗糙,若再更细致,对偶会更雅。最末句的自我贬抑态度再经宾白被凸显出来:"奴家貌既丑,家既贫,如何招得状元?"③这突出了王贫女因身份、地位及遇人不淑而产生的苦境。再下的【忆秦娥】曲更以纯主体抒情方式写苦境之真:"似哑子吃了黄柏,教我苦在肚皮里。吞吐不下,如鱼遭饵。"④即因主体抒情,角色个性突出。本来文字创作内含的意是"作者之意",但经角色演绎,此意已转化成"人物之意"。

"人物之意"是表面直接的,语言文字一出口即被具体化,原本的"作者之意"退居幕后,隐藏在更复杂的对话结构中,成为第二层次的意。易言之,被创造出来的人物个性隐蔽了作者之意。当读者面对单一人物的发言时,不会特别注意所言内容隐藏了作者创造此人物的动机与目的。读者与文本之间是一个对话结构,而文本自身更是对话结构的复

---

① (清)王夫之:《姜斋诗话》,载丁福保辑《清诗话》,第 11 页。
② 《张协状元》,第 169 页。
③ 《张协状元》,第 169 页。
④ 《张协状元》,第 170 页。

杂化表现，包括作者与角色，以及角色之间的各种对话形态。也因此，读者面对文本实际是同时与作者和角色对话，但读者与作者的关系较远，作者之意往往要在其他角色的介入发言下才会被注意到，而且还要对比单一角色发言之内容，意义才能被读者确定下来。

回到上引"贫女回古庙"一出。第二层的意说的是婚姻，而负心更是个广义的"义利之辨"的社会问题。此正"作者之意"。李大公听完王贫女的遭遇后说"君子为义，小人为利"[1]，这使王贫女悲叹其失败的爱情复杂化，私人性的情感痛苦被扩大解释。这种写法是借爱情讲人伦关系中的感情和信用问题，批评的是社会中普遍可见的不公不义，更突出儒家教化意识的主导性。教化是中国文化传统的深层结构，"义利之辨"的当场批评可引起观者的共鸣，使他们回想起现实生活中闻见的婚姻问题。文本（搬演）与读者（观众）因教化而有了交集，当场评价的艺术手段才会有娱乐效果。

当场做严肃评价的娱乐性远不比喜剧氛围来得有效，所以，这出戏就不仅造苦境，中间再穿插打诨调笑以调剂冷热。打诨场景经过精心安排，呼应前述的"义利说"，更突出功利境界之"利"的问题。这与伦理境界的"爱"恰成对比。

李大婆不断打断王贫女悲诉不幸的遭遇，【哭梧桐】曲唱："指望你菱花又不见，你便误我多娇面"，"记不得伊时须记得俺，我要照着多娇面"。[2] 并因没有得到菱花镜这个礼物，竟说：

> 张小娘子，你如今莫烦恼，胡乱在我家中谁。日里织些布，夜里缉些麻；秋间收些炭，春到采些茶，冬天依旧忍冻，夏月去钓黑麻。[3]

直接而无文饰的口语，突出李大婆全无同情心的势利个性。短短一段，

---

[1] 《张协状元》，第170页。
[2] 《张协状元》，第170页。
[3] 《张协状元》，第170页。

点出了负面的"利"。但是，这并不是成功的造境，作者或改编者也无意造此境，因为其目的只在于运用对比交错来放大苦境之苦，使之"似"且更"真"。

《张协状元》此出可见语言艺术之复杂，而创造意境以表真情更是角色塑造的重要条件。造境的语言文字都是叙事夹抒情的形态，既写实也写意。情本复杂多样，造境当然不局限于男女之间的爱情，也会涉及如"义利之辨"等其他内容。《小孙屠》第19出的意境塑造就相当复杂，不仅表现孙必贵含冤之苦，更表现了鬼神信仰和报应思想。

此出演东岳泰山府君救孙必贵复生，醒后见其兄孙必达，二人再遇恶妇李琼梅，并发现了李氏伙同朱邦杰杀害梅香。一开场，外扮神说话，点明这出戏的主旨："劝君莫做亏心事，东岳新添速报司。"接着说：

> 见李琼梅淫妇，谋杀人命，孙必贵屈死郊中。此人平日孝心可重，今日有此之难。上帝敕旨，差下小圣，降数点甘雨，其苏醒此人。孙必贵，甘雨沾身魂梦醒，醒来冤枉自分明。从空伸出拿云手，提起天罗地网人。①

这一段宾白交代戏情，叙事在肯定善恶必有报，可见戏之教化功能。以神明显圣方式表演，鬼神信仰和教化意识叠合并相互为证。这样一来，教化意识使鬼神信仰合理化了，神鬼信仰更肯定了教化的有效性。善必得助，恶必报之，因果报应，屡试不爽，这满足了观者的心理诉求。写社会黑暗事件的剧作，娱乐性就在此。

后孙必贵醒后的唱词，再写出冤死者复生刹那间的身痛心慌。

> 【北新水令】浑身上都破损，疼痛怎支吾。
> 【锁南枝】神魂乱，手脚麻，争些半霎时身亡化。
> 【北甜水令】拄杖身边，谁人撇下，手颤怎生拿？东倒西歪，我怎生提拔？战兢兢气力，难加。

---

① 《小孙屠》，第317页。

【香柳娘】黄泉无旅店，今夜宿谁家？一命掩黄沙。我如今挣揣，将拄杖按拿，魂飞魄讶。①

此段仍是文饰不多的"本色语"，简单明了，且一曲叠一曲来铺陈情感，写出了人物感受之"真"，造出了能"似"之境。这出戏以悲苦之情为主要条件，但因"谋杀"关目，再加上让惩恶扬善的神明直接上场，所造之境就很特殊，能让人在畏惧中生出警惕。这又是因前一出已先演了梅香鬼魂上场唱冤死过程，突出孙必达和李琼梅的心虚，见人即称之为鬼，已造出了令人恐惧的境。

以鬼神造境，呼应宗白华提出的主神的宗教境界，但此处更体现了伦理境界和功利境界。因孙必贵一开头已唱了："想哥哥那里，你还知么，兄弟在此身亡化？"② 关目发展至此，观者早知孙必贵会遇难，而其兄之无恩义正是作者或改编者所欲批判处。同样，为利忘义也是被突出的问题，所以上引【北新水令】曲后接着说"朱邦杰，于你有何辜？天怜念小孙屠"。③ 虽用了鬼神，但此出所造之境不是单纯的宗教境界，而糅合了伦理的和功利的内容，再加上写"情"能"似"且"真"的语言文字，建构出的是最高层次的艺术境界。不过，此艺术境界的美是一种特殊且能让人警惕的"恐惧美"。

之后兄弟两人遇见李琼梅，后者心虚以为撞鬼，终于说出事发经过，这是此剧的大冲突，戏剧性极强。语言文字造出意境而突出情绪氛围，但戏实由演员的身体、声音及他们的互动所具体化，所以最末的宾白都是情绪性和行动性口语的对话，如"你是鬼是人""那死的却是谁""朱令史如今在哪里""你引我到那里去"等。④ 口语允许演员就文本做发挥，演出隐藏于文字中的戏剧动作。这个结尾的内容虽短，却戏味十足，表现出元代戏文搬演本的特殊性。大冲突意在说明不论如何精巧布置，为利而杀人灭口，天理不容。开场的神明显圣，已如此交代。

---

① 《小孙屠》，第317页。
② 《小孙屠》，第317页。
③ 《小孙屠》，第317页。
④ 《小孙屠》，第318页。

境界的复杂性可再从《荆钗记》第 43 出"执柯"来看。此出的语言文字造出了政治境界的"权",且再将"权"与婚姻结合在一起,突出门当户对的意识。同时又插入打诨,嘲弄有权者的无知可笑。

此出演钱载和的友人邓谦向王十朋提亲一事。据第 47 出"疑会",邓谦曾位居三台,但现已致仕二十余年,"享朝廷之洪福,赖祖宗之荫庇"①。据俞为民注释,梦仙子校订的影钞本无第 47 出。再从人物自报家门来看,邓谦在第 43 出已出场,但在第 47 出才交代身份,颇不合理,且此出全为宾白,其中打诨又与第 43 出相呼应,身份说明当后来补入。

这出戏使邓谦荒谬化。"每日登山饮酒",但因"求诗画的缠得慌",就对仆人说"若有求诗的来,只说老爷不在。请吃酒,便说在家。"又因要摆席请钱载和,让仆人去杀猪,仆人回应"猪昨夜养下,也没有老鼠大,如何用得",他却认为没关系,因为"君子略尝滋味"而已。② 从负面表现有权者的荒谬形象,常见于元杂剧及后来的传奇中,是类型化的写法。

以文字嘲弄,作者的批评目的相当明显,并用吃打诨以讽刺有权者无知且胡言乱语。再见邓谦与王十朋的对话:

(生)贱职所拘,未得拜访。(净)荷蒙与进,岂胜荣幸。(生)惶恐!惶恐!(净)台下政治甚佳,黎民无不感仰。(生)皆赖老教指。(净)外蒙公祖见赐腊肉,老荆见了,叫小厮连忙与我煮起来吃饭。煮在锅中连连烧了七八十滚,还是硬的。我老荆作诗一首:蒙君赐腊肉,合家尽喜欢。柴烧七八担,水煮几锅干。硬似丁靴底,犹如吃马鞍。齿牙三十六,个个不平安。(生)猪婆肉。(净)不是猪婆,小猪的娘。(生)休得取笑。③

---

① 《荆钗记》,第 167 页。
② 同上书,第 167—168 页。
③ 同上书,第 156 页。

一开场的官腔，是具政治身份者的话语，表现了其特殊的社会地位。但是，接下来的打诨极力发挥俗的"本色语"，突出邓谦之可笑。如此塑造喜剧意境以引人发笑，目的在于娱乐，此即宗白华的"意境说"所忽略处。

制造喜剧意境并非主要目的，作者之意实在门当户对上。一开场，邓谦就已唱了"侯门涉水最难求，愿适贤良王太守"①。门当户对是有权身份者的婚姻条件，尤其在政治世界中，门当户对才能维系政治生命的发展。邓谦和王十朋的唱词是互为对立的两种人物之意，突出不同婚姻观之间的冲突。

【啄木儿】（生）乞情恕，听拜禀，自与山妻合卺婚，才与他半载同衾，一旦凤拆鸾分。他抱冤守节先亡殒，我幸恩再娶心何忍？行短天教一世贫。

【前腔】（净）他八两，你半斤，彼此为官居上品，论阀阅户对门当，真个好姻缘。你意骄性执不从顺，故千推万阻令人恨，有眼何曾识好人？

【三段子】（生）事当隐忍，未可便一时怒嗔。（净）你再不娶亲，我只愁你断子绝孙谁拜坟？（生）言激心恼空怀忿，我今纵不谐秦晋，也不会家中绝后昆。

【归朝欢】（净）你没思付，不投分，哪里是儒为席上珍？（生）我做官守法言忠信，名污行损遭谈论，纵独处鳏居，决不可再婚！②

四曲皆说理表情，所说之情更复杂。就邓谦而言，"权"与婚姻为一体，他更以传统伦理观来使其说合理化，并再导向身为儒者的德行问题。王十朋则不认为再娶是合理行为，也从传统伦理观和德行来使其说合理化，并明显切割了"权"与婚姻，再将德行与政治结合在一起。此时，叙事夹抒情的语言文字使人物之意具体化了，此意实是作者之意的延展。虽

---

① 《荆钗记》，第156页。
② 《荆钗记》，第156—157页。

然意见相左，冲突尖锐，但双方都回到传统教化来肯定其言论的合法性，表现出文化深层结构之教化的主导性。

因语言文字讲"利""权""爱"等意，功利境界、政治境界和伦理境界转化了原本用以笑乐的喜剧意境，形成复杂而多层次的艺术境界。文字展现出真实的情感，说明人物塑造能"似"有"神"，对立争论便有戏味，也就有了所谓的"戏剧性"。从打诨转向严肃的戏，明显可见戏文的艺术价值。

与上引《小孙屠》一场相同，艺术境界不是一般认知的纯欣赏性的美，而是塑造了能引人深思，甚至引起反思与批评的价值判断。就此而言，宗白华的"意境说"所论仍是理想的"抒情美"，而非更为宽广的"生命美"。戏不可能只在抒情，它必须要以能"似"能"真"的游戏文字来说故事，利用造境来提出价值判断。有了价值判断，戏就能满足观者的心理诉求，而娱乐性主要在此。易言之，娱乐性意不在使人发笑，而是能使人有所感而知的特殊的艺术表现方式。

还有一种意境塑造几乎不涉及人物情感，目的就在于写景物之真，表现清闲悠适的生命情调。这是真正的文字游戏，亦由此可见戏文的文学化。《张协状元》第40出"张协赴梓州任"的首曲【河传】是最佳例证。

瓜期到矣……春到柳塘，冰释鱼游春水。山嵯峨，蓦山溪，玩佳致。①

叙事写景，不见赶路辛苦，反见沿途景致佳美，值得欣赏。唱完此曲后才开始铺陈张协赴任的情绪。这种语言文字已经完全文学化，是符合张协此时身份地位的"本色语"。《白兔记》第3出的"报社"也有这种文字游戏，不过却有与人物身份不合的问题。

此出前半段写冬藏后无事可做，李文奎携妻女赏雪。李文奎上场宾

---

① 《张协状元》，第172页。

白说:"今日这般天气,瑞雪飘飘,梅花绽放,正宜赏玩"①,尚是质朴的"本色语",但后与妻女之间的对应语言却是雕琢过的诗词语:

> (外)你看几树老寒梅,冷淡不嫌溪畔静,精神偏向雪中开。(老旦)飞雪徘徊,顷刻妆成银世界,须臾变作玉楼台。(旦)月色更奇哉,惟有暗香来。②

再后,外、老旦、旦、丑各唱一曲【莺啼序】,文字更是经过雕琢,如:"随车缟带逐乱飞,搅银海生辉","冯夷特地助威,扫云散天霁","雪光映月色交辉,一点暗香扑鼻","撒盐未是比宜,不若柳絮风吹"。四曲结尾都合唱一句"雪晴时,梅稍上淡月,三白总相宜"。③ 用典写景,文学化极为明显,但这一家子是农民,如何出此文人口气!这是作者逞才咏物。

冬雪梅香是想象出来的农村田园风光,文字所造的艺术意境是纯粹的景物美。这本就是文学创作之大宗,要达成语言艺术的"言有尽而意无穷"。书会才人的社会身份低下,但毕竟是文人团体之一员。他们受过教育,也就为文学成规与诗词传统所制约,写景自然展现出文人雅致的生命情调。作为搬演底本的成化本《白兔记》就不见此出,有两个可能性:一是文学化的创作为明人补入;二是原本有此出,但因搬演效果不好而被拿掉。因时代较早的《张协状元》已有文学化的意境创造,若《白兔记》的"报社"是明人后来才补入,那么戏文的改编确实是一个越来越文学化的过程。

创造意境不可能脱离作者之意,但戏中的意不那么简单。就作者之意直接立论,反而有碍于理解戏文的艺术价值。戏曲的文体有特殊性,出自作者"代人发声"的"拟代",所以作者之意隐藏在人物之意中。上文论戏文的意境,可见人物塑造是戏曲文体最重要的艺术特征。从作者

---

① 《白兔记》,第185页。
② 《白兔记》,第185页。
③ 《白兔记》,第185页。

之意转入人物之意，这是沿袭、模仿和想象的产物。

　　说沿袭，因戏的题材大多有本，已有特定的意，新创、改写或翻案都脱离不了原本之意的制约。从旧有且熟悉的故事来重新塑造人物并建构关目，难免会模仿，则原有之意被保存下来。模仿同时形成创作成规，成规即"法"，是作价值判断的重要依据。又因意的引导，形成以特定写法表现特定之意的条件。创作当然需要想象，但想象并非不受拘束的乱想，不是作者爱怎么写就怎么写，笔下人物的情思、景物的状态、事件的发展都有一定的存在。

　　这解释了何以戏文的故事不同，人物形象不同，但都有某种程度的同质性。意境塑造也是如此，如表现游子行路难的沉重心情，大多类似。此再看《宦门子弟错立身》中的"戏班行路"的写法：

　　【八声甘州】（卜）子规两三声，劝道不如归去，羁旅伤情。花残莺老，虚度几多芳春。家乡万里，烟水重重，奈隔断鸿鳞无处寻。一身，似雪里杨花飞轻。
　　【同前换韵】（旦）艰辛，登山渡水，见夕阳西下，玉兔东生。牧童吹笛，惊动暮鸦投林。残霞散绮，新月渐明，望隐隐奇峰锁暮云。泠泠，见溪水围绕孤村。
　　【解三酲】（末）奈行程路途劳顿，到黄昏转添愁闷，山回路僻人绝影，不觉长叹两三声。（旦）望断天涯无故人，便做铁打心肠珠泪倾。只伤着，蝇头微利，蜗角虚名。①

三曲皆已高度文学化，用字遣词多传统诗词用法。《宦门子弟错立身》仅有《永乐大典》残本一种，应未经明人大幅度改动，而元杂剧与后来明传奇中的行路写法相似，可知元代时这种语言艺术早已发达。

　　此剧很可能改编自元杂剧，但杂剧不存，无法对比内容。再换个角度看，从杂剧改编成戏文，就要打破杂剧严谨的四折结构，内容要扩大写。就曲牌而言，南北曲都有【八声甘州】，属"仙吕宫"，但【解三

---

① 《宦门子弟错立身》，第239页。

醒】为南曲"仙吕宫"的过曲。此出现存五曲,扣掉尾声,其余四曲即这两个曲牌换韵重复唱,是简单的南曲联套。既为南曲联套,就不是北杂剧的内容,而是增补的改编。增补,要演戏班中人辛苦赶场的心境,用诗词传统中的行路难的表述方式,形成了特殊的行路难的意境,且雅化的语言艺术也因此成为改编的重要特征之一。

戏是艺术创作,只依法而不知变通,不过是无情的拟古,所写必索然无味。作为娱乐,当然不能如此。并且,人生而有才情,会想象,再以情出之,则笔墨虽有所本,却能出新意。语言文字的运作,就是以新变来突破既有之法的制约,并引出了不同的评赏趣味。法的内容因此被扩大,也出现转化,产生了更复杂的语言艺术。游戏文字虽变而出新,原有之意并未被取消,而是同法一般被扩大与转化。游戏,目的在于更深刻地表现真情与真理,但因为法,所以有沿袭和模仿,再经过了想象,才由人、物、事件来使内含真情与真理的意具体化。所以,文本中的意与作者之真意有一定的距离,不见得直接反映了作者真实的生命过程。

历史的真实或可被考证出来,但因资料是人为记录,资料永远需要被诠释,且因时代不同、思维方式不同而不断被再解释,出现历史的重新书写。[1] 如高明作《琵琶记》的动机,历来有说演牛僧孺之子牛蔚与其友蔡生的事件,或说反讽元不花丞相逼状元入赘事件,或说讥刺时人王四,或说讥刺宋人蔡卞,或说为蔡伯喈雪耻。每一种说法都考证历历,目的在于确认高明作剧与其心境之关系,而此心境正是社会现实的反照。姚燮说得好:

> 传奇家讬名寄志,其为子虚乌有者,十之七八。千载而下,谁不知有蔡中郎者?诸家纷纷之辨,直痴人说梦耳。[2]

---

[1] 参见 Vince, Ronald W., "Theatre History as an Academic Discipline," in *Interpreting the Theatrical Past: Essays in the Historiography of Performance*, edited by Thomas Postlewait and Bruce McConachie, Iowa City: University of Iowa Press, 1989。

[2] (清)姚燮:《今乐考证》卷8《著录五》,载《中国古典戏曲论著集成》,第10册,第190页。

今人谈南戏的"翻案说",态度相同,且因"翻案"而再推导出一个根本无法证明的文本发展脉络,如有人提出了从《赵贞女蔡二郎》到《琵琶记》再到京剧《小上坟》的发展过程。①《赵贞女蔡二郎》并无存本,只有文人记录中的只言片语,信息十分有限。《琵琶记》与此剧的人名雷同,明人也多讲两者关系,但若要论证二者关目也相似,再以之为"翻案"的证据,甚至说《小上坟》中萧素贞的唱词即《赵贞女蔡二郎》的留存,那就有很大的问题。做文本比较,或研究文本流传转变,必有所据,但《赵贞女蔡二郎》无文本流传,如何能讨论与《琵琶记》和《小上坟》的关系?《琵琶记》为南戏过渡到传奇的重要环节,《琵琶记》就已经是传奇了,再大书特书赵贞女人物形象的转变、《赵贞女蔡二郎》的现实目的、体现的民族矛盾和下层人民诉求等,如此乱谈,真令人惊叹!

今存宋元戏文都已经明人改动,更何况是后出的京剧,离宋元太远了,拿来反证宋元戏文并不合适,更缺乏方法论的思考。可是,戏论被纳入"论述霸权"而成为有效的论述②,好像不这样说就不专业、无学术了。

作品当然有作者之意,但隐藏在人物之意中,而人物之意又是整体意境的结构成分,且意在根本上出自语言艺术。不从语言艺术看,仅从各种历史资料考证意该如何,并以之为判断作品价值的依据,实无道理。确实,作者有考时,这套方法很有效,但仍要关注作品内容,不能仅从考证证明作品必是某一种意。

也是由于考证癖的引导,有学者误解了明人的"本色",不仅混淆语言法则的"本色语"和审美范畴的"本色"判断,更简化了原本意义丰富的戏曲审美意识。戏曲同时是语言艺术与搬演艺术,但古代搬演不可见,语言文字是判断艺术价值的重要环节,明代曲论即如此被建构出来。

---

① 参见刘叙武、刘赟《从南戏〈赵贞女蔡二郎〉到传奇〈琵琶记〉》,《温州大学学报》(社会科学版) 2008 年第 4 期。

② 参见 Gramsci, Antonio, *Selections from the Prison Notebooks*, edited and translated by Quintin Hoare and Geoffrey Nowell Smith, New York: International Publishers, 1971。"霸权"概念,见以下章节:"The Intellectuals," pp. 3 – 23; "Notes on Italian History," pp. 44 – 122; "The Modern Prince," pp. 123 – 205; "State and Civil Society," pp. 206 – 276。

今天的戏曲研究却走向反语言文字、反文学的路径，更要反戏中的一切教化，结果原本有意义的，今天都成了被拒绝的、无意义的了！

　　戏曲研究的内容不该如此狭隘，内容与形式必须兼顾，其他推进戏曲发展的外在因素也要深究。从戏文看戏曲"寓教于乐"价值观的确立，还需更深入探讨明清文人如何接受戏文的问题。

第四章

戏文的接受与批评传统

　　人物塑造、关目设计、意义展现、场上搬演皆与语言文字的运用有关，且戏文创作的目的在于表现一场有益人心的人生过程，创作者以艺术手段使娱乐转化为教化，使"寓教于乐"的精神具体化。

　　教化引导着戏曲的发展，但就戏文这种早期戏曲形式而言，不能说已有了"寓教于乐"的戏曲观，要在明人曲论中才可见。"寓教于乐"出自对雅俗问题很敏感的宋型文化，后来的戏曲创作有所承袭而衍生出"寓教于乐"的戏曲文化传统。易言之，辨雅俗是戏曲文化的根本特征，而文人介入戏曲场域后更突出辨雅俗，因而愈加使"寓教于乐"的戏曲观合理化。

　　品赏从来就不只是欣赏，更要批评，且批评也不是抵拒排斥，目的在于确定创作的规则及价值判断的内容。以戏教化、教化即娱乐，这是在批评文本和搬演中建构起来的特殊的价值判断，且因诸家论述各有立场，引起了争论，并产生了关于戏曲功能与价值的不同观点。批评引导了人对戏曲艺术的认知，但认知又都环绕着雅俗之辨，因辨又产生了雅俗调和的立场。曲论讲的就是这一套戏曲之法，不仅使"寓教于乐"合理化，也使戏曲的文化地位合理化。所以，本来不值一提的娱乐被抬升为与诗、书、画同等重要的艺术表现形式。

　　正因文人的积极参与，戏曲文化内含特殊的文人趣味。做戏、看戏、论戏并与演员交往，都是俗不离文的雅致的生活情调。尚文社会本就以有知识、有教养的文人生命为理想，文人的生命情调更成为一般人的生命憧憬。家家督促子弟学文入仕，即体现了崇拜文与文人的意识。

自己成不了文人也没关系,那就赶紧努力赚钱,让后代子孙能弃农舍商以专于文。张岱记余姚风俗时有言:

> 后生小子,无不读书,及至二十无成,然后习为手艺。故凡百工贱业,其《性理》《纲鉴》皆全部烂熟,偶问及一事,则人名、官爵、年号、地方枚举之,未尝不错。学问之富,真是两脚书橱,而其无益于文理考校,与彼目不识丁之人,无以异也。①

一般人读的书是朱熹写的,反映出宋代建立起的尚文传统,而理学更是这个传统的根基,在蒙学著作中已有所体现。然而,张岱不认为背书就是读书,且他说若读书无所成,要赶紧学个技艺以维生。反过来讲,学技艺不仅为了个人维生,更是要保证后代能继续读书,得个功名以光宗耀祖。

这个功利的目的是督促子弟学文入仕的动力。文人是学习的榜样,文人生命是理想的生命状态。明代以尤其崇拜文人生命情调,也因此加速了明代士商阶层的流动。②

明代文人积极参与戏曲活动,使戏曲场域中的文学崇拜意识普及化,更因文人生命情调与戏曲间的紧密关系带动了戏曲大盛。因此,看戏不仅是娱乐,更是学。学,当然是学戏中讲的道理,教化意识因此被所有人肯定,但学也同时在模仿文人的生活情调。或可说,看戏实是一种民间俗化的文人化现象。即文人也是观众之一员,"我"与"他"同处一处看戏,同声一气,其行动既为有文化的,那"我"亦与之相同。戏曲成为文人生命情调之表征。

---

① (明)张岱:《夜航船·序》,上海古籍出版社 2002 年《续修四库全书》据观术斋钞本影印,第 469 页。
② 明代尚文风潮,参见龚鹏程《诗史、本色与妙悟》,台北:台湾学生书局 1986 年版;《文化、文学与美学》,台北:时报文化出版社 1988 年版;《中国文学史》,世界图书出版公司 2011 年版。另参见 Spence, Jonathan D., *Return to Dragon Mountain*: *Memories of a Late Ming Man*, New York: Viking Penguin, 2007;此书专论张岱,并扩展开来谈明末的文人生命及延展出来的文化氛围,与龚鹏程的观点相通。有关明代社会阶层的流动,参见余英时《士与中国文化》,上海人民出版社 2003 年版。

看戏当然不可能让人突然变成文人，但看戏已然被视为文化行动。这种观点很有趣，今天仍视进剧场看戏为有知识、有教养的文化行为。这是明代文人建立起的文化意识，他们更是从戏文开展出雅俗推移的文化观点，进而确立了"寓教于乐"的戏曲观。他们如何发现戏文之文的特殊性而推展出戏曲文学批评？论述中又提出了什么样的雅俗文化意识，因此贯通了雅俗与教化，并扩大为戏曲文化发展的根本条件？这都与明代文人的戏曲癖有关，其特殊内涵需要详究。

一　明代文人的戏曲癖

张岱关于在严助庙观剧的记录相当特殊，不仅交代了当时庙会演剧的情况，文字中也隐藏了文人、民间演出和一般观者之间的特殊关系。这层关系是戏曲观发展的关键因素。

> 五夜，夜在庙演剧，梨园必倩越中上三班，或雇自武林者，缠头日数万钱，唱《伯喈》《荆钗》，一老者坐台下对院本，一字脱落，群起噪之，又开场重做。越中有"全伯喈""全荆钗"之名起此。天启三年，余兄弟携南院王岑，老串杨四、徐孟雅，圆社河南张大来辈往观之。……剧至半，王岑扮李三娘，杨四扮火工窦老，徐孟雅扮洪一嫂，马小卿十二岁扮咬脐，串《磨坊》《撇池》《送子》《出猎》四出，科诨曲白，妙入筋髓，又复叫绝，遂解维归。戏场气夺，锣不得响，灯不得亮。①

张岱其实记载了两个不同时间的看戏体验，一是之前在严助庙看演剧，另一是天启三年（1693）再带人去看戏，且友人的家班还下场串戏。这两次演的都是戏文。前次演《琵琶记》和《荆钗记》，且是"全伯喈""全荆钗"，"一字脱落，群起噪之"，即全本演出。第二次是多本演出，

---

① （明）张岱：《陶庵梦忆》卷4《严助庙》，载《陶庵梦忆·西湖梦寻》，第34页。

但张岱只记了演《白兔记》的折子戏 4 出。这条记录说明明末仍流行演戏文，且所记三本戏文今仍见于场上，更是戏曲研究主要的讨论对象。

一般以为明代流行明人写的昆腔传奇，即今天说的昆曲，但张岱在庙会中看到的不是昆曲，而是宋元旧戏文的明改本。严助庙在会稽，即今绍兴，且张岱讲了演戏的是越中的演员。他并未明说是用什么腔来唱戏，但就民间庙会参与者来推断，两次演剧不太可能用吴地昆腔唱。戏文的特色在于可随地改腔唱之，这是戏文广为流传的关键因素。演出内容或可能随时间不同而有删增，但再就明成化本《白兔记》来看，只浓缩原作，内容并无多大变动，则可推知严助庙庙会演的戏文近于宋元旧本。民间庙会用所在地唱腔唱戏文，那就不能说明代只流行明人的昆曲。说明代盛行昆曲，这是从文人记录中推出的想象，实际情况是戏文与昆曲传奇并行不悖。

再见潘之恒记王渭台的演出，评论说"于'思亲'之【雁渔】、'悼亡'之南、北，才吐一字，而形色无不之焉"。"思亲"是汲古阁本《琵琶记》第 24 出的"宦邸忧思"，"悼亡"是同本《荆钗记》第 35 出的"时祀"。① 汪效倚注说王渭台乃万历间的昆腔演员，则他可能是以昆腔唱戏文，不过此说并无考证资料佐证。② 演员不见得只会一种腔调。张岱记崇祯七年（1934）十月某日带着朱楚生在不系园赏红叶，走到定香桥，忽遇伶人画工之友，就地喝酒玩乐，且杭州伶人杨与民用北调说《金瓶梅》，而来自金坛（今常州）的彭天锡当晚再串戏。彭天锡先与同为杭州人的罗三和杨与民唱"本腔戏"（昆腔），后再与朱楚生和陈素芝唱"调腔戏"（绍兴高腔）。③ 再见昆腔实与他种腔调同时流行，则戏文旧编从未被明人的昆曲所取代。

张岱这条记录更见文人杂于一般观众中的状态，且张岱第二次看戏，

---

① （明）潘之恒著，汪效倚辑注：《潘之恒曲话·曲余》，中国戏剧出版社 1988 年版，第 14 页。

② 参见（明）潘之恒著，汪效倚辑注《潘之恒曲话·曲余》，中国戏剧出版社 1988 年版，第 16 页。

③ （明）张岱：《陶庵梦忆》卷 4《不系园》，第 30 页；另见同书载《西湖梦寻》卷 4《于坟·定香桥小记》，第 74 页。

友人还上场串戏。从记录中看不出张岱是否有当场评价,但身为浙江绍兴的本地文士,且是官宦人家,必然对观众的观戏反应有引导作用。文人引导一般人的认知与价值判断,可从"戒诲淫"来看,如刘宗周《人谱类记》卷下引张缵孙《戒人作淫词》说:

> 今世文字之祸,百怪俱兴,往往倡淫秽之词,撰造小说,以为风流佳话,使观者魂摇色夺,毁性易心,其意不过网取绳头耳。……其如天下高明特达者少,随俗波靡者多;彼见当时文人才士,已俨然笔之为书,昭布天下,则闺房丑行,未尝不为文人才士所许;平日天良一线,或获畏鬼畏人,至此则公然心雄胆泼矣。若夫幼男童女,血气未定,见此等词说,必致凿破混沌,抛舍躯命,小则灭身,大则灭家。呜呼,谁实使之然耶!况吾辈既已含齿戴发,更复身列士林,不思遏之禁之,何忍驱迫齐民,尽入禽兽一路哉?祸天下而害人心,莫此之甚已。……则何不取古今来忠孝节义之事,编为稗官野史,未尝不可骋才,未尝不可射利,何苦必欲为此。①

文人要能节制,做好榜样,即肯定文人对一般人的引导。这种观点出自相信文字有特殊力量,能文的文人有维系社会文明的特殊责任。文人代表文明,图利不是不行,但要合于法度,不可毁人心性。推展此说,则文人在场看戏已暗中提升了戏曲的地位。

再从张岱记高僧看戏来看,视看戏为有文化的行动更是明显。他记隆庆间的西湖云栖寺有个莲池大师,在出家前是"试必高等"的博士弟子,并与屠隆为好友。后屠隆请大师去净慈寺看其《昙花记》搬演,虞淳熙以高僧"梵行素严"阻止,但大师却"偕诸绅衿临场谛观讫,无所忤"。② 出家人去给好友的戏捧场是很自然的,不过,他叠合文人与僧人的身份使其在场具有特殊意义。首先,《昙花记》演修道成仙的故事,内

---

① 转引自王利器辑《元明清三代禁毁小说戏曲史料》第三编《社会舆论·警作艳词》,第270—271页。

② (明)张岱:《西湖梦寻》卷5《云栖》,第85—86页。

容融合佛道并突出因果报应思想,且选定佛寺搬演,还有高僧莅临,更肯定了作品的内容,《昙花记》也就成了值得看的戏。再者,这是文人作剧并主导搬演,观众中的文人士绅与僧人更突出文人的文明象征意义,这也就提升了演剧的价值。

张岱记此事,意在表明大师的特殊性,但他这样说,反突出这次搬演是一次特殊的集会。这不是一般娱乐,而是有知识且有教养的文化行动,已表现出文人的引导性,而他谈家班演出,更仔细地记录了文人的当场评价及演员反应,更突出文人评价对戏曲发展的引导作用。

马小卿曾在张岱的家班苏小小的班中,他说主人若为座上客,演出"焉敢草草"。就常理判断,不可能只有主人在场时才如此,因为家班演出的观众是有鉴赏能力的文人,"焉敢草草"是演出常态,在场文人对演员有明显的影响。同条再记杨元演戏时,"胆怯肤栗,不能出声,眼眼相觑",直到张岱"伺便喝彩一二,杨元始放胆,戏亦遂发",可见演员和文人观众间的互动关系。[1] 由此可知,只要有懂戏的有名文人出现在观众中,演员就不可能随意,且在场文人的反应更可能成为其他观众判断某戏好坏的依据。

再看在严助庙看戏的观众,他们听到"一字脱落,群起噪之",结果又开场重做,这仍是文人引导出的审美态度。一字脱落就鼓噪重演,可见观众对《琵琶记》和《荆钗记》的熟悉,这不仅反映出这两出戏很流行,也突出当时社会的文学崇拜意识。

庙会群众多不识字的村夫村妇,他们因看演出而熟悉剧本内容,其实并不知道文本写了什么。正是有文人的引导,观众才会重视语言文字的缺漏问题,台下才会有个老者就着本子抓错误。再者,这更说明戏绝不能随便乱演。观众要求台上的语言文字必须与剧本相合,即便观众目不识丁,也不表示台上人就可以脱离剧本自由发挥。若戏只是无涉文学传统、没有文人意识影响的纯粹娱乐,不可能出现这种特殊诉求。

近代的戏曲研究偏重形式及演员艺术,相对忽略剧本文学,这种态度与张岱记录中的观众反应很不同。搬演与剧本有密切关系,观众的反应来自文人的品赏习惯,而这又是因文人自己就在教演教唱。

---

[1] (明)张岱:《陶庵梦忆》卷5《过剑门》,第70页。

早在元代，胡祗遹的《黄氏诗卷序》已提出演出"九美"，其中的第七美是"虽记诵娴熟，非如老僧之诵经"，第九美再要求"温故知新，关键词藻，时出新奇，使人不能测度为之限量"。这讲的就是要演员先吃透文本，才能在场上"语言辨利，字真句明"（第四美），唱出来的字才"累累然如贯珠"（第五美），还能"发明古人，喜怒哀乐，优悲愉佚，言行功业，使观众听者如在目前，谛听忘倦，惟恐不得闻"（第八美）。①

再见明代潘之恒的《鸾啸小品》。他重视音声之道，说"今之为剧者不能审音，而欲之工，是欲求工而欲远矣"②。这个音声之道，他称为"曲余"，不仅创作者该知晓，搬演者更要在演唱做工的训练中内化到骨子里。他解释"余"之意涵：

> 山无余而云不生，海无余而蜃不结，诗无余则词不艳，词无余则曲不调。云也，蜃也，山海之剧也；艳也，调也，诗词之剧也。③

有"曲余"才是能"致曲"者。"曲余"虽在讲音声，根本上还是要求创作者和搬演者在文字中表达戏曲美学观，传达结合语言美与生命美的美感。这种美感要求创作者和搬演者掌握声情，再从声情来追求形式与内容的双美，他说：

> 声之微为音；音之宣为乐。故曰：知声而不知音，不能识曲；知音而不知乐，不能宣情。音既微矣，悲喜之情已具曲中。④

声情本是文人论诗的根本意识。情动于中而形于言，文字形式配合音声流转而表现了人情志意。但言有尽而意无穷，文字不足以表现，所以有了余韵。这种观点呼应司空图所说的"超以象外，得其环中"⑤。正因为

---

① （元）胡祗遹：《黄氏诗卷序》，载陈苇、吴毓华编《古典戏曲美学资料集》，第61页。
② （明）潘之恒著，汪效倚辑注：《潘之恒曲话》，第14页。
③ （明）潘之恒著，汪效倚辑注：《潘之恒曲话》，第14页。
④ （明）潘之恒著，汪效倚辑注：《潘之恒曲话》，第13页。
⑤ （唐）司空图（传）：《二十四诗品》，载（清）何文焕辑《历代诗话》，第38页。

他细细体会了语言文字的声情,所以有了以下评价:

> 《琵琶》之为思也,《拜月》之为错也,《荆钗》之为亡也,《西厢》之为梦也;皆生于情,而未致也。杜丽娘情穷于幻,汤临川曲极于变,而登场为剧,或未致其技于真,则谓之何善乎?①

此段文字谈情节,但他更是就情节来说声情是文本和搬演之美的最关键因素,因而突出了语言内含的音乐性。所以,他批评时人之剧作,因"未诣音之境",也"未涉音之津",更"未致乎音之量",不过是"强于音外索之,安能梦之若惊,而错之必绪乎"。②

《曲余》主要讲不顾音律的问题,《亘史》中的《吴歌》仍是这样说,但更见其言之声情实是音乐与文字的双美:

> 盖非声无以宣气,非和无以会神。是以歌《韶》而凤仪,审《风》而知国。固知乐之有神于人天矣。……吴歌自古绝唱,至今未亡。余少时颇闻其概。会历年奔走四方,乙未孟夏,反道姑胥,苍头七、八辈皆善吴歌。因以酒诱之,迭歌五六百首。其叙事、陈情、寓言、布景,摘天地之短长,测风月之浅深,状鸟奋而议鱼潜,惜草明而商花吐。……皆文人骚士所啮指断须而不可得者,乃女红田畯以无心得之于口吻之间。……以余之癖于论文,太白之善于奇句,乃夺于伧父之肉音,非至和之感人,则不肖之无识,太白之无才,必有所归矣。余以为:诗必高唱而始极其致。③

以上说法重文本,展现了传统教化观。说吴歌美,是因那本就是吴地人惯熟的音乐,所以即兴创作的歌唱无不美。这突出了"熟"是美的先决条件,结果必然是不经人工雕琢的自然美。也正是已熟悉吴音宫商和本

---

① (明)潘之恒著,汪效倚辑注:《潘之恒曲话》,第13页。
② (明)潘之恒著,汪效倚辑注:《潘之恒曲话》,第14页。
③ (明)潘之恒著,汪效倚辑注:《潘之恒曲话》,第19—20页。

来就有的歌曲内容，所作所唱能和而会神，感人至极。其论突出曲之本质为音声，并有结合文本和搬演双重美的美感诉求。

清代李渔的《闲情偶记》也如此说文本的重要性。"填词首重音律。而予独先结构者，以音律有书可考"，结构则如"造物之赋形"，需"有奇事，方有奇文。未有命题不佳，而能出其锦心，扬为绣口者也"。他批评当时剧作多见"惨淡经营，用心良苦，而不得被管弦，副优孟者"，原因不在"审音协律"上，而是"结构全部规模之未善也"。①

搬演则要先"选剧变调"，然后才"授曲""教白"，最后要让演员能"脱套"。为何要"变调"？因"凡人做事，贵于见景生情"，且"当日有当日之情态，今日有今日之情态"，所以他才说"传奇妙在入情"。②妙来自"翻旧成新"，使传奇充满引人入胜之情。

> 传奇无冷热，只怕不合人情。如其离、合、悲、欢，皆为人情所必至，能使人哭，能使人笑，能使人怒发冲冠，能使人惊魂欲绝，即使鼓板不动，场上寂然，而观者叫绝之声，反能震天动地。③

作品要合人情，搬演更要合人情，且因古今之情会变，搬演也要跟着变。这就要学。

教学之首要在"解明曲意"。李渔说：

> 唱曲宜有曲情。曲情者，曲中之情节也。解明情节，知其意之所在，则唱出口时，俨然此种神情。④

---

① （清）李渔：《闲情偶寄》卷1《词曲部·结构第一》，载《中国古典戏曲论著集成》，第7册，第10页。
② （清）李渔：《闲情偶寄》卷4《演习部·选剧第一》，载《中国古典戏曲论著集成》，第7册，第79页。
③ （清）李渔：《闲情偶寄》卷4《演习部·选剧第一》，载《中国古典戏曲论著集成》，第7册，第76页。
④ （清）李渔：《闲情偶寄》卷5《演习部·授曲第三》，载《中国古典戏曲论著集成》，第7册，第98页。

批评"今世学曲者,始则诵读,继则歌咏,歌咏既成而事毕矣"的方法不足,缺乏"讲解"①,所以出现重要问题:

> 有终日唱此曲,终年唱此曲,甚至一生唱此曲而不知此曲所言何事、所指何人,口唱而心不唱,口中有曲而面上、身上无曲,此所谓无情之曲,与蒙童背书,同一勉强而非自然者也。②

他指明两个重点:心与情,亦即诚心的表现与真情的呈现,而这本就是中国美学的两大主题。学唱曲"必先求讲明曲意。或不解,不妨转询文人"③。其观点是搬演实践的经验之谈,但骨子里仍是文人的戏曲价值观,再见他说"得其义而后唱,唱时以精神贯串其中,务求酷肖"④。"酷肖"并不专指外在表现,更是要精神上的相似。所以,最理想的表演必是"其转腔、换字之间,别有一种声口,举目回头之际,另是一副神情"⑤。他不断强调"能解"对艺术表现的功效,而这讲的就是先吃透文本,后精益其技。

技术培养仍本于情理,所以李渔说:"宾白虽系常谈,其中悉具至理。请以寻常讲话喻之。"⑥ 宾白很重要,但更重要的是戏曲应该"寓教于乐"。教化不能只靠文本,更要演员精湛的技术,因此他说"戏场关目,全在出奇变相"。他这样谈搬演的教化效果:

---

① (清)李渔:《闲情偶寄》卷5《演习部·授曲第三》,载《中国古典戏曲论著集成》,第7册,第98页。
② (清)李渔:《闲情偶寄》卷5《演习部·授曲第三》,载《中国古典戏曲论著集成》,第7册,第98页。
③ (清)李渔:《闲情偶寄》卷5《演习部·授曲第三》,载《中国古典戏曲论著集成》,第7册,第98页。
④ (清)李渔:《闲情偶寄》卷5《演习部·授曲第三》,载《中国古典戏曲论著集成》,第7册,第98页。
⑤ (清)李渔:《闲情偶寄》卷5《演习部·授曲第三》,载《中国古典戏曲论著集成》,第7册,第98页。
⑥ (清)李渔:《闲情偶寄》卷5《演习部·教白第四》,载《中国古典戏曲论著集成》,第7册,第105页。

若人人如是，事事皆然，则彼未演出而我先知之，忧者不觉其可忧，苦者不觉其为苦，即能令人发笑，亦笑其雷同他剧，不出范围，非有新奇莫测之可喜也。①

出奇而变，正是"脱套"。演员搬演文本，不能仅照着文本内容和既有的搬演模式，必须要在场上对旧有内容做出新变。变，不是随意地更动内容，而是依照当时的人情事理来表现已为人知的故事。所以，学很重要，那需要懂戏、懂演且能教的文人来引导，否则演员看不懂剧本，根本不能在场上有所新变。

李渔就是这种引导演员去学的人，但这个观点不是他新创的，元代就已经这样谈了。胡祗遹参与戏曲活动而提出"九美"，即此态度的前身，这是元明以来的戏曲传统。

演员学戏不是只学搬演及唱腔技巧，技巧与剧本结合在一起。学剧本的重点更不是记忆内容，而是要演员完全吸收剧作旨趣，尤其是特定的教化观，能以娴熟的技巧来活化人物，传其神、达其意，使台下观者无不感而动之。这是从文人品赏产生的搬演美学，到了清乾嘉时期已被内化在艺人的意识之中。所以，如老艺人黄旛绰总结搬演经验而作的《明心鉴》，仍带着文人品味。

《明心鉴》是一本专讲搬演的书，提出"艺病十种""曲白六要""身段八要"及"宝山集八则"。嘉庆时，庄肇奎（胥园居士）考证后改名为"梨园原"，有嘉庆二十四年（1819）的序，但书未刻成且原稿有损。道光间，黄氏弟子俞维琛和龚瑞丰发现残稿，再请叶元清（秋泉居士）修订增补，有道光九年（1829）序，但仍未刻成，仅有钞本流传。到1917年，梦菊居士把两种钞本合起来校订，才首次铅印出版，即今天的通行本。② 此书版本流传反映出清代艺人和民间文人的密切互动。称"某某居士"，这是民间文人。艺人主动邀请他们

---

① （清）李渔：《闲情偶寄》卷5《演习部·脱套第五》，载《中国古典戏曲论著集成》，第7册，第108页。
② （清）黄旛绰等著：《梨园原·提要》，载《中国古典戏曲论著集成》，第9册，第3页。

来记录并推展其艺，他们也乐而从之，可见文人是戏曲文化发展的关键因素。

此处要深入看充满文人品味的《宝山集八则》①，这是一套搬演诀窍，要求演员就着日光、月光和灯光不断"影中勤练"，而最根本的概念是第七则"宝山集"七言诗："曲唱千回腔自转，白将四声练如真，状多镜里形容也，势将三光观影身。"

首则说"声"有"欢、恨、悲、竭"，虽从口出，但出口之言必须要有"心中意"。次则说唱"曲"，必须"按情行腔"而"勿直"，"阴阳缓急，板眼快慢，当时情理如何，身段如何，与曲合之为一"。接着说"白"若不佳，那只是在"数字"，讲了"按字直念"的问题。这三则说明演员不能脱离文本，因为情意都在文本中，而深究唱念音韵是要在搬演中强化文本中的情意。

再下一则说的"势"，即"样势"，引昔人语："势贵如真，要在虚心。对镜去病，日见增新。"这讲模仿，而对镜模仿要能虚心为之，也就是说要反思样态之适当与否，不能脱离文本和现实人情。接着再讲"观相"，而此与"势"互为表里。"对镜自观"的目的在于达成"有意有情，一脸神气两眼灵"。此处特别提"真戏"是"喜则令人悦，怒则使人恼，哀则动人惨，惊则叫人怯"，同时再批评"有等登场者，意乱心慌，胆怯神散，虽认真演唱，观者恶之矣"。再说演出"难易"，要演员"未登场之前慎思之，既归场之后审问之"。搬演之难，在于文本中的情意和当时的人情事理是否相合，演员必须仔细推敲，绝不可含混带过。

这讲的就是学的功夫，且须一辈子都如此学。所以最后第八则的"宜勉力"，则表明行当不同，学的道理都一样，并如此勉励演员：

---

① 下引"宝山集八则"内容，参见（清）黄旛绰等著《梨园原·提要》，载《中国古典戏曲论著集成》，第9册。"宝山集"看似一本书，实由四个部分组成：一条四句七言诗法则、一条八句五言诗法则、"六宫十三调"及"涵虚子论杂剧十二科"。"六宫十三调"转引自燕南芝庵的《唱论》，"杂剧十二科"转引自朱权的《太和正音谱》，"宝山"一名，周贻白有解释，参见《戏曲演唱论著辑释》，中国戏剧出版社1980年版。另，其中的七言诗法是《梨园原》的中心思想，李惠绵认为此诗总结四功（唱念做舞）五法（手眼身发步）的搬演理论，参见《〈梨园原〉表演理论之研究》，《台湾大学中文学报》1995年第7期。

生旦净末丑，虽分理一般。少年宜勉励，废寝与忘餐。
苦心天不负，技艺日加善。一朝闻妙道，夕死也心甘。

第七则与第八则合起来就是"宝山集"的诀窍，一为七言诗，一为五言诗。不论诗作的如何，已明显看出戏曲艺人与文学传统的关系。

到了京剧发展的时期，剧本的地位低落，但从齐如山的记录及梅兰芳的学戏经验来看，学戏还是不能脱离剧本，清末民初的京剧班子仍教剧本。齐如山的记录突出了演员艺术的独立性，尤其是有关搬演程式的规定，以及规定引导出的搬演美诉求。然而，艺术独立性仍以剧本为条件，必须对文本中的人物有深刻的揣摩，那才能真正"在自己神而明之"①。这呼应梅兰芳自述幼年从吴菱仙学戏的经验。他说词为先，腔与动作为后。唱作和身段当然重要，但"演戏的唱进戏里去了，这才是最高的境界呢"②。吃透文本才是艺术之道。换言之，这套以剧本为中心的学戏方法从未断过。技巧很重要，但理解文才是技巧精进的正确途径。这套搬演理论早见于元代，后由明人完善，前已提潘之恒之说，下再见张岱的说法。

张岱记朱云崃教女戏，说此"非教戏也"，只是"借戏为之，其实不专为戏也"。③ 演员学的内容很广，十八般武艺须样样齐全。但是，学的最终目的并不在技艺，而是要养成神韵气质。如记朱楚生之"科白之妙"，朱楚生的教戏先生姚益城精通音律并"讲究关节"，为其他"昆腔老教师"不能比，所以他的演出"妙入情理"。④ "关节"即戏情内容，须有深刻理解才能有适当的神韵气质，演出才能深情合理。

张岱又记观赏阮大铖的家班演出，说他们"讲关目、讲情理、讲筋节，与他班孟浪不同"。阮家班演主人之作，本已"笔笔勾勒，苦心尽出，与他班鲁莽者又不同"，再加上主人"细细与之讲明"，演出者都能

---

① 齐如山：《戏班》，北平国剧学会 1935 年版，第 17 页；另参见其《中国剧之变迁》，北平国剧学会 1935 年版。
② 梅兰芳口述，许姬传编写：《舞台生活四十年》，中国戏剧出版社 1987 年版，第 102 页。
③ （明）张岱：《陶庵梦忆》卷 2《朱云崃女戏》，第 13 页。
④ （明）张岱：《陶庵梦忆》卷 5《朱楚生》，第 50 页。

"知其义味,知其指归","咬嚼吞吐,寻味不尽"。他大赞阮家班的演出是"字字句句、脚脚出出皆出色"。①

家班是明人戏曲癖的最直接产物,而教戏要教文,演员的素质才会高,张岱也是这样教他的家班学戏。教的实际是戏曲鉴赏的审美态度,也因此,演员学得的是文人的戏曲审美。其家伶马小卿就说他"精赏鉴",他更自夸当导师教戏,"余不至,虽夜分不开台也",且"以余而长声价,以余长声价之人而后长余声价者多有之"。② 家班因他而声名大噪,他更因家班有盛名而更出名。

张岱与阮大铖都是当时的有名望者。后者名声不好,张岱仍不讳言其剧作及家班之佳。这种评价把艺术好坏与人格问题切割开来,所以能欣赏到所批评之人的艺术创造力。他如此批评阮大铖:

> 大有才华,恨居心勿静,其所编诸剧,骂世十七,解嘲十三,多诋毁东林,辩宥魏党,为士君子所唾弃,故其传奇不之著焉。如就戏论,则亦镞镞能新,不落窠臼者也。③

在以人格论一切的文化传统中,这种批评就很特殊,但不能直说这是为艺术而艺术。中国文学传统产生不了只要艺术而不讲人生道理的态度,而张岱评论的特殊性在于他注意到艺术品质是判断艺术的根本条件。

有名文人积极参与戏曲活动,就把戏曲从纯粹娱乐抬升为特殊的文化行为。张岱好戏,虽不上场演,但喜欢教,家班当然接受了他的文人意识,重文本即明显的例子。且如其评价阮家班,更是连着阮大铖的文本一起说,这便是结合剧本文学和剧场艺术的综合批评。主人如此看戏曲,家班久受熏陶,当然有一样的戏曲观。

家班中的戏曲观本是封闭的,但家班出名,再加上后来优伶离开家班进入戏曲市场,便把家班中养成的性情态度带到民间。如崇祯七年

---

① (明)张岱:《陶庵梦忆》卷8《阮圆海戏》,第73—74页。
② (明)张岱:《陶庵梦忆》卷7《过剑门》,第70页。
③ (明)张岱:《陶庵梦忆》卷8《阮圆海戏》,第74页。

（1934）闰中秋，张岱带家班于虎山蕺山亭演剧，盛况空前，"在席七百余人"，"拥观者千人"。① 文人、家班和一般群众混于虎丘共同观戏，这次盛大的文化活动必定形成谈论文人与搬演的舆论。舆论推升名声，名声再强化舆论。

再如张岱记城隍庙搬演他删改的《冰山记》，"观者数万人，台址鳞比，挤至大门外"。杨涟上场自报家门，观者竟一个接一个地大叫"杨涟、杨涟"，而演到不公不义处，所有人"怒气忿涌，噤断嚄唶"，演到英勇就义一场戏，大家更"叫呼跳蹴，汹汹崩屋"。② 张岱没说城隍庙演出的班底为何，但在这种共同情绪下，观众看戏必有所讨论而形成舆论，会反过来推升改编者和搬演者的名声。

不管是文人还是一般人，都喜好戏曲活动，而张岱有名声并参与戏曲活动，更加深了一般人对文人生命情调的想象与认知。张岱记西湖上人看人、看热闹，说明了一般人已把文人视为"观赏对象"，或远远窥视，或偷偷跟踪。因文人自有名声，又带着名妓或名角儿游赏，一般人即因好奇而去偷窥、去跟踪，正如今日追星族的行动。另一个因素是文人游赏不仅在赏风景，同时还要唱曲吟诗、喝酒品茗，直接展现了人们所想象之悠闲、高尚且雅致的生活状态，这不是一般人的生活常态，而是文人生命情调之主要内涵。

西湖上有诸多华丽的船楼，其中三艘最有名，分别用来做搬演、载书画、养美人。客人上了船，先"歌僮演剧，队舞鼓吹"，而船一开动后"观者相逐，问其所止"。③ 船楼壮观且有搬演，所以人人争相目睹，还讨论船要开到哪里去。一路跟随并讨论，已是舆论，而舆论出自于人们看热闹的心态。其实，人在岸边大概看不清楚湖上之船在演什么，文人雅士们又在干什么，船上之人与船早已是被观赏的景色，而此景之所以值得观赏，即因它体现出自身现实中缺乏的，也难以看到的雅致生活。

文人自己也喜欢看热闹，更会去注意一般人在看什么。张岱说每年

---

① （明）张岱：《陶庵梦忆》卷7《闰中秋》，第67页。
② （明）张岱：《陶庵梦忆》卷7《闰中秋》，第70页。
③ （明）张岱：《西湖梦寻》卷4《包衙庄》，第66页。

七月中旬的西湖其实没什么可看的，只有人可以看，并划分出了五种可看之人：（1）楼船上的人，这是一般的士绅们，他们"名为看月而实不看月"；（2）名娃闺秀及娈童，这是第一类人的眷属随从；（3）"浅斟低唱"的名妓与闲僧，是楼船主人请来的客人，且这些人都是"看月而欲人看其看月"；（4）"酒足饭饱，呼群三五"的嘈杂闲人，这是一般人，且这些人什么都想看，还会"装假醉，唱无腔曲"；（5）在小舟上煮茶谈天的"真文人"，他们刻意避开人群，且"看月而人不见其看月之态，亦不作意看月者"，此乃真文人的生命情调。① 西湖看月的人太多了，第五类人怎么避也避不了，所以还是被张岱看到了，而他自己就是此类人。

这样看人，就是在看热闹，而看热闹本来就是人的天性。说是去看月，其实都在看人，而看了人就要讨论一下，讲讲华丽楼船上的盛宴搬演，谈谈小船上真文人的煮茗小唱，口耳相传，形成了舆论，进而再推升西湖看月的名声，成为明代一大文化景观。

舆论和文人生命情调的关系可再从王骥德身上看出。他在京城时，曾与吴文仲、庄冠甫等人谈论《西厢记》，醉后大家分韵赋诗咏《西厢记》，最后由黄中宜集结成书，"题曰'艳情诗'以传，一时目为奇事"。王骥德有言："今四方好事者，往往购去以当谈资云。"② 这本诗集能形成舆论，这与《西厢记》和题名"艳情"有关，但也见一般人对文人行动的好奇心理，因此书刊成后有人竞购，还要讨论一番。

文人因戏曲癖而养家班，不仅使文人获得了戏曲名声，也培养了有名声的演员。但养家班并不容易，主人过世或经济能力下降，抑或受政治因素干扰，便会出现家班易主或解散的情况，如张岱的弟弟过世，其茂苑班便易主。③ 主人不在了，家班成员便流入民间，而这更容易促成舆论并使文人的审美观普及化。

人们议论班子主人的生命及其戏曲参与行动，不断推展对文人生命情调的向往。舆论内容有想象，不见得是真实现象，但有引导性，更因

---

① （明）张岱：《西湖梦寻》卷3《十锦塘·七月半记》，第39—40页。
② （明）王骥德：《曲律》卷4《杂论第三十九下》，载《中国古典戏曲论著集成》，第4册，第181页。
③ （明）张岱：《陶庵梦忆》卷4《张氏声伎》，第38页。

崇拜而想象文人的生命情调，更确定了基于文人审美的普遍性的戏曲观。家班、家伶及在场文人的行动和反应，都是窥视文人生命情调的途径。[①] 生活情调的内容有一个特殊之处，即视戏曲与读书相通，看戏是文雅的表现。这就逆转了以往视戏为"淫渍"的观点，戏曲活动变成了"雅癖"。家班艺术水平本来就比较高，经过与其他家班的交流，并进入民间进行演出，更促进了戏曲艺术的发展。也因此，明末的戏曲更明显朝文学化的方向前进。

从张岱对戏曲的主动性来看，更要注意"文学崇拜"的状态。如"严助庙观戏"中的语言文字，实出自看戏群众的诉求，是文学传统普及化的结果。演戏与祭神礼仪有关，虽是民间娱乐，仍要严肃为之，否则不仅得不到神灵护佑，甚至可能触怒神灵而招致灾厄。因此，在庙会演戏、看戏有特殊性，娱乐的背后有拜神保平安的特殊目的。

再见张岱的另一条记录，突出庙会演剧的严肃性，且记录说明严肃自是一种娱乐，因为严肃来自要求场上搬演能完全使人信服。这条记录记杨神庙庙会"迎台阁"搬演，"扮传奇一本，年年换，三日亦三换之。其人与传奇中人必酷肖方用"。庙会三日演三出戏，每年都换戏演，如此频繁地更换剧目，是要保证观者（神与人）不觉无趣。扮演者与所扮人物更要相似，场上演出要"一冠一履，主人全副精神在焉"，能让观者信其为真。这种搬演并不用专业演员，而是在村中挑选面貌神态与剧中人物相似者，经训练后再上场演出。要能"真"并且使人、神皆乐，当然要严肃为之，所以演出前要仔细准备："其中思致文理，如玩古董名画，一勾一勒不得放过焉。"至演出时，"四方来观者数十万人"。[②] 既然是庙会，不见得来者都是为了看戏，但杨神庙庙会确实是当时苏州的大事。因其有盛名，张岱才参与庙会活动并做记录。

民间非专业演员的扮戏都这样严肃，专业演员的演出更该如此，所以有对着本子抓错误的监督者。严助庙演出中监督戏的老者，其身份难以断定，但很可能就是戏班中抄掌记的人，也有可能只是当地耆老。但

[①] 参见赵山林《中国戏曲观众学》，华东师范大学出版社1990年版。
[②] （明）张岱：《陶庵梦忆》卷4《杨神庙台阁》，第32—33页。

不论是谁，可确定绝非不识字的村夫野汉，也不是教育程度高的入仕文人。

　　监督者可能是班子中的退休演员，但戏班要赚钱，实不允许养退休演员，且戏班本就有抄掌记者。如元戏文《宦门子弟错立身》演王金榜的父亲要招个会抄掌记的，当时完颜延寿马就唱自己"真字能抄掌记，更压着御京书会"①。可见掌记不是演员，而是后行子弟。明代的戏班仍相同，从成化本《白兔记》中就可以看出来。此本开场先介绍自己是"越乐班"，后说可能有"字借差讹"与"别字"问题，再与后行子弟对答并感谢永嘉书会才人作这个上等的孝义故事。②演出或可听出漏字，但绝对听不出别字，别字是抄掌记者的问题。越乐班有抄掌记的人，成化本就是他抄的，后来才由北京永顺堂刊行。

　　监督戏的老者也可能是教戏师傅，但教戏师傅通常是已具名声者，不太可能去担任此种工作。如沈德符记王九思不懂唱，"先延名师，学唱三年而后出手"③。名师必是演员出身，照常理判断，有名演员不可能去做抓错误的乏味工作，戏班子大概也没钱去请这种人来抄戏。即便真是有名的教戏师傅坐在场边监督，张岱不可能不知道，记录却只字未提。

　　再如前所提，戏班、家班本就会请名师来教戏，明显说明了教戏的人不是原班人员，那就不可能随班巡演，且明代文人好曲而精通度曲，他们就是教戏师傅。沈德符记何良俊"畜家僮习唱，一时优人俱避舍"，教得非常好，之后"又教女鬟数人，俱善北曲，为南教坊顿仁所赏"。④又如梁辰鱼，他不仅是"词家老手"，还精通制曲且能"自翻新调"。焦循引《蜗亭杂订》载当时歌儿舞女若"不见伯龙，自以为不祥"，且他教人度曲更"设大案，西向坐，序列左右，递传叠合"⑤，记载了梁辰鱼当时教的对象就是歌儿舞女，梁辰鱼是他们争相学习的名师。

---

　　① 《宦门子弟错立身》，第 244 页。
　　② 参见（明）《新编刘知远还乡白兔记》，载《明成化说话词话丛刊十六种附白兔记传奇一种》第 12 册，上海博物馆 1979 年影印（明）成化永顺堂刊本。
　　③ （明）沈德符：《顾曲杂言·南北散套》，载《中国古典戏曲论著集成》，第 4 册，第 202 页。
　　④ （明）沈德符：《弦索入曲》，载《中国古典戏曲论著集成》，第 4 册，第 204 页。
　　⑤ （清）焦循：《剧说》，载《中国古典戏曲论著集成》，第 8 册，第 117 页。

所以，监督戏的老者就是戏班专职抄掌记的人。戏班中人大多大字认不得几个，抄掌记的人也不见得识字多。成化本《白兔记》的品质就很差，错字连篇，但抄掌记的人已反映出戏曲参与者对语言文字的重视。

重视语言文字的态度与明代刊书风气有关，更突出戏曲行业自发的"文学崇拜"现象。请名师教戏也体现了"文学崇拜"，因为学的目的是要演员能完全掌握文本。"文学崇拜"源于"文学传统"，由文人带入戏曲领域中，并再因明代文人的戏曲癖，以及因此产生的教戏师父身份，更推动了普遍的"文学崇拜"现象。文人主导了戏曲文化的发展，到了中华民国初期仍是如此。若无胡适、张厚载、钱玄同、刘半农、陈独秀诸人的"新戏旧戏说"，来自西方文本剧场的新剧（以剧本为中心的话剧）也难成气候。[①]"五四"时期的戏剧观非常矛盾，一方面以西方戏剧来反对旧戏曲，一方面又要张扬旧戏曲的真精神，而这种论述是中华民国时期戏剧、戏曲发展的主要动力。也正因新思潮的推动，产生了梅兰芳大胆的时装新戏实验。[②]

文学与戏曲的关系自明代以来即已紧密，"五四"时期说戏剧，也多是置于文学中来谈。这种立场出自明代文人的戏曲癖。张岱和潘之恒的记录，记了演员对文人的崇拜，而文人更赠诗文以赞其艺，以鉴赏评价来帮助演员精进艺术，更拉近了戏曲与文学的关系。

潘之恒赠女旦潘蓥然诗一首赞其演技，诗中体现了文人与演员间的互动，更表现了戏曲行业中的"文学崇拜"。

> 金作精神玉作姿，蓥然天趣本心。欲扬忽止方闲步，将进中还一系思。纳手袖长便自画，含情臆结解通辞。寄言吴会繁华子，莫负听歌年少时。[③]

演员之美包含容貌姿态及演技唱腔，这只能在心、系思、通辞下才能达

[①] 诸人说法，见《新青年·易卜生号》第4卷第6号（1918年6月15日）。
[②] 梅兰芳口述，许姬传编写：《舞台生活四十年》，第211—220页。
[③] （明）潘之恒著，汪效倚辑注：《潘之恒曲话》，第231页。

成。演员大多有妓女身份，本应不识字、不懂文，若非与文人互动，受其调教，学到了文人的审美态度，如何能通辞而知且思？

再看潘之恒的戏曲观。他说"情在态先，意超曲外"，又说"文生于情，情生于文。两者相因而成，以存千古佳事"。情确实很重要，文更是关键，无文则无情，即无事可传。所以，他断言"知文之不可已也"。[①] 评论演员的说法与论诗文是一样的，如用"神凝志一""当境以出"来讲金陵昆腔女伶顾筠卿演唱之妙。[②] 又引筠卿自言"不失节，能克劲于飘霰中"[③]，将艺术与人格结合在一起，因从文学角度做艺术评价，再加上了道德理想，愈加美化了伤怀的对象。

此时，演员、妓女的身份不是推崇此人之美的阻碍，反而是美的特殊性。这是说，正因她有这种特殊身份，所以能以其身体、声音、情绪来表现值得欣赏的艺术美。如此一来，搬演不再是娱乐，它被艺术化，被提升为一种雅致的生活情调的表征。

这种审美态度早见于元代。从夏庭芝《青楼集》所载的妓女来看，她们不仅以歌舞谈谑而名声大振，还擅文墨，能吟诗、作乐府、作隐语，色艺俱佳。如赵孟頫、商正叔、高房山作《怡云图》送给女伶张怡云[④]，这种交往与文人之间的交往并无两样，也与明代文人和演员及妓女的关系相同。妓女如缪思，启发文人的创作，而缪思稍具文才，能与文人相互切磋，因此得其教而扩展了艺术表现的可能性。

张岱第二次参与严助庙演戏，就说自己带来的演员真好，"科诨曲白，妙入筋髓"，又说"戏场气夺，锣不得响，灯不得亮"。[⑤] 这种说法是就搬演而言，演员的演技、唱腔、身段都好而美，而能如此，是因为演员经过了他的严格训练，可以有朱楚生那"性命于戏，下全力为之"的态度[⑥]，又有彭天锡"一肚皮书史，一肚皮山川"的努力[⑦]。只有这

---

① （明）潘之恒著，汪效倚辑注：《潘之恒曲话》，第171页。
② （明）潘之恒著，汪效倚辑注：《潘之恒曲话》，第124页。
③ （明）潘之恒著，汪效倚辑注：《潘之恒曲话》，第123页。
④ （元）夏庭芝：《青楼集》，载《中国古典戏曲论著集成》，第2册，第17页。
⑤ （明）张岱：《陶庵梦忆》卷4《严助庙》，第34页。
⑥ （明）张岱：《陶庵梦忆》卷5《朱楚生》，第50页。
⑦ （明）张岱：《陶庵梦忆》卷4《严助庙》，第34页。

样,演员才能神完气足,当然喝彩不断。有了懂戏且雅致的文人来调教,演员再现了文人审美,观众就在观剧的过程中学到了什么是好戏。文人和演员共享审美态度,公众搬演及文人的在场欣赏使原本存在于家班中的私密性生命情调公开化了。

文人的生命情调根植于文学传统,而教化观又是文学传统延续发展的重要因素。张岱观庙会演"目连戏"后有感而发:

> 果证幽明,看善善恶恶随形答响,到底来那个能逃?道通昼夜,任生生死死换姓移名,下场去此人还在。……装神扮鬼,愚蠢的心下惊慌,怕当真也是如此。成佛作祖,聪明人眼底忽略,临了时还待怎生?

最终又阐明戏的功能:"真是以戏说法。"① 若非场上传神有意境,怎会如此有感而发呢?重点在感发,能感化人心,使人向善,那才是有价值的演出。

明代曲论多这样说,如王世贞著名的《拜月亭》"三短"也是如此:

> 无词家大学问,一短也;既无风情,又无裨风教,二短也;歌演终场,不能使人堕泪,三短也。②

"第三短"针对演出而言,且关于文本及演唱的关系,他也不顾李伯华可能不满,批评:"公辞之美,不必言。第令吴中教十人唱遍,随腔字改妥,乃可传耳。"③ 王世贞的戏曲批评很少就搬演谈戏曲价值,其说法出自文本品赏,重点在文学和教化上。

文学偏好是明代曲论的常态,反对"三短"的徐复祚也是如此。他反对王世贞的观点,批评:"无大学问"是"不知声律家正不取于弘词博

---

① (明)张岱:《陶庵梦忆》卷6《目连戏》,第53页。
② (明)王世贞:《曲藻》,载《中国古典戏曲论著集成》,第4册,第34页。
③ (明)王世贞:《曲藻》,载《中国古典戏曲论著集成》,第4册,第36页。

学也",所谓"无风情、无裨风教"是"不知《拜月亭》风情本自不乏,而风教当就道学讲求,不当责之骚人墨士也",且说"歌演终场,不能使人堕泪"更是"不知酒以合欢,歌演以佐酒",怎么能说"必堕泪以为佳"呢!① 几乎不谈演唱问题,只从文本来为判断文和教化的重要程度。

不论支持或反对,说法一出便有回应,说明当时曲论不是由某种单一意识在主导。时代相近的文人以文字交往,如王世贞反对何良俊,徐复祚又反对王世贞,形成文人圈中的舆论,也正是争论而引导并扩大了此圈中人对戏曲的认识。

张岱记的是民间演出的状态,潘之恒记的是他对演员的回忆,记录明显可见文学传统,也脱离不了文人说话带有教化的惯性,公众搬演及文人的积极参与戏曲更加深了"文学崇拜"意识。这是"寓教于乐"戏曲观的基础结构。同时,文人的生命情调则转化了视戏曲为低俗的观点,戏曲反而成为值得参与的、有文化的娱乐活动。不过,戏曲中的文学意识还有一个特殊面,重点不在识字,而是以口传身授的方式来传递文本的旨趣。也因为文本的内容都是忠孝仁义,经由文人调教,演员实际学得的是人文化成的理想,要于场上演出做人的道理。

这种学,首先是要演员懂道理,进而能思而传神,再运用声音、表情和身体展现语言文字所具体化的理想意境。意境的内容无他,就是传统教化观,这是判断戏曲价值的最根本原则。

二 明人建立的戏文批评传统

前节谈明代文人的戏曲癖及重文态度,这是文学传统引导的结果。宋元书会的戏文创作已表现出重文意识,明人才会就文本论戏,开展戏曲形式美及意义美的讨论。形式美包含搬演美及语言文字美,意义美是生命美,结合起来说,曲论阐明戏曲是"在搬演中实践以文教化"的特殊文化活动。

---

① (明)徐复祚:《曲论》,载《中国古典戏曲论著集成》,第4册,第236页。

不仅如此，文人评论把文学意识推展到戏曲的演技、唱腔、身段、表情、演员身份、观众参与等各个环节中，从搬演来肯定戏曲"寓教于乐"的"文化成规"。戏曲直接被视为文学之一环，不再是俚俗的民间娱乐，而是雅致生命情调的表征。

文学传统虽是戏曲观的源头，曲论仍有论曲的语境脉络。其中，要特别注意徐渭的戏曲观。徐渭是首位，更是唯一专论南曲戏文的古代文人，其观点的特殊之处在于提出戏文的"文学性"问题。

明代徐渭是以创作者的身份存在，论者必谈其艺术创造力。如祁彪佳说"奔逸不羁，不执于法，亦不局于法"[1]；王骥德更因曾为其弟子，又比邻而居，说《四声猿》是"天地间一种奇绝文字"，并以其"本色"概念为准而写成《曲律》一书[2]；王骥德之友吕天成，也说《四声猿》"佳境自足擅长，妙词每令击节"[3]。三人对其皆赞誉有加，品赏文字突出徐渭的戏曲创作天才，提点出其创作的文学性。

但是，《南词叙录》才是探究徐渭戏曲观的关键。这是第一本，也是古代曲论中唯一论南曲戏文的文人著作，讲述了南曲的历史、体制、演唱、创作、剧目，并做了戏曲术语的考释。清人姚燮的《今乐考证》就特引此书讲南曲。[4] 可是，明人曲论却不见征引此书。有关此问题，熊澄宇认为《南词叙录》于明清时期仅有钞本流传，所以时人不知，并把此书乏人问津的问题归咎于封建传统，结论是明代文人不重南曲戏文。[5]《南词叙录》仅有钞本流传而不为人知，确是，但说明人不重戏文，并不正确。首先，明代曲论已将曲划分为宋元旧编戏文和明传奇两类，只不过品赏仍是混戏文、杂剧、传奇一起说，如稍晚于徐渭的何良俊，并举

---

[1] （明）祁彪佳：《远山堂剧品·妙品》，载《中国古典戏曲论著集成》，第 6 册，第 142 页。

[2] （明）王骥德：《曲律》卷 4《杂论第三十九下》，《中国古典戏曲论著集成》，第 4 册，第 167—168 页。

[3] （明）吕天成：《曲品》，《中国古典戏曲论著集成》，第 6 册，第 220 页。

[4] 参见（清）姚燮《今乐考证》，载《中国古典戏曲论著集成》，第 10 册；姚燮的引述，见卷 1《南北曲》，第 12 页；卷 8《金元院本》，第 186—191 页。

[5] 参见（明）徐渭著，李复波、熊澄宇注释《南词叙录注释》，中国戏剧出版社 1989 年版。

《西厢记》和《琵琶记》，而其"蒜酪风味"更是以元杂剧的语言文字为判断优劣之依据。① 何良俊的观点产生了很大影响，王世贞、徐复祚、凌濛初争《西厢记》《琵琶记》《拜月亭》之优劣，正始于其论，这就不能说明人不重南曲戏文。其次，明末刊书风气盛行，出现大量的小说戏曲评点，包含《琵琶记》《拜月亭》等南曲戏文，更有署名李卓吾、汤显祖、陈眉公等，姑不论是否真出自享有盛名的文人之笔，书肆为谋利而出的刊刻证明了南曲戏文的流行。无人征引《南词叙录》，确实是因仅有钞本，再加上文人圈秘不外传使然。

《南词叙录》的版本状态更证明文人有藏书的习惯。据傅惜华的《中国戏曲小说之浩劫》一文，上海印书馆涵芬楼原藏《南词叙录》明钞本，集字648号，但已毁于战火，现仅存两个清代钞本：一是上海图书馆藏黄丕烈的士礼居本，此本并未署名批注者；另一是钱塘丁氏（丁丙）正修堂（八千卷楼）藏鲁燮光道光二十六年（1846）抄的壶隐居黑格本，明确署何焯注，现藏南京图书馆。前者未被发现前，皆以壶隐居本为最古本，《中国古典戏曲论著集成》的提要及《南词叙录注释》的前言都持此观点。两本署的年代不一样，士礼居本作于嘉靖乙未年（1535），此时徐渭15岁，壶隐居本作于嘉靖己未年（1559），时年39岁。若以前本来看，徐渭不可能作此书，骆玉明、董如龙认为此书作者应是陆采。但以后者来看，陆采也不太可能是作者，因他卒于嘉靖十六年（1537）。此书作者问题颇为难解，郑志良考证后认为，壶隐居本所据的底本应早于士礼居本，虽无法考证这个底本的来历，两个清钞本都署徐文长，作者就是徐渭。② 虽然资料极有限，但已见《南词叙录》只有钞本存在，而未曾公开刊行，即因文人保留的习惯，所以只有钞本在文人圈中流传。

何以文人要秘而藏之，这就与徐渭的名声有关了。《明史·文苑传》记载徐渭是与汤显祖、袁宏道、钟惺等"争鸣一时"的文人③，盛名即因"天才超轶"④。《文苑传》不仅记其以诗文书画为人所知，也记他善兵有奇计，还

---

① （明）何良俊：《曲论》，载《中国古典戏曲论著集成》，第4册，第6、11页。
② 参见郑志良《关于〈南词叙录〉的版本问题》，《戏曲研究》2010年第1期。
③ （清）张廷玉等撰：《明史》卷285《文苑一》，中华书局1974年版，第7307页。
④ （清）张廷玉等撰：《明史》卷2888《苑四》，第7388页。

记他发狂杀妻。① 如此狂狷，如此特立独行，当时文人圈不可能不知道有这号人物。再从上海博物馆藏《花卉图卷》来看，其大写意的绘画技法让人马上有感其狂放不拘，后图上近狂草的自题诗更见此人之傲。

> 兀然有物气粗豪，莫问年来珠有无。
> 养就孤标人不识，时来黄甲独传胪。

癫狂狷傲，那是自知有天才，故宁自高而不入俗。这是一种特殊的，会为其他文人所欣赏的"文人气"，所以，后人虽心有戚戚焉但仍赏识有加，而秘藏其作，也因此更突出徐渭的特殊性。

后人对徐渭是有特殊评价的。陶望龄在《徐文长传》中说，袁宏道曾于其书斋中见徐渭的诗文集，"称为奇绝，谓有明一人，闻者骇之"②。袁宏道的《徐文长传》也记同一事，言徐渭的著作无刻本，仅见陶望龄家中所藏，并因其"不得志于时，抱愤而卒"，再大叹"古今文人牢骚困苦，未有若者也"。③ 文末引梅国桢评其说"病奇于人，人奇于诗，诗奇于字，字奇于画"，因此又感叹："予谓文长无之而不奇者也，无之而不奇，斯无之而不奇也哉，悲夫！"④ 这是标准的文人惜文人的说法。正是可惜，更当保留奇人天才的文字著作。徐渭名声于文人圈中扩大，出自文人惜文人的态度，而所惜者不只是他的天才，更是他的"文人气"。

藏书是特殊的文人态度，不仅是为了读书，更是："愿与天下后世好奇之士读是书而共赏其奇也。"⑤ 因欲广而传之，有了刻本的流传，但文人圈中更多是以钞本私藏，如脱士序《歌代啸》，就说欲读此剧而不得，后才由友人处得之。⑥《歌代啸》也是私藏的钞本，今南京图书馆藏《歌代啸》孤本即道光钞本。自称"书痴"的慧业发僧在《歌代啸题辞》中

---

① （清）张廷玉等撰：《明史》卷2888《苑四》，第7387页。
② 参见（明）陶望龄《徐文长传》，载（明）徐渭《徐渭集》，中华书局1999年重印本。
③ （明）袁宏道：《徐文长传》，载（明）徐渭《徐渭集》，第1343页。
④ （明）袁宏道：《徐文长传》，载（明）徐渭《徐渭集》，第1344页。
⑤ 《四声猿原跋》，载（明）徐渭《徐渭集》，第1359页。
⑥ 《歌代啸序》，载（明）徐渭《徐渭集》，第1360页。

说：“田水月自会稽架见赏于公安，《歌代啸》从帐中藏流行于山史"，可见藏书与名声传播的关系，这是文人圈中特殊的文化惯性。① 从此来看，直以"封建传统"说钞本无法流传，是不负责任的说法。

徐渭既存剧作都是杂剧，有《歌代啸》②和由四个单折剧组成的《四声猿》两种，且后者中的《雌木兰》用南北合套，《女状元》更纯是南曲。能以南曲作杂剧，对南曲定有深入认识，则除非有更有力的证据出现，很难说《南词叙录》不是徐渭之作。

明人论其创作，已谈及戏曲观问题，王骥德更与之关系密切而观点相通，且何良俊提出的"本色说"与"文学性"问题，仍与之相同。因徐渭之后的曲论多见与其说雷同处，《南词叙录》虽无刻本流传，文人圈论曲有受其观点影响的可能性。此处要特别研究其教化意识，因为他提出的教化实际是在挖掘戏文中的"文学性"。

首先，他所说的南曲历史并不精确，近代南戏研究已指明。徐渭认为元初北杂剧"流入南戏"而形成风潮，"宋词遂绝，而南戏亦衰"，但元顺帝时，南戏忽又兴起，只是"语多鄙下，不若北之有名人题咏也"。③南北交流之说有道理，但说宋词绝且南戏衰而忽起，过于武断。他对举宋词、南戏，相当特殊。一为文学传统，一为民间娱乐，这样说，直接把南曲视为文学之一环。

其次，"鄙下"是语言文字的问题，正是以文衡量南曲，所以出现这种价值判断。他论宫调及文字体式的发展，也持同种态度。徐渭先批评南九宫为"国初教坊人所为"，"无稽可笑"。他认为古乐府"皆叶宫调"，而唐代的律诗、绝句"悉可弦咏"，再以李白的《忆秦娥》和《清平乐》及白居易的《长相思》作例。接着阐述南曲在五代时形式转繁，到了宋代则"一腔数十百字，而古意颇微"，已"非复唐人之旧"，更批

---

① 《歌代啸题辞》，载（明）徐渭《徐渭集》，第1362页。
② 一般认为《歌代啸》是徐渭的作品，但明代曲论并未著录，道光钞本更突出作者权问题，相关讨论，参见孙书磊《南图旧藏精钞本〈歌代啸〉作者考辨》，《中国戏曲学院学报》2010年第3期。
③ （明）徐渭：《南词叙录》，载《中国古典戏曲论著集成》，第3册，第239页。

评宋末"时文、叫吼,尽入宫调,益为可厌"。① 这一套说法就是以诗说曲,曲就是诗的延续,且曲若要好,那就要复古。好的古就是唐人诗,宋人诗词则不古也不雅,那不是学的对象。

徐渭说完了诗才进入戏曲的正题,先说明永嘉杂剧到底是什么:

> 即村坊小曲而为之,本无宫调,亦罕节奏,徒取其畸农、市女顺口可歌而已,谚所谓"随心令"者,即其技欤?间有一二叶音律,终不可以例其余,乌有所谓九宫?②

他认为南曲音乐出自民间,本无宫调规定限制,若要定宫调,那就要依从唐宋词之"十二律""二十一调"。他进而批评所见的南九宫宫调根本不足,是"无知妄作",所谓的"南九宫说",不过是"大家胡说可也,奚必南九宫为?"③

这种说法呼应近代流行的戏曲源自民间的说法。然而,他虽肯定俗曲、俗调是戏文生成的重要因素,并不认为俗曲、俗调就够了,且当时所见的南九宫更只是从俗曲、俗调中推衍出来的系统,音乐根本未被雅化,是不足的。雅化方式就是复古,且是要复唐人之古。他认为曲演变自诗,不能脱离诗的传统,如果偏离便会流入鄙俗。语言文字、音乐体制都要复古,复古就是要雅化本来的俗,而俗成为问题,是因为俗只是娱乐,缺乏"有道理的意义"。

"有道理的意义"就是文化传统中的教化意识。他批评周德清搞不清楚状况,就隐藏了这个特殊意识。说南曲有四声,北曲合律但只有三声,"非复中原先代之正",因此批评《中原音韵》只是"为胡人传谱"的"夏虫、井蛙儿之见"。中原为正,夷狄是偏,正偏说法突出民族认同,而这来自推敲语言文字的音韵,反而更强调文学传统。他认定源自中原南方的南曲才是正统,嘲笑"以伎女南歌为犯禁"的北曲支持者是"愚

---

① (明)徐渭:《南词叙录》,载《中国古典戏曲论著集成》,第 3 册,第 240 页。
② (明)徐渭:《南词叙录》,载《中国古典戏曲论著集成》,第 3 册,第 240 页。
③ (明)徐渭:《南词叙录》,载《中国古典戏曲论著集成》,第 3 册,第 241 页。

子"。否定北曲的正统性，主要原因是现有的北曲并非"唐宋名家之遗"，而是"边鄙裔夷之伪造耳"。并再反问夷狄之音可以唱，则"中国村坊之音独不可唱?"那真是"大言以欺人也!"①

南音为中原之正，所以说昆腔是吴人子弟承袭唐"正雅乐"的产物。不过他认为南曲戏文确实有问题，宫调是一，而另一个更重要的问题是宋人对戏曲"未肯留心"，元又"尚北"，至明则"学者方陋"。因此，他认为南曲戏文只有《琵琶记》《觑江楼》《江流儿》《莺燕争春》《荆钗记》《拜月亭》为佳，"其余皆俚俗语也"。俚俗并不是绝对不好，它有一个值得推崇的特质："句句是本色语，无今人时文气。"② 他说的"本色语"并不是后来曲论中复杂的"本色"审美范畴，而是在语言上"句句是常言俗语"，且认为这反而可以导正戏文鄙俗。虽说"与其文而晦，曷若俗而鄙之易晓也"，但他实际否定未经雅化的俗，更排斥雕琢过的雅。③ 这是文学意识引导的结论，提出戏文的文学性来看雅俗状态，并以之为判断优劣的标准。

那要怎样转俗为雅呢？就是要"浅近"。他以词为例，批评宋词格高气粗而生硬，不及元人浅近婉媚而曲子绝妙。再者，曲的内容要用事恰当，不可用事重沓及不着题，那会板滞，正是落入鄙俗的原因。经过雅化的俗是易晓的、有妙处的，语言文字能让人"领解妙悟，未可言传"。④ 这种语言文字感发人心，是理想的、宋元之旧的"正音"。

"正音"，讲的还是"诗言志"的传统，所以有下面的批评。听北曲使人神气飞扬而有勇往之志，但"其声瞧杀以立怨"。与之相对，南曲"纡徐绵眇，清丽流转，使人飘飘然丧其所守而不自觉"，而柔媚也有问题，因为那同时是"亡国之音哀以思"。⑤ 两者虽皆鄙俚，都能感人，更何况是"正音"之感!

"正音"之感无它，就是创作要从"人心"流出。他引严羽著名的

---

① （明）徐渭:《南词叙录》，载《中国古典戏曲论著集成》，第 3 册，第 241 页。
② （明）徐渭:《南词叙录》，载《中国古典戏曲论著集成》，第 3 册，第 242—243 页。
③ （明）徐渭:《南词叙录》，载《中国古典戏曲论著集成》，第 3 册，第 243 页。
④ （明）徐渭:《南词叙录》，载《中国古典戏曲论著集成》，第 3 册，第 243 页。
⑤ （明）徐渭:《南词叙录》，载《中国古典戏曲论著集成》，第 3 册，第 245 页。

"水中之月，空中之影"一说，肯定《琵琶记》的"食糠""尝药""筑坟""写真"等出都是"正音"。① 再后的《宋元旧编》目录中，更批评《赵贞女蔡二郎》《王魁负桂英》皆俚俗妄作。② 如此评价，因为弃亲背妇的故事不是正面，不是从人心流出而能正人心志的"正音"。宋元旧编之佳者只有《琵琶记》，虽有音律问题，无损于此剧的价值。这种批评提出了戏文的文学性问题，而"文学性"即本于文学传统中的言志教化精神。同样的观点也见于何良俊之说，但两人对戏文佳作却有不同的意见。

何良俊论曲③，并未提及徐渭。但何氏在华亭（今上海），徐氏在山阴（今绍兴），两人所处时代与地点接近，又都注意戏文的文学性，则不可能不知徐渭这号人物，其戏曲观就有可能受徐渭及其门人的影响。

他注意戏文，说："金、元人之笔也，词虽不能尽工，然皆入律，正以其声之和也。"他认为戏文的特色在声不在辞，所以有"宁声叶而辞不工，无宁辞工而声不叶"之说。重声，重在批评时人创作不按谱、不入律。戏是要唱的，怎么能不"知音识曲"呢！但是，整体论述的重点还是文，更提出特殊的戏曲史观。

> 金、元人呼北戏为杂剧，南戏为戏文。近代人杂剧以王实甫之《西厢记》，戏文以高则诚之《琵琶记》为绝唱，大不然。夫诗变而为词，词变而为歌曲，则歌曲乃诗之流别；今二家之辞，即譬之李、杜，若谓李、杜之诗为不工，故不可；苟以为诗必以李、杜为极致，亦岂然哉。④

这种说法背后的文学意识与徐渭完全相同，说的是《西厢记》和《琵琶记》中的文学性问题。说曲是诗之变，论戏当然如论诗，语言文字才是美不美的关键。不论其观点是否合理，讲的都是文学传统。

接着再说《西厢记》"全带脂粉"，《琵琶记》"专弄学问"，两者皆

---

① （明）徐渭：《南词叙录》，载《中国古典戏曲论著集成》，第3册，第243页。
② 参见（明）徐渭《南词叙录》，载《中国古典戏曲论著集成》，第3册。
③ （明）何良俊：《曲论》，载《中国古典戏曲论著集成》，第4册，第5—12页。
④ （明）何良俊：《曲论》，载《中国古典戏曲论著集成》，第4册，第6页。

少"本色语","盖填词须用本色语,方是作家"①。他说的"本色"是合乎戏曲体制、不过度雕琢、不卖弄学问,还夹杂打诨调笑的语言文字表现。他如此赞美《拜月亭》:"彼此问答,皆不须宾白,而叙说情事,宛转详尽,全不费词"②,就是因作者用了"本色语"。

以语言文字为准进行批评,这是明代曲论的特色,而自明代建构起来的普及化戏曲观,正出自剧本文学批评。徐渭、王骥德、何良俊,虽然都讲演唱音律,重点却都在文。何良俊这样评论元杂剧"四大家":

> 马之词老健而乏姿媚,关之词激励而少蕴藉,白颇简淡,所欠者俊语,当以郑为第一。③

不管谁是第一,评断标准就是文。文并不只是文字美的问题,更是文字能否使生命美具体化。他接着说:

> 大抵情辞易工。盖人生于情,所谓"愚夫愚妇可以与知音者"。观十五国《风》,大半皆发于情,可以知矣。是以作者既易工,闻者亦易动听。即《西厢记》与今所唱时曲,大率皆情词也。④

说法与徐渭相同。情本从人心流出,能感动人心的语言文字才是好作品。但他实际不认为做到"情辞"就够了。情有本,男欢女爱之情不是表现生命美的最佳例子,而要如《王粲登楼》写"羁怀壮志,语多慷慨,而气亦爽烈"才是佳作。

爱情并不是生命美的唯一内容,人心、人志的表现才是展现生命美的关键所在。他高度肯定"托物寓意"的写法:"岂作调脂弄粉语可得窥其堂庑哉!"⑤ 这是文学批评,是文学传统下的言志批评。正因为注意到

---

① （明）何良俊:《曲论》,载《中国古典戏曲论著集成》,第4册,第12页。
② （明）何良俊:《曲论》,载《中国古典戏曲论著集成》,第4册,第12页。
③ （明）何良俊:《曲论》,载《中国古典戏曲论著集成》,第4册,第6页。
④ （明）何良俊:《曲论》,载《中国古典戏曲论著集成》,第4册,第7页。
⑤ （明）何良俊:《曲论》,载《中国古典戏曲论著集成》,第4册,第7页。

戏曲的文学性问题，他才会一反常说，认为郑光祖才是元剧"四大家"之首。

何良俊提出的"本色语"还是徐渭的说法，且其教化意识更强。如说"声音之道，兴政通矣"，认定声音能正人心，所以戏曲的"淫哇之声"也"不可废"，但必须要用"本色语"来改正。[①] 曲之所以流为淫声，问题在于"始终不出一'情'字"，所以才会大篇幅地批评《西厢记》意重复、词浓芜、"语意皆露，殊无蕴藉"，甚至有"全不成语"之问题。从其批评来看，明显不喜浓艳的闺阁语。他说"若既着相，辞复浓艳"，那就是"浓盐赤酱"，口味这么重，根本尝不出味之层次，当然不是美的。真正的美出自"靓妆素服，天然妙丽"，真的"本色语"是"淡而净""简淡可喜"的语言文字。[②] 以上说法明显可见何良俊不以爱情来做价值判断，这与今天讲戏曲动不动就提爱情有很大的差距。古人说的情是爱情，而是人情，所以才会连着人志一起说，要确保戏曲不流于滥情以致淫放。

他的"本色语"还是与徐渭之说有差异，更突出淡、净的雅意识。他否定设色雕琢，那会刻画太过而流于肤浅的形式美。他要求的"本色语"是"止是寻常说话，略带讪语，然中间意趣无穷，此便是作家也"。所谓的"寻常说话，略带讪语"，并不是日常生活语言的直接展现，而是经作者构思而意趣无穷的艺术语言。再者，既已言"意趣"，评价重点就在文，且这个文更要表现人志。调笑不可无，但不能只是低俗的说笑，作家必须在嬉笑的过程中置入自身观点，也就是在提升娱乐效果中植入思想，使作品脱离淫乐而达成声音之道。从文学角度来谈戏曲，使戏曲为文学之一环合理化，也就更使"寓教于乐"的戏曲观合法化。

何良俊与徐渭两人对剧作的不同意见，虽有类似观点，不见得就会有相同的评论。文本诠释是开放的，人的感受不同，结论就不同。

徐渭非常推崇《琵琶记》，但何良俊认为《拜月亭》胜于《琵琶记》，理由与徐渭根本没有差别，都以能表现人心、人志的"本色语"作

[①] （明）何良俊：《曲论》，载《中国古典戏曲论著集成》，第4册，第5页。
[②] （明）何良俊：《曲论》，载《中国古典戏曲论著集成》，第4册，第8页。

判断标准,而这恰好也是两人同样不喜欢《西厢记》的原因。这个共同特征反映出他们对挖掘戏文文学性的高度兴趣。之后至近代,谈论搬演仍是同一套逻辑的运用,如前节引张岱和潘之恒论演员和演出,重点就在于说明他们到底有没有以身体、声音、表情使文本的内涵与意义具体化。

这种评论当然与文本有关。《琵琶记》本来就是文人的作品,论者必然以文人视角来谈其价值。何良俊眼中的《拜月亭》也是。朱权就把施君美归类为乐府群英中有杰作者,属于"真词林之英杰"①,还说:"有文章者,谓之'乐府';如无文饰者,谓之'俚歌',不可与乐府共论也。"② 朱权又在关汉卿下列出《拜月亭》③,所以何良俊认为施君美是改关汉卿的杂剧为戏文,当然更看重其文之表现。朱权的说法是何良俊论说的依据,从此可见文学意识对戏曲观的主导性。

此处可再从《荆钗记》的文本来看"文学性"表现。明人柯丹丘改的《荆钗记》第 36 出"夜香",以旦角钱玉莲独唱整出,可见改编者对语言文字的掌控能力,且他也不吝于展才。

此出由钱玉莲唱 6 支曲组成,每曲间插入独白叙说心境。首曲引子唱:

【一枝花】花落黄昏门半掩,明月满空阶砌。嗟命薄,叹时乖。华月在,人不见,好伤怀。④

写物述情,构造整出戏的意境基础。后半曲点破首二句,说明主旨。这种文字正是徐渭所说的"浅近婉媚而不俗",也是何良俊所说的"托物寓意"。后四曲都如此表现,且分唱思念父母、被逼嫁投江而获救、担忧婆

---

① (明)朱权:《太和正音谱》,载《中国古典戏曲论著集成》,第 3 册,第 20 页。朱权载"施均美",非"施君美"。此人身份有争议,明人已说不清,但肯定其文人身份。近代研究多认为《拜月亭》作者应是杭州一位名施惠字君美的书会文人,但实难考证确实身份。
② (明)朱权:《太和正音谱》,载《中国古典戏曲论著集成》,第 3 册,第 15 页。
③ (明)朱权:《太和正音谱》,载《中国古典戏曲论著集成》,第 3 册,第 27 页。
④ 《荆钗记》,第 137 页。

婆、悲叹丈夫亡化四事,都是徐渭说的能"用事当家"。叙事夹抒情的写法,可见语言文字本来就是要写实的,但作者的想象赋予写实文字特殊的写意性,这是戏曲文学的特征。

再细看文字,浅显易晓,但并非未经处理的日常言语。如第4曲唱欲孝养婆婆而不能:

【好姐姐】指望终身奉养,谁知道中途肮脏。存亡未审,使奴愁断肠,心凄怆。奴家烧此夜香呵,愿得亲姑早会无灾障,骨肉团圆乐最长。①

此曲特殊之处在于文字中的教化意识。孝出于天然,翁姑虽非亲生父母,因主人公本就充满仁爱之心,必视其如至亲般思念不断。这表现女德,人物是理想道德之表征,悲叹是在说明人伦结构的重要性。悲所以感人,而有感,观者才会在听闻之时认识人伦大义。徐渭说戏要感人,要有"正音"之志,不是没有道理,因为戏文就是这样写的。

再如第3曲【川拨棹】唱对亡夫的思念,此曲本应是爱情的代表,但作者并不这样写。钱玉莲虽丧夫不舍,仍指责王十朋的早亡不孝,唱出"你不思父母恩德广","不得耀门墙,抛弃萱花在堂上"。② 王十朋毕竟是得瘟疫而死,毕竟夫妇恩情仍在,所以【尾】唱:"终宵魂梦空劳攘,若得相逢免悒怏,再执明香答上苍。"③ 让钱玉莲独唱一出,本可以设计成对爱情失落的悲叹,但创作者还是导回教化,用孝亲的教化意识来加深钱氏丧夫的悲痛。借何良俊的话来说,这就不是"调脂弄粉语",而是着相后去其浓艳,避免了闺阁语浓盐赤酱的窠臼。

"夜香"独立成出,并无新情节,实是重新交代戏情的过场,意在突出人物经历生命波折后的情绪波动。拿掉这个过场,也不影响情节发展,但有了它,艺术结构更完整。

---

① 《荆钗记》,第137页。
② 《荆钗记》,第137页。
③ 《荆钗记》,第137页。

因前场"时祀"演王十朋祭钱玉莲，这个过场与之配合，便形成了一生一旦交错出场的结构，且前后场连成一气。累积哀戚之感，更易帮助观者、读者体会人物因种种误会而不得团圆的无奈。就此而言，身为元代苏州敬先书会才人的改编者柯丹丘（据俞为民说法，此人的实际身份难以确定）就不是一般人，而是有文学能力且自信能展现艺术创造力的文人。徐复祚就说《荆钗记》"以情节关目胜"，"用韵却严，本色当行"，说得很公道。这个"本色"与徐渭、何良俊说的不同，是超越"本色语"的"本色"审美范畴。但特殊的是，徐复祚又认为文字"粗鄙之极"。[①] 其实，从前引的语言文字来看，徐复祚的批评有可能是针对宋元旧本而出。旧本今不得见，无法比较说明到底旧本与改本的差距有多大。

凌濛初明确说了有臧懋循的改本，且言其改动，"时出己见，改易处亦未免露出本相"，再批评他"识有余而才限之也"。臧氏改动也全非"狗尾续貂"，仍有"押则妙矣，句则奇矣"者。[②] 再看臧懋循的《荆钗记引》，先批评《琵琶记》有学究语，而《荆钗记》则可与《西厢记》共比之。

> 往游梁，从友人王思任氏得周府所藏《荆钗》秘本，云是丹丘生手笔，构调工而稳，运思婉而匝，用事雅而切，布格圆而整。[③]

就此记而言，他一定是越改越文。且若旧本不文，他不会如此评价，而凌濛初也不会有以《荆钗记》《刘白兔记》《拜月亭》《杀狗记》作"四大家"之说。

凌濛初用"本色当行"说"四大家"，说法与徐复祚略同，"本色"是一个审美范畴。但他讲"大略贵当行不贵藻丽。其当行者曰'本色'"[④]。又回到徐渭与何良俊的"本色语"概念。他说戏曲不是"修饰

---

① （明）徐复祚：《曲论》，载《中国古典戏曲论著集成》，第 4 册，第 236 页。
② （明）凌濛初：《谭曲杂劄》，载《中国古典戏曲论著集成》，第 4 册，第 260 页。
③ （明）臧懋循：《荆钗记引》，转引自陈苾、吴毓华编《古典戏曲美学资料集》，第 146—147 页。
④ （明）凌濛初：《谭曲杂劄》，载《中国古典戏曲论著集成》，第 4 册，第 253 页。

词章，填塞学问"，《琵琶记》不及"四大家"即因"有刻意求工之境""开琢句修词之端"，并批评之后创作都走向"使僻事，绘隐语，词须累诠，意如商谜，全无"本色语"。他说的"本色语"是"人间一种真情话"，这还是文学传统下的戏曲文学批评。①

凌濛初评价汤显祖，说汤显祖"颇能模仿元人"，但"使才自造，句脚、韵脚所限，便尔随心胡凑，尚乖大雅"，又有"填调不谐，用韵庞杂，而又忽用乡音"的问题，所以"止作文字观，犹胜依样画葫芦而类书填满者也"。②从音韵格律来批评汤显祖，但讲到最后还是肯定其文学才能。

汤显祖痛骂吕胤昌改其《牡丹亭》，关键也在此。他在《答凌初成》中批评其改窜《牡丹亭》"云便吴歌"，是根本就不懂王维"冬景芭蕉"之意。③又在《与宜伶人罗章二》中再批评一次，并强调：

> 《牡丹亭记》，要依我原本，其吕家改的，切不可从。虽是增减一二字以便俗唱，却与我原做的意趣大不同了。④

批评的根本意识就是文，且对凌濛初说："曲者，句字转声而已"，"歌诗者自然而然"，"才情"才是好不好的关键。⑤再见《答孙俟居》："词之为词，九声四调而已哉"，批评周伯琦（按：周德清，汤显祖误）作《中原音韵》、沈伯时作《乐府指迷》，皆非词手，更无词名，还说不清楚腔出自何调，又犯何调，"复何能纵观而定其字句音韵耶？"最后指出他自己的做法才是真"知曲意者，笔懒韵落，时时有之，正不妨拗折天下人嗓子"。这完全是以文言曲，相当自信。他不认为创作曲需要仔细估量音

---

① （明）凌濛初：《谭曲杂劄》，载《中国古典戏曲论著集成》，第4册，253页。
② （明）凌濛初：《谭曲杂劄》，载《中国古典戏曲论著集成》，第4册，第254页。
③ （明）汤显祖著，徐朔方笺校：《汤显祖诗文集》卷47《玉茗堂尺牍之四·答凌初成》，上海古籍出版社1982年版，第1345页。
④ （明）汤显祖著，徐朔方笺校：《汤显祖诗文集》卷49《玉茗堂尺牍之六·与宜伶人罗章二》，第1426页。
⑤ （明）汤显祖著，徐朔方笺校：《汤显祖诗文集》卷47《玉茗堂尺牍之四·答凌初成》，第1345页。

乐格律问题，因为"歌诗"自然，唱者更只是因自然而使然。① 从其对曲的认知而言，"拗折"是唱者的能力问题。创作者最终的目的不在于音乐美，而在语言文字美。

纵观前述诸家观点，明代曲论的重点是讲文的问题。著名的"沈汤之争"确实是格律、文采之争，因为讲戏曲不能不说音乐，但格律问题实非关注的焦点，而是附属在文的讨论之中。争论重点在文，汤显祖更是以实际创作来使戏曲的文学美具体化。今人论"沈汤之争"，往往从格律来看，然后说汤显祖是文采派代表。这样说没错，但关注焦点恰好与明人相反，因此忽略了曲论实际是文学传统的产物，曲论在根本上更偏向戏曲文学批评。戏曲被抬升为文，是文化活动的关键。

潘之恒在《曲余》中推崇汤显祖，但也因音乐性问题而有意见。仔细看其戏曲观，还是对文的思索。文是重点，音乐是使戏曲圆满表现的次要因素。他看了汪道昆的杂剧后如此说：

> 又十年思致其情，则临川《杜丽娘还魂记》近之矣。推本所自，《琵琶》之为思也，《拜月》之为错也，《荆钗》之为亡也，《西厢》之为梦也；皆生于情，而未致也。②

说的实际是语言文字的主旨问题，突出以情为依归的戏曲观。《曲余》后半段虽讲声音可以宣情，要演员努力传递声情，但要注意，论音乐声音却是从文本出发，呈现一条从文本到声音的脉络。如此，便是剧本文学批评，而且更呼应古代乐论逆转情、声、文次序的"诗言志说"。

清代曲论，仍是在运用同样的文学思维逻辑。如杨恩寿引张度西（张九钺）的说法，直接明了。他虽贬抑词曲，批评"体格趋下"，但又认为其"亦是天地间一种文字"，且：

---

① （明）汤显祖著，徐朔方笺校：《汤显祖诗文集》卷46《玉茗堂尺牍之三·答孙俟居》，第1299页。

② （明）潘之恒著，汪效倚辑注：《潘之恒曲话·曲余》，第13页。

> 自院本、杂剧出，多至百余种，歌红拍绿，变为牛鬼蛇神、淫哇俚俗，遂为大雅所憎。前明邱文庄《十孝记》何尝不以官商曩演，寓垂世立教之意？在文人学士，勿为男女媟亵之辞，扫其芜杂，归于正音，庶见绮语真面目耳。①

他的批评更突出教化观。曲是娱乐，所以多"绮语"，这确实能引人入胜。"绮语"即经雕琢藻饰的"情语"，是何良俊批评的"调脂弄粉语"。这种语言有迎合低下娱乐诉求的倾向，容易过度淫放，又因内容多空洞不实，便会走向"媟亵""芜杂"，也就不复"正音"之雅。

何良俊的观点来自"诗言志"，认为曲文不能无作者之志，张九钺之说更体现"人文化成"的理想。虽曲不比诗文，但既是文，就要有垂世立教的功能。正因为曲文的文学意识，张九钺推翻了明人对《伍伦全备记》的评价。不像王世贞鄙视曲文"文庄元老大儒之作，不免腐烂"②，改以助益教化来肯定其价值。

助益教化因此成为判断雅俗的最重要的依据。易言之，欲达世教理想，有赖作者之志，如此为之才是"正音"，才真正是雅的表现。

三　更深层的雅俗之辨

"言志"来自"人文化成"的理想。杨恩寿引张九钺语后，再引蒋士铨题《中州悯烈记》诗作结："安肯轻提南董笔，替人儿女诉相思。"此为蒋氏题词的第10首，重文更甚于演。再见第8首作："歌成自有神灵泣，不用低回菊部头"，而第1首明言其戏曲观："法曲依然继国风，不随灯月

---

① （清）杨恩寿：《词余丛话·原律》，载《中国古典戏曲论著集成》，第9册，第237—238页。
② （明）王世贞：《曲藻》，载《中国古典戏曲论著集成》，第4册，第34页。

唱玲珑。"① 此剧为蒋氏友人周埧作，记录一件真实的烈女事件。② 周埧写这种社会写实剧的目的在于褒扬妇女的贞节。若作者无此志，文字将空洞不雅，所以蒋氏题词如此重文。再回头看张久钺说"淫哇俚俗，遂为大雅所憎"，批评了俗不可耐的淫声。淫即不正，非正声就不雅，当然缺乏垂世立教之意。这套说法看来简单，但充满了复杂的雅俗概念。

文学传统内含雅俗争论，引导着戏曲中的雅俗判断。文人介入戏曲活动并不断论述，雅俗对立渐渐转向雅俗调和，使"寓教于乐"的价值观更合理化。雅而不俗才合情合理，以雅化俗的最终目的在于转化娱乐活动为有知识、有教养的文化行为，而这同时也使戏曲成为文学之一环，戏曲因此有了特殊的价值。

要探索这个观点，还是要回到先秦乐论，尤其是荀子说乐。因声传情，而情必须导之，所以荀子别出雅郑，要人不为声所惑而迷于情，甚而丧失本有的善性。荀子的《乐论》就在说这个道理。

> 夫乐者，乐也。人情之所必不免也，故人不能无乐。乐则必发于声音，形于动静，而人之道，声音、动静、性术之尽变是矣。故人不能不乐，乐则不能无形，形而不为道，则不能无乱。先王恶其乱也，故制雅、颂之声以道之，使其声足以乐而不流，使其文足以辨而不諰，使其曲直、繁省、廉肉、节奏足以感动人之善心，使夫邪污之气无由得接焉。③

他批评墨子的"非乐"，所以详述乐的性质与功能。其说早已把雅俗问题提到了表面。他如此论述乐的功效："夫乐声之入人也深，其化人也速，

---

① （清）蒋士铨：《忠雅堂诗集·中州愍烈记题词》，载（清）蒋士铨著，邵海清校，李梦生笺《忠雅堂集校笺》卷4，上海古籍出版社1993年版，第389—390页。郑振铎《西谛善本戏曲目录》著录《愍烈记》，言作者不详。《忠雅堂集》校笺者指出，蒋士铨此题词与前条《寄怀淇令周韵亭同年》为同时之作，且后者作"舆诵人瞻淇上竹，歌筵鬼唱鲍家坟"，下自注"谓愍烈记"（第388页），则知《愍烈记》作者为淇县县令周埧。
② 《中州愍烈记》有乾隆抄本，存于中国国家图书馆。黄义枢认为，剧中的淇县县令吉汝南即周埧的化身，参见《清代戏曲考证三题》，《兰台世界》2012年第15期。
③ （清）王先谦：《荀子集解》，沈啸寰及汪星贤点校，《新编诸子集成》本，第379页。

故先王谨为之文。"若不谨慎,"乐姚冶以险,则民流僈鄙贱矣",乱争也就随之而起。① 若"废礼乐而邪音起",这绝非圣人所乐见,更非君子之道,因此再强调乐的正面功能:"可以善民心,其感人深,其移风易俗,故先王导之以礼乐而民和睦。"②

天道本来就是正且善的,则乐舞正不正,不是乐舞本身的问题,而是人如何面对乐舞的问题。也因此,他转入修身养性,以君子之道来说乐舞:乐舞同时是修身养性之方,更是君子立足之根本。怎样修身养性以立足呢?

> 君子耳不听淫声,目不视女色,口不出恶言。此三者,君子慎之。凡奸声感人而逆气应之,逆气成象而乱生焉,正声感人而顺气应之,顺气成象而治生焉。唱和有应,善恶成象,故君子慎其所去就也。君子以钟鼓道志,以琴瑟乐心,动以干戚,饰以羽旄,从以磬管。故其清明象天,其广大象地,其俯仰周旋有似于四时。故乐行而志清,礼修而行成,耳目聪明,血气和平,移风易俗,天下皆宁,美善相乐。③

善恶二分就是雅俗之别,引文两次说"移风易俗",更突出君子以雅正乐的特殊观点。这套说法基于中国文化的基本结构,所以戏曲这种合歌舞以演故事的艺术表现当然也要雅正才行。

戏曲尚未成熟前,人们已经认为乐可以娱乐人心。唐代段安节的《乐府杂录·自序》可以为代表,说乐:"上可以吁天降神,下可以移风变俗也。"所以,修订音律必要"重翻曲调,全祛淫绮之音;复采优伶,尤尽滑稽之妙"。④ 此说法与荀子相同,不过,"滑稽之妙"突出乐的娱乐价值,而这正是"寓教于乐"的主要意义。到了宋代,王灼认为歌出自人心,人心本于天,并引《舜典》《诗大序》《乐记》论乐之所生,与

---

① (清)王先谦:《荀子集解》,沈啸寰及汪星贤点校,第380页。
② (清)王先谦:《荀子集解》,沈啸寰及汪星贤点校,第380—381页。
③ (清)王先谦撰:《荀子集解》,沈啸寰及汪星贤点校,第381—382页。
④ (唐)段安节:《乐府杂录·原序》,载《中国古典戏曲论著集成》,第1册,第37页。

段安节的说法无多大差异。他说的乐，是本于诗的："有心则有诗，有诗则有歌，有歌则有声律，有声律则有乐歌。"诗是重点，歌次之，非"诗外求歌"。接着批评："先定音节，乃制曲从之，倒置甚矣。"① 这是重文的音乐观，重点在采诗为乐章，目的在于强调能歌诗才能"经夫妇，成孝敬，厚人伦，美教化，易风俗"。

这谈的就是文学传统，且他谈写雪的正宫《白苎曲》，表现出其以雅化俗的主张。据其记，《白苎曲》传为紫姑神下凡所作，曲文末句为"昨夜江梅，漏泄春消息"，他说文笔"殊可喜"。之后，再与同僚郝宗文于某春去请紫姑神，并记下她再次下凡作的《浪淘沙》。降神是民间信仰，参与并记录神所唱的"天上文字"，进而对文字有所评论，这是文人以雅的眼光来看民间之俗。参与降神的行为成为文人生命情趣的一种特殊表现。但是，不排斥俗是有条件的，那是因为曲文本来就不俗，所以才会去记这首神作的《浪淘沙》。这首词颇雅，首句作："塞上早春时，暖律犹微，柳舒金线拂回堤"，确实不俗，且呼应了文人的诉求。② 文人参与并记录的行动，就是一种雅俗交融的过程，而评论中的肯定语气更是化俗为雅的直接证据。

要以雅化俗，就需先说明什么是俗。王灼记唐代文淑子俗讲一事，明显批评了俗："意此僧以俗谈侮圣言，诱聚群小，致使人主临观，为一笑之乐。"③ 同是民间活动，文淑子的俗讲却不比降神。降神乃怪力乱神，怎么反比讲道理的俗讲合理呢？这是因为他认为俗讲的内容只在引发笑乐，无文学价值，也就无补于世教，就是真俗。但是，同样记文淑子的俗讲，段安节的说法却完全不同："长庆中，俗讲僧文叙善吟经，其声宛畅，感动里人。"④ 从段安节的记载来看，王灼的解释是有问题的，且王灼已自言对俗讲并不了解。不管谁是谁非，比对两条记录可见雅俗差异

---

① （宋）王灼：《碧鸡漫志》，载《中国古典戏曲论著集成》，第1册，第105页。
② （宋）王灼：《碧鸡漫志》，载《中国古典戏曲论著集成》，第1册，第120页。
③ （宋）王灼：《碧鸡漫志》，载《中国古典戏曲论著集成》，第1册，第145页。
④ （唐）段安节：《乐府杂录·文叙子》，载《中国古典戏曲论著集成》，第1册，第60页。此处"文叙子"题目下小字注："《御览》'叙'作'淑'。"《论著集成》编者注言，宋本《御览》作"文淑子"，亦非"文淑子"，见第87页。

的判定标准都在内容。王灼记降神而出的天上文字实亦无补于世教，但因有文学美感，直接被视为可接受的雅，而俗讲中内含的笑乐则直接被断定为不能接受的俗。

宋代文人的品味很特殊，引导着明清的文人文化。刘方从陈寅恪提出的"唐宋型文化"分野出发，探索宋代至今的美学精神。这种美学精神的最大特征是：文人进入平民文化中推展济世理想，他们推崇平淡且平易的文道合一，提出品性、节操、人格、悟、法度、活法等观点而形成精致化、书卷化、书斋化的文化形态。① 宋人建立了雅的文化传统，但雅化的过程同时也产生了以俗为雅的俗化现象，王灼肯定降神之文正是例证。

换言之，精致的宋型文化同时也深化了雅俗对立，后来的文化发展都在处理这个问题，而以雅化俗来调和对立才真正是中国文化的特征。文人就事议论，不断使雅俗的调和合理化，也就推展了文化品味的变异，且他们的实践行为更使雅俗调和意识普及化。

艾朗诺（Ronald Egan）论北宋文人对美的焦虑感，意在说明这种特殊的文化特征。他探索北宋文人收藏的记录（如收藏书法拓印、石头、画等）、生活笔记（尤其记节庆活动中的大小事项）、诗话与宋词创作后指出，北宋文人在文化传统中开展出了新的生命美学思维，但是却充满不确定性，所以他们对美的认知是既兴奋又焦虑。焦虑是因为既有价值判断的局限，探索的兴奋感又带领他们打破了原本的雅俗分界。他们的记录、品赏、分析、创作都在重新说明什么才是文人适当的表述。这个表述是文人生命美的宣言，更是身份和性别的认同。文人肯定了自身品味的独特性，也就区隔出社会中的普遍之俗，如欧阳修谈牡丹花就是例子。花花草草本带有女性意味，他去记录并评论牡丹，已将阴柔的、普通的赏花行动男性化并文学化，赏花体现的就是有品味的男性文人的生命情调。如此一来，文人参与牡丹季的行为便不同于普通的花卉培植与

---

① 参见刘方《宋型文化与宋代美学精神》，巴蜀书社2004年版。

交易行为，从而建构了牡丹季活动的文化属性，使原本活动之俗更雅化了。①

元代戏曲大盛，出现专门记录演员的《青楼集》。夏庭芝在卷首"青楼集志"中感叹"色艺表表在人耳目者"无人记录，但不应如此，因为记是"赏音之士"的分内之职，"使后来者知承平之日，虽女伶亦有其人，可谓盛矣"。② 他的态度很明显。女伶虽是俗人，但色艺俱佳，当然要记录下来，后人才知道什么叫作雅而美的艺术。如"天然秀"条，称闺怨杂剧"第一手"，"丰神艳雅，殊有林下风致"，不仅为白仁甫所爱赏，当时的著名文人都为此人之美背书。③ 这种批评方式与宋人评价诗人无异，且文人的主动介入更展现了以雅（文人）化俗（妓女演员）的文化特征。再见同条说京郡邑设有构栏，"观者挥金与之"。一般人进构栏大多是要看"谑浪调笑"的"院本"，但构栏杂剧不只要笑乐，场上搬演的更是君臣、母子、夫妇、兄弟、朋友，"皆可以厚人论（按：伦），美风化"。④ 即因演出能成教化，更应记录下来。

此说已划分出文人品赏和一般娱乐，前者是有价值的娱乐行动，记录就是要说明后者之俗需有前者之雅来导正。导正不具强制性，而俗的雅化自然而成，关键在于文人的直接参与及记录讨论。朱经在《青楼集》的序中说杜仁杰、白朴、关汉卿等"不屑仕进，乃嘲风弄月，流连光景，庸俗易之，用世者嗤之"，且"士失其业，志则郁矣，酗酒载严，诗祸叵测，何以纾其愁乎？"⑤ 前半段认为文人参与使俗娱乐雅化了，后半段则主张娱乐有人志，肯定当时文人作剧是为浇心中垒块。因此，雅化就不只是生命情调的问题，目的更在于成教化。夏庭芝与朱经的说法早有"寓教于乐"的观点，且以雅俗的差异来阐明"以娱乐成教化"的重要性。

---

① 欧阳修赏牡丹的诠释，参见 Egan, Ronald, *The Problem of Beauty: Aesthetic Thoughts and Pursuits in Northern Song Dynasty China*, Cambridge, MA: Harvard University Press, 2006。
② （元）夏庭芝：《青楼集》，载《中国古典戏曲论著集成》，第 2 册，第 7—8 页。
③ （元）夏庭芝：《青楼集》，载《中国古典戏曲论著集成》，第 2 册，第 23 页。
④ （元）夏庭芝：《青楼集》，载《中国古典戏曲论著集成》，第 2 册，第 23 页。
⑤ （元）夏庭芝：《青楼集》，载《中国古典戏曲论著集成》，第 2 册，第 15 页。

辨雅俗而调和雅俗，目的是成教化。戏曲本近俗，更是直接与人相关的公开活动，不同于艺术收藏有私密性。虽然元代"唤官身"在家堂演唱是半私密性活动，文人私下与妓女交往是纯私密性活动，但从整体而言，元代戏曲主要见于构栏、庙会和路岐人的就地做场。不论参与者身份高低，构栏做场是公开性的，文人的参与就是公开的以雅化俗的行为。

此现象非中国独有，英国伊丽莎白时期的剧场也是如此，且那更是各种意见的发声通道，因而更推进戏剧的发展。① 雅俗交融是文化常态，不同层级者在同一空间中共同娱乐，还议论娱乐的内容和价值，娱乐因此成为推进文化发展的特殊媒介。戏剧兴盛使戏剧文化普及，雅俗交融则产生了不同的社会认知，如伊丽莎白时期的剧场出现男童剧团，并专门培养男童扮演女性角色，反映出当时社会中的性别意识，且这种意识也展现了此文化对情欲的容忍度。但17世纪中期英国关闭商业剧场后，就少见性别转换的演出，以后的社会里，性别意识远不如伊丽莎白时期活跃。② 这说明沟通通道一旦消失，文化变异的力度也将缩小。

雅俗之辨的文化常态还因支持雅俗之辨的传统不同而有中西之别。在"人文化成"理想的引导下，加上传统哲学对情欲的不信任，中国的雅俗之辨没有开放的性别与情欲意识。与之相对，西方的雅俗之辨就没有中国那种符合人伦理想的教化意识，更关注个体的自主意识和自由行动。

不过，明人论曲，从曲文表现人的情志来谈戏曲的价值，仍关注个体意志，且因重视曲文，形成了专业的剧本文学批评。同时，明人就文论文，曲文的雅俗之辨更成为曲论的核心。此处要特别研究王世贞的说法，因为后来曲论中的"雅俗调和说"与其曲论有关，他人对他的批评更突出雅俗调和的立场。

王世贞提出"曲史发展说"，以诗为源头，经骚赋而变为乐府，后被

---

① 参见 Gurr, Andrew, *Playgoing in Shakespeare's London*, Cambridge：Cambridge University Press, 1987。

② 参见 Shapiro, Michael, *Gender in Play on the Shakespearean Stage: Boy Heroines and Female Pages*, Ann Arbor：The University of Michigan Press, 1996。

唐绝句取代，再变为词和曲，曲再分化出南北曲。他认为乐府"不入俗"，所以传不下去了，这就是雅俗观点的运用。同样，王世贞说词取代绝句、北曲取代词、南曲取代北曲而起，说"少宛转""不快北耳""不谐南耳"等，都是在讲"入俗"的问题。① 他仍是以文来衡量变异，重点在于说明雅进入了俗，俗则可推展雅的历史脉络。

这种说法并不新，是宋人建立而被元人延续的雅俗观。不能一味地雅，因为俗本来就为人所好，但雅是俗合情合理的关键因素。王世贞讲南北曲之分"大抵北主劲切雄丽，南主清峭柔远，虽本才情，务谐俚俗"，② 看来是在说曲本俗，但前文提了贯云石、马致远、关汉卿、张可久、乔吉、郑光祖、宫天挺、白朴，大赞这批人"富有才情，兼喜声律，以故遂擅一代之长"③，则说的不是俗，而是这批人懂得以雅化俗，所以创作能得人心，使曲成为一代之文学。这种论曲方式，讲的就是文学传统中的曲的变异，把雅俗关系抬升为变异的最重要因素。

依其论，判断雅俗的依据不是演唱，而是文本。王世贞认为马致远为元人第一，因其文章"不离本色"且"押韵尤妙"，能"入妙境"。他说的"本色"还不是王骥德那种复杂的戏曲文体审美，而是浅显易晓，既有意境又有趣味的语言文字。如马致远的《双调·夜行船·秋思》："红尘不向门前惹，绿树偏宜屋角遮，青山正补墙东缺"，王世贞认为那才是入妙境的"本色语"。④

王世贞论述元曲的语言文字美，提出"景中雅语""景中壮语""意中爽语""情中快语""情中冶语""情中悄语""情中紧语""诨中奇语""诨中巧语"，并一一给出例证。"雅语""诨语"的说法是最明显的雅俗判断。他以马致远的小令《越调·天净沙·秋思》为雅语的代表，诨语的代表则引范康（又传白朴作，题《饮》⑤）《仙吕·寄生草·酒色

---

① （明）王世贞：《曲藻》，载《中国古典戏曲论著集成》，第4册，第23页。
② （明）王世贞：《曲藻》，载《中国古典戏曲论著集成》，第4册，第25页。
③ （明）王世贞：《曲藻》，载《中国古典戏曲论著集成》，第4册，第25页。
④ （明）王世贞：《曲藻》，载《中国古典戏曲论著集成》，第4册，第28页。
⑤ 《中原音韵》未题撰人，《尧山堂外记》署名白朴，《北宫词记外集》注范康作；隋树森认为后说可信，参见隋树森编《全元散曲·白朴》，中华书局1964年版。

财气》的《酒》:"糟腌两个功名字,醅淹千古兴亡事,曲埋万丈虹霓志",以及关汉卿的小令《仙吕·醉扶归·秃指甲》:"搊杀银筝韵不真①,揉痒天生钝。纵有相思泪痕,索把拳头揾。"② 就"诨语"而言,曲词通俗,但俗而不鄙,且从文字可见作者之志,正是以雅化俗的表现,所以王世贞才会提出来作例。

王世贞品赏杂剧也用同一套方法。他推《西厢记》为"北曲压卷",提出"骈俪中景语""骈俪中情语""骈俪中诨语""单语中佳语"4种语言特色,每一种都举例说明,说法与评散曲完全一致。其评论还突出创作是在叙事中抒情,两者绝不二分,且有无作者之志才是作品好坏的关键。如说诨语,他认为只要文中有志,自然化俗为雅,那就是值得一读的好作品。他说景语、情语、佳语也都是一样的说法。

如此谈戏曲,完全是文学批评,而且是很深刻的文学批评。再如王世贞说景语,引《西厢记》第1本第1折【油葫芦】中的"雪浪拍长空,天际秋云卷"作例子。③ 这个例子确实特殊。第一,王实甫用简单易晓的文字塑造氛围,引人深思,并因情感氛围而转俗语为雅语。此即"本色语",是反映作者高超文学能力的艺术语言。第二,他写秋景的文字极美极抒情,但文字实在写景。此即叙事中抒情,志因情而更突出,更呼应前曲【混江龙】中所言"才高难入俗人机,时乖不遂男儿愿"④。结合两支曲子一起看,景语写张生的志不得伸,也因此,他才会在面对黄河的波澜壮阔时感触深刻。这是高度文学化的语言表现,而文学化就是雅化,亦即明人喜言之"本色"。雅化的方法不是用华丽艰涩的语言来说话,而是以人人皆知的通俗语展现人天生的深刻情感及远大志向。所以,景语被推崇的原因与诨语相同。

易言之,王世贞并不只要求情景交融的抒情氛围,更要求情、志、文相配的化俗为雅。因此诉求,他才会批评何良俊论曲有谬误,反对以

---

① 王世贞引述有误,"搊杀银筝韵不真"当作"搊杀银筝字不真",隋树森编《全元散曲·关汉卿》,第155页。
② (明)王世贞:《曲藻》,载《中国古典戏曲论著集成》,第4册,第30页。
③ (明)王世贞:《曲藻》,载《中国古典戏曲论著集成》,第4册,第29页。
④ (元)王实甫:《西厢记》第1本第1折,金枫出版社1988年版,第40页。

《㑳梅香》《王粲灯楼》《倩女离魂》凌驾《西厢记》。他批评《㑳梅香》："多陈腐措大语，且套数、出没、宾白，全剽《西厢记》"，再说何元朗以《拜月亭》胜《琵琶记》是根本大谬。他肯定《拜月亭》有一二佳曲，"然无词家大学问，一短也；既无风情，又无裨风教，二短也；歌演终场，不能使人堕泪，三短也"①。这段评论非常重要，因为他诉求的正是文学、教化与娱乐的综合审美。这种审美观以人心感发为判断戏曲价值的最根本的依据，最终形成的是以雅化俗的文学表现。

因重视俗的雅化，并视之为戏曲的本质，所以王世贞再次提娱乐效果的问题，评《荆钗记》"近俗而时动人"，《香囊记》"近雅而不动人"，《五伦全备记》"文庄元老大儒之作，不免腐烂"。② 动不动人，是能不能感发人心的问题，而要能感发人心，当然要人能看得懂，所以关键就在雅俗衡量上。上述评语明显偏好俗，否定雅，但这只是表象。如前所述，真雅必须出自化俗，也因此，他批评的雅是文人自顾自地用华丽艰深的语言所写出的假雅。简言之，只要能转俗为雅，那就是好作品。

王世贞与何良俊的争论，说到底，就是在争文的雅俗问题。王世贞认为最理想的是《西厢记》，南曲之佳者即《琵琶记》，因为两者皆雅不离俗，成功地以娱乐成教化。何良俊与其拥护者徐复祚，说的也是同一个道理，但认为《拜月亭》才有真"本色"，《西厢记》已入闺阁，又加油加醋，过于浓艳而入俗。这个俗，并不是一般的俗，而是放而不收的淫俗。至于《琵琶记》，他们则认为学问过多而乏味。创作需从人心流出，教化本于人而自然而然，若刻意为之，那就是不合情理的以雅制俗了。

从《琵琶记》来看，两派之说都有道理，内容更是相通，问题在于面对雅俗的立场不同。第一，对语言文字的感受因人而异，价值判断本就不可能完全客观，所以面对同一文本就有不同评价。文人以论述互动，或因欣赏而相惜，持论相同，但更多的是因意见相左而扩大了对探讨之物的理解。评价虽不同，背后其实是同一套思维，争论反而肯定了这套思维的"成规性"。

---

① （明）王世贞：《曲藻》，载《中国古典戏曲论著集成》，第 4 册，第 34 页。
② （明）王世贞：《曲藻》，载《中国古典戏曲论著集成》，第 4 册，第 34 页。

第二，后人引述争论并延展开来谈，再次使争论的内容合法化。只要争论不脱离文化传统，所论都有合理性。最终何者为是，何者为非，没有定论，只因时代不同而更突出某说的主导性。某说因某时期的持论者多，加上论者身份地位高而有更强的话语权，于是成为此时期的主流言论。明末的"雅俗调和说"就是例子。何良俊虽言王世贞的说法不对，否定的其实是王世贞对作品的选择和评价，不是在推翻其雅俗观背后的文化传统。何良俊虽不同意他反对以雅制俗的立场，并未否定他所说的以雅化俗的合理性，且双方都排斥自《五伦全备记》以来的道学风和自《香囊记》以来的时文风，更突出道德、文采与娱乐的平衡关系。这种平衡关系是"雅俗调和说"的基本立场，也是"寓教于乐"价值观的思维基础。

王世贞的说法大大影响了后来的曲论，如吕天成之说。吕天成把《琵琶记》定为"神品"，并说"勿亚于北剧之西厢，且压乎南声之拜月"，再赞："化工之肖物无心，大冶之铸金有式。关风教特其粗耳，讽友人夫岂信然？"[①] 此说在推展王世贞的观点，但特别突出《琵琶记》的地位。更特殊的是他用了"化工"一词，这出自与王世贞同时期的李贽，是著名的曲论术语。不过，吕天成此处却转用李贽原说，更突出"雅俗调和说"的复杂内容。

李贽认为《琵琶记》是"画工"，不及《拜月亭》《西厢记》为"化工"，则他认为《拜月亭》《西厢记》胜于《琵琶记》。这与以王世贞、何良俊为主之两派人的说法都不同，自具特殊性，而吕天成的转用则反映出复杂的曲论状态。首先，转用即肯定"化工"是美学判断的标准，也就认可了李贽"化工说"的理论意义。但是，吕天成反对李贽对作品的判定，即如王、何两派相互攻击，问题出在最终的价值判断。其实这三出戏都好，但哪一出更好，哪一出才是雅俗共赏，这就出现了歧义，而原因即雅俗立场的不同。

第三，转用当时争议性最大的李贽的说法更可见文人思想对戏曲观的引导，且因思想激进，更突出戏曲在明人眼中的特殊的文化地位，否则文人群体不会热衷于谈论它。也因此，转用及背后隐藏的争论反映了

---

① （明）吕天成：《曲品》，载《中国古典戏曲论著集成》，第6册，卷上，第210页。

"雅俗调和说"内含的同质性与异质性内容。同质性，即所有争论的参与者都肯定要以雅化俗，戏必须雅俗共赏；异质性则体现在众人都以同一种思维在思索戏的本质，但却对相同作品有极为不同的认知和解读。由于李贽提出的价值判断异于前两派，又被吕天成转用，此处需深入谈李贽及其"化工说"。

《明史》记李贽"小有才，机辨"，后为姚安知府，"一旦自去其发，冕服坐堂皇"，因此丢官。之后"居黄安，日引士人讲学，杂以妇女，专崇释氏，卑侮孔、孟"。后则因张问达弹劾，死于狱中。① 《明史》中的李贽就是个怪人，也正因为怪，所以引人注目，如吕天成转用其观点，又如汤显祖的推崇。② 他有名声，思想有特殊性，晚年剃头成为居士，但却又与佛教保持距离，且喜欢谈论戏曲，具有与徐渭类似的特殊的文化位置。③

李贽的"童心说"更被认为是公安派"性灵说"之先声。④ 史景迁（Jonathan Spence）在谈论李贽的哲学著作时有言：

> 不停思考的灵魂最终发出了"不要依靠任何人"的呼声，也正是这个灵魂在一个被虚伪欺骗污浊了的世界里寻找着属于自己的那一方净土。⑤

---

① （清）张廷玉等撰：《明史》卷221《列传一百九》，第5817页。
② 汤显祖有诗写到李贽，感叹中见推崇，不赘引，参见（明）汤显祖著，徐朔方笺校《汤显祖诗文集》（上海古籍出版社1982年版）；卷15《玉茗堂诗之十·叹卓老》；卷19《玉茗堂诗之十四·读锦帆集怀卓老》；卷44《玉茗堂尺牍之一·答管东溟》。
③ 李贽晚年并未受戒出家，虽住佛寺、读佛经，但佛教对他的影响有限，而主张人人有佛性，人人能成佛，观点实与儒家思想相通，那更是当时流行之净土宗的通俗教义。他一生好读书并以儒士自居，晚年与利玛窦三次会面，利玛窦因欣赏此人学周孔之道。他之所以严厉批评道学，是因为其看见道学浮滥，未能在历史之变中有所变通。其名声与拥有政治资本之耿定向有关，两人理念不合，耿定向再与其他政治主流人物联合迫害李贽，因而更提升其声誉。参见容肇祖编《李贽年谱》，生活·读书·新知三联书店1957年版。
④ 参见左东岭《李贽与晚明文学思想》，天津人民出版社1997年版；肖鹰《性灵说的精神轨迹：从李贽到袁宏道》，《中国人民大学学报》2013年第5期。
⑤ [美]史景迁：《中国纵横：一个汉学家的学术探索之旅》，夏俊霞等译，上海远东出版社2005年版，第128页。

李贽的生命观体现了明中后期文人追寻精神自由。曾祖荫从李贽、汤显祖、冯梦龙等"情论"思想家推至黄宗羲与王夫之,指出"情论"看重情感的真实性。① 史景迁、曾祖荫都指明李贽对主体精神的坚持,这是李贽能引导明末文学观发展的关键因素。

赵山林也关注李贽和公安派的关系,但他谈的更是明末文人面对戏曲的心态,且突出李贽重思想意蕴的曲论特征。因重视思想,所以努力去挖掘文本中的寄托。此时,看戏或读剧本都不是简单的休闲,而是一种精神享受,不仅在于重温历史以更深入地了解自身所处之社会,更在于深究戏如何维系了人的精神平衡。② 精神平衡的说法突出明代文人对雅俗问题的执着。戏演给众人看,但每个人的背景都不同,则戏如何吸引所有人,这正是文人关注戏曲的缘由,而不只是因自己爱戏就一头热地谈戏论曲。如前所述,文人关注戏曲的目的是转俗为雅,李贽所言仍是同一个道理。

李贽的观点实近于何良俊:"《拜月》《西厢》化工也,《琵琶》画工也。""画工"虽"能夺天地之化工,而其孰知天地之无工乎",所以说不及"化工"。他认为天生自然者,人见而爱,无工可觅,"要知造化无工,虽有神圣,亦不能识知化工之所在"。因此,"画工"是"第二义"。③

再言文章,"决不在于牝牡骊黄之间""决不在于寻行数墨之士""决不在于一字一句之奇"。此说"化工"为"天下之至文",乃无法可寻的天才之文。④ "化工"当然是结构密、对偶切、依理道、合法度、首尾呼应、虚实相生的好文,但是,他更意在反过来说用这些条件所建构的"至文"是不合理的概念、不合理的判断,他称之为"禅病"。

为什么这样说呢?因为"杂剧院本,游戏之上乘也",那出于真情,自然而然,不是依法"穷工"所能至。易言之,真至文,无工可说,则

---

① 参见曾祖荫《中国古代文艺美学范畴》,台北:文津出版社 1987 年版。
② 参见赵山林《中国戏曲观众学》,华东师范大学出版社 1990 年版。
③ (明)李贽:《焚书》卷3《杂述·杂说》,《李氏焚书·续焚书(附年谱)》,第115页。
④ (明)李贽:《焚书》卷3《杂述·杂说》,《李氏焚书·续焚书(附年谱)》,第115页。

如今用各种工来定义的至文都是虚妄。他给了一个理由，说"穷工"的结果必然是"语尽而意亦尽，词竭而味索然"，因工巧有赖气力，但气力本有限量，结果当然是"似真非真"而难以深入人心。① 这就不可能是真至文。

天才至文与之相对，不是一开始就"有意于为文也"，而是"其胸中有如许无状可怪之事，其喉间有如许欲吐而不敢吐之物，其口头又时时有许多欲语而莫可所以告语之处，蓄极积久，势不可遏"②。这种说法非常特殊，直接将文学、戏曲的价值定义在情感志意的自然表现上。因他反对用各式各样的"工""法"来定义创作过程，跳过"法"而直指情志，也就与传统论"法"的创作观有所区分，颠覆性很强。但是，其说并未脱离文学传统，反而将传统诗文论中的天才意识提到了表面。

  一旦见景生情，触目兴叹，夺他人之酒杯，浇自己之垒块，诉心中之不平，感数奇于千载。③

有价值的创作只能出自真情意，如《拜月亭》《西厢记》的作者"当其时必有不得意于君臣朋友之间者，故借夫妇离合因缘以发其端"。即便至文只写"小小风流一事"，但"小中见大，大中见小，举一毛端，建宝王刹"，"宁使见闻者切齿咬牙，欲杀欲割，而终不忍藏于名山，投之水火"。④ 不仅作者如此创作，观者与读者也都是如此接受。

易言之，"化工"最根本的意识是不为法所拘，进而要抛弃法。只要情真意切，则无法自然是法。看来深具禅意，但实是宋人论诗讲"活法"的延展。"活法"不是不要法，而是要突破法的制约而自由展现自身的生命体认。前提是已有法，若没有法，不知法为何物，如何弃法！李贽说的"化工"，要求游戏出于天然，文出于天才，还认定天才必表情言志，且因情本天生，无情自然无文，其实跟宋人论诗没有两样，都是在借佛

---

① （明）李贽：《焚书》卷3《杂述·杂说》，《李氏焚书·续焚书（附年谱）》，第115页。
② （明）李贽：《焚书》卷3《杂述·杂说》，《李氏焚书·续焚书（附年谱）》，第116页。
③ （明）李贽：《焚书》卷3《杂述·杂说》，《李氏焚书·续焚书（附年谱）》，第116页。
④ （明）李贽：《焚书》卷3《杂述·杂说》，《李氏焚书·续焚书（附年谱）》，第116页。

说自己的"法"。这种说法是在定义什么是好戏,且从文、情及天才立论,讲的就是不能俗。

对比"化工"和"画工",后者是俗,因为"穷巧极工,不遗余力"是不自然的创作。有法可循即"可思",但"天下至文"怎能如此呢!李贽说《拜月亭》:"自当与天地相终始。有此世界,即离不得此传奇。"评论再导向传统教化观,"当使人有兄兄妹妹、义夫节妇之思焉",并赞"尤为娴雅"。①观点很明确,"化工"为雅而"画工"入俗。俗是拘于法的产物,也就是何良俊说的学问太多、刻画太过。

李贽说的雅绝非精雕细琢,而是本于人心天然的雅,那才值得推崇,《读律肤说》有言:"宛转有态,则容冶而不雅;沉着可思,则神伤而易弱。"刻画雕琢是不自然的,违反"发于情性由乎自然"的道理,并且,礼义本不在情性之外,若刻意矫之,必然失之,所以一切只能以"自然之为美"。②不论《西厢记》《拜月亭》或《琵琶记》,李贽认为都是好的,都以雅化俗。虽好,仍可再别出上下,所以才有了"画工"与"化工"形成对比的戏曲审美理论。李贽评《红拂记》的故事好:"皆可师可法,可敬可羡。孰谓传奇不可以兴,不可以观,不可以群,不可以怨乎!"③直接拿诗教来定义戏曲的价值,则戏曲与诗相同,本来就该雅而不能俗。

《童心说》说明了为什么要这样辨好中之好。因为当时的戏曲小说已大盛,但文人普遍以古非今,贬抑戏曲小说,所以要有所明辨。他从"至文"出于"童心"的文学认识出发,提出:"古今至文,不可得而时势先后论也。""童心"本来就"绝假纯真",本于此而写出来的文,一定表现了"最初一念之本心"的真,而与之相对的就是丧失"童心"的假。假缺乏真心,所以才会依法穷工,最终必然是"以假人言假言而事

---

① (明)李贽:《焚书》卷4《杂述·拜月亭》,《李氏焚书·续焚书(附年谱)》,第238—239页。

② (明)李贽:《焚书》卷3《杂述·读肤律说》,《李氏焚书·续焚书(附年谱)》,第160页。

③ (明)李贽:《焚书》卷4《杂述·红拂》,《李氏焚书·续焚书(附年谱)》,第239页。

假事、文假文","无所不假"也。① 其言看似复杂，道理并不难懂，就是真为雅，假是俗，且因不能真，所以穷工做假，所造当然是俗。

不论"化工"还是"童心"，李贽谈戏曲的说法更近宋人诗论中的"活法"与"悟"的诉求，明显不同于明代复古论者的观点。从后者的主流眼光来看，谈文而不论法。李贽之说有颠覆性，再加上行为不合常理，又与主流人士有明显的理念冲突，他自然被边缘化。被边缘化是一种特殊的负面关注，意在文化领域中驱逐此人，但负面关注反而再加深了此人的颠覆性特征，又因他遭主流人士迫害入狱，生命经历坎坷，结果成为明末反动思想的代表人物。

李贽是反礼教的代表，几成定论，而说他反礼教，一定要提他的"童心说"。如有论明代同性恋文化者，就说"童心说"颠覆了南宋以来的"存天理、去人欲"的教条，并因注意到"颠覆性"，再讲"出儒入佛"开启了晚明"纵欲主义的社会思潮"。② 一讲到李贽，多这种评语，尤其引其自言："有感于童心者之自文也，更说什么六经，更说什么《语》《孟》乎！""六经、《语》《孟》，乃道学之口实，假人之渊薮也。"③ 李贽的论说确实语气强烈，反叛意味浓厚。但是，他真的非儒反儒吗？他的哲学观真的颠覆了宋代理学吗？他的戏曲审美真的颠覆了文艺传统吗？他批评朱熹，不见得是要推翻儒家思想；他批评"死法"，也不见得就是要颠覆诗学传统。批评，那是因为他看到了浮滥问题。浮滥即因循守旧而不知变通的结果，所以他要人摆脱制约，真诚地去表现自己。

今人引述李贽之说，是为自己的"颠覆性"发声。李贽批评的确实是明代道学浮滥的问题，但他并未因此脱离儒家思想，且其论更在于说明后学学而不察，出现诠释谬误：

---

① （明）李贽：《焚书》卷3《杂述·童心说》，《李氏焚书·续焚书（附年谱）》，第118页。

② 朱丽霞：《明清同性恋文化的诠释与思考——以明清之际男同性恋为例》，《江淮论坛》2009年第4期。

③ （明）李贽：《焚书》卷3《杂述·童心说》，《李氏焚书·续焚书（附年谱）》，第118页。

> 夫六经、《语》《孟》，非其史官过于褒崇之词，则其臣子极为赞美之语。又不然，则其迂阔门徒、懵懂弟子，记忆说，有头无尾，得后遗前，随其所见，笔之于书。后学不察，便谓出自圣人之口也，决定目之为经矣。孰知大半非圣人之言乎！①

怀疑经典、怀疑非圣人语，并没有反圣人。此条接着说："纵乎出自圣人，要亦有为而发，不过因病发药，随时处分"，"岂可遽以为万世之至论乎？"② 思想绝非固定不变，人、时、地不同，面对的问题就不同，思想就有所变，此表现了李贽的历史通变意识，而这早存在于《易》中，宋儒也是这样说。他之所以反复古，即因明代的复古是僵化的以古为宗，不解复古实是变通。

李贽思想的根本仍是儒家，但要求思想灵活地与时俱进。《续焚书》卷2《说汇·三教归儒说》讲"闻道"，主张人必须学圣人传下的经典。③圣人就是儒家的圣人，经典也是儒家的经典。有人就此条中讲荣华富贵，认为他大谈明末的功利主义。文字看来有此倾向，但他并非功利主义者，否则生命历程不会如此。他这样说，与世俗教化观有关。以获得荣华富贵来敦促人们要学要知，更要学以炼才，早在宋代的蒙学作品中就这样教人读书求功名了，且这样说更易取信于人。后来的戏文传奇也都在演功名利禄、荣华富贵。这本人心所趋，这样教、这样演，目的就是要人能自然仁爱，自爱自发。他这样说更贴近社会现实，也呼应其所提出的"童心"与"化工"观点。易言之，"说法"只是手段，不可误认为目的。

再者，此条开头已明讲人若能"志在闻道"，必"视富贵若浮云"，则虽以荣华富贵利诱人去学去知，人一旦学而知之，自会理解并超越功

---

① （明）李贽：《焚书》卷3《杂述·童心说》，《李氏焚书·续焚书（附年谱）》，第118页。

② （明）李贽：《焚书》卷3《杂述·童心说》，《李氏焚书·续焚书（附年谱）》，第118页。

③ （明）李贽：《续焚书》卷2《说汇·三教归儒说》，《李氏焚书·续焚书（附年谱）》，第421—422页。

利的局限。这是儒家的认知,肯定人的天性本善。并且,李贽《答邓石阳》中又说"穿衣吃饭,即是人伦物理"①。世间道理就在穿衣吃饭这种日常行为中,而这恰好是朱熹的说法。他确实不满宋儒,是因为宋儒太主观,太强调天理,结果压制了天生自然的人欲。可以说他反对宋儒的偏执,但若说他功利,或说他反封建礼教,反而真成了被他批评的不察后学。

今人谈李贽,多忽略其说的复杂层次。如夏写时谈"童心说",忽略"童心"与"化工"是相互关联的两个概念,李贽说的"真心"是在判定雅俗,"真心"来自他对文艺传统的坚持。再者,把反假道学说成是反封建道德,这又是当时意识形态引导下的文本诠释。②

李泽厚之说较为含蓄,仍有误解。他说李贽因反道学、反虚伪,所以重视民间文艺、现实文学,其论体现了现实主义。③ 这个说法看来很合理,但问题非常大。李贽的文学观真的反映"现实主义"吗?"现实主义"是个西方学术术语,意义相当明确,要求再现每日生活中的"真实性"。法国现实主义画家库尔博(Gustave Courbet)说他未曾见过天使,所以画不出天使,波特莱尔(Charles Baudelaire)则说文学需如实地表现现代生活中的英雄们。这种观点来自19世纪欧洲的中产阶级,他们追求"如实再现"的品味引导出"现实主义",更推动了摄影成为一门艺术。④创作要"再现"现实并不为情感所左右,这种主张根本与李贽的"童心"和"化工"说法相反。

中国古典文艺创作内含"人文化成"的理想,文学传统又不断强调作者自身的情志,要求创作表现"我"所见所感的"心像",这根本开不出"如实再现"的创作路径。"表现"与"再现"是两个不同的概念,正说明了中西文艺发展的特征。再如戏文,确实写人民的生命情状,但

---

① (明)李贽:《焚书》卷1《书答·答邓石阳》,《李氏焚书·续焚书(附年谱)》,第5页。

② 参见夏写时《中国戏剧批评的产生和发展》,中国戏剧出版社1982年版。

③ 参见李泽厚《美的历程》,生活·读书·新知三联书店2010年版。

④ 参见 Atkins, Robert, "Realism", in *Art Spoke: a guide to modern ideas, movements, and buzzwords*, New York: Abbeville Press, 1993。

语言文字最终都教忠教孝，要人懂得人伦大情不可废的道理，这是西方"现实主义"不谈的内容。则李泽厚的结论莫名其妙，是刻意地挪用西方术语的结果。为什么要这样挪用呢？因为"现实主义"重视现实中的人，呼应文艺必须表现人民情感与生命的意识形态。这样谈问题，当然看不到李贽戏曲审美理论中的雅俗意识。

再如前引赵山林之说，认为李贽讲"天理"与"人欲"的挣扎代表了"市民阶层"的思想，且因其影响深远，此后戏曲都在展现"市民之'道'的艺术化、形象化"，士大夫不再是"社会知名人士，一代文化的代表"了。[①] 问题是，什么是"市民之'道'"？李贽真这样说吗？即便李贽真如此说了，那他如何影响士大夫的心态？为什么士大夫不再是文化的代表了？明清文人真因市民阶层的兴起而丧失了文化的主导权吗？那清代文人论曲普遍见到的雅俗问题，又该如何解释？清代花部的兴起真的没有文人群体的介入因素吗？清末文人记演员色艺的花谱及其流传，又该如何解释？

明末清初确实是个思潮风起云涌的时代，如泰州学派对传统价值观有一定的冲击，但儒家仍是主流，读书致仕思想并没有被消灭，且发言论述者仍是文人。虽有替"市民"发声的倾向，但所谓的"市民之'道'"毕竟是后人刻意剥离传统的现代想象。

即便李贽因政治主流的压迫而处于文化边缘，他仍自认为是儒士，且推崇他的文人也认定他是个传道的文人，那就不能说士大夫从文化代表的身份退位。赵山林这样说，是因为他认定当时工商阶层积累了名望与影响力，但这只能说明商人的社会地位向上提升。更重要的是，获得名望与影响力的商人都有"弃商从文"的意识，要后辈子孙能以功名光宗耀祖。这反证民间的尚文传统。就算不能成为士大夫，也要活得像个文人，因此去仿效文人的生命情调，商人大宅子里的装饰造景，生活中的看戏品茗，甚而要与有名文人交往，都是如此。真从商人的生命观来看，他们的行为更直接体现雅俗意识，肯定文人的雅致值得学习，可以转化自身的俗气。

---

① 赵山林：《中国戏曲观众学》，第291—293页。

若无文人以雅化俗，主动进入戏曲领域转俗为雅，就不会有至今仍为人所好的文雅品味。此外，真要讲明末清初文人阶层的流动，那不能不分析明末的遗民问题，那批隐居山林绝不出仕的文人仍具有文化发声权，因此为后人推崇。被推崇的是他们的心志与节操，同时美化了隐逸生命，成为另一种雅的代表。如此一来，近代谈古人，动不动就提"市民文化"，再由此大赞民间的、市民的思想，都是不顾文化传统的说法。

雅俗共赏是戏曲文化发展的动力，辨雅俗把戏曲提升为文化表征。这种文化实践确实有戏曲本身的民间性因素，但关键还是文人，是他们的文化人身份及话语权引导了戏曲艺术的走向。陈抱成说得很对，戏曲活动是"赏心乐事的生活享受与美感追求"[1]，但他误解了明人说的"浅近""本色""机趣""雅俗共赏"。这些词汇并不是"平民美学"，而是文人以雅化俗地使自身生命情调的戏曲审美理论合理化，是文人文化的产物。

如集曲论大成的李渔，仍推展明人的观点来辨雅俗。因其家班同时是用以谋生的职业班，他不仅自创剧本，还自教自导，所言更使雅俗调合的旨趣具体化，说法更有影响力。[2] 李渔认为诗文、曲文的性质是相反的，前者"贵典雅而贱粗俗，宜蕴藉而忌分明"，后者"话则本之街谈巷议，事则取其直说明言。凡读传奇而令人费解，或初阅不见其佳，深思而后得其意之所在者，便非绝妙好词"。[3] 虽言粗俗，仍重视文才。他如此称赞元人词："皆觉过于浅近，已其深而出之以浅，非借浅以文其不深也。"[4] 此说即以雅化俗。他批评汤显祖因过雅而失当，尤其《惊梦》《寻梦》二折"恐索解人不易得也"，"何必奏之歌筵，俾雅人俗子同闻

---

[1] 陈抱成：《中国的戏曲文化》，第237页。
[2] 谭帆及陆炜注意到李渔的戏曲观与其家班的职业性有关，参见《中国古典戏剧理论史》，华东师范大学出版社2005年版。
[3] （清）李渔：《闲情偶寄》卷1《词采第二·贵浅显》，载《中国古典戏曲论著集成》，第7册，第22页。
[4] （清）李渔：《闲情偶寄》卷1《词采第二·贵浅显》，载《中国古典戏曲论著集成》，第7册，第22页。

而共见乎?"这"止可作文字观,不得作传奇观"。①

"雅人俗子同闻而共见"的说法就是要求雅俗共赏,那才是戏之为戏的根本条件。他又有言:

> 插科打诨,填词之末技也。然欲雅、俗同欢,智、愚共赏,则当全在此处留神。②

此处强调了戏曲的娱乐性,必须雅俗同欢。他虽否定汤显祖以雅制俗,但身为文人,当然要对语言文字之美好好赏析一番。于是,他评价《牡丹亭》的特色是"意深词浅,全无一毫书本气也",用典用事更是"妙在信手拈来,无心巧合,竟以古人寻我,并非我觅古人"。③言辞浅而无书本气,仍是在说以雅化俗。

这种说法,已明显自相矛盾,但这个矛盾是文人雅俗观的常态,因为他们谈作品用了两套价值判断标准。一套出自本有的文人身份,另一套则来自戏曲参与者或戏班主人的身份。两个身份重叠在一起,若以文人身份谈戏曲,必用文学眼光说作品,一旦转换身份,则更重视文字的演出效果。以文衡量文,汤显祖的文章当然极佳,但若从演出来看,那就不够俗了。李渔这样谈俗:"科诨之妙,在于近俗,而所忌者又在于太俗。不俗则类腐儒之谈,太俗即非文人之笔"④,"极粗极俗之语,未尝不入填词,但宜从角色起见",避免"流俗"。⑤

---

① (清)李渔:《闲情偶寄》卷1《词采第二·贵浅显》,载《中国古典戏曲论著集成》,第7册,第23页。

② (清)李渔:《闲情偶寄》卷3《宾白第四·科诨第五》,载《中国古典戏曲论著集成》,第7册,第61页。

③ (清)李渔:《闲情偶寄》卷1《词采第二·贵浅显》,载《中国古典戏曲论著集成》,第7册,第24页。

④ (清)李渔:《闲情偶寄》卷3《宾白第四·忌俗恶》,载《中国古典戏曲论著集成》,第7册,第62页。

⑤ (清)李渔:《闲情偶寄》卷1《词采第二·戒浮泛》,载《中国古典戏曲论著集成》,第7册,第26页。

不论如何矛盾，重点只有一个：戏必须"雅中带俗，又于俗中见雅"①。戏要能乐人心，所以调笑娱乐很重要，但要注意俗与不俗间的平衡：

> 不知科诨之设，止为发笑。人间戏语尽多，何必专谈欲事？即谈欲事，亦有"善戏谑兮，不为虐兮"之法，何必以口代笔，画出一幅春意图，始为善谈欲事者哉。②

可见"雅俗调和说"很重视内容。李渔如此说情欲淫邪之不当：

> 戏文中花面插科，动及淫邪之事，有房中道不出口之话，公然道之戏场者。无论雅人塞耳，正士低头，惟恐恶声之污听，且防男女同观，共闻亵语，未必不开窥窃之门。郑声宜放，正为此也。③

此说直白，讲的就是"寓教于乐"价值观最根本的内容。

李渔集曲论大成的戏曲观就是"寓教于乐"价值观。集大成是因为他对历来关于文、教化、娱乐的种种说法进行了总结，自然更明确地定义了"寓教于乐"的戏曲实践内容。今人的"普及戏剧观"，与李渔之说实无二致。即便近代思想有明显的反传统意识，一般人不会否定戏曲的剧本是文学、戏的表演是娱乐、戏必须是雅俗共赏、戏更要有益人心。这些观点，其实都来自文人建立的雅俗调和传统。

曾永义认为历史中的雅俗之辨是谈戏曲的大题目。他发现清代的"花雅之争"源自明人的雅俗观，戏曲史的发展更是一部雅俗推移的历

---

① （清）李渔：《闲情偶寄》卷3《宾白第四·重关系》，载《中国古典戏曲论著集成》，第7册，第63页。
② （清）李渔：《闲情偶寄》卷3《宾白第四·重关系》，载《中国古典戏曲论著集成》，第7册，第63页。
③ （清）李渔：《闲情偶寄》卷3《宾白第四·戒淫亵》，载《中国古典戏曲论著集成》，第7册，第62页。

史。① 从传统来看，戏曲文化一直处于调和雅俗的状态中，且因文人提倡雅俗共赏，更使以娱乐成教化的"文化成规"合理化。戏曲文化是文人落实文学传统的产物，传统则使"寓教于乐"合法化并普及化为通俗的戏曲价值观。

---

① 参见曾永义《论说戏曲雅俗之推移（上）——从明嘉靖至清乾隆》，《戏剧艺术》2008年第2期；《论说戏曲雅俗之推移（下）——从清乾隆末至清末》，《戏剧艺术》2009年第3期。

结　　语

　　探究明刊宋元戏文的文本内容及文人对戏文的接受和评价，可发现戏文是"寓教于乐"戏曲观形成的重要因素，戏文的语言文字更直接地体现了文学传统中的"人文化成"精神。"寓教于乐"是文人建立起的通俗价值观，内含多个层次的教化意识，而文人介入戏曲活动更使戏曲转化为特殊的、有意义的、有价值的文化活动。文人带领戏曲向文学靠拢，戏曲因此愈加雅化；又因戏曲不能没有观众，脱离不了群众的雅化是文人"化俗为雅"的文化实践。明清曲论使这一套特殊的文人思维具体化了。

　　整体说来，曲论的形式类似诗话、词话、画论，有明确的价值判断标准，内容更与诗词画论相通。最大的特色是综合"拟象式批评"（借物以喻之）、"印象式批评"（直抒内在感受）及"细部批评"（归纳分析语言文字的结构法则）三种传统的文学批评方式。[①] 文人在辨明戏曲体制时提出了两大戏曲美诉求：语言文字美及生命美。曲论自成系统，体现了文人面对文化的雅俗意识，意在说明戏曲的文化属性。就这一点而言，曲论与今天讲的文化研究相近，只不过来自西方的文化研究多了方法上的说明，看来"比较有系统"罢了。

　　易言之，"寓教于乐"是被简化的方便说法，内容其实很复杂，多层次的教化意识展现了复杂的雅俗之辨。这种价值观来自文化传统，更是文学思维引导出的价值判断。若单从民间性、人民性、娱乐性看戏曲活

---

① 参见龚鹏程《细部批评导论》，载《中国文学批评史论》，北京大学出版社2008年版。

动，必然见树不见林，所以，戏曲研究至今都没说清楚戏曲"以戏为教""以教成乐"的文化性质。

近代戏曲研究偏好讨论戏曲的艺术独立性，确实说明了戏曲的艺术价值，突出戏曲是中国艺术的表征。但是，近代思潮中有一个"反"意识，又切割了戏曲与提供其养分的文化传统的关系。明清人多视戏曲为小道，但时人谈论戏曲已将其说成值得参与的雅致的文化活动，今人则把戏曲从文化传统中孤立起来看，大谈其艺术形态而忽略戏曲与人生之间的关系，反是退步。

戏曲研究非常复杂，可以选定如搬演、音乐的方向切入谈，但一定会谈到文本与参与者，分析诠释最终也脱离不了整体的文化传统。不论是谈戏曲文学或是搬演艺术，由于文人介入并使戏曲审美理论化，更不能忽略"尚文传统"引导戏曲文化发展的现实状态。

从艺术创作手段、生命美诉求、语言文字美诉求及戏曲批评传统立论，本书说明戏曲文化与文人文化的世俗化有关。或可反过来说，戏曲文化更是民间文化的雅化成果。戏曲体现的文化特征，并非文人之雅对立于民间之俗，而是文人调和雅俗的特殊诉求，且因儒家精英伦理观支持着世俗伦理，戏曲因此成为文化传统延展的重要媒介。这样谈戏曲，就是戏曲文化研究，贴近传统曲论。

文化价值观是文化研究的重要内容。文化价值观不断变动，但万变不离其宗。传统是意义的源头，也因此价值判断有延展性，而新意义的产生都是从旧意义中变出的。格尔茨（Clifford Geertz）的文化人类学讲述的就是这个道理。[①] 他把文化比喻为人自己编织出来，用以安顿其身的蜘蛛网。既为安顿，这张网就是人解释自身合理存在的象征结构，且既为环环相扣之网，象征结构必有一个源头。因此，他认为文化研究不能像科学实验那样追求形式规则的说明，而要探索这张网的意义结构，把人的认知、情感和理解方式说清楚。这种解释路径重视文化传统，同时也探索了诠释的可能性。

格尔茨认为宗教和神话强化了价值观的引导，确保社会文化结构的

---

① 参见 Geertz, Clifford, *The Interpretation of Culture*, New York: Basic Books, 1973。

稳定。就此而言，中国文化并不符合这套说法，但在近代"反"意识出现前，儒家建立起的价值系统确实是社会文化的稳定因素。如本书探讨的八本明刊戏文，明显可见儒家思维的引导，人在台上搬演出儒家理想的道德修养及人伦关系，强调美善和谐的生命状态。

从理论来看，格尔茨的说法有矛盾，原因在于二元对立思维从根本上异于中国文化的"中和"思想。他注意到文化源头因人所在之时、所处之地不同而有差异，因此反对文化有永恒一致性的观点。他反对的是"普遍主义"（universalism），并因此突出了"特殊主义"（particularism）。因二元对立思维，其文化理论有一定局限，无法直接用来解释中国文化。

普遍主义与特殊主义是哲学家建构起来的分析法则，分别说明整体关照和局部分析。由于历史叙述的最终目的在于说明真实性，而探索普遍性可以指认出真实状态，因此普遍主义成为定义文化的基本条件。这是在单一文化的内部探索中产生的分析方式，意在说明此文化是什么，其历史过程又是什么。然而，文化内部结构复杂，对其进行探索会发现其存在的特殊状态，也因此，需要比较文化的普遍性与特殊性。观念史家更重视特殊性，用特殊性来说明特定观念的发展逻辑。然而，这种方法相对忽略对整体的考量，走向以特殊主义为诠释依据的途径。普遍主义当然不认同这种文化定义模式，因为他们要建立的是在确定差异中仍能诠释文化普遍性的概念结构。[①]

普遍性、特殊性都是单一文化的结构原则。普遍主义是界定文化的依据，它成为定义所有文化的唯一标准，说明所有文化的同质性。特殊性成为变异因素，否定以同质性是文化的主要结构，提出文化的本质是混杂。两者具有辩证关系，难以拆开。不论普遍主义还是特殊主义，都是被建构的知识分析法则。两者都有内部对立的问题，特殊主义突出特殊性，最终导向了抵拒普遍性概念。萨伊德（Edward Said）对这种文化

[①] 参见黄俊杰《思想史方法论的两个侧面》，载黄俊杰编《史学方法论丛》，台北：台湾学生书局1977年版；Jörn Rüsen, "Criteria of Historical Judgement," in *Historical Truth*, *Historical Criticism and Ideology*, edited by Helwig Schmidt-Glintzer, Achim Mittag and Jörn Rüsen, Leiden：Brill, 2005。

诠释模式的批评正基于此。① 普遍主义是西方中心论，认定西方文化的发展是所有文化发展的原型。这套原型思维成了解读文化的基本条件。近代论中国史，讲中国到底有无资本主义，批评中国文化之保守落后，即受此观点的影响。

经田野调查，格尔茨发现文化是姿态、行动、图画、声音、语言及文字所建构的象征系统。他认定文化是特殊的，是因时因地而变的象征系统，只有属于此系统中的人才能掌握其中的意义结构。也因此，文化进展就不是内部外部的比较可以解读的，而必须进入文化内部看传统及其差异。这样就推翻了上述的普遍主义观点，但也出现了相关问题。

普遍主义的理论提出的仍是差异性概念，由此派生出特殊主义，亦即格尔茨说的"特殊文化符号系统"。一方面，回到原本的对立意识来看，差异性是歧视认同：对他者之兴趣不在于理解其思维和行为模式，而是要以他者来肯定自身之进步，所以对他者之解读都带有偏见，都不顾其传统而以自身传统来解释。如此一来，特殊性亦即"疏离认同"，由疏离、比较来重新肯定自身的合情合理。另一方面，由于肯定他者的特殊存在，特殊主义提出文化的内在分歧概念：文化中永远有他者的存在，因此文化永远处于权力不均衡且冲突不断之中。矛盾与冲突成了定义文化的新条件。②

格尔茨在印尼待了好多年，就只为记录当地人的生活状态和宗教信仰。文化人类学要融入研究对象的生命中，但不论如何努力，"他"与"我"永远是异质性的，而作内部比较，更肯定"非传统"永远是文化传统中的他者。简言之，特殊主义的研究方法就是把传统和非传统之他者之间的关系说清楚。格尔茨得出结论：文化诠释只能从文化的内部生出，没有这个依据，任何的内外比较都会成为带有偏见的无效诠释。但是，文化人类学就是他者概念的运用，其目的在于解读意义世界，解读更要

---

① 参见 Said, Edward W., "Orientalism Reconsidered," in *Cultural Critique*, No. 1, 1985; Marwan M. Kraidy, *Hybridity, or the Cultural Logic of Globalization*, Philadelphia: Temple University Press, 2005。

② 参见 Young, Robert, *Colonial Desire: Hybridity in Theory, Culture and Race*, London: Routledge, 1995。

说明不论什么文化，人都是社会性的、公众性的，文化中必有一个控制机制，其所言仍在讲普遍性，并且是用特殊性来使普遍性合理化。那么，他虽认定文化是特殊的，但特殊性只能在普遍性中被对比出来。

就格尔茨提出的文化象征体系而言，其概念确实可以说明文化发展的变化，借来分析中国的戏曲文化是可行的，但必须转从中国传统的"中和思想"来看待戏曲文化的发展，才可避免二元对立的理论矛盾。"中和"是中国儒家对社会人生的一套理解方法，肯定对立的存在，但更追求对立的融合。明代曲论中的雅俗调和立场，正体现了追求融合的"中和"思想。

若以对立观点看中国文化，只会产生不合理的态度。此须再从普遍主义的问题来说明。普遍主义不适用于弱势他者论述其自身文化，因此，特殊主义成为论述的主要方法。但如前所述，特殊主义与普遍主义有内在的逻辑关系，驳斥后者即取消前者的合理性，且他者概念还形成了特殊的自我贬抑意识。这种自我贬抑是深层否定，即表面上推崇的特殊性正是他者眼中的原始与落后。此即殖民主义、后殖民主义提出的问题。视别人为他者的强势文化，在肯定对象之弱势时，自然强调其具有的普遍性与优越性。身为他者的弱势文化，自认特殊而否定文化的普遍性，但否定只能在肯定所否定之物的合理性的前提下才能成立，也因此，特殊性认同了普遍性，一并使普遍性对特殊性的制约合理化了。

近代谈中国戏曲传统，就陷入这个问题中。表面上说自身的特殊性，所言实是深层的自我贬抑。

> 正因为剧场艺术论缺乏系统又无研究方法的规矩可寻；而古典戏曲理论之异于诗论、词论、文论、小说论，正在这个层面；故开拓剧场艺术理论实是研究者可以努力的方向。[①]

要研究者去关注、分析、解读曲论，立意甚佳，但是，古代曲论为什么

---

① 李惠绵：《元明清戏曲搬演论研究：以曲牌体戏曲为范畴》，文史哲出版社1998年版，第11页。

"缺乏系统"？古代曲论又如何与诗词文论大不同？

古人品赏都在阐明美感价值，好用物像作喻，也归纳并分析语言文字的法则，这种充满文人气的审美语言自有其系统，内容更夹入浓厚的教化意识。不仅如此，论曲说表演都以诗文为标准，考证戏曲发展的文字更直接把戏曲纳入文学中。再从定品来看，各品的评价逻辑与定诗画品第相同。探究创作法则和审美条件，并从教化观来定雅俗、别高下，这也与诗文论没有多大差别。而且，从考证到创作之法，再到意境表现和风教问题，曲论自有一套分析原则。

批评古人论述"缺乏系统"，标新立异，更是自我贬抑。这就是特殊主义的态度，要证明自身文化很特殊，还要证明别人有的"我"更早就有了。西方的中国戏曲研究亦如此，并形成了对中国文化的扭曲的解释。

如夏颂（Patricia Sieber）从情欲看戏曲文献，题目相当有趣，把原本中国人避谈的问题提到表面。这可增加诠释的可能性，能更深入理解戏曲文化的发展状态。但此"情欲说"实难信服人。[1]

此类研究值得推崇，但也谬论丛生。不过，谬论却因一连串的冲突、压迫、抵拒、文化建构等"后现代"术语而被推崇，如何春蕤就赞同夏颂对明代刊书风气论淫的意识建构。[2] 夏颂很努力地在建构戏曲中的情欲，但论述混乱并大量使用二手资料，也不了解中国文化的象征体系，结果多是胡言。因为是胡言，所以要辨明，下以数例为证。

第一，以情欲作题谈戏曲文化，大胆创新，这赋予作者"象征资本"。"象征资本"是布迪厄（Pierre Bourdieu）提出的文化分析观点，也是夏颂论述明代戏曲生产的方法，但他却没有说明方法的来源，即落入布迪厄的批评中：人在场域中争权夺利，"不择手段"地以既有资本去获

---

[1] 参见 Sieber, Patricia, *Theaters of Desires*: *Authors, Readers, and the Reproduction of Early Chinese Song-drama, 1300 - 2000*, New York: Palgrave Macmillan, 2003.

[2] 参见何春蕤《讲评夏颂（Patricia Sieber）〈淫的观念史：从明末到清初〉》，清华大学"性别的文化建构研讨会"讲评文章（1997年5月24日），http://sex.ncu.edu.tw/members/Ho/comment/20030819f.htm。

取更大的资本,再经由出版专著来使自身在场域中的领导地位合法化。①夏颂这本著作正体现了这套逻辑。

第二,将马克思主义的理论硬套在明清时期的中国,并将中国传统文化的价值观视为不证自明的礼教,粗暴地否定,更认为古代文人的思维与黑格尔的辩证没有差别。夏颂明显不熟悉西方戏剧理论对马克思主义的修正,如高德曼(Lucien Goldmann)用马克思主义谈宗教意识对十七世纪法国戏剧的影响,以"世界观"与"悲剧观"来解读戏剧与文化的互动。② 再如说"中和"思想,她则完全不了解"中和"思想涉及感应相通,根本与黑格尔的辩证不同。

第三,大量使用西方汉学家的二手资料。如讲元杂剧《赵氏孤儿》,用伊维德(Wilt Idema)的英译本,且只把伊维德的论说复述一次。巴特(Roland Barthes)批评文化庸俗化,即因中产阶级的"重复表述"。"重复表述"是福柯(Michel Foucault)所批评的知识建构问题,最终说的是缺乏思想深度的平庸常识。③

第四,论述逻辑怪异。其一,夏颂认为十八世纪的欧洲人会正面接受中国文化,因为元杂剧使国家认同意识具体化,并认为王国维的"悲剧观"承袭了元代以来的国家认同。④ 元杂剧真表现国家认同吗?当然没有。中国戏曲演绎外族入侵,剧中人面对外族的态度绝非现代意识的国家认同,而是"家天下"的民族意识,如在南戏《拜月亭》中,明末遗民心态更是如此。

其二,夏颂认为钱锺书以戏曲多爱情来反驳王国维的"悲剧观",这

---

① 参见 Bourdieu, Pierre, *Distinction: A Social Critique of the Judgement of Taste*, translated by Richard Nice, London: Routledge, 1984; *The Field of Cultural Production: Essays on Art and Literature*, edited and translated by Randal Johnson, Cambridge: Polity Press, 1993。

② 参见 Goldmann, Lucien, *The Hidden God*, translated by Philip Thody, London: Redwood Press, 1970。

③ 参见[法]罗兰巴特《神话学》,许蔷蔷、许绮玲译,台北:桂冠图书公司1997年版; Foucault, Michel, *The Order of Things: An Archaeology of the Human Sciences*, translated by Alan Sheridan, New York: Vintage Books, 1994。

④ 参见 Patricia, Sieber, *Theaters of Desires: Authors, Readers, and the Reproduction of Early Chinese Song-drama, 1300–2000*, New York: Palgrave Macmillan, 2003。

完全是误解。① 钱锺书说情，是中国文论的重要内容。细看《谈艺录》，四处言情，且他还说："诗者，艺之取资于文字者也。……文字有义，诗得之以俜色揣称者，为象为藻，以写心宣志者，为意为情。"② 难道王国维说悲剧、论《红楼梦》就否定戏曲中的爱情吗？不是这样的。

其三，夏颂认为情欲是文人通过游戏创造出来的认同感③，所以她质疑了中国文化中所有的权威观点，不认为这些观点有助于理解中国文化。"游戏说"，其实用了德里达（Jacque Derrida）的文学批评④，但她并未说明其观点来自德里达，且不像德里达那样深入地探讨意义生产的问题，而是直接取消意义并否定传统。这是后现代主义反历史、反论述的意识形态，取消中国文化的历史脉络，否定了中国文化的特殊性。后现代主义是另一种普遍主义，论述走向肤浅，激进的语言只是要耸人耳目以达到即时效果。詹明信（Fredric Jameson）批评后现代论述反映后现代文化的病征⑤，而这个病就是布迪厄批评的当代文化生产。

中国戏曲文化中确实有情欲问题，但最关键的问题是文人论淫如何解决或推展了情欲意识。有关中国的淫书写作，康正果有很细致的分析。他指出，中国文化一直在辨淫，辨的目的在于矫正乱人心、坏秩序的野蛮气息，辨淫体现的更是世俗教化观。并且，礼教并未直接压抑性欲，而是确保自然之欲的正当满足，避免无节制的淫乱。辨淫以儒家思想为指导，而从淫来看文化传统，那更是复杂的性别和权利分配问题。⑥

李惠绵的"搬演论"和夏颂的"情欲说"，一中一西，都不脱离普遍主义和特殊主义的二元对立模式，最终都走向了以特殊性合理化普遍性。

---

① 参见 Patricia, Sieber, *Theaters of Desires*: *Authors*, *Readers*, *and the Reproduction of Early Chinese Song-drama*, *1300 - 2000*, New York: Palgrave Macmillan, 2003。

② 钱锺书:《谈艺录·神韵》，生活·读书·新知三联书店 2007 年版，第 110 页。

③ 参见 Sieber, Patricia*Theaters of Desires*: *Authors*, *Readers*, *and the Reproduction of Early Chinese Song-drama*, *1300 - 2000*, New York: Palgrave Macmillan, 2003。

④ 参见 Derrida, Jacque, "Structure, Sign, and Play in the Discourse of the Human Sciences", in *Writing and Difference*, translated by Alan Bass, London: Routledge & Kegan Paul, 1981。

⑤ 参见 Fredric, Jameson, *Postmodernism*, *or*, *The Cultural Logic of Late Capitalism*, Durham: Duke University Press, 1991。

⑥ 参见康正果《重审风月鉴——性与中国古典文学》，台北：麦田出版社 1996 年版。

前者的论述展现了特殊主义中的自我贬抑，目的在于讲中国戏曲早有表演理论存在，不比西方戏剧落后。在后者的论述中，淫是特殊性，但实际要说的是各种文化都有这个普遍性，这是文化之间的同质性，经由特殊性的说明可以被证明出来。

中国的文学传统可以说是文化内部的普遍主义，所有可见的特殊性都被纳入了文学的普遍性中。若真要提特殊性，反与上述观点相反，即普遍性才能使特殊性合理化。这更体现了中西文化的根本差异。

因文学传统与雅的普遍性，戏曲文化一直处于"以雅化俗"的状态中，最终目的在于雅俗共赏。二元对立的模式说不清中国文化的内涵。以对立的模式批评教化为封建，是"吃人"的礼教，误解了文化传统。文化传统尤其体现在不断重复出现的复古主张，而文人说复古，实意在通变，这样做也就是在落实"人文化成"的理想。

戏曲研究必须是文化研究，因为戏曲是文化的载体，体现了文化价值观的所有层面。戏曲文化中的"寓教于乐"价值观是以"人文化成"为最终目的的，所以教化意识明显，更推展了雅俗共赏的共同目的。正是文人主动介入戏曲并进行引导，戏曲才成了有知识、有教养的文化活动，成为中国文化艺术精神之表征。

参考文献

一 古籍

（汉）何休：《春秋公羊传》，载中华书局编辑部编《汉魏古注十三经附四书章句集注》，中华书局1998年据中华书局1936年《四部备要》本缩印。

（汉）刘向撰，赵善诒疏证：《说苑》，华东师范大学出版社1985年版。

（汉）毛亨撰，（汉）郑玄笺，（唐）孔颖达疏：《毛诗正义》，载《十三经注疏》，北京大学出版社1999年版。

（汉）司马迁：《史记》，载《百衲本二十四史》，台湾商务印书馆1995年重印。

（汉）司马迁撰，（南朝宋）裴骃集解，（唐）司马贞索隐，（唐）张守节正义：《史记》，中华书局1963年版。

（汉）许慎撰，（清）段玉裁注：《说文解字注》，上海古籍出版社1981年版。

（汉）郑玄注，（唐）孔颖达疏，李学勤主编：《礼记正义》，北京大学出版社2000年版。

（汉）郑玄注：《礼记》，载中华书局编辑部编《汉魏古注十三经附四书章句集注》，中华书局1998年据中华书局1936年《四部备要》本缩印。

（汉）郑玄注：《孝经》，载中华书局编辑部编《汉魏古注十三经附四书章句集注》，中华书局1998年据中华书局1936年《四部备要》本缩印。

参考文献

（魏晋）何晏：《论语》，载中华书局编辑部编《汉魏古注十三经附四书章句集注》，中华书局1998年据中华书局1936年《四部备要》本缩印。

（魏晋）王弼注，（唐）孔颖达疏：《周易正义》，《十三经注疏》，北京大学出版社2000年版。

（魏晋）王弼注，（唐）陆德明释文：《老子道德经注》，世界书局1957年版。

（西晋）陈寿撰，（南朝宋）裴松之注，卢弼集解：《三国志集解》，中华书局1982年版。

（西晋）陆机：《文赋并序》，载（梁）萧统编，（唐）李善注《文选》，上海古籍出版社1986年版。

（东晋）葛洪：《抱朴子内篇》，载《中华道藏》华夏出版社2004年据《正统道藏》重印，第25册。

（南朝梁）刘勰著，（清）黄叔琳、（清）李详补注，杨明照校注拾遗：《增订文心雕龙校注》，中华书局2000年版。

（南朝梁）刘勰著，李曰刚编著：《文心雕龙斠诠》，"国立编译馆"1982年版。

（唐）波剌密帝译：《大佛顶如来密因修证了义诸菩萨万行首楞严经》，宝印佛经流通处1997年缩印《乾隆大藏经》本。

（唐）段安节：《乐府杂录》，载中国戏曲研究院编《中国古典戏曲论著集成》，中国戏剧出版社1959年版，第1册。

（唐）法海等集：《六祖大师法宝坛经》，宝印佛经流通处1997年缩印《乾隆大藏经》本。

（唐）惠能：《六祖坛经曹溪本》，平安书苑2009年版。

（唐）司空图（传）：《二十四诗品》，载（清）何文焕辑《历代诗话》，中华书局1981年版。

（唐）王昌龄（传）：《诗格》，载张伯伟辑《全唐五代诗格汇考》，凤凰出版社　凤凰出版传媒集团2002年版。

（唐）吴兢编：《贞观政要》，上海古籍出版社1978年版。

（后晋）刘昫等撰：《旧唐书》，中华书局1975年版。

（宋）蔡絛：《铁围山丛谈》，中华书局 1983 年版。

（宋）蔡元定著，（清）罗登选笺义：《律吕新书笺义》，上海古籍出版社 1995 年《续修四库全书》本影印音乐研究所藏清乾隆刻本。

（宋）陈师道：《后山诗话》，载（清）何文焕辑《历代诗话》，中华书局 1981 年版。

（宋）程颢、程颐：《二程集》，中华书局 1981 年版。

（宋）洪迈：《夷坚志》，何卓点校，中华书局 1981 年版。

（宋）九山书会：《张协状元》，钱南扬校注，载《永乐大典戏文三种校注》，台北：华正书局 2003 年版。

（宋）黎靖德编：《朱子语类》，王星贤点校，中华书局 1986 年版。

（宋）李昌龄撰，（宋）郑清之赞：《太上感应篇》，载《道藏》第 27 册，文物出版社、上海书店、天津古籍出版社 1988 年据上海涵芬楼影印北京白云观藏明正统《道藏》、万历《续道藏》本重校影印。

（宋）罗烨：《醉翁谈录》，古典文学出版社 1957 年版。

（宋）马令：《南唐书》，商务印书馆 1935 年据墨海金壶本排印。

（宋）孟元老：《东京梦华录》，载《东京梦华录（外四种）》，古典文学出版社 1956 年版。

（宋）欧阳修：《新五代史》，中华书局 1974 年版。

（宋）欧阳修：《欧阳修词笺注》，黄畲笺注，中华书局 1986 年版。

（宋）普济：《五灯会元》，苏渊雷点校，中华书局 1984 年版。

（宋）王灼：《碧鸡漫志》，载中国戏曲研究院编《中国古典戏曲论著集成》第 1 册，中国戏剧出版社 1959 年版。

（宋）吴自牧：《梦粱录》，载《东京梦华录（外四种）》，古典文学出版社 1956 年版。

（宋）西湖老人：《西湖老人繁胜录》，载《东京梦华录（外四种）》，古典文学出版社 1956 年版。

（宋）严羽：《沧浪诗话》，载（清）何文焕辑《历代诗话》，中华书局 1981 年版。

（宋）严羽：《沧浪诗话校释》，郭绍虞校，人民文学出版社 1961 年版。

（宋）叶梦德：《石林诗话》，载（清）何文焕辑《历代诗话》，中华书局

1981 年版。

（宋）张邦基：《墨庄漫录》，商务印书馆 1939 年版。

（宋）张载：《经学理窟》，《张载集》，中华书局 1978 年版。

（宋）真德秀：《西山先生真文忠公文集》，商务印书馆 1937 年版。

（宋）周敦颐著，（宋）朱熹注：《通书》，载（清）张伯行重订《周濂溪集》，商务印书馆 1936 年《丛书集成》本据正谊堂全书本排印。

（宋）周密：《武林旧事》，载《东京梦华录（外四种）》，古典文学出版社 1956 年版。

（宋）朱熹：《四书章句集注》，载《新编诸子集成》，中华书局 1983 年版。

（宋）朱熹：《仪礼经传通解》，《朱子全书》，上海古籍出版社、安徽教育出版社 2002 年版，第 27 册。

（宋）朱熹：《周易本义》，世界书局 1988 年《景印摛藻堂四库全书荟要》本。

（宋）朱熹，（宋）吕祖谦撰，（清）江永注：《近思录集注》，上海书店出版社 1987 年版。

（金）又玄子编：《太微仙君功过格》，载《道藏》，文物出版社、上海书店、天津古籍出版社 1988 年据上海涵芬楼影印北京白云观藏正统《道藏》、万历《续道藏》重校影印，第 3 册。

（元）《玉清庵送错鸳鸯被》，载（明）臧懋循辑《元曲选》甲集上，明万历四十三年刻本。

（元）陈坚编，（清）丁炳重刊：《太上感应篇图说》，载《藏外道书》第 12 册，巴蜀书社 1992 年版。

（元）高明著，（明）陈继儒评：《琵琶记附札记》，商务印书馆 1937 年版。

（元）高明：《元本琵琶记校注》，钱南扬校注，上海古籍出版社 1980 年版。

（元）高明：《琵琶记》，俞为民校注，台北：华正书局 1994 年版。

（元）古杭才人编：《宦门子弟错立身》，钱南扬校注，载《永乐大典戏文三种校注》，台北：华正书局 2003 年版。

（元）古杭书会编：《小孙屠》，钱南扬校注，载《永乐大典戏文三种校注》，华正书局2003年版。

（元）柯丹邱编：《荆钗记》，俞为民校注，载《宋元四大戏文读本》，江苏古籍出版社1988年版。

（元）刘唐卿：《降桑椹蔡顺奉母》，载《孤本元明杂剧》，中国戏剧出版社1958年版，第1册。

（元）罗贯中著，（明）毛宗岗批点：《毛批三国演义》，天津古籍出版社2011年版。

（元）施惠：《幽闺记》，载（明）毛晋编《六十种曲》，中华书局1958年据开明书店原版重印，第3册。

（元）施惠编：《拜月亭》，俞为民校注，载《宋元四大戏文读本》，江苏古籍出版社1988年版。

（元）陶宗仪：《南村辍耕录》，中华书局1958年版。

（元）脱脱等撰：《宋史》，中华书局1977年版。

（元）王实甫：《西厢记》，金枫出版社1988年版。

（元）王实甫著，王季思校注：《西厢记》，上海古籍出版社1978年版。

（元）夏庭芝：《青楼集》，载中国戏曲研究院编《中国古典戏曲论著集成》，中国戏剧出版社1959年版，第2册。

（元）徐畛编（传）：《杀狗记》，俞为民校注，载《宋元四大戏文读本》，江苏古籍出版社1988年版。

（元）燕南芝庵：《唱论》，载中国戏曲研究院编《中国古典戏曲论著集成》，中国戏剧出版社1959年版，第1册。

（元）永嘉书会编：《白兔记》，俞为民校注，载《宋元四大戏文读本》，江苏古籍出版社1988年版。

（元）钟嗣成等著：《录鬼簿（外四种）》，古典文学出版社1957年版。

（元）周德清：《中原音韵》，载中国戏曲研究院编《中国古典戏曲论著集成》，中国戏剧出版社1959年版，第1册。

（明）《绘图三教源流搜神大全》，叶德辉先生宣统元年（1909）据缪小珊先生藏明刻绘图本《三教源流搜神大全》7卷本校刊影印。

（明）《金花女传奇》，载古本戏曲丛刊编辑委员会辑《古本戏曲丛刊》

第 3 集，文学古籍刊行社 1957 年据郑振铎藏钞本影印。

（明）《新编刘知远还乡白兔记》，载《明成化说唱词话丛刊十六种附白兔记传奇一种》，上海博物馆 1979 年影印明成化永顺堂刊本，第 12 册。

（明）《新编全像南北插科忠孝正字刘希必金钗记》，载《明本潮州戏文五种》，广东人民出版社 1985 年影印 1975 年潮安县明代墓葬出土宣德写本。

（明）何良俊：《曲论》，载中国戏曲研究院编《中国古典戏曲论著集成》，中国戏剧出版社 1959 年版，第 4 册。

（明）洪楩辑：《清平山堂话本》，裴佳点注，载《中国古代通俗短篇小说集成》，华夏出版社 2012 年版。

（明）胡应麟：《诗薮》，中华书局 1958 年版。

（明）胡应麟：《庄岳委谈》，《少室山房笔丛》，中华书局 1958 年版。

（明）解缙编，（明）秦鸣雷、（明）王大任等抄校：《永乐大典》卷 13991，台北"国家图书馆"藏明嘉靖写本，缩微胶片影印本。

（明）康海：《中山狼》，载（明）沈泰编《盛明杂剧初集》，1918—1925 武进董氏诵芬室据明刻本复刻。

（明）李开先：《李中麓闲居集》，上海古籍出版社 1995 年《续修四库全书》本影印明刻本。

（明）李贽：《李氏焚书·续焚书（附年谱）》，中文出版社 1971 年版。

（明）凌濛初：《谭曲杂劄》，载中国戏曲研究院编《中国古典戏曲论著集成》，中国戏剧出版社 1959 年版，第 4 册。

（明）吕天成：《曲品》，载中国戏曲研究院编《中国古典戏曲论著集成》，中国戏剧出版社 1959 年版，第 6 册。

（明）潘之恒著，汪效倚辑注：《潘之恒曲话》，中国戏剧出版社 1988 年版。

（明）祁彪佳：《远山堂剧品》，载中国戏曲研究院编《中国古典戏曲论著集成》，中国戏剧出版社 1959 年版，第 6 册。

（明）祁彪佳：《远山堂曲品》，载中国戏曲研究院编《中国古典戏曲论著集成》，中国戏剧出版社 1959 年版，第 6 册。

（明）邵璨：《香囊记》，载（明）毛晋编《六十种曲》，中华书局1958年据开明书店原版重印，第1册。

（明）沈德符：《顾曲杂言》，载中国戏曲研究院编《中国古典戏曲论著集成》，中国戏剧出版社1959年版，第4册。

（明）沈璟编：《增定南九宫曲谱》，载王秋桂主编《善本戏曲丛刊》第3辑，台北：台湾学生书局1984年版。

（明）汤显祖：《牡丹亭》，徐朔方、杨笑梅校注，人民文学出版社1982年版。

（明）汤显祖：《汤显祖诗文集》，徐朔方笺校，上海古籍出版社1982年版。

（明）田汝成：《西湖游览志余》，上海古籍出版社1980年版。

（明）王骥德：《曲律》，载中国戏曲研究院编《中国古典戏曲论著集成》，中国戏剧出版社1959年版，第4册。

（明）王世贞：《曲藻》，载中国戏曲研究院编《中国古典戏曲论著集成》，中国戏剧出版社1959年版，第4册。

（明）王守仁：《传习录》，载《王阳明全集》，上海古籍出版社1992年版。

（明）谢肇淛：《文海披沙》，大达图书供应社1935年版。

（明）谢榛：《四溟诗话》，载丁福保辑《历代诗话续编》，中华书局1983年版。

（明）徐复祚：《曲论》，载中国戏曲研究院编《中国古典戏曲论著集成》，中国戏剧出版社1959年版，第4册。

（明）徐渭：《南词叙录》，载中国戏曲研究院编《中国古典戏曲论著集成》，中国戏剧出版社1959年版，第3册。

（明）徐渭：《徐渭集》，中华书局1999年重印本。

（明）徐渭：《南词叙录注释》，李复波、熊澄宇注释，中国戏剧出版社1989年版。

（明）姚孝广等编：《永乐大典目录》，中华书局1986年版。

（明）张岱：《夜航船》，上海古籍出版社2002年《续修四库全书》据观术斋钞本影印。

（明）张岱：《陶庵梦忆·西湖梦寻》，马兴荣点校，上海古籍出版社1982年《明清笔记丛书》本。

（明）张琦：《衡曲尘谭》，载中国戏曲研究院编《中国古典戏曲论著集成》，中国戏剧出版社1959年版，第4册。

（明）朱国祯：《涌幢小品》，中华书局1959年版。

（明）朱权：《太和正音谱》，载中国戏曲研究院编《中国古典戏曲论著集成》，中国戏剧出版社1959年版，第3册。

（明）朱友炖：《神仙会》，载《孤本元明杂剧》，中国戏剧出版社1958年据1939年商务印书馆本重印，第11册。

（清）郭庆藩：《庄子集释》，王孝鱼点校，《新编诸子集成》，中华书局1961年版。

（清）黄旛绰：《梨园原》，载中国戏曲研究院编《中国古典戏曲论著集成》，中国戏剧出版社1959年版，第9册。

（清）黄宗羲：《明儒学案》，中华书局1986年版。

（清）黄宗羲：《宋元学案》，载沈善洪编《黄宗羲全集》，浙江古籍出版社1992年版。

（清）惠栋：《词馆分写本太上感应篇引经笺注》，载《藏外道书》第12册，巴蜀书社1992年版。

（清）惠栋笺注，瞿中溶、钱绎校字，［日］吉川幸次郎跋：《太上感应篇笺注》，中文出版社1983年版。

（清）蒋士铨：《忠雅堂集校笺》，邵海清校，李梦生笺，上海古籍出版社1993年版。

（清）焦循：《花部农谭》，载中国戏曲研究院编《中国古典戏曲论著集成》，中国戏剧出版社1959年版，第8册。

（清）焦循：《剧说》，载中国戏曲研究院编《中国古典戏曲论著集成》，中国戏剧出版社1959年版，第8册。

（清）笠阁渔翁：《笠阁批评旧戏目》，载《中国古典戏曲论著集成》，中国戏剧出版社1959年版，第7册。

（清）李调元：《雨村曲话》，载中国戏曲研究院编《中国古典戏曲论著集成》，中国戏剧出版社1959年版，第8册。

（清）李渔：《怜香伴》，载《李渔全集》卷4《笠翁传奇十种》，浙江古籍出版社1991年版。

（清）李渔：《闲情偶寄》，载中国戏曲研究院编《中国古典戏曲论著集成》，中国戏剧出版社1959年版，第7册。

（清）梁绍壬：《两般秋雨盦随笔》，上海古籍出版社1982年版。

（清）梁廷枏：《曲话》，载中国戏曲研究院编《中国古典戏曲论著集成》，中国戏剧出版社1959年版，第8册。

（清）刘熙载：《艺概》，上海古籍出版社1978年版。

（清）吕士雄等辑：《新编南词定律》，上海古籍出版社2002年《续修四库全书》本据清康熙刻本影印。

（清）王夫之：《姜斋诗话》，载（清）丁福保辑《清诗话》，上海古籍出版社1978年据中华书局1963年版修订本。

（清）王先谦：《荀子集解》，沈啸寰及汪星贤点校，《新编诸子集成》，中华书局1988年版。

（清）王奕清等编：《曲谱》（康熙五十四年《钦定曲谱》），商务印书馆1937年版。

（清）徐大椿：《乐府传声》，载中国戏曲研究院编《中国古典戏曲论著集成》，中国戏剧出版社1959年版，第7册。

（清）徐元诰撰：《国语集解》，王树民、沈长云点校，中华书局2002年版。

（清）杨恩寿：《词余丛话》，载中国戏曲研究院编《中国古典戏曲论著集成》，中国戏剧出版社1959年版，第9册。

（清）姚燮：《今乐考证》，载中国戏曲研究院编《中国古典戏曲论著集成》，中国戏剧出版社1959年版，第10册。

（清）印光法师：《太上感应篇直讲》，载《藏外道书》，巴蜀书社1992年版，第12册。

（清）俞樾：《太上感应篇缵义》，载《藏外道书》，巴蜀书社1992年版，第12册。

（清）查昇、陈廷敬合刊：《太上感应篇集注》，载《藏外道书》，巴蜀书社1992年版，第12册。

（清）张伯行编纂：《养正类编》，商务印书馆 1936 年《丛书集成》初编据正谊堂全书本排印。

（清）张大复辑：《寒山堂新定九宫十三摄南曲谱》，上海古籍出版社 2002 年《续修四库全书》本影印中国艺术研究院音乐研究所藏抄本。

（清）张廷玉等撰：《明史》，中华书局 1974 年版。

（清）赵翼：《瓯北诗话》，人民文学出版社 1963 年版。

（清）朱珪校，蒋予蒲重订：《文昌帝君阴骘文注》，载《藏外道书》，巴蜀书社 1992 年版，第 12 册。

（清）朱彝尊：《静志居诗话》，上海古籍出版社 2002 年，《续修四库全书》影印本清嘉庆二十三年（1818）扶荔山房刻本。

隋树森编：《全元散曲》，中华书局 1964 年版。

二　专著

蔡毅编：《中国古典戏曲序跋汇编》，齐鲁书社 1989 年版。

蔡英俊主编：《抒情的境界》，台北：联经出版事业股份有限公司 1982 年版。

陈抱成：《中国的戏曲文化》，中国戏剧出版社 1995 年版。

陈芾、吴毓华编：《古典戏曲美学资料集》，文化艺术出版社 1992 年版。

陈建森：《戏曲与娱乐》，上海人民出版社 2003 年版。

陈平原主编：《现代学术史上的俗文学》，武汉教育出版社 2004 年版。

陈世骧：《陈世骧文存》，辽宁教育出版社 1998 年版。

陈寅恪：《金明馆丛稿初编》，生活·读书·新知三联书店 2001 年版。

陈寅恪：《金明馆丛稿二编》，生活·读书·新知三联书店 2001 年版。

方东美：《中国哲学之精神及其发展》，匡钊译，中州古籍出版社 2009 年版。

方东美著，李溪编：《生生之美》，北京大学出版社 2009 年版。

冯沅君：《古剧说汇》，作家出版社 1956 年版。

傅谨：《中国戏剧艺术论》，山西教育出版社 2003 年版。

傅乐成：《汉唐史论集》，台北：联经出版事业股份有限公司 1977 年版。

傅惜华：《曲艺论丛》，上杂出版社 1953 年版。

高行健、方梓勋：《论戏剧》，台北：联经出版事业股份有限公司 2010 年版。

高友工：《中国美典与文学研究论集》，台北：台湾大学出版中心 2004 年版。

龚鹏程：《道教新论》，北京大学出版社 2009 年版。

龚鹏程：《佛学新解》，北京大学出版社 2009 年版。

龚鹏程：《诗史、本色与妙悟》，台北：学生书局 1986 年版。

龚鹏程：《思想与文化》，台北：业强出版社 1986 年版。

龚鹏程：《文化、文学与美学》，台北：时报文化出版社 1988 年版。

龚鹏程：《文化符号学导论》，北京大学出版社 2005 年版。

龚鹏程：《侠的精神文化史论》，山东画报出版社 2008 年版。

龚鹏程：《中国诗歌史论》，北京大学出版社 2008 年版。

龚鹏程：《中国文人阶层史论》，兰州大学出版社 2003 年版。

龚鹏程：《中国文学批评史论》，北京大学出版社 2008 年版。

龚鹏程：《中国文学史》，世界图书出版公司 2011 年版。

古今小品书籍印行会编：《永乐大典戏文三种》，长安出版社 1978 年重印。

郭英德：《明清文人传奇研究》，北京师范大学出版社 1992 年版。

胡忌：《宋金杂剧考》，中华书局 2008 年版。

胡忌、刘致中：《昆剧发展史》，中国戏剧出版社 1989 年版。

胡适：《白话文学史》，上海古籍出版社 1999 年版。

胡仕莹：《话本小说概论》，中华书局 1980 年版。

华玮主编：《汤显祖与牡丹亭》，台北："中央研究院中国文哲研究所" 2005 年版。

黄俊杰编：《史学方法论丛》，台北：学生书局 1977 年版。

黄天骥：《情解西厢：〈西厢记〉创作论》，南方日报出版社 2011 年版。

金宁芬：《南戏研究变迁》，天津教育出版社 1992 年版。

金耀基：《从传统到现代》，台北：时报文化出版社 1978 年版。

净空法师：《感应篇汇编》，华藏净宗学会 2012 年版。

康正果：《重审风月鉴——性与中国古典文学》，台北：麦田出版社 1996

年版。

昆曲曲牌及套数范例集（南套）编写组：《昆曲曲牌及套数范例集（南套）》，上海文艺出版社1994年版。

李惠绵：《元明清戏曲搬演论研究：以曲牌体戏曲为范畴》，台北：文史哲出版社1998年版。

李简：《元明戏曲》，北京大学出版社2003年版。

李舜华：《礼乐与明前中期演剧》，上海古籍出版社2006年版。

李修生主编：《古本戏曲剧目提要》，文化艺术出版社1997年版。

李逸安译注：《三字经·百家姓·千字文·子弟规》，中华书局2009年版。

李泽厚：《美的历程》，生活·读书·新知三联书店2010年版。

李宗为校注：《千家诗·神童诗·续神童诗》，上海古籍出版社1993年版。

梁漱溟：《中国文化要义》，台北：里仁书局1982年版。

廖奔：《中国戏剧图史》，人民文学出版社2012年版。

林传甲：《中国文学史》，上海科学书局1910年版。

林庚：《中国文学史》，厦门大学出版社1947年版。

林鹤宜：《规律与变异：明清戏曲学辨疑》，台北：里仁书局2003年版。

刘方：《宋型文化与宋代美学精神》，巴蜀书社2004年版。

陆萼庭：《昆曲演出史稿》，赵景深校，上海文艺出版社1980年版。

鲁迅：《狂人日记》，人民文学出版社2002年版。

罗锦堂：《锦堂论曲》，台北：联经出版事业股份有限公司1977年版。

吕文丽：《诸宫调与中国戏曲形成》，中国戏剧出版社2011年版。

马小朝：《历史与人伦的痛苦纠缠：比较研究中西悲剧精神的审美意蕴》，中国社会科学出版社2008年版。

梅兰芳口述、许姬传编写：《舞台生活四十年》，中国戏剧出版社1987年版。

齐如山：《戏班》，北平国剧学会1935年版。

齐如山：《中国剧之变迁》，北平国剧学会1935年版。

戚世隽：《明代杂剧研究》，广东高等教育出版社2001年版。

钱穆:《中国历史精神》台北:东大出版社1981年版。

钱穆:《中国思想史》,台北:台湾学生书局1980年版。

钱南扬:《宋元南戏百一录》,哈佛燕京学社1934年版。

钱南扬:《宋元戏文辑佚》,上海古典文学出版社1956年版。

钱南扬:《戏文概论》,台北:木铎出版社1982年版。

钱锺书:《谈艺录》,生活·读书·新知三联书店2007年版。

瞿同祖:《中国封建社会》,上海人民出版社2005年版。

任半塘:《唐戏弄》,上海古籍出版社1984年版。

任二北编:《优语集》,上海文艺出版社1981年版。

容肇祖编:《李贽年谱》,生活·读书·新知三联书店1957年版。

司徒秀英:《明代教化剧群观》,上海古籍出版社2009年版。

孙崇涛:《南戏论丛》,中华书局2011年版。

孙楷第:《也是园古今杂剧考》,上杂出版社1953年版。

谭帆、陆炜:《中国古典戏剧理论史》,华东师范大学出版社2005年版。

唐文标:《中国古代戏曲史初稿》,台北:联经出版事业股份有限公司1984年版。

汤用彤:《汉魏两晋南北朝佛教史》(增订本),北京大学出版社2011年版。

王瑷玲:《晚明清初戏曲之审美构思与其艺术呈现》,台北:"中央研究院中国文哲研究所"2005年版。

王安祈:《明代传奇之剧场及其艺术》,台北:台湾学生书局1986年版。

王德威:《抒情传统与中国的现代性——在北大的八堂客》,生活·读书·新知三联书店2010年版。

王国维:《宋元戏曲考》,台北:艺文印书馆1974年重印本。

王国维:《宋元戏曲考》,《王国维遗书》,上海古籍书店1983年版,第15册。

王国维:《优语录》,上海古籍书店1983年版,第16册。

王利器辑:《元明清三代禁毁小说戏曲史料》,上海古籍出版社1981年版。

王梦鸥:《文艺美学》,台北:里仁书局2010年版。

王梦鸥:《中国文学理论与实践》,台北:里仁书局 2009 年版。

王守泰编:《昆曲曲牌及套书范例集》,学林出版社 1997 年版。

闻一多:《闻一多全集》,湖北人民出版社 1993 年版。

吴梅:《中国戏曲概论》,陈乃乾校,台北:学海出版社 1979 年版。

吴霓:《中国古代私学发展诸问题研究》,中国社会科学出版社 1996 年版。

吴晟:《瓦舍文化与宋元戏剧》,中国社会科学出版社 2001 年版。

吴虞:《吴虞文录》,上海书店 1990 年《民国丛书》第二编。

夏写时:《中国戏剧批评的产生和发展》,中国戏剧出版社 1982 年版。

夏应元选编:《中国史通论》,社会科学文献出版社 2004 年版。

谢柏梁:《中国分类戏曲学史纲》,台北:台湾商务印书馆 1994 年版。

许倬云:《西周史》,生活·读书·新知三联书店 1993 年版。

姚旭峰:《士文化的一个样本:明清江南园林演剧初探》,上海书店出版社 2011 年版。

叶德均:《戏曲小说丛考》,台北:文史哲出版社 1989 年版。

叶长海:《中国戏剧学史稿》,中国戏剧出版社 2005 年版。

殷海光:《中国文化的展望》,台北:桂冠图书股份有限公司 1988 年版。

于天池、李书:《宋金说唱伎艺》,陕西人民教育出版社 2008 年版。

余国藩著:《余国藩〈西游记〉论集》,李奭学译,台北:联经出版事业股份有限公司 1989 年版。

余英时:《士与中国文化》,上海人民出版社 2003 年版。

余英时:《文化评论与中国情怀》,台北:允晨出版社 1988 年版。

余英时:《知识人与中国文化的价值》,台北:时报文化出版社 2007 年版。

余英时:《中国文化与现代变迁》,台北:三民书局 1992 年版。

俞为民、刘水云:《宋元南戏史》,凤凰出版社 凤凰出版传媒集团 2009 年版。

俞为民:《宋元南戏考》,台北:台湾商务印书馆 1994 年版。

俞为民:《宋元南戏考论续编》,中华书局 2004 年版。

曾永义:《明杂剧研究》,台北:学海出版社 1979 年版。

曾永义:《说戏曲》,台北:联经出版事业股份有限公司 1976 年版。

曾永义：《中国古典戏剧论集》，台北：联经出版事业股份有限公司1975年版。

曾永义编注：《中国古典戏剧选注》，台北：国家出版社1988年版。

曾祖荫：《中国古代文艺美学范畴》，台北：文津出版社1987年版。

张庚、郭汉城：《中国戏曲通史》，台北：丹青出版社1987年版。

张敬：《清徽学术论文集》，台北：华正书局1993年版。

张燕瑾：《中国戏剧史》，台北：文津出版社1993年版。

赵山林：《中国戏曲观众学》，华东师范大学出版社1990年版。

郑传寅：《中国戏曲文化概论》，台北：志一出版社1995年版。

郑振铎：《中国古典文学文论》，《郑振铎全集》卷6，台北：花山文艺出版社1998年版。

郑振铎：《中国俗文学史》，《郑振铎全集》卷7，台北：花山文艺出版社1998年版。

周贻白：《戏曲演唱论著辑释》，中国戏剧出版社1980年版。

周贻白：《中国戏剧史长编》，人民文学出版社1960年版。

朱光潜：《文艺心理学》，复旦大学出版社2009年版。

宗白华：《美学的散步》，台北：洪范书局1981年版。

左东岭：《李贽与晚明文学思想》，天津人民出版社1997年版。

三　论文

《新青年·易卜生号》第4卷第6号，1918年6月15日。

陈独秀：《文学革命论》，《新青年》第2卷第6号，编入胡适《文学改良刍议》附录，载胡适著、欧阳哲生编《胡适文集》第2册，北京大学出版社1998年版。

陈国球：《"文学批评"与"文学科学"——夏志清与普实克的"文学史"辩论》，《北京大学学报》（哲学社会科学版）2011年第1期。

陈国球：《陈世骧论中国文学——通往"抒情传统论"之路》，《汉学研究》2011年第2期。

陈国球：《从律诗美典到中国文化史的抒情传统——高友工"抒情美典论"初探》，《政大中文学报》2008年第10期。

陈万鼐：《元代"书会"研究》，《国家图书馆馆刊》2007年第1期。

陈来：《蒙学与世俗儒家伦理》，载袁行霈主编《国学研究》第3卷，北京大学出版社1995年版。

陈泳超：《作为学术史对象的"民间文学"》，《民族文学研究》2004年第1期。

丁淑梅：《明代禁戏与戏曲的文本流移和传播禁忌》，《中国戏曲学院学报》2012年第2期。

段玉明：《〈太上感应篇〉：宗教文本与社会互动的典范》，《云南社会科学》2004年第2期。

樊彩萍：《略谈宋代蒙学的教材与教法》，《台州师专学报》1999年第2期。

龚鹏程：《不存在的传统：论陈世骧的抒情传统》，《政大中文学报》2008年第10期。

龚鹏程：《成体系的戏论：论高友工的抒情传统》，《清华中文学报》2009年第3期。

郭丽萍：《〈连筠簃丛书〉刊印始末》，《晋阳学刊》2012年第2期。

胡明伟：《〈张协状元〉的产生年代及其戏剧观念》，《南都学坛》2005年第5期。

胡衍南：《中国古代白话短篇小说研究》，《淡江人文社会学刊》2003年第17期。

黄义枢：《清代戏曲考证三题》，《兰台世界》2012年第15期。

金滢坤：《唐五代科举制度对童蒙教育的影响》，《浙江师范大学学报》（社会科学版）2012年第1期。

康保成、黄仕忠、董上德：《戏曲研究：徜徉于文学与艺术之间——关于古代戏曲文学研究百年回顾与前景展望的谈话》，《文学遗产》1999年第1期。

康义勇：《永乐大典戏文三种中的戏剧史料》，《中国国学》1988年第16期。

李惠绵：《〈梨园原〉表演理论之研究》，《台湾大学中文学报》1995年第7期。

李永平：《神授天书与代圣立言：宝卷来源的人类学解读——以〈香山宝卷〉为中心的考察》，《民俗研究》2012 年第 6 期。

林宏安：《寓教于乐：汉代儒家乐教观念与汉代的俗乐》，《复兴岗学报》2006 年第 87 期。

刘怀堂：《〈永乐大典〉之〈张协状元〉应是元初作品》，《戏剧》2008 年第 4 期。

刘叙武、刘赟：《从南戏〈赵贞女蔡二郎〉到传奇〈琵琶记〉》，《温州大学学报》（社会科学版）2008 年第 4 期。

柳立言：《何谓"唐宋变革"》，《中华文史论丛》2006 年第 1 期。

楼宇烈：《论中国传统文化的人文精神》，载袁行霈主编《国学研究》第 3 卷，北京大学出版社 1995 年。

陆凌霄、梁慧杰：《从宋话本〈陈巡检梅岭失妻〉到〈西游记〉——〈西游记〉故事发展的又一重要线索》，《广西民族学院学报》（社会科学版）"人文科学专辑"，2005 年第 6 期。

罗旭舟：《〈永乐大典目录〉所列杂剧初探》，《文学遗产》2011 年第 3 期。

史广超：《〈永乐大典目录〉研究》，《大学图书情报学刊》2008 年第 3 期。

钱玄同：《寄陈独秀》，《新青年》第 3 卷第 1 号，编入胡适《文学改良刍议》附录，载胡适著、欧阳哲生编《胡适文集》第 2 册，北京大学出版社 1998 年版。

孙崇涛：《明代戏文的曲调体制——成化本〈白兔记〉艺术形态探索之一》，《音乐研究》1984 年第 3 期。

孙书磊：《南图旧藏精钞本〈歌代啸〉作者考辨》，《中国戏曲学院学报》2010 年第 3 期。

汪巨荣：《〈永乐大典戏文三种〉嘉靖抄本初读记》，《戏曲研究》2012 年第 2 期。

汪圣铎：《汪洙及〈神童诗〉考辨》，《中国典籍与文化》2003 年第 2 期。

汪天成：《〈永乐大典戏文三种〉的再发现与〈张协状元〉的流传》，《戏曲艺术》2010 年第 1 期。

王德威：《"有情"的历史——抒情传统与中国文学现代性》，《中国文哲研究集刊》2008 年第 33 期。

王燕飞：《二十世纪〈牡丹亭〉研究综述》，《戏剧艺术》2005 年第 4 期。

吴国钦：《论明本潮州戏文〈刘希必金钗记〉》，《中山大学学报》（社会科学版）1997 年第 5 期。

吴霓：《从古代私学的发展看中国文化重心南移现象》，《北京大学教育评论》2005 年第 3 期。

吴霓：《试述中国古代私学类型的历史演变》，《江西教育科研》1995 年第 6 期。

肖鹰：《性灵说的精神轨迹：从李贽到袁宏道》，《中国人民大学学报》2013 年第 5 期。

徐梓：《传统蒙学与传统文化》，《寻根》2007 年第 2 期。

颜昆阳：《从反思中国文学"抒情传统"之建构以论"诗美典"的多面向变迁与丛聚状结构》，《东华汉学》2009 年第 9 期。

颜昆阳：《混融、交涉、衍变到别用、分流、布体——"抒情文学史"的反思与"完境文学史"的构想》，《清华中文学报》2009 年第 3 期。

俞为民：《明代南京书坊刊刻戏曲考述》，《艺术百家》1997 年第 4 期。

曾永义：《论说戏曲雅俗之推移（上）——从明嘉靖至清乾隆》，《戏剧艺术》2008 年第 2 期。

曾永义：《论说戏曲雅俗之推移（下）——从清乾隆末至清末》，《戏剧艺术》2009 年第 3 期。

曾永义：《我对戏曲史之研究与撰著之看法》，《台湾戏专学刊》2000 年第 1 期。

曾永义：《永乐大典戏文三种述评》，《台湾戏专学刊》2006 年第 12 期。

赵景深：《明成化本南戏〈白兔记〉的新发现》，《文物》1973 年第 1 期。

郑志良：《关于〈南词叙录〉的版本问题》，《戏曲研究》2010 年第 1 期。

朱桓夫：《戏文〈宦门子弟错立身〉产生于元代》，《文学遗产》1986 年第 4 期。

朱丽霞：《明清同性恋文化的诠释与思考——以明清之际男同性恋为例》，《江淮论坛》2009 年第 4 期。

四 译作

［法］罗兰巴特：《神话学》，许蔷薇、许绮玲译，台北：桂冠图书公司1997年版。

［美］韩南：《中国白话小说史》，尹慧珉译，浙江古籍出版社1989年版。

［美］韩朋士：《道与庶道：宋代以来的道教、民间信仰和神灵模式》，皮庆生译，江苏人民出版社2007年版。

［美］史景迁：《中国纵横：一个汉学家的学术探索之旅》，夏俊霞等译，上海远东出版社2005年版。

［日］沟口雄三：《作为方法的中国》，林右崇译，台北：国立编译馆1999年版。

［日］铃木大拙：《禅学随笔》，孟祥森译，台北：志文出版社1972年版。

［日］青木正儿：《元人杂剧序说》，隋树森译，长安出版社1981年版。

［日］青木正儿：《中国近世戏曲史》，王吉庐译，台北：台湾商务印书馆1965年版。

［日］中里见敬：《反思〈宝文堂数目〉所录的话本小说与清平山堂〈六十家小说之关系〉》，《复旦学报》（社会科学版）2005年第6期。

［意大利］艾柯：《误读》，吴燕莛译，新星出版社2009年版。

五 外文专著

Allen, Graham, *Intertextuality*, London: Routledge, 2000.

Atkins, Robert, *Art Spoke: a guide to modern ideas, movements, and buzzwords*, New York: Abbeville Press, 1993.

Bakhtin, Mikhail, *Rabelais and His World*, translated by Hélène Iswolsky, Bloomington: Indiana University Press, 1984.

Bakhtin, Mikhail, *The Dialogic Imagination: Four Essays*, translated by Caryl Emerson and Michael Holquist, edited by Michael Holquist. Austin: University of Texas Press, 1981.

Benjamin, Walter, *Illuminations: Essays and Reflections*. Ed. by Hannah

Arendt, translated by Harry Zohn. New York: Schocken Books, 1969.

Bourdieu, Pierre, *Distinction: A Social Critique of the Judgement of Taste*, translatd by Richard Nice, London: Routledge, 1984.

Bourdieu, Pierre, *Outline of a Theory of Practice*, translated by Richard Nice, Cambridge: Cambridge University Press, 1977.

Bourdieu, Pierre, *The Field of Cultural Production: Essays on Art and Literature*, translated by Randal Johnson, Cambridge: Polity Press, 1993.

Brokaw, Cynthia J, *The Ledgers of Merit and Demerit: Social Change and Moral Order in Late Imperial China*. Princeton: Princeton University Press, 1991.

Croce, Benedetto, *Aesthetic as Science of Expression and General Linguistic*, translated by Douglas Ainslie, London: Macmillan, 1922.

Derrida, Jacque. *Writing and Difference*. translatd by Alan Bass, London: Routledge & Kegan Paul, 1981.

Dudbridge, Glen., *The Legend of Miaoshan*. Oxford: Oxford University Press, 2004.

Egan, Ronald, *The Problem of Beauty: Aesthetic Thoughts and Pursuits in Northern Song Dynasty China*, Cambridge, MA: Harvard University Press, 2006.

Fei, FayeChunfang, eds, *Chinese Theories of Theater and Performance: from Confucius to the Present*, Ann Arbor: The University of Michigan Press, 2002.

Foucault, Michel, *The Order of Things: An Archaeology of the Human Sciences*, translated by Alan Sheridan, New York: Vintage Books, 1994.

Fredric, Jameson, *Postmodernism, or, The Cultural Logic of Late Capitalism*. Durham: Duke University Press, 1991.

Geertz, Clifford, *The Interpretation of Culture*, New York: Basic Books, 1973.

Goldmann, Lucien, *The Hidden God*, translated by Philip Thody. London: Redwood Press, 1970.

Gramsci, Antonio, *Selections from the Prison Notebooks*. eds., and translated by Quintin Hoare and Geoffrey Nowell Smith. New York: International Publishers, 1971.

Gurr, Andrew, *Playgoing in Shakespeare's London.* Cambridge: Cambridge University Press, 1987.

Hsia, C. T. *C. T. Hsia on Chinese Literature*, New York: Columbia University Press, 2004.

Kraidy, Marwan M. , *Hybridity, or the Cultural Logic of Globalization*, Philadelphia: Temple University Press, 2005.

Mackerras, Colin, eds. , *Chinese Theatre: From Its Origins to the Present Day*, Honolulu: University of Hawaii Press, 1983.

Mair, Victor H. and Mark Bender, eds. , *The Columbia Anthology of Chinese Folk and Popular Literature*, New York: Columbia University Press, 2011.

Pavis, Patrice, *Analyzing Performance: theatre, dance and film*, tranlated by David Williams. Ann Arbor: The University of Michigan Press, 2003.

Schipper, Kristofer, *The Taoist Body*, translated by Karen C. Duval. Berkeley: University of California Press, 1993.

Schmidt-Glintzer, Helwig, Achim Mittag and Jörn Rüsen, eds. , *Historical Truth, Historical Criticism and Ideology*, Leiden: Brill, 2005.

Shapiro, Michael, *Gender in Play on the Shakespearean Stage: Boy Heroines and Female Pages*, Ann Arbor: The University of Michigan Press, 1996.

Shen, Grant Guangren, *Elite Theatre in Ming China 1368 – 1644*, London: Routledge, 2005.

Shevtsova, Maria, *Sociology of Theatre and Performance*, Verona, Italy: QuiEdit, 2009.

Sieber, Patricia, *Theaters of Desires: Authors, Readers, and the Reproduction of Early Chinese Song-drama, 1300 – 2000*, New York: Palgrave Macmillan, 2003.

Spence, Jonathan D. , *Return to Dragon Mountain: Memories of a Late Ming Man*, New York: Viking Penguin, 2007.

Tan, Tianyuan, *Songs of Contentment and Transgression: Discharged Officials and Literati Communities in Sixteenth-Century North China.* Cambridge, MA:

Harvard University ASIA Center, 2010.

Weber, Max, *The Protestant Ethic and the Spirit of Capitalism*, translated by Talcott Parsons, New York: Dover, 2003 (original by Scribner 1958).

Young, Robert, *Colonial Desire: Hybridity in Theory, Culture and Race*, London: Routledge, 1995.

六 外文论文

Kurin, Richard, "Safeguarding Intangible Cultural Heritage in the 2003 UNESCO Convention: a critical appraisal", *Museum International*, Vol. 56, No. 1-2, 2004.

Said, Edward W, "Orientalism Reconsidered", *Cultural Critique*, No. 1, 1985.

Vince, Ronald W, "Theatre History as an Academic Discipline", In *Interpreting the Theatrical Past: Essays in the Historiography of Performance*, eds., by Thomas Postlewait and Bruce McConachie. Iowa City: University of Iowa Press, 1989.

West, Stephen H., "Shifting Spaces: Local Dialect in *a Playboy from a Noble House Opts for the Wrong Career*",《戏剧研究》创刊号, 2008 年 1 月。

Wilt, Idema, "Emulation through Readaptation in Yüan and Early Ming *Tas-chü*", *Asia Major*, Vol. 3, No. 1, 1990.

后　　记

　　喜欢戏而去研究戏，再因戏去深究文化传统，这本专著就是这样产生的。

　　身为中国人，对自身的文化传统绝非全然无知，但真投入研究便发现已知不足，顶多是所谓的常识罢了。即便是自小熟悉的戏曲，也不是真懂，不过是因家父生前好戏，耳濡目染下比别人多知道些而已。然而，既因多知道些，又对人充满好奇，所以想知道人为什么去看戏。又为什么总是一个样子的中国戏曲有吸引力，它到底给了我们什么？又常言"寓教于乐"，但为什么娱乐必须教化，教的又是什么？有什么价值？

　　因好奇而学习，因学习而打开视野，关注便从人的行动转向了文化状态，从艺术体制转向了体制背后的文化价值观，所以有了从"寓教于乐"价值观来反思戏曲文化的提问。

　　思考这些问题，实受硕士导师 Maria Shevtsova 教授的影响。她要求我们深入思考表演艺术与文化之间的关系，说明表演艺术如何成为文化载体，艺术家为何要展现社会人生，如何在舞台上使表现艺术化。换言之，谈艺术不是空泛地说理论，而需落实到文化之中，更应从传统与新变的关系看文化如何引导艺术，艺术又如何提升了文化层次。硕士研究生毕业后，一直与导师保持联系，她也不断如此提醒着我。久而久之，注意艺术与文化之间的互动成了习惯，更敏感于人生世事背后的意义变化。这是本书的基本立场，也引导了我对自身生命过程的反思，不愿再过着人云亦云而呆板平庸的人生。

　　何其有幸，攻读硕士学位、博士学位学习期间的导师皆对我关爱有加，而龚师鹏程之影响尤其大。跟着他学习就像在练功夫，有着理解何谓文人、文人如何做学问的特殊体验，潜移默化中自然内化了治学态度和方法，在生命中体会到文人传统。"文人传统"正是本书不断强调的中国文化特征。

吾师从不强迫其弟子去学习，给予我们极大的空间，使得我们可以自由地追求所欲学之知识。但若有问题，或方向偏差、理解错误，他会立即提出切实建议来引导我们。他也不断提醒我们，绝不可架空理论谈理论，必须要落实到历史现实中，要大胆地写，并特别注意语言表述的问题。不论在课堂上或日常生活中，他传授的不只是专业学科知识，而是融汇了文学、经学、史学、艺术等学术传统的文人态度和引导着中国文化发展的文人传统。我在他身上看到了活生生的文人传统，体会到了文人精神的独特力量，所以更深入地挖掘文学传统与文人的文化实践，并由此来反思戏曲文化的发展状态。

能顺利在三年内完成博士学位论文，提早毕业，尚有来自其他老师的提点，大有助于学术功夫的养成。如杨铸教授的"古代画论"课程十分精彩，他谈书画批评传统与龚师相同，如古代文人一般现身说法，让人更注意文人文化的特殊性。又如刘勇强教授，自开题便一路相挺，不仅提供新的研究资料，更锐利地点出博士学位论中存在的方法论与写作问题。王丽丽教授也是一路相随，就理论运用提出了宝贵意见。

除了北京大学老师们的指导，中国社会科学院两位老师也就论证提出建议。黎湘萍教授重视我的博士学位论文中对《易》的理解和阐释，要求我更深入地谈文化发展中的思想因素。靳大成教授则关注论文中检讨五四时期的"俗文学"与"反"意识形态，要求论述再加深入。卜键教授也参与博士学位论文评议，就论文中的明代曲论分析提出不同观点，有助于我论证曲论中的美学批评意识。若无诸位老师的批评指教，则功夫练不成，论文势必难产，遑论要独立增删改定论文为专著。

还要感谢益友们的鼎力相助。李巍、王丁、李点点、鄢虹这几位同门好友是学术路途上的好伙伴，大伙常聚在一起讨论学术问题，更互相开导人生中遇到的疑惑。至今仍如此，不因毕业而断了联系。他们热情帮忙校对繁简转换后的误字，也在读了论文后提出自己的意见，更协助我完成了答辩与提前毕业的烦琐过程。正是这几位真心好友的支持，论文才能顺利完成，才能通过北京大学严格的审核而提早毕业。

此外，感谢新加坡的杨松年教授为本书作序。杨师专研中国古代诗篇，学识渊博，之后研究华文文学，近年更致力于华人文化研究。他总是谆谆教诲我做学问的态度与方法，提醒我关注文化发展中的细节内容。得知我的专著即将出版，杨师即应允作序。知其提携之心，铭感五内。同时，感谢中国社会科学出版社的郝玉明编辑，有她仔细校对本书中的用字遣词与文献格式，才有今天这部专著面世。最后，感谢汕头大学文学院与李嘉诚基金会的大力资助。出版专著，意在让读者更深入地认识中国戏曲文化。教化是中国文化的基础，更是与时俱进的传统，至今仍存。当下对教化多有误解，不理解而有误解，所以谈及戏曲总要说民间性，刻意忽略并回避文人、文学与戏曲的关系，也动不动就拿爱情来说戏，甚至用后现代的情欲来解读戏曲文化。本书谈教化与娱乐的关系，目的就在于打破"五四"以来对传统的偏见，并期待读者能从戏曲中领略文化传统的丰富内容。

中国的戏曲文化非常有趣，本书只谈了教化与娱乐的关系，至于情爱、欲望与淫俗等复杂问题只能留待下一本专著再做更深入的讨论。

孙敏智
己亥夏于汕头大学